THE ELLESMERE MANUSCRIPT OF CHAUCER'S CANTERBURY TALES

A Working Facsimile

THE ELLESMERE MANUSCRIPT OF CHAUCER'S CANTERBURY TALES

A Working Facsimile

Introduction by Ralph Hanna III

D. S. BREWER

Introduction © Ralph Hanna III 1989

All Rights Reserved. Except as permitted under current legislation no part of this work may be photocopied, stored in a retrieval system, published, performed in public, adapted, broadcast, transmitted, recorded or reproduced in any form or by any means, without the prior permission of the copyright owner.

A reproduction of
the facsimile of the Ellesmere Chaucer manuscript
published by Manchester University Press in 1911

First published 1989 by D. S. Brewer, Cambridge

D. S. Brewer is an imprint of Boydell & Brewer Ltd
PO Box 9, Woodbridge, Suffolk IP12 3DF
and of Boydell & Brewer Inc.
Wolfeboro, New Hampshire 03894-2069, USA

ISBN 0 85991 187 X

British Library Cataloguing in Publication Data
Chaucer, Geoffrey *1340?-1400*
   The Ellesmere manuscript of Chaucer's Canterbury
   tales: a working facsimile.
   1. Poetry in English. Chaucer, Geoffrey, 1340?-1400.
   Canterbury tales
   I. Title
   821'.1
   ISBN 0-85991-187-X

Library of Congress Cataloging-in-Publication Data applied for

∞   The paper used in this publication meets the minimum requirements of American National Standard for Information Sciences – Permanence of Paper for Printed Library Materials, ANSI Z39.48-1984.

Printed in Great Britain by St Edmundsbury Press, Bury St Edmunds, Suffolk

CONTENTS

INTRODUCTION *by Ralph Hanna III* · 1

Bibliography · 16

Technical Note · 18

THE FACSIMILE

INTRODUCTION

THE ELLESMERE MANUSCRIPT AND ITS TEXT

The Ellesmere manuscript of Chaucer's *Canterbury Tales* has for more than one hundred years occupied a central position in discussions of the work. Now one of the treasures of the Henry E. Huntington Library in San Marino (where it bears the shelfmark EL 27 C 9), Ellesmere provides the most opulent fifteenth-century presentation of Chaucer's poem. And beyond the sheer beauty of the production, the codex has, since the early investigations of the Chaucer Society, been perceived as one of the most important evidentiary sources for determining Chaucer's text. In these circumstances, it is appropriate that Boydell & Brewer here make Ellesmere available in a photographic reproduction, even if this reproduces, not the manuscript itself, but an earlier reproduction.

The history of the Ellesmere manuscript is well-known, largely through the customarily enthusiastic discussion of provenance provided by John M. Manly and Edith Rickert (see 1:152-59). In their great edition of *The Canterbury Tales*, they collect a vast amount of information concerning those individuals who have left inscriptions of owner- or readership on the leaves of the volume. The one important detail they overlooked, a series of three inscriptions in a hand of s. xv[1] on ff. i[v], ii[r] (very indistinct), and vii[v] (where it has been erased), is the motto 'de meuz en meuz.' This is perhaps to be associated with the Norfolk Pastons (noted by Doyle, p. 172 and n. 21).

These Paston inscriptions firm up the earliest recoverable provenance of the volume and associate Ellesmere with John de Vere, twelfth earl of Oxford. Manly and Rickert identify him as a possible owner (1:158) on the basis of a poem honoring the de Veres, ascribed to 'Rotheley' and added on fly-leaves. John Paston I (1421-66) was an intimate of John de Vere's as early as 1448 (see Davis, letter 444, 2:28-29), and on one occasion recorded in the family correspondence (1450) seems to have celebrated Christmas with the earl at his manor of Winch, just south of King's Lynn (see Davis, letter 468, 2:57; for a full list of Vere references in the Paston letters, see 2:646).

As several writers note (Manly and Rickert 1:158-59; Owen 1982:245; Doyle, pp. 216-17; Dutschke), de Vere ownership suggests a splashy pedigree particularly appropriate for this manuscript. Earl John nominally ascended to his title on his father's death in 1417: his guardians during his minority were successively Thomas Beaufort, duke of Exeter (the legitimized son of John of Gaunt and Katherine Swynford) and, after Beaufort's death in 1426, John, Duke of Bedford (Henry IV's third son). Both were certainly close acquaintances of Thomas Chaucer and the second, at least, a noted bibliophile. De Vere's association with either man suggests avenues by which a de luxe volume derived from exemplars excellent, even if not superlative, might have passed into his library.

From the de Veres, the descent of Ellesmere may be traced in some detail and with some directness. Sir Robert Drury of Hawstead, Suffolk, just south of Bury, owned the book by c.1528-36. He had been one of the executors of the thirteenth earl of Oxford's will (1513) and may have acquired the manuscript as some type of legacy. However, with the exception of numerous liturgical volumes, the will (printed at *Archaeologia* 66 (1915):275-348) is irritatingly silent about the thirteenth earl's books.

The manuscript remained among the Drury family and its associates until at least 1568 and bears a variety of signatures identifiable with such individuals. (One of these, the claim on f. i^v that 'Margery seynt Iohan ys A shrew' — Margery's name also appears on f. iv^v — refers to a distant Drury relation who married into a family, the St Johns of Bletsoe, Beds., who, on the evidence of Balliol College 329, f. 172, also owned a manuscript of *The Canterbury Tales*; see Manly and Rickert 1:623.) Apparently by 1568, the manuscript had become the property of Roger, Lord North (who d. 1600): his name, initials, dated motto, and verses appear on several of the flies. From North it probably passed to his fellow in Elizabeth's Privy Council, Sir Thomas Egerton, whose son was to become first Earl of Bridgewater; the codex remained in the Bridgewater Library until Henry E. Huntington acquired it in 1917 (see de Ricci, 1:126-28).

Obviously enough, this reproduction of a facsimile is not as good as the reproduced manuscript itself. But its general availability (the original reproduction was a limited edition) should help provoke a much-needed reappraisal of the codex. For although well-known ever since Furnivall hit upon it over a century ago as a privately-owned copy worthy of reproduction, Ellesmere has been assumed *déjà lu* and thus largely discarded for nearly half a century.

The turning point in the manuscript's reputation occurred with the publication of Manly and Rickert's monumental study of the text of Chaucer's masterwork. Before that time, the full text of the manuscript had been available for scrutiny, through Furnivall's transcriptions (including 1871a, 1871b, 1872a, 1872b). These were filled with numerous inaccuracies (most recently noted by Everett), and now have been rendered obsolete by the collation accompanying the *Chaucer Variorum* reproduction of the Hengwrt manuscript (National Library of Wales, Peniarth 392; see Doyle and Parkes 1979a). But Manly and Rickert's approach to the textual problem suggested that Ellesmere had always been overrated, that, in fact, it was less than an adequate guide to the text of the poem. These suggestions, usually achieved by contorted and circular argument, have tended over the last decade or so to become gospel. But this renewed reading of Manly and Rickert's allegations has not always attended closely enough to the inadequate logic underlying these claims.

Making the facsimile, if not the manuscript, available may induce some to survey anew problem areas which Manly and Rickert signalled, but did not adequately investigate. Of primary interest, of course, is the text provided by Ellesmere. In the present context, there seems little likelihood of a return to the Victorian idolatry which essentially canonized the manuscript as a whole. This view has been the target of deserved barbs for years: responses range all the way from Donaldson's genially comic remarks on the illogic of associating the codex's beauty with the putative beauty of its readings (pp. 115, 121-22) to Stephen Knight's subversive and astringent suspicion (pp. 46, 48). But both Donaldson and Knight would undoubtedly respond with a similar forcefulness to the post-Manly and Rickert position which debunks Ellesmere merely to erect a new object of idolatry, the Hengwrt ms. in Aberystwyth.

One central matter for investigation remains the claim Manly and Rickert made with great force (and little evidence):

> Although El has long been regarded by many scholars as the single MS of most authority, its total of unique variants, many of which are also demonstrable errors, is approximately twice that of Hg, as is also its total of slips shared with other MSS by *acco*. ... Since it is very clear that an intelligent person, who was certainly not Chaucer, worked over the text when El was copied, the unsupported readings of this MS must be scrutinized with the greatest care. (1:149-50)

At least two recent studies clarify the last sentence. Certainly, producing Ellesmere involved a great deal of planning and considerable adjustment of the archetypes eventually made available to the scribe. Both the studies of Doyle and Parkes (1979b:186, 191) and of Owen (1982:242-43) give some indication of the extent of this work. But in both accounts, the palpable evidence shows the editor behind the codex working with the apparatus, especially the panoply of glosses. Only by analogy can both studies argue that such editorial work must have included substantive tinkering with the text of *The Tales*.

At least one task the facsimile may stimulate concerns the reappraisal of Manly and Rickert's evidence. The conspectus of variants they present is essentially accurate, but their claim that Ellesmere's is an 'edited' text rests on an interpretation of that data. The shared agreements of the manuscript need to be reappraised, if only to discover what sorts of exemplars may have been available to the scribe. And Kane (pp. 220-23) has already provided a model for further consideration of Ellesmere's unique variants: a great many may be scribal inadvertences, from which (*pace* Doyle and Parkes 1979b:186) the scribe is far from altogether free, even in Hengwrt.

Beyond the problem of the degree of editing the Ellesmere text may have received, the status of its individual readings deserves renewed consideration. As I have suggested, post-Manly and Rickert readings of the textual evidence have tended to debunk Ellesmere in the effort at glorifying Hengwrt. Norman Blake's very powerful writings have moved the argument beyond Manly and Rickert's appeals for this second manuscript: they chose Hengwrt only as copy-text, and only did so because it nearly approximated their O^1, the last common ancestor of all surviving copies (which is *not* O, Chaucer's holograph).

For Blake, however, Hengwrt is a more important document still. In his account, this manuscript exactly replicates Chaucer's holograph (Manly and Rickert's O) at all points and, as a result, can never err. (A slightly moderated version of this view animates the current *Chaucer Variorum* project.) On the basis of such premises, all Ellesmere variations from Hengwrt are, *ipso facto*, erroneous. Retreating from such a logically ironclad position to examine the lectional evidence openly certainly remains a current desideratum of textual studies.

A further problem, which as Owen (1982) recognizes has become endemic, concerns tale-order. Owen enunciates a view which I take to be nearly canonical (and probably correct): that most early scribes received *The Canterbury Tales* in loose booklets, rather than continuous codices. Viewed in this way, manuscript tale-order is apt to be completely dissociated from textual quality: fifteenth-century editors and scribes perforce put the poem into some arrangement and only then worried about textual detail. But as Owen is aware (see the extensive bibliography of studies he cites, p. 247, n. 1), the desire of recent critics for a fixed text remains overwhelming. Benson has offered the most reasoned defense of Ellesmere's as the authorial order, and recent distinguished critical studies (see for example, Dean and Howard) assume the Ellesmere form of the text in presenting their arguments. At this point, where bibliographical study impacts heavily upon critical statement, more work is plainly necessary, and it remains possible that critics will have to accustom themselves to viewing the poem as some type of floating unity, either without a fixed order or achieving such an order only through forms 'received,' rather than authorial.

A third area of investigation which this facsimile may aid concerns studies of the early book-trade and of scribal habit. In large measure, these discussions have been opened by Vance Ramsey's attacks on what he perceives, I think, as a mystifying expertise. Certainly, one can almost sympathize with Ramsey's apparent chagrin at Doyle and Parkes's nearly mystical claims for their ability to identify a single hand (see, for an instance, 1979a, p. xxxv; but see also the meticulous analysis of letter formation which follows, pp. xxxv-vii). Ironically enough, the variety of evidence upon which Ramsey predicates his attack involves another variety of expertise, studies of the behavior of Renaissance compositors setting printed books. Whether this variety of evidence should actually convince one of the medieval situation remains unclear.

But Ramsey's data raise a variety of intriguing questions in which the Ellesmere manuscript has a central place. First, by arguing that two important early fifteenth-century scribes (those called B and D in Doyle and Parkes 1979b) might be four, he implicitly raises issues about book-trade organization in the period before 1425. Doyle and Parkes's pair of scribes are involved in a series of loosely-formed and constantly shifting associations; Ramsey's four would require a fixed and organized scriptorial system. Moreover, since Ramsey's compositorial evidence is by its nature linguistic (spellings), it impacts on language-study generally. If answering Ramsey on the situation of scribal activity involves Doyle and Parkes in decentering book-production, for linguists it involves dissolving the individual scribal personality, of seeing a linguistic actor in flux. Thus, M. L. Samuel's responses to Ramsey place the Ellesmere scribe in a temporal continuum in which linguistic habits shift constantly, a view implicitly enunciated by David Burnley as well.

THE ELLESMERE FACSIMILE

Boydell and Brewer here reproduce a facsimile, rather than, the recent custom, a manuscript. Moreover, this facsimile was prepared in 1911, under canons of reproductive accuracy differing from those which now obtain. This introduction then must indicate ways in which the volume here reproduced fails to achieve that precise rendition of the original manuscript which we take for granted in modern facsimile productions.

In 1911, Manchester University Press decided to publish a limited edition facsimile of Ellesmere. At that time, the codex, perceived as the most reliable copy of Chaucer's *Canterbury Tales*, was owned by the Earl of Ellesmere and deposited in his library at Bridgewater House, London. Manchester Press arranged for W. Griggs and Son of Peckham to reproduce the volume for them: the firm had a considerable expertise at presenting medieval manuscripts in facsimile, through the medium of photographic lithography. This very difficult, yet remarkably flexible, process had a few inherent difficulties which render reproduction inexact; yet it also allowed Griggs considerable editorial license, perhaps undertaken independently and without consultation with the press. This license falsified to a certain degree the manuscript presented.

Griggs's reproductive process was essentially a variety of photo-offset printing. Photographs of each page (in some cases, clearly multiple exposures) were transferred to the plate used for the actual printing. At this time, Griggs probably used, not a stone, but a thin piece of metal for the actual impressions which produced the book. The pages were laid against the plate to create the images we now see. This process, in some instances, required considerable presswork. The facsimile was conceived as an appropriately opulent rendering of that most opulent of *Canterbury Tales* manuscripts: it reproduced in color all seventy-one of the Ellesmere pages decorated with vinets. Such color-reproduction involved multiple impressions or pulls against the plate, since each color would have been laid individually.

To facilitate this procedure, Ellesmere had to have been disbound. *Pace* Manly and Rickert (1:149), the manuscript no longer has the standard 1802 binding found in other Bridgewater books, but an early twentieth-century Riviere and Son, probably affixed after Griggs's work. Disbinding obviated three difficulties, two endemic to reproduction of a book so large, one peculiar to this book. First, it allowed Griggs to open up the gutter of the manuscript, relatively narrow for a book of these dimensions and unreproducible were the manuscript in any bound form. A second, concomitant benefit was the avoidance of any distortion from the natural curvature of the page, inherent in reproducing so very large a book in its binding. Finally, disbinding enabled Griggs to smoothe the page and eliminate, as necessary, a heavy crease which runs four to five inches above the foot of Ellesmere's folios (typically across or between the eighth or ninth text line from the foot). This creasing appears quite ancient, although (*pace* Schulz, p. 23) certainly not original, since the scribe on occasion has written over what are now creased areas with no difficulty. The creasing probably results from the weight of the pages themselves and reflects some stage of improvident storage, with the book shelved vertically and without support.

Griggs's reproductive process adequately rendered the Ellesmere text. But inherent in it were certain inevitable distortions. Photography almost necessarily inhances the image which it reproduces, and Griggs's work was no exception. Either his photographic negative or its rendition on the plate essentially read the Ellesmere pages 'binomially': the camera distinguished only blank/inked, without real distinction of tone. Thus the scribe's hairlines appear in the facsimile as full lines, and the hand always looks more definite and less finely graded than is in fact the case. Moreover, a variety of later marginalia appear in the facsimile with greater clarity than they appear to the unaided eye.

But such falsification inherent to the process tells only part of the story. The reproduction in the facsimile was far from always direct, and a variety of editorial decisions interposes a constant screen between the user of the facsimile and the original copied. Such problems are signalled by the fact that reproduction is incomplete. If Griggs made some effort at rendering them, editorial procedures suppressed any sign of three leaves (ff. i^r, 48^v, viii^v). All are ruled, but none bears either text or later additions: the first and last, used as pastedowns in an early binding, have offset from an older set of leather covers. The second remains free of the ownership and other scrawls which appear on its (reproduced) recto.

Other falsifying decisions remain silent and unavailable except through comparison with the original. That such steps had been taken were clear to an anonymous *Athenaeum* reviewer, although I remain doubtful that he recognized their extent. He commented, 'No manuscript ever looked so clean as its lithograph does' (p. 211), and an excessive cleanliness typifies this reproduction. At least in part, this set of decisions reflects a period taste: it may be paralleled in numerous early books whose pages were washed to rid them of manuscript notes as part of zealous Victorian rebindings. In the case of this facsimile, such cleanliness was aided by Griggs's ability to amend his image. He could opt either to 'white out' undesired materials on his photographic negative or to wash portions of the image off the photographic plate from which he printed. Comparison with the original indicates that he felt no compunction about utilizing either or both methods.

As a consequence, the facsimile shows almost no sign of the production information available in the original. Some measure of the degree of suppression involved remains available through comparison of text-bearing pages with the originally blank leaves. The latter (ff. i-iv, v-viii, all flies; and f. 48^r) Griggs rendered 'warts and all.' Although blank, the flies formed a quire designed as part of the original production to protect the text-pages front and rear; consequently, these leaves are as valuable as the reserved text-leaf f. 48^r in showing detail Griggs removed elsewhere. Within the manuscript proper the rules and pricks visible in the reproduction of the flies have simply been washed out, as has the one surviving bit of production detail, the fragmentary tops of ascenders from an otherwise pared catchword on f. 184^v.

Griggs's wash also obliterated other detail. No shadowing appears at the edge of holes in the parchment, and these flaws in the manuscript pages now appear as inexplicable gaps within the writing area (see ff. 44, 62, 111, 135, 147, 166, 179, 194). Griggs probably placed blank pages beneath individual leaves during photography (since material from adjacent leaves does not appear in the reproduction), but the holes appear in the facsimile as the same 'vellum' shade which he chose as background for all his pages. In addition, Griggs washed out all of the stains in the manuscript, most notably a large example on the opening ff. 165^v-66^r, unsightly but not rendering the text illegible. (As typically — for an especially flagrant parallel, see f. 23^r — after washing the image of the stain from his plate, Griggs had to touch up the weakened image of the writing, with attendant darkening and some overstatement of scribal behavior.)

Perhaps less seriously, Griggs washed out substantial amounts of later additions to the manuscript, sometimes on grounds which defy logic. No sign remains of the (ungainly) sixteenth-century imitations of the illumination (the Knight on f. 10^r, the Physician on f. 133^r). A number of signatures and other scrawls on text-pages were retained (see ff. 108^r, 130^r, 170^r), but others (e.g. ff. 127^r or 169^v) as unaccountably dropped. To his credit, Griggs frequently recognized the few overt signs of scribal correction and retained them (as on ff. 3^r, 40^r, 123^r, but not on ff. 41^r, 122^r).

But in his penchant for cleanliness Griggs also added details, in this case probably by touching up the photographic negative. The famous Ellesmere illuminations are nowhere near so clean as they appear in the facsimile (or indeed, in all reproductions save Stemmler's). The pilgrim-portraits have suffered from both cracking of the paint and considerable smudging. (Those on ff. 10^r, 34^v, 50^v, 88^r, 102^v, 143^v, 169^r, and 179^r have been most deleteriously affected.) Griggs's photographic crew cleaned off stains and retouched the remaining image of the painted figures: consequently, some details, for example the Monk's face, reproduce idealistically – not what is there on the page of the manuscript, but what should be. And similar touching up went on elsewhere: for example, at f. 24^v, line 21, after removing the image of a stain on his plate, Griggs added flourishing to a paraf which nearly doubles that provided by the original decorator.

The offset production of the facsimile also allowed Griggs some adjustments in the direction of what might be thought legibility. Since the sheets were set off a plate, Griggs had total control over the form of impression: he could lay the pages to be printed in any fashion he chose. In the process, Griggs clearly determined not to respect the page boundaries or proportions of the original. First, he chose to center the written material of the codex (not simply the text column, but marginal annotation) in terms of his sheets, rather than of the actual manuscript format (see also Schulz, p. 5). He achieved this horizontal centering on a page-by-page basis by adjusting the margins to emphasize the writing.

A few examples may clarify the procedure. Frequently, the binder's plane has cut into the edge of the manuscript marginalia (always placed on the leading edge of pages). On these occasions, in addition to touchup work on parafs and flourishing, Griggs printed his image so as to add an extensive leading edge margin (30 mm on f. 70^v, 25 mm on f. 121^v, for example). Similarly, to center the extensive glosses on the bravura opening ff. 130^v-31^r, Griggs added 28 and 20 mm, respectively, to the leading edges. Correspondingly, in order to center the writing column on rectos, Griggs reduced the blank space at the leading edge and added space to the gutter: on f. 44^r, he increased the size of the gutter by about 40 mm, on f. 172^r by about 17 mm, on f. 183^r by about 20 mm.

Griggs's facsimile was elaborately conceived and reproduced something over 15 percent of the codex, all pages with vinets, in color. But the quality of this reproduction (here simply rendered in black and white) is extremely problematic. Although these details of coloring do not appear in this present facsimile, they are worth noting: they provide the forms of those images rephotographed here.

In some sense, Griggs's color-work probably should be perceived as extremely successful. His primary concern would likely have been a clean and accurate reproduction of relative color-values in the face of demanding technical problems. Griggs presumably created each color page by multiple pulls of the single sheets, with one color laid in each impression. The major difficulty he faced is one of register, of making certain that the multiple images are aligned so as to produce an accurate (and non-overlapping) impression. Griggs achieved that end: virtually all pages show extraordinarily good register.

But the overall effect, whatever the quality of the printing, remains unsatisfactory by modern standards. First of all, Griggs chose for his background an artificial 'vellum' color of uniform tan or beige. This choice, perhaps a convention, misrepresents the codex badly and deprives the reader of the whiteness of its pages. Similarly, the ink typically reproduces as a monochromatic brownish black; it thus fails to capture the breadth of the scribe's pigment (artificially distorted by six hundred years of oxidation), including his famous golden tone (see Owen 1980). One would do well to compare Griggs's rendition of the famous f. 153^v with the much more satisfactory one on the cover of Thorpe's pamphlet.

The color values also leave a good deal to be desired. Generally speaking, these are usually dull, especially so in the vinet work and decorative capitals. In large measure, this effect stems from a failure, visible in other reproductions (particularly Stemmler's), to pick up the deep blue tones of the painting. Indeed, at the blue end of the spectrum, Griggs's rendition of the decoration is almost wilfull: on the opening ff. 87^v-88^r, for example, the flourishing under gold parafs varies from a slaty blue to the actual uniform violet of the manuscript. And the reproduction fails nearly totally to capture the multiplanar effects of the style of painting: neither the layering of gold leaf nor the highlighting which 'builds up' the painting, which makes it appear to 'come off the page,' is captured at all in the original facsimile.

In producing the colored pages, Griggs undertook some further editorial activity of an extensive sort. He could print the same page from multiple photographs, and he certainly availed himself of this opportunity. Use of multiple images, rather than simply multiple pulls, appears in the constant movement of the manuscript's decorative material. Griggs seems to have been most concerned with setting off the pilgrim-portraits, and he utilized multiple photos of the same page to adjust their placement.

Some of this activity appears inadvertent, simply the result of an approximate placement of multiple images on the printing plate. Thus, on f. 81^r, the Summoner's portrait is placed about 3 mm closer to the margin than is in fact the case. (The horse's nose should be in the ascender of *b* and directly over the *o* of *aboute*.) And similar minor adjustments appear elsewhere, for example with the Wife of Bath on f. 72^r.

But other, more flagrant examples are surely deliberate. For the most part, Griggs seems to have exercised this license as part of his effort at balancing the contents of the text page horizontally; the most extreme examples of shifted portraits occur on rectos where the gutter has been expanded in order to center the vinet work on the printed sheets. With one exception (the Physician on f. 133^r, moved about 8 mm to the left – a case in which Griggs enhanced the illuminator's intent, to echo in the lines of the portrait the line created by the ragged right-hand end of the text), flagrant examples occur in a single context.

The third portrait limner produced consistently larger images than either of his fellows; where his work is close to the text (the Monk on f. 169^r, the Nun's Priest on f. 179^r), Griggs retained the manuscript placement. But this individual painted his other three portraits very near the leading edge, and after Griggs had determined to increase the size of the gutter, thereby centering the vinet and text column, he could not accommodate the portraits on his sheets in their actual positions. Consequently, while retaining the relationship of the portraits and the leading edge fairly exactly, Griggs reproduced the images of the Second Nun (f. 187^r), Canon's Yeoman (f. 194^r), and Manciple (f. 203^r) as if they sat very near the text. The degree of distortion varies, depending on how extensively Griggs increased the gutter; shifts in placement range from 13 or 14 mm with the Manciple to 23 mm for the Canon's Yeoman.

SOME PALAEOGRAPHICAL DETAIL

The Ellesmere manuscript has been described in detail on several occasions (see Manly and Rickert 1:148-59, Schulz, and Dutschke). Further, this volume is a facsimile of a facsimile, not of the manuscript itself. Thus I offer a restricted palaeographical description: I choose to concentrate upon production detail obscured in the book here reproduced and some items whose discussion elsewhere seems to me to require clarification.

The original facsimile was a full-size reproduction, its pages slightly larger than those of the extant Ellesmere manuscript. (Boydell & Brewer present it here in an 80 percent reduction.) The pages of the manuscript now measure about 395 x 280 mm. Doyle and Parkes (1979b:192) aptly refer to its 'coucher-book size' and connect the production with Richard Frampton's nearly contemporary (c. 1412) work for the Duchy of Lancaster. This comparison is particularly apt, since the codex has manifestly been cut down a good deal in its various bindings, especially in the vertical dimension (see Schulz, p. 22). The ascenders of running titles have regularly been pared, the vinets frequently; the remnants of a catchword (f. 184^v) suggest at least some planing at page foot. Losses at the leading edges of leaves occur occasionally, although the nearly universal survival of pricks implies that losses in the horizontal dimension are probably minimal. But one could hypothesize an original page of at least 435 x 285 mm.

The cutting down during bindings has removed virtually all information about production, and the current binding is too tight to allow collation. But the manuscript appears to be comprised of twenty-nine uniform eight-leaf quires, with four original flies at both front and rear. The eight-leaf structure must now be inferred from the pricks: leaves in each quire appear to have been pricked as a unit and thus show small uniformities when compared to leaves of neighboring quires.

The scribe, responsible for all the original contents – not simply text but also marginalia, running titles, and rubrics – is a well-known individual. Doyle and Parkes identify his work in Ellesmere as constituting one of the four earliest surviving copies of *The Canterbury Tales* (1979b:194). Although the production is customarily dated c. 1410, the copyist writes a somewhat antiquated anglicana formata of a fourteenth century type (here distinguished by elaborate ascenders at all points allowed by preceding blank lines and ornamented *litterae notabiliores* with decorative fill at the heads of many top lines). Palaeographically, his work is not much more narrowly placeable than s. xv$^{1/4}$.

This figure Doyle and Parkes (1979b) call scribe B. In addition to Ellesmere, they identify samples of his work in three other codices. He copied another full *Canterbury Tales*, the Hengwrt manuscript (National Library of Wales, Peniarth 392); this codex is certainly earlier than Ellesmere and from different exemplars, perhaps circulating *in vita* copies of single tales, in which case possibly so early as the late 1390s. Scribe B also produced a *Troilus* (known from a one-folio binding fragment at Hatfield House; see Campbell), and three quires in 'The Trinity Gower' (Trinity College, Cambridge R.3.2). In addition, Doyle and Parkes note a folio possibly in this hand in another *Canterbury Tales* manuscript, Cambridge Univ. Library Kk.i.3, part 20 (1979a:xxxv). (Doyle and Parkes list facsimiles of the hand at 1979b:170, nn. 19-20, to which one should add their own plates 45, 46, 47, 55, 56.)

Scribe B's copying obviously occupied him for a protracted period, and some of its vicissitudes remain marked in the codex. A number of copying breaks (e.g. f. 78^v) are signalled by shifts in the color of the ink and are not always visible in the monochromatic facsimile. Others, involving clear shifts in the duct of writing (e.g. ff. 54^v, 131^r, 171^r), stand out here.

The copying itself, from as yet undetermined exemplars, seems to have been generally straight-forward and consecutive. At a few points, however, Ellesmere does contain signs of editorial uncertainties: even in this meticulously prepared codex, the scribe or his editor remained ignorant of the precise limits of Chaucer's poem and adopted flexible procedures to allow the inclusion of additional portions of text, should these appear. Thus, f. 48, following 'The Cook's fragment' and at the end of a quire, was left completely blank and constitutes the end of an incomplete booklet (noted by the anonymous *Athenaeum* reviewer, p. 211): should the full 'Cook's Tale' have turned up, it could easily be added. This particular procedure occurs in two other early copies (Hengwrt and Harley 7334).

Similar accommodations to a supply of copy thought possibly imperfect occur at least once elsewhere. On f. 122^v, at the fragmentary end of 'The Squire's Tale,' something over thirty lines of text space were left blank. Moreover, decisions about decoration were simply suspended: rather than painting in a vinet, an expectation at such divisions, the page was not illuminated beyond a large decorative capital. The production team again hedged its bets while anticipating a possible fuller conclusion (which might have necessitated inserting some extra leaves into the quire beginning at f. 121).

A third possible example of such hesitations has been identified in the literature. But I think Manly and Rickert (1:151) erred in their suggestion that f. 102^r, the end of 'The Clerk's Tale,' represents a similar moment of uncertainty about the supply of copy. At this point, several lines were simply left blank at the page foot, probably since the only thing which could follow would be an incipit rubric. This decision allowed the decorated incipit for 'The Merchant's Prologue' to appear along with the text and associated decoration on the verso.

Only partially visible in the facsimile is the *mise en page* or *ordinatio* which highlights the text and directs its consumption. As Doyle and Parkes say (1979a:xix), Ellesmere is an 'exceptionally lavish and smoothly executed' book (although there are glitches). They further argue that the page format interprets *The Tales* as a compilation by emphasizing 'the tales as repositories of *auctoritates* – *sententiae* and aphorisms on different topics which are indicated by the marginal headings' (1979b:190; similarly, although disparagingly, Owen 1982:242).

Central to the textual presentation is the consistent page format of the entire volume (best visible on f. 48ʳ; the flies typically lack one bounding line along the leading edge). The writing area, ruled universally for forty-eight lines, sits within a double bounded frame; it measures c. 315 x 155 mm. The vertical head to foot double bounds are matched in the horizontal dimension by page-wide double rules enclosing the first and last text lines. There is also a page-wide double rule, of the same reddish-brown ink as the remainder, for a running title line. The ruled writing block sits rather far toward the gutter side of the page: it has been squeezed in that direction in order to accommodate a separate unruled textual column, 55-62 mm wide and provided to handle marginalia.

This formatting, following Doyle and Parkes, certainly responds to difficulties apparent in the production of the scribe's other *Tales* manuscript, Hengwrt (see 1979a:xix, xxiin, xxiii-iv; 1979b:186-87, 190-92). But for much of the text, it plainly forms a kind of opulent overkill. A great many marginal columns, indeed the majority in verse sections, remain thoroughly blank, and many more have only cursory (often single) one-line entries.

The entire page layout appears to have been generated by those portions of *The Tales* least attractive to modern readers, the prose. Only in the prose works is the layout utilized to anything like its full potential, and quite surprisingly to a modern taste, the Ellesmere production crew reserved the most ornate textual presentation for 'The Parson's Tale' (as Schulz notes, p. 9). The split presentation of text column and marginalia column appears constructed to signal textual divisions and argumentative stages in the amorphous medium of prose. As a glance at any of the leaves bearing 'Melibee' or 'The Parson's Tale' will attest, the marginalia there work in persistent concert with the text proper: they provide a paraf by paraf explanatory counterpoint and mark changes of speaker, argument, and authority. The Ellesmere format thus appears an imposition on the verse, one originally conceived to explicate the least 'literary' and most 'text-bookish' portions of *The Tales*.

These implications of the *mise en page* – a determination by the Ellesmere production crew to mark significant argumentative divisions and thereby to impose clear order on the work – are echoed in a carefully articulated decorative hierarchy everywhere visible. The largest textual units are set off by running titles, the next by demivinets (three-quarter page borders; see Manly and Rickert 1:562) and their associated capitals.

The provision of running titles is something of an innovation in Ellesmere. In Hengwrt, the scribe made no effort at indicating divisions in this manner, and such headings were only added by a marginally later hand, and then only on rectos. In Ellesmere, running titles are, where appropriate, ubiquitous, occur on both rectos and versos, and are frequently split across the page opening (e.g. 'Clerk / of Oxenford''). Their placement indicates the production-crew's sense that the fundamental division within *The Tales* was that between Tellers. Consequently, none occur in 'The General Prologue,' and they are also absent on some pages containing links, where there is no clear 'tale-speaker' (e.g. f. 49ʳ). They only cease to refer to tale-tellers within 'The

Parson's Tale': f. 207ʳ bears no running title, and thereafter these headings refer to the subjects discussed, some doubling as rubrics for new items beginning at the head of the page (see, e.g., ff. 217ᵛ, 223ʳ, 225ᵛ).

Demivinets with associated painted capitals appear on seventy-one pages, all of which Griggs reproduced in color. In Hengwrt, the only decoration of this type appears on f. 1ʳ, and individual tales open with simple two- or three-line blue initials on red penwork flourishing. In contrast, Ellesmere has painting at virtually every textual division, including 'parts' of individual tales, and this decoration of demivinet and capital is associated with emphatic rubrics, written by the scribe in text ink but a large display hand and set off by lines left blank. Many divisions of the tales into 'parts,' on the basis of evidence from other manuscripts (e.g. erratic splits within 'the Knight's Tale'; see Manly and Rickert 3:533) probably reflect editorial decisions associated with the production of this book. This effort again divides the manuscript into easily consumable sections, and constantly guides the reader's progress through a lengthy text.

The decorated capitals which appear at these divisions are most usually blue and violet on gold leaf. (Some scattered examples present the letter in gold, e.g. at ff. 20ᵛ, 27ʳ.) Nearly all these introductory capitals are four or five lines high, and some stylistic variations may point to different hands. For example, 'I' appears in several different forms (a block I at ff. 16ʳ and 20ᵛ, but a twined floral I at ff. 50ᵛ, 123ʳ, and 138ʳ), and some minor differences in format are rather striking (for example, the initial within a full gold frame at ff. 46ᵛ, 49ʳ, 187ʳ, 206ᵛ).

The capitals are accompanied by a floral demivinet including sprays at head and foot. Manly and Rickert (1:565-67) find this decorative style nearly unique among manuscripts of *The Tales*. They believe it (just as the scribe's hand) a somewhat old-fashioned survival and associate it with London/Westminster work of the later fourteenth century. Although his work usually is limited to a narrow range of floral patterns, dextrously varied, the painter of the demivinets very occasionally embellishes it a bit (e.g. wiverns in the border-work on ff. 1ʳ, 87ᵛ).

The lower levels of decoration are provided by capitals of various sizes and parafs. Hengwrt has only parafs, of a much less ornate sort; in that manuscript, they are used routinely to mark stanzas in non-couplet portions of the poem. In Ellesmere, parafs appear more extensively, yet are more carefully punctuational: they are not used automatically at stanza heads but to divide the text.

Major textual divisions in Ellesmere are marked by subsidiary capitals. These are set into the text column in blanks left by the scribe, an indication that size and distribution were planned in advance of copying. Such capitals range from one to four lines high, and are usually of the sort called champes (Manly and Rickert 1:562). In such forms, ubiquitous in later English Horae, the gold-leaf initial sits on a quartered blue and violet ground; in Ellesmere, champes lack the sprays often found in such ornament. Manly and Rickert, who had the patience to count them, found 228 in all (1:563).

For some idea of their distribution, we may briefly survey 'The General Prologue.' After the large initial at A 1, all of the portraits are introduced by three-line champes, except the couplet at A 163, where a context-bound one-line example occurs, a technique paralleled elsewhere. Two-line champes break the opening at A 19 and 35, and a four-line example introduces the 'Prologue' 'narrative' at A 715. After 'The General Prologue,' three-line champes appear in part 1 of 'The Knight's Tale,' but thereafter two-line examples are the rule. The use of champes tends to tail off in the course of the book, especially as the degree of dialogue in tales increases, since that's marked by the subordinate parafs and adequately divides the text. Thus, in 'The Friar's Tale,' the only champe appears on f. 80^v to mark the peroration at D 1645.

Parafs are set in the margins and mark subsidiary units, especially changes of speaker in dialogue and, to a far greater degree than in Hengwrt, sentence heads in the prose. Although they are marginal, they represent part of the scribe's treatment of the text: he left 'instructions' for the parafer, the traditional double solidus '//' where they were to be supplied (see, for example, a few instances the parafer missed, on ff. 90^r, 127^v, 138^r). In form, the parafs are more elaborate than those used in Hengwrt, which has only plain blue examples with no flourishing. In Ellesmere, all parafs are flourished, and the parafer elegantly alternates between two forms — blue on red penwork interchanging with gold leaf on slate-blue (after f. 49, on violet) penwork. Moreover, this alternation is fairly careful, even though elaborate, since the parafs, in addition to marking textual divisions, appear at the heads of running titles and introduce all marginal materials. Very occasionally in verse (perhaps only ff. 69^v and 178^v), but frequently in the prose, the scribe left spaces with instructions (guide letters, visible for example, on ff. 178^v and 213^v) for one-line capitals. There seems no apparent logic for this deliberate variation, unless the parafer in fact pre-empted some work intended for the champe painter. At such points, capitals were routinely provided in paraf format (inked in or gold leaf applied on the appropriate flourished ground, rather than painted).

The textual presentation is completed by the provision of extensive marginal materials. (For a survey of these, usually considered 'glosses,' see Owen 1982:239-42; for an extensive bibliography of discussions, most concerning their possibly authorial status, see 248, n. 11.) Their function is certainly much less monolithic than Doyle and Parkes suggest: such marginal markings introduce the characters in 'The General Prologue' and tragic victims in 'The Monk's Tale'; in longer works, notably the tales of the Knight and Franklin and 'The Wife of Bath's Prologue,' they are used to mark off stages of narrative argument (as are a series of references designed to get the reader through the sequence of dreams in 'The Nun's Priest's Tale' or the Pardoner's numerous *exempla*).

Other examples suggest similar connections with what I have above identified as the organizational function of the prose marginalia, rather than some consistent and carefully conceived effort at marking *sententia*. Thus, there are a number of examples of 'Narrat,' designed to separate off tales from other materials, and fairly persistent efforts at marking examples of the intrusive figure apostrophe (invariably marked 'Auctor').

In fact within the verse, only a small portion of the marginalia actually has the 'informative and authorizing' function claimed by Doyle and Parkes, Owen, and Gaylord. Moreover, such examples tend to cluster in specific contexts and reflect attention to a narrow range of specific sources. The Ellesmere production team lavished attention on a very few texts, most notably 'The Wife of Bath's Prologue' and the tales of the Merchant and Franklin (cf. the flamboyant treatment of the pages bearing Dorigen's 'complaint,' ff. 130^v-31^r). The team seems specifically interested in materials anti-feminist and especially avid readers of Jerome's *Adversus Jovinianum* (also prominently cited in the Pardoner's diatribe). Thus, while some portion of the marginalia provides that 'authoritative' presentation claimed by a number of writers as the sole function of marginalia, the greater number appear to me 'prose-generated' — largely punctuational in emphasis, another way of facilitating comprehension and carrying through the attention seen elsewhere in the decorative scheme to tale-telling and narrative progress.

Of course, I have saved for last the most renowned decorative feature of Ellesmere, its pilgrim portraits. These illustrations completely fulfill the implications of other decorative features, for example the distribution of the running titles and the marginal marking of 'The General Prologue.' The portrait cycle persistently directs attention to the poem as an organized collection of tales by different tellers. The cycle is complete, not in the sense of illustrating every pilgrim, but every teller. Moreover, the telling function is insisted upon by portrait-placement: the illustrations always come at the head of the tale, not of the 'performance.' And, as has been often noted (see Manly and Rickert 1:590-93, Schulz, Stemmler), the portraits have been conceived to reflect with some care the telling persons and attend to textual details provided by 'The General Prologue.'

The relation of this painting to the remainder of the decoration involves a variety of problems. Following Manly and Rickert (1:596-604; see also Schulz, p. 3), the portraits were produced by three different hands, the best of whom is responsible only for the famous Chaucer portrait at head of 'Melibee' (f. 153^v). The reason for this alternation (or for the return of hand 1 to provide the Parson's portrait at the end) is not particularly clear. Although in some portraits (e.g. the Franklin on f. 123^v), there are heavy stylus lines over the figures of the horses, I doubt that these are indications that the animals were painted by subsidiary hands from pattern books: the stylus marks in fact appear to me to have been made on the already-painted surface, probably (since the impressions run onto neighboring leaves) after binding, by users of the book.

Almost without exception, the portraits are placed on the leading edge of the leaf. On rectos, they appear in the blank area to the right of the text or in the blank gloss column; on versos, they are painted in a space next to the demivinet in the left margin. Only the Miller, who appears on f. 34^v to the right of text, is exceptional (for a hypothesis on the logic for this placement, see Schulz, p. 5). Where something like evidence occurs, most portraits appear to have been affixed before the other painting: occasionally their placement has required some adjustment of the planned demivinet plus capital (see most notably the Prioress on f. 148^v and Chaucer on f. 153^v). But the very small picture of the Parson on f. 206^v required erasure of a symmetrical floral spray and certainly was executed after other painting (perhaps a reason for the return of hand 1 here). The portraits have frequently been reproduced by a variety of methods, both woodcut and photographic (see Furnivall 1871a: after p. 200 + 1872a: after p. 401; 1871b: after p. 176 + 1872b: after p. 401; 1902: after p. 688, with several derivatives; Spielman, p. 16; Schulz, Thorpe, Stemmler).

In addition to the text of *The Tales*, Ellesmere contains a few later medieval texts, all added later on the flies. Ff. ii[v]-iv[r] now contain 'Rotheley''s poem honoring the de Vere earls of Oxford, *Index of Middle English Verse* number 1087 (anglicana with secretary forms, s. xv med.). F. vii[v] bears a table of contents for *The Tales*, with some indication of the content of individual items (anglicana, s. xv med./ex.). And f. viii[r] has Chaucer's lyric 'Truth,' *IMEV* number 809 (as in all but one copy, lacking the envoy; anglicana, s. xv[1]).

ACKNOWLEDGEMENTS

In preparing this introduction, I have, of course, benefitted from the advice and kindness of others. I am pre-eminently grateful to the Henry E. Huntington Library, San Marino, which, with its customary courtesy, has allowed me to consult both the facsimile and manuscript and to compare them. In particular, Mary Robertson and Tom Lange have been unfailingly generous in facilitating my access to books and in answering queries. Alan T. Gaylord, who knows a great deal more about both manuscript and facsimile than I, has offered over the years much advice and many pleasant conversations on Ellesmere and matters Chaucerian. And my colleague Robert N. Essick's vast knowledge of illustrated books and their production has stimulated and guided me in thinking about the production of the Griggs facsimile.

BIBLIOGRAPHY

anonymous. unsigned review of the 1911 facsimile. *Athenaeum* 4373 (19 August 1911):210-11.

Benson, Larry D. 'The Order of *The Canterbury Tales*.' *Studies in the Age of Chaucer* 3 (1981):77-120.

Blake, N. F. *The Canterbury Tales Edited from the Hengwrt Manuscript*. London: Arnold, 1980.

——————. 'The Relationship between the Hengwrt and Ellesmere Manuscripts of the *Canterbury Tales*.' *Essays and Studies* 32 (1979):1-18.

——————. *The Textual Tradition of the Canterbury Tales*. London: Arnold, 1985.

Burnley, David. 'Inflexion in Chaucer's Adjectives.' *Neuphilologische Mitteilungen* 83 (1982):169-77.

Campbell, Jackson J. 'A New *Troilus* Fragment.' *PMLA* 73 (1958):305-08.

Davis, Norman. *Paston Letters and Papers of the Fifteenth Century*. 2 vols. Oxford: Clarendon, 1971-76.

Dean, James. 'Dismantling the Canterbury Book.' *PMLA* 100 (1984):746-62.

de Ricci, Seymour. *Census of Medieval and Renaissance Manuscripts in the United States and Canada*. 2 vols. 1935; rep. New York: Kraus, 1961.

Donaldson, E. Talbot. *Speaking of Chaucer*. New York: Norton, 1970.

Doyle, A. I. 'English Books In and Out of Court from Edward III to Henry VII.' In V. J. Scattergood and J. W. Sherborne eds. *English Court Culture in the Later Middle Ages*. London: Duckworth, 1983. Pp. 163-81.

—————— and M. B. Parkes. 'Paleographical Introduction.' In Paul G. Ruggiers ed. *The Canterbury Tales: Geoffrey Chaucer: A Facsimile and Transcription of the Hengwrt Manuscript . . . .* Norman: Univ. of Oklahoma Press, 1979. Pp. xix-xlix. [1979a; Volume I of *A Variorum Edition of the Works of Geoffrey Chaucer*]

——————. 'The Production of Copies of the *Canterbury Tales* and the *Confessio Amantis* in the Early Fifteenth Century.' In M. B. Parkes and Andrew G. Watson eds. *Medieval Scribes, Manuscripts, and Libraries: Essays Presented to N. R. Ker*. London: Scolar, 1979. Pp. 163-210. [1979b]

Dutschke, Consuelo. *Catalogue of Medieval and Renaissance Manuscripts in the Henry E. Huntington Library, San Marino*. San Marino: Huntington, forthcoming.

The Ellesmere Chaucer Reproduced in Facsimile. 2 vols. Manchester: Manchester Univ. Press, 1911.

Elliott, Charles. '"The Reeve's Prologue and Tale" in the Ellesmere and Hengwrt Manuscripts.' *Notes and Queries* 209 (1964):167-70.

Everett, Dorothy. 'Another Collation of the Ellesmere Manuscript of the "Canterbury Tales."' *Medium Ævum* 1 (1932):142-55.

Furnivall, F. J. *A Six-Text Print . . . , Part III; . . . , Part IV*. Chaucer Society 1 ser., 15 (1871) and 25 (1872). [1871a, 1872a]

——————. *The Cambridge MS. Dd.4.24 . . . , Part II*. Chaucer Society 1 ser. 96 (1902).

——————. *The Ellesmere MS. . . . , Part III; . . . , Part IV*. Chaucer Society 1 ser., 16 (1871) and 26 (1872). [1871b, 1872b]

Gaylord, Alan T. 'Making Up the "Makere": The Ellesmere Manuscript of

The Canterbury Tales.' paper read to the Third International Congress of the New Chaucer Society, San Francisco, 17 April 1982.

Howard, Donald R. *The Idea of The Canterbury Tales.* Berkeley: Univ. of California Press, 1976.

Kane, George. 'John M. Manly and Edith Rickert.' In Paul G. Ruggiers ed. *Editing Chaucer: The Great Tradition.* Norman: Pilgrim, 1984. Pp. 207-29, 289-91.

Knight, Stephen. 'Textual Variants: Textual Variance.' *Southern Review* (Adelaide) 16 (1983):44-54.

Manly, John M. and Edith Rickert. *The Text of the Canterbury Tales.* 8 vols. Chicago: Univ. of Chicago Press, 1940.

Owen, Charles A. Jr. 'A Note on the Ink in Some Chaucer Manuscripts.' *Chaucer Newsletter* 2, ii (summer, 1980):14.

———. 'The Alternative Reading of *The Canterbury Tales*: Chaucer's Text and the Early Manuscripts.' *PMLA* 97 (1982):237-50.

Ramsey, Roy Vance. 'Paleography and Scribes of Shared Training.' *Studies in the Age of Chaucer* 8 (1986):107-44.

———. 'The Hengwrt and Ellesmere Manuscripts of *The Canterbury Tales*: Different Scribes.' *Studies in Bibliography* 35 (1982):133-54.

Samuels, M. L. 'Chaucer's Spelling.' In Douglas Gray and E. G. Stanley eds. *Middle English Studies Presented to Norman Davis.* Oxford: Clarendon, 1983. Pp. 17-37. [1983a]

———. 'The Scribe of the Hengwrt and Ellesmere Manuscripts of *The Canterbury Tales.*' *Studies in the Age of Chaucer* 5 (1983):49-65. [1983b]

Schulz, Herbert C. 'The Ellesmere Manuscript of Chaucer's Canterbury Tales.' San Marino: Huntington Library, 1966.

Scott, Kathleen. *Later Gothic Manuscripts.* vol. 6 of J. J. G. Alexander ed. *A Survey of Manuscripts Illuminated in the British Isles.* London: Miller and Oxford Univ. Press, forthcoming.

Spielman, M. H. *The Portraits of Geoffrey Chaucer.* Chaucer Society 2 ser. 31 (1900).

Stemmler, Theo. *The Ellesmere Miniatures of the Canterbury Pilgrims.* 2nd edn. Poetria mediaevalis 2. Mannheim: English Department of the Univ. of Mannheim, 1977.

Thorpe, James. 'A Noble Heritage: The Ellesmere Manuscript of Chaucer's Canterbury Tales.' San Marino: Huntington Library, 1974.

Ralph Hanna III
University of California, Riverside

TECHNICAL NOTE

This volume, as indicated in Professor Hanna's introduction, is intended primarily to provide a working copy of the text of the Ellesmere Chaucer. It has been printed as a line facsimile from continuous tone copies of the 1911 facsimile; some details of the illuminations (reproduced in colour in that volume) and decoration have been lost, but this process has ensured that the text is faithfully reproduced. For consistency, the opening flyleaves have been treated in the same way. The position of the text on the page follows that of the facsimile.

The format of the original volume is 404 x 280mm; the present volume reproduces the text at 75 per cent of the size of the facsimile, on a page 312 x 237mm.

THE FACSIMILE

Robertus Drury miles.
tenen? cuuen?
William Drury miles. Robertus Drury miles. Domina Jarmin. Domina
Hastings. Domina Alington.

Margery

Margery Wentworth Asten
Edmund Shadworth

Thomas Calthorp p. p.

take thou this treatise the tyme therin to vse   Hor of all Treasur
to thende thow truly taste thes lessons tolerne   Q:3 Learninge is the [...]
best to rest in hauanstin the tyme for to abste   3
take and he but tyme and to thi purpose lastynge   Hor of all Treasur
                                                           Learninge is the flor

   It us pleasyth son you tempes bien vse   the 29[...]

       Take you this treatise the tyme therin to vse

Tempes bien [...] [...]   Vse bien tempes oyel   B Rolfpitt
[...] [...]   [...] [...]   [...] Iches bien in tempes
                                       bien vse
                    DVRVMS PATI[...]
                    B NORTHS

                                                            [...] [...]

                                                            Iohn
                                                            Iernegan

                       Ina Iernegan

              [...]
              [...]

Musyng in a sede aslepe not fully resynyd,
Rudely my sylffe as I lay alone,
With troubled dremes sore was I vexyd,
All worldely joy passed and ouergone,
Me semyd full sore I made my mone.
Off tyme passed and leste and tyme to come,
Mynde thoght resnable wyt hadde I none.
Thus I lay oftsonhopyng solace to my dome.

As thus I lay aslepyd full sore
Suche thynges do oft tyme hyghe agayne nature,
I herde a voyce seyyng slepe thou no more,
Ryse vp and wake to thy wysh cure.
Thy mynde thy hert thy body thou assure,
To suche that wyll full nere the thy mynde.
Take thy penne in thy hand stedffaste and sure,
Awake awake off ton oyte still blynde.

Thys voyce well I herde and therto gaue attyons
I felte the entent neyt I stode amased,
I wyste not what it ment ffor I saw no presene
Thus in penysstonnes sore was I crased,
And as a wytles man gretely a sased,
I hade no credens a non I fell in slepe,
ffrome all kyndely wyt clene was I rased,
So to hys wordes I toke no grete kepe.

I supposyd it to haue bene ony emoynall fantasy
As ffallyth in dremes in partyes off the nyght
Which comerth off joy or off grene maladye,
Or of robuste metes which sensith grete myght,
That mochefeplet obscuryth the syght,
Of naturall reasonne and causyth wytt thowgh
Makyth the body hem where hyt was lyght.
So shortly to conclude off thys voyce I ne roughte

And not slepte but a lytyll whyle,
But thys voyce well I herde to me he sayd,
Awake and aryse thou doste thy sylffe begyle,
Aryse from the place where thou art layde,
Wyth that I a woke and frome no slepe brayed,
Marvelyng moch and sayde Benedicte
As a man unresonable gretely dysmayde,
By godes lorde what thyng may thys be.

Myselv trobled, yet ffeithffully I beleuyd
That the voyce came frome the celestyall place
Wherfore I aryse not gretely agreuyd,
And be sughyt god of hys especyall grace
That he wolde be my sochoure in this case.
Prayng as I sholde wyth hert and will,
Aryssyng full lyghtly my sylffe did I wasse,
Makyng my prayere under this pill.

O Reformer off mankynde one & iij
Eternall kynge and prynce moste emperyall
Veray god and man O blessyd Trynyte
Which from owre mortall enemye redemyst vs all
And madest vs ffre where afore we were thrall
Thorowgh dyvyne consaylo off thy godhede
He to thy grete reconsyle and ease
Whome thow haste fformyd to the ffygure off thy manhed
And wyth thy godhed hathe endewed me
Wyth vertues iij or iiij ffull resonable
Wyth wyt mynde resone and volunte
And othyr mo ffull delectable
Yet I confesso my sylff moste vnable
Wyth any thynge to medle that groundyd ys on prudens
Off eloquens but symple my tunynge ys vnstable
Therefore in me ther ys no grete suffluens
But o gode lorde wyth a knowle hyt ys thy wylle
As I conseyve in thys boke that thow wylst sende
Thy degre and comaundement trewly to ffulfylle
Wyth mynde hert and body selfe and extende
Me from all evylles kepe and deffende
In thys matyre to the whyth thow haste wylled me
As thowe ffrome erth to hevyn dydest assende
Veray god and man O blessyd trynyte

Inceptio materie cum prieritatibz veris &c

All thyngs ys ordeynyd by goddes provisyoun
Man and beste ayre wedyr and wynde
Watt and land wyth theyr dysposyson
And other apparens ffelwyth theyre kynde
The yere ys devyded as ys wrytyn ffynde
In monethes wekes and seasones iiij
In which wyth ys evenes by planetys ther be
Off all tymes or seasones as olde comparysons
None ys found so gode and preceyons
Ne none so profetable as ys the seasoun
Off lusty vere that tyme ys so odorons
Comfortyth every creature and maketh them corragyons
Avoydeth all dulnes and makyth them lusty
In hert and body glade ioyouse and mery
When passyd ys all clowdy derknesse
All stormy shouris ffrost & hado ayre mysty
Than lusty vere pletyth hys clerenesse
The wedyr clewyth and by nature ys bryght
The sonne ffull plesauntly gyffyth hys lyght
Than vere amendyth kepyth hys shouris
That may brynge ffoorth ffrutys and flowris
All trees than buddyth aftyr ffrutys bryngyth
All bestys and corpys ffelwyth in prosperite

The nyghtyngale the thrystock merely spryth
All fowlis and bestys joyeth in theyr degre
He callsyth all thyngs still jocunde to be
Who than ys so precyous or may do more
Than lusty veer whom I lyken to a bore

To thys bore he ys not lykenyd in condicion onely
But properte ffor propte syffen most ffructuous
And the bore in that seasonne approchyth naturally
To lusts and to lykyngs enfforsyd marvelos
He walkyth joyyng whettyng hys tuskes
Thynkyng as longe as contynuyth veere
Nevyr to obey hys enemyes ffor ffeere
He honyth ne he wanyth ffor wynde no blaste
He dredyth no mystys ne stormys ne sholwrys
But standyth styffe in tryenth stronge as a maste
And to the lyons obeysaunt in all howrys
Redy with hys poleseys to helpe in all stoburys
The lyon hys lorde whey he standyth in dystresse
Hys natyff attendaunt on the lyonnesse

Thys bore may well be callyd the bore off grace
Of whom prophesyes off antiquite makyth mencion
Which as hyt is sayde wythyn shorte space
Shall in spote no do sorowes thys honne
And in that batell gete hym grete renoune
Consomyde hys mortall ffoos whyo were grete unyth
That day shall be knolwen hys premanent trubyth
In hys psone ys ffounde so my veytes
And standyth so clene wyth vistes transgryssd
That all england may joy hys natuuite
Of contynewbyng trubyth he standyth pereles
Hys progenie now distayned wt falsenes
Syth hys ffyrst day he hathe contynulhyd so denuys
Un to nowe that he hys coloweth wt azure
Law un to thys blacke boy hand and grace
Joy laude and praysyng ffortune and magnyfycaus
Cryste graunt hym off grace suche joy to purchace
As may be worthy un to hys benevence
For euyll ne ffaysull trouth hathe hed hys gmaunce
Wherffor nob off all england he hathe avauntage
Who except the blode fful the moste trubyste brydge
Be thys veer and thys I put no dimisioun
They standyth as one who vnderstondyth a ryght
Neer had thys Welth bore that off grete renoune
At that tyme standyng adventuyd knyght
Sechyng aventurys and provyngs hys myght
In hotteness sett thy sy that aubray the gryme
Be nome the blede boy hys chyefste hymne

Lo ffor the gradies off thys worshipfull knyght

That sleeve thys was thorough strengyth off chyualry.
All hys Auncettrys enys syth of veray dyd ryght.
Beryth hym azure enamyd wt gold dependynge by.
The worshyppfull armis off the olde auncestrys.
Quarterly goulys and goolde And in the chyeff quart
A molet 6 poynts sylver As I shall tell hoo after.
Beholde noble the manhode prowes andy chyualry.
Trowth fortune grace and passyte stedfastnes.
That euyr hath contynued in thys progenye.
So when hyt fortuned to stande in dystresse.
The kynge off Englande in the land off hethynes.
A knyght of thys Auncestrys comyn off hys pryschuice.
For hys kynge thys he dyde off hys grete assyniee.
Remebryng hys manhode conforyd wt the holygoste.
Consyderyng hys feyth he drede no woo.
At mydnyght justo he semblod the kyngs oste.
The myght so derke not knowyng hys foo.
To the kynge unwyttyng that hit sholde be soo.
Prayng full hertlye hesyll to the grounde.
That god wolde sende hym lyght hys enemye to confounde.
To thys prayolys so devonte god sane sownd and sone.
Notwythstondyng hys cristened agony unply to be oryset
Euery man than knelyng devoutly sayde theyr orysone.
Lorde for thy pyte haue mercy on my gyft.
Haue we or shall be do as thou wylt.
Thys prayer fynyshed they strauge into hys shelde.
A 6 poynts molet which lyghtyd all hys felde.
Thys he was inspyred wt the grace off the holygoste.
Hys enemyes were obscuryd and voyde off all myght
God comfortyd and cheryd hym and all hys oste.
And endewyd thys molet wt a plenteuous lyght.
The hethyn were obsuryd and hadd no syght.
So he put hys enemyes to utter confusione.
Dystressyd the felde and gate hym grete renome.
O thou forall above full strong wyth grace.
That of suche a molet noble hathe duation.
Cryste graunt the contynellyng tyme and pace.
That thys molet may resplende in our Region.
Worthely and knyghtly As a lorde off Renowne.
And for the owner off thy lyght that it shall not derke.
All England obyth to hy wt entyer denocion.

Man chylde and chylde bothe preste and clerke. Amen

So litell walade full trewe off composicion.
Softe and mekely nothynge to bolde.
Pray all that of the shall haue inspeciou.
Thy derke ignorammes that they pardon wolde.
Say that thow were made in a pryson colde.
Thy maker standyng in dystres and greuuce
Which cawsed hym the so symply to avamce.

DVRVM : PAT I 68

From Jone above a spendyng breath
ys lent to vs to leade onre lyfe
to lyve to dye whan hatufull death
shall vycl vs hense and stynt onre stryfe
My ynward mane to heavenly thynges wold trade me
And styll thys flesh doth evermore dysswade me
   R North

Retaine, refuse, no frend, no foe
Condeme, alowe, no chance, no choise
your fame, your life, shall end, shall growe
no bad, no good, shall pine, rejoice
So helpe so harke, mistrust your frend
as blisfull daies your life may end
   R H

Whereby Gwynt John
Margret

Whan that Aprill with hise shoures soote
The droghte of march, hath perced to the roote
And bathed euery veyne, in swich licour
Of which vertu, engendred is the flour
Whan zephirus eek, wt his sweete breeth
Inspired hath, in euery holt and heeth
The tendre croppes, and the yonge sonne
Hath in the Ram, his half cours yronne
And smale foweles, maken melodye
That slepen al the nyght, with open eye
So priketh hem nature, in hir corages
Thanne longen folk, to goon on pilgrimages
And palmeres, for to seken straunge strondes
To ferne halwes, kowthe in sondry londes
And specially fram euery shires ende
Of Engelond, to Caunterbury they wende
The hooly blissful martir, for to seke
That hem hath holpen whan þt they were seeke

Bifil that in that seson on a day
In Southwerk, at the tabard as I lay
Redy, to wenden on my pilgrymage
To Caunterbury, with ful deuout corage
At nyght were come, in to that hostelrye
Wel nyne and twenty, in a compaignye
Of sondry folk, by auenture yfalle
In felaweshipe, and pilgrimes were they alle
That toward Caunterbury wolden ryde
The chambres and the stables weren wyde
And wel we weren esed atte beste
And shortly, whan the sonne was to reste
So hadde I spoken, wt hem euerychon
That I was of hir felaweshipe anon
And made forward, erly for to ryse
To take oure wey, ther as I yow deuyse

But nathelees, whil I haue tyme & space
Er that I ferther, in this tale pace
Me thynketh it, acordaunt to resoun
To telle yow, al the condicioun
Of ech of hem, so as it semed me
And whiche they were, and of what degree
And eek in what array, that they were inne
And at a knyght, than wol I first bigynne

A Knyght ther was and that a worthy man
That fro the tyme, that he first bigan
To riden out, he loued chiualrie
Trouthe and honour, fredom and curteisie
Ful worthy was he, in his lordes werre
And ther to hadde he riden no man ferre

As wel in cristendom as in Hethenesse
And euere honoured for his worthynesse
At Alisaundre he was whan it was wonne
Ful ofte tyme he hadde the bord bigonne
Abouen alle nacions in Pruce
In lettow hadde he reysed and in Ruce
No cristen man so ofte of his degree
In Grenade at the seege eek hadde he be
Of Algezir and riden in Belmarye
At lyeys was he and at Satalye
Whan they were wonne & in the grete see
At many a noble Armee hadde he be
At mortal batailles hadde he been fifteene
And foughten for oure feith at Tramyssene
In lystes thries and ay slayn his foo
This ilke worthy knyght hadde been also
Somtyme with the lord of Palatye
Agayn another hethen in Turkye
And eueremoore he hadde a souereyn prys
And though þt he were worthy he was wys
And of his port as meeke as is a mayde
He neuere yet no vileynye ne sayde
In al his lyf vn to no maner wight
He was a verray parfit gentil knyght
But for to tellen yow of his array
His hors weren goode but he was nat gay
Of fustian he wered a gypon
Al bismotered with his habergeon
For he was late ycome from his viage
And wente for to doon his pilgrymage

Squier

With hym ther was his sone a yong Squier
A louyere and a lusty bacheler
Wt lokkes crulle as they were leyd in presse
Of twenty yeer of age he was I gesse
Of his stature he was of euene lengthe
And wonderly deliuere and of greet strengthe
And he hadde been somtyme in chyuachie
In fflaundres in Artoys and Picardie
And born hym weel as of so litel space
In hope to stonden in his lady grace
Embrouded was he as it were a meede
Al ful of fresshe floures whyte and reede
Syngynge he was or floytynge al the day
He was as fressh as is the monthe of May
Short was his gowne wt sleues longe & wyde
Wel koude he sitte on hors and faire ryde
He koude songes make and wel endite
Iuste & eek daunce and weel purtreye & write

So hoote he lovede, that by nyghtertale
He slepte namoore than dooth a nyghtyngale
Curteis he was, lowely, and servysable
And carf biforn his fader at the table

A yeman hadde he, and servantz namo   Yeman
At that tyme, for hym liste ryde so
And he was clad in cote & hood of grene
A sheef of pecok arwes, bright and kene
Under his belt he bar ful thriftily,
Wel koude he dresse his takel yemanly;
Hise arwes droupes noght, with fetheres lowe
And in his hand, he baar a myghty bowe
A not heed hadde he, with a broun visage
Of wodecraft, wel koude he al the vsage
Vpon his arm, he baar a gay bracer
And by his syde, a swerd, and a bokeler
And on that oother syde, a gay daggere
Harneised wel, and sharp as point of spere
A cristophere on his brest of siluer shene
An horn he bar, the baudryk was of grene
A forster was he, soothly as I gesse

Ther was also, a Nonne a Prioresse   Prioresse
That of hir smylyng, was ful symple & coy
hir gretteste ooth, was but by seint loy
And she was cleped, madame Eglentyne
Ful weel she soong, the seruice dyuyne
Entuned in hir nose, ful semely
And frensssh, she spak, ful faire and fetisly
After the scole of Stratford atte bowe
For frenssh of parys, was to hir vnknowe
At mete, wel ytaught, was she with alle
She leet no morsel from hir lippes falle
Ne wette hir fyngres, in hir sauce depe
Wel koude she carie a morsel, and wel kepe
That no drope, ne fille vpon hir brest
In curteisie was set ful muchel hir list
Hir ouer lippe, wypes she so clene
That in hir cuppe, ther was no ferthyng sene
Of grece, whan she dronken hadde hir draughte
Ful semely, after hir mete she raughte
And sikerly, she was of greet desport,
And ful plesaunt, and amyable of port,
And peyned hir to countrefete cheere
Of court, and to been estatlich of manere
And to ben holden digne of reuerence
But for to speken of hir conscience
She was so charitable and so pitous
She wolde wepe if that she saugh a mous

Kaught in a trappe, if it were deed or bledde
Of smale houndes hadde she that she fedde
With rosted flessh, or milk and wastel breed
But soore wepte she, if any of hem were deed
Or if men smoot it with a yerde smerte
And al was conscience and tendre herte
Ful semyly, hir wympul pynched was
Hir nose tretys, hir eyen greye as glas
Hir mouth ful smal, and ther to softe & reed
But sikerly, she hadde a fair forheed
It was almoost, a spanne brood I trowe
ffor hardily, she was nat undergrowe
ffull fetys was hir cloke, as I was war
Of smal coral aboute hir arm she bar
A peire of bedes, gauded al with grene
And ther on, heng a brooch of gold ful sheene
On which they was first writ a crowned A.
And after, Amor vincit omnia..

Nonnes .iij. preestes.

A Monk.

Another nonne, with hir hadde she
That was hir chapeleyne and preestes thre
A Monk ther was, a fair for the maistrie
An outrydere, that louede venerie
A manly man, to been an Abbot able
fful many a deyntee hors, hadde he in stable
And whan he rood, men myghte his brydel heere
Gyngelen in a whistlynge wynd als cleere
And eek as loude, as dooth the Chapel belle
Ther as this lord, was kepere of the Celle
The reule of Seint maure, or of Seint Beneit
By cause that it was old, and somdel streit
This ilke monk, leet olde thynges pace
And heeld after the newe world the space
He yaf nat of that text a pulled hen
That seith, that hunters beth nat hooly men
Ne that a monk, whan he is recchelees
Is likned, til a fissh, that is waterlees
This is to seyn, a monk out of his cloystre
But thilke text, heeld he nat worth an Oystre
And I seyde, his opinion was good
What sholde he studie & make hym selven wood
Upon a book in cloystre alwey to poure
Or swynken with his handes and laboure
As Austin bit, how shal the world be served
lat Austyn haue his swene Swynk, to hym reserued
Therfore, he was a prikasour arighte
Grehoundes he hadde, as swift as fowel in flighte
Of prikyng and of huntyng, for the hare
Was al his lust, for no cost wolde he spare

Loude his sleues / ypurfiled at the hond
With grys / and that the fyneste of a lond
And for to festne his hood vnder his chyn
He hadde of gold / ywroght / a ful curious pyn
A loue knotte / in the gretter ende ther was
his heed was balled / yt shoon as any glas
And eek his face / as it hadde been enoynt /
he was a lord ful fat / and in good poynt /
hise eyen stepe / and rollynge in his heed
That stemed / as a forneys of a leed
his bootes souple / his hors in greet estaat /
Now certeinly / he was a fair prelaat /
he nas nat pale / as a forpyned goost /
A fat swan loued he best of any roost /
his palfrey / was as broun as is a berye

A ffrere ther was / a wantowne & a merye
A lymytour / a ful solempne man
In alle the ordres foure / is noon yt kan
So muchel of daliaunce / and fair langage
he hadde maad / ful many a mariage
Of yonge wommen / at his owene cost /
Vn to his ordre / he was a noble post /
And wel biloued / and ffamulier was he
With frankeleyns / ouer al in his contree
And with worthy wommen of the toun
ffor he hadde power of confessioun
As seyde hym self / moore than a Curat /
ffor of his ordre / he was licenciat /
fful swetely / herde he confessioun
And plesaunt / was his absolucioñ
he was an esy man / to yeue penaunce
Ther as he wiste / to haue a good pitaunce
ffor vn to a poure ordre / for to yiue
Is signe / yt a man is wel yshryue
ffor if he yaf / he dorste make auaunt /
he wiste / that a man was repentaunt /
ffor many a man / so hard is of his herte
he may nat wepe / al thogh hym soore smerte
Therfore in stede of wepynge and preyeres
ȝen moote yeue siluer / to the poure freres
his tipet was ay farsed ful of knyues
And pynnes / for to yeuen yonge wyues
And certeinly / he hadde a murye note
Wel loude he songe / and pleyen on a Rote
Of yeddynges / he baar outrely the prys
his nekke / whit was as the flour delys
Ther to he strong was as a champioñ
he knew the Tauernes wel in al the toun

ffrere

And euerich hostiler and tappestere
Bet than a lazar or a beggestere
For vn to swich a worthy man as he
Acorded nat as by his facultee
To haue with sike lazars aqueyntaunce
It is nat honeste it may nat auance
For to deelen with no swich poraille
But al with riche and selleres of vitaille
And ouer al ther as profit sholde arise
Curteis he was and lowely of seruyse
Ther was no man nowher so vertuous
He was the beste beggere in his hous
For thogh a wydwe hadde noght a sho
So plesaunt was his In principio
Yet wolde he haue a ferthyng er he wente
His purchas was wel bettre than his rente
And rage he koude as it were right a whelp
In loue dayes ther koude he muchel help
For ther he was nat lyk a cloysterer
With a thredbare cope as is a poure scoler
But he was lyk a maister or a pope
Of double worstede was his semycope
That rounded as a belle out of the presse
Somwhat he lipsed for his wantownesse
To make his englissh sweete vp on his tonge
And in his harpyng whan þt he hadde songe
Hise eyen twynkled in his heed aryght
As doon the sterres in the frosty nyght
This worthy lymytour was cleped hubert

Marchant

A Marchant was ther wt a forked berd
In motlee and hye on horse he sat
Vp on his heed a fflaundryssh beuer hat
His bootes clasped faire and fetisly
Hise resons he spak ful solempnely
Sownynge alwey thencrees of his wynnyng
He wolde the see were kept for any thyng
Bitwixe middelburgh and orewelle
Wel koude he in eschaunge sheeldes selle
This worthy man ful wel his wit bisette
Ther wiste no wight þt he was in dette
So estatly was he of his gouernaunce
With his bargaynes and wt his cheuyssaunce
For sothe he was a worthy man with alle
But sooth to seyn I noot how men hym calle

Clerk of Oxenford

A Clerk ther was of Oxenford also
That vn to logyk hadde longe ygo
And leene was his hors as is a rake
And he nas nat right fat I vndertake

But lookes holwe, and therto sobrely
Ful threadbare was his ouereste courtepy
For he hadde geten hym yet no benefice
Ne was so worldly, for to haue office
For hym was leuere, haue at his beddes heed
Twenty bookes, clad in blak or reed
Of Aristotle and his philosophie
Than robes riche, or fithele, or gay sautrie
But al be that he was a philosophre
Yet hadde he but litel gold in cofre
But al that he myghte, of his freendes hente
On bookes and on lernynge he it spente
And bisily gan for the soules preye
Of hem, that yaf hym wherwith to scoleye
Of studie took he moost cure and moost heede
Noght o word spak he moore than was neede
And that was seyd, in forme and reuerence
And short and quyk, and ful of hy sentence
Sownynge in moral vertu, was his speche
And gladly wolde he lerne, and gladly teche

A Sergeant of lawe wary and wys
That often hadde been at the Parvys
Ther was also, ful riche of excellence
Discreet he was, and of greet reuerence
He semed swich, hise wordes weren so wise
Justice he was, ful often in Assise
By patente, and by pleyn commissioun
For his science, and for his heigh renoun
Of fees and robes, hadde he many oon
So greet a purchasour, was nowher noon
Al was fee symple to hym in effect
His purchasyng, myghte nat been infect
Nowher so bisy a man as he ther nas
And yet he semed bisier than he was
In termes hadde he caas and doomes alle
That from the tyme of kyng William were yfalle
Therto he koude endite, and make a thyng
Ther koude no wight, pynchen at his wrytyng
And euery statut, koude he pleyn by rote
He rood but hoomly, in a medlee cote
Gyrt with a ceint of silk, with barres smale
Of his array telle I no lenger tale

A Frankeleyn was in his compaignye
Whit was his heed, as is a dayesye
Of his complexion, he was sangwyn
Wel loued he by the morwe a sop in wyn
To lyuen in delit, was euere his wone
For he was, Epicurus owene sone

Sergeant of lawe

Frankeleyn

That heeld opynyon, that pleyn delit
Was verray felicitee parfit
An housholder, and that a greet was he
Seint Julian was he in his contree
His breed his ale was alweys after oon
A bettre envyned man was neuere noon
With oute bake mete, was neue his hous
Of fyssh and flessh, and that so plenteuous
It snewed in his hous, of mete and drynke
Of alle deyntees that men koude thynke
After the sondry sesons of the yeer
So chaunged he his mete and his soper
ffful many a fat partrich hadde he in muwe
And many a Breem, and many a luce in Stuwe
Wo was his cook, but if his sauce were
Poynaunt and sharp, and redy al his gere
His table dormaunt in his halle alway
Stood redy couered al the longe day
At sessions ther was he lord and sire
ffful ofte tymes he was knyght of the shire
An anlaas, and a gypser al of silk
heeng at his gyrdel whit as morne mylk
A shirreue hadde he been and countour
Was nowher, swich a worthy vauasour

Haberdassher ~
Carpenter ~
Webbe ~
Dyer ~
Tapycer ~

An habesdassher and a Carpenter
A Webbe, a Dyere, and a Tapycer
And they were clothed alle in o lyuere
Of a solempne, and a greet fraternitee
ffful fressh and newe, hir gere apyked was
hir knyues were chaped noght with bras
But al with siluer wroght ful clene and Weel
hir gyrdles and hir pouches euerydeel
Wel semed ech of hem a fair burgeys
To sitten in a yeldehalle on a deys
Euerich for the wisdom þt he kan
Was shaply for to been an Alderman
ffor catel hadde they ynogh and rente
And eek hir wyues wolde it wel assente
And elles certeyn were they to blame
It is ful fair to been ycleped madame
And goon to vigilies al bifore
And haue a mantel roialliche ybore

Cook ~

A Cook they hadde wt hem for the nones
To boille the chiknes wt the marybones
And poudre marchaunt tart and galyngale
Wel koude he knowe, a draughte of london ale
He koude rooste and sethe and boille and frye
Maken mortreux and wel bake a pye

But greet harm was it as it thoughte me
That on his shyne, a mormal hadde he
For blankmanger, that made he with the beste

A Shipman was ther wonynge fer by weste
For aught I woot, he was of Dertemouthe
He rood upon a rouncy, as he kouthe
In a gowne of faldyng to the knee
A daggere hangynge on a laas hadde he
Aboute his nekke, under his arm adoun
The hoote somer hadde maad his hewe al broun
And certeinly, he was a good felawe
Ful many a draughte of wyn had he drawe
Fro Burdeuxward, whil that the chapman sleep
Of nyce conscience took he no keep
If that he faught and hadde the hyer hond
By water, he sente hem hoom to every lond
But of his craft to rekene wel his tydes
His stremes and his daungers hym bisides
His herberwe and his moone, his lodemenage
Ther nas noon swich from Hull to Cartage
Hardy he was and wys to undertake
With many a tempest hadde his berd been shake
He knew alle the havenes as they were
Fro Gootlond, to the Cape of Fynystere
And every cryke in Britaigne and in Spayne
His barge yclepes was the Maudelayne

With us ther was a Doctour of Phisik
In al this world, ne was ther noon hym lik
To speke of phisik and of surgerye
For he was grounded in astronomye
He kepte his pacient a ful greet deel
In houres, by his magyk natureel
Wel koude he fortunen the ascendent
Of hise ymages for his pacient
He knew the cause of every maladye
Were it of hoot, or cold, or moyste, or drye
And where they engendred, and of what humour
He was a verray parfit praktisour
The cause yknowe, and of his harm the roote
Anon he yaf the sike man his boote
Ful redy hadde he hise apothecaries
To sende hym drogges and his letuaries
For ech of hem, made oother for to wynne
Hir frendshipe nas nat newe to bigynne
Wel knew he the olde Esculapius
And Deyscorides, and eek Rufus
Olde Ypocras, Haly, and Galyen
Serapion, Razis, and Avycen

Shipman

Doctour of Phisik

Auctors Damascien and Constantyn
Bernard and Gatesden and Gilbertyn
Of his diete mesurable was he
ffor it was of no superfluitee
But of greet norissyng and digestible
His studie was but litel on the Bible
In sangwyn and in pers he clad was al
lyned with taffata and with sendal
And yet he was but esy of dispence
he kepte that he wan in pestilence
ffor gold in phisik is a cordial
Therfore he loued gold in special

The goode wif of Bathe

A good wif was ther of biside Bathe
But she was somdel deef & þt was scathe
Of clooth makyng she hadde swich an haunt
She passed hem of ypres and of Gaunt
In al the parisshe wif ne was ther noon
That to the offrynge bifore hir sholde goon
And if ther dide certeyn so wrooth was she
That she was out of alle charitee
Hir coverchiefs ful fyne were of ground
I dorste swere they weyeden ten pound
That on a sonday weren vpon hir heed
Hir hosen weren of fyn scarlet reed
ffulstreite yteyd and shoes ful moyste & newe
Bold was hir face and fair and reed of hewe
She was a worthy womman al hir lyue
Housbondes at chirche dore she hadde fyue
Withouten oother compaignye in youthe
But ther of nedeth nat to speke as nowthe
And thries hadde she been at Ierusalem
She hadde passed many a straunge strem
At rome she hadde been and at Boloigne
In Galice at Seint Iame and at Cologne
She koude muchel of wandrynge by the weye
Gat tothed was she soothly for to seye
Vpon an amblere esily she sat
Ywympled wel and on hir heed an hat
As brood as is a bokeler or a targe
A foot mantel aboute hir hipes large
And on hir feet a paire of spores sharpe
In felaweshipe wel koude she laughe & carpe
Of remedies of loue she knew per chaunce
ffor she koude of that art the olde daunce

Pson of a toun

A good man was ther of Religioun
And was a poure pson of a toun
But riche he was of hooly thoght & werk
He was also a lerned man a clerk

That cristes gospel trewely wolde preche
His parisshens devoutly wolde he teche
Benygne he was and wonder diligent
And in adversitee ful pacient
And swich he was preved ofte sithes
Ful looth were hym to cursen for his tithes
But rather wolde he yeven out of doute
Un to his povre parisshens aboute
Of his offryng and eek of his substaunce
He koude in litel thyng have suffisaunce
Wyd was his parisshe and houses fer a sonder
But he ne lefte nat for reyn ne thonder
In siknesse nor in meschief to visite
The ferreste in his parisshe muche and lite
Up on his feet and in his hand a staf
This noble ensaumple to his sheep he yaf
That firste he wroghte and afterward that he taughte
Out of the gospel he tho wordes caughte
And this figure he added eek therto
That if gold ruste what shal iren do
ffor if a preest be foul on whom we truste
No wonder is a lewed man to ruste
And shame it is if a preest take keep
A shiten shepherde and a clene sheep
Wel oghte a preest ensaumple for to yeve
By his clennesse how yt his sheep sholde lyve
He sette nat his benefice to hyre
And leet his sheep encombred in the myre
And ran to london un to seint poules
To seken hym a chauntrie for soules
Or with a bretherhed to been withholde
But dwelleth at hoom and kepeth wel his folde
So that the wolf ne made it nat myscarye
He was a shepherde and noght a mercenarye
And though he hooly were and vertuous
He was nat to synful men despitous
Ne of his speche daungerous ne digne
But in his techyng discreet and benygne
To drawen folk to heuene by fairnesse
By good ensaumple this was his bisynesse
But it were any persone obstinat
What so he were of heigh or lough estat
Hym wolde he snybben sharply for the nonys
A bettre preest I trowe pt nowher noon ys
He waiteth after no pompe and reuerence
Ne maketh hym a spiced conscience
But cristes loore and hise apostles twelue
He taughte but first he folwed it hym selue

¶ Plowman ~

With hym ther was a Plowman was his brother
That hadde ylad of dong ful many a fother
A trewe swynker and a good was he
Lyvynge in pees and parfit charitee
God loved he best with al his hoole herte
At alle tymes thogh him gamed or smerte
And thanne his neighebore right as hym selue
He wolde thresshe and ther to dyke and delue
For cristes sake for euery poure wight
With outen hire if it lay in his myght
Hise tithes payde he ful faire and wel
Bothe of his propre swynk and his catel
In a tabard he rood vpon a mere

¶ Miller

Ther was also a Reue and a Millere
A Somnour and a pardoner also
A maunciple and my self ther were namo
The millere was a stout carl for the nones
Ful byg he was of brawn and eek of bones
That proued wel for ouer al ther he cam
At wrastlynge he wolde haue alwey the ram
He was short sholdred brood a thikke knaue
Ther was no dore pt he ne wolde heue of harre
Or breke it at a rennyng with his heed
His berd as any sowe or fox was reed
And ther to brood as though it were a spade
Vpon the cop right of his nose he hade
A werte and ther on stood a tofte of herys
Reed as the brustles of a sowes erys
Hise nosethirles blake were and wyde
A swerd and a bokeler bar he by his syde
His mouth as greet was as a greet forneys
He was a Jangler and a goliardeys
And that was moost of synne and harlotries
Wel koude he stelen corn and tollen thries
And yet he hadde a thombe of gold pardee
A whit cote and a blew hood wered he
A baggepype wel koude he blowe and sowne
And ther with al he broghte vs out of towne

¶ Maunciple

A gentil maunciple was ther of a temple
Of which achatours myghte take exemple
For to be wise in byyng of vitaille
For wheither that he payde or took by taille
Algate he wayted so in his achaat
That he was ay biforn and in good staat
Now is nat that of god a ful fair grace
That swich a lewed mannes wit shal pace
The wisdom of an heep of lerned men
Of maistres hadde he mo than thries ten

That weren of lawe, expert and curious
Of whiche, ther weren a duszeyne in that hous
Worthy to been styhwardes, of rente and lond
Of any lord, that is in Engelond
To maken hym lyue, by his propre good
In honour dettelees, but if he were wood
Or lyue as scarsly, as hym list desire
And able, for to helpen al a shire
In any caas, þt myghte falle or happe
And yet this mauncyple, sette hir aller cappe

The Reue was, a sclendre colerik man
His berd was shaue, as ny as eu he kan
His heer was by his erys, ful round yshorn
His top was dokked, lyk a preest biforn
Ful longe were his legges, and ful lene
Ylyk a staf, ther was no calf yseue
Wel koude he kepe a gerner, and a bynne
Ther was noon auditour, koude of hym wynne
Wel wiste he, by the droghte, and by the reyn
The yeldyng, of his seed, and of his greyn
His lordes sheep, his neet, his dayerye
His swyn, his hors, his stoor, and his pultrye
Was hoolly, in this Reues gouernyng
And by his couenant, yaf the rekenyng
Syn that his lord was twenty yeer of age
Ther koude no man, brynge hym in arrerage
Ther nas bailiff, no hierde, nor oother hyne
That he knew, his sleighte and his couyne
They were as fas of hym, as of the deeth
His wonyng, was ful faire vp on an heeth
With grene trees, shadwed was his place
He koude bettre than his lord purchace
Ful riche he was astored pryuely
His lord, wel koude he plesen subtilly
To yeue and lene hym, of his owene good
And haue a thank, and yet a gowne and hood
In youthe he hadde lerned a good mystere
He was a wel good wrghte a carpenter
This Reue sat, vp on a ful good stot
That was al pomely grey, and highte Scot
A long surcote of pers, vp on he hadde
And by his syde, he baar a rusty blade
Of Northfolk was this Reue, of which I telle
Biside a toun, men clepen Baldeswelle
Tukked he was, as is a frere aboute
And eue he rood, the hyndreste of oure route

A Somonour was ther wt vs in that place
That hadde a fyr reed cherubynnes face

              Reue

              Somonour

ffor saucefleem he was with eyen narwe
As hoot he was and lecherous as a sparwe
With scaled browes blake and piled berd
Of his visage children were aferd
Ther nas quyk silver lytarge ne brymstoon
Boras ceruce ne oille of Tartre noon
Ne oynement that wolde clense and byte
That hym myghte helpen of the whelkes white
Nor of the knobbes sittynge on his chekes
Wel loved he garlek oynons and eek lekes
And for to drynken strong wyn reed as blood
Thanne wolde he speke and crie as he were wood
And whan þt he wel dronken hadde the wyn
Thanne wolde he speke no word but latyn
A fewe tvmes hadde he two or thre
That he had lerned out of som decree
No wonder is he herde it al the day
And eek ye knowen wel how þt a Jay
Kan clepen watte as wel as kan the pope
But who so koude in oother thyng hym grope
Thanne hadde he spent al his philosophie
Ay questio quid iuris wolde he crie
He was a gentil harlot and a kynde
A bettre felawe wolde men noght fynde
He wolde suffre for a quart of wyn
A good felawe to haue his concubyn
A twelf monthe and excuse hym atte fulle
ffful pvely a fynch eek koude he pulle
And if he fond owher a good felawe
He wolde techen hym to haue noon Awe
In swich caas of the Ercedekenes curs
But if a mannes soule were in his purs
ffor in his purs he wolde ypunysshed be
Purs is the Ercedekenes helle seyde he
But wel I woot he lyed right in dede
Of cursyng oghte ech gilty man drede
ffor curs wol slee right as assoillyng savith
And also war hym of a significauit
In daunger hadde he at his owene gise
The yonge gyrles of the diocise
And knew hir conseil and was al hir reed
A geyrland hadde he set vpon his heed
As greet as it were for an Ale stake
A bokeleer hadde he maad hym of a cake

Pardoner

With hym ther was a gentil Pardoner
Of Rouncivale his freend and his compeer
That streight was comen fro the Court of Rome
fful loude he song com hider loue to me

This Somonour bar to hym a stif burdoun
Was neuere trompe of half so greet a soun
This Pardoner hadde heer as yelow as wex
But smothe it heeng as dooth a strike of flex
By ounces henge hise lokkes þt he hadde
And ther with he hise shuldres ouerspradde
But thynne it lay by colpons oon and oon
But hood for jolitee wered he noon
For it was trussed vp in his walet
Hym thoughte he rood al of the newe Iet
Dischevelee saue his cappe he rood al bare
Whiche glarynge eyen hadde he as an hare
A Vernycle hadde he sowed vpon his cappe
His walet biforn hym in his lappe
Bret ful of pardoun comen from Rome al hoot
A voys he hadde as smal as hath a goot
No berd hadde he ne neuere sholde haue
As smothe it was as it were late shaue
I trowe he were a geldyng or a mare
But of his craft fro Berwyk in to Ware
Ne was ther with another Pardoner
For in his male he hadde a pilwe beer
Which þt he seyde was oure lady veyl
He seyde he hadde a gobet of the seyl
That seint Peter hadde Whan þt he wente
Vpon the see til Ihu crist hym hente
He hadde a croys of laton ful of stones
And in a glas he hadde pigges bones
But wt thise relikes whan þt he fond
A poure person dwellynge vpon lond
Vpon a day he gat hym moore moneye
Than þt the person gat in monthes tweye
And thus with feyned flaterye and Iapes
He made the person and the peple his apes
But trewely to tellen atte laste
He was in chirche a noble ecclesiaste
Wel koude he rede a lesson or a storie
But alderbest he song an Offertorie
For wel he wiste whan þt song was songe
He moste preche and wel affile his tonge
To wynne siluer as he ful wel koude
Therfore he song the murierly and loude

Now haue I told you shortly in a clause
Theºstaat tharay the nombre & eek the cause
Why þt assembled was this compaignye
In Southwerk as this gentil hostelrye
That highte the Tabard faste by the Belle
But now is tyme to yow for to telle

Now that we baren us that ilk nyght,
Whan we were in that hostelrie alyght,
And after wol I telle of oure viage
And al the remenaunt of oure pilgrimage.
But first I pray yow, of youre curteisye,
That ye nayette it nat my vileynye
Thogh yt I pleynly speke in this mateere,
To telle yow hir wordes and hir cheere,
Ne thogh I speke hir wordes proprely.
For this ye knowen also wel as I,
Who so shal telle a tale, after a man
He moot reherce, as ny as euer he kan
Euerich a word, if it be in his charge
Al speke he neuer so rudeliche or large,
Or ellis, he moot telle his tale vntrewe
Or feyne thyng, or fynde wordes newe.
He may nat spare, al thogh he were his brother
He moot as wel seye o word as another.
Crist spak hym self, ful brode in hooly writ
And wel ye woot, no vileynye is it.
Eek Plato seith, who so kan hym rede
The wordes moote be cosyn to the dede.
Also I prey yow, to foryeue it me
Al haue I nat set folk in hir degree
Heere in this tale, as yt they sholde stonde
My wit is short, ye may wel vnderstonde.
Greet cheere made oure hoost vs euerichon
And to the soper sette he vs anon
He serued vs, with vitaille at the beste.
Strong was the wyn and wel to drynke vs leste
A semely man oure hoost was with alle
For to been a marchal in an halle
A large man he was, with eyen stepe
A fayrer burgeys, was ther noon in Chepe
Bools of his speche, and wys and wel ytaught
And of manhod hym lakked right naught.
Eek ther to he was right a myrie man
And after soper pleyen he bigan
And spak of myrthe, amonges othere thynges
Whan that we hadde maad oure rekenynges
And seyde thus, now lordynges herkely
Ye been to me right welcome hertely.
For by my trouthe, if that I shal nat lye
I saugh nat this yeer, so myrie a compaignye
Atones in this herberwe as is now
Fayn wolde I doon yow myrthe, wiste I how
And of a myrthe I am right now bythoght,
To doon yow ese, and it shal coste noght.

Ye goon to Caunterbury god yow speede
The blisful martir quite yow youre meede
And wel I woot as ye goon by the weye
Ye shapen yow to talen and to pleye
ffor trewely confort ne mirthe is noon
To ride by the weye doumb as the stoon
And therfore wol I maken yow disport
As I seyde erst and doon yow som confort
And if yow liketh alle by oon assent
ffor to stonden at my Juggement
And for to werken as I shal yow seye
Tomorwe whan ye riden by the weye
Now by my fader soule that is deed
But if ye be myrie I wol yeue yow myn heed
Hoold vp youre hondes withouten moore speche
Oure conseil was nat longe for to seche
Vs thoughte it was noght worth to make it wys
And graunted hym with outen moore auys
And bad hym seye his voirdit as hym leste
Lordynges quod he now herkneth for the beste
But taak it nought I prey yow in desdeyn
This is the poynt to speken short and pleyn
That ech of yow to shorte with oure weye
In this viage shal telle tales tweye
To Caunterbury ward I mene it so
And homward he shal tellen othere two
Of auentures that whilom han bifalle
And which of yow that bereth hym best of alle
That is to seyn that telleth in this caas
Tales of best sentence and moost solaas
Shal haue a soper at oure aller cost
Heere in this place sittynge by this post
Whan that we come agayn fro Caunterbury
And for to make yow the moore murye
I wol my self goodly with yow ryde
Right at myn owene cost and be youre gyde
And who so wole my Juggement withseye
Shal paye al that we spenden by the weye
And if ye vouche sauf that it be so
Tel me anon with outen wordes mo
And I wol erly shape me therfore
This thyng was graunted and oure othes swore
With ful glad herte and preyden hym also
That he wolde vouche sauf for to do so
And that he wolde been oure gouernour
And of oure tales Iuge and Reportour
And sette a soper at a certeyn prys
And we wol reuled been at his deuys

In heigh and lough / and thus by oon assent
We been accorded / to his juggement
And ther vpon the wyn was fet anoun
We dronken and to reste wente echon
With outen any lenger taryynge
A morwe whan þt day gan for to sprynge
Vp roos oure hoost and was oure Aller cok
And gadrede vs togidre alle in a flok
And forth we riden a litel moore than paas
Vn to the wateryng of Seint Thomas
And there oure hooste bigan his hors arreste
And seyde lordynges herkneth if yow leste
Ye woot youre forewarde and it yow recorde
If euensong and morwesong accorde
Lat se now who shal telle the firste tale
As euere mote I drynke wyn or Ale
Who so be rebel to my Iuggement
Shal paye for al þt by the wey is spent
Now draweth cut er þt we ferrer twynne
he which þt hath the shorteste shal bigynne
Sire knyght quod he my mayster and my lord
Now draweth cut for that is myn accord
Cometh neer quod he my lady Prioresse
And ye sire clerk lat be youre shamefastnesse
Ne studieth noght ley hond to euery man
Anon to drawen euery wight bigan
And shortly for to tellen as it was
Were it by auenture or sort or cas
The sothe is this, the cut fil to the knyght
Of which ful blithe and glad was euery wyght
A telle he moste his tale as was resoun
By forewarde and by composicion
As ye han herd what nedeth wordes mo
An whan this goode man saugh þt it was so
As he that wys was and obedient
To kepe his forewarde by his free assent
he seyde, Syn I shal bigynne the game
What welcome be the cut, a goddes name
Now lat vs ryde and herkneth what I seye
And at that word, we riden forth oure weye
And he bigan with right a myrie cheere
His tale anoun and seyde in this manere

knyght

Iamque domos patrias Cithice post aspera gentis
prelia laurigero &c..

Heere bigynneth the knyghtes tale

Whilom as olde stories tellen vs
Ther was a duc þt highte Theseus
Of Atthenes he was lord and gouernour
And in his tyme swich a conquerour
That gretter was ther noon vnder the sonne
fful many a riche contree hadde he wonne
What with his wysdom and his chiualrie
he conquered al the regne of ffemenye
That whilom was ycleped Scithia
And wedded the queene ypolita
And broghte hir hoom with hym in his contree
With muchel glorie and greet solempnytee
And eek hir faire suster Emelye
And thus with victorie and with melodye
lete I this noble duc to Atthenes ryde
And al his hoost in armes hym bisyde
And certes if it nere to long to heere
I wolde yow haue toold fully the manere
how wonnen was the regne of ffemenye
By Theseus and by his chiualrye
And of the grete bataille for the nones
Bitwixen Atthenes and Amazones
And how asseged was ypolita
The faire hardy queene of Scithia
And of the feste þt was at hir weddynge
And of the tempest at hir hoom comynge
But al that thyng I moot as now forbere
I haue god woot a large feeld to ere
And wayke been the oxen in my plough
The remenant of the tale is long ynough
I wol nat letten eek noon of this route
lat euery felawe telle his tale aboute
And lat se now who shal the soper wynne
And ther I lefte I wol ayeyn bigynne

Chaucer

This duc of whom I make mencioun
Whan he was come almoost vn to the toun
In al his wele and in his mooste pryde
he was war as he caste his eye aside
Where that ther kneled in the weye
A compaignye of ladyes tweye and tweye

Knyght

Ech after oother clad in clothes blake
But swich a cry and swich a wo they make
That in this world nys creature lyuynge
That herde swich another waymentynge
And of this cry they nolde neuere stenten
Til they the reynes of his brydel henten
What folk been ye that at myn hom comynge
Pertourben so my feste with cryynge
Quod Theseus haue ye so greet enuye
Of myn honour that thus compleyne and crye
Or who hath yow mysboden or offended
And telleth me if it may been amended
And why that ye been clothed thus in blak
The eldeste lady of hem alle spak
Whan she hadde swowned with a deedly cheere
That it was routhe for to seen and heere
And seyde lord to whom ffortune hath yeuen
Victorie and as a Conquerour to lyuen
Nat greueth vs youre glorie and youre honour
But we biseken mercy and socour
Haue mercy on oure wo and oure distresse
Som drope of pitee thurgh thy gentillesse
Vp on vs wrecched wommen lat thou falle
ffor certes lord ther is noon of vs alle
That she ne hath been a Duchesse or a queene
Now be we caytyues as it is wel seene
Thanked be ffortune and hir false wheel
That noon estaat assureth to be weel
And certes lord to abyden youre presence
Heere in the temple of the goddesse Clemence
We han been waitynge al this fourtenyght
Now help vs lord sith it is in thy myght
I wrecche which that wepe and crye thus
Was whilom wyf to kyng Cappaneus
That starf at Thebes cursed be that day
And alle we that been in this array
And maken al this lamentacion
We losten alle oure housbondes at that toun
Whil that the seege ther aboute lay
And yet now the olde Creon weylaway
That lord is now of Thebes the Citee
ffulfild of ire and of iniquitee
He for despit and for his tirannye
To do the dede bodyes vileynye
Of alle oure lordes whiche that been slawe
He hath alle the bodyes on an heep ydrawe
And wol nat suffren hem by noon assent
Neither to been yburyed nor ybrent

Knyght

But maketh houndes ete hem in despit
And with that word, withouten moore respit
They fillen gruf and criden pitously
Have on us wrecched women som mercy
And lat oure sorwe synken in thyn herte
This gentil duc doun from his courser sterte
With herte pitous whan he herde hem speke
Hym thoughte that his herte wolde breke
Whan he saugh hem so pitous and so maat
That whilom weren of so greet estaat
And in his armes he hem alle up hente
And hem conforteth in ful good entente
And swoor his ooth, as he was trewe knyght
He wolde doon so ferforthly his myght
Upon the tiraunt Creon hem to wreke
That al the peple of Grece sholde speke
Hou Creon was of Theseus yserved
As he that hadde his deeth ful wel deserved
And right anoon withouten moore abood
His baner he desplayeth and forth rood
To Thebesward and al his hoost bisyde
No neer Atthenes wolde he go ne ryde
Ne take his ese fully half a day
But onward on his wey that nyght he lay
And sente anon ypolita the queene
And Emelye hir yonge suster sheene
Un to the toun of Atthenes to dwelle
And forth he rit ther is namoore to telle

The rede statue of mars with spere and targe
So shyneth in his white baner large
That alle the feeldes glyteren up and doun
And by his baner born is his penoun
Of gold ful riche, in which ther was ybete
The mynotaur which that he slough in Crete
Thus rit this duc thus rit this conquerour
And in his hoost of chivalrie the flour
Til that he cam to Thebes and alighte
Faire in a feeld ther as he thoughte fighte
But shortly for to speken of this thyng
With Creon which that was of Thebes kyng
He faught and slough hym manly as a knyght
In pleyn bataille and putte the folk to flyght
And by assaut he wan the citee after
And rente adoun bothe wall and spar & rafter
And to the ladyes he restored agayn
The bones of hir housbondes that weren slayn
To doon obsequies as was tho the gyse
But it were al to longe for to devyse

The knyghtes

The grete clamour and the waymentynge
That the ladyes made at the brennynge
Of the bodies, and the grete honour
That Theseus the noble conquerour
Dooth to the ladyes, whan they from hym wente
But shortly for to telle is myn entente

Whan þt this worthy duc this Theseus
Hath Creon slayn, and wonne Thebes thus
Stille in that feeld he took al nyght his reste
And dide with al the contree as hym leste

To ransake in the taas of the bodyes dede
Hem for to strepe of harneys and of wede
The pilours diden bisynesse and cure
After the bataille and discomfiture
And so bifel þt in the taas they founde
Thurgh girt with many a grevous blody wounde
Two yonge knyghtes liggynge by and by
Bothe in oon armes wroght ful richely
Of whiche two Arcita highte that oon
And that oother knyght highte Palamon
Nat fully quyke ne fully dede they were
But by hir cote armures and by hir gere
The heraudes knewe hem best in special
As they þt weren of the blood roial
Of Thebes, and of sustren two ybornn
Out of the taas the pilours han hem torn
And han hem caried softe un to the tente
Of Theseus and ful soone he hem sente
To Atthenes to dwellen in prisoun
Perpetuelly he nolde no raunsoun
And whan this worthy duc hath thus ydon
He took his hoost and hoom he rood anon
With laurer crowned as a conquerour
And ther he lyueth in ioye and in honour
Terme of his lyue what nedeth wordes mo
And in a tour in angwissh and in wo
This Palamon and his felawe Arcite
For euermore they may no gold hem quite

This passeth yeer by yeer and day by day
Til it fil ones in a morwe of may
That Emelye þt fairer was to sene
Than is the lylie vpon his stalke grene
And fressher than the may wt floures newe
For wt the rose colour stroof hir hewe
I noot which was the fyner of hem two
Er it were day as was hir wone to do
She was arisen and al redy dight
For may wol haue no slogardie a nyght

Knyght

The seson prikketh every gentil herte
And maketh hym out of his slep to sterte
And seith aris and do thyn observaunce
This makes Emelye have remembraunce
To doon honour to may and for to ryse
Yclothed was she fressh for to devyse
Hir yelow heer was broyded in a tresse
Bihynde hir bak a yerde long I gesse
And in the gardyn at the sonne up riste
She walketh up and down and as hir liste
She gadereth floures party white and rede
To make a sotil gerland for hir hede
And as an aungel hevenysshly she soong
The grete tour þt was so thikke and stroong
Which of the castel was the chief dongeon
Ther as the knyghtes weren in prison
Of which I tolde yow and tellen shal
Was evene joynant to the gardyn wal
Ther as this Emelye hadde hir pleyynge
Bright was the sonne & cleer that morwenynge
And this Palamon this woful prisoner
As was his wone by leve of his gayler
Was risen and romed in a chambre an heigh
In which he al the noble citee seigh
And eek the gardyn ful of braunches grene
Ther as this fresshe Emelye the shene
Was in hir walk and romed up and down
This sorweful prisoner this Palamon
Goth in the chambre romynge to and fro
And to hym self compleynynge of his wo
That he was born ful ofte he seyde allas
And so bifel by aventure or cas
That thurgh a wyndow thikke of many a barre
Of yren greet and square as any sparre
He caste his eye upon Emelya
And therwith al he bleynte and cryde. A.
As though he stongen were un to the herte
And with that cry Arcite anon up sterte
And seyde cosyn myn what eyleth thee
That art so pale and deedly on to see
Why cridestow who hath thee doon offence
ffor goddes love taak al in pacience
Oure prison for it may noon oother be
ffortune hath yeven us this Adversitee
Som wikke aspect or disposicion
Of Saturne by som constellacion
Hath yeven us this al though we hadde it sworn
So stood the hevene whan þt we were born

Knyght

We moste endure / this is the short and playn
This Palamon answerde / and seyde agayn
Cosyn for sothe / of this opinion
Thow hast a veyn ymaginacion
This prison caused me nat for to crye
But I was hurt right now thurgh out myn eye
In to myn herte / that wol my bane be
The fairnesse / of that lady þt I see
Yond in the gardyn / romen to and fro
Is cause / of al my cryyng and my wo
I noot / wher she be / womman or goddesse
But Venus is it / sothly as I gesse
And ther with al / on knees doun he fil
And seyde Venus / if it be thy wil
Yow in this gardyn / thus to transfigure
Bifore me / sorweful wrecche creature
Out of this prison / help þt we may scapen
And if so be / my destynee be shapen
By eterne word / to dyen in prison
Of oure lynage / haue som compassion
That is so lowe ybroght / by tyrannye
And with that word / Arcite gan espye
Wher as this lady / romed to and fro
And with that sighte / hir beautee hurte hym so
That if that Palamon / wounded sore
Arcite is hurt / as muche as he or moore
And with a sigh / he seyde pitously
The fresshe beautee / sleeth me sodeynly
Of hir / that rometh in the yonder place
And but I haue hir mercy and hir grace
That I may seen hir / atte leeste weye
I nam but deed / ther is namoore to seye
This Palamon / whan he tho wordes herde
Dispitously / he looked and answerde
Wheither seistow this / in ernest or in pley
Nay quod Arcite / in ernest by my fey
God help me so / me list ful yvele pleye
This Palamon / gan knytte his browes tweye
It nere quod he to thee / no greet honour
For to be fals / ne for to be traitour
To me / þt am thy cosyn and thy brother
ysworn ful depe / and ech of vs til oother
That neuere for to dyen in the peyne
Til þt deeth departe shal vs tweyne
Neither of vs in loue to hyndre oother
Ne in noon oother cas / my leeue brother
But þt thou sholdest trewely forthren me
In euery cas / as I shal forthren thee

Knyght

This was thyn ooth and myn also certeyn
I woot right wel, thou saist it nat withseyn
Thus artow of my conseil out of doute
And now thow woldest falsly been aboute
To love my lady, whom I love and serve
And evere shal, til that myn herte sterve
Nay certes false Arcite thow shalt nat so
I loved hire first and tolde thee my wo
As to my conseil and to my brother sworn
To forthre me, as I have told biforn
For which thou art ybounden as a knyght
To helpen me, if it lay in thy myght
Or elles artow fals, I dar wel seyn
This Arcite ful proudly spak ageyn
Thow shalt quod he be rather fals than I
And thou art fals I telle thee outrely
For paramour I loved hire first er thow
What wiltow seyn, thou wistest nat yet now
Wheither she be a womman or goddesse
Thyn is affection of hoolynesse
And myn is love, as to a creature
For which I tolde thee myn aventure
As to my cosyn and my brother sworn
I pose, that thow lovedest hire biforn
Wostow nat wel the olde clerkes sawe
That, who shal yeve a lovere any lawe
Love is a gretter lawe by my pan
Than may be yeve, of any erthely man
And therfore positif lawe and swich decree
Is broken alday for love in ech degree
A man moot nedes love, maugree his heed
He may nat flee it, thogh he sholde be deed
Al be she mayde, or wydwe, or elles wyf
And eek, it is nat likly al thy lyf
To stonden in hir grace, namoore shal I
For wel thou woost thy selven verraily
That thou and I be dampned to prisoun
Perpetuelly, vs gayneth no raunson
We stryven, as dide the houndes for the boon
They foughte al day, and yet hir part was noon
Ther cam a kyte, whil they weren so wrothe
And baar awey the boon bitwixe hem bothe
And therfore, at the kynges court my brother
Ech man for hym self, ther is noon oother
Love if thee list, for I love and ay shal
And soothly leeve brother this is al
Heere in this prisoun moote we endure
And everich of vs take his aventure

Explicit legem &c amantum

Knyght

Greet was the stryf and long bitwix hem tweye
If that I hadde leyser for to seye
But to theffect it happed on a day
To telle it yow as shortly as I may
A worthy Duc that highte Perotheus
That felawe was to Duc Theseus
Syn thilke day that they were children lite
Was come to Atthenes his felawe to visite
And for to pleye as he was wont to do
For in this world he loved no man so
And he loved hym als tendrely agayn
So wel they loved as olde bookes sayn
That whan that oon was deed, soothly to telle
His felawe wente and soughte hym doun in helle
But of that storie list me nat to write
Duc Perotheus loved wel Arcite
And hadde hym knowe at Thebes yeer by yere
And finally at requeste and preyere
Of Perotheus, with outen any raunson
Duc Theseus hym leet out of prison
Frely to goon wher pt hym liste oueral
In swich a gyse as I you tellen shal

This was the forward pleynly for tendite
Bitwixen Theseus and hym Arcite
That if so were pt Arcite were yfounde
Euere in his lif by day or nyght or stounde
In any contree of this Theseus
And he were caught it was acorded thus
That with a swerd he sholde lese his heed
They nas noon oother remedie ne reed
But taketh his leue and homward he hi spedde
Lat hym be war his nekke lith to wedde

How greet a sorwe suffreth now Arcite
The deeth he feeleth thurgh his herte smyte
He wepeth wayleth crieth pitously
To sleen hym self he waiteth pryuely
He seyde allas that day pt he was born
Now is my prison worse than biforn
Now is me shape eternally to dwelle
Nat in my purgatorie but in helle
Allas pt euere knew I Perotheus
For elles hadde I dwelled with Theseus
Yfetered in his prison eueremo
Thanne hadde I been in blisse & nat in wo
Oonly the sighte of hir whom pt I serue
Though pt I neuere hir grace may deserue
Wolde han suffised right ynough for me
O deere cosyn Palamon quod he

Knyght

Thyn is the victorie of this aventure
Ful blissfully in prison maistow dure
In prison certes nay but in paradys
Wel hath fortune y turned thee the dys
That hast the sighte of hir and I thabsence
For possible is syn thou hast hir presence
And art a knyght a worthy and an able
That som cas syn fortune is chaungeable
Thow maist to thy desir som tyme atteyne
But I þt am exiled and bareyne
Of alle grace and in so greet dispeir
That ther nys erthe water fir ne eir
Ne creature þt of hem maked is
That may me heele or doon confort in this
Wel oughte I sterue in wanhope and distresse
Farwel my lif my lust and my gladnesse
Allas why pleynen folk so in comune
On purueiaunce of god or of fortune
That yeueth hem ful ofte in many a gyse
Wel bettre than they kan hem self deuyse
Som man desireth for to han richesse
That cause is of his morder or greet siknesse
And som man wolde out of his prison fayn
That in his hous is of his meynee slayn
Infinite harmes been in this matere
We witen nat what we preyen heere
We faren as he that dronke is as a mous
A dronke man woot wel þt he hath an hous
But he noot which the righte wey is thider
And to a dronke man the wey is slider
And certes in this world so faren we
We seken faste after felicitee
But we goon wrong ful often trewely
Thus may we seyn alle and namely I
That wende and hadde a greet opinion
That if I myghte escapen from prison
Thanne hadde I been in ioye and parfit heele
That now I am exiled fro my wele
Syn þt I may nat seen you Emelye
I nam but deed ther nys no remedye

Upon þat oother syde Palamon
Whan þt he wiste Arcite was agon
Swich sorwe he maketh þt the grete tour
Resouned of his youlyng and clamour
The pure fettres on his shynes grete
Weren of his bittre salte teeres wete
Allas quod he Arcita cosyn myn
Of al oure strif god woot the fruyt is thyn

Knyghtes

Thow walkest now in Thebes at thy large
And of my wo, thow yevest litel charge
Thou mayst, syn thou hast wysdom & manhede
Assemblen alle the folk of oure kynrede
And make a werre, so sharp on this citee
That by som aventure, or som tretee
Thow mayst haue hir to lady and to wyf
ffor whom þt I moste nedes lese my lyf
ffor as by wey of possibilitee
Sith thou art at thy large, of prysou free
And art a lord, greet is thyn auauntage
Moore than is myn þt sterue here in a cage
ffor I moot wepe and wayle whil I lyue
With al the wo, þt prysou may me yeue
And eek wt peyne, þt loue me yeueth also
That doubleth al my torment, and my wo
They with the fyr of Jalousie vp steyte
With Inne his brest, and heute hi by the herte
So woodly, that he lyk was to biholde
The Boxtree, or the Asshen dede and colde

Thanne seyde he, o cruel goddes þt gouue
This world, wt byndyng of youre word eterne
And wryten in the table of Attramaunt
youre plement, and youre eterne graunt
What is mankynde, moore vn to you holde
Than is the sheep þt rouketh in the folde
ffor slayn is man, right as another beest
And dwelleth eek in prysou and arreest
And hath sikness, and greet aduersitee
And ofte tymes, giltlees parde

What gouernaunce is in this prescience
That giltlees tormenteth innocence
And yet encresseth this, al my penaunce
That man is bounden to his obseruance
ffor goddes sake, to letten of his wille
Ther as a beest may al his lust fulfille
And whan a beest is deed, he hath no peyne
But after his deeth, man moot wepe and pleyne
Though in this world, he haue care and wo
With outen doute, it may stonden so
The answere of this, lete I to dyuynys
But wel I woot þt in this world greet pyne ys
Allas I se a serpent or a theef
That many a trewe man, hath doon mescheef
Goon at his large, and where hym list may turne
But I moot been in prysou thurgh Saturne
And eek thurgh Juno, Jalous and eek wood
That hath destroyed, wel ny al the blood

The knyght

Of Thebes with his waste walles wyde
And Venus sleeth me on that oother syde
ffor Ialousie and fere of hym Arcite
Thus wol I stynte of Palamon alite
And lete hym in his prisoun stille dwelle
And of Arcita forth I wol yow telle
The somer passeth and the nyghtes longe
Encressen double wise the peynes stronge
Bothe of the lovere and the prisoner
I noot which hath the wofuller mester
ffor shortly for to seyn this Palamon
Perpetuelly is dampned to prisoun
In cheynes and in fettres to been deed
And Arcite is exiled upon his heed
ffor everemo as out of that contree
Ne nevere mo he shal his lady see
Yow loveres axe I now this question
Who hath the worse Arcite or Palamon?
That oon may seen his lady day by day
But in prisoun he moot dwelle alway
That oother wher hym list may ride or go
But seen his lady shal he nevere mo
Now demeth as yow list ye that kan
ffor I wol telle forth as I bigan

Explicit prima pars

Sequitur pars secunda

Whan that Arcite to Thebes comen was
ffful ofte a day he swelte and seyde allas
ffor seen his lady shal he nevere mo
And shortly to concluden al his wo
So muche sorwe hadde nevere creature
That is or shal whil pt the world may dure
His slep his mete his drynke is hym biraft
That lene he wexeth and drye as is a shaft
Hise eyen holwe and grisly to biholde
His hewe falow and pale as asshen colde
And solitarie he was and evere allone
And waillynge al the nyght makynge his mone
And if he herde song or Instrument
Thanne wolde he wepe he myghte nat be stent
So feble eek were hise spiritz and so lowe
And chaunged so that no man koude knowe
His speche nor his voys though men it herde
And in his geere for al the world he ferde

Knyght

Pyramus

Nat oonly lik the loueris maladye
Of Hereos, but rather lyk manye
Engendred of humour malencolik,
Biforn his owene celle fantastik.
And shortly turned was al vp so doun
Bothe habit and eek disposicioun
Of hym this woful louere daun Arcite
What sholde I al day of his wo endite
Whan he endured hadde a yeer or two
This cruel torment and this peyne & wo
At Thebes in his contree as I seyde
Vp on a nyght in slepe as he hym leyde
hym thoughte how that the wynged god Mercurie
Biforn hym stood and bad hym to be murie
His slepy yerde in hond he bar vp ryghte
An hat he werede vp on hise heris bryghte
Arrayed was this god as I took keep
As he was whan that Argus took his sleep
And seyde hym thus to Atthenes shaltou wende
Ther is thee shapen of thy wo an ende
And with that word Arcite wook and sterte
Now trewely hou soore þat me smerte
Quod he to Atthenes right now wol I fare
Ne for the drede of deeth shal I nat spare
To se my lady that I loue and serue
In hir presence I recche nat to sterue
And with that word he caughte a greet mirour
And saugh þat chaunged was al his colour
And saugh his visage al in another kynde
And right anon it ran hym in his mynde
That sith his face was so disfigured
Of maladye the which he hadde endured
he myghte wel if þat he bar hym lowe
Lyue in Atthenes eueremoore vnknowe
And seen his lady wel ny day by day
And right anon he chaunged his array
And cladde hym as a poure laborer
And al allone saue oonly a Squier
That knew his pruetee and al his cas
Which was disgised pourely as he was
To Atthenes is he goon the nexte way
And to the court he wente vp on a day
And at the gate he profreth his seruyse
To drugge and drawe what so men wol deuyse
And shortly of this matere for to seyn
he fil in office with a Chamberleyn
The which þat dwellynge was with Emelye
ffor he was wys and koude soone espye

Knyght

Of every seruant which that serueth here
Wel koude he serken wode and water bere
ffor he was yong and myghty for the nones
And ther to he was long and big of bones
To doon that any wight kan hym deuyse
A yeer or two he was in this seruyse
Page of the chaumbre of Emelye the brighte
And Philostrate he seyde þt he highte
But half so wel biloued a man as he
Ne was ther neuer in court of his degree
He was so gentil of condition
That thurgh out al the court was his renoun
They seyden that it were a charitee
That Theseus wolde enhauncen his degree
And putten hym in worshipful seruyse
Ther as he myghte his vertu excercise
And thus with inne a while his name is spronge
Bothe of hise dedes and his goode tonge
That Theseus hath taken hym so neer
That of his chaumbre he made hym a Squier
And gaf hym gold to maynten his degree
And eek men broghte hym out of his contree
ffrom yeer to yeer ful pryuely his rente
But honestly and slyly he it spente
That no man wondred how þt he it hadde
And thre yeer in this wise his lif he ladde
And bar hym so in pees and eek in werre
Ther was no man þt Theseus hath so deere
And in this blisse lete I now Arcite
And speke I wole of Palamon A lite

In derknesse and horrible and strong prison
Thise seuen yeer hath seten Palamon
fforpyned what for wo and for distresse
Who feeleth double soor and heuynesse
But Palamon that loue destreyneth so
That wood out of his wit he goth for wo
And eek ther to he is a prisoner
Perpetuelly noght oonly for a yeer
Who koude ryme in englyssh proprely
His martyrdom for sothe it am nat I
Therfore I passe as lightly as I may
It fel that in the seuenthe yeer in May
The thridde nyght as olde bookes seyn
That al this storie tellen moore pleyn
Were it by auenture or destynee
As whan a thyng is shapen it shal be
That soone after the mydnyght Palamon
By helpyng of a freend brak his prison

Knyght

Capittulum thebaicum

And fleeth the Citee faste as he may go
For he hadde yeue his gayler drynke so
Of a clarree maad of a certeyn wyn
Of narcotikes and opie of Thebes fyn
That al that nyght thogh þt men wolde hm shake
This gayler sleep he myghte nat awake
And thus he fleeth as faste as eue he may
The nyght was short and faste by the day
That nedes cost he moot hym seluen hyde
And til a groue faste they besyde
With dredeful foot thanne stalketh Palamon
For shortly this was his opinion
That in that groue he wolde hym hyde al day
And in the nyght thanne wolde he take his way
To Thebes ward his freendes for to preye
On Theseus to helpe hym to werreye
And shortly outher he wolde lese his lif
Or wynnen Emelye vn to his wyf
This is theffect and his entente pleyn
Now wol I tume to Arcite ageyn
That litel wiste how ny þt was his care
Til þt fortune had brought hm m the snare
The bisy larke messager of day
Salueth in hir song the morwe gray
And fyry Phebus riseth vp so brighte
That al the Orient laugheth of the lighte
And with hise stremes dryeth in the greues
The siluer dropes hangynge on the leues
And Arcita that is in the court royal
With Theseus his squier principal
Is rysen and looketh on the myrie day
And for to doon his obseruaunce to may
Remembrynge on the poynt of his desir
He on a courser startlynge as the fir
Is riden in to the feeldes hym to pleye
Out of the court were it a myle or tweye
And to the groue of which þt I yow tolde
By auenture his wey he gan to holde
To maken hym a gerland of the greues
Were it of wodebynde or hawethorn leues
And loude he song ayeyn the sonne shene
May with alle thy floures and thy grene
Welcome be thou faire fresshe may
In hope þt I som grene gete may
And from his courser with a lusty herte
In to a groue ful hastily he sterte
And in a path he rometh vp and doun
Ther as by auenture this Palamon

Knyght

Was in a busk, that no man myghte hym se
For soore afered of his deeth, thanne was he
No thyng ne knew he that it was Arcite
God woot he wolde haue trowed it ful lite
But sooth is seyd go sithen many yeres
That feeld hath eyen and the wode hath eres
It is ful fair a man to bere hym euene
For al day meeteth men at vnset steuene
Ful litel woot Arcite of his felawe
That was so ny to herknen al his sawe
For in the bussh he sitteth now ful stille
Whan þt Arcite hadde romed al his fille
And songen al the roundel lustily
In to a studie he fil al sodeynly
As doon thise loueres in hir queynte geres
Now in the crop, now doun in the breres
Now vp, now doun, as boket in a welle
Right as the friday, soothly for to telle
Now it shyneth, now it reyneth faste
Right so, kan gery Venus ouer-caste
The hertes of hir folk, right as hir day
Is gereful, right so chaungeth she array
Selde is the friday, al the wowke ylike
Whan þt Arcite had songe he gan to sike
And sette hym doun, withouten any moore
Allas quod he, that day þt I was bore
How longe Juno, thurgh thy crueltee
Woltow weyen Thebes the citee
Allas ybroght is to confusion
The blood roial of Cadme and Amphion
Of Cadmus, which þt was the firste man
That Thebes bulte, or first the toun bigan
And of the citee first was crouned kyng
Of his lynage am I, and his of-spryng
By verray ligne, as of the stok roial
And now I am so caytyf and so thral
That he that is my mortal enemy
I serue hym as his squier pourely
And yet dooth Juno me, wel moore shame
For I dar noght biknowe myn owene name
But ther as I was wont to highte Arcite
Now highte I Philostrate, noght worth a myte
Allas thou felle mars, allas Juno
Thus hath youre Ire, oure kynrede al fordo
Saue oonly me, and wretched Palamon
That Theseus martireth in prison
And ouer al this, to sleen me outrely
Loue hath his firy dart so brennyngly

Rasmus

Knyght

Ystikes, thurgh my tendre careful herte
That shapen was my deeth, erst than my sherte
Ye sleen me, with youre eyen Emelye
Ye been the cause, wherfore þt I dye
Of al the remenant of myn oother care
Ne sette I nat the montance of a tare
So þt I koude, doon aught to youre plesance
And with that word he fil doun in a traunce
A longe tyme, And after he vp sterte
This palamon, þt thoughte þt thurgh his herte
He felte a cold swerd, sodeynliche glyde
ffor ye he quook, no lenger wolde he byde
And whan þt he, had herd Arcites tale
As he were wood, wt face deed and pale
He stirte hym vp, out of the buskes thikke
And seide Arcite, false traytour wikke
Now artow hent, that louest my lady so
ffor whom þt I haue al this peyne and wo
And art my blood, and to my counsel sworn
As I ful ofte, haue seyd thee heer biforn
And hast bynaped heere, duc Theseus
And falsly, chaunged hast thy name thus
I wol be deed, or elles thou shalt dye
Thou shalt nat, loue my lady Emelye
But I wol loue hire oonly, and namo
ffor I am palamon, thy mortal foo
And though þt I no wepens haue in this place
But out of prison, am asterd by grace
I drede noght, þt outher thow shalt dye
Or thow ne shalt nat, louen Emelye
Chees which thou wolt, or thou shalt nat asterte
This Arcite, with ful despitous herte
Whan he hym knew, and hadde his tale herd
As fiers as leoun, pulled out his swerd
And seyde thus, by god þt sit aboue
Nere it, þt thou art sik, and wood for loue
And eek, þt thow no wepne hast in this place
Thou sholdest neuer, out of this groue pace
That thou ne sholdest, dyen of myn hond
ffor I deffye, the suerte and the bond
Which that thou seist, þt I haue maad to thee
What verray fool, thynk wel, þt loue is free
And I wol loue hir, maugree al thy myght
But for as muche, thou art a worthy knyght
And wilnest to darreyne hir by bataille
Haue heer my trouthe, tomorwe I wol nat faille
With oute witynge, of any oother wight
That heere I wol be founden As A knyght

Knyght

And bryngen harneys right ynough for thee
And chese the beste / and leue the worste for me
And mete and drynke this nyght wol I brynge
ynough for thee / and clothes for thy beddynge
And if so be / that thou my lady wynne
And sle me in this wode / ther I am Inne
Thow mayst wel haue thy lady as for me
This Palamon answerde / I graunte it thee
And thus they been departed / til amorwe
Whan ech of hem / had leyd his feith to borwe
O Cupide / out of alle charitee
O regne / þt wolt no felawe haue wt thee
Ful sooth is seyd / þt loue ne lordesshipe
Wol noght his thankes / haue no felaweshipe
Wel fynden that / Arcite and Palamon
Arcite is riden anon / vn to the toun
And on the morwe / er it were dayes light
Ful pryuely / two harneys hath he dight
Bothe suffisaunt / and mete to darreyne
The bataille in the feeld / bitwix hem tweyne
And on his hors / allone as he was born
He carieth / al the harneys hym biforn
And in the groue / at tyme and place yset
This Arcite / and this Palamon ben met
To chaungen / gan the colour in hir face
Right as the hunters / in the regne of Trace
That stondeth at the gappe with a spere
Whan hunted is / the leoun and the bere
And hereth hym / come russhyng in the greues
And breketh / bothe bowes / and the leues
And thynketh heere cometh my mortal enemy
With outen faille / he moot be deed / or I
Ffor outher I moot sleen hym at the gappe
Or he moot sleen me / if þt me myshappe
So ferden they / in chaungyng of hir hewe
As fer as euerych of hem oother knewe
Ther nas no good day ne no salutyng
But streight / wt outen word / or rehersyng
Euerich of hem / heelp for to armen oother
As frendly / as he were his owene brother
And after that / with sharpe speres stronge
They foynen ech at oother wonder longe
Thou myghtest wene / that this Palamon
In his fightyng / were a wood leon
And as a cruel tigre was Arcite
As wilde bores / gonne they to smyte
That frothen whit as foom / for ire wood
Vp to the ancle / foghte they in hir blood

Knyght

And in this wise I lete hem fightyng dwelle
And forth I wole of Theseus yow telle

The destinee mynystre general
That executeth in the world ouer al
The purueiaunce that god hath seyn biforn
So strong it is, pt though the world had sworn
The contrarie of a thyng by ye or nay
Yet sometyme it shal fallen on a day
That falleth nat eft in myne a thousand yeere
For certeinly oure appetites heere
Be it of werre or pees or hate or loue
Al is this reuled by the sighte aboue
This mene I now by myghty Theseus
That for to hunten is so desirus
And namely at the grete hert in may
That in his bed ther daweth hym no day
That he nys clad and redy for to ryde
With hunte and horn and houndes hym bisyde
For in his huntyng hath he swich delit
That it is al his ioye and appetit
To been hym self the grete hertes bane
For after mars he serueth now dyane
Cleer was the day as I haue tolde er this
And Theseus with alle ioye and blis
With his ypolita the faire queene
And Emelye clothed al in grene
On huntyng be they riden roially
And to the groue that stood ful faste by
In which ther was an hert as men hym tolde
Duc Theseus the streighte wey hath holde
And to the launde he rideth hym ful right
For thider was the hert wont haue his flight
And ouer a brook and so forth in his weye
This duc wol han a cours at hym or tweye
With houndes swiche as hym list comaunde
And whan this duc was come vn to the launde
Vnder the sonne he looketh and anon
He was war of arcite and palamon
That foughten breme as it were bores two
The brighte swerdes wenten to and fro
So hidously that wt the leeste strook
It semed as it wolde fille an ook
But what they were no thyng he ne woot
This duc his courser wt his spores smoot
And at a stert he was bitwix hem two
And pulled out a swerd and cride hoo
Namoore vp peyne of lesynge of youre heed
By myghty mars he shal anon be deed

The knyght

That smyteth any stroke, that I may seen
But telleth me, what mysters men ye been
That been so hardy, for to fighten heere
Withouten Iuge, or oother Officere
As it were in a lystes royally
This Palamon answerde hastily
And seyde sir, what nedeth wordes mo
We haue, the deeth, disserued bothe two
Two woful wrecches been we, two caytyues
That been encombred of oure owen lyues
And as thou art a rightful lord and Iuge
Ne yeue vs, neither mercy, no refuge
But sle me first, for seinte charitee
But sle my felawe eek, as wel as me
Or sle hym first, for though thow knowest it lite
This is thy mortal foo, this is Arcite
That fro thy lond, is banysshed on his heed
ffor which, he hath deserued to be deed
ffor this is he, þt cam vn to thy gate
And seyde, þt he highte Philostrate
Thus hath he Iaped thee, ful many a yeer
And thow hast maked hym thy chief Squier
And this is he, that loueth Emelye
ffor sith the day, is come þt I shal dye
I make pleynly, my confession
That I am thilke woful Palamon
That hath thy prison broken wikkedly
I am thy mortal foo, and it am I
That loueth so hoote, Emelye the brighte
That I wol dye, present in hir sighte
Wherfore I axe deeth, and my Iuwise
But sle my felawe, in the same wise
ffor bothe han we deserued to be slayn
This worthy Duc answerde anon agayn
And seyde, this is a short conclusion
youre owen mouth, by youre confession
Hath dampned yow, and I wol it recorde
It nedeth noght, to pyne yow wt the corde
ye shal be deed, by myghty mars the rede
The queene anon, for verray wommanhede
Gan for to wepe, and so dide Emelye
And alle the ladyes, in the compaignye
Greet pitee was it, as it thoughte hem alle
That euer swich a chaunce, sholde falle
ffor gentil men they were, of greet estaat
And no thyng but for loue, was this debaat
And saugh hir blody woundes, wyde and sore
And alle cryeden, bothe lasse and moore

¶ Knyght

Haue mcy lord vp on vs women alle
And on hir bare knees adoun they falle
And wolde haue kist his feet ther as he stood
Til at the laste aslaked was his mood
ffor pitee renneth sone in gentil herte
And though he first for Ire quook and sterte
He hath considered shortly in a clause
The trespas of hem bothe and eek the cause
And although pt his Ire hir gilt accused
yet in his reson he hem bothe excused
As thus he thoghte wel pt euery man
Wol helpe hym self in loue if that he kan
And eek delyuer hym self out of pryson
And eek his herte hadde compassion
Of women for they wepen euere in oon
And in his gentil herte he thoghte anon
And softe vn to hym self he seyde fy
Vp on a lord that wol haue no mercy   ¶ Nota biñ
But been a leon bothe in word and dede
To hem pt been in repentance and drede
As wel as to a proud despitous man
That wol mayntene that he first bigan
That lord hath litel of discrecion
That in swich cas kan no diuision
But weyeth pryde and humblesse after oon
And shortly whan his Ire is thus agoon
He gan to looken vp with eyen lighte
And spak thise same wordes al on highte
¶ The god of loue a benedicite
How myghty and how greet a lord is he
Ageyns his myght ther gayneth none obstacles
He may be cleped a god for hise myracles
ffor he kan maken at his owene gyse
Of euerich herte as pt hym list diuyse
Lo heere this Arcite and this Palamon
That quitly weren out of my prison
And myghte han lyued in Thebes roially
And witen I am hir mortal enemy
And pt hir deth lith in my myght also
And yet hath loue maugree hir eyen two
Broght hem hyder bothe for to dye
Now looketh is nat that an heigh folye
¶ Who may been a fool but if he loue
Bihoold for goddes sake pt sit aboue
Se how they blede be they noght wel apayed
Thus hath hir lord the god of loue ypayed
Hir wages and hir fees for hir seruyse
And yet they wenen for to been ful wyse

Knyght

That wommen loue, for aught that may bifalle
But this is yet the beste game of alle
That she for whom they han this Iolitee
Kan hem therfore, as muche thank as me
She woot namoore of al this hoote fare
By god, than woot a Cokkow of an hare
But al moot been assayed, hoot and cold
A man moot been a fool, or yong, or old
I woot it by my self, ful yore agon
ffor in my tyme, a servant was I oon
And therfore, syn I knowe of loues peyne
And woot how soore, it kan a man distreyne
As he that hath been caught ofte in his laas
I yow foryeue, al hoolly this trespaas
At requeste of the queene, that kneleth heere
And eek of Emelye, my suster deere
And ye shul bothe anon vnto me swere
That neuer mo, ye shal my contree dere
Ne make werre vp on me nyght ne day
But been my freendes in al that ye may
I yow foryeue, this trespas euery deel
And they hym sworen his axyng fayre & weel
And hym of lordshipe and of mercy preyde
And he hem graunteth gra, and thus he seyde

To speke of roial lynage and richesse
Though that she were a queene or a Princesse
Ech of you bothe is worthy doutelees
To wedden whan tyme is douteles
I speke as for my suster Emelye
ffor whom ye haue this stryf & Ialousye
ye woot your self, she may nat wedden two
Atones, though ye fighten eueremo
That oon of you, al be hym looth or lief
He moot pypen in an Iuy leef
This is to seyn, she may nat now han bothe
Al be ye neuer so Ialouse, ne so wrothe
And for thy I yow putte in this degree
That ech of yow, shal haue his destynee
As hym is shape, and herkneth in what wyse
Lo heere youre ende of that I shal deuyse

My wyl is this, for that conclusion
With outen any Iepplicacion
If that yow liketh, take it for the beste
That eueryche of you, shal goon where hym leste
ffrely, with outen raunson or daunger
And this day fifty wykes, fer ne ner
Eueryche of you, shal brynge an hundred knyghtes
Armed for lystes, vp at alle rightes

Redy to darreyne hym by bataille
And this bihote I yow, with outen faille
Vpon my trouthe, and as I am a knyght
That wheither of yow bothe þt hath myght
This is to seyn, that wheither he or thow
May wt his hundred, as I spak of now
Sleen his contrarie, or out of lystes dryue
Thanne shal I yeue Emelya to wyue
To whom þt fortune yeueth so fair a grace
The lystes shal I maken in this place
And god so wisly on my soule rewe
As I shal euene Iuge been and trewe
Ye shul noon oother ende wt me maken
That oon of yow ne shal be deed or taken
And if yow thynketh this is weel ysayd
Seyeth youre auys, and holdeth you apayd
This is youre ende and youre conclusion
Who looketh lightly now but Palamon
Who spryngeth vp for Ioye, but Arcite
Who kouthe telle, or who kouthe endite
The Ioye þt is maked in the place
Whan Theseus hath doon so fair a grace
But doun on knees wente euery man Right
And thonken hym, wt al hir herte and myght
And namely the Thebans often sithe
And thus with good hope, and wt herte blithe
They taken hir leue, and homeward gonne they ride
To Thebes with hise olde walles wyde

¶ Explicit secunda pars

¶ Sequitur pars tercia

I trowe men wolde deme it necligence
If I foryete to tellen the dispence
Of Theseus that gooth so bisily
To maken vp the lystes roially
That swich a noble Theatre as it was
I dar wel seyn in this world ther nas
The circuit a myle was aboute
Walled of stoon, and dyched al with oute
Round was the shap, in manere of compas
Ful of degrees, the heighte of sixty pas
That whan a man was set on o degree
He lette nat his felawe for to see
Estward ther stood a gate of marbul whit
Westward right swich another in the opposit

The knyght

And shortly to concluden with a place
was noon in erthe, as in so litel space
ffor in the lond ther was no crafty man
That geometrie or Ars metrik kan
Ne portreitour ne kerver of ymages
That Theseus ne yaf mete and wages
The theatre for to maken and devyse
And for to doon his ryte and sacrifise
he Estward hath vp on the gate aboue
In worship of Venus goddesse of loue
doon make an Auter, and an Oratorie
And on the westward in memorie
Of mars he maked hath right swich another
That coste largely of gold a fother
And Northward in a Touret on the wal
Of Alabastre whit and reed coral
An Oratorie riche for to see
In worship of Dyane of chastitee
hath Theseus doon wroght in noble wyse

But yet hadde I foryeten to devyse
The noble keruyng and the portreitures
The shap, the contenaunce and the figures
That weren in thise oratories thre

ffirst in the temple of Venus maystow se
wroght on the wal ful pitous to biholde
The broken slepes, and the sikes colde
The sacres teeris and the waymentynge
The firy strokes, and the desirynge
That loues seruantz in this lyf endureth
The othes, that hir couenantz assureth
Plesaunce and hope, desir foolhardynesse
Beautee and youthe, baudery richesse
Charmes and force, lesynges flaterye
Dispense bisynesse and Ialousye
That wered of yolewe gooldes a gerland
And a cokkow sittynge on hir hand
ffestes Instrumentz, caroles daunces
lust and aray, and alle the circumstaunces
Of loue which that I rekne haue I rekne shal
By ordre weren peynted on the wal
And mo, than I kan make of mencion
ffor soothly al the mount of Citheron
Ther Venus hath hir principal dwellynge
was shewed on the wal in portreyynge
with al the gardyn, and the lustynesse
Nat was foryeten the porter ydelnesse
Ne Narcisus the faire of yore agon
And yet the folye of kyng Salomon

Knyght

And eek the grete strengthe of Ercules
Thenchauntementz of Medea and Circes
Ne of Turnus, wt the hardy fiers corage
The riche Cresus kaytyf in servage
Thus may ye seen þt wysdom ne richesse
Beautee ne sleighte, strengthe hardynesse
Ne may with Venus holde champartie
ffor as hir list, the world than may she gye
Lo alle thise folk so caught were in hir las
Til they for wo ful ofte seyde allas
Suffiseth heere ensamples oon or two
And though I koude rekene a thousand mo

The statue of Venus, glorious for to se
Was naked, fletynge in the large see
And fro the navele doun, al covered was
Wt wawes grene and brighte as any glas
A citole in hir right hand hadde she
And on hir heed ful semely for to se
A rose gerland fressh and wel smellynge
Above hir heed, hir dowves flikerynge
Biforn hir stood hir sone Cupido
Vpon his shuldres wynges hadde he two
And blynd he was, as it was often seene
A bowe he bar and arwes brighte and kene

Why sholde I noght as wel eek telle yow al
The portreiture that was vpon the wal
Wtinne the temple of mighty Mars the rede
Al peynted was the wal, in lengthe and brede
Lyk to the estres of the grisly place
That highte the grete temple of Mars in Trace
In thilke colde, frosty Regioun
Ther as Mars hath his souereyn mansioun

ffirst on the wal was peynted a forest
In which ther dwelleth neither man ne best
With knotty knarry bareyne trees olde
Of stubbes sharpe and hidouse to biholde
In which ther ran a rumbel and a sough
As though a storm sholde bresten euery bough
And dounward from an hille, vnder a bente
Ther stood the temple of Mars armypotente
Wroght al of burned steel of which the entree
Was long and streit and gastly for to see
And ther out cam a rage and swich a veze
That it made al the gate for to rese
The northren lyght in at the dores shoon
ffor wyndowe on the wal ne was ther noon
Thurgh which men myghten any light discerne
The dore was al of adamant eterne

Knyght

Ytrenched ouer thwart and endelong
With yren tough and for to make it strong
Euery pyler the temple to sustene
Was tonne greet of yren bright and shene
Ther saugh I first the dyrke ymagynyng
Of felonye and the compassyng
The cruel Ire reed as any gleede
The pykepurs and the pale drede
The smyler with the knyf vnder the cloke
The sheepne brennynge with the blake smoke
The treson of the mordrynge in the bedde
The open werre with woundes al bibledde
Contek with blody knyf and sharp manace
Al ful of chirkyng was that sory place
The sleer of hym self yet saugh I ther
His herte blood hath bathed al his heer
The nayl ydryuen in the shode a nyght
The colde deeth with mouth gapyng vp right
Amyddes of the temple sat meschaunce
With discomfort and sory contenaunce
Yet saugh I woodnesse laughynge in his rage
Armed compleynt outhees and fiers outrage
The careyne in the bussh with throte ycorue
A thousand slayn and nat oon of qualm ystorue
The tiraunt with the pray by force yraft
The toun destroyed ther was no thyng laft
Yet saugh I brent the shippes hoppesteres
The hunte strangled with the wilde beres
The sowe freten the child right in the cradel
The cook yscalded for al his longe ladel
Noght was foryeten by the infortune of Marte
The cartere ouerryden with his carte
Vnder the wheel ful lowe he lay adoun
Ther were also of Martes diuisioun
The barbour and the bocher and the smyth
That forgeth sharpe swerdes on his styth
And al aboue depeynted in a tour
Saugh I conquest sittynge in greet honour
With the sharpe swerd ouer his heed
Hangynge by a soutil twynes threed
Depeynted was the slaughtre of Julius
Of grete Nero and of Antonius
Al be pt thilke tyme they were vnborn
Yet was hir deth depeynted ther biforn
By manassynge of Mars right by figure
So was it shewed in that portreiture
As is depeynted in the sterres aboue
Who shal be slayn or elles deed for loue

Knyght

Suffiseth oon ensample in stories olde
I may nat rekene hem alle though I wolde

The Statue of mars vp on a carte stood
Armed and loked grym as he were wood
And ouer his heed ther shynen two figures
Of sterres that been cleped in scriptures
That oon Puella that oother Rubeus
This god of Armes was arayed thus
A wolf ther stood biforn hym at his feet
With eyen rede and of a man he eet
With soutil pencel was depeynted this storie
In redoutynge of mars and of his glorie

Now to the temple of Dyane the chaste
As shortly as I kan I wol me haste
To telle yow al the descripsioun
Depeynted been the walles vp and doun
Of huntyng and of shamefast chastitee

Ther saugh I how woful Callistopee
Whan þt Diane agreued was with here
Was turned from a woman til a bere
And after was she maad the loode sterre   **Thus an Image**
Thus was it peynted I kan sey yow no ferre
Hir sone is eek a sterre as men may see
Ther saugh I Dane yturned til a tree
I mene nat the goddesse Diane
But Peneus doghter which þt highte Dane

Ther saugh I Attheon an hert ymaked
For vengeance þt he saugh Diane al naked
I saugh how þt hise houndes haue hym caught
And freeten hym for þt they knewe hym naught
Yet peynted a litel forther moor
How Atthalante hunted the wilde boor
And meleagree and many another mo
For which Dyane wroghte hym care and wo
Ther saugh I many another wonder storie
The whiche me list nat drawen to memorie
This goddesse on an hert ful heighe seet
With smale houndes al aboute hir feet
And vndernethe hir feet she hadde a moone
Wexynge it was and sholde wanye soone
In gaude grene hir statue clothed was
With bowe in honde and Arwes in a cas
Hir eyen caste she ful lowe adoun
Ther Pluto hath his derke regioun
A woman trauaillynge was hir biforn
But for hir child so longe was vnborn
Ful pitously Lucyna gan she calle
And seyde help for thow mayst best of alle

The knyght

Wel koude he peynten lifly, that it wroghte
With many a floryn he the hewes boghte
Now been the lystes maad, and Theseus
That at his grete cost, arrayed thus
The temples and the theatre every deel
Whan it was doon, hym lyketh wonder weel
But stynte I wole, of Theseus alite
And speke of Palamon, and of Arcite
The day approcheth, of hir retournynge
That everich, sholde an hundred knyghtes brynge
The bataille to darreyne, as I yow tolde
And til Atthenes, hir covenantz for to holde
Hath euch of hem, broght an hundred knyghtes
Wel armed for the werre, at alle rightes
And sikerly, ther trowed many a man
That neuere sithen, that the world bigan
As for to speke, of knyghthod of hir hond
As fer, as god hath maked see or lond
Nas of so fewe, so noble a compaignye
For every wight, that loued chiualrye
And wolde his thankes, han a passant name
Hath preyd, þt he myghte been of that game
And wel was hym, that they to chosen was
For if ther fille tomorwe swich a cas
Ye knowen wel, þt every lusty knyght
That loueth paramours, and hath his myght
Were it in Engelond, or elles where
They wolde hir thankes, wilnen to be there
To fighte for a lady, benedicitee
It were a lusty sighte for to see
And right so ferden they wt Palamon
Wt hym, ther wenten knyghtes many on
Som wol ben armed, in an haubergeon
And in brestplate, and in a light gypoun
And some woln haue, a paire plates large
And some woln haue, a pruce sheeld or a targe
Some woln ben armed, on hir legges weel
And haue an ax, and some a mace of steel
Ther is no newe gyse, that it nas old
Armed were they, as I haue yow told
Euerych after his opinion
Ther maistow seen, comynge wt Palamon
Ligurge hym self, the grete king of Trace
Blak was his berd, and manly was his face
The cercles of hise eyen in his heed
They gloweden, bitwixen yelow and reed
And lik a gryfphon, loked he aboute
With kempe heeris, on hise browes stoute

Knyghtus

Hise lymes grete, hise brawnes harde and stronge
Hise shuldres brode, hise armes rounde and longe
And as the gyse was in his contree
Ful hye, vpon a chaar of gold stood he
With foure white boles in the trays
In stede of cote Armure ou his harnays
With nayles yelewe, and bright as any gold
He hadde a beres skyn, colblak for old
His longe heer was kembd bihynde his bak
As any Rauenes fethere, it shoon for blak
A wrethe of gold arm greet, of huge wighte
Vpon his heed, set ful of stones brighte
Of fyne Rubyes, and of Dyamauntz
Aboute his chaar, they wenten white Alauntz
Twenty and mo, as grete as any steer
To hunten at the leon or the deer
And folwed hym, with mosel faste ybounde
Colers of gold, and tettes fyled rounde
An hundred lordes, hadde he in his route
Armed ful wel, with hertes sterne and stoute

With Aracite, in stories as men fynde
The grete Emetreus, the kyng of Inde
Vpon a steede bay, trapped in steel
Couered in clooth of gold, dyapred weel
Cam rydynge, lyk the god of Armes mars
His cote Armure was of clooth of Tars
Couched with perles, white and rounde & grete
His sadel was of brend gold newe ybete
A mantel, vpon his shulder hangynge
Brat ful of Rubyes rede, as fyr sparklynge
His crispe heer, lyk rynges was yronne
And that was yelow, and glytered as the sonne
His nose was heigh, hise eyen bright citryn
Hise lyppes rounde, his colour was sanguyn
A fewe frakenes in his face yspreynd
Bitwyxen yelow, and somdel blak ymeynd
And as a leon, he his lookyng caste
Of fyue and twenty yeer, his age I caste
His berd was wel bigonne for to sprynge
His voys was as a tronne thondrynge
Vpon his heed, he wered of laurer grene
A gerland, fressh, and lusty for to sene
Vpon his hand he bar for his deduyt
An Egle tame, as any lilye whyt
An hundred lordes, hadde he with hym there
Al armed saue hir heddes, in al hir gere
Ful richely, in alle maner thynges
For trusteth wel, þt dukes, Erles kynges

A knyght

Were gadered, in this noble compaignye
ffor loue, And for encrees of Chiualrye
Aboute this kyng, they ran on euery part
fful many a tame leon, and leopard
And in this wise, thise lordes alle and some
Been on the sonday, to the Citee come
Aboute pryme, and in the toun alight
This Theseus this duc, this worthy knyght
Whan he has broght hem, in to his Citee
And Inned hem, euerich in his degree
He festeth hem, And dooth so greet labour
To esen hem, And doon hem al honour
That yet men weneth, þ[a]t no manes wit
Of noon estaat, ne koude amenden it
The mynstralcye, the seruice at the feeste
The grete yiftes, to the meeste and leeste
The riche array, of Theseus paleys
Ne who sat, first ne last vp on the deys
What ladyes fairest been, or best daunsynge
Or which of hem kan daunccn best and synge
Ne who moost felyngly speketh of loue
What haukes, sitten on the perche aboue
What houndes, liggen in the floor adoun
Of al this, make I now no mencioun
But al theffect, that thynketh me the beste
Now cometh the point, and herkneth if yow leste
The sonday nyght, er day bigan to spryng
Whan Palamon, the larke herde synge
Al though it nere nat day, by houres two
Yet song the larke, and Palamon also
With hooly herte, and with an heigh corage
He roos to wenden on his pilgrymage
Vn to the blisful Citherea benigne
I mene Venus, honurable and digne
And in hir houre, he walketh forth a pas
Vn to the lystes, ther hir ——— temple was
And doun he kneleth, with ful humble cheere
And herte soor, and seyde in this manere

Faireste of faire, o lady myn Venus
Doughter to Ioue, and spouse of Vulcanus
Thow gladere, of the mount of Citheron
ffor thilke loue, thow haddest to Adoun
Haue pitee, of my bittre teeris smerte
And tak myn humble preyere at thyn herte
Allas I ne haue, no langage to telle
Theffectes, ne the tormentz of myn helle
Myn herte, may myne harmes nat biwreye
I am so confus that I kan noght seye

The preyere of Palamon
To Venus goddesse of loue

Knyght

But thou lady bright, that knowest weele
My thought, and seest what harmes þt I feele
Considere al this and rewe vpon my sore
As wisly as I shal for euere more
Enforth my myght, thy trewe servant be
And holden werre alwey with chastitee
Þat make I myn avow, so ye me helpe
I kepe noght of armes for to yelpe
Ne I ne axe nat tomorwe to haue victorie
Ne renoun in this cas ne veyne glorie
Of pris of armes blowen vp and doun
But I wolde haue fully possessioun
Of Emelye and dye in thy servyse
Ffynd thow the manere how & in what wyse
I recche nat but it may bettre be
To haue victorie of hem or they of me
So that I haue my lady in myne armes
Ffor though so be þt mars is god of armes
Youre vertu is so greet in heuene aboue
That if yow list I shal wel haue my loue
Thy temple wol I worshipe eueremo
And on thyn auter where I ryde or go
I wol doon sacrifice and fyres beete
And if ye wol nat so my lady sweete
Thanne preye I thee tomorwe wt a spere
That Arcita me thurgh the herte bere
Thanne rekke I noght whan I haue lost my lyf
Though that Arcita wynne hir to his wyf
This is theffect and ende of my preyere
yif me my loue thow blissful lady deere

Whan the orison was doon of Palamon
His sacrifice he dide and that anon
Ful pitously with alle circumstance
Al telle I noght as now his obseruance
But atte laste the statue of venus shook
And made a signe wherby þt he took
That his preyere accepted was that day
Ffor thogh the signe shewed a delay
yet wiste he wel þt graunted was his boone
And wt glad herte he wente hym hoom ful soone

The thridde houre in equal that Palamon
Bigan to venus temple for to gon
Vp roos the sonne and vp roos Emelye
And to the temple of Dyane gan hye
Hir maydens þt she thider wt hir ladde
Ful redily wt hem the fyr they hadde
Thencens the clothes and the remenaunt al
That to the sacrifice longen shal

The knyght

The hornes fulle of meeth, as was the gyse
They usedes noght, to doon hir sacrifise
Smokynge the temple, ful of clothes faire
This Emelye, with herte debonaire
Hir body wessh, with water of a welle
But how she dide hir ryte, I dar nat telle
But it be, any thyng in general
And yet it were a game, to heeren al
To hym þt meneth wel, it were no charge
But it is good, a man been at his large
Hir brighte heer was kembd, vntressed al
A coroune of a grene ook cerial
Vpon hir heed was set, ful fair and meete
Two fyres on the auter, gan she beete
And dide hir thynges, as men may biholde
In Stace of Thebes, and thise bookes olde
Whan kyndled was the fyr, with pitous cheere
Vn to Dyane, she spak, as ye may heere

O chaste goddesse, of the wodes grene
To whom bothe heuene & erthe & see is sene
Queene of the regne of Pluto derk, and lowe
Goddesse of maydens, that myn herte hast knowe
fful many a yeer, and woost what I desire
As keep me fro thy vengeance and thyn ire
That Attheon, aboughte cruelly
Chaste goddesse wel wostow, þt I
Desire, to ben a mayden al my lyf
Ne neuere wol I be no loue ne wyf
I am thow woost, yet of thy compaignye
A mayde, and loue huntynge and veneyre
And for to walken, in the wodes wilde
And noght to ben a wyf, and be with childe
Noght wol I knowe, the compaignye of man
Now help me lady, sith ye may and kan
ffor tho thre formes, þt thou hast in thee
And Palamon, that hath swich loue to me
And eek Arcite, that loueth me so soore
This grace I preye thee with oute moore
And sende loue and pees, bitwyxe hem two
And fro me, turne awey hir hertes so
That al hir hoote loue, and hir desir
And al hir bisy torment, and hir fir
Be queynt, or turned in another place
And if so be, thou wolt do me no grace
And if my destynee, be shapen so
That I shal nedes haue, oon of hem two
As sende me hym, þt moost desireth me
Bihoold goddesse of clene chastitee

The preyere of Emelye to Dyane goddesse of maydens

Knyght

The bittre teerys / that on my chekes falle
Syn thou art mayde / and kepere of vs alle
My maydenhede thou kepe and wel conserue
And whil I lyue a mayde / I wol thee serue

The fires brenne / vp on the auter cleere
Whil Emelye / was thus in hir preyere
But sodeynly / she saugh a sighte queynte
ffor right anon / oon of the fyres queynte
And quyked agayn / and after that anoon
That oother fyr / was queynt / and al agoon
And as it queynte / it made a whistlynge
As doon thise wete brondes in hir brennynge
And at the brondes ende / out ran anoon
As it were / blody dropes many oon
ffor which / so soore agast was Emelye
That she was wel ny mad / and gan to crye
ffor she ne wiste / what it signyfied
But oonly for the feere / thus hath she cried
And weep / that it was pitee for to heere
And therwith al / Dyane gan appeere
With bowe in honde / right as an Hunteresse
And seyde doghter / stynt thyn heuynesse

The answere of Dyane to Emelye

Among the goddes hye / it is affermed
And by eterne word / wryten and confermed
Thou shalt ben wedded / vn to oon of tho
That han for thee / so muchel care and wo
But vn to which of hem / I may nat telle
ffar wel / for I ne may no lenger dwelle
The fires / whiche that on myn auter brenne
Shulle thee declare / er that thou go henne
Thyn auenture of loue / as in this cas
And with that word / the arwes in the caas
Of the goddesse / clateren faste and rynge
And forth she wente / and made a vanysshynge
ffor which / this Emelye astoned was
And seyde / what amounteth this Allas
I putte me / in thy proteccion
Dyane / and in thy disposicion
And hoom she goth anon the nexte weye
This is theffect / ther is namoore to seye

The nexte houre of Mars folwynge this
Arcite / vn to the temple walked is
Of fierse Mars / to doon his sacrifise
With alle the rytes / of his payen wyse
With pitous herte / and heigh deuocion
Right thus to Mars / he seyde his orison

The orisoun of Arcite to Mars god of Armes

O stronge god / that in the regnes colde
Of Trace / honoured art / and lord yholde

Knyght

And hast in every regne and every lond
Of armes al the brydel in thyn hond
And hem fortunest as thee lyst devyse
Accepte of me my pitous sacrifise
If so be that my youthe may deserve
And þt my myght be worthy for to serve
Thy godhede þt I may been oon of thyne
Thanne preye I thee to rewe vpon my pyne
For thilke peyne and thilke hoote fyr
In which thow whilom brendest for desir
Whan þt thow vsedest the beautee
Of faire yonge fresshe Venus free
And haddest hir in armes at thy wille
Al though thee ones on a tyme mysfille
Whan Vulcanus hadde caught thee in his las
And foond thee liggynge by his wyf allas
For thilke sorwe that was in thyn herte
Haue routhe as wel vpon my peynes smerte
I am yong and vnkonnynge as thow woost
And as I trowe with loue offended moost
That euere was any lyues creature
For she þt dooth me al this wo endure
Ne recheth neuere wher I synke or flete
And wel I woot er she me mercy heete
I moot wt strengthe wynne hir in the place
And wel I woot wt outen help or grace
Of thee ne may my strengthe noght auaille
Thanne help me lord tomorwe in my bataille
For thilke fyr that whilom brente thee
As wel as thilke fyr now brenneth me
And do that I tomorwe haue victorie
Myn be the trauaille and thyn be the glorie
Thy souereyn temple wol I moost honouren
Of any place and alwey moost labouren
In thy plesaunce and in thy craftes stronge
And in thy temple I wol my baner honge
And alle the armes of my compaignye
And euere mo vn to that day I dye
Eterne fyr I wol biforn thee fynde
And eek to this auow I wol me bynde
My beerd myn heer that hongeth long adoun
That neuere yet ne felte offensioun
Of rasour nor of shere I wol thee yeue
And ben thy trewe seruant whil I lyue
Now lord haue routhe vpon my sorwes soore
Yif me the victorie I aske thee namoore

The preyere stynt of Arcita the stronge
The rynges on the temple dore that honge

Knyght

And eek the dores clatereden ful faste
Of which Arcita somwhat hym agaste
The fyres brenden vpon the auter brighte
That it gan al the temple for to lighte
And sweete smel the ground anon vp yaf
And Arcita anon his hand vp haf
And moore encens in to the fyr he caste
With othere rytes mo and atte laste
The statue of Mars bigan his hauberk rynge
And with that soun he herde a murmurynge
Ful lowe and dym and seyde thus victorie
For which he yaf to Mars honour and glorie
And thus with ioye and hope wel to fare
Arcite anon vn to his In is fare
As fayn as fowel is of the brighte sonne

And right anon swich strif ther is bigonne
For thilke grauntyng in the heuene aboue
Bitwixe Venus the goddesse of loue
And Mars the stierne god Armypotente
That Iuppiter was bisy it to stente
Til that the pale Saturnus the colde
That knew so manye of auentures olde
Foond in his olde experience and Art
That he ful soone hath plesed euery part
As sooth is seyd elde hath greet auantage
In elde is bothe wysdom and vsage
Men may the olde at renne and noght at rede
Saturne anon to stynten strif and drede
Al be it that it is agayn his kynde
Of al this strif he gan remedie fynde

My deere doghter Venus quod Saturne
My cours that hath so wyde for to turne
Hath moore power than woot any man
Myn is the drenchyng in the see so wan
Myn is the prison in the derke cote
Myn is the stranglyng and hangyng by the throte
The murmure and the cherles rebellyng
The groynynge and the pryuee empoysonyng
I do vengeance and pleyn correccion
Whil I dwelle in signe of the leon
Myn is the ruyne of the hye halles
The fallynge of the toures and of the walles
Vpon the mynour or the carpenter
I slow Sampson shakynge the piler
And myne be the maladyes colde
The derke tresons and the castes olde
My lookyng is the fader of pestilence
Now weep namoore I shal doon diligence

knyght

That Palamon, that is thyn owene knyght,
Shal haue his lady, as thou hast hym hight.
Though Mars shal helpe his knyght, yet natheless
Bitwixe yow, ther moot be som tyme pees
Al be ye noght of o compleccion
That causeth al day swich diuision
I am thyn aiel redy at thy wille
Weep now namoore, I wol thy lust fulfille
Now wol I stynten, of the goddes aboue
Of Mars and of Venus goddesse of loue
And telle yow, as pleynly as I kan
The grete effect, for which that I bygan

Explicit tercia pars

Sequit pars quarta

Greet was the feeste, in Atthenes that day
And eek, the lusty seson of that May
Made euery wight, to been in swich plesaunce
That al that monday, justen they and daunce
And spenten it, in Venus heigh seruyse
And by the cause, that they sholde ryse
Eerly, for to seen the grete fight
Vn to hir reste, wenten they at nyght
And on the morwe, whan yt day gan sprynge
Of hors and harneys, noyse and clateryuge
Ther was in hostelryes al aboute
And to the paleys, rood they many a route
Of lordes, vp on steedes and palfreys
Ther maystow seen diuisynge of harneys
So vnkouth and so riche, and wroght so weel
Of goldsmythrye, of browdynge, and of steel
The sheeldes brighte, testeres and trappures
Gold hewen helmes, haubeykes cote Armures
Lordes in paramentz on hir coursers
Knyghtes of reteuue, and eek squieres
Naillynge the speres, and helmes bokelynge
Giggynge of sheeldes, wt laynieres lacynge
There as nede is they weren no thyng ydel
The fomy steedes, on the golden brydel
Gnawynge, and faste the Armurers also
With fyle and hamer, prikynge to and fro
Yemen on foote, and communes many oon
With shorte staues, thikke as they may goon
Pypes, trompes, nakeres, clariounes
That in the bataille, blowen blody sounes

Knyght

The paleys ful of peples vp and doun
Heere thre, ther ten, holdynge hir question
Dyuynynge of thise Thebane knyghtes two
Somme seyden thus, somme seyde it shal be so
Somme helden with hym with the blake berd
Somme with the balled, somme with the thikke herd
Somme seyde he looked grymme and he wolde fighte
He hath a sparth of twenty pound of wighte
Thus was the halle ful of diuynynge
Longe after that the sonne gan to sprynge

The grete Theseus that of his sleep awaked
With mynstralcie and noyse þt was maked
Heeld yet the chambre of his paleys riche
Til that the Thebane knyghtes bothe yliche
Honoured were in to the paleys fet
Duc Theseus was at a wyndow set
Arayed right as he were a god in trone
The peple preesseth thider ward ful sone
Hym for to seen, and doon heigh reuerence
And eek to herkne his heste and his sentence

An heraud on a staffold made an ho
Til al the noyse of peple was ydo
And whan he saugh the noyse of peple al stille
Tho shewed he the myghty Dukes wille

The lord hath of his heigh discrecion
Considered that it were destruccion
To gentil blood to fighten in the gyse
Of mortal bataille now in this emprise
Wher-fore to shapen þt they shal nat dye
He wolde his firste purpos modifye

No man ther-fore vp peyne of los of lyf
No maner shot polax ne short knyf
In to the lystes sende, ne thider brynge
Ne short swerd for to stoke with poynt bitynge
No man ne drawe, ne bere by his syde
Ne no man shal vn to his felawe ryde
But o cours, with a sharp ygrounde spere
Foyne if hym list on foote hym self to were
And he that is at meschief shal be take
And noght slayn, but be broght vn to the stake
That shal ben ordeyned on either syde
But thider he shal by force and there abyde

And if so be the chieftayn be take
On outher syde or elles sleen his make
No lenger shal the turneiynge laste
God spede you, gooth forth, and ley on faste
With long swerd, and with maces fighteth youre fille
Gooth now youre wey, this is the lordes wille

Knyght

The voys of peple touched the heuene
So loude cryde they with myrie steuene
God saue swich a lord that is so good
He wilneth no destruccion of blood
Vp goon the trompes and the melodye
And to the lystes rit the compaignye
By ordinaunce thurgh out the Citee large
Hanged with clooth of gold and nat with sarge

Fful lik a lord this noble duc gan ryde
Thise two Thebans vpon either syde
And after rood the queene and Emelye
And after that another compaignye
Of oon and oother after hir degree
And thus they passen thurgh out the Citee
And to the lystes come they by tyme
It was nat of the day yet fully pryme
Whan set was Theseus ful riche and hye
Ypolita the queene and Emelye
And oother ladyes in degrees aboute
Vn to the seetes preesseth al the route
And westward thurgh the gates vnder marte
Arcite and eek the hondred of his parte   lok anote
With baner reed is entred right anon

And in that selue moment Palamon
Is vnder Venus estward in the place
With baner whyt and hardy chiere & face
In al the world to seken vp and doun
So euene withouten variacioun
They were swiche compaignyes tweye
ffor ther was noon so wys þt koude seye
That any hadde of oother auauntage
Of worthynesse ne of estaat ne age
So euene were chosen for to gesse
And in two renges faire they hem dresse

Whan þt hir names was were euerichon
That in hir nombre gyle were ther noon
Tho were the gates shet and cryed was loude
Do now youre deuoir yonge knyghtes proude

The heraudes lefte hir prikyng vp and doun
Now ryngen trompes loude and clarioun
Ther is namoore to seyn but west and est
In goon the speres ful sadly in arrest
In gooth the sharpe spore in to the syde
Ther seen men who kan Iuste & who kan ryde
Ther shyueren shaftes vpon sheeldes thikke
he feeleth thurgh the herte spoon the prikke
Vp spryngen speres twenty foot on highte
Out gooth the swerdes as the siluer brighte

The knyght

The helmes they tohewen, and to shrede
Out brest the blood, with sterne stremes rede
With myghty maces, the bones they to breste
He thurgh the thikkeste of the throng gan threste
Ther stomblen steedes stronge, and doun gooth al
He rolleth under foot, as dooth a bal
He foyneth on his feet, with his tronchoun
And he hym hurtleth, with his hors adoun
He thurgh the body is hurt, and sythen ytake
Maugree his heed, and broght un to the stake
As forward was, right ther he moste abyde
Another lad is, on that oother syde
And som tyme, dooth hem Theseus to reste
Hem to fresshen, and drynken if hem leste
Ful ofte a day, han thise Thebanes two
Togydre ymet, and wroght his felawe wo
Unhorsed hath ech oother of hem tweye
Ther nas no Tygre in the vale of Galgopheye
Whan yt hir whelp is stole, whan it is lite
So cruel on the huntre, as is Arcite
For jelous herte, upon this Palamon
Ne in Belmarye, they nys so fel leoun
That hunted is, or for his hunger wood
Ne of his praye, desireth so the blood
As Palamon, to sleen his foo Arcite
The jelous strokes, on hir helmes byte
Out renneth blood, on bothe hir sydes rede
Som tyme an ende, ther is of every dede
For er the sonne, un to the reste wente
The stronge kyng, Emetreus gan hente
This Palamon, as he faught wt Arcite
And made his swerd, depe in his flessh to byte
And by the force of twenty, is he take
Unyolden, and ydrawe un to the stake
And in the rescus, of this Palamon
The stronge kyng, Lygurge is born adoun
And kyng Emetreus, for al his strengthe
Is born out of his sadel, a swerdes lengthe
So hitte hym Palamon, er he were take
But al for noght, he was broght to the stake
His hardy herte, myghte hym helpe naught
He moste abyde, whan that he was caught
By force, and eek by composicioun
Who sorweth now, but woful Palamon
That moot namoore, goon agayn to fighte
And whan yt Theseus, hadde seyn this sighte
Un to the folk, yt foghten thus echon
He cryde, hoo namoore, for it is doon

Knyght

Shal be trewe juge, and no partie
Emelye of Thebes, shal haue Emelie
That by his fortune hath hir faire ywonne
Anon, ther is a noyse of peple bigonne
ffor joye of this, so loude and heighe wt alle
It semed, that the lystes sholde falle

What kan now faire Venus don aboue
What seith she now, What dooth this queene of loue
But wepeth so, for wantynge of hir wille
Til that hir teeris in the lystes fille
She seyde, I am ashamed doutelees

Saturnus seyde, doghter hoold thy pees
Mars hath his wille, his knyght hath al his boone
And by myn heed, thow shalt been esed soone

The trompes, with the loude mynstralcie
The heraudes, that ful loude yelle and crie
Been in hir wele, for joye of Daun Arcite
But herkneth me, and stynteth now alite
Which a myracle ther bifel anon

This fierse Arcite hath of his helm ydon
And on a courser, for to shewe his face
He priketh endelong the large place
Lokynge vpward vpon Emelye
And she agayn hym caste a freendlich eye
And was al his cheere, as in his herte

Out of the ground a furie infernal sterte
ffrom Pluto sent, at requeste of Saturne
ffor which his hors, for fere gan to turne
And leep aside, and foundred as he leep
And er that Arcite, may taken keep
He pighte hym on the pomel of his heed   *no prestu*
That in the place he lay, as he were deed
His brest tobrosten, with his sadel bowe
As blak he lay, as any cole or crowe
So was the blood yronnen in his face
Anon he was yborn out of the place
With herte soor, to Theseus paleys
Tho was he koruen, out of his harneys
And in a bed ybrought, ful faire and blyue
ffor he was yet in memorie and alyue
And alwey, cryynge after Emelye

Duc Theseus, with al his compaignye
Is comen hoom, to Atthenes his citee
With alle blisse, and greet solempnitee
Al be it that this auenture was falle
He nolde noght, disconforten hem alle
Men seyde eek, that Arcite shal nat dye
He shal been heeled, of his maladye

Knyght

And of another thyng they weren as fayn
That of hem alle was ther noon yslayn
Al were they soore yhurt and namely oon
That with a spere was thirled his brest boon
To othere woundes and to broken armes
Some hadden salues and some hadden charmes
Ffermacies of herbes and eek sauē
They dronken for they wolde hir lymes haue
Ffor which this noble Duc as he wel kan
Conforteth and honoureth euery man
And made reuel al the longe nyght
Vn to the straunge lordes as was right
Ne ther was holden no disconfitynge
But as a iustes or a tourneyinge
Ffor soothly ther was no disconfiture
Ffor fallyng nys nat but an auenture
Ne to be lad by force vn to the stake
Vnyolden and with twenty knyghtes take
O persone allone with outen mo
And haryed forth by arm foot and too
And eek his steede dryuen forth wt staues
With footmen bothe yemen and eek knaues
It nas arretted hym no vileynye
Ther may no man clepen it cowardye
Ffor which anon Duc Theseus leet crye
To stynten alle rancour and enuye
The gree as wel of o syde as of oother
And eyther syde ylik as ootheres brother
And yaf hem yiftes after hir degree
And fully heeld a feeste dayes thre
And conuoyed the kynges worthily
Out of his toun a iournee largely
And hoom wente euery man the righte way
Ther was namoore but fare wel haue good day
Of this bataille I wol namoore endite
But speke of Palamon and of Arcite

Swelleth the brest of Arcite and the soore
Encreesseth at his herte moore and moore
The clothered blood for any lecherraft
Corrupteth and is in his bouk ylaft
That neither veyne blood ne ventusynge
Ne drynke of herbes may ben his helpynge
The vertu expulsif or animal
Ffro thilke vertu cleped natural
Ne may the venym voyden ne expelle
The pypes of his longes gonne to swelle
And euery lacerte in his brest adoun
Is shent with venym and corrupcion

The knyght

Hym gayneth neither for to gete his lyf
Vomyt vpward ne doun ward laxatif
Al is tobrosten thilke regioun
Nature hath now no dominacioun
And certeinly they nature wol nat wyrche
ffare wel phisik go ber the man to chirche
This al and som that Arcita moot dye
ffor which he sendeth after Emelye
And Palamon that was his cosyn deere
Thanne seyde he thus as ye shal after heere

Naught may the woful spirit in myn herte
Declare o point of alle my sorwes smerte
To yow my lady that I loue moost
But I biquethe the seruyce of my goost
To yow abouen euery creature
Syn þt my lyf may no lenger dure
Allas the wo allas the peynes stronge
That I for yow haue suffred and so longe
Allas the deeth allas myn Emelye
Allas departynge of oure compaignye
Allas myn hertes queene allas my wyf
Myn hertes lady endere of my lyf
What is this world what asketh men to haue
Now with his loue now in his colde graue
Allone with outen any compaignye
ffare wel my sweete foo myn Emelye
And softe taak me in youre armes tweye
ffor loue of god and herkneth what I seye

I haue heer wt my cosyn Palamon
Had stryf and rancour many a day agon
ffor loue of yow and for my Ialousye
And Iuppiter so wys my soule gye
To speken of a seruant propreely
With alle circumstaunces trewely
That is to seyn trouthe honour knyghthede
Wysdom humblesse estaat and heigh kynrede
ffredom and al that longeth to that art
So Iuppiter haue of my soule part
As in this world right now ne knowe I non
So worthy to ben loued as Palamon
That serueth yow and wol doon al his lyf
And if that euere ye shul ben a wyf
fforyet nat Palamon the gentil man
And wt that word his speche faille gan
And from his herte vp to his brest was come
The cold of deeth that hadde hym ouercome
And yet moore ouer for in hise armes two
The vytal strengthe is lost and al ago

Knyght

Oonly the intellect withouten moore
That dwelled in his herte syk and soore
Gan faillen whan the herte felte deeth
Dusked hise eyen two and failled breeth
But on his lady yet caste he his eye
His laste word was mercy Emelye
His spirit chaunged hous and wente ther
As I cam nevere I kan nat tellen wher
Ther fore I stynte I nam no divinistre
Of soules fynde I nat in this registre
Ne me ne list thilke opiniouns to telle
Of hem though that they writen wher they dwelle
Arcite is cold ther mars his soule gye
Now wol I speken forth of Emelye

Shrighte Emelye and howleth Palamon
And Theseus his suster took anon
Swownynge and baar hir fro the corps away
What helpeth it to tarien forth the day
To tellen how she weep bothe eve and morwe
For in swich cas wommen haue swich sorwe
Whan that hir housbondes is from hem ago
That for the moore part they sorwen so
Or elles fallen in swich maladye
That at the laste certeinly they dye

Infinite been the sorwes and the teeres
Of olde folk and eek of tendre yeeres
In al the toun for deeth of this Theban
For hym they wepeth bothe child and man
So greet a wepyng was ther noon certayn
Whan Ector was ybroght al fressh yslayn
To Troye allas the pitee that was ther
Cracchynge of chekes rentynge eek of heer
Why woldestow be deed thise wommen crye
And haddest gold ynough and Emelye

No man myghte gladen Theseus
Savynge his olde fader Egeus
That knew this worldes transmutacioun
As he hadde seyn it vp and doun
Ioye after wo and wo after gladnesse
And shewed hem ensamples and liknesse

argumentum

Right as ther dyed neuere man quod he
That he ne lyuede in erthe in som degree
Right so ther lyuede neuere man he seyde
In al this world that som tyme he ne deyde
This world nys but a thurghfare ful of wo
And we been pilgrymes passynge to and fro
Deeth is an ende of euery worldes soore
And ouer al this yet seyde he muchel moore

Knyght

To this effect ful wisely to exhorte
The peple / that they sholde hem reconforte
Duc Theseus / with al his bisy cure
Cast now / wher that the sepulture
Of goode Arcite / may best ymaked be
And eek moost honurable in his degree
And at the laste / he took conclusion
That ther as first / Arcite and Palamoun
Hadden for loue / the bataille hem bitwene
That in that selue groue / soote and grene
Ther as he hadde hise amorouse desires
His compleynte / and for loue hise hoote fires
He wolde make a fyr / in which the office
ffunial he myghte al accomplice
And leet comaunde anon / to hakke and hewe
The okes olde / and leye hem on a rewe
In colpons / wel arayed for to brenne
Hise officers / with swifte feet they renne
And ryden anon / at his comaundement
And after this / Theseus hath ysent
After a beere / and it al ouer sprad
With clooth of gold / the richeste that he hadde
And of the same suyte / he cladde Arcite
Upon hise hondes hadde he gloues white
Eek on his heed / a coroune of laurer grene
And in his hond / a swerd ful bright and kene
He leyde hym bare the visage on the beere
Ther with he weep / that pitee was to heere
And for the peple / sholde seen hym alle
Whan it was day / he broghte hym to the halle
That roreth of the cryyng / and the soun
Tho cam this woful Theban Palamoun
With flotery berd / and rugged asshy heeres
In clothes blake / ydropped al with teeres
And passynge othere / of wepynge Emelye
The rewfulleste / of al the compaignye
In as muche / as the seruyce sholde be
The moore noble / and riche in his degree
Duc Theseus / leet forth thre steedes brynge
That trapped were in steel al glyterynge
And couered with the armes of daun Arcite
Upon thise steedes grete and white
Ther sitten folk / of whiche oon baar his sheeld
Another his spere / in his hondes heeld
The thridde baar wt hym his bowe turkeys
Of brend gold was the caas / and eek the harneys
And riden forth a paas / with sorweful cheere
Toward the groue / as ye shul after heere

The knyght

The nobleste of the Grekes þat they were
Upon hir shuldres caryeden the beere
With slak paas, and eyen rede and wete
Thurgh out the citee, by the maister strete
That sprad was al with blak, and wonder hye
Right of the same is the strete ywrye
Upon the right hond wente olde Egeus
And on that oother syde, Duc Theseus
With vessel in hir hand, of gold ful fyn
Al ful of hony, mylk, and blood and wyn
Eek Palamon, with ful greet compaignye
And after that cam woful Emelye
With fyr in honde, as was that tyme the gyse
To do the office of funeral servyse

Heigh labour, and ful greet apparaillynge
Was at the servise, and the fyr makynge
That with his grene top the hevene
And twenty fadme of brede the armes straughte
This is to seyn, the bowes weren so brode
Of stree first ther was leyd ful many a lode
But how the fyr was maked up on highte
Ne eek the names, that the trees highte
As ook, firre, birch, asp, alder, holm, popeler,
Wylugh, elm, plane, ash, box, chasteyn, lynde, lauyer,
Mapul, thorn, beech, hasel, ew, whippeltree
How they weren fild, shal nat be told for me
Ne how the goddes ronnen up and doun
Dysherited of hir habitacioun
In whiche they woneden in reste and pees
Nymphus, fawnes and amadrydes
Ne how the bestes and the briddes alle
Fledden for fere, whan the wode was falle
Ne how the ground agast was of the light
That was nat wont to seen the sonne bright
Ne how the fyr was couched first with stree
And thanne with drye stokkes, cloven a thre
And thanne with grene wode and spicerye
And thanne with clooth of gold, and with perrye
And gerlandes, hangynge, with ful many a flour
The mirre, thencens with also greet odour
Ne how Arcite lay among al this
Ne what richesse aboute his body is
Ne how that Emelye, as was the gyse
Putte in the fyr of funeral servyse
Ne how she swowned, whan men made fyr
Ne what she spak, ne what was hir desir
Ne what jeweles men in the fyr caste
Whan þt the fyr was greet and brente faste

Knyght

No how somme caste hir sheeld and somme hir spere
And of hir vestimentz whiche pt they were
And coppes fulle of wyn and mylk and blood
In to the fyr that brente as it were wood
Ne how the grekes with an huge route
Thries riden al the place aboute
Vpon the left hand with a loud shoutynge
And thries with hir speres clateryinge
And thries how the ladyes gonne crye
And how pt las was homward auelye
Ne how Arcite is brent to asshen colde
Ne how that lych wake was yholde
Al thilke nyght ne how the grekes pleye
The wake pleyes ne kepe I nat to seye
Who wrastleth best naked with oille enoynt
Ne who that baar hym best in no disioynt
I wol nat tellen eek how that they goon
hoom til Atthenes whan the pley is doon
But shortly to the point thanne wol I wende
And maken of my longe tale an ende

By processe and by lengthe of certeyn yeres
Al stynted is the mornynge & the teres
Of grekes by oon general assent
Thanne semed me ther was a parlement
At Atthenes vpon certein pointz and caas
Among the whiche pointz yspoken was
To haue with certein contrees alliance
And haue fully of Thebans obeisance
ffor which this noble Theseus anon
leet senden after gentil Palamon
Vnwist of hym what was the cause and why
But in his blake clothes sorwefully
he cam at his comandement in hye
Tho sente Theseus for Emelye
Whan they were setand hust was al the place
And Theseus abiden hadde a space
Er any word cam from his wise brest,
hise eyen sette he they as was his lest
And with a sad visage he siked stille
And after that right thus he seyde his wille

The firste moeuere of the cause aboue
Whan he first made the faire cheyne of loue
Greet was theffect and heigh was his entente
Wel wiste he why and what therof he mente
ffor with that faire cheyne of loue he bond
The fyr the eyr the water and the lond
In certein boundes that they may nat flee
That same prince and that same moeuere quod he

Knyght

Hath stablissed in this wrecched world adoun
Certeyne dayes and duracioun
To al that is engendred in this place
Over the which day they may nat pace
Al mowe they yet tho dayes wel abregge
Ther nedeth noght noon Auctoritee allegge
For it is preeved by experience
But that me list declaren my sentence
Thanne may men by this ordre wel discerne
That thilke moevere stable is and eterne
Wel may men knowe but it be a fool
That every part diryveth from his hool
For nature hath taken his bigynnyng
Of no partie or of cantel of a thyng
But of a thyng that parfit is and stable
Descendynge so til it be corrumpable
And therfore of his wise purveiaunce
He hath so wel biset his ordinaunce
That speces of thynges and progressions
Shullen enduren by successions
And nat eterne with outen any lye
This maystow understonde and seen it eye

Exemplum

Loo the ook that hath so long a norisshynge
From tyme that it first bigynneth spryng
And hath so long a lif as we may see
Yet at the laste wasted is the tree

Exemplum

Considereth eek how that the harde stoon
Under oure feet on which we trede and goon
Yet wasteth it as it lyth by the weye
The brode ryver somtyme wexeth dreye
The grete toures se we wane and wende
Thanne may ye se pt al this thyng hath ende
Of man and woman seen we wel also
That nedeth in oon of thise termes two
This is to seyn in youthe or elles age
He moot be deed the kyng as shal a page
Som in his bed som in the depe see
Som in the large feeld as men may see
Ther helpeth noght al goth that ilke weye
Thanne may I seyn al this thyng moot deye
What maketh this but Iupiter the kyng
That is prince and cause of alle thyng
Convertynge al vnto his propre welle
From which it is dyryved sooth to telle
And heer agayns no creature on lyve
Of no degree availleth for to stryve
Thanne is it wysdom as it thynketh me
To maken vertu of necessitee

The knyght

And take it weel / that we may nat eschue
And namely that to vs alle is due
And who so grucchith ought / he doth folye
And rebel is to hym that al may gye
And certeynly / a man hath moost honour
To dyen in his excellence and flour
Whan he is siker / of his goode name
Thanne hath he doon his freend / ne hym no shame
And gladder oghte his freend been of his deeth
Whan with honour / vp yolden is his breeth
Than whan his name / apalled is for age
For al forgeten / is his vasselage
Thanne is it best / as for a worthy fame
To dyen / whan þt he is best of name

The contrarie of al this / is wilfulnesse
Why grucchen we / why haue we heuynesse
That goode Arcite / of chiualrie flour
Departed is / with duetee And honour
Out of this foule prison of this lyf
Why grucchen heere / his cosyn and his wyf
Of his welfare / that loued hem so weel
Kan he hem thank / nay god woot neuer a deel
That bothe his soule / And eek hem self offende
And yet they mowe / hir lustes nat amende

What may I concluden / of this longe serye
But after wo / I rede vs to be merye
And thanken Iupiter / of al his grace
And er that we / departen from this place
I rede we make / of sorwes two
O parfit Ioye / lastynge euermo
And looketh now / wher moost sorwe is heryne
Ther wol we fyrst / amenden and bigynne

Suster quod he / this is my fulle assent
With al thauys / heere of my parlement
That gentil palamon / thyn owene knyght
That serueth yow / wt wille / herte and myght
And euer hath doon / syn þt ye fyrst hym knewe
That ye shul of youre grace / vpon hym rewe
And taken hym / for housbonde and for lord
Lene me youre hond / for this is oure accord
Lat se now / of youre wommanly pitee
He is a kynges brother sone / pardee
And though he were / a poure bacheler
Syn he hath serued yow / so many a yeer
And had for yow / so greet aduersitee
It moste been considered / semeth me
For gentil mercy / oghte to passen right

Thanne seyde he thus to palamon ful right

Knyght

I nolde, ther nedeth litel sermonyng
To make yow assente to this thyng
Com neer, and taak youre lady by the hond
Bitwixen hem was maad anon the bond
That highte matrimoigne or mariage
By al the conseil and the Baronage
And thus with alle blisse and melodye
Hath Palamon ywedded Emelye
And god þt al this wyde world hath wroght
Sende hym his loue, that it deere aboght
For now is Palamon in alle wele
Lyuynge in blisse, in richesse and in heele
And Emelye hym loueth so tendrely
And he hir serueth so gentilly
That neuere was ther no word hem bitwene
Of Ialousie, or any oother teene
Thus endeth Palamon and Emelye
And god saue al this faire compaignye Amen ~

Heere is ended the knyghtes tale

Heere folwen the wordes bitwene the hoost and the Millere

Whan that the knyght hath thus his tale ytoold
In al the route ne was ther yong ne oold
That he ne seyde, it was a noble storie
And worthy for to drawen to memorie
And namely the gentils euerichon
Oure hooste lough and swoor so moot I gon
This gooth aright vnbokeled is the male
Lat se now who shal telle another tale
For trewely the game is wel bigonne
Now telleth on syre monk if that ye konne
Sumwhat to quite with the knyghtes tale
The Millere that for dronken was al pale
So that vnnethe vp on his hors he sat
He nolde auale, neither hood ne hat
Ne abyde no man for his curteisie
But in Pilates voys he gan to crye
And swoor by Armes and by blood & bones
I kan a noble tale for the nones
With which I wol now quite the knyghtes tale
Oure hoost saugh that he was dronke of Ale
And seyde, abyd Robyn my leeue brother
Som bettre man shal telle vs first another

The Miller

Abyde, and lat vs werken thriftyly
By goddes soule quod he, that wol nat I
ffor I wol speke, or elles go my wey
Oure hooft answerde, tel on a deuele wey,
Thou art a fool, thy wit is ouercome
Now herkneth quod the myller alle and some
But fyrst I make a protestacioun
That I am dronke, I knowe it by my soun
And therfore, if that I mysspeke or seye
Wyte it the Ale of Suthwerk, I preye
ffor I wol telle a legende and a lyf
Bothe of a Carpenter and of his wyf
How that a clerk hath set the wrightes cappe
The Reue answerde and seyde, stynt thy clappe
Lat be thy lewed dronken harlotrye
It is a synne, and eek a greet folye
To apeyren any man, or hym defame
And eek to bryngen wyues in swich fame
Thow mayst ynogh, of othere thynges seyn
This dronke myller, spak ful soone ageyn
And seyde, leue brother Osewold
Who hath no wyf, he is no Cokewold
But I sey nat, therfore that thou art oon
Ther been ful goode wyues many oon
And euer a thousand goode, ayeyns oon badde
That knowestow wel thy self but if thou madde
Why artow angry, with my tale now
I haue a wyf parde, as wel as thow
Yet nolde I, for the oxen in my plogh
Take vp on me, moore than ynogh
As deemen of my self, that I were oon
I wol bileue wel, that I am noon
An housbonde, shal nat been Inquisityf
Of goddes pryuetee, nor of his wyf
So he may fynde goddes foyson there
Of the remenaunt, nedeth nat enquere
What sholde I moore seyn, but this myller
He nolde his wordes, for no man forbere
But tolde his cherles tale in his manere
Methynketh that I shal reherce it heere
And therfore euery gentil wight I preye
ffor goddes loue, demeth nat that I seye
Of yuel entente, but that I moot reherce
Hir tales alle, be they bettre or werse
Or elles falsen som of my mateere
And therfore who so list it nat yheere
Turne ouer the leef, and chese another tale
ffor he shal fynde ynowe, grete and smale

Millere

Of storial thyng that toucheth gentillesse
And eek moralitee and hoolynesse
Blameth nat me if that ye chese amys
The myllere is a cherl ye knowe wel this
So was the Reeue and othere manye mo
And harlotrye they tolden bothe two
Auyseth yow putteth me out of blame
And eek men shal nat maken ernest of game

Heere bigynneth the Millere his tale

Whilom ther was dwellynge at Oxenford
A riche gnof that gestes heeld to bord
And of his craft he was a Carpenter
With hym ther was dwellynge a poure scoler
Hadde lerned Art but al his fantasye
Was turned for to lerne Astrologye
And koude a certeyn of conclusions
To demen by Interrogaciouns
If þt men asked hym in certein houres
Whan þt men sholde haue droghte or elles shoures
Or if men asked hym what sholde bifalle
Of euery thyng I may nat rekene hem alle
This clerk was cleped hende Nicholas
Of derne loue he koude and of solas
And ther to he was sleigh and ful priue
And lyk a mayden meke for to see
A Chambre hadde he in that hostelrye
Allone withouten any compaignye
Ful fetisly ydight with herbes soote
And he hym self as sweete as is the roote
Of lycorys or any cetewale
His Almageste and bookes grete and smale
His Astrelabie longynge for his Art
Hise Augrym stones layen faire a part
On shelues couched at his beddes heed
His presse ycouered with a faldyng reed
And al aboue ther lay a gay Sautrie
On which he made a nyghtes melodie
So swetely that al the chambre rong
And Angelus ad virginem he song
And after that he song the kynges noote
Ful often blessed was his myrie throte
And thus this sweete clerk his tyme spente
After his freendes fyndyng and his rente
This Carpenter hadde wedded newe a wyf
Which that he louede moore than his lyf

Robin w[ith] th[e] Bagpype

Thilke

Of xviij yeer she was of age
Ialous he was, and held hyr narwe in cage
ffor she was yong and wylde, and he was old
And demed hym self, been lik a cokewold
he knew nat Caton, for his wit was rude
That bad man sholde wedde his symylytude
men sholde wedden, after hyr estaat
ffor youthe and elde, is often at debaat
But sith that he, was fallen in the snare
he moste endure, as oother folk his care

Ffair was this yonge wyf, and ther with al
As any wezele hyr body, gent and smal
A ceynt she werede, ybarred al of silk
A barm cloth, as whit as morne mylk
Vp on hyr lendes, ful of many a goore
whit was hyr smok, and broyden al bifoore
And eek bihynde, on hyr coler aboute
Of colblak silk with Inne and eek with oute
The tapes, of hyr white voluper
were of the same suyte of hyr coler
hyr filet brood of silk, and set ful hye
And sikerly, she hadde a likerous eye
ful smale ypulled, were hyr browes two
And tho were bent, and blake as any sloo
She was, ful moore blisful on to see
Than is the newe, pereionette tree
And softer than the wolle is of a wether
And by hyr gyrdel, heeng a purs of lether
Tasseled with grene, and perled with latoun
In al this world, to seken vp and doun
Ther nas no man so wys, þt koude thenche
So gay a popelote, or swich A wenche
ful brighter, was the shynyng of hyr hewe
Than in the tour, the noble yforged newe

But of hyr song, it was as loude and yerne
As any swalwe, sittynge on a Berne
Ther to, she koude skype, and make game
As any kyde or calf, folkynge his dame
hyr mouth was sweete, as bragot or the meeth
Or hoord of Apples, leyd in hey, or heeth
wynsynge she was, as is a ioly colt
long as a mast, and vprighte as a bolt
A brooch she baar, vp on hyr lowe coler
As brood, as is the boos of a bokeler
hyr shoes were laced, on hyr legges hye
She was a prymerole, a piggesnye
ffor any lord, to leggen in his bedde
Or yet, for any good yeman to wedde

Miller

Now one and eft one so bifel the cas
That on a day this hende Nicholas
Fil with this yonge wyf to rage and pleye
Whil that hir housbonde was at Oseneye
As clerkes been ful subtile and ful queynte
And prively he caughte hyr by the queynte
And seyde ywis but if ich haue my wille
ffor deerne loue of thee lemman I spille
And heeld hyr hard by the haunche bones
And seyde lemman loue me al atones
Or I wol dyen also god me saue
And she sproong as a colt dooth in the traue
And with hir heed she wryed faste awey
She seyde I wol nat kisse thee by my fey
Why lat be quod ich lat be Nicholas
Or I wol crye out harrow and allas
Do wey youre handes for youre curteisye
This Nicholas gan mercy for to crye
And spak so faire and profred hym so faste
That she hir loue hym graunted atte laste
And swoor hir ooth by Seint Thomas of Kent
That she wol been at his comandement
Whan pt she may hir leyser wel espie
Myn housbonde is so ful of jalousie
That but ye wayte wel and been pryue
I woot right wel I nam but deed quod she
Ye moste been ful deerne as in this cas
Nay ther of care thee noght quod Nicholas
A clerk hadde lutherly biset his whyle
But if he koude a carpenter bigyle
And thus they been accorded and ysworn
To wayte a tyme as I haue told biforn
Whan Nicholas had doon thus euery deel
And thakked hyre aboute the lendes weel
He kiste hir sweete and taketh his sawtrie
And pleyeth faste and maketh melodie
Thanne fil it thus pt to the parisshe chirche
Cristes owene werkes for to wirche
This goode wyf wente on an haliday
Hir forheed shoon as bright as any day
So was it wasshen whan she leet hir werk
Now was ther of that chirche a parissh clerk
The which that was yclepid Absolon
Crul was his heer and as the gold it shoon
And stroutes as a fanne large and brode
fful streight and euene lay his ioly shode
His rode was reed hise eyen greye as goos
With Poules wyndow coruen on his shoos

The Miller

In hoses rede he wente fetisly
yclad he was ful smal and proply
Al in a kyrtel of a lyght waget
fful faire and thikke been the poyntes set
And ther vpon he hadde a gay surplys
As whit as is the blosme vp on the rys
A myrie child he was so god me saue
Wel koude he laten blood and clyppe and shaue
And maken a chartre of lond or acquitaunce
In twenty manere koude he trippe and daunce
After the scole of Oxenford tho
And with his legges casten to and fro
And pleyen songes on a smal rubible
Ther to he song som tyme a loud quynyble
And as wel koude he pleye on his giterne
In al the toun nas Brewhous ne Tauerne
That he ne visited with his solas
Ther any gaylard tappestere was
But sooth to seyn he was somdeel squaymous
Of fartyng and of speche daungerous
This Absolon yt iolif was and gay
Gooth with a sencer on the halyday
Sensynge the wyues of the parissh faste
And many a louely look on hem he caste
And namely on this carpenters wyf
To looke on hyr hym thoughte a myrie lyf
She was so pre and sweete and likerous
I dar wel seyn if she hadde been a mous
And he a cat he wolde hyr hente anon
This parissh clerk this ioly Absolon
Hath in his herte swich a loue longynge
That of no wyf took he noon offrynge
ffor curteisie he seyde he wolde noon
The moone whan it was nyght ful brighte shoon
And Absolon his gyterne hath ytake
ffor paramours he thoghte for to wake
And forth he gooth iolif and amorous
Til he cam to the carpenteres hous
Alitel after cokkes hadde ycrowe
And dresses hym vp by a shot wyndowe
That was vp on the carpentens wal
he syngeth in his voys gentil and smal
Nowe deere lady if thy wille be
I pray yow that ye wole thynke on me
ffull wel acordaunt to his gyternynge
This carpenter awook and herde synge
And spak vn to his wyf and seyde anon
What alison herestow nat Absolon

Miller

That chaunteth thus vnder oure boures wal
And she answerde hir housbonde ther with al
Yis god woot Iohn I heere it euery deel
This passeth forth what wol ye bet than weel
Fro day to day / to day this ioly Absolon
So woweth hir / that hym is wo bigon
He waketh al the nyght / and al the day
He kembeth hise lokkes brode / and made hym gay
He woweth hir / by meenes / and brocage
And swoor he wolde been hir owene page
He syngeth brokkynge as a nyghtyngale
He sente hir pyment meeth and spiced Ale
And wafres pypyng hoot out of the gleede
And for she was of towne / he profreth meede
ffor som folk / wol ben wonnen for richesse
And somme for strokes / and somme for gentillesse

Tunde Quid de[?] Jacob; agrestis

Somtyme to shewe his lightnesse and maistrye
He pleyeth herodes vp on a Scaffold hye
But what auailleth hym / as in this cas
She loueth so this hende Nicholas
That Absolon may blowe the bukkes horn
He ne hadde for his labour but a scorn
And thus she maketh Absolon hir Ape
And al his ernest turneth til a Iape
fful sooth is this prouerbe / it is no lye
Men seyn right thus / alwey the nye slye
Maketh the ferre leeue to be looth
ffor though that Absolon be wood or wrooth
By cause that he fer was from hir sighte
This nye Nicholas stood in his lighte

Now bere thee wel / thou hende Nicholas
ffor Absolon may waille and synge allas
And so bifel it on a Saterday
This Carpenter was goon til Osenay
And hende Nicholas and Alison
Acorded been to this conclusion
That Nicholas shal shapen hym a wyle
This sely Ialous housbonde to bigyle
And if so be / the game wente aright
She sholde slepen in his Arm al nyght
ffor this was his desir / and hir also
And right anon with outen wordes mo
This Nicholas no lenger wolde tarie
But dooth ful softe vn to his chaumbre carie
Bothe mete and drynke for a day or tweye
And to hir housbonde bad hir for to seye
If that he axed after Nicholas
She sholde seye / she nyste where he was

Millere

Of al that day, she saugh hym nat with eye
She trowed, that he was in maladye
ffor, for no cry, hir mayde koude hym calle
He nolde answere, for thyng that myghte falle
This passeth forth, al thilke Saterday,
That Nicholas stille in his chambre lay
And eet and sleep, or dide what hym leste
Til sonday, thatt the sonne gooth to reste
This sely carpenter hath greet merveyle
Of Nicholas, or what thyng myghte hym eyle
And seyde, I am adrad by Seint Thomas
It stondeth nat aright with Nicholas
God shilde, that he deyde sodeynly
This world is now ful tikel sikerly,
I saugh to day, a cors yborn to chirche
That now, on monday last I saugh hym wirche
Go up quod he, vn to his knaue anoon
Clepe at his dore, or knokke with a stoon
looke how it is, and tel me boldely
This knaue gooth hym vp ful sturdyly
And at the chambre dore, while that he stood
He cryde and knokked, as that he were wood
What how, what do ye maister Nicholay
How may ye slepen, al the longe day
But al for noght, he herde nat a word
An hole he foond ful lowe vp on a bord
Ther as the cat was wont in for to crepe
And at that hole, he looked in ful depe
Til at the laste, he hadde of hym a sighte
This Nicholas, sat capyng euere vp righte
As he had kiked, on the newe moone
Adoun he gooth, and tolde his maister soone
In what array, he saugh that ilke man
This carpenter to blessen hym bigan
And seyde, help vs Seinte ffrydeswyde
A man woot litel what hym shal bityde
This man is falle with his astromye
In som woodnesse, or in som agonye
I thoghte ay wel, how that it sholde be
Men sholde nat knowe, of goddes pryuetee
ye blessed be alwey, a lewed man
That noght but oonly his bileue kan
So ferde another clerk with astromye
He walked in the feeldes for to prye
Vp on the sterres, what ther sholde bifalle
Til he was, in a marleput yfalle
He saugh nat that, but yet by Seint Thomas
Me reweth soore of hende Nicholas

Myller

He shal be rated of his studiyng
If that I may, by Jhesus heuene kyng
Get me a staf, that I may vnderspore
Whil that thou Robyn, heuest of the dore
He shal out of his studiyng as I gesse
And to the chaumbre dore he gan hym dresse
His knaue was a strong carl for the nones
And by the haspe he haaf it of atones
In to the floor, the dore fil anon
This Nicholas sat ay as stille as stoon
And euer caped vpwarde in to the eir
This Carpenter wende he were in despeir
And hente hym by the sholdres myghtily
And shook hym harde, and cryde spitously
What Nicholay, what how, what looke adoun
Awake, and thenk on Cristes passioun
I crouche thee from elues and fro wightes
Ther wt the nyghtspel seyde he anonrightes
On foure halues of the hous aboute
And on the thresshfold of the dore with oute
Jhu crist and seint Benedight
Blesse this hous from euy wikkes wight
ffor nyghtes ueryghe, the white paternoster
Where wentestow, seint Petres soster
And atte laste, this heude Nicholas
Gan for to sike soore, and seyde allas
Shal al this world be lost eftsoones now?
This Carpenter answerde, what seystow?
What thynk ou god, as we doon, men that swynke
This Nicholas answerde, feche me drynke
And after wol I speke in pryuetee
Of certeyn thyng that toucheth me and thee
I wol telle it noon oother man certeyn
This Carpenter goth doun, and comth ageyn
And broghte of myghty Ale a large quart
And whan that ech of hem had dronke his part
This Nicholas his dore faste shette
And doun the Carpenter by hym sette
He seyde John myn hooste, lief and deere
Thou shalt vp on thy trouthe swere me heere
That to no wight thou shalt this counsel wreye
ffor it is Cristes counsel that I seye
And if thou telle man, thou art forlore
ffor this vengeaunce, thou shalt han therfore
That if thou wreye me, thou shalt be wood
Nay crist forbede it for his hooly blood
Quod tho this sely man, I nam no labbe
Ne though I seye, I am nat lief to gabbe

Miller

Sey what thou wolt, I shal it neuer telle
To child ne wyf, by hym that harwes helle

Now John, quod Nicholas, I wol nat lye
I haue yfounde in myn astrologye
As I haue looked in the moone bright
That now a monday next, at quarter nyght
Shal falle a reyn, and that so wilde and wood
That half so greet was neuere Noees flood
This world, he seyde, in lasse than an hour
Shal al be dreynt, so hidous is the shour
Thus shal mankynde drenche, and lese hys lyf

This Carpenter answerde, allas my wyf
And shal she drenche, allas myn Alisoun
For sorwe of this, he fil almoost adoun
And seyde, is ther no remedie in this cas

Why yis forgode, quod hende Nicholas
If thou wolt werken, after loore and reed
Thou mayst nat werken, after thyn owene heed
For thus seith Salomon, that was ful trewe
Werk al by conseil, and thou shalt nat rewe
And if thou werken wolt by good conseil
I vndertake, with outen mast and seyl
yet shal I sauen hir, and thee, and me
Hastou nat herd, hou saued was Noe
Whan þt oure lord, hadde warned hym biforn
That al the world, wt water sholde be lorn

Yis quod this Carpenter, ful yoore ago
Hastou nat herd, quod Nicholas also
The sorwe of Noe, wit his felaweshipe
Er þt he myghte, brynge his wyf to shipe
Hym hadde be leuere, I say wel vndertake
At thilke tyme, than alle hise wetheres blake
That she hadde had a ship, hir self alloue
And ther fore, woostou what is best to doone
This asketh haste, and of an hastif thyng
Men may nat preche, or maken taryyng

Anon go gete vs faste, in to this In
A knedyng trogh, or ellis a kymelyn
ffor ech of vs, but looke þt they be large
In whiche, we mowe swymme as in a barge
And haue ther Inne, vitaille suffissaunt
But for a day, fy on the remenaunt
The water shal aslake, and goon away
Aboute pryme, vp on the nexte day
But Robyn may nat wite of this, thy knaue
Ne eek thy mayde Gille, I may nat saue
Axe nat why, for though thou aske me
I wol nat tellen goddes pryuetee

Nicholas

Suffiseth thee, but if thy wittes madde
To han as greet a grace as Noe hadde
Thy wyf shal I wel saven out of doute
Go now thy wey, and speed thee heer aboute
But whan thou hast, for hir and thee and me
Ygeten us thise knedyng tubbes thre
Thanne shaltow hange hem in the roof ful hye
That no man of oure purveiaunce spye
And whan thou thus hast doon, as I haue seyd
And hast oure vitaille faire in hem yleyd
And eek an ax to smyte the corde atwo
Whan þt the water comth, that we may go
And broke an hole, an heigh up on the gable
Vnto the gardynward ouer the stable
That we may freely passen forth oure way
Whan þt the grete shour is goon away
Thanne shal I swymme as myrie I vndertake
As dooth the white dok after hir drake
Thanne wol I clepe, how Alison how John
Be myrie, for the flood wol passe anon
And thou wolt seyn, hayl maister Nicholay
Good morwe I se thee wel, for it is day
And thanne shul we be lordes al oure lyf
Of al the world, as Noe and his wyf

But of o thyng I warne thee ful right
Be wel auysed on that ilke nyght
That we ben entred in to shippes bord
That noon of vs ne speke nat a word
Ne clepe, ne crye, but been in his preyere
ffor it is goddes owene heeste deere
Thy wyf and thou moote hange fer atwynne
ffor that bitwixe yow shal be no synne
Namoore in lookyng, than ther shal in deede
This ordinaunce is seyd, go god thee speede
Tomorwe at nyght, whan folk ben alle asleepe
In to oure knedyng tubbes, wol we crepe
And sitten there, abidyng goddes grace
Go now thy wey, I haue no lenger space
To make of this no lenger sermonyng
Men seyn thus, send the wise and sey no thyng
Thou art so wys it nedeth thee nat to preche
Go saue oure lyf, and that I the biseche

This sely Carpenter goth forth his wey
fful ofte he seith allas and weylawey
And to his wyf, he tolde his pryuetee
And she was war, and knew it bet than he
What al this queynte cast, was for to seye
But natheless, she feyde as she wolde deye

Miller

And seyde allas, go forth thy wey anon
help vs to scape, or we been lost echon
I am thy trewe, verray wedded wyf
Go deere spouse, and help to saue oure lyf

Auctor

Lo which a greet thyng is affeccioun
Men may dyen of ymaginacioun
So depe may impression be take
This sely carpenter bigynneth quake
hym thynketh verraily, that he may se
Noees flood, come walkynge as the see
To drenchen Alison, his hony deere
he wepeth, weyleth, maketh sory cheere
he siketh, wt ful many a sory swogh
he gooth, and geteth hym a knedyng trogh
And after that, a tubbe and a kymelyn
And pryuely, he sente hem to his In
And heng hem in the roof in pryuetee
his owene hand made laddres thre
To clymben, by the ronges and the stalkes
In to the tubbes, hangynge in the balkes
And hem vitailleth bothe trogh and tubbe
wt breed and chese, and good Ale in a Iubbe
Suffisynge right ynogh, as for a day
But er that he hadde maad al this away
he sente his knaue and eek his wenche also
Vpon his nede to london for to go
And on the monday, whan it drow to nyght
he shette his dore wt oute candel lyght
And dressseth alle thyng as it shal be
And shortly vp they clomben alle thre
They sitten stille wel a furlong way.

Now Water noster clom seyde Nicholay
And clom quod John, and clom seyde Alison
This Carpenter, seyde his deuocion
And stille he sit, and biddeth his preyere
Awaitynge on the reyn, if he it heere

The dede sleep, for wery bisynesse
ffil on this Carpenter, right as I gesse
Aboute corfew tyme, or litel moore
ffor travaille of his goost, he groneth soore
And eft he routeth, for his heed mysay.
Doun of the ladder, stalketh Nicholay
And Alison, ful softe adoun she spedde
Wt outen wordes mo they goon to bedde
Ther as the Carpenter is wont to lye
Ther was the reuel, and the melodye
And thus Alison, and Nicholas
In bisynesse of myrthe and of solas

Miller

That the belle of laudes gan to rynge
And freres in the Chauncel gonne synge
This parissh clerk this amorous Absolon
That is for loue alwey so wo bigon
Vp on the monday was at Oseneye
With a compaignye hym to disporte and pleye
And axed vp on cas a cloistrer
Ful pryuely after Iohn the Carpenter
And he drough hym a part out of the chirche
And seyde I noot I saugh hym heere nat wyrche
Syn Saterday I trowe that he be went
For tymber ther oure Abbot hath hym sent
For he is wont for tymber for to go
And dwellen at the grange a day or two
Or elles he is at his hous certeyn
Where that he be I kan nat soothly seyn
This Absolon ful ioly was and light
And thoghte now is tyme wake al nyght
For sikirly I saugh hym nat stirynge
Aboute his dore syn day bigan to sprynge
So moot I thryue I shal at cokkes crowe
Ful pryuely knokke at his wyndowe
That stant ful lowe vp on his boures wal
To Alison now wol I tellen al
My loue longynge for yet I shal nat mysse
That at the leeste wey I shal hir kisse
Som maner confort shal I haue parfay
My mouth hath icched al this longe day
That is a signe of kissyng atte leeste
Al nyght me mette eek I was at a feeste
Therfore I wol goon slepe an houre or tweye
And al the nyght thanne wol I wake and pleye
Whan that the firste cok hath crowe anon
Vp rist this ioly louere Absolon
And hym arraieth gay at poynt deuys
But first he cheweth greyn of lycorys
To smellen swete er he hadde kembd his heer
Vnder his tonge a trewe loue he beer
For therby wende he to ben gracious
He rometh to the Carpenteres hous
And stille he stant vnder the shot wyndowe
Vn to his brist it raughte it was so lowe
And softe he knokketh with a semy soun
What do ye hony comb swete Alisoun
My faire bryd my swete cynamome
Awaketh lemman myn and speketh to me
Wel litel thynken ye vp on my wo
That for youre loue I swete ther I go

Tuylet

No wonder is, thogh that I swelte and swete
I moorne as dooth a lamb after the tete
Ywis lemman I haue swich loue longynge
That lik a turtel trewe is my moornynge
I may nat ete namoore than a mayde
Go fro the wyndow Iakke fool she sayde
As help me god, it wol nat be com pa me
I loue another and elles I were to blame
Wel bet than thee by Ihu Absolon
Go forth thy wey or I wol caste a ston
And lat me slepe a twenty deuel wey
Allas quod Absolon and weylawey
That trewe loue was euere so yuel biset
Thanne kys me syn it may be no bet
For Ihus loue and for the loue of me
Wiltow thanne go thy wey quod she
Ye certes lemman quod this Absolon
Thanne make thee redy quod she I come anon
And vnto Nicholas she seyde stille
Now hust and thou shalt laughen al thy fille
This Absolon doun sette hym on his knees
And seyde I am lord at alle degrees
For after this I hope ther cometh moore
Lemman thy grace and swete bryd thyn oore
The wyndow she vndoth and that in haste
Haue do quod she com of and spede the faste
Lest that oure neigheboris thee espie
This Absolon gan wype his mouth ful drie
Dirk was the nyght as pich or as the cole
And at the wyndow out she putte hir hole
And Absolon hym fil no bet ne wers
But with his mouth he kiste hir naked ers
Ful sauourly er he was war of this
Abak he stirte and thoughte it was amys
For wel he wiste a womman hath no berd
He felte a thyng al rough and longe yherd
And seyde fy allas what haue I do
Tehee quod she and clapte the wyndow to
And Absolon gooth forth a sory pas
A berd a berd quod hende Nicholas
By goddes corpus this goth faire and weel
This sely Absolon herde euery deel
And on his lippe he gan for anger byte
And to hym self he seyde I shal thee quyte
Who rubbeth now who froteth now his lippes
With dust with sond with straw with clooth with chippes
But Absolon that seith ful ofte allas
My soule bitake I vn to Sathanas

Miller

But me were levere than al this toun quod he
Of this despit awroken for to be
Allas quod he allas I ne hadde ybleynt
His hoote love was cold and al yqueynt
For fro that tyme that he hadde kist hir ers
Of paramours he sette nat a kers
For he was heeled of his maladie
Ful ofte paramours he gan deffie
And weep as dooth a child that is ybete
A softe paas he wente over the strete
Until a smyth men clepen daun Gerveys
That in his forge smythed plough harneys
He sharpeth shaar and kultour bisily
This Absolon knokketh al esily
And seyde undo Gerveys and that anon
What who artow I am heere Absolon
What Absolon for cristes sweete tree
Why rise ye so rathe ey benedicite
What eyleth yow som gay gerl god it woot
Hath broght yow thus up on the viritoot
By seinte note ye woot wel what I mene
This Absolon ne roghte nat a bene
Of al his pley no word agayn he yaf
He hadde moore tow on his distaf
Than Gerveys knew and seyde freend so deere
That hoote kultour in the chymenee heere
As lene it me I have ther with to doone
And I wol brynge it thee agayn ful soone
Gerveys answerde certes were it gold
Or in a poke nobles alle untold
Thou sholdest have as I am trewe smyth
Ey cristes foo what wol ye do ther with
Ther of quod Absolon be as be may
I shal wel telle it thee to morwe day
And caughte the kultour by the colde stele
Ful softe out at the dore he gan to stele
And wente un to the carpenters wal
He cogheth first and knokketh ther with al
Upon the wyndowe right as he dide er
This Alison answerde who is ther
That knokketh so I warante it a theef
Why nay quod he god woot my sweete leef
I am thyn Absolon my derelyng
Of gold quod he I have thee broght a ryng
My mooder yaf it me so god me save
Ful fyn it is and ther to wel ygrave
This wol I yeve thee if thou me kisse
This Nicholas was risen for to pisse

The Miller

And thoughte he wolde amenden al the Jape
He sholde kisse his ers er that he scape
And up the wyndowe side he hastly
And out his ers he putteth pryuely
Ou the buttok to the haunche bon
And they with spak this clerk this Absolon
Spek swete bryd I noot nat where thou art
This Nicholas anon leet fle a fart
As greet as it had ben a thonder dent
That with the strook he was almoost yblent
And he was redy with his yren hoot
And Nicholas amydde ers he smoot
Of gooth the skyn an hande brede aboute
The hoote kultour brende so his toute
And for the smert he wende for to dye
As he were wood for wo he gan to crye
Help water water help for goddes herte
This Carpenter out of his slomber sterte
And herde oon cryen water as he were wood
And thoughte Allas now cometh Nowelis flood
He sit hym up with outen wordes mo
And with his ax he smoot the corde ato
And doun gooth al he foond neither to selle
Ne breed ne ale til he cam to the celle
Up on the floor and there aswowne he lay
Up sterte hire Alison and Nicholay
And cryden out and harrow in the strete
The neigheboures bothe smale and grete
In ronnen for to gauren on this man
That yet aswowne he lay bothe pale and wan
For with the fal he brosten hadde his arm
But stonde he moste vn to his owene harm
For whan he spak he was anon bore doun
With hende Nicholas and Alisoun
They tolden euery man that he was wood
He was agast so of Nowelis flood
Thurgh fantasie that of his vanytee
He hadde yboght hym kneding tubbes thre
And hadde hem hanged in the roue aboue
And þt he preyde hem for goddes loue
To sitten in the roof p compaignye
The folk gan laughen at his fantasye
In to the roof they kiken and they cape
And turned al his harm vn to a Jape
For what so þt this Carpenter answerde
It was for noght no man his reson herde
With othes grete he was so sworn adoun
That he was holde wood in al the toun

Miller

For euery day amydyght heeld with oother
They seyde the man was wood my leeue brother
And euery wight gan laughen of this stryf
Thus swyued was this carpenters wyf
For al his kepying and his Ialousye
And Absolon hath kist hir nether eye
And Nicholas is scalded in the towte
This tale is doon and god saue al the rowte

¶ Heere endeth the Millere his tale

¶ The prologe of the Reues tale

Whan folk had laughen at this nyce cas
Of Absolon and hende Nicholas
Diuerse folk diuersely they seyde
But for the moore part they loughe and pleyde
Ne at this tale I saugh no man hym greue
But it were oonly Osewold the Reue
By cause he was of carpenters craft
A litel ire is in his herte ylaft
He gan to grucche and blamed it alite
So theek quod he ful wel koude I yow quite
With bleryng of a proud milleres eye
If that me liste speke of ribaudye
But ik am oold me list no pley for age
Gras tyme is doon my fodder is now forage
This white top writeth myne olde yeris
Myn herte is mowled also as myne heris
But if I fare as dooth an openers
That ilke fruyt is euer leng the wers
Til it be roten in mullok or in stree
We olde men I drede so fare we
Til we be roten kan we nat be rype
We hoppen ay whil that the world wol pype
For in oure wyl ther stiketh euere a nayl
To haue an hoor heed and a grene tayl
As hath a leek for thogh oure myght be goon
Oure wyl desireth folie euere in oon
For whan we may nat doon than wol we speke
Yet in oure asshen olde is fyr yreke
Foure gleedes han we whiche I shal deuyse
Auauntyng lyyng Anger coueitise
Thise foure sparkles longen vn to eelde
Oure olde lemes mowe wel been vnweelde

Reue

But wyl ne shal nat faillen that is sooth,
And yet ik haue alwey a coltes tooth
As many a yeer as it is passed henne
Syn that my tappe of lif bigan to renne
ffor sikerly whan I was bore, anon
Deeth drough the tappe of lyf and leet it gon
And euer sithe hath so the tappe yronne
Til that almoost al empty is the tonne
The streem of lyf now droppeth on the chymbe
The sely tonge may wel rynge and chymbe
Of wrecchednesse that passed is ful yoore
With olde folk saue dotage is namoore

Whan that oure hoost hadde herd this sermonyng
he gan to speke as lordly as a kyng
he seide what amounteth al this wit
What shul we speke alday of hooly writ
The deuel made a Reue for to preche
And of a Soutere shipman or a leche
Sey forth thy tale, and tarie nat the tyme
Lo Depeford, and it is half wey pryme
Lo Grenewych, ther many a shrewe is inne
It were al tyme thy tale to bigynne

Now sires quod this Osewold the Reue
I pray yow alle that ye nat yow greue
Thogh I answere and somdeel sette his howue
ffor leueful is with force force of shouue
This dronke Miller hath ytoold vs heer
how that bigyled was a Carpenter
Parauenture in scorn for I am oon
And by youre leue I shal hym quite anoon
Right in his cherles termes wol I speke
I pray to god his nekke mote breke
he kan wel in myn eye seen a stalke
But in his owene he kan nat seen a balke

Heere bigynneth the Reues tale

At Trumpyngton nat fer fro Cantebrigge
Ther gooth a brook, and ouer that a brigge
Vpon the whiche brook ther stant a melle
And this is verray sooth þt I yow telle
A Millere was ther dwellynge many a day
As any pecok he was proud and gay
Pipen he koude and fisshe and nettes beete
And turne coppes, and wel wrastle and sheete
And by his belt he baar a long panade
And of a swerd ful trenchant was the blade

Teue

A Ioly poppey baar he in his pouche
Ther was no man for pil dorste hym touche
A Sheffeld thwitel baar he in his hose
Round was his face and camuse was his nose
As piled as an ape was his skulle
He was a market betey atte fulle
Ther dorste no wight hand vp on hym legge
That he ne swoor he sholde anon abegge
A theef he was of corn and eek of mele
And that a sly and vsaunt for to stele
His name was hoote deynous Symkyn
A wyf he hadde ycomen of noble kyn
The person of the toun hir fader was
With hyr he yaf ful many a panne of bras
ffor that Symkyn sholde in his blood allye
She was yfostred in a nonnerye
ffor Symkyn wolde no wyf as he sayde
But if she were wel ynorisshed and a mayde
To saven his estaat of yomanrye
And she was proud and pert as is a pye
A ful fair sighte was it vp on hem two
On haly dayes biforn hyr wolde he go
With his typet bounde aboute his heed
And she cam after in a gyte of reed
And Symkyn hadde hosen of the same
Ther dorste no wight clepen hyr but dame
Was noon so hardy that wente by the weye
That with hyr dorste rage or ones pleye
But if he wolde be slayn of Symkyn
With panade or with knyf or boidekyn
ffor Ialous folk been pilous euremo
Algate they wolde hyr wyues wenden so
And eek for she was somdel smoterlich
She was as digne as water in a dich
As ful of hoker and of bismare
Hyr thoughte that a lady sholde hyr spare
What for hyr kynrede and hyr nortelrie
That she hadde lerned in the nonnerye
A doghter hadde they bitwixe hem two
Of twenty yeer withouten any mo
Sauynge a child that was of half yeer age
In cradel it lay and was a propre page
This wenche thikke and wel ygrowen was
With camuse nose and eyen greye as glas
Buttokes brode and brestes rounde and hye
But right fair was hyr heer I wol nat lye
This person of the toun for she was feir
In purpos was to maken hyr his heir

Reue

Bothe of his catel, and his mesnage
And straunge, he made it of hir manage
His purpos was, for to bistowe hir hye
In to som worthy blood of auncetrye
For hooly chirches good, moot been despended
On hooly chirches blood, that is descended
Therfore, he wolde his hooly blood honoure
Though that, he hooly chirche sholde devoure

Greet sokene hath this millere, out of doute
With whete and malt, of al the land aboute
And nameliche, ther was a greet collegge
Men clepen the Soler halle at Cantebregge
Ther was hir whete, and eek hir malt ygrounde
And on a day, it happed in a stounde
Sik lay the maunciple, on a maladye
Men wenden wisly, that he sholde dye
For which, this millere stal bothe mele and corn
An hundred tyme, moore than biforn
For ther biforn he stal but curteisly
But now, he was a theef outrageously
For which the wardeyn chidde and made fare
But ther of sette the millere nat a tare
And maketh boost, and swoor it was nat so

Thanne were ther yonge poure clerkes two
That dwelten in this halle, of which I seye
Testif they were, and lusty for to pleye
And oonly, for hir myrthe and revereye
Up on the wardeyn, bisily they crye
To yeve hem leve, but a litel stounde
To goon to mille, and seen hir corn ygrounde
And hardily, they dorste leye hir nekke
The millere sholde nat stele hem half a pekke
Of corn by sleighte, ne by force hem reve
And at the laste, the wardeyn yaf hem leve
Iohn highte that oon, and Aleyn heet that oother
Of o toun were they born, that highte Strother
Fer in the North, I kan nat telle where

This Aleyn maketh redy al his gere
And on an hors the sak he caste anon
Forth goth Aleyn the clerk, and also Iohn
With good swerd, and bokeler by hir syde
Iohn knew the wey, hem neded no gyde
And at the mille, the sak adoun he layth
Aleyn spak first, al hayl Symond yfayth
How fares thy faire doghter, and thy wyf

Aleyn welcome quod Symkyn by my lyf
And Iohn also, how now what do ye heer

Symond quod Iohn, by god nede has na peer

Hym boes serue hym selue, that has na swayn
Or elles he is a fool, as clerkes sayn
Oure manciple, I hope he wil be deed
Swa werkes ay the wanges in his heed
And forthy is I come, and eek Alayn
To grynde oure corn and carie it hame agayn
I pray yow spede us heythen that ye may
It shal be don, quod Symkyn, by my fay
What wol ye don whil that it is in hande
By god right by the hopur wil I stande
Quod John, and se how that the corn gas in
Yet saugh I neuere by my fader kyn
How that the hopur wagges til and fra
Aleyn answerde, John wiltow swa
Thanne wil I be bynethe, by my crown
And se how pt the mele falles doun
In to the trough, that sal be my disport
For John yfaith I may been of youre sort
I is as ille a miller as ar ye
This miller smyled of hir nycetee
And thoghte, al this nys doon but for a wyle
They wene pt no man may hem bigyle
But by my thrift, yet shal I blere hir eye
For al the sleighte in hir Philosophye
The moore queynte crekes that they make
The moore wol I stele whan I take
In stide of flour, yet wol I yeue hem bren
The grettest clerkes been noght wisest men
As whilom to the wolf thus spak the mare
Of al hir art counte I noght a tare
Out at the dore he gooth ful pryuely
Whan pt he saugh his tyme softely
He loketh up and doun til he hath founde
The clerkis hors ther as it stood ybounde
Bihynde the mille vnder a leefsel
And to the hors he goth hym faire and wel
He streepeth of the brydel right anon
And whan the hors was laus he gynneth gon
Toward the fen ther wilde mares renne
And forth with wehee thurgh thikke & thurgh thenne
This miller gooth agayn no word he seyde
But dooth his note and with the clerkes pleyde
Til that hir corn was faire and wel ygrounde
And whan the mele is sakked and ybounde
This John goth out and fynt his hors away
And gan to crye harow and weylaway
Oure hors is lorn Alayn for goddes banes
Step on thy feet com out man al atanes

Keue

Allas, oure wardeyn has his palfrey lorn
This Aleyn al forgat, bothe mele and corn
Al was out of his mynde, his housbondrie
That whilk way is he goon, he gan to crye

The wyf cam lepynge inward with a ren
She seyde allas, youre hors goth to the fen
With wilde mares, as faste as he may go
Unthank come on his hand, that boond hym so
And he þt bettre sholde han knyt the reyne

Allas quod Aleyn, for crystes peyne
Lay doun thy swerd, and I wil myn alswa
I is ful wight god waat, as is a raa
By god herte, he sal nat scape vs bathe
Why nadstow put, the capul in the lathe
I hayl, by god Alayn, thou is a fonne

This sely clerkes, han ful faste yronne
To ward the fen, bothe Aleyn and eek Iohn
And whan the myller saugh þt they were gon
He half a busshel of hir flour hath take
And bad his wyf, go knede it in cake
He seyde, I trowe the clerkes were afeyrd
Yet kan a myller, make a clerkes berd
For al his art, now lat hem goon hir weye
Lo wher they goon, ye lat the children pleye
They gete hym nat so lightly, by my croun

These sely clerkes, rennen vp and doun
Wt keep keep staud staud iossa warderere
Ga whistle thou, and I shal kepe hym heere
But shortly, til that it was verray nyght
They koude nat, thogh they do al hir myght
Hir capul cacche, he ran alwey so faste
Til in a dych, they caughte hym atte laste

Wery and weete, as beest is in the reyn
Comth sely Iohn, and wt hym comth Aleyn
Allas quod Iohn, the day that I was born
Now are we dryue, til hethyng, and til scorn
Oure corn is stoln, me wil vs fooles calle
Bathe the wardeyn, and oure felawes alle
And namely, the myller weyla way

Thus pleynneth Iohn, as he goeth by the way
Toward the mille, and bayard in his hond
The myller sittynge by the fyr he foond
For it was nyght, and forther myghte they noght
But for the loue of god, they hym bisoght
Of herberwe and of ese, as for hir peny

The myller seyde agayn, if ther be eny
Swich as it is, yet shal ye haue youre part
Myn hous is streit, but ye han lerned art

Reue

Ye kowne by Argumentz make a place
A myle brood, of twenty foot of space
Lat se now, if this place may suffise
Or make it rowm with speche, as is youre gise

Now Symound seyde John by seint Cuthberd
Ay is thou myrie, and this is fayre answerd
I haue herd seyd, man sal taa of twa thynges
Slyk as he fyndes, or taa slyk as he bryngez
But specially I pray thee hoost deere
Get vs som mete and drynke, and make vs cheere
And we wil payen trewely atte fulle
With empty hand men may none haukes tulle
Loo heere oure siluer redy for to spende

This Millere in to toun his doghter sende
For ale and breed, and rosted hem a goos
And boond hir hors, it sholde nat goon loos
And in his owene chambre hem made a bed
With sheetes and with chalouns faire yspred
Noght from his owene bed ten foot or twelue
His doghter hadde a bed, al by hir selue
Right in the same chambre by and by
It myghte be no bet, and cause why?
Ther was no roumer herberwe in the place
They soupen, and they speke hem to solace
And drynke euere strong ale atte beste
Aboute mydnyght wente they to reste

Wel hath this Millere vernysshed his heed
Ful pale he was for dronken, and nat reed
He yexeth, and he speketh thurgh the nose
As he were on the quakke, or on the pose
To bedde he goth, and with hym goth his wyf
As any Jay, she light was and Jolyf
So was hir Joly whistle wel ywet
The cradel at hir beddes feet is set
To rokken, and to yeue the child to sowke
And whan pt dronken al was in the crowke
To bedde wente the doghter right anon
To bedde wente Aleyn and also John
Ther nas namoore hem nedeth no moore ale
This Millere hath so wisely bibbed ale
That as an hors he snorteth in his sleep
Ne of his tayl bihynde he took no keep
His wyf bar hym a burdon a ful strong
Men myghte hir rowtyng heere two furlong
The wenche rowteth eek p compaignye

Aleyn the clerk þat herde this melodye
He poked John, and seyde slepestow?
Herdestow euer slyk a sang er now?

To þynk a cotynyng is ynuel hem alle
A wilde fyr vpon thayr bodyes falle
Wha hereued euere olyk a sely thyng
Ye they sal haue the flour of il endyng
This lange nyght they tydes me na reste
But yet nafors al sal be for the beste
ffor John seyde he als ende moot I thryue
If that I may yon wenche wil I swyue
Som esement has lawe yshapen vs
ffor John ther is a lawe that says thus
That gif a man in a point be greued
That in another he sal be releued
Oure corn is stoln shortly is ne nay
And we han had an il fit al this day
And syn I sal haue neen amendement
Agayn my los I wil haue esement
By god sale it sal neen other bee
This John auntreþ allayn ayys þee
The mulleyr is a peilous man he seyde
And gif that he out of his sleep abreyde
he myghte doon vs bathe a vileynye
Aleyn auntreþ I counte hym nat a flye
And vp he rist and by the wenche he crepte
This wenche lay vpryghte and faste slepte
Til he so ny was er she myghte espye
That it had been to late for to crye
And shortly for to seyn they were aton
Now pley Aleyn for I wol speke of John
This John lith stille a furlong wey or two
And to hymself he maketh routhe and wo
Allas quod he this is a wikked jape
Now may I seyn that I is but an ape
Yet has my felawe som what for his harm
He has the mulleris doghter in his arm
He auntred hym and has his nedes sped
And I lye as a draf sek in my bed
And whan this jape is tald another day
I sal been halde a daf a cokenay
I wil aryse and auntre it by my fayth
Vnhardy is vnsely thus men sayth
And vp he roos and softely he wente
Vnto the cradel and in his hand it hente
And bar it softe vn to the beddes feet
Soone after this the wyf hir rowtyng leet
And gan awake and wente hyr out to pisse
And cam agayn and gan hyr cradel mysse
And groped heer and ther but she foond noon
Allas quod she I hadde almoost mysgoon

I hadde almoost goon to the clerkes bed
Ey benedicite thanne hadde I foule y sped
And forth she gooth til she the cradel foond
She gropeth alwey forther with hir hoond
And foond the bed and thoghte noght but good
By cause that the cradel by it stood
And nyste wher she was for it was derk
But faire and wel she creep in to the clerk
And lith ful stille and wolde han caught a sleep
With Inne a while this John the clerk up leep
And on this goode wyf he leith on soore
So myrie a fit hadde she nat ful yoore
He priketh harde and depe as he were mad
This Ioly lyf han thise two clerkes lad
Til that the thridde cok bigan to synge
Aleyn wax wery in the dawenynge
For he had swonken al the longe nyght
And seyde far weel Malyne sweete wight
The day is come I may no lenger byde
But euere mo wher so I go or ryde
I is thyn awen clerk swa haue I seel
Now deere lemman quod she go fare weel
But er thow go o thyng I wol thee telle
Whan that thou wendest homward by the melle
Right at the entree of the dore bihynde
Thou shalt a cake of half a busshel fynde
That was ymaked of thyn owene mele
Which that I heelp my sader for to stele
And goode lemman god thee saue and kepe
And with that word almoost she gan to wepe
Aleyn vp rist and thoughte er þᵗ it dawe
I wol go crepen in by my felawe
And fond the cradel with his hand anon
By god thoughte he al wrang I haue mysgon
Myn heed is toty of my swynk to nyght
That maketh me that I go nat aright
I woot wel by the cradel I haue mysgo
Heere lith the Mullere and his wyf also
And forth he goth a twenty deuel way
Vn to the bed ther as the Miller lay
He wende haue cropen by his felawe Iohn
And by the Mullere in he creep anon
And caughte hym by the nekke and softe he spak
He seide thou Iohn thou Swyneshees awak
ffor cristes saule and heer a noble game
ffor by that lord that called is seint Iame
As I haue thryes in this shorte nyght
Swyued the milleres doghter bolt vp right

John thow hast as a coward been agast
The false harlot, quod the miller hast
A false traitour, false clerk quod he
Thow shalt be deed, by goddes dignitee
Who dorste be so bold, to disparage
My doghter, that is come of switch lynage
And by the throte bolle, he caughte Alayn
And he hente hym despitously agayn
And on the nose, he smoot hym with his fest
Doun ran the blody streem, upon his brest
And in the floor, with nose and mouth to broke
They walwe, as doon two pigges in a poke
And up they goon, and doun agayn anon
Til that the miller sporned at a stoon
And doun he fil bakward upon his wyf
That wiste no thyng of this nyce stryf
For she was falle aslepe a lite wight
With John the clerk that wakes hadde al nyght
And with the fal out of hir sleep she breyde
Help hooly croys of Bromholm, she seyde
In manus tuas lord to thee I calle
Awak Symond the feend is on us falle
Myn herte is broken help I nam but deed
Ther lyth oon upon my wombe and on myn heed
Help Symkyn for the false clerkes fighte
This John stirte up as soone as evere he myghte
And graspeth by the walles to and fro
To fynde a staf and she stirte up also
And knew the estres bet than dide this John
And by the wal a staf she found anon
And saugh a litel shymeryng of a light
For at an hole In shoon the moone bright
And by that light she saugh hem bothe two
But sikerly she nyste who was who
But as she saugh a whit thyng in hir eye
And whan she gan the white thyng espye
She wende the clerk hadde wered a volupeer
And with the staf she drow ay neer and neer
And wende han hit this Aleyn at the fulle
And smoot the miller on the pyled skulle
And doun he gooth and cride harow I dye
Thise clerkes beete hym weel and lete hym lye
And greythen hem and tooke hir hors anon
And eek hir mele and on hir wey they gon
And at the mille yet they tooke hir cake
Of half a busshel flour ful wel ybake
Thus is the proude miller wel ybete
And hath ylost the gryndynge of the whete

Reue

And payed for the soper euerydeel
Of Aleyn and of John þt bette hym weel
His wyf is swyued and his doghter als
So with it is a mylley to be fals
And therfore this prouerbe is seyd ful sooth
Hym thar nat weue weel that yuele dooth
A gylour shal hym self bigyled be
And god þt sitteth heighe in Trinitee
Haue al this compaignye grete and smale
Thus haue I quyt the mylley in my tale

Heere is ended the Reues tale

The prologe of the Cokes tale

The Cook of london whil that the Reue spak
ffor ioye hi thoughte he clawed hi on the bak
ha ha quod he for cristes passion
This mylley hadde a sharp conclusion
Vpon his argument of herbergage
Wel seyde Salomon in his langage
Ne brynge nat euery man in to thyn hous
ffor herberwynge by nyghte is perilous
Wel oghte a man auysed for to be
Whom that he broghte in to his pryuetee
I pray to god so yeue me sorwe and care
If euere sithe I highte hogge of ware
Herde I a mylley bettre yset awerk
He hadde a iape of malice in the derk
But god forbede that we stynte heere
And therfore if ye vouche sauf to heere
A tale of me that am a poure man
I wol yow telle as wel as euere I kan
A litel iape that fil in oure Citee
Oure hooste answerde and seyde I graunte it thee
Now telle on Roger looke that it be good
ffor many a pastee hastow laten blood
And many a Iakke of douere hastow soold
That hath been twies hoot and twies cold
Of many a pilgrym hastow cristes curs
ffor of thy percely yet they fare the wors
That they han eten with thy stubbel goos
ffor in thy shoppe is many a flye loos
Now telle on gentil Roger by thy name
But yet I pray thee be nat wroth for game

Cook

man may seye ful sooth, in game and pley
Thou seist ful sooth, quod Roger by my fey
But sooth pley quaad pley, as the flemyng seith
And therfore Henry Bailly, by thy feith
Be thou nat wrooth, er we departen heer
Though that my tale, be of an Hostileer
But natheles, I wol nat telle it yit/
But er we parte, y wis thou shalt be quit/
And ther with al, he lough and made cheere
And seyde his tale, as ye shul after heere

Heere bigynneth the Cookes tale

A prentys whilom dwelled, in oure Citee
And of a craft of vitaillers was hee
Gaillard he was, as goldfynch in the shawe
Broun as a berye, a propre short felawe
With lokkes blake, ykembd ful fetisly
Daunsen he koude, so wel and iolily
That he was cleped Perkyn Revelour
He was as ful of loue and paramour
As is the hyve, ful of hony sweete
Wel was the wenche, with hym myghte meete
At euery brydale, wolde he synge and hoppe
He loued bet, the tauerne than the shoppe
ffor whan ther any ridyng was in chepe
Out of the shoppe, thider wolde he lepe
Til that he hadde, al the sighte yseyn
And daunced wel, he wolde nat come ayeyn
And gadered hym, a meynee of his sort
To hoppe and synge, and maken swich disport
And ther they setten steuene for to meete
To pleyen at the dys in swich a streete
ffor in the toun, nas ther no prentys
That fairer koude caste, a paire of dys
Than Perkyn koude, and ther to he was free
Of his dispense, in place of pryuetee
That fond his maister wel in his chaffare
ffor often tyme, he foond his box ful bare
ffor sikerly, a prentys Reuelour
That haunteth dys, Riot, or paramour
His maister shal it, in his shoppe abye
Al haue he no part of the mynstralcye
ffor thefte and Riot, they been couertible
Al konne he pleye on gyterne or Ribible

The Cook

Reuel and youthe as in a lowe degree
They been ful wrothe al day as men may see
This ioly prentys with his maister bood
Til he were ny out of his prentishood
Al were he snybbed bothe erly and late
And sumtyme lad with reuel to Newegate
But atte laste his maister hym bithoghte
Vpon a day whan he his papir soghte
Of a pruerbe that seith this same word
Wel bet is roten Appul out of hoord
Than þt it rotie al the remenaunt
So fareth it by a riotous seruaunt
It is wel lasse harm to lete hym pace
Than he shende alle the seruantz in the place
Therfore his maister yaf hym Acquitance
And bad hym go wt sorwe and wt meschance
And thus this ioly prentys hadde his leue
Now lat hym riote al the nyght or leue
And for ther is no theef with oute a lokke
That helpeth hym to wasten and to sowke
Of that he brybe kan or borwe may
Anon he sente his bed and his aray
Vnto a compiER of his owene sart
That loued dys and reuel and disport
And hadde a wyf that heeld for contenance
A shoppe and swyued for hir sustenance

protinus aerij mellis celestia dona
Exequar: hanc etiam mecaenas aspice partem

Admiranda tibi levium spectacula rerum
Magnanimosque duces totiusque ex ordine gentis
mores, et studia, et populos et prelia dicam.
In tenui labor, at tenuis non gloria: si quem
numina leva sinunt, auditque vocatus apollo
principio sedes apibus, statioque petenda

The wordes of the Hoost to the compaignye

Our Hoost saugh wel that the brighte sonne
The ark of his artificial day hath ronne
The fourthe part/ and half an houre and moore
And though he were nat depe ystert in loore
He wiste it was the eighte and twentithe day
Of Aprill, that is messager to May
And saugh wel that the shadwe of euery tree
Was as in lengthe the same quantitee
That was the body erect that caused it
And therfore by the shadwe he took his wit
That phebus, which shoon so clere and brighte
Degrees was fyue and fourty clombe on highte
And for that day as in that latitude
It was ten at the clokke he gan conclude
And sodeynly he plighte his hors aboute
Lordynges quod he, I warne yow al this route
The fourthe party of this day is gon
Now for the loue of god, and of seint Iohn
Leseth no tyme, as ferforth as ye may
Lordynges the tyme wasteth nyght and day
And steleth from vs what pryuely slepynge
And what thurgh necligence in oure wakynge
As dooth the streem that turneth neuer agayn
Descendynge fro the mountaigne in to playn
Wel kan Senec and many a philosophye
Biwaillen tyme moore than gold in cofre
ffor losse of catel may recouered be
But losse of tyme shendeth vs quod he
It wol nat come agayn withouten drede
Namoore than wole malkynes maydenhede
Whan she hath lost it in hir wantownesse
Lat vs nat mowlen thus in ydelnesse
Sir man of lawe quod he so haue ye blis
Telle vs a tale anon as forward is
Ye been submytted thurgh youre free assent
To stonden in this cas at my Iuggement
Acquiteth yow now of youre biheeste
Thanne haue ye do youre deuoir atte leeste
Hoost quod he, depardieux ich assente
To broke forward is nat myn entente
Biheste is dette, and I wole holde fayn
Al my biheste, I kan no bettre seyn

Man

For which cause, as a man goueth another right
He wolde hym sluen, wen it by night
Thus tolde oure text, but natheles seyn
I can right now no thrifty tale seyn
That Chaucer thogh he kan but lewedly
On metres and on rymyng craftily
Hath seyd hem in swich english as he kan
Of olde tyme, as knoweth many a man
And if he haue noght seyd hem, leue brother
In o book, he hath seyd hem in another
For he hath told of loueris vp and doun
Mo than Ouide made of mencioun
In hise epistles that been ful olde
What sholde I telle hem syn they ben tolde
In youthe he made of Ceys and Alcione
And sitthe hath he spoken of euerichone
Thise noble wyues and thise loueris eke
Who so that wole his large volume seke
Cleped the seintes legende of Cupide
Ther may he seen the large woundes wyde
Of Lucresse and of Babilan Tesbee
The swerd of Dido for the false Enee
The tree of Phillis for hir Demophon
The pleinte of Diane and of Hermyon
Of Adriane and of Isiphilee
The bareyne, stondyng in the see
The dreynte Leandre for his Ero
The teeris of Eleyne and the wo
Of Brixseyde and the Ladomya
The crueltee of the queene Medea
Thy litel children hangynge by the hals
For thy Jason that was in loue so fals
O ypnystra Penelopee, Alceste
Youre wifhede he comendeth with the beste
But certeinly no word ne writeth he
Of thilke wikke ensample of Canacee
That loued hir owene brother synfully
Of swiche cursed stories I sey fy
Or ellis, of Tyro Appollonius
How that the cursed kyng Antiochus
Birafte his doghter of hir maydenhede
That is so horrible a tale for to rede
Whan he hir threw vp on the pauement
And therfore he of ful auysement
Nolde neuere write in none of his sermons
Of swiche vnkynde abhomynations
Ne I wol noon reherce if that I may
But of my tale how shal I doon this day

of lawe ~

He were looth be likned douteles
To muses that men clepe Pierides
Methamorphosios woot what I mene
But natheles I rechhe noght a bene
Though I come after hym with hawebake
I speke in prose and lat hym rymes make
And with that word he with a sobre cheere
Bigan his tale as ye shal after heere

The prologe of the mannes tale of lawe

Hatefull harm condicion of pouerte
With thurst with cold with hunger so confoundid
To asken help thee shameth in thyn herte
If thou noon aske so soore artow ywoundid
That verray nede vnwrappeth al thy wounde hid
Maugree thyn heed thou most for Indigence
Or stele or begge or borwe thy despence

Thow blamest crist and seist ful bitterly
He mysdeparteth richesse temporal
Thy neighebore thou wytest synfully
And seist thou hast to lite and he hath al
P fay seistow somtyme he rekene shal
whan that his tayl shal brennen in the gleede
ffor he noght helpeth needfull in hys neede

Herke what is the sentence of the wise
Bet is to dyen than haue Indigence
Thy selue neighebor wol thee despyse
If thou be poure farwel thy reuerence
Yet of the wise man take this sentence
Alle dayes of poure men been wikke
Be war therfore er thou come to that prikke

If thou be poure thy brother hateth thee
And alle thy freendes fleen from thee allas
O riche marchauntz ful of wele been yee
O noble o prudent folk as in this cas
Youre bagges been natt fild with ambes as
But with sys cynk that renneth for youre chaunce
At cristemasse myrie may ye daunce

Ye often loud and ooz for yowre wynnynges
As wise folk, ye knowen al theestaat
Of regnes, ye been fadres of tydynges
And tales, bothe of pees and of debaat
I were right now of tales desolaat
Nere that a marchant, goon is many a yeere
Me taughte a tale, which that ye shal heere

Heere bigynneth the man of lawe his tale

In Surrye whilom dwelte a compaignye
Of chapmen riche, and therto sadde and trewe
That wyde where senten hir spicerye
Clothes of gold, and satyns riche of hewe
Hir chaffare was so thrifty and so newe
That every wight hath deyntee to chaffare
With hem, and eek to sellen hem hir ware

Now fil it, that the maistres of that sort
Han shapen hem, to Rome for to wende
Were it for chapmanhode, or for disport
Noon oother message, wolde they thider sende
But comen hem self to Rome, this is the ende
And in swich place, as thoughte hem auantage
For hir entente, they take hir herbergage

Soiourned han thise marchantz in that toun
A certein tyme, as fil to hire plesaunce
And so bifel that theexcellent renoun
Of the Emperours doghter, dame Custance
Reported was, with every cirumstaunce
Vn to thise Surryen marchantz, in swich a wyse
Fro day to day, as I shal yow deuyse

This was, the commune voys of every man
Oure Emperour of Rome, god hym see
A doghter hath that syn the world bigan
To rekene as wel, hir goodnesse as beautee
Nas neuere swich another as is shee
I prey to god, in honour hir sustene
And wolde she were of al Europe the queene

Europa est tria ps mundi

Of lawe

In hir is heigh beautee with oute pride
Yowthe with oute grenehesse or folye
To alle hir werkes vertu is hir gyde
Humblesse hath slayn in hir al tyrannye
She is myrour of alle curteisye
Hir herte is verray chaumbre of hoolynesse
Hir hand mynistre of fredam for almesse

And al this voys was sooth as god is trewe
But now to purpos lat vs turne agayn
Thise marchantz han doon fraught hir shippes newe
And whan they han this blisful mayden sayn
Hoom to Surrye been they went ful fayn
And doon hir nedes as they han doon yoore
And lyuen in wele I kan sey yow namoore

Now fil it that thise marchantz stode in grace
Of hym that was the Sowdan of Surrye
For whan they cam from any straunge place
He wolde of his benigne curteisye
make hem good cheere and bisily espye
Tydynges of sondry regnes for to leere
The wondres that they myghte seen or heere

Amonges othere thynges specially
Thise marchantz han hym toold of dame Custance
So greet noblesse in ernest ceriously
That this Sowdan hath caught so greet plesance
To han hir figure in his remembrance
That al his lust and al his bisy cure
Was for to loue hir whil his lyf may dure

Parauenture in thilke large book
Which þt men clepe the heuene ywriten was
With sterres whan that he his birthe took
That he for loue sholde han his deeth allas
For in the sterres clerer than is glas
Is writen god woot who so koude it rede
The deeth of euery man with outen drede

In sterres many a wynter they biforn
Was writen the deeth of Ector Achilles
Of Pompei Iulius er they were born
The strif of Thebes and of Ercules
Of Sampson Turnus and of Socrates
The deeth but mennes wittes ben so dulle
That no wight kan wel rede it atte fulle

Clept quicenei sunt sydorum
deos Claudius pictouris.
deucalionis Aquar̄ in stellis
pyrauni species Aiet ara turni
Theseus lixeus herculesq̄
vigor

Man

This Sowdan for his pryue counseil sente
And shortly of this matiere for to pace
He hath to hem declared his entente
And seyde hem certein but he myghte haue grace
To han Custance with Inne a litel space
He was but deed and charged hem in hye
To shapen for his lyf som remedye

Diuerse men diuerse thynges seyden
They argumenten casten vp and doun
Many a subtil resoun forth they seyden
They speken of magyk and abusioun
But finally as in conclusioun
They kan nat seen in that noon auantage
Ne in noon oother wey saue mariage

Thanne sawe they ther inne swich difficultee
By wey of resoun for to speke al playn
By cause that ther was swich diuersitee
Bitwene hir bothe lawes that they sayn
They trowe þt no cristene prince wolde fayn
Wedden his child vnder oure lawes sweete
That vs were taught by Mahoun oure prophete

And he answerde rather than I lese
Custance I wol be cristned doutelees
I moot been hires I may noon oother chese
I prey yow hoold youre argumentz in pees
Saueth my lyf and beth noght recchelees
To geten hyr that hath my lyf in cure
For in this wo I may nat longe endure

What nedeth gretter dilatacion
I seye by tretys and embassadrye
And by the popes mediacion
And al the chirche and al the chiualrye
That in destruccion of Mawmettrie
And in encrees of cristes lawe deere
They been acorded so as ye shal heere

How that the Sowdan and his Baronage
And alle his liges sholde ycristned be
And he shal han Custance in mariage
And certein gold I noot what quantitee
And heer to founden suffisant suretee
This same accord was sworn on eyther syde
Now faire Custance almyghty god thee gyde

☙ ffolke ...   of [...]   man of lawes

Yow wolde som men wayten as I gesse
That I sholde tellen, al the puruaiance
That themperour, of his grete noblesse
Hath shapen, for his doghter dame Custance
Wel may men knowen, þt so greet ordinance
May no man tellen, in a litel clause
As was arrayed, for so heigh a cause

Bisshopes been shapen, with hir for to wende
Lordes, ladies, knyghtes of renoun
And oother folk ynogh, this is thende
And notified is, thurgh out the toun
That every wight, with greet deuocioun
Sholde preyen crist, that he this mariage
Receyue in gree, and spede this viage

The day is comen, of hir departynge
I seye the woful day fatal is come
That they may be, no lenger taryynge
But forthward, they hem dressen alle and some
Custance, þt was with sorwe al ouercome
Ful pale arist, and dresseth hyr to wende
ffor wel she seeth, ther is noon oother ende

Allas, what wonder is it thogh she wepte
That shal be sent, to straunge nacioun
ffro freendes þt so tendrely hir kepte
And to be bounden vnder subieccioun
Of oon, she knoweth nat his condicioun
Housbondes been alle goode, and han ben yoore
That knowen wyues, I dar sey yow namoore

ffader she seyde, thy wrecched child Custance
Thy yonge doghter, fostred vp so softe
And ye my mooder, my souerayn plesance
Ouer alle thyng, out taken crist on lofte
Custance youre child, hir recomandeth ofte
Vn to youre grace, for I shal to surrye
Ne shal I neuere, seen yow moore with eye

Allas, vn to the barbre nacioun
I moste goon, syn that it is youre wille
But crist, that starf, for oure saluacioun
So yeue me grace, hise heestes to fulfille
I wrecche womman, no fors though I spille
Wommen are born, to thraldom and penance
And to been, vnder mannes gouernance

Man

O Noble, O worthy, Thanne was blak the sal
Or Ilion, brend Thebes the Citee
Nat Rome for the harm thurgh hanybal
That Romayns hath venquysshed tymes thre
Nas herd, Swich tendre wepyng for pitee
As in the chambre was for hyr departynge
But forth she moot, wher so she wepe or synge

Vnde ptholome li. i. capi. 8.
Primi motus celi duo sunt quorum
vnus est qui mouet totum semper
ab oriente in occidentem, vno
modo sup orbes ce. qui alter
do motus est qui mouet orbem
stellatum cui uenit contra motum
primi videlicet ab occidente in
oriente sup alios duos polos etc

O firste moevyng cruel firmament
With thy diurnal sweigh that crowdest ay
And hurlest al from Est til Occident
That naturelly wolde holde another way
Thy crowdyng set the heuene in swich array
At the bygynnyng of this fiers viage
That cruel mars hath slayn this mariage

Infortunat Ascendent tortuous
Of which the lord is helplees falle allas
Out of his angle in to the derkeste hous
O mars, o Atazir, as in this cas
O feble moone, vnhappy been thy paas
Thou knyttest thee ther thou art nat receyued
Ther thou were weel, fro thennes artow weyued

Omnes concordati sunt, q
electiones sunt debiles nisi in
diuitibz habent enim isti licet
debilitent cor electiones in sua
natiuitatibz cor q conforttat
omn planeta debile in itinere etc

Imprudent Emperour of Rome allas
Was ther no philosophie in al thy toun
Is no tyme bet than oother in swich cas
Of viage is ther noon eleccion
Namely to folk of heigh condicion
Noght whan a roote is of a buyrthe yknowe
Allas we been to lewed or to slowe

To ship is come this woful faire mayde
Solempnely with euery circumstance
Now ihu crist be with yow alle she sayde
Ther nys namoore but fare wel faire Custance
She peyneth hyr to make good contenance
And forth I lete hyr saille in this manere
And turne I wole agayn to my matere

The mooder of the Souldan, welle of vices
Espies hath hyr sones pleyn entente
How he wol lete hise olde sacrifices
And right anon she for hyr conseil sente
And they been come to knowe what she mente
And whan assembled was this folk in feere
She sette hyr doun and seyde as ye shal heere

The lady

"Lordes," she seyde, "ye knowen everychon
How that my sone in point is for to lete
The hooly lawes of oure Alkaron
Yeven by Goddes message Makomete.
But oon avow to grete God I heete,
The lyf shal rather out of my body sterte
Than Makometes lawe out of myn herte.

What sholde us tyden of this newe lawe
But thraldom to oure bodies and penaunce
And afterward in helle to be drawe
For we reneyed Mahoun oure creaunce?
But lordes, wol ye maken assuraunce
As I shal seyn, assentynge to my loore
And I shal make us sauf for everemoore?"

They sworen and assenten every man
To lyve with hir and dye and by hir stonde
And everich in the beste wise he kan
To strengthen hir shal alle his frendes fonde.
And she hath this emprise ytake on honde
Which ye shal heren that I shal devyse,
And to hem alle she spak right in this wyse.

"We shul first feyne us cristendom to take,
Coold water shal nat greve us but a lite,
And I shal swich a feeste and revel make
That as I trowe I shal the Sowdan quite.
For thogh his wyf be cristned never so white
She shal have nede to wasshe awey the rede
Thogh she a font ful water with hir lede."

O Sowdanesse, roote of iniquitee,   Auctor
Virago, thou Semyrame the secounde,
O serpent under femynynytee
Lik to the serpent depe in helle ybounde,
O feyned womman, al that may confounde
Vertu and innocence thurgh thy malice
Is bred in thee, as nest of every vice.

O Sathan envious, syn thilke day
That thou were chaced from oure heritage
Wel knowestow to wommen the olde way.
Thou madest Eva brynge us in servage.
Thou wolt fordoon this cristen mariage.
Thyn instrument so weylawey the while
Makestow of wommen whan thou wolt bigile.

This Sowdanesse, whom I thus blame and wayre,
Leet prively hir conseil goon hir way.
What sholde I in this tale lenger tarye?
She rydeth to the Sowdan on a day,
And seyde hym, that she wolde reneye hir lay,
And cristendom of preestes handes fonge,
Repentynge hir, she hethen was so longe,

Bisechynge hym, to doon hir that honour,
That she moste han the cristen folk to feeste
To plesen hem I wol do my labour
The Sowdan seith I wol doon at youre heeste
And knelynge thanketh hir of that requeste
So glad he was he nyste what to seye
She kiste hir sone, and hoom she gooth hir weye

Explicit prima pars

Sequitur pars secunda

Arryued been this cristen folk to londe
In Surrye with a greet solempne route
And hastfliche this Sowdan sente his sonde
Fyrst to his mooder and al the regne aboute
And seyde his wyf was comen out of doute
And preyde hir for to ryde agayn the queene
The honour of his regne to sustene

Greet was the prees, and riche was tharray,
Of Surryens and Romayns met yfeere
The mooder of the Sowdan riche and gay
Receyueth hir with also glad a cheere
As any mooder myghte hir doghter deere
And to the nexte citee ther bisyde
A softe paas solempnely they ryde

Noght trowe I, the triumphe of Iulius
Of which, that Lucan maketh swich a boost
Was royaller, or moore curius
Than was thassemblee, of this blissful hoost
But this scorpion, this wikked goost
The Sowdanesse, for al hir flateryynge
Caste under this ful mortally to stynge

Of lawe

The Sowdan cometh hym self soone after this
So roially, that wondur is to telle
& receyueth hir with alle ioye and blis
And thus in muythe and ioye I lete hem dwelle
The fruyt of this matiere is that I telle
Whan tyme cam, men thoughte it for the beste
The reuel stynte, and men goon to hir reste

The tyme cam, this olde Sowdanesse
Ordeynes hath this feeste of which I tolde
And to the feeste, cristen folk hem dresse
In general, ye bothe yonge and olde
Heere may men feeste and roialtee biholde
And deyntees mo than I kan yow deuyse
But al to deere they boghte it er they ryse

O sodeyn wo that euere art successour
To worldly blisse, spreynd with bitternesse
The ende of the ioye of oure worldly labour
Wo occupieth the fyn of oure gladnesse
Herke this counseil for thy sikernesse
Vp on thy glade day haue in thy mynde
The vnwar wo or harm that comth bihynde

Auctor

Iro de inopinato dolore
Semp mundane leticie tristicia
Repentina succedit mundana
g feliciltas multis amaritudi
est respsa extrema gaudij
luctus occupat audi g salu
bre consiliu In die bono
ru immemor ons maloru

For shortly for to tellen at o word
The Sowdan and the cristen euerychone
Been al tohewe and stiked at the bord
But it were oonly dame Custance allone
This olde Sowdanesse cursed krone
Hath with hir freendes doon this cursed dede
For she hir self wolde al the contree lede

Ne was ther Surryen noon that was conuerted
That of the counsel of the Sowdan woot
That he nas al tohewe er he asterted
And Custance han they take anon foot hoot
And in a ship al steerelees god woot
They han hir set and biddeth hyr lerne saille
Out of Surrye agayn wayd to ytaille

A certein tresor that she with hir ladde
And sooth to seyn vitaille greet plentee
They han hir yeuen and clothes eek she hadde
And forth she saillleth in the salte see
O my Custance ful of benignytee
O Emperours yonge doghter deere
He that is lord of fortune be thy steere

Than

She kisseth hir, and with ful pitous voys
Un to the croys of Crist thus seyde she
O cleere, o wofful auter, hooly croys,
Reed of the lambes blood ful of pitee,
That wesshe the world fro the olde iniquitee,
Me fro the feend, and fro his clawes keepe,
That day that I shal drenchen in the deepe.

Victorious tree, proteccioun of trewe,
That oonly worthy were for to bere
The kyng of hevene with hise woundes newe,
The white lamb, that hurt was with the spere,
Flemere of feendes out of hym and here
On which thy lymes feithfully extenden,
Me keepe, and yif me myght my lyf t'amenden.

Yeres and dayes fleteth this creature
Thurghout the see of Grece unto the Strayte
Of Marrok, as it was hire aventure.
On many a sory meel now may she bayte;
After hir deeth ful often may she wayte,
Er that the wilde wawes wol hire dryve
Unto the place ther she shal arryve.

Men myghten asken why she was nat slayn
Eek at the feeste, who myghte hir body save?
And I answere to that demande agayn,
Who saved Danyel in the horrible cave
Ther every wight, save he, maister and knave,
Was with the leoun frete er he asterte?
No wight but God that he bar in his herte.

God liste to shewe his wonderful myracle
In hir, for we sholde seen his mighty werkis;
Crist, which that is to every harm triacle,
By certeine meenes ofte, as knowen clerkis,
Dooth thyng for certein ende that ful derk is
To mannes wit, that for oure ignorance
Ne konne noght knowe his prudent purveiance.

Now sith she was nat at the feeste yslawe,
Who kepte hir fro the drenchyng in the see?
Who kepte Jonas in the fisshes mawe
Til he was spouted up at Nynyvee?
Wel may men knowe it was no wight but he
That kepte peple Ebrayk from hir drenchynge
With drye feet thurghout the see passynge.

Of lawe

Who bad the foure spirites of tempest
That power han t'anoyen lond and see
Bothe North and South, and also West and Est
Anoyeth neither see, ne land, ne tree
Soothly the comandour of that was he
That fro the tempest ay this woman kepte
As wel whan she wook as whan she slepte

Where myghte this womman mete and drynke haue
Thre yeer and moore how lasteth hir vitaille
Who fedde the Egypcien Marie in the caue
Or in deseyt? no wight but Crist sanz faille
Fyue thousand folk, it was as greet meruaille
With loues fyue and fisshes two to feede
God sente his foyson at hir grete neede

She dryueth forth in to oure Ocean
Thurgh out oure Wilde see, til atte laste
Vnder an hoold, that nempnen I ne kan
Fer in Northhumberlond, the wawe hir caste
And in the sond, hir ship stiked so faste
That thennes wolde it noght, of al a tyde
The wyl of Crist was þat she sholde abyde

The Constable of the Castel doun is fare
To seen his wrak, and al the ship he soghte
And foond this wery womman ful of care
He foond also the tresor þat she broghte
In hir langage mercy she bisoghte
The lyf out of hir body for to twynne
Hir to delyuere of wo that she was inne

A maner latyn corrupt was hir speche
But algates therby was she vnderstonde
The constable whan hym lyst no lenger seche
This woful womman broghte he to the londe
She kneleth doun and thanketh goddes sonde
But what she was, she wolde no man seye
For foul ne fair, thogh þat she sholde deye

She seyde she was so mazed in the see
That she forgat hir mynde, by hir trouthe
The constable hath of hir so greet pitee
And eek his wyf, that they wepen for routhe
She was so diligent, withouten slouthe
To serue and plese euerich in that place
That alle hir louen, that looken in hir face

Chaun...

This Constable, and Dame Hermengyld his wyf
Were payens, and that contree euery wheye
But Hermengyld loued hyr ryght as hyr lyf
And Custance hath so longe soiourned there
In orisous, with many a bittery teere
Til Ihu hath conuerted thurgh his grace
Dame Hermengyld, Constablesse of that place

In al that lond, no cristen dorste route
Alle cristen folk been fled fro that contree
Thurgh payens, that conquereden al aboute
The plages of the North by lond and see
To Walys, fledde the Cristyanytee
Of olde Brytous, dwellynge in this yle
Ther was hyr refut for the meene whyle

But yet nere cristene Brytons so exiled
That ther nere somme, that in hyr pryuetee
Honored crist, and hethen folk bigiled
And ny the Castel, where they dwelten three
That oon of hem was blynd, and myghte nat see
But it were, with thilke eyen of his mynde
With whiche men seen, whan þt they ben blynde

Bryght was the sonne, as in that Somers day
For which the Constable and his wyf also
And Custance, han ytake the ryghte way
Toward the see, a furlong wey or two
To pleyen, and to romen to and fro
And in hyr walk this blynde man they mette
Croked and old, with eyen faste yshette

In name of crist, cryde this olde Bryton
Dame Hermengyld, yif me my syghte agayn
This lady, wex affrayed of the soun
Lest that hyr housbonde, shortly for to sayn
Wolde hyr for Ihu cristes loue han slayn
Til Custance made hyr bold, and bad hyr wyrche
The wyl of crist, as doghter of his chirche

The Constable, wex abasshed of that sight
And seyde, what amounteth al this fare
Custance answerde, sire it is cristes myght
That helpeth folk, out of the feendes snare
And so ferforth, she gan oure lay declare
That she the Constable, er that it was eue
Converteth, and on crist maketh hym bileue

¶ Of lawe

This constable was no thyng lord of this place
Of which I spek, ther he Custance fond
But kepte it strongly many wyntres space
Under Alla, kyng of al Northhumbrelond
That was ful wys, and worthy of his hond
Agayn the Scottes, as men may wel heere
But tourne I wole, agayn to my mateere

Sathan, that euer us waiteth to bigile
Saugh of Custance al hir perfeccioun
And caste anon, how he myghte quite hir while
And made a yong knyght, þt dwelte in that toun
Loue hir so hoote of foul affeccioun
That verraily hym thoughte he sholde spille
But he of hir myghte ones haue his wille

He woweth hir, but it auailleth noght
She wolde do no synne, by no weye
And for despit he compassed in his thoght
To maken hir, on shameful deeth to deye
He wayteth, whan the Constable was aweye
And pryuely, vpon a nyght he crepte
In Hermengyldes chambre, whil she slepte

Wery, for wakes in hir orisouns
Slepeth Custance, and Hermengyld also
This knyght, thurgh Sathans temptacions
Al softely, is to the bed ygo
And kitte the throte of Hermengyld also
And leyde the blody knyf by Dame Custance
And wente his wey, ther god yeue hym meschance

Soone after, cometh this Constable hoom agayn
And eek Alla, þt kyng was of that lond
And saugh his wyf despitously yslayn
For which ful ofte he weep, and wroong his hond
And in the bed, the blody knyf he fond
By Dame Custance, allas what myghte she seye
For wey wo, hir wit was al aweye

To kyng Alla, was toold al this meschance
And eek the tyme, and where, and in what wise
That in a ship, was founden Dame Custance
As heer biforn, that ye han herd deuyse
The kynges herte of pitee gan agryse
Whan he saugh, so benigne a creature
Falle in disese, and in mysauenture

Chaucer

ffor as the lomb toward his deeth is broght
So stant this Innocent bifore the kyng
This false knyght þt hath this tresou[n] wroght
Berth hir on hond þt she hath doon thys thyng
But natheles ther was greet moornyng
Among the peple and seyn they kan nat gesse
That she had doon so greet a wikkednesse

ffor they han seyn hir euere so vertuous
And louynge hermengyld right as hir lyf
Of this baar witnesse euerich in that hous
Saue he þt hermengyld slow with this knyf
This gentil kyng hath caught a greet motyf
Of this witnesse and thoghte he wolde enquere
Depper in this a trouthe for to lere

Allas Custance thou hast no champion
Ne fighte kanstow noght so weylaway
But he that starf for oure redempcion
And boond Sathan and yit lith ther he lay
So be thy stronge champion this day
ffor but if crist open myracle kithe
Withouten gilt thou shalt be slayn as swithe

She sit hir doun on knees and thus she sayde
Immortal god that sauedest Susanne
ffro fals blame and thou mirifful mayde
Marie I meene doghter to Seint Anne
Bifore whos child Angeles synge Osanne
If I be giltlees of this felonye
My socour be for ellis shal I dye

Haue ye nat seyn som tyme a pale face
Among a prees of hym þt hath be lad
Toward his deeth wher as hym gat no grace
And swich a colour in his face hath had
Men myghte knowe his face that was bistad
Amonges alle the faces in that route
So stant Custance and looketh hir aboute

O Queenes lyuynge in prosperitee
Duchesses and ladyes euerichone
Haueth som routhe on hir Aduersitee
An Emporys doghter stant allone
She hath no wight to whom to make hir mone
O blood roial that stondest in this drede
ffer been thy freendes at thy grete nede

Tale

This Alla kyng hath swich compassioun
As gentil herte is fulfild of pitee
That from hise eyen ran the water doun
Now hastily do fecche a book quod he
And if this knyght wol sweren how that she
This womman slow yet wol we us avyse
Whom that we wole that shal been oure justise

A Britoun book writen with Evaungiles
Was fet and on this book he swoor anoon
She gilty was and in the meene whiles
An hand hym smoot upon the nekke boon
That doun he fil atones as a stoon
And bothe hise eyen broste out of his face
In sighte of every body in that place

A voys was herd in general audience
And seyde thou hast desclaundred giltelees
The doghter of hooly chirche in heigh presence
Thus hastou doon and yet holde I my pees
Of this mirraille agast was al the prees
As mazed folk they stoden everichone
For drede of wreche save Custance allone

Greet was the drede and eek the repentance
Of hem that hadden wrong suspecioun
Upon this sely innocent Custance
And for this miracle in conclusioun
And by Custances mediacioun
The kyng and many another in that place
Converted was thanked be cristes grace

This false knyght was slayn for his untrouthe
By juggement of Alla hastifly
And yet Custance hadde of his deeth greet routhe
And after this Ihesus of his mercy
Made Alla wedden ful solempnely
This hooly mayden that is so bright and sheene
And thus hath crist ymaad Custance a queene

But who was woful if I shal nat lye
Of this weddyng but Donegild and namo
The kynges mooder ful of tirannye
Hir thoughte hir cursed herte brast atwo
She wolde noght hir sone had do so
Hir thoughte a despit that he sholde take
So strange a creature unto his make

Man

I liste nat of the chaf, or of the stree
Maken so long a tale, as of the corn
What sholde I tellen, of the roialtee
At mariages, or which cours goth biforn
Who bloweth in the trumpe, or in an horn
The fruyt of every tale, is for to seye
They ete, & dynke, & daunce, & synge & pleye

They goon to bedde, as it was skile and right
ffor thogh yt wyues, be ful hooly thynges
They moste take, in pacience at nyght
Swiche manie necessaries, as been plesynges
To folk, yt han ywedded hem with rynges
And leye a lite, hir hoolynesse aside
As for the tyme, it may no bet bitide

On hir he gat, a man child anon
And to a bisshop, and his Constable eke
he took his wyf to kepe, whan he is gon
To scotlonward, his foomen for to seke
Now faire Custance, that is so humble and meke
So longe is goon with childe, til that stille
She halt hir chaumbre, abidyng cristes wille

The tyme is come, a man child she beer
Mauricius at the fontstoon, they hym calle
This Constable doth forth come a messageer
And wroot vn to his kyng, that clepes was Alle
how that this blissful tidyng is bifalle
And othere tidynges, spedeful for to seye
he taketh the lettre, and forth he gooth his weye

This messager to doon his auantage
Vnto the kynges moder, rydeth swithe
And salueth hir ful faire in his laugage
Madame quod he, ye may be glad and blithe
And thanketh god, an hundred thousand sithe
My lady queene, hath child with outen doute
To ioye and blisse, to al this regne aboute

Lo heere the lettres, seled of this thyng
That I moot bere, with al the haste I may
If ye wol aught, vn to youre sone the kyng
I am youre suant, bothe nyght and day
Donegild answerde, as now at this tyme nay
But heere al nyght I wol thou take thy reste
Tomorwe wol I seye thee, what me leste

Of Alla

This messager drank sadly ale and wyn
And stolen were hise lettres pryuely
Out of his box whil he sleep as a swyn
And countrefeted was ful subtilly
Another lettre wroght ful synfully
Vn to the kyng directe of this mateere
Fro his Constable as ye shal after heere

The lettre spak the queene deliuered was
Of so horrible a feendly creature
That in the Castel noon so hardy was
That any while dorste ther endure
The moder was an Elf by auenture
Ycomen by charmes or by sorcerie
And euerich hateth hir compaignye

Wo was this kyng whan he this lettre had sayn
But to no wight he tolde his sorwes soore
But of his owene hand he wroot agayn
Welcome the sonde of crist for euermoore
To me that am now lerned in his loore
Lord welcome be thy lust and thy plesaunce
My lust I putte al in thyn ordinaunce

Kepeth this child al be it foul or feir
And eek my wyf vn to myn hoom comynge
Crist whan hym list may sende me an heir
Moore agreable than this to my likynge
This lettre he seleth pryuely wepynge
Which to the messager was take soone
And forth he gooth ther is namoore to doone

O messager fulfild of dronkenesse
Strong is thy breeth thy lymes faltren ay
And thou biwreyest alle secreenesse
Thy mynde is lorn thou janglest as a Iay
Thy face is turned in a newe aray
Ther dronkenesse regneth in any route
Ther is no conseil hyd withouten doute

O Donegild I ne haue noon englissh digne
Vn to thy malice and thy tyrannye
And therfore to the feend I thee resigne
Lat hym enditen of thy traitorie
Fy mannysshe fy o nay by god I lye
Fy feendlych spirit for I dar wel telle
Thogh thou heere walke thy spirit is in helle

And thus chiyos in feter
in ore tremor in corpore qui
prius stulta post occulta cui
mens alienat facies trans
formate nullu cuiu latet
secretu ubi regnat ebrietas

Þan

This messager comth fro the kyng agayn
And at the kynges moodres court he lighte
And she was of this messager ful fayn
And plesed hym in al that ever she myghte
He drank and wel his gyrdel vnderpighte
He slepeth and he snorteth in his gyse
Al nyght til the sonne gan aryse

Eft were hise lettres stolen everychon
And countrefeted lettres in this wyse
The king comaundeth his Constable anon
Vp peyne of hangyng and on heigh juyse
That he ne sholde suffren in no wyse
Custance in with his Reawme for tabyde
Thre dayes and o quarter of a tyde

But in the same ship as he hir fond
Hir and hir yonge sone and al hir geere
He sholde putte and crowde hir fro the lond
And charge hir she neuere coome theere
O my Custance wel may thy goost haue feere
And slepynge in thy dreem been in penaunce
Whan Donegild caft al this ordinaunce

This messager on morwe whan he wook
Vn to the Castel halt the nexte way
And to the Constable he the lettre took
And whan þt he this pitous lettre say
Ful ofte he seyde Allas and weylaway
Lord Crist quod he how may this world endure
So ful of synne is many a creature

O myghty god if that it be thy wille
Sith thou art rightful Juge how may it be
That thou wolt suffren innocentz to spille
And wikked folk regnen in prosperitee
O goode Custance allas so wo is me
That I moot be thy tormentour or deye
On shames deeth ther is noon oother weye

Wepen bothe yonge and olde in al that place
Whan þt the kyng this cursed lettre wrote
And Custance with a deedly pale face
The feerthe day toward hir ship she wente
But nathelees she taketh in good entente
The wyl of crist and knelynge on the stronde
She seyde Lord ay wel come be thy sonde

Of lawe

He that me kepte / fro the false blame
Whil I was on the lond amonges yow
He kan me kepe / from harm and eek fro shame
In salte see / al thogh I se noght how
As strong as euere he was / he is yet now
In hym triste I / and in his mooder deere
That is to me / my seyl / and eek my steere

Hir litel child / lay wepyng in hir arm
And knelynge pitously / to hym she seyde
Pees litel sone / I wol do thee noon harm
With that hir couerchief of hir heed she breyde
And ouer hise litel eyen / she it leyde
And in hir arm / she lulleth it ful faste
And in to heuene / hir eyen vp she caste

Moder quod she / and mayde bright Marie
Sooth is / that thurgh wommanes eggement
Man kynde was lorn / and dampned ay to dye
ffor which thy child / was on a croys yrent
Thy blissful eyen / sawe al his torment
Thanne is ther / no comparysoun bitwene
Thy wo / and any wo / man may sustene

Thow sawe thy child yslayn bifore thyne eyen
And yet now / lyueth my child parfay
Now lady bright / to whom alle woful cryen
Thow glorie of wommanhede / thow faire may
Thow hauen of refut / brighte sterre of day
Rewe on my child / that of thy gentillesse
Ruest / on euery / reweful in distresse

O litel child / allas what is thy gilt
That neuere wroghtest synne / as yet pardee
Why wil thyn harde fader / han thee spilt
O mercy deere Constable quod she
As lat my litel child / dwelle heer with thee
And if thou darst nat / sauen hym for blame
Yet kys hym ones / in his fadres name

Ther with / she looked bakward to the londe
And seyde / fare wel housbonde routhelees
And vp she rist / and walketh doun the stronde
Toward the ship / hir folketh al the prees
And euere she preyeth hir child / to holde his pees
And taketh hir leue / and with an hooly entente
She blisseth hir / and in to ship she wente

Vitailled was the ship, it is no drede
Habundantly, for hyr ful longe space
And othere necessaryes, that sholde nede
She hadde ynogh, heryed be goddes grace
ffor wynd and weder, almyghty god purchace
And brynge hyr hoom, I kan no bettre seye
But in the see, she dryueth forth hyr weye

Explicit secunda pars

Sequitur pars tercia

Alla the kyng, comth hoom soone after this
Vn to his Castel, of the which I tolde
And asketh, where his wyf, and his child is
The Constable, gan aboute his herte colde
And pleynly, al the manere he hym tolde
As ye han herd, I kan telle it no bettre
And shewith the kyng, his seel and his lettre

And seyde lord, as ye comanded me
vp peyne of deeth, so haue I doon certeyn
This messager, tormented was til he
moste biknowe, and tellen plat and pleyn
ffro nyght to nyght, in what place he has leyn
And thus by wit, and sotil enqueryng
ymagined was, by whom this harm gan sprynge

The hand was knowe, that the lettre wroot
And al the venym, of this cursed dede
But in what wise, certeinly I noot
Theffect is this, þt Alla out of drede
his moodre slogh, that may men pleynly rede
ffor þt she traitour, was to hyr ligeance
Thus endeth olde donegild, with meschance

The sorwe that this Alla, nyght and day
maketh for his wyf, and for his child also
Ther is no tonge, that it telle may
But now wol I, vn to Custance go
That fleteth in the see, in peyne and wo
ffyue yeer and moore, as liked cristes sonde
Er that hyr ship, approched on to the londe

Of lak...

Under an hethen Castel, atte laste
Of which the name in my text noght I fynde
Custance and eek hir child, the see up caste
Almyghty god, that saueth al mankynde
Haue on Custance and on hir child som mynde
That fallen is in hethen hand eft soone
In point to spille, as I shal telle yow soone

Doun fro the Castel comth ther many a wight
To gauren on this ship and on Custance
But shortly from the Castel on a nyght
The lordes styward god yeue hym meschance
A theef that hadde reneyed oure creance
Cam in to the ship allone and seyde he sholde
Hir lemman be wher so she wolde or nolde

Wo was this wrecched womman tho bigon
Hir child cride and she cride pitously
But blisful Marie heelp hir right anon
For with hir struglyng wel and myghtily
The theef fil over-bord al sodeynly
And in the see he dreynte for vengeance
And thus hath crist unwemmed kept Custance

O foule lust of luxurie, lo thyn ende
Nat oonly that thou feyntest mannes mynde
But verraily thou wolt his body shende
Thende of thy werk or of thy lustes blynde
Is compleynyng how many oon may men fynde
That noght for werk som tyme but for thentente
To doon this synne been outher slayn or shente

How may this wayke womman han this strengthe
Hir to defende agayn this renegat
O Golias, unmesurable of lengthe
How myghte dauid make thee so maat
So yong and of armure so desolaat
How dorste he looke up on thy dredful face
Wel may men seen it was but goddes grace

Who yaf Judith corage or hardynesse
To sleen hym Olofernę in his tente
And to delyueren out of wrecchednesse
The peple of god, I seye for this entente
That right as god spirit of vigour sente
To hem and saued hem out of meschance
So sente he myght and vigour to Custance

*Extrema libidinis epitudo [ ]
que non solum mentem effe
minat, set etiam corp[us] enuat
semp sequunt dolor & peniten
cia post &c*

Custance

Forth gooth hir ship thurgh out the narwe mouth
Of Jubaltar and Septe, sayllynge alway,
Som tyme West, and som tyme North and South
And som tyme Est, ful many a wery day,
Til Cristes mooder, blessed be she ay,
Hath shapen, thurgh hir endelees goodnesse,
To make an ende of al hir hevynesse.

Now lat us stynte of Custance but a throwe
And speke we of the Romayn Emperour,
That out of Surrye hath by lettres knowe
The slaughtre of cristen folk, and dishonour
Doon to his doghter by a fals traytour,
I mene, the cursed wikked Sowdanesse
That at the feeste leet sleen bothe moore & lesse.

For which this Emperour hath sent anon
His Senatour, with roial ordinance
And othere lordes, god woot many oon,
On Surryens to taken heigh vengeance.
They brennen, sleen, and brynge hem to meschance
Ful many a day, but shortly this is thende
Homward to Rome, they shapen hem to wende.

This Senatour repaireth with victorie
To Rome ward saillynge ful roially,
And mette the ship dryvynge as seith the storie
In which Custance sit ful pitously.
No thyng knew he what she was, ne why
She was in swich array, ne she nyl seye
Of hir estaat, thogh she sholde deye.

He bryngeth hir to Rome, and to his wyf
He yaf hir, and hir yonge sone also,
And with the Senatour she ladde hir lyf.
Thus kan oure lady bryngen out of wo
Woful Custance, and many another mo.
And longe tyme dwelled she in that place
In hooly werkes evere, as was hir grace.

The Senatoures wyf hir aunte was
But for al that, she knew hir neer the moore
I wol no lenger taryen in this cas
But to kyng Alla, which I spak of yoore
That wepeth for his wyf and siketh soore
I wol retourne, and lete I wol Custance
Under the Senatours governance.

of Alla

King Alla, which that hadde his mooder slayn,
Upon a day fil in swich repentance
That, if I shortly tellen shal and playn,
To Rome he cometh to receyven his penance
And putte hym in the popes ordinance
In heigh and logh, and Jhesu Crist bisoghte
Foryeve his wikked werkes þat he wroghte.

The fame anon thurgh out the toun is born
How Alla kyng shal comen on pilgrymage,
By herbergeours that wenten hym biforn;
For which the Senatour, as was usage,
Rood hym agayns, and many of his lynage,
As wel to shewen his heighe magnificence
As to doon any kyng a reverence.

Greet cheere dooth this noble Senatour
To kyng Alla, and he to hym also;
Everich of hem dooth oother greet honour.
And so bifel that in a day or two
This Senatour is to kyng Alla go
To feste, and shortly, if I shal nat lye,
Custances sone wente in his compaignye.

Som men wolde seyn at requeste of Custance
This Senatour hath lad this child to feeste;
I may nat tellen every circumstance,
Be as be may, ther was he at the leeste.
But sooth is this, that at his moodres heeste
Biforn Alla, durynge the metes space,
The child stood, lookynge in the kynges face.

This Alla kyng hath of this child greet wonder,
And to the Senatour he seyde anon,
"Whos is that faire child that stondeth yonder?"
"I noot," quod he, "by god, and by seint John,
A mooder he hath, but fader hath he noon
That I of woot, but shortly, in a stounde
He tolde Alla how that this child was founde.

"But god woot," quod this Senatour also,
"So vertuous a lyvere in my lyf
Ne saugh I nevere as she, ne herde of mo
Of worldly wommen, mayde ne of wyf.
I dar wel seyn hir hadde levere a knyf
Thurgh out hir brest, than ben a woman wikke;
Ther is no man koude brynge hir to that prikke."

Than

Now was this child as lyk vn to Custance
As possible is a creature to be
This Alla hath the face in remembraunce
Of dame Custance and theron mused he
If that the childes moder were aught she
That is his wyf and pryuely he sighte
And spedde hym fro the table that he myghte

Pardee thoghte he fantome is in myn heed
I oghte deme of skilful Iuggement
That in the salte see my wyf is deed
And afterward he made his argument
What woot I if that crist haue hyder ysent
My wyf by see as wel as he hyr sente
To my contree fro thennes that she wente

And after noon hoom with the Senatour
Goth Alla for to seen this wonder chaunce
This Senatour dooth Alla greet honour
And hastifly he sente after Custaunce
But trusteth weel hir liste nat to daunce
Whan þt she wiste wherfore was that sonde
Vnnethes vp on hyr feet she myghte stonde

Whan Alla saugh his wyf fayre he hyr grette
And weep that it was routhe for to see
For at the firste look he on hyr sette
He knew wel verraily that it was she
And she for sorwe as domb stant as a tree
So was hir herte shet in hyr distresse
Whan she remembred his vnkyndenesse

Twyes she swowned in his owene sighte
He weep and hym excuseth pitously
Now god quod he and his halwes bryghte
So wisly on my soule as haue mercy
That of youre harm as giltlees am I
As is Maurice my sone so lyk youre face
Elles the feend me fecche out of this place

Long was the sobbyng and the bitter peyne
Er that hir woful hertes myghte cesse
Greet was the pitee for to heere hem pleyne
Thurgh whiche pleintes gan hir wo encresse
I pray yow alle my labour to relesse
I may nat telle hir wo vn til to morwe
I am so wery for to speke of sorwe

of lawe

But finally, whan that the sothe is wist
That Alla giltlees was of hir wo
I trowe an hundred tymes been they kist
And swich a blisse is ther bitwix hem two
That save the Ioye that lasteth euermo
Ther is noon lyk that any creature
Hath seyn or shal whil þt the world may dure

Tho preyde she hir housbonde mekely
In relief of hir longe pitous pyne
That he wolde preye hir fader specially
That of his magestee he wolde enclyne
To vouche sauf som day wt hym to dyne
She preyde hym eek he wolde by no weye
Vn to hir fader no word of hir seye

Som men wolde seyn how þt the child Maurice
Dooth this message vn to this Emperour
But as I gesse Alla was nat so nyce
To hym that was of so soueryn honour
As he that is of cristen folk the flour
Sente any child but it is bet to deme
He wente hym self and so it may wel seme

This Emperour hath graunted gentilly
To come to dyner as he hym bisoughte
And wel rede I he looked bisily
Vpon this child and on his doghter thoghte
Alla goth to his In and as hym oghte
Arrayed for this feste in euery wise
As ferforth as his konnyng may suffise

The morwe cam and Alla gan hym dresse
And eek his wif this Emperour to meete
And forth they ryde in Ioye and in gladnesse
And whan she saugh hir fader in the strete
She lighte doun and falleth hym to feete
Fader quod she youre yonge child Custance
Is now ful clene out of youre remembrance

I am youre doghter Custance quod she
That whilom ye han sent vn to Surrye
It am I fader that in the salte see
Was put allone and dampned for to dye
Now goode fader mercy I yow crye
Sende me namoore vn to noon hethenesse
But thonketh my lord heere of his kyndenesse

Chan

Who kan the pitous ioye tellen al
Bitwixe hem thre syn they been thus ymette
But of my tale make an ende I shal
The day goth faste I wol no lenger lette
This glade folk to dyner they hem sette
In ioye and blisse at mete I lete hem dwelle
A thousand foold wel moore than I kan telle

This child Maurice was sithen Emperour
Maad by the pope and lyued cristenly
To cristes chirche he dide greet honour
But I lete al his storie passen by
Of custance is my tale specially
In the olde Romayn geestes may men fynde
Maurices lyf I bere it noght in mynde

This kyng Alla whan he his tyme say
With his custance his hooly wyf so sweete
To Engelond? been they come the righte way
Ther as they lyue in ioye and in quiete
But litel while it lasteth I yow heete
Ioye of this world for tyme wol nat abyde
Fro day to nyght it changeth as the tyde

Qui in aliqua vita in terrestri habitabit temp? reuenit t?m param? gaudent as som? or? ?am? etc

Has enim? dum? dieth totam? duxit in sua dilecto iocunda que in aliqua p?e dici leatus co?cientie vel impet? ire vel mot? corrupiscentie non tha dit? que siuor? inuidie vel a? dor auaricie vel tumor su? bie non voxaue?t que aliqua iatura vel offensa vel passio non comoue?t etc

Who lyued euere in swich delit o day
That hym ne moeued outher conscience
Or ire or talent or som kynnes affray
Enuye or pride or passion or offence
I ne seye but for this ende this sentence
That litel while in ioye or in plesance
Lasteth the blisse of Alla with custance

For deeth that taketh of heigh and logh his rente   ioute
Whan passed was a yeer euene as I gesse
Out of this world this kyng Alla he hente
For whom custance hath ful greet heuynesse
Now lat vs praye to god his soule blesse
And dame custance finally to seye
Toward the toun of Rome goth hir weye

To Rome is come this hooly creature
And fyndeth hir freendes hoole and sounde
Now is she scaped al hir auenture
And whan that she hir fader hath yfounde
Doun on hir knees falleth she to grounde
Wepynge for tendrenesse in herte blithe
She heryeth god an hundred thousand sithe

The tale

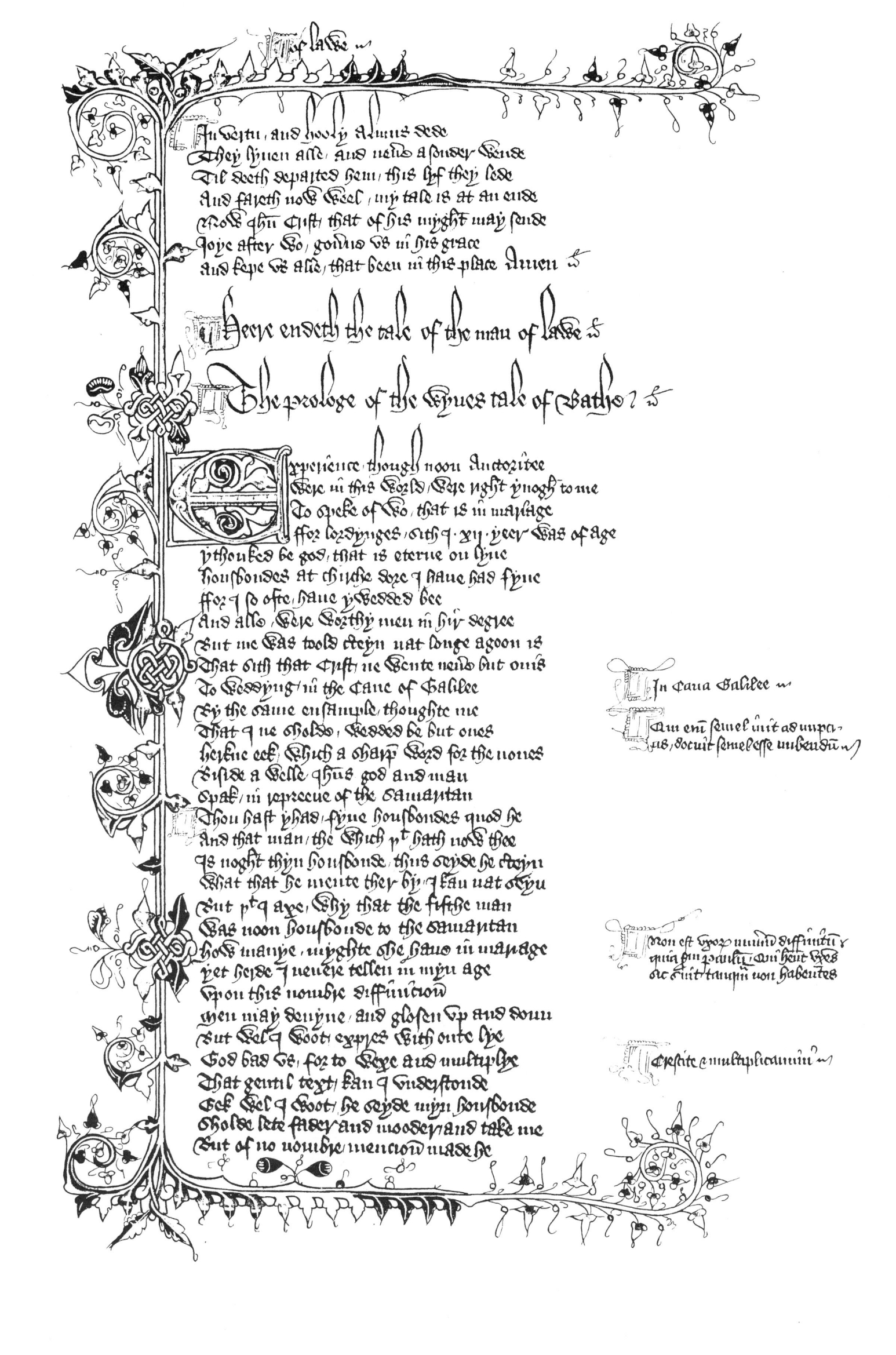

In vertu, and hooly Almus dede
They lyuen alle, and neuer asonder wende
Til deeth departeth hem, this lyf they lede
And fareth now weel, my tale is at an ende
Now ihū Crist that of his myght may sende
Ioye after wo, gouerne vs in his grace
And kepe vs alle, that been in this place Amen

Heer endeth the tale of the man of lawe

The prologe of the wyues tale of Bathe

Experience though noon Auctoritee
Were in this world, were right ynogh to me
To speke of wo, that is in mariage
ffor lordynges, sith I xij yeer was of age
Ythonked be god, that is eterne on lyue
Housbondes at chirche dore I haue had fyue
ffor I so ofte haue ywedded bee
And alle were worthy men in hir degree
But me was told certeyn nat longe agoon is
That sith that Crist ne wente neuer but onis
To weddyng in the Cane of Galilee
By the same ensample, thoughte me
That I ne sholde, wedded be but ones
Herkne eek, which a sharp word for the nones
Biside a welle, Ihus god and man
Spak, in repreeue of the Samaritan
Thou hast yhad fyue housbondes quod he
And that man, the which pt hath now thee
Is noght thyn housbonde, thus seyde he certeyn
What that he mente ther by, I kan nat seyn
But pt I axe, why that the fifthe man
Was noon housbonde to the Samaritan
How manye, myghte she haue in mariage
yet herde I neuere tellen in myn age
Vpon this nombre diffinicioun
Men may deuyne, and glosen vp and doun
But wel I woot expres withoute lye
God bad vs, for to wexe and multiplye
That gentil text, kan I vnderstonde
Eek wel I woot, he seyde myn housbonde
Sholde lete fader and mooder, and take me
But of no nombre mencioun made he

In cana Galilee

Iam enī semel iuit ad nupcias, docuit semel esse nubendū

Non est bz onīno diffinitū quia pm paulū, qui hēt vxōres ac si nō haueūt tāpm non habentes

Crescite et multiplicamini

xbiij

Of bigamye or of octogamye
Why sholde men speke of it vileynye
Lo heere the wise kyng dann Salomon
I trowe he hadde wyues mo than oon
As wolde god it were leueful vn to me
To be refresshed half so ofte as he
Which yifte of god hadde he for alle hise wyuys
No man hath swich yt in this world alyue is
God woot this noble kyng as to my wit
The firste nyght had many a myrie fit
With ech of hem so wel was hym on lyue
Yblessed be god that I haue wedded fyue
Welcome the sixte whan euere he shal
For sothe I wol natt kepe me chaast in al
Whan myn housbonde is fro the world ygon
Som cristen man shal wedde me anon
For thanne thapostle seith yt I am free
To wedde a goddes half wher it liketh me
He seith to be wedded is no synne
Bet is to be wedded than to brynne
What rekketh me thogh folk seye vileynye
Of shrewed lameth and of bigamye
I woot wel abraham was an hooly man
And Iacob eek as ferforth as I kan
And ech of hem hadde wyues mo than two
And many another man also
Whanne saugh ye euere in manere age
That hye god defended mariage
By expres word I pray yow telleth me
Or where comaunded he virginitee
I woot as wel as ye it is no drede
Whan thapostel speketh of maydenhede
He seyde that precept ther of hadde he noon
Men may conseille a womman to been oon
But conseillyng is nat comandement
He putte it in oure owene Iuggement
For hadde god comaunded maydenhede
Thanne hadde he dampned weddyng with the dede
And certein if ther were no seed ysowe
Virginitee wher of thanne sholde it growe
Poul ne dorste natt comanden atte leeste
A thyng of which his maister yaf noon heeste
The dart is set vp of virginitee
Cacche who so may who renneth best lat see
But this word is nat taken of euery wight
But they as god list gyue it of his myght
I woot wel the apostel was a mayde
But natheles thogh that he wroot and sayde

of Bathe

He wolde þt euy nyght were swich as he
Al nys but conseil to virginitee
And for to been a wyf he yaf me leue
Of indulgence so it is no repreue
To wedde me if my make dye
With outen excepcion of bigamye
Al were it good no woman for to touche
He mente as in his bed or in his couche
For pil is bothe fyr and tow tassemble
Ye knowe what this ensaumple may resemble
This is al and som that virginitee
Moore profiteth than weddyng in freletee
Freletee clepe I but if that he and she
Wolde lede al hir lyf in chastitee

I graunte it wel I haue noon enuye
Thogh maydenhede preue bigamye
Hem liketh to be clene body and goost
Of myn estaat I nyl nat make no boost
For wel ye knowe a lord in his houshold
He hath nat euery vessel al of gold
Somme been of tree and doon hir lord seruyse
God clepeth folk to hym in sondry wyse
And euerich hath of god a propre yifte
Som this som that as hym liketh shifte

Virginitee is greet perfeccion
And continence eek with deuocion
But crist that of perfeccion is welle
Bad nat euery wight sholde go selle
Al that he hadde and gyue it to the poore
And in swich wise folwe hym and his fotesteppes
He spak to hem that wolde lyue parfitly
And lordynges by youre leue that am nat I
I wol bistowe the flour of myn age
In the actes and in fruyt of mariage

Telle me also to what conclusion
Were membres ymaad of generacion
And for what profit was a wight ywroght
Trusteth right wel they were nat maad for noght
Glose who so wole and seye bothe vp and doun
That they were maad for purgacioun
Of vryne bothe and thynges smale
And eek to knowe a femele from a male
And for noon oother cause sey ye no
The experience woot wel it is noght so
So that the clerkes be nat wt me wrothe
I sey þis that they beth maked for bothe
That is to seye for office and for ese
Of engendrure ther we nat god displese

The Wyf

Why sholde men elles in hir bookes sette
That a man shal yelde to his wyf hir dette
Now wher with sholde he make his paiement
If he ne vsed his sely Instrument
Thanne were they maad vp on a creature
To purge Vryne and for engendrure

But I seye noght that euery wight is holde
That hath swich harneys as I of tolde
To goon and vsen hem in engendrure
They shul nat take of chastitee no cure
Crist was a mayde and shapen as a man
And many a seint sith the world bigan
yet lyued they euere in parfit chastitee
I nyl nat enuye no virginitee
lat hem be breed of pured whete seed
And lat vs wyues hoten barly breed
And yet with barly breed marc telle kan
Oure lord refresshed many a man
In which estaat as god hath clepid vs
I wol perseuere I nam nat precius

In wyfhode I wol vse myn Instrument
As frely as my makere hath it sent
If I be daungerous god yeue me sorwe
myn housbonde shal it haue bothe eue & morwe
Whan pt hym list com forth & paye his dette
An housbonde I wol haue I nyl nat lette
Which shal be bothe my dettour and my thral
And haue his tribulacion with al
vpon his flessh whil I am his wyf
I haue the power duryinge al my lyf
vpon his propre body and noght he
Right thus the Apostel tolde it vn to me
And bad oure housbondes for to loue vs weel
Al this sentence me liketh euery deel

vp stirte the pardoner and that anon
Now dame quod he by god & by seint Iohn
ye been a noble prechour in this cas
I was aboute to wedde a wyf allas
What sholde I bye it on my flessh so deere
yet hadde I leuere wedd no wyf to yeere

Abyde quod she my tale is nat bigonne
nay thou shalt dryken of another tonne
Er that I go shal sauoure wors than Ale
And whan pt I haue told forth my tale
Of tribulacion that is in mariage
Of which I am expert in al myn age
This to seyn my self haue been the whippe
Than may stow cheese wheither thou wolt sippe

Of that tonne, that I shal abroche
Be war of it, er thou to ny approche
For I shal telle ensaumples, mo than ten
Who so, þt wol nat be war, by othere men
By hym, shul othere men corrected be
The same wordes writeth Protholomee
Rede it in his Almageste, and take it there

Dame I wolde praye, if youre wyl it were
Seyde this Pardoner, as ye bigan
Telle forth youre tale, spareth for no man
And teche vs yonge men, of youre praktike

Gladly syres, sith it may yow like
But yet I praye, to al this compaignye
If that I speke, after my fantasye
As taketh it nat agref, that I seye
For myn entente, is but for to pleye

Now sire, now wol I telle forth my tale
As euere moote I drynken wyn or ale
I shal seye sooth, of tho housbondes þt I hadde
As thre of hem were goode, and two were badde
The thre men were goode, and riche, and olde
Vnnethe myghte they, the statut holde
In which that they, were bounden vn to me
ye woot wel, what I meene of this pree
As help me god, I laughe whan I thynke
How pitously, a nyght I made hem swynke
And by my fey, I tolde of it no stoor
They had me yeuen hir gold, and hir tresor
Me neded nat, do lenger diligence
To wynne hir loue, or doon hem reuerence
They loued me so wel, by god aboue
That I ne tolde, no deyntee of hir loue
A wys womán, wol sette hir euere in con
To gete hir loue, ther as she hath noon
But sith I hadde hem, hoolly in myn hond
And sith they hadde me yeuen, al hir lond
What sholde I taken heede, hem for to plese
But if it were, for my profit and myn ese
I sette hem so a werk, by my fey
That many a nyght, they songen weilawey
The bacon, was nat fet, for hem I trowe
That som men han, in Essex at Dunmowe
I gouerned hem, so wel after my lawe
That ech of hem, was ful blisful and fawe
To brynge me gaye thynges, fro the faire
They were ful glad, whan I spak to hem faire
For god it woot, I chidde hem spitously

Now herkneth, hou I baar me proprely

Which hadde thies goode wyues hir .iij. firste housbondes Whiche were goode olde men

Teoþhrastus quoq3 Atheniensem aþh hoc in civite scribens castigat

The Wyf

Ye wise wyues that kan vnderstonde
Thus shul ye speke and beren hem on honde
ffor half so boldely kan they no man
Sweye and she as kan a womman
I sey nat this by wyues þt been wyse
But if it be whan they hem mysauyse
A wys wyf if that she kan hir good
Shal bere hym on hond the cow is wood
And take witnesse of hir owene mayde
Of hir assent but herkneth how I sayde
Syr olde kaynard is this thyn array
Why is my neigheboures wyf so gay
She is honoured ou althey she gooth
I sitte at hoom I haue no thrifty clooth
What dostow at my neigheboures hous
Is she so fair artow so amorous
What rowne ye with oure mayde benedicite
Syr olde lecchour lat thy iapes be
And if I haue a gossib or a freend
With outen gilt thou chidest as a feend
If that I walke or pleye vn to his hous
Thou comest hoom as dronken as a mous
And prechest on thy bench with yuel preef
Thou seist to me it is a greet meschief
To wedde a poure womman for costage
And if she be riche and of heigh parage
Thanne seistow it is a tormentrie
To suffren hir pryde and hir malencolie
And if she be fair thou verray knaue
Thou seyst that euery holour wol hir haue
She may no while in chastitee abyde
That is assailled vpon ech a syde
Thou seyst that som folk desiren vs for richesse
Some for oure shap some for oure fairnesse
And som for she kan synge and daunce
And som for gentillesse and som for daliaunce
Som for hir handes and hir armes smale
Thus goth al to the deuel by thy tale
Thou seyst men may nat kepe a castel wal
It may so longe assailled been ouer al
And if that she be foul thou seist that she
Coueiteth euery man that she may se
ffor as a spaynel she wol on hym lepe
Til þt she fynde som man hir to chepe
Ne noon so grey goos gooth in the lake
As seistow wol been with oute make
And seyst it is an hard thyng for to welde
A thyng þt no man wole his thankes helde

Of Bathe

Thus seistow lorel, whan thow goost to bedde
And pt no wys man nedeth for to wedde
Ne no man, that entendeth vn to heuene
With wilde thonder dynt, and firy leuene
Moote thy welked nekke be to broke

Thow seyst, that droppyng houses, and eek smoke
And chidyng wynes, maken men to flee
Out of hir owene houses, a benedicitee
What eyleth, wich an old man for to chide

Thow seyst, pt we wyues, wol oure vices hide
Til we be fast, and thanne we wol hem shewe
Wel may that be, a prude of a shrewe

Thou seist, pt oxen, asses, hors and houndes
They been assayd, at diuerse stoundes
Bacyns, lauours, er that men hem bye
Spoones and stooles, and al swich housbondrye
And so been, pottes clothes, and aray
But folk of wyues, maken noon assay
Til they be wedded, olde dotard shrewe
Thanne seistow, we wol oure vices shewe

Thou seist also, that it displeseth me
But if that thou wolt preyse my beautee
And but thou poure alwey, vpon my face
And clepe me faire dame in euery place
And but thou make a feeste, on thilke day
That I was born, and make me fressh & gay
And but thou do, to my norice honour
And to my chambrere wtinne my bour
And to my fadres folk, and hise allyes
Thus seistow, olde barel ful of lyes

And yet of oure apprentice Janekyn   At procurator calamistrat) &c
ffor his crispe heer, shynynge as gold so fyn
And for he squiereth me, bothe vp and doun
yet hastow caught a fals suspecioun
I wol hym noght, thogh thou were deed tomorwe

But tel me, why hydestow wt sorwe
The keyes of my cheste, awey fro me
It is my good, as wel as thyn pdee
What wenestow, to make an ydiot of oure dame
Now by that lord, that called is seint Jame
Thou shalt nat bothe, thogh thou were wood
Be maister of my body, and of my good
That oon thou shalt forgo, maugree thyne eyen
What nedeth thee, of me, to enquere or spyen
I trowe, thou woldest loke me in thy chiste
Thou sholdest seye, wyf go wher thee liste
Taak youre disport, I wol leue no talys
I knowe yow, for a trewe wyf dame Alys

Textus

We loue no man, that taketh kepe or charge
Wher that we goon, we wol ben at oure large

Of alle men, blessed moot he be
The wise Astrologien, daun Protholome
That seith this prouerbe in his Almageste
Of alle men his wysdom is the hyeste
That rekketh neuer, who hath the world in honde
By this prouerbe, thou shalt vnderstonde
Haue thou ynogh, what thar thee recche or care
How myrily, that othere folkes fare
For certeyn, olde dotard by youre leue
Ye shul haue queynte, right ynogh at eue
He is to greet a nygard, that wolde werne
A man, to lighte his candle at his lanterne
He shal haue, neuer the lasse light pardee
Haue thou ynogh, thee thar nat pleyne thee

Thou seyst also, þt if we make vs gay
With clothyng, and with precious aray
That it is peril of oure chastitee
And yet with sorwe, thou most enforce thee
And seye thise wordes in the Apostles name
In habit maad with chastitee and shame
Ye wommen shul apparaille yow quod he
And noght in tresses heer, and gay perree
As perles, ne with gold, ne clothes riche
After thy text, ne after thy rubriche
I wol nat wyrche, as muchel as a gnat

Thou seydest this, that I was lyk a cat
For who so wolde senge a Cattes skyn
Thanne wolde the Cat, wol dwellen in his In
And if the Cattes skyn, be slyk and gay
She wol nat dwelle in house, half a day
But forth she wole, er any day be dawed
To shewe hir skyn, and goon a caterwawed
This is to seye, if I be gay sire shrewe
I wol renne out, my borel for to shewe

Sire olde fool, what eyleth thee to spyen
Thogh thou preye Argus, with hise hundred eyen
To be my wardecors, as he kan best
In feith, he shal nat kepe me but lest
Yet koude I make his berd, so moot I thee
Thou seydest eek, that ther been thynges thre
The whiche thynges, troublen al this erthe
And þt no wight, may endure the ferthe
O leeue sire shrewe, Ihu sherte thy lyf
Yet prechestow, and seyst and hateful wyf
Yrekened is, for oon of thise meschaunces
Been ther nowe othere resemblances

¶ Of ffatso ..

That ye may liue, youre paralles to
But if a celi wif be oon of tho
Thou liknest wommenes loue to helle
To bareyne lond ther water may nat dwelle
Thou liknest it also to wilde fyr
The moore it brenneth the moore it hath desyr
To consumen euery thyng þt brent wole be
Thou seyst right as wormes shendeth a tree
Right so a wyf destroyeth hir housbond
This knowe they that been to wyues bounde

Lordynges right thus, as ye haue vnderstonde
Baar I stifly myne olde housbondes on honde
That thus they seyden in hir dronkenesse
And al was fals, but that I took witnesse
On Ianekyn and on my Nece also
O lord the pyne I dide hem and the wo
fful giltlees by goddes sweete pyne
ffor as an hors I koude byte and whyne
I koude pleyne theigh I were in the gilt
Or elles oftentyme hadde I been spilt
Who so comth first to mille first grynt
I pleyned first so was oure werre ystynt
They were ful glad to excuse hem blyue
Of thyng of which they neuer agilte hir lyue
¶ Of wenches wolde I beren hym on honde
Whan that for syk vnnethes myghte he stonde
Yet tikled it his herte, for that he
Wende þt I hadde of hym so greet chiertee
I swoor þt al my walkynge out by nyghte
Was for tespye wenches þt he dighte
Vnder that colour hadde I many a myrthe
ffor al swich thyng was yeuen vs in oure byrthe
Deceite wepyng spynnyng god hath yeue
To wommen kyndely whil that they may lyue
And thus of o thyng I auaunte me
Atte ende I hadde the bettre in ech degree
By sleighte or force or by som maner thyng
As by continueel murmur or grucchyng
Namely abedde, hadden they meschaunce
Ther wolde I chide and do hem no plesaunce
I wolde no lenger in the bed abyde
If that I felte his arm ouer my syde
Til he had maad his raunson on to me
Thanne wolde I suffre hym do his nycetee
And therfore euery man this tale I telle
Wynne who so may for al is for to selle
With empty hand men may none haukes lure
ffor wynnyng wolde I al his lust endure

¶ Amor illius infermo ardenti similatur incendio copar[...] vnde illi[...]
¶ Inferni et mor muliens et term[...] que non satiatur aqua et ignis non dicent satis &c

¶ Sicut in ligno vmis ita prodet virum suus vxor

¶ Tremo melior[?] sine potest quid sit vxor vel mulier nisi ille qui prius sus est

Wyf

And make me a spyced appetit
And yet in bacon hadde I neuere delit
That made me that euere I wolde hem chide
ffor thogh the pope hadde seten hem biside
I wolde nat spare hem at hir owene bord
ffor by my trouthe I quitte hem word for word
As help me Ieway god omnipotent
Though I right now sholde make my testament
I ne owe hem nat a word þt it nys quit
I broghte it so aboute by my wit
That they moste yeue it vp as for the beste
Or elles hadde we neuere been in reste
ffor thogh he looked as a wood leon
yet sholde he faille of his conclusion
Thanne wolde I seye good lief taak keep
how mekely looketh wilkyn oure sheep
Com neer my spouse lat me ba thy cheke
ye sholde been al pacient and meke
And han a sweete spiced conscience
Sith ye so preche of Iobes pacience
Suffreth alwey syn ye so wel kan preche
And but ye do certein we shal yow teche
That it is fair to haue a wyf in pees
Oon of vs two moste bowen doutelees
And sith a man is moore resonable
Than womman is ye moste been suffrable
What eyleth yow to grucche thus and grone
Is it for ye wolde haue my queynte allone
Wy taak it al lo haue it euery deel
Peter I shrewe yow but ye loue it weel
ffor if I wolde selle my bele chose
I koude walke as fressh as is a rose
But I wol kepe it for youre owene tooth
ye be to blame by god I sey yow sooth

Swiche wordes hadde we on honde
Now wol I speken of my fourthe housbonde

Of the condicion of the fourthe housbonde of this gode wyf And how she serued hym

My fourthe housbonde was a reuelour
This is to seyn he hadde a paramour
And I was yong and ful of ragerye
Stiborne and strong and Ioly as a pye
Wel koude I daunce to an harpe smale
And synge ywis as any nyghtyngale
Whan I had ylonke a draughte of sweete wyn
Metellius the foule cherl the swyn
That with a staf birafte his wyf hir lyf
ffor she drank wyn thogh I hadde been his wyf
He sholde nat han daunted me fro drynke
And after wyn on venus moste I thynke

Valer. li. 6º. cº. 30. Metellius egnin suam eo ỷ vinum bibisset fuste percussam interemit

of Bathe

For al so siker, as cold engendreth hayl
A likerous mouth, moste han a likerous tayl
In wommen vinolent is no defence
This knowen lecchours by experience
But lord crist, whan that it remembreth me
Upon my yowthe, and on my jolitee
It tikleth me, aboute myn herte roote
Un to this day, it dooth myn herte boote
That I haue had my world, as in my tyme
But age allas, that al wole enuenyme
Hath me biraft, my beautee and my pith
Lat go farewel, the deuel go ther with
The flour is goon, ther is namoore to telle
The bren as I best kan, now moste I selle
But yet, to be right mirie, wol I fonde
Now wol I tellen, of my fourthe housbonde
A seye I hadde in herte greet despit
That he, of any oother had delit
But he was quyt, by god, and by seint Ioce
I made hym, of the same wode a croce
Nat of my body, in no foul manere
But certein, I made folk swich cheere
That in his owene grece I made hym frye
For angre, and for verray Ialousye
By god, in erthe I was his purgatorie
For which I hope, his soule be in glorie
For god it woot, he sat ful ofte and song
Whan þt his shoo, ful bitterly hym wrong
Ther was no wight saue god and he þt wiste
In many wise, how soore I hym twiste
He deyde, whan I cam fro Ierusalem
And lith ygraue, vnder the roode beem
Al is his tombe, noght so curyus
As was the sepulcre, of hym darius
Which that appelles, wroghte subtilly
It nys but wast, to burye hym preciously
Lat hym fare wel, god yeue his soule reste
He is now, in his graue, and in his cheste
Now of my fifthe housbonde wol I telle
God lete his soule, neuere come in helle
And yet was he to me, the mooste shrewe
That feele I on my ribbes al by rewe
And euere shal, vn to myn endyng day
But in oure bed, he was ful fressh and gay
And ther with al, so wel koude he me glose
Whan that, he wolde han my bele chose
That thogh, he hadde me bet on euery bon
He koude wynne, agayn my loue anon

Appelles fecit mirabile opus in tumulo darii vide in Alexo. li. 6.

Of the fifthe housbonde of this wyf, and hou she bar hyr ayens hym

lxxj

I trowe I loued hym best, for that he
was of his loue, daungerous to me
We wommen han, if that I shal nat lye
In this matere, a queynte fantasye
Wayte what thyng we may nat lightly haue
Therafter wol we crie, al day and craue
fforbede us thyng, and that desiren we
Preesse on us faste, and thanne wol we fle
With daunger, oute we al onse chaffare
Greet prees at market, maketh deere ware
And to greet cheep, is holde at litel prys
This knoweth euery woman that is wys

My fifthe housbonde, god his soule blesse
Which that I took for loue, and no richesse
He som tyme, was a clerk of Oxenford
And hadde left scole, and wente at hom to bord
With my gossib, dwellynge in oure toun
God haue hir soule, hir name was Alisoun
She knew myn herte, and eek my pryuetee
Bet than oure parisshe preest, as moot I thee
To hyr, biwreyed I my conseil al
ffor hadde myn housbonde, pissed on a wal
Or doon a thyng, that sholde han cost his lyf
To hyr, and to another worthy wyf
And to my nece, which that I loued weel
I wolde han toold, his conseil euery deel
And so I dide, ful often god it woot
That made his face, ful often reed and hoot
ffor verray shame, and blamed hym self for he
Had toold to me, so greet a pryuetee

And so bifel, that ones in a lente
So often tymes, I to my gossyb wente
ffor euere yet, I loued to be gay
And for to walke, in march, aueryll and may
ffro hous to hous, to heere sondry talys
That Jankyn clerk, and my gossyb dame Alys
And I my self, in to the feeldes wente
Myn housbonde, was at london al the lente
I hadde the bettre leysey for to pleye
And for to se, and eek for to be seye
Of lusty folk, what wiste I, wher my grace
Was shapen for to be, or in what place
Therfore I made my visitacions
To vigilies, and to processions
To prchyng eek, and to thise pylgrimages
To pleyes of myracles, and to mariages
And wered vpon, my gaye scarlet gytes
Thise wormes, ne thise motthes, ne thise mytes

of Bathe

Upon my ryl / hete hem neuer a deel
And tolde hym why / for they were lost weel
Now wol I tellen forth / what happed me
I seye that in the feeldes walked we
Til trewely / we hadde swich daliaunce
This clerk and I / that of my purueiaunce
I spak to hym / and seyde hym / how that he
If I were wydwe / sholde wedde me
For certainly / I sey for no bobaunce
Yet was I neuer / with outen purueiaunce
Of mariage / nof othere thynges eek
I holde a mouses herte / nat worth a leek
That hath but oon hole / for to sterte to
And if þt faille / thanne is al ydo
I bar hym on honde / he hadde enchaunted me
My dame taughte me that soubtiltee
And eek I seyde / I mette of hym al nyght
He wolde han slayn me / as I lay vpright
And al my bed / was ful of verray blood
But yet I hope / that he shal do me good
For blood bitokeneth gold / as me was taught
And al was fals / I dremed of it right naught
But I folwed ay / my dames loore
As wel of this / as othere thynges moore
But now syr / lat me se / what I shal seyn
A ha / by god I haue my tale ageyn
Whan þt my fourthe housbonde / was on beere
I weep algate / and made sory cheere
As wyues mooten / for it is vsage
And with my couerchief / couered my visage
But for þt I / was puruayed of a make
I wepte but smal / and that I vndertake
To chirche / was myn housbonde born amorwe
With neigheboriș / that for hym maden sorwe
And Iankyn oure clerk / was oon of tho
As help me god / whan þt I saugh hym go
After the beere / me thoughte he hadde a paire
Of legges / and of feet / so clene and faire
That al myn herte / I yaf vn to his hoold
He was I trowe / a twenty wynter oold
And I was fourty / if I shal seye sooth
But yet I hadde alwey / a coltes tooth
Gat tothed I was / and that bicam me weel
I hadde the prente of seint Venus seel
As help me god / I was a lusty oon
And faire and riche / and yong and wel bigon
And trewely / as myne housbondes tolde me
I hadde the beste quoniam myghte be

[Wyf]

Chaucer Auctor ibidem.
Aucupium ascendente fidunt (secundum) eorum notas in fine tractatus. Qui in nativitate mulieris cum fuerit ascendens aliqua de domibus Veneris, erit experta in eis, vel ego sum multum impudica. Et est, si fuerit capricorni in ascendente. Vide huius in 6° tractatu Almansoris, ca° 24°

For certes I am al Venerien
In feelynge and myn herte is marcien
Venus me yaf my lust my likerousnesse
And mars yaf me my sturdy hardynesse
Myn ascendent was taur and mars therinne
Allas allas þat euere loue was synne
I folwed ay myn Inclinacion
By vtu of my constellacion
That made me I koude noght withdrawe
My chaumbre of Venus from a good felawe
Yet haue I martes mark vpon my face
And also in another priuee place
For god so wys be my sauacion
I ne loued neuere by no discrecion
But euere folwed myn appetit
Al were he short or long or blak or whit
I took no kepe so that he liked me
How poore he was ne eek of what degree

What sholde I seye but at the monthes ende
This ioly clerk Iankyn þat was so hende
Hath wedded me with greet solempnytee
And to hym yaf I al the lond and fee
That euere was me yeuen therbifore
But afterward repented me ful sore
He nolde suffre no thyng of my list
By god he smoot me ones on the lyst
For þt I rente out of his book a leef
That of the strook myn ere was al deef
Stibourne I was as is a leonesse
And of my tonge a verray Iangleresse
And walke I wolde as I had doon biforn
From hous to hous al though he had it sworn
For which he oftentymes wolde preche
And me of olde romayn geestes teche

Valerij li° 6° fo. 12°
How he symplicius Gallus lefte his wyf
And hir forsook for tme of al his lyf
Noght but for open heueded he hir say
Lookynge out at his dore vpon a day

Another romayn tolde he me by name
That for his wyf was at a someres game
Wtouten his wityng he forsook hir eke
And thanne wolde he vpon his bible seke
That ilke prouerbe of ecclesiaste
Where he comandeth and forbedeth faste
Man shal nat suffre his wyf go roule aboute
Thanne wolde he seye right thus wtouten doute

[pro.]
Who so that buyldeth his hous al of salwes
And priketh his blynde hors ouer the falwes

of bathe

And suffreth his wyf to go seken halwes
Is worthy to been hanged on the galwes
But al for noght, I sette noght an hawe
Of his proverbes nof his olde sawe
Ne I wolde nat of hym corrected be
I hate hym, that my vices telleth me
And so doo mo god woot of vs than I
This made hym with me wood al outrely
I nolde noght forbere hym in no cas

Now wol I seye yow sooth, by seint Thomas
Why þt I rente out of his book a leef
For which he smoot me so þt I was deef

He hadde a book þt gladly nyght and day
For his desport he wolde rede alway
He cleped it Valerie and Theofraste
At which book he lough alwey ful faste

And eek ther was som tyme a clerk at Rome
A cardinal that highte seint Jerome
That made a book agayn Jovinian
In which book eek ther was Tertulan
Crisippus, Trotula, and Helowys
That was abbesse, nat fer fro Parys
And eek the parables of Salomon
Ovides art, and bookes many on
And alle thise were bounden in o volume
And every nyght and day was his custume
Whan he hadde leysir and vacacion
From oother worldly occupacion
To reden on this book of wikked wyves
He knew of hem mo legendes and lyves
Than been of goode wyves in the bible
For trusteth wel, it is an impossible
That any clerk wol speke good of wyves
But if it be of hooly seintes lyves
Ne noon oother woman neuer mo
Who peynted the leoun, tel me who
By god if wommen hadde writen stories
As clerkes han withinne hir oratories
They wolde han writen of men moore wikkednesse
Than al the mark of Adam may redresse
The children of mercurie and venus
Been in hir wirkyng ful contrarius
Mercurie loueth wysdam and science
And venus loueth ryot and dispence
And for hir diuerse disposicion
Ech falleth in otheres exaltacion
And thus god woot mercurie is desolat
In pisces, ther venus is exaltat

Wyf

[Left marginal gloss:]
In libro maiudi p{ri}o /vij{us} c{apitulu}m
p{salmus} A... Exaltac{i}o ille m loco fore
dicit{ur} in q{uo} subito patit{ur} ab alio c{on}-
trariu{m} &c... Sc{i}l{icet} vic{u}p{er}iu{m} in virgin{e}
ip{s}e est casti deus &... Alt{er} s{cilicet} ca{us}p sigt
oi{u}m e p{er}itu{s} &... Alt{er} ob ca{us}p &
alac{ri}tates &c y&c{r} est capiscm{ui}
corpori ...

[Right marginal:] vi virg{ini}e

And venus falleth ther wh{er}me is w{i}sse
Therfore no womman of no clerk is p{re}ysed
The clerk whan he is old and may nought do
Of venus werkes werth his olde sho
Thanne sit he doun and writ in his dotage
That wo{m}men kan nat kepe hir mariage

But now to purpos why I tolde thee
That I was beten for a book par dee
Upon a nyght Iankyn þt was oure sire
Redde on his book as he sat by the fire
Of Eua first þt for hir wikkednesse
Was al mankynde broght to wrecchednesse
For which cr{ist} hym self was slayn
That boghte us with his herte blood agayn
Lo heere expr{es} of wo{m}man may ye fynde
That wo{m}man was the los of al mankynde

Tho redde he me hou{gh} Sampson loste hise heres
Slepyng{e} his lemman kitte it with hir sheres
Thurgh which treson loste he bothe hise eyen

Tho redde he me if that I shal nat lyen
Of Hercules and of his Dianyre
That caused hym to sette hym self afire

No thyng forgat he the care and wo
That Socrates hadde with hise wyues two
How xantippa caste pisse upon his heed
This sely man sat stille as he were deed
He wiped his heed namoore dorste he seyn
But er þt thonder stynte comth a reyn

[Left marginal:]
De regina phasipha{n} lite{ra-}
m stau{m} e{t} Ouphile quaz p{ri}ua
delic{ijs} fluens iuue{n}t{us} regis vx
daym dicit' aspetisse co{n}cubitus
alia o{m}nisse cum auo ob amorem
a{m}at&... {et} deual{ito} p{ro}disse Auphio
lax... coaliti uir iuonile Aute{m}...
philisse &c... {et} Lycetelly ma{n}{io}
f valenū ...

Of Phasipha that was the queene of Crete
ffor shrewednesse hym thoughte the tale swete
ffy spek namoore it is a gri{s}ly thyng
Of hire horrible lust and hir likyng

Of Clitemystra for hir lecherye
That falsly made hir housbonde for to dye
He redde it with ful good deuocion

He tolde me eek for what occasion
Amphiorax at Thebes loste his lyf
Myn housbonde hadde a legende of his wyf
Eriphilem that for an Ouche of gold
Hath p{ri}uely un to the grekes told
Wher that hir housbonde hidde hym in a place
ffor which he hadde at Thebes sory grace

Of lyuia tolde he me and of lucye
They bothe made hir housbondes for to dye
That oon for loue that oother was for hate
Lyuia hir housbonde upon an euen late
Enpoysoned hath for þt she was his fo
Lucia likerous loued hir housbonde so

That for he sholde alwey vpon hyr thynke
She yaf hym, wich a maner loue drynke
That he was deed, er it were by the morwe
And thus algates housbondes han sorwe

Thanne tolde he me, how yt oon latumyus
Compleyned vn to his felawe arrius
That in his gardyn growed wich a tree
On which he seyde, how that hise wyues thre
Hanged hem self, for herte despitus

O leeue brother, quod this arrius
Yif me a plaunte, of thilke blissed tree
And in my gardyn planted it shal bee

Of latter date of wyues hath he red
That somme han slayn hir housbondes in hir bed
And lete hir lecchour, dighte hir al the nyght
Whan that the corps, lay in the floor vp right

And somme han dryue nayles in hir brayn
Whil yt they slepte and thus they han hem slayn

Somme han hem yeue poyson in hir drynke
He spak moore harm than herte may bithynke
And ther with al he knew of mo prouerbes
Than in this world, they growen gras or herbes
Bet is quod he, thyn habitacion
Be with a leon, or a foul dragon
Than with a womman vsynge for to chyde
Bet is quod he, hye in the roof abyde
Than with an angry wyf doun in the hous
They been so wikked and contrarious
They haten, that hir housbondes loueth ay
He seyde a womman cast hir shame away
Whan she cast of hir smok, and ferther mo
A fair womman but she be chaast also
Is lyk a gold ryng in a sowes nose
Who wolde leeue, or who wolde suppose

Fallit equus sonipes in naribz oriens
Nullor formosa est fabula si pudica est

The wo, that in myn herte was and pyne
And whan I saugh he wolde neuer fyne
To reden on this cursed book al nyght
Al sodeynly, thre leues haue I plyght
Out of his book right as he radde, and eke
I with my fest, so took hym on the cheke
That in oure fyr, he fil bakward adoun
And he vp stirte, as dooth a wood leoun
And with his fest he smoot me on the heed
That in the floor, I lay, as I were deed
And whan he saugh how stille yt I lay
He was agast and wolde han fled his way
Til atte laste, out of my swogh I breyde
O hastow slayn me false theef I seyde

And for my land, thus hastow mordred me
Er I be deed, yet wol I kisse thee
And neer he cam, and kneled faire adoun
And seyde, deere suster Alisoun
As help me god, I shal thee neuere smyte
That I haue doon, it is thy self to wyte
Foryeue it me, and that I thee biseke
And yet eft sones I hitte hym on the cheke
And seyde theef, thus muchel am I wreke
Now wol I dye, I may no lenger speke
But atte laste, with muchel care and wo
We fille acorded, by vs seluen two
He yaf me, al the brydel in myn hond
To han the gouuernance of hous and lond
And of his tonge, and his hond also
And made hym brenne his book, anon right tho
And whan that I hadde geten vn to me
By maistrie, al the souereynetee
And that he seyde, myn owene trewe wyf
Do as thee lust, to And of al thy lyf
Keep thyn honour, and keep eek myn estaat
After that day, we hadden neuer debaat
God help me so, I was to hym as kynde
As any wyf from denmark in to ynde
And also trewe, and so was he to me
I prey to god, that sit in magestee
So blesse his soule, for his mercy deere
Now wol I seye my tale if ye wol heere

Biholde the wordes bitwene the somonour and the frere

The frere lough, whan he hadde herd al this
Now dame quod he, so haue I ioye or blis
This is, a long preamble of a tale
And whan the somonour, herde the frere gale
Lo quod the somonour, goddes Armes two
A frere, wol entremette hym euere mo
Lo goode men, a flye and eek a frere
Wol falle, in euery dyssh and matere
What spekestow, of preambulacioun
What amble, or trotte, or pees, or go sit doun
Thou lettest oure disport, in this manere
Ye wol tow so, sire somonour quod the frere
Now by my feith I shal er that I go
Telle of a somonour, swich a tale or two
That alle the folk, shal laughen in this place
Now elles frere I bishrewe thy face

of Bathe

Quod this Somonour, and I bishrewe me
But if I telle tales, two or thre
Of freres, er I come to Sydyngborne
That I shal make thyn herte for to morne
For wel I woot, thy pacience is gon
Oure hooste pees, and that anon
And seyde, lat the Somman telle hys tale
Ye fare as folk, that dronken were of ale
So dame, telle forth youre tale, and that is best
al redy sir, quod she, right as yow lest
If I haue licence, of this worthy frere
yis dame quod he, tel forth, and I wol heere

Heere endeth the Wyf of Bathe hir prologe And
bigynneth hir tale

In tholde dayes, of kyng Arthour
Of which that Britons, speken greet honour
Al was this land, fulfild of fayrye
The Elf queene, with hir ioly compaignye
Daunced ful ofte, in many a grene mede
This was the olde opinion, as I rede
I speke, of manye hundred yeres ago
But now kan no man, se none elues mo
For now the grete charitee, and prayeres
Of lymytours, and othere hooly freres
That serchen euery lond, and euery streem
As thikke, as motes, in the sonne beem
Blessynge halles, chambres, kichenes bowres
Citees, burghes, castels, hye toures
Thropes, bernes, shypnes, dayeryes
This maketh, that ther been no fairyes
For ther as wont, to walken was an elf
Ther walketh now, the lymytour hym self
In vndermeles, and in morwenynges
And seyth his matyns, and his hooly thynges
As he gooth, in his lymytacioun
Wommen may go saufly, vp and doun
In euery bussh, or vnder euery tree
Ther is noon oother Incubus, but he
And he ne wol doon hem, but dishonour
And so bifel, that this kyng Arthour
Hadde in hous, a lusty bacheler
That on a day, cam rydynge fro Ryuer
And happed that allone, as he was born
He saugh a mayde walkynge hym biforn

The Wyf

Of which mayde anon maugree hir heed
By verray force birafte hir maydenhed
For which oppression was swich clamour
And swich pursute vn to the kyng Arthour
That dampned was this knyght for to be deed
By cours of lawe and sholde han lost his heed
Paventure which was the statut tho
But that the queene and othere ladyes mo
So longe preyden the kyng of grace
Til he his lyf hym graunted in the place
And yaf hym to the queene al at hir wille
To chese wheither she wolde hym saue or spille
The queene thanketh the kyng wt al hir myght
And after this thus spak she to the knyght
Whan yt she saugh hir tyme vpon a day
Thou standest yet quod she in swich aray
That of thy lyf yet hastow no suretee
I graunte thee lyf if thou kanst tellen me
What thyng is it that wommen moost desiren
Be war and keep thy nekke boon from iren
And if thou kanst nat tellen it anon
Yet shal I yeue thee leue for to gon
A twelf month and a day to seche and lere
An answere suffisant in this matere
And suretee wol I han er yt thou pace
Thy body for to yelden in this place

Wo was this knyght and sorwefully he siketh
But he may nat do al as hym liketh
And at the laste he chees hym for to wende
And come agayn right at the yeres ende
With swich answere as god wolde hym purueye
And taketh his leue and wendeth forth his weye

He seketh euery hous and euery place
Where as he hopeth for to fynde grace
To lerne what thyng wommen louen moost
But he ne koude arryuen in no coost
Wher as he myghte fynde in this matere
Two creatures accordynge in feere

Somme seyde wommen louen best richesse
Somme seyde honour somme seyde Iolynesse
Somme riche aray somme seyden lust abedde
And ofte tyme to be wydwe and wedde

Somme seyde yt oure hertes been moost esed
Whan that we been yflatered and yplesed

He gooth ful ny the sothe I wol nat lye
A man shal wynne vs best with flaterye
And with attendance and with bisynesse
Been we ylymed bothe moore and lesse

Titus liuius

[Wif of Bathe]

And somme seyn, that we louen best
ffor to be free, and do right as vs lest
And that no man repreue vs of oure vice
But seye þt we be wise, and no thyng nyce
ffor trewely, ther is noon of vs alle
If any wight wol clawe vs on the galle
That we nel kike, for he seith vs soth
Assay, and he shal fynde it þt so doth
ffor be we neuere so vicious withynne
We wol been holden wise and clene of synne

And somme seyn, that greet delit han we
ffor to been holden stable, and eek secree
And in o purpos stedefastly to dwelle
And nat biwreye thyng, that men vs telle
But that tale is nat worth a rake stele
Pardee we wommen konne no thyng hele
Witnesse on Myda, wol ye heere the tale

Ouyde, amonges othere thynges smale
Seyde, Myda hadde vnder his longe heres
Growynge vp on his heed two Asses eres
The Which vice he hydde, as he best myghte
fful subtilly, from euery mannes sighte
That saue his wyf, ther wiste of it namo
he loued hyp moost, and triste hym also
he preyde hym, that to no creature
she sholde tellen, of his disfigure

She swoor hym nay, for al this world to wynne
she nolde do, that vileynye or synne
To make hir housbonde han so foul a name
she nolde nat telle it for hir owene shame
But nathelees hir thoughte þt she dyde
That she so longe sholde a conseil hyde
hir thoughte, it swal so soore aboute hir herte
That nedely, som word hir moste asterte
And sith she dorste, telle it to no man
Doun to a mareys faste by she ran
Til she cam there, hir herte was afyre
And as a Bitore bombleth in the myre
She leyde hir mouth vn to the water doun
Biwreye me nat, thou water wt thy soun
Quod she, to thee I telle it and namo
Myn housbonde hath longe Asses erys two
Now is myn herte al hool, now is it oute
I myghte no lenger kepe it out of doute
heere may ye se, thogh we a tyme abyde
yet out it moot, we kan no conseil hyde
The remenant of the tale if ye wol heere
Redeth Ouyde, and ther ye may it leere

Wyf

This knyght, of which my tale is specially
Whan that he saugh, he myghte nat come therby
This is to seye, what wommen love moost
With muche his brest, ful sorweful was the goost
But hoom he gooth, he myghte nat soiourne
The day was come, þt hoomward moste he tourne
And in his wey, it happed hym to ryde
In al this care, vnder a fforest syde
Wher as he saugh, vp on a daunce go
Of ladyes, foure and twenty, and yet mo
Toward the which daunce, he drow ful yerne
In hope, that som wysdom sholde he lerne
But certeynly, er he cam fully there
Vanysshed was this daunce, he nyste where
No creature saugh he, that bar lyf
Save on the grene, he saugh sittynge a wyf
A fouler wight, ther may no man devyse
Agayn the knyght, this olde wyf gan ryse
And seyde, sir knyght, heer forth ne lith no wey
Tel me, what that ye seken, by your fey
Parauentire, it may the bettre be
Thise olde folk, kan muchel thyng, quod she
My leve mooder, quod this knyght certeyn
I nam but deed, but if that I kan seyn
What thyng it is, that wommen moost desire
Koude ye me wisse, I wolde wel quite youre hire
Plight me thy trouthe, heere in myn hand quod she
The nexte thyng, that I requere thee
Thou shalt it do, if it lye in thy myght
And I wol telle it yow, er it be nyght
Haue heer my trouthe, quod the knyght I graunte
Thanne quod she, I dar me wel auante
Thy lyf is sauf, for I wol stonde therby
Vpon my lyf, the queene wol seye as I
Lat se, which is the proudeste of hem alle
That wereth on, a couerchief or a calle
That dar seye nay, of that I shal thee teche
Lat vs go forth, with outen lenger speche
Tho rowned she, a pistel in his ere
And bad hym to be glad, and haue no fere
Whan they be comen to the court, this knyght
Seyde, he has holde his day, as he hadde hight
And redy was his answere, as he sayde
Ful many a noble wyf, and many a mayde
And many a wydwe, for þt they been wise
The queene hir self sittynge as Iustise
Assembled been, his answere for to heere
And afterward, this knyght was bode appere

of Bathe

To every wight commaunded was silence
And that the knyght sholde telle in audience
What thyng that worldly wommen loven best
This knyght ne stood nat stille, as doth a best
But to his question anon answerde
With manly voys, that al the court it herde

My lige lady, generally, quod he
Wommen desiren have souereynete
As wel ouer hir housbondes as hir loue
And for to been in maistrie hym aboue
This is youre mooste desir, thogh ye me kille
Dooth as yow list, I am at youre wille

In al the court ne was ther wyf ne mayde
Ne wydwe, that contraryed that he sayde
But seyden he was worthy han his lyf

And with that word vp styrte the olde wyf
Which that the knyght caugh sittyng in the grene
Mercy quod she, my souereyn lady quene
Er that youre court departe, do me right
I taughte this answere vn to the knyght
For which he plighte me his trouthe there
The firste thyng I wolde hym requere
He wolde it do, if it lay in his myght
Bifore the court thanne preye I thee sir knyght
Quod she, that thou me take vn to thy wyf
For wel thou woost that I haue kept thy lyf
If I seye fals, sey nay vp on thy fey

This knyght answerde, allas and weylawey
I woot right wel, that swich was my biheste
For goddes loue, as chees a newe requeste
Taak al my good, and lat my body go

Nay thanne quod she, I shrewe vs bothe two
For thogh that I be foul, old and poore
I nolde for al the metal, ne for oore
That vnder erthe is graue, or lith aboue
But if thy wyf I were, and eek thy loue

My loue quod he, nay my dampnacion
Allas, that any of my nacion
Sholde euer so foule disparaged be
But al for noght, thende is this, that he
Constreyned was, he nedes moste hyr wedde
And taketh his olde wyf, and gooth to bedde

Now wolden som men seye parauenture
That for my necligence, I do no cure
To tellen yow the ioye, and al tharray
That at the feeste was, that ilke day
To which thyng shortly answere I shal
I seye, ther nas no ioye, ne feeste at al

¶ Wyf

Ther nas but hevynesse, and muche sorwe
For pryvely he wedded hyr on a morwe
And al day after hidde hym as an owle
So wo was hym, his wyf looked so foule
Greet was the wo, the knyght hadde in his thoght
Whan he was with his wyf abedde ybroght
He walweth, and he turneth to and fro
His olde wyf lay smylynge euere mo
And seyde, o deere housbonde benedicitee
Fareth euery knyght, thus with his wyf as ye
Is this the lawe, of kyng Arthures hous
Is euery knyght of his so daungerous
I am youre owene loue, and youre wyf
I am she, which pt saued hath youre lyf
And certes, yet ne dide I yow neuer vnryght
Why fare ye thus with me, this firste nyght
Ye faren lyk a man, hath lost his wit
What is my gilt, for goddes loue tel it
And it shal been amended, if I may
Amended quod this knyght, allas nay, nay
It wol nat been amended neuere mo
Thou art so loothly, and so old also
And ther to comen, of so lough a kynde
That litel wonder is, thogh I walwe and wynde
So wolde god, myn herte wolde breste
Is this quod she, the cause of youre vnreste
Ye certeinly quod he, no wonder is
Now sire quod she, I koude amende al this
If that me liste, er it were dayes thre
So wel ye myghte, bere yow vn to me

¶ Recheffe

But for ye speken, of swich gentillesse
As is descended, out of old richesse
That therfore sholden ye be gentil men
Swich arrogance, is nat worth an hen
Looke who that is, moost vertuous alway
Pryuee and apert, and moost entendeth ay
To do, the gentil dedes that he kan
Taak hym, for the grettest gentil man
Crist wole, we clayme of hym oure gentillesse
Nat of oure eldres, for hir old richesse
For thogh they yeue vs, al hir heritage
For which we clayme, to been of heigh parage
Yet may they nat biquethe, for no thyng
To noon of vs hir vertuous lyuyng
That made hem, gentil men yealled be
And bad vs, folwen hem in swich degree
Wel kan, the wise poete of fflorence
That highte Daunt, speken in this sentence

Of gathe

Also in which maner wyse is Dantes tale
Ful ofte in Itaill, by his wordes ouerall
Prowesse of man, for god of his goodnesse
Wold, that of hym we clayme oure gentillesse
ffor of oure eldres may we no thyng clayme
But temporel thyngs þt man may hurte & mayme

Eke euery wight woot this as wel as I
If gentillesse were planted naturelly
Un to a certeyn lynage, doun the lyne
Pryuee nor apert/ thanne wolde they neuer fyne
To doon of gentillesse the fayr office
They myghte do no vileynye or vice

Taak fyr, and bey it in the derkeste hous
Bitwix this, and the mount of Caukasous
And lat men shette the dores and go thenne
Yet wole the fyr as fayre lye and brenne
As twenty thousand men myghte it biholde
His office naturel, ay wol it holde
Up pil of my lyf, til that it dye

Heere may ye wel see, þt gentrye
Is nat annexed to possessioun
Sith folk ne doon hir operacion
Alwey as doth the fyr, lo in his kynde
ffor god it woot, men may wel often fynde
A lordes sone, do shame and vileynye
And he þt wold haue pris of his gentrye
ffor he was born, of a gentil hous
And hadde hise eldres noble and vertuous
And nel hym seluen, do no gentil dedis
Ne folwen his gentil auncestre þt deed is
He nys nat gentil, be he duc or Erl
ffor vileyns synful dedes make a cherl
ffor gentillesse nys but renoune
Of thyne auncestres, for hyr heigh bounte
Which is a strange thyng to thy persone
Thy gentillesse cometh fro god allone
Thanne cometh oure verray gentillesse of gre
It was no thyng biquethe vs with oure place

Thenketh hou noble, as seith Valerius
Was thilke Tullius Hostillius
That out of pouerte roos to heigh noblesse
Rees Senek, and redeth eek Boece
Ther shul ye seen expres, þt no drede is
That he is gentil, that dooth gentil dedis
And therfore leeue housbonde I thus conclude
Al were it that myne auncestres weren rude
Yet may the hye god, and so hope I
Grante me grace, to lyuen vertuously

Exemplum

Wyf

Thanne am I gentil, whan that I bigynne
To lyuen vertuously, and weyue synne

De pauptate

And ther as ye of pouerte me repreeue
The hye god, on whom þt we bileeue
In wilful pouerte, chees to lyue his lyf
And certes, euery man, mayden or wyf
May vnderstonde, that Ihesus heuene kyng
Ne wolde nat chesen vicious lyuyng

Seneca in epistol.
Honesta res est leta paupertas.

Glad pouerte is an honeste thyng certeyn
This wole Seneuk and othere clerkes seyn
Who so þt halt hym payd of his pouerte
I holde hym riche, al hadde he nat a sherte
He þt coueiteth, is a pouere wight
For he wolde han, that is nat in his myght

Paup e ynn eget, co qd non het,
& q no het, nec appetit hec ille
sines est de quo nitelli Ysapo-
cale. 3°. Sicut quia omes oum-

But he þt noght hath, ne coueiteth haue
Is riche, although ye holde hym but a knaue
Verray pouerte, it syngeth proprely
Iuuenal seith of pouerte myrily

Cantabit vacuus coram latro-
ne viator. et nocte ad lumen.
trepidabit amicti corpam.
2 philosophus.
Paupertas est odibile bonu.
sanitatis mater, cura remo-
vens sapie reparatrix possessio sine
calumpnia.

The pouere man, whan he goth by the weye
Bifore the theues, he may synge and pleye
Pouerte is hateful good, and as I gesse
A ful greet bryngere out of bisynesse
A greet amendere eek of sapience
To hym that taketh it in pacience
Pouerte is this, although it seme alenge
Possession, that no wight wol chalenge
Pouerte ful ofte, whan a man is lowe
Maketh his god, and eek hym self to knowe
Pouerte a spectacle is, as thynketh me
Thurgh which he may his verray freendes see
And therfore syre syn þt I noght yow greue
Of my pouerte, namoore ye me repreue

De Senectute

Now syre, of elde ye repreue me
And certes syre, thogh noon auctoritee
Were in no book, ye gentils of honour
Seyn þt men sholde an oold wight doon fauo
And clepe hym fader, for youre gentillesse
And auttours, shal I fynden as I gesse

De Fetudine

Now ther ye seye, þt I am foul and old
Than drede you noght, to been a cokewold
For filthe and elde, also woot I thee
Been grete wardeyns, vp on chastitee
But nathelees, syn I knowe youre delit
I shal fulfille youre worldly appetit

Chese now quod she, oon of thise thynges tweye
To han me foul and old, til that I deye
And be to yow a trewe humble wyf
And neuere yow displese in al my lyf

Of Bathe

Or elles ye wol han me yong and fair
And take youre auenture of the repair
That shal be to youre hous by cause of me
Or in som oother place may wel be
Now chese youre seluen wheither pt yow liketh
This knyght auyseth hym and sore siketh
But atte laste he seyde in this manere
My lady and my loue and wyf so dere
I put me in youre wise gouernance
Cheseth youre self which may be moost plesance
And moost honour to yow and me also
I do no fors the wheither of the two
ffor as yow liketh it suffiseth me
Thanne haue I gete of yow maistrie quod she
Syn I may chese and gouine as me lest
Ye certes wyf quod he I holde it best
Kys me quod she we be no lenger wrothe
ffor by my trouthe I wol be to yow bothe
This is to seyn ye bothe fair and good
I prey to god pt I moote sterue wood
But I to yow be also good and trewe
As euer was wyf syn pt the world was newe
And but I be tomorn as fair to seene
As any lady Emperice or queene
That is bitwixe the Est and eke the west
Dooth wt my lyf and deth right as yow lest
Cast vp the curtyn looke how that it is
And whan the knyght saugh verraily al this
That she so fair was and so yong therto
ffor Ioye he hente hyr in hise armes two
His herte batheth in a bath of blisse
A thousand tyme arewe he gan hyr kisse
And she obeyed hym in euery thyng
That myghte doon hym plesance or likyng
And thus they lyue vn to hir lyues ende
In pfit Ioye and Ihu crist vs sende
Housbondes meeke yonge and fressh a bedde
And grace toutlyue hem pt we wedde
And eek I pray Ihu shorte hir lyues
That nat wol be gouned by hir wyues
And olde and angry nygardes of dispence
God sende hem soone verray pestilence

Heere endeth the wyues tale of Bathe

ffrere

The prolog of the freres tale

This worthy lymytour, this noble frere
He made alwey a maner louryng chiere
Vp on the Somonour, but for honestee
No vileyns word as yet to hym spak he
But atte laste he seyde vn to the wyf
Dame quod he god yeue yow right good lyf
Ye han heer touched, also moot I thee
In scole matere greet difficultee
Ye han seyd muche thyng right wel I seye
But dame, heere as we goo by the weye
Vs nedeth nat to speken but of game
And lete auctoritees on goddes name
To prechyng and to scole of clergye
And if it lyke to this compaignye
I wol yow of a Somonour telle a game
Pardee ye may wel knowe by the name
That of a Somonour may no good be sayd
I praye þt noon of you be yuele apayd
A Somonour is a rennere vp and doun
With mandementz for fornicacioun
And is y bet at euery townes ende
Oure hoost tho spak, a sir ye sholde be hende
And curteys as a man of youre estaat
In compaignye we wol haue no debaat
Telleth youre tale and lat the Somonour be
Nay quod the Somonour lat hym seye to me
What so hym list whan it comth to my lot
By god I shal hym quiten euery grot
I shal hym tellen which a greet honour
It is to be a flaterynge lymytour
And of many another manere cryme
Which nedeth nat reherceen for this tyme
And his office I shal hym telle ywis
Oure hoost answerde pees namoore of this
And after this he seyde vn to the frere
Tel forth youre tale leeue maister deere

Heere bigynneth the freres tale

Whilom ther was dwellynge in my contree
An Erchedekene, a man of heigh degree
That boldely dide execucion
In punysshynge of fornicacioun

There

Of wicchecraft, and eek of bawderye
Of diffamacion, and avowterye
Of chirche reues, and of testamentz
Of contractes, and eek of lakke of sacramentz
Of vsurye, and of Symonye also
But certes, lecchours doþ he grettest wo
They sholde syngen, if þt they were hent
And smale tytheres weren foule yshent
If any p(er)sou(n) wolde vp on hem pleyne
Ther myghte asterte hym no pecunyal peyne
For smale tithes, and smal offrynge
He made the peple pitously to synge
For er the bisshop caughte hym w(i)t his hook
They were in the erchedekenes book
And thanne hadde he thurgh his iurysdiccion
Power to doon on hem correccion
He hadde a Somonour redy to his hond
A slyer boye nas noon in Engelond
For subtilly he hadde his espiaille
That taughte hym wher hym myghte auaille
He koude spare of lecchours con or two
To techen hym to foure and twenty mo
For thogh this Somono(ur) wood was as an hare
To telle his harlotrye I wol nat spare
For we been out of his correccion
They han of vs no iurysdiccion
Ne neuere shullen terme of hyr lyues
Peter so been women of the styues
Quod the Somono(ur) yput out of my cure
Pees with myschance and w(i)t mysauenture
Thus seyde oure hoost, and lat hym telle his tale
Now telleth forth thogh þt the somono(ur) gale
Ne sparyeth nat, myn owene maister deere
This false theef this Somono(ur) quod the frere
Hadde alwey bawdes redy to his hond
As any hauk to lure in Engelond
That tolde hym al the secree þt they knewe
For hyr aqueyntance was nat come of newe
They weren hise approwours pryuely
He took hym self a greet p(ro)fit therby
His maister knew nat alwey what he kan
With outen mandement a lewed man
He koude somne on peyne of Cristes curs
And they were glade for to fille his purs
And make hym grete feestes atte nale
And right as Iudas hadde purses smale
And was a theef right swich a theef was he
His maister hadde but half his duetee

Offre

He was, if I shal yeuen hym his laude
A theef, and eek a Somnour, and a baude
He hadde eek wenches at his reteinue
That wheither pt sir Robt or sir Huke
Or Jakke or Rauf or who so pt it were
That lay by hem, they tolde it in his ere
Thus was the wenche and he of oon assent,
And he wolde fecche a feyned mandement,
And somne hem to chapitre bothe two
And pile the man, and lete the wenche go
Thanne wolde he seye, freend I shal for thy sake
Do stryken hir out of oure lettres blake
Thee thar namoore, as in this cas travaille
I am thy freend, ther I thee may auaille
Certeyn he knew of bryberyes mo
Than possible is to telle in yeres tuo
For in this world, nys dogge for the bowe
That kan an hurt deer from an hool knowe
Bet than this Somnour knew a sly lecchour
Or an auowtier or a paramour
And for that was the fruyt of al his rente
Therfore on it he sette al his entente
And so bifel, that ones on a day
This Somno^r euere waityng on his pray
ffor to somne an old wydwe a ribibe
fFeynynge a cause, for he wolde brybe
Happed that he saugh bifore hym ryde
A gay yeman, vnder a fforest syde
A bowe he bar, and arwes bright and kene
He hadde vp on, a courtepy of grene
An hat vp on his heed with frenges blake
Sire quod this Somno^r hayl and wel atake
Welcome quod he, and every good felawe
Wher rydestow, vnder this grene wode shawe?
Seyde this yeman, wiltow fer to day?
This Somno^r hym answerde and seyde nay
Heere faste by quod he, is myn entente
To ryden, for to reysen vp a rente
That longeth to my lordes duetee
Artow thanne a bailly? ye quod he
He dorste nat, for verray filthe and shame
Seye pt he was a Somonor, for the name
Depardieux quod this yeman, deere brother
Thou art a bailly, and I am another
I am vnknowen, as in this contree
Of thyn aqueyntance I wolde praye thee
And eek of bretherhede, if pt yow laste
I haue gold, and siluer in my cheste

Theve

If that thee happe / to comen in oure shyre
Al shal be thyn / right as thou wolt desire
Grauntmercy quod this Somono / by my feith
Euych in ootheres hand / his trouthe leith
ffor to be sworn bretheren / til they deye
In daliaunce / they riden forth hir weye
This Somono / that was as ful of Iangles
As ful of venym / been thise waryangles
And euere enqueryng / vp on euery thyng
Brother quod he / where is now youre dwellyng
Another day / if pt I sholde yow seche
This yeman hym answerde / in softe speche
Brother quod he / fer in the North contree
Where as I hope / som tyme I shal thee see
Er we departe / I shal thee so wel wisse
That of myn hous / ne shaltow neuere mysse
Now brother quod this Somono / I yow preye
Teche me / whil pt we riden by the weye
Syn pt ye been / a Baillif as am I
Som subtiltee / and tel me feithfully
In myn office / how I may moost wynne
And spareth nat / for conscience ne synne
But as my brother / tel me / how do ye
Now by my trouthe brother deere seyde he
As I shal tellen thee / a feithful tale
My wages / been ful streite and ful smale
My lord is hard to me / and daungerous
And myn office is ful laborous
And therfore / by extorcions I lyue
ffor sothe / I take al that men wol me yeue
Algate by sleyghte / or by violence
ffro yeer to yeer / I wynne al my dispence
I kan no bettre telle feithfully
Now certes quod this Somono / so fare I
I spare nat to taken god it woot
But if it be to heuy or to hoot
What I may gete / in conseil prively
No maner conscience / of that haue I
Nere myn extorcion / I myghte nat lyuen
Ne of swiche Iapes / wol I nat be shryuen
Stomak ne conscience / ne knowe I noon
I shrewe thise shriftfadres euerychoon
Wel be we met / by god / and by seint Iame
But leeue brother / tel me thanne thy name
Quod this Somono / in this meene while
This yeman gan / a litel for to smyle
Brother quod he / wiltow / pt I thee telle
I am a feend / my dwellyng is in helle

Officer

And heere I ryde aboute my purchasyng
To wite, whey men wolde me yeuen any thyng
My purchas is theffect of al my rente
Looke how thou rydest for the same entente
To wynne good, thou rekkest neuer how
Right so fare I, for ryde I wolde right now
Vn to the worldes ende for a preye

A quod this somonour, benedicite what sey ye
I wende ye were a yeman trewely
Ye han a mannes shap, as wel as I
Han ye figure thanne determinat
In helle, ther ye been in youre estat

Nay certeinly quod he they haue we noon
But whan vs liketh we kan take vs oon
Or elles make yow wene we been shape
Som tyme, lyk a man or lyk an ape
Or lyk an Angel kan I ryde or go
It is no wonder thyng, thogh it be so
A lowsy Iogelour, kan deceyue thee
And pardee yet kan I moore craft than he

Why quod this Somonour, ryde ye thanne or goon
In sondry shap, and nat alwey in oon

For we quod he, wole vs swiche formes make
As moost able is oure preyes for to take

What maketh yow to han al this labour

Ful many a cause, leeue sire Somonour
Seyde this feend, but alle thyng hath tyme
The day is short, and it is passed pryme
And yet, ne wan I no thyng in this day
I wol enterde to wynnen if I may
And nat entende hir wittes to declare
For brother myn, thy wit is al to bare
To vnderstonde, althogh I tolde hem thee
But for thou axest why labouren we
For som tyme, we been goddes instrumentz
And meenes, to doon hise comandementz
Whan that hym list vp on his creatures
In sundry art, and in sundry figures
With outen hym, we haue no myght certayn
If that hym list, to stonden ther agayn
And som tyme, at oure prayere, han we leue
Oonly the body, and nat the soule greue
Witnesse on Iob whom that we diden wo
And som tyme han we myght of bothe two
This is to seyn, of soule and body eke
And som tyme, be we suffred for to seke
Vpon a man, and doon his soule vnreste
And nat his body and al is for the beste

Officio

Whan he withstandeth oure temptacioun
It is cause of his savacioun
Al be it that it was nat oure entente
He sholde be sauf, but þt we wolde hym hente
And som tyme, bo we servant vn to man
As to the Bisshop Saint Dunstan
And to the Apostles, suant eek was I.

Yet tel me, quod the Somonour feithfully
Make ye yow newe bodies, thus alway,
Of elementz? the feend answerde nay;
Som tyme we feyne, and som tyme we arise
With dede bodyes, in ful sondry wyse
And speke as renably, and faire and wel
As to the Phitonissa, dide Samuel
And yet wol som men seye it was nat he
I do no fors, of youre dyvynytee
But o thyng warne I thee, I wol nat jape
Thou wolt algates, wite how we been shape
Thou shalt heerafterwardes, my brother deere
Come there thee nedeth nat of me to leere
For thou shalt, by thyn owene experience
Konne in a chayer, rede of this sentence
Bet than Virgile, while he was on lyve
Or Dant also, now lat vs ryde blyve
For I wole holde compaignye with thee
Til it be so, that thou forsake me

Nay quod this Somonour, that shal nat bityde
I am a yeman, knowen is ful wyde
My trouthe wol I holde, as in this cas
For though thou were, the devel Sathanas
My trouthe wol I holde, to my brother
As I am sworn, and ech of vs til oother
For to be trewe brother, in this cas
And bothe we goon, abouten oure pchas
Taak thou thy part, what þt men wol thee yeue
And I shal myn, and thus may we bothe lyue
And if þt any of vs, haue moore than oother
Lat hym be trewe, and parte it wt his brother

I graunte quod the devel, by my fey
And with that word, they ryden forth hir wey
And right at the entryng, of the townes ende
To which this Somonour, shoop hym for to wende
They saugh a cart, that charged was with hey
Which þt a Carter, droof forth in his wey
Deep was the wey, for which the carte stood
The Cartere smoot, and cryde, as he were wood
Hayt Brok, hayt Scot, what spare ye for the stones
The feend quod he, yow fecche body and bones

ffrere

As siketly, as euere ye foles
So muche wo, as I haue with yow tholed
The deuel haue al, bothe hors and cart aus hey
This Somono(ur) syde, heere shal we haue a pley
And neey the feend he drough, as noght ne were
ffull pryuely, and rowned in his ere
Herkne my brother herkne by thy feith
Herestow nat, how þt the Cartere seith
Hent it anon for he hath yeue it thee
Bothe hey and Cart, and eek hise Caples thre
Nay quod the deuel, god woot neuer a deel
It is nat his entente, trust thou me weel
Axe hym thy self, if thou nat trowest me
Or elles stynt a while, and thou shalt see
This Carter, taketh his hors on the croupe
And they bigonne drawen and to stoupe
Heyt now quod he, ther Ihū yow blesse
And al his hand werk bothe moore and lesse
That was wel twight, myn owene liard boy
I pray to god saue thee, and seint loy
Now is my Cart, out of the slow pdee
Lo brother quod the feend, what tolde I thee
Heere may ye se, myn owene deere brother
The carl spak oon, but he thoghte another
Lat vs go forth, abouten oure viage
Heere, wynne I no thyng, vp on Cariage
Whan that they comen, som what out of towne
This Somono(ur), to his brother gan to rowne
Brother quod he, heere woneth an old rebekke
That hadde almoost, as lief to lese hir nekke
As for to yeue, a peny of hir good
I wole han .xij. pens, though þt she be wood
Or I wol somp(ne) hir, vn to oure office
And yet god woot, of hir knowe I no vice
But for thou kanst nat, as in this contree
Wynne thy cost, tak heer ensample of me
This Somono(ur), clappeth at the wydwes gate
Com out quod he, thou olde virytrate
I trowe thou hast, som frere or preest w(i)t thee
Who clappeth, syde this wyf, benedicite
God saue yow, sire, what is yowr sweete wille
I haue quod he, of somou(n)ce a bille
Vp on peyne of cursyng, loke þt thou be
Tomor(we), bifore the ErchedeknesKnee
T'answere to the Court, of certeyn thynges
Now lord quod she, crist Ihū kyng of kynges
So wisly help me, as I ne may
I haue been syk, and that ful many a day

ffrere ~

I may nat go so fer quod she ne ryde
But I be seek so priketh it in my syde
May I nat aye a libel up commonour
And answere there by my procutour
To swich thyng as men wole opposen me

This quod this Somonour pay anon lat se
Twelf pens to me and I wol thee acquite
I shal no profit han ther by but lite
My maister hath the profit and nat I
Com of and lat me ryden hastifly
yif me xij pens I may no lenger tarye

Twelf pens quod she now lady seinte marye
So wisly help me god out of care and synne
This wyde world thogh þt I sholde wynne
Ne haue I nat xij pens with Inne myn hoold
ye knowen wel that I am pouere and oold
Kithe youre almesse on me pouere wreche

Nay thanne quod he the foule feend me fecche
If I thexcuse though thou shul be spilt
Allas quod she god woot I haue no gilt
Pay me quod he or by the sweete seinte Anne
As I wol bere awey thy newe panne
For dette which that thou owest me of old
Whan þt thou madest thyn housbonde cokewold
I payde at hoom for thy correccioun

Thou lixt quod she by my saluacioun
Ne was I neuere er now wydwe ne wyf
Somoned vn to youre court in al my lyf
Ne neuere I was but of my body trewe
Vn to the deuel blak and rough of hewe
yeue I thy body and my panne also

And whan the deuel herde hire cursen so
Vp on hir knees he seyde in this manere
Now mabely myn owene mooder deere
Is this youre wyl in ernest þt ye seye

The deuel quod she so fecche hym er he deye
And panne and al but he wol hym repente
Nay olde stot that is nat myn entente
Quod this Somonour for to repente me
For any thyng that I haue has of thee
I wolde I hadde thy smok and euery clooth

Now brother quod the deuel be nat wrooth
Thy body and this panne been myne by right
Thou shalt with me to helle yet tonyght
Ther thou shalt knowen of oure pryuetee
Moore than a maister of diuynytee
And with that word this foule feend hym hente
Body and soule he with the deuel wente

ffrere

Ther as that Somnours han hir heritage
And god þt made after his ymage
Mankynde save and gyve vs alle this somne
And lene thise Somnours goode men bicome

Lordynges I koude han toold yow quod this frere
Hadde I had leyser for this Somnour heere
After the text of Crist, Poul and John
And of oure othere doctours many oon
Swiche peynes that youre hte myghte agryse
Al be it so no tonge may it devyse
Thogh þt I myghte a thousand wynter telle
The peynes of thilke cursed hous of helle
But for to kepe vs fro that cursed place
Waketh and preyeth Ihu for his grace
So kepe vs fro the temptour Sathanas
Herketh this word beth war as in this cas
The leon sit in his awayt alway
To sle the Innocent if that he may
Disposeth ay youre hertes to withstonde
The feend þt yow wolde make thral & bonde
He may nat tempte yow over youre myght
ffor crist wol be youre champion and knyght
And prayeth þt thise Somnours hem repente
Of hir mysdedes er þt the feend hem hente

¶ Heere endeth the ffreres tale

¶ The prologe of the Somnours tale

This Somnour in his Styropes hye stood
Vp on this frere his herte was so wood
That lyk an Aspen leef he quook for Ire
Lordynges quod he but o thyng I desire
I yow biseke that of youre curteisye
Syn ye han herd this false ffrere lye
As suffreth me I may my tale telle
This frere bosteth that he knoweth helle
And god it woot that it is litel wonder
ffreres and feendes been but lyte a sonder
ffor pdee ye han ofte tyme herd telle
How that a frere ravysshed was to helle
In spirit ones by a visioun
And as an Angel ladde hym vp and doun
To shewen hym the peynes þt ther were
In al the place saugh he nat a frere

Somonour

Of oother folk he saugh ynowe in wo
Vn to this Angel spak the Frere tho
Now sir quod he, han freres swich a grace
That noon of hem shal come to this place?
Yis quod this Angel, many a myllioun
And vn to Sathanas he ladde hym doun
And now hath Sathanas, seith he a tayl
Broddere than of a carryk is the sayl
hoold vp thy tayl thou Sathanas quod he
Shewe forth thyn ers, and lat the Frere se
Where is the nest of freres in this place
And er that half a furlong wey of space
Right so as bees out swarmen from an hyue
Out of the deueles ers they gonne dryue
Twenty thousand freres in a route
And thurgh out helle swarmeden aboute
And comen agayn as faste as they may gon
And in his ers they crepten euerychon
he clapte his tayl agayn and lay ful stille
This Frere whan he hadde looke al his fille
Vpon the tormentz of this sory place
his spryrt god restored of his grace
Vn to his body agayn and he awook
But natheles for fere yet he quook
So was the deueles ers ay in his mynde
That is his heritage of verray kynde
God saue yow alle saue this cursed Frere
My prologe wol I ende in this manere

Heere bigynneth the Somonour his tale

Lordynges ther is in yorkshyre as I gesse
A merssh contree called holdernesse
In which ther wente a lymytour aboute
To preche and eek to begge it is no doute
And so bifel that on a day this Frere
hadde preched at a chirche in his manere
And specially abouen euery thyng
Excited he the peple in his prechyng
To trentals and to yeue for goddes sake
Wher with men myghte hooly houses make
Ther as diuine seruyce is honoured
Nat ther it is wasted and deuoured
Ne ther it nedeth nat for to be yeue
As to possessioners that mowen lyue

¶ Somonour

Thanked be god, in wele and habundaunce
Trentals seyde he deliueren fro penaunce
Hir freendes soules, as wel olde as yonge
Ye whan þt they been hastily ysonge
That for to holde a preest joly and gay
He syngeth nat but o masse in a day
Delivereth out quod he anon the soules
Ful hard it is, wt flesshhook or wt oules
To been yclawed or to brenne or bake
Now spede yow hastily for cristes sake
And whan this frere had seyd al his entente
With qui cū patre forth his wey he wente
¶ Whan folk in chirche had yeue hi what hem leste
He wente his wey, no lenger wolde he reste
With scrippe and tipped staf ytukked hye
In euery hous he gan to poure and prye
And beggeth mele and chese or elles corn
His felawe hadde a staf tipped with horn
A peyre of tables al of yuory
And a poyntel polysshed fetisly
And wroot the names alwey as he stoode
Of alle folk that yaf hym any good
Astaunces that he wolde for hem prey
Yif hym a busshel whete malt or reye
A goddes kechyl or a tryp of chese
Or elles what yow lyst we may nat chese
A goddes halfpeny or a masse peny
Or yif vs of youre bracun if ye haue eny
A dagoū of youre blanket leue dame
Oure sustre deere lo heere I write youre name
Bacon or beef or swich thyng as ye fynde
¶ A sturdy harlot wente ay hem bihynde
That was hir hostes man and bar a sak
And what men yaf hem leyde it on his bak
And whan þt he was out at dore anon
He planed awey the names euerychon
That he biforn had writen in his tables
He serued hem with nyfles and with fables
¶ Nay ther thou lixt, thou somonour iþ þe frere
¶ Pees quod oure hoost for cristes moder deere
Tel forth thy tale and spare it nat at al
¶ So thryue I quod this somonour so I shal
¶ So longe he wente hous by hous til he
Cam til an hous ther he was wont to be
Refresshed moore than in an hundred places
Syk lay the goode man whos the place is
Bedrede vpon a couche lowe he lay
Deus hic qd he o Thomas freend good day

Somonour

Seyde this frere curteisly and softe
Thomas quod he god yelde yow ful ofte
Haue I vpon this bench faren ful weel
Heere haue I eten many a myrye meel
And fro the bench he droof awey the cat
And leyde adoun his potente and his hat
And eek his scryppe and sette hym softe adoun
His felawe was go walked in to toun
Forth with his knaue in to that hostelrye
Where as he shoop hym thilke nyght to lye

O deere maister quod this sike man
How han ye fare sith that march bigan
I saugh yow noght this fourtnyght or moore
God woot quod he laboured I haue ful soore
And specially for thy sauacion
Haue I seyd many a pitous orison
And for oure othere freendes god hem blesse
I haue to day been at youre chirche at messe
And seyd a sermon after my symple wit
Nat al after the text of hooly writ
For it is hard to yow as I suppose
And therfore wol I teche yow al the glose
Glosynge is a glorious thyng certeyn
For lettre sleeth so as thise clerkes seyn
They haue I taught hem to be charitable
And spende hir good ther it is resonable
And ther I saugh oure dame a wher is she

Yond in the yerd I trowe pt she be
Seyde this man and she wol come anon
Ey maister welcome be ye by seint Iohn
Seyde this wyf how fare ye hertely

The frere ariseth vp ful curteisly
And hir embraceth in his armes narwe
And kiste hir sweete and chirketh as a sparwe
With his lyppes dame quod he right weel
As he that is youre seruant euery deel
Thanked be god pt yow yaf soule and lyf
Yet saugh I nat this day so fair a wyf
In al the chirche god so saue me
Ye god amende defautes sire quod she
Algates welcome be ye by my fey
Graunt mercy dame this haue I founde alwey
But of youre grete goodnesse by youre leue
I wolde prey yow pt ye nat yow greue
I wole with Thomas speke a litel throwe
Thise curatz been ful necligent and slowe
To grope tendrely a conscience
In shrift in prechyng is my diligence

Ita venidit &c

Somonus

And studie in Petres wordes and in Poules
I walke, and fisshe cristen mennes soules
To yelden Jhu crist his propre rente
To sprede his word is set al myn entente

Now by youre leue, o deere sir, quod she
Chideth hym wel, for seinte Trinitee
He is as angry as a pissemyre
Though that he haue al that he kan desire
Though I hym wrye a nyght & make hym warm
And on hym leye my leg outher myn arm
He groneth lyk oure boor, lith in oure sty
Oother desport right noon of hym haue I
I may nat plese hym in no maner cas

O Thomas, je vous dy, Thomas, Thomas
This maketh the feend, this moste ben amended
Ire is a thyng that hye god defended
And ther of wol I speke a word or two

Now maister quod the wyf er that I go
What wol ye dyne for I wol go ther aboute

Now dame quod he, now je vous dy sanz doute
Haue I nat of a capon but the lyuere
And of youre softe breed nat but a shyuere
And after that a rosted pigges heed
But that I nolde no beest for me were deed
Thanne hadde I with yow hoomly suffisaunce
I am a man of litel sustenaunce
My spirit hath his fostryng in the bible
The body is ay so redy and penyble
To wake, that my stomak is destroyed
I prey yow dame, ye be nat anoyed
Though I so freendly yow my conseil shewe
By god, I wolde nat telle it but a fewe

Now sir quod she, but o word er I go
My child is deed with inne thise wykes two
Soone after þt ye wente out of this toun

His deeth saugh I by reuelacioun
Seith this frere, at hoom in oure dortour
I dar wel seyn, that er þt half an hour
After his deeth, I saugh hym born to blisse
In myn auision so god me wisse
So dide oure sexteyn and oure fermerer
That han been trewe freres fifty yeer
They may now, god be thanked of his loone
Maken hir jubilee and walke allone
And up I roos and al oure couent eke
With many a teere tryklyng on my cheke
With outen noyse or claterynge of belles
Te deum was oure song and no thyng elles

Sermons

Same that to crist I seide an orisoun
Thankynge hym of his reuelacioun
For ony and Same, trusteth me right weel
Oure orisouns been wel moore effectueel
And moore we seen of cristes secree thynges
Than burel folk, al though they weren kynges
We lyue in pouerte, and in abstinence
And burell folk, in richesse and despence
Of mete and drynke, and in hir foul delit
We han this worldes lust al in despit
Lazar and dives lyueden diuersly
And diuse gerdon hadden they therby
Who so wol preye, he moot faste and be clene
And fatte his soule, and make his body lene
We fare as seith thapostle, cloth and foode
Suffisen us, though they be nat ful goode
The clennesse and the fastynge of us freres
Maketh, pt crist accepteth oure preyeres
Lo moyses, fourty dayes, and fourty nyght
Fasted, er pt the heighe god of myght
Spak with hym in the mount of Synay
With empty wombe, fastynge many a day
Receyued he the lawe, that was writen
With goddes fynger, and Elye wel ye witen
In mount Oreb, er he hadde any speche
With hye god, that is oure lyues leche
He fasted longe, and was in contemplaunce
Aaron, that hadde the temple in gouernance
And eek, that othere preestes euerychon
In to the temple, whan they sholde gon
To preye for the peple, and do seruyse
They nolden drynken in no manere wyse
No drynke, which pt myghte hem dronke make
But there, in abstinence preye and wake
Lest that they deyden, taak heede what I seye
But they be sobre, that for the peple preye
War that, I seye namoore, for it suffiseth
Oure lord Ihu as hooly writ deuyseth
Yaf us ensample, of fastynge and preyeres
Therfore we mendynantz we sely freres
Been wedded, to pouerte and continence
To charite, humblesse, and abstinence
To persucuciou, for rightwisnesse
To wepynge, misericorde and clennesse
And therfore may ye se, pt oure preyeres
I speke of us, we mendynantz we freres
Been to the hye god, moore acceptable
Than youres, wt youre feestes at the table

Ieiunius est aiam sagmare in corpe

Inuiti cui vestitu hiis contenti sumus etc

De oronibz & ieiunijs etc
De oratione etc

Somonour

ffro paradys fyrst if I shal nat lye
Was man out chaced, for his glotonye
And chaast was man in Paradys ceryn
But herkne Thomas what I shal seyn
I ne haue no text of it, as I suppose
But I shal fynde it in a maner glose
That specially, oure sweete lord thus
Spak this by ffreres, whan he seyde thus
Blessed be they, that pouere in spirit been
And so forth, al the gospel may ye seen
Wher it be likker, oure professioun
Or hirs, that swymmen in possessioun
ffy on hir pompe, and on hir glotonye
And for hir lewdenesse I hem diffye

Me thynketh, they been lyk Iouynyan
ffat as a whal, and walkynge as a swan
Al vinolent, as botel in the spence
Hir preyer, is of ful greet reuerence
Whan they for soules, seye the psalm of Dauit
Lo, but they seye, cor meum eructauit
Who folweth, cristes gospel, and his foore
But we pat humble been, and chaast and poore
Werkers of goddes word, nat Auditours
Therfore, right as an hauk, vp at a sours
Vp spryngeth in to their right so prayeres
Of charitable, and chaste bisy freres
Maken hir sours, to goddes eres two
Thomas Thomas, so moote I ryde or go
And by that lord pat clepid is seint yue
Nere thou oure brother, sholdestou nat thryue
In oure chapitre, praye we day and nyght
To crist pat he thee sende heele and myght
Thy body for to weelden hastily

God woot quod he, no thyng therof feele I
As help me crist, as in a fewe yeres
I haue spent, vp on diuerse manere freres
ffful many a pound, yet fare I neuer the bet
Certeyn my good, I haue almoost biset
ffarwel my gold, for it is al ago

The frere answerde, o Thomas dostow so
What nedeth yow, diuerse freres seche
What nedeth hym, pat hath a parfit leche
To seken othere leches in the toun
Youre inconstance, is youre confusioun
Holde ye thanne me, or elles oure couent
To praye for yow been insufficient
Thomas that Iape, nys nat worth a myte
Youre maladye is for we han to lyte

Somons

A yif that Couent halfe a quart otes
A yif that Couent xxiiij grotes
A yif that yeue a peny and lat hym go
Nay nay Thomas it may no thyng be so
What is a ferthyng worth parted in twelue
lo ech thyng that is oned in it selue
Is moore strong than whan it is to scatered
Thomas of me thou shalt nat ben yflatered
Thou woldest han oure labour al for noght
The hye god that al this world hath wroght
Seith that the werkman worthy is his hyre
Thomas noght of youre tresor I desire
As for my self but that al oure Couent
To preye for yow is ay so diligent
And for to buylden cristes owene chirche
Thomas if ye wol lernen for to wirche
Of buyldynge vp of chirches may ye fynde
If it be good in Thomas lyf of ynde
Ye lye heere ful of Anger & of yre
With which the deuel set youre herte afyre
And chiden heere the sely Innocent
youre wyf that is so meke and pacient
And therfore Thomas trowe me if thee leste
Ne stryue nat with thy wyf as for thy beste
And ber this word awey now by thy feith
Touchynge this thyng lo what the wise seith

With–Inne thyn hous ne be thou no leoun
To thy subgitz do noon oppressioun
Ne make thyne aqueintances nat for to flee
And Thomas yet eft sones I charge thee
Be war from hire þt in thy bosom slepeth
Be war fro the serpent that so slily crepeth
Vnder the gras and styngeth subtilly
Be war my sone and herkne paciently
That twenty thousand men han lost hir lyues
For stryuyng with hir lemans and hir wyues
Now sith ye han so hooly meke a wyf
What nedeth yow Thomas to maken stryf
Ther nys ywys no serpent so cruel
Whan man tret on his tayl ne half so fel
As womman is whan she hath caught an yre
Vengeance is thanne al that they desyre
Ire is a synne oon of the grete of seuene
Abhomynable vn to the god of heuene
And to hym self it is destruccion
This euery lewed vikery or persoun
kan seye how Ire engendreth homycide
Ire is in sooth executour of pryde

Omnis virtus vnita fortior est seipsa dispersa

Dignus est operarius mercede

Noli esse sicut leo in domo tua, euertens domesticos tuos opprimens subiectos tibi

◦ Somonour ·¬

I dorste of yee, seye so muche shrewe
My tale sholde laste, til tomorwe
And therfore preye I god, bothe day & nyght
An irous man, god sende hym litel myght
It is greet harm, and eek greet pitee
To sette an irous man, in heigh degree

De quodam potestate iracundo ·¬

Whilom ther was an irous potestat
As seith Senek, that durynge his estaat
Upon a day, out riden knyghtes two
And as fortune wolde that it were so
That oon of hem cam hoom, that oother noght
Anon the knyght, bifore the Iuge is broght
That seyde thus, thou hast thy felawe slayn
ffor which I deme thee to the deeth certayn
And to another knyght comanded he
Go lede hym to the deeth I charge thee
And happed, as they wente by the weye
Toward the place, ther he sholde deye
The knyght cam, which men wenden had be deed
Thanne thoughte they, it was the beste reed
To lede hem bothe, to the Iuge agayn
They seiden lord, the knyght ne hath nat slayn
His felawe, heere he standeth heel alyue
Ye shul be deed quod he, so moot I thryue
That is to seyn, bothe oon and two, and thre
And to the firste knyght right thus spak he
I dampned thee, thou most algate be deed
And thou also, most nedes lese thyn heed
ffor thou art cause why thy felawe deyth
And to the thridde knyght right thus he seith
Thou hast nat doon, that I comanded thee
And thus he dide doon sleen hem alle thre

Irous Cambises was eek dronkelewe
And ay delited hym, to been a shrewe
And so bifel, a lord of his meynee
That loued vertuous moralitee
Seyde on a day, bitwene hem two right thus
A lord is lost, if he be vicius
And dronkenesse, is eek a foul record
Of any man, and namely in a lord
Ther is ful many an eye and many an ere
Awaityng on a lord, and he noot where
ffor goddes loue, drynk moore attemprely
Wyn maketh man, to lesen wrecchedly
His mynde, and hise lymes euerichon
The reuers shaltou se, quod he anon
And preeue it, by thyn owene experience
That wyn ne dooth to folk, no swich offence

Thomas

Ther is no thyng, bynemeth me my myght
Of hand ne foot, ne of myne eyen syght
And for despit, he drank ful muchel moore
An hondred part, than he hadde bifore
And right anon, this pious curses cherche
leet this knyghtes sone, bifore hym fecche
Comaundynge hym, he sholde bifore hym stonde
And sodeynly, he took his bowe in honde
And by the streng, he pulled to his ye
And with an arwe, he slow the child right there
Woot wheither haue I, a siker hand or noon
Quod he is al my myght and mynde agon
Hath wyn bynomen me, myne eyen syght
What sholde I telle, thansuere of the knyght
His sone was slayn, ther is namoore to seye
Beth war therfore, with lordes how ye pleye
Syngeth placebo, and I shal if I kan
But if it be, vn to a pouere man
To a pouere man, men sholde hise vices telle
But nat to a lord, thogh he sholde go to helle
Lo irous Cirus, thilke perscen
How he destroyed, the ryuer of Gysen
ffor that an hors of his was dreynt therjnne
Whan pt he wente, Babiloigne to wynne
He made, that the Ryuer was so smal
That wommen myghte wade it ouer al
Lo what seyde he, that so wel teche kan
Ne be no felawe to an Irous man
Ne with no wood man, walke by the weye
lest thee repente, ther is namoore to seye
Now Thomas leeue brother lef thyn Ire
Thou shalt me fynde, as Iust as is a Squyre
Hoold nat the deueles knyf ay at thyn herte
Thyn angre dooth thee, al to soore smerte
But shewe to me, al thy confession
Nay quod the sike man by Seint Symon
I haue be shryuen this day, at my curat
I haue hym toold hoolly al myn estat
Nedeth namoore, to speken of it seith he
But if me list of myn humylitee
Gyf me thanne of thy gold, to make oure cloystre
Quod he for many a muscle and many an oystre
Whan othere men, han ben ful wel at eyse
Hath been oure foode, oure cloystre for to reyse
And yet god woot, vnnethe the fundement
Parfourned is, ne of oure pauement
Nys nat a tyl yet, with Inne oure wones
By god, we owen fourty pound for stones

Somonour

Now help Thomas, for hym that harwed helle
For elles moste we oure bookes selle
And if ye lakke oure predicacioun
Thanne goth the world al to destruccioun
For who so wolde vs fro this world byreue
So god me saue, Thomas, by youre leue
He wolde byreue out of this world the sonne
For who kan teche and werchen as we konne
And that is nat of litel tyme quod he
But syn Elyas was, or Elise
Han freres been that fynde I of record
In charitee ythanked be oure lord
Now Thomas help for seinte charitee
And doun anon he sette hym on his knee

This sike man wax wel ny wood for ye
He wolde pt the frere hadde been on fire
With his false dissymulacioun
Swich thyng as is in my possessioun
Quod he that may I yeuen and noon oother
Ye sey me thus that I am youre brother

Ye certes quod the frere, trusteth weel
I took oure dame, oure lre and oure seel

Now wel quod he, and som what shal I yeue
Vnto youre hooly couent whil I lyue
And in thyn hand thou shalt it haue anon
On this condicioun, and oother noon
That thou departe it so, my leeue brother
That euery frere haue also muche as oother
This shaltou swere on thy professioun
With outen fraude or cauillacioun

I swere it quod this frere, by my feith
And ther with al his hand in his he leith
Lo heer my feith, in me shal be no lak

Now thanne put in thyn hand doun by my bak
Seyde this man, and grope wel bihynde
Bynethe my buttok ther shaltow fynde
A thyng that I haue hyd in pryuetee

A thoghte this frere this shal go with me
And doun his hand he launcheth to the clifte
In hope for to fynde there a yifte
And whan this sike man felte this frere
Aboute his tuwel grope there and heere
Amydde his hand he leet the frere a fart
Ther nys no capul drawynge in a cart
That myghte haue lete a fart of swich a soun

The frere vp stirte as dooth a wood leoun
A fals cherl quod he for goddes bones
This hastow for despit doon for the nones

Somonor

Thou shalt abye this fait if that I may
This meynee Whiche that heyden this assay
Cam lepynge in, and chacen out the frere
And forth he gooth with a ful angry cheere
And fette his felawe ther as lay his stoor
He looked as it were a wilde boor
He grynte with his teeth so was he wrooth
A sturdy paas doun to the lordes cort he gooth
Where as woned a man of greet honour
To whom that he was alwey confessour
This worthy man was lord of that village
This frere cam as he were in a rage
Where as this lord sat etyng at his bord
Vnnethes myghte the frere speke a word
Til atte laste he seyde god yow see

This lord bigan to looke and seide benedicite
What frere John what maner world is this?
I trowe som maner thyng ther is amys
Ye looken as the wode were ful of theuys
Sit doun anoun and tel me what youre grief is
And it shal been amended if that I may

I haue quod he had a despit this day
God yelde yow adoun in youre village
That in this world is noon so poure a page
That he nolde haue abhomynacion
Of that I haue receyued in youre toun
And yet greueth me no thyng so soore
As that this olde cherl with lokkes hoore
Blasphemeth hath oure hooly couent eke

Now maister quod this lord I yow biseke
No maister quod he but seruitour
Though I haue had in scole with honour
God liketh nat that Raby men vs calle
Neither in market ne in youre large halle

No fors quod he but tel me al youre grief
Sire quod he an odious meschief
This day bityd is to myn ordre and me
And so p consequens in ech degree
Of hooly chirche god amende it soone

Sir quod the lord ye woot what is to doone
Distempre yow noght ye be my confessour
Ye been the salt of the erthe and the sauour
ffor goddes loue youre pacience ye holde
Tel me youre grief and he anoun hym tolde
As ye han herd biforn ye woot wel what

The lady of the hous al stille sat
Til she had herd what the frere sayde
Ey goddes mooder quod she blisful mayde

Somonour

As they oght elles, telle me feithfully
Madame quod he, how thynke ye her-by?
How that we thynketh quod she, so god me spede
I seye, a cherl hath doon a cherles dede
What sholde I seye god lat hym neuere thee
His seke heed is ful of vanytee
I holde hym in a manere frenesye
Madame quod he, by god I shal nat lye
But I on hym other weyes be wreke
I shal dysclaundre hym ou al they I speke
This false blasphemour that charged me
To parte that wol nat departed be
To euy man ylike, with mescheaunce
The lord sat stille, as he were in a traunce
And in his herte, he rolled vp and doun
How hadde this cherl this ymaginacioun
To shewe swich a probleme to a frere
Neuere erst er now, herde I of swich matere
I trowe, the deuel putte it in his mynde
In ars metrik shal they no man fynde
Biforn this day of swich a question
Certes, it was a cherles conclusion
That euy man, sholde haue ylike his part
As of the soun, or sauour of a fart
O nyce proude cherl I shrewe his face
Lo sires quod the lord, with harde grace
Who herde euer, of swich a thyng er now
To euy man ylike, tel me how?
It is an impossible, it may nat be
Ey nyce cherl, god lete thee neuere thee
The rumblynge of a fart, and euy soun
Nis but of eyr reuerberacioun
And euere it wasteth litel and litel awey
Ther is no man kan deemen by my fey
If that it were departed equally
What lo my cherl, lo yet how shrewedly
Vn to my confessour, to day he spak
I holde hym certeyn a demonyak
Now ete your mete, and lat the cherl go pleye
Lat hym go honge hym self, a deuel weye

The wordes of the lordes Squier, and his keruer for departynge of the fart on twelue

Now stood the lordes Squier at the bord
That karf his mete, and herde word by word
Of alle thynges, whiche that I haue sayd
My lord quod he, beth nat yuele apayd

Somonour

A bond tellë for a gowne clooth
To yow my frere, so ye be nat wrooth,
How that this fart evene delt shal be
Among youre covent, if it liked me.

"Tel," quod the lord, "and thou shalt have anon
A gowne clooth, by god and by seint John."

"My lord," quod he, "whan that the weder is fair,
With outen wynd, or perturbynge of air,
Lat brynge a cartwheel in to this halle,
But looke that it have his spokes alle.
Twelve spokes hath a cartwheel comunly.
And bryng me thanne twelve freres, woot ye why?
For thirtene is a covent, as I gesse.
The confessour heere for his worthynesse
Shal parfourne up the nombre of his covent.
Thanne shal they knele doun, by oon assent,
And to every spokes ende, in this manere,
Ful sadly leye his nose shal a frere.
Youre noble confessour, ther god hym save,
Shal holde his nose upright under the nave.
Thanne shal this cherl, with bely stif and toght
As any tabour, heder broght,
And sette hym on the wheel right of this cart,
Upon the nave, and make hym lete a fart.
And ye shul seen, up peril of my lyf,
By preeve which that is demonstratif,
That equally the soun of it wol wende
And eke the stynk, un to the spokes ende,
Save that this worthy man youre confessour
By cause he is a man of greet honour
Shal have the firste fruyt, as reson is.
As yet the noble usage of freres is,
The worthy men of hem shul first be served.
And certeinly, he hath it weel disserved.
He hath to day taught us so muche good
With prechyng in the pulpit ther he stood,
That I may vouche sauf, I sey for me,
He hadde the firste smel of fartes thre,
And so wolde al his covent hardily,
He bereth hym so faire and hoolily."

The lord, the lady, and alle men save the frere
Seyde pt Jankyn spak in this matere
As wel as Euclide or Protholomee.
Touchynge this cherl, they seyde subtiltee
And heigh wit made hym speke as he spak,
He nys no fool, ne no demonyak.
And Jankyn hath y wonne a newe gowne.
My tale is doon, we been almoost at towne.

Heere endeth the Somonour's tale

Here folweth the prologe of the clerkes tale of Oxenford

Sire clerk of Oxenford, oure hoost sayde
Ye ryde as coy and stille as dooth a mayde
Were newe spoused, sittynge at the bord
This day ne herde I of youre tonge a word
I trowe ye studie aboute som sophyme
But Salomon seith, every thyng hath tyme   *pausacio*

For goddes sake, as beth of bettre cheere
It is no tyme for to studien heere
Telle us som myrie tale, by youre fey
For what man that is entred in a pley
He nedes moot unto the pley assente
But precheth nat as freres doon in lente
To make us for oure olde synnes wepe
Ne that thy tale make us nat to slepe   *pausacio*

Telle us som myrie thyng of aventures
Youre termes, youre colours, and youre figures
Keep hem in stoor til so be that ye endite
Heigh style, as whan that men to kynges write
Speketh so pleyn at this tyme we yow preye
That we may understonde what ye seye   *pausacio*

This worthy clerk benignely answerde
Hooste quod he, I am under youre yerde
Ye han of us as now the governance
And therfore wol I do yow obeisance
As fer as resoun axeth hardily
I wol yow telle a tale, which that I
Lerned at Padwe, of a worthy clerk
As preved by his wordes and his werk
He is now deed and nayled in his cheste
I prey to god, so yeve his soule reste   *pausacio*

Fraunceys Petrak, the laureat poete
Highte this clerk, whos rethoryk sweete
Enlumyned al Ytaille of poetrie
As Lynyan dide of philosophie
Or lawe, or oother art particuler
But deeth, that wol nat suffren us dwellen heer
But as it were a twynklyng of an eye
Hem bothe hath slayn, and alle shul we dye   *pausacio*

of Oxenford

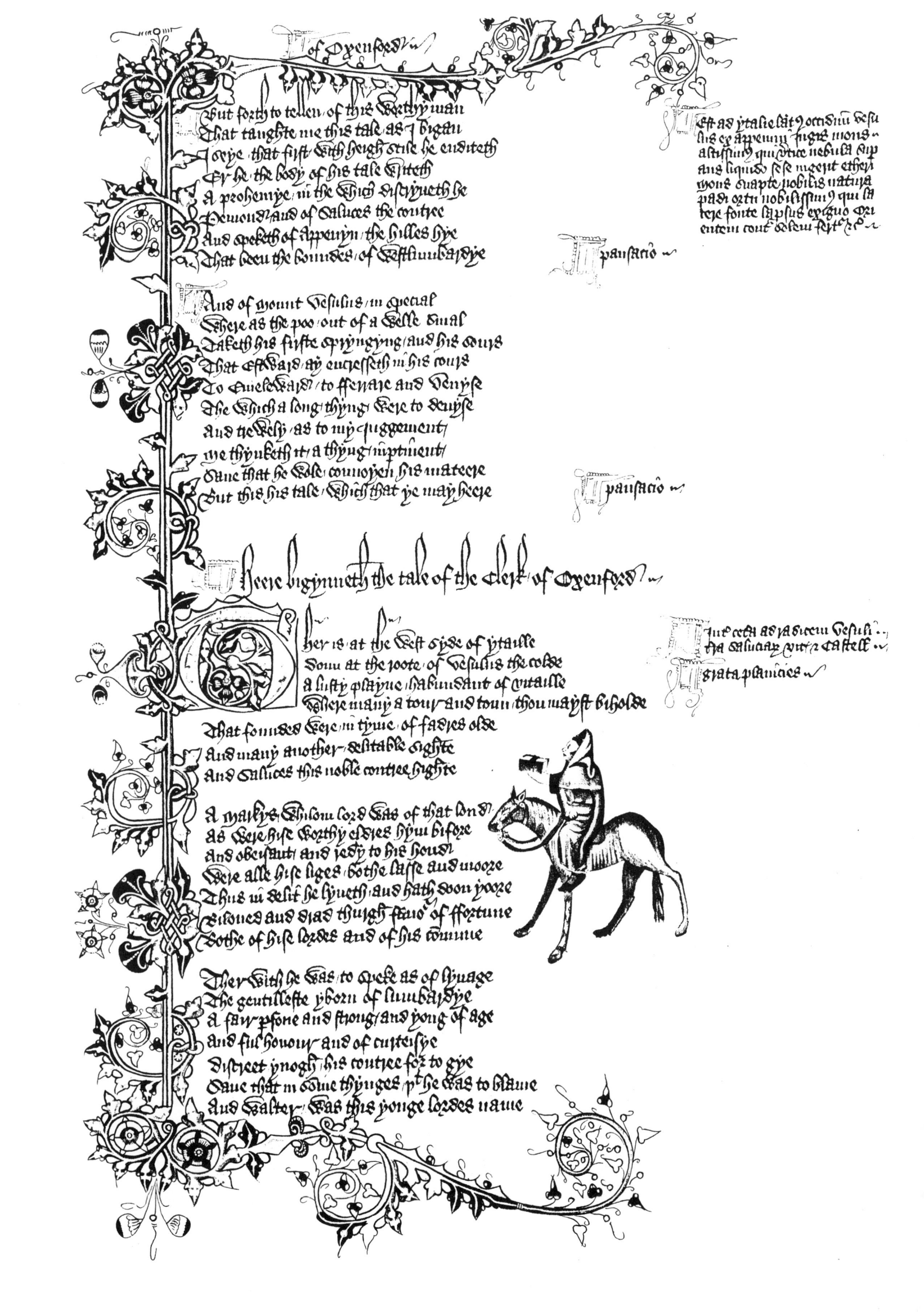

But forth to tellen of this worthy man
That taughte me this tale as I bigan
I seye that first with heigh stile he enditeth
Er he the body of his tale writeth
A prohemye in the which discryueth he
Pemond and of Saluces the contree
And speketh of Appenyn the hilles hye
That been the boundes of West lumbardye

And of mount Vesulus in special
Where as the poo out of a welle smal
Taketh his firste spryngyng and his sours
That estward ay encresseth in his cours
To Emelewarde to fferare and Venyse
The which a long thyng were to deuyse
And trewely as to my juggement
Me thynketh it a thyng inpertinent
Saue that he wole conueyen his mateere
But this his tale which that ye may heere

Pausacio

*Est as ytalie sāt occidnū de su
lus ex Appenny nigre mons
astissimy qui dice nebula sup
aus liquidi sese medit ethe[r]
mons ouarte nobilis natiua
pasi ortu nobilissim[9] qui la
teje fonte supsus exiguo ori
entem tout delem [...]*

Pausacio

Heere bigynneth the tale of the clerk of Oxenford

Ther is at the west syde of Ytaille
Doun at the roote of Vesulus the colde
A lusty playne haboundant of vitaille
Where many a tour and toun thou mayst biholde
That founded were in tyme of fadres olde
And many another delitable sighte
And Saluces this noble contree highte

*Int cectii as ya siccm Vesuli
na saluaar culmi castell*
grata planicies

A markys whilom lord was of that lond
As were hise worthy eldres hym bifore
And obeisaunt and redy to his hond
Were alle hise liges bothe lasse and moore
Thus in delit he lyueth and hath doon yoore
Biloued and drad thurgh fauor of ffortune
Bothe of hise lordes and of his commune

Ther with he was to speke as of lynage
The gentilleste yborn of lumbardye
A fair persone and strong and yong of age
And ful of honour and of curteisye
Discreet ynogh his contree for to gye
Saue that in somme thynges that he was to blame
And walter was this yonge lordes name

Clerk

I blame hym thus / that he considereth noght
In tyme comynge / what hym myghte bityde
But in his lust present / was al his thoght
As for to hauke and hunte on euy syde
Wel ny / alle othere cures leet he slyde
And eek he nolde / and that was worst of alle
Wedde no wyf / for noght þt may bifalle

Oracio —

Oonly that point / his peple bar so soore
That flokmeele on a day / they to hym wente
And oon of hem that wisest was of loore
Or elles / that the lord best wolde assente
That he wolde telle hym / what his peple mente
Or elles / koude he shewe wel which matere
He to the markys seyde as ye shul heere

Qua iniquis humanitas —
optime markio —

O noble markys / youre humanitee
Assureth vs / to yeue vs hardynesse
As ofte / as tyme is of necessitee
That we to yow / mowe telle oure heuynesse
Accepteth lord / now for youre gentillesse
That we with pitous herte / vn to yow pleyne
And lat youre eres / nat my voys desdeyne

Al haue I noght to doone in this matere
Moore than another man / hath in this place
Yet for as muche / as ye my lord so deere
Han alwey / shewed me fauour and grace
I dar the bettre / aske of yow a space
Of audience / to shewen oure requeste
And ye my lord / to doon right as yow leste

For certes lord / so wel vs liketh yow
And al youre werk / and eu'e han doon þt we
Ne koude nat vs self / deuysen how
We myghte lyuen in moore felicitee
Saue o thyng lord / if youre wille be
That for to been a wedded man yow leste
Thanne were youre peple / in souereyn hertes reste

Boweth youre nekke / vnder that blisful yok
Of souerayntee / noght of seruyse
Which þt men clepeth / spousaille or wedlok
And thenketh lord / among youre thoghtes wyse
How þt oure dayes passe in sondry wyse
For thogh we slepe or wake / or rome or ryde
Ay fleeth the tyme / it nyl no man abyde

of Oxenford

And thogh youre grene youthe floure as yitt
In crepeth age alwey as stille as stoon
And deeth manaceth every age and smytt
In ech estaat for they escapeth noon
And also certein as we knowe echoon
That we shul deye as vncerteyn be alle
Been of that day whan deeth shal on vs falle

Accepteth thanne of vs the trewe entente
That neuer yet refuseden thyn heeste
And we wol lord if that ye wole assente
Chese yow a wyf in short tyme atte leeste
Born of the gentilleste and of the meeste
Of al this land so that it oghte seme
Honour to god and yow as we kan deeme

Deliure vs out of al this bisy drede
And take a wyf for hye goddes sake
ffor if it so bifalle as god forbede
That thurgh youre deeth youre lyne sholde slake
And that a straunge successour sholde take
Youre heritage o wo were vs alyue
Wherfore we pray yow hastily to wyue

Hir meeke preyere and hir pitous cheere
Made the markys herte han pitee
Ye wol quod he myn owene peple deere
To that I neuer erst thoughte streyne me
I me reioysed of my liberte
That selde tyme is founde in mariage
Ther I was free I moot been in seruage

But nathelees I se youre trewe entente
And truste vpon youre wit and haue doon ay
Wherfore of my free wyl I wole assente
To wedde me as soone as euere I may
But ther as ye han profred me this day
To chese me a wyf I yow relesse
That choys and prey of that profre cesse

ffor god it woot that children ofte been
Vnlyk hir worthy elders hem bifore
Bountee comth al of god nat of the streen
Of which they been engendred and ybore
I truste in goddes bountee and therfore
My mariage and myn estaat and reste
I hym bitake he may doon as hym leste

❡ Lat me allone in chesynge of my wyf
That charge vpon my bak I wole endure
But I yow preye and charge vpon youre lyf
That wyf that I take, ye me assure
To worshipe hyr, whil that hir lyf may dure
In word and werk, bothe heere and euerywheere
As she an Emperoures doghter weere

And forther moore this shal ye sweere, that ye
Agayn my choys shul neither grucche ne stryue
For sith I shal forgoon my libertee
At youre requeste, as euere moot I thryue
Ther as myn herte is set, ther wol I wyue
And but ye wole assente in this manere
I prey yow speketh namoore of this matere

❡ With hertely wyl they sworen and assenten
To al this thyng, ther seyde no wight nay
Bisekynge hym of grace, er that they wenten
That he wolde graunten hem a certein day
Of his spousaille, as soone as euere he may
For yet alwey the peple som what drede
lest þt the markys, no wyf wolde wedde

❡ He graunted hem a day, swich as hym leste
On which he wolde be wedded sikerly
And seyde he dide al this at hir requeste
And they with humble entente, buxomly
Knelynge vpon hir knees ful reuerently
Hym thonken alle, and thus they han an ende
Of hir entente, and hoom agayn they wende

❡ And heer vpon he to hise officeres
Comaundeth for the feste to purueye
And to hise priue knyghtes and squieres
Swich charge yaf, as hym liste on hem leye
And they to his comandement obeye
And ech of hem dooth al his diligence
To doon vn to the feeste reuerence

❡ Explicit prima pars

Incipit secunda pars

Noght fer / fro thilke palays honurable
Ther as this markys shoop his mariage
Ther stood a throop / of site delitable
In which that poure folk of that village
Hadden hir beestes and hir herbergage
And of hir labour / took hir sustenaunce
After that the erthe yaf hem habundaunce

Amonges thise poure folk / ther dwelte a man
Which þt was holden pourest of hem alle
But hye god / som tyme senden kan
His grace / in to a litel oxes stalle
Janicula / men of that throop hym calle
A doghter hadde he / fair ynogh to sighte
And Grisildis this yonge mayden highte

But for to speke / of virtuous beutee
Thanne was she / oon the fayreste under sonne
For poureliche / yfostred up was she
No likerous lust / was thurgh hir herte yronne
Wel ofter / of the welle / than of the tonne
She drank / and for she wolde vertu plese
She knew wel labour / but noon ydel ese

But thogh this mayde tendre were of age
Yet in the brest / of hir virginitee
Ther was enclosed / ripe and sad corage
And in greet reuerence and charitee
Hir olde poure fader fostred shee
A fewe sheep / spynnynge on feeld she kepte
She wolde noght / been ydel til she slepte

And whan she homward cam / she wolde brynge
Wortes / or othere herbes tymes ofte
She shrike & shiere and seeth for hir lyuynge
And made hir bed / ful harde and no thyng softe
And ay she kepte hir fadres lyf on lofte
With euerich obeisaunce and diligence
That child may doon to fadres reuerence

Vpon Grisilde / this poure creature
Ful ofte sithe / this markys caste his eye
As he on huntyng rood peraventure
And whan þt it fil / þt he myghte hir espye
He noght / with wantoun lookyng of folye
Hise eyen caste on hir / but in sad wyse
Vpon hir chiere / he gan hym ofte auyse

Clerk

Comendynge in his herte hir wommanhede
And eek hir vertu passynge any wight
Of so yong age, as wel in chiere as dede
ffor though the peple hadde no greet insight
In vertu, he considered ful right
Hir bountee, and disposed that he wolde
Wedde hir oonly, if euere he wedde sholde

The day of weddyng cam, but no wight kan
Telle, what womman that it sholde be
ffor which merueille wondred many a man
And seyden, whan that they were in priuetee
Wol nat oure lord, yet leue his vanytee?
Wol he nat wedde, allas allas the while!
Why wole he thus, hym self and vs bigile?

But nathelees this markys hath doon make
Of gemmes, set in gold and in asure
Brooches and rynges, for Grisildes sake
And of hir clothyng, took he the mesure
By a mayde, lyk to hir stature
And eek of othere aornamentz alle
That vn to swich a weddyng, sholde falle

The tyme of vndren, of the same day
Approcheth, that this weddyng sholde be
And al the paleys, put was in array
Bothe halle and chaumbres, ech in his degree
Houses of office, stuffed with plentee
Ther maystow seen, of deyntenous vitaille
That may be founde, as fer as last ytaille

This roial markys richely arrayed
Lordes and ladyes, in his compaignye
The whiche that to the feeste weren yprayed
And of his retenue the bachelrye
With many a soun, of sondry melodye
Vn to the village, of the which I tolde
In this array, the righte wey han holde

Grisilde of this god woot ful innocent
That for hir shapen was al this array
To fecchen water at a welle is went
And cometh hoom, as soone as euere she may
ffor wel she hadde herd seyd, that thilke day
The markys sholde wedde, and if she myghte
She wolde fayn han seyn, som of that sighte

Of Oxenford

She thoghte, I wole, with othere maydens stonde
That been my felawes, in oure dore and se
The markysesse, and therfore wol I fonde
To doon at hoom, as soone as it may be
The labour, which that longeth un to me
And thanne I may at leyser hyr biholde
If she this wey un to the Castel holde

And as she wolde, on hir thresshfold gon
The markys cam, and gan hyr for to calle
And she set doun hir water pot anon
Bisyde tho thresshfold, in an oxes stalle
And doun up on hir knees she gan to falle
And stad sad contenance kneleth stille
Til she has herd, what was the lordes wille

This thoghtful markys, spak un to this mayde
fful sobrely, and seyde in this manere
Where is youre fader, o Grisildis he sayde
And she with reuerence, in humble chere
Answerde lord, he is al redy heere
And in she gooth, with outen lenger lette
And to the markys, she hir fader fette

He by the hand, thanne took this olde man
And seyde thus, whan he hym hadde asyde
Janicula, I neither may ne kan
Lenger the plesaunce of myn herte hyde
If that thou vouche sauf, what so bityde
Thy doghter wol I take, er yt I wende
As for my wyf un to hir lyues ende

Thou louest me, I wot it wel certeyn
And art my feithful liege man ybore
And al that liketh me, I dar wel seyn
It liketh thee, and specially therfore
Telle me that poynt, that I haue seyd before
If that thou wolt un to that pos sta[n]de
To take me, as for thy sone in lawe

This sodeyn cas, this man astonyed so
That reed he wax abayst, and al quakyng
He stood vnnethes seyde he wordes mo
But oonly thus, lord quod he my willynge
Is as ye wole, ne ayeyns youre likynge
I wol no thyng, ye be my lord so dere
Right as yow list, gouerneth this matere

Et expositis cuis aliis as si
deuen[?] sui sui sponsam cum
puellis comitibz sparulet.

Tum Walterus tacitis singulis
ridens eius expectans nom[?]

Pars iii

"Thyng," quod this markys softely,
"That in thy chambre I and thou and she
Haue a collacion, and wostow why?
ffor I wol axe, if it hir wille be
To be my wyf, and reule hir after me.
And al this shal be doon in thy presence
I wol noght speke, out of thyn audience."

And in the chambre whil they were aboute
Hir tretys, which as ye shal after heere,
The peple cam vn to the hous withoute
And wondred hem in ful honeste manere.
And tentifly, she kepte hir fader deere
But outrely, Grisildis wondre myghte
ffor neuere erst, ne saugh she swich a sighte.

*Ista insolito tanti hospitis
aduentu stupida liuent*

No wonder is, thogh she were astoned
To seen so greet a gest come in that place
She neuer was, to swiche gestes woned
ffor which she looked, wt ful pale face
But shortly, forth this tale for to chace
Thise arn the wordes, yt the markys sayde
To this benigne, verray feithful mayde

Si pr tuo placet impudi in-
or vox mea ds, et neds impud
t placeat, si hec ex te quesieris

"Grisilde," he seyde, "ye shal wel vnderstonde
It liketh to youre fader and to me
That I yow wedde, and eek it may so stonde
As I suppose, ye wol that it so be.
But thise demandes axe I first," quod he,
"That sith it shal be doon in hastif wyse
Wol ye assente, or elles yow auyse

I seye this, be ye redy with good herte
To al my lust, and that I frely may
As me best thynketh, do yow laughe or smerte
And neuere ye to grucche it, nyght ne day
And eek whan I sey ye, ne sey nat nay

Sine villa frontis aut verbi impug-
natione

Neither by word, ne frownyng contenance
Swere this and heere I swere yow allyance"

Erubescens vnquid dicens ne dn facit
qui sit ead cogitabo quod contra
aīuīu tuū sit net tu aliquid
facies et si me moii iusseris quod
moleste feram et

Wondrynge vpon this word, quakynge for drede
She seyde, "lord, vndigne and vnworthy
Am I, to thilke honour, yt ye me beede
But as ye wole your self right so wol I.
And heere I swere, that neuere willyngly
In werk ne thoght, I nyl yow disobeye
ffor to be deed, though me were looth to deye"

of Oxenford

This is ynogh, Grisilde myn quod he
And forth he gooth, with a ful sobre cheere
Out at the dore, and after that cam she
And to the peple, she seyde in this manere
This is my wyf quod he, þt stondeth heere
Honoureth hir, and loueth hir I preye
Who so me loueth, ther is namoore to seye

And for that no thyng, of hir olde geere
She sholde brynge in to his hous, he bad
That wommen sholde dispoillen hir right theere
Of which thise ladyes, were nat right glad
To handle hir clothes, wher inne she was clad
But nathelees, this mayde bright of hewe
Fro foot to heed, they clothed han al newe

Hir heris han they kembd, that lay vntressed
Ful rudely, and with hir fyngres smale
A corone on hir heed, they han ydressed
And sette hir, ful of nowches grete and smale
Of hir array, what sholde I make a tale
Vnnethe the peple hir knewe, for hir fairnesse
Whan she translated was in swich richesse

This markys, hath hir spoused with a ryng
Broght for the same cause, and thanne hir sette
Vp on an hors snow whit and wel amblyng
And to his paleys, er he lenger lette
With ioyful peple þt hir ladde and mette
Conueyed hir, and thus the day they spende
In reuel, til the sonne gan descende

And shortly forth this tale for to chace
I seye, that to this newe markysesse
God hath swich fauor, sent hir of his gce
That it ne semed nat, by liklynesse
That she was born and fed in rudenesse
As in a cote, or in an oxe stalle
But norissed, in an Emperours halle

To euery wight, she woxen is so deere
And worshipful, þt folk ther she was bore
And from hir byrthe, knewe hir yeer by yeere
Vnnethe trowed they, but dorste han swore
That she to Ianicle, of which I spak bifore
Ne doghter were, for as by coniecture
Hem thoughte, she was another creature

Ex hinc ne quis reliquas fortune
pcellas nouas miseret in diuina in
sapeam incipit

Tantus apud omnes sua fre erat gra
tenerabil fca est, vix ipis his qui
q illi ab origine nota erat, psuaden
posset Ianicti natâ esse tanta vite
tant mor decor ea verb g iutas
atqᷣ dulcedo quib oīm ade negy
oîi magni auxoris asting ratʳ

Clerk

For though that euere vertuous was she
She was encresses/in such excellence
Of thewes goode/yset in hegh bontee
And so discreet/and fair of eloquence
So benigne/and so digne of reuerence
And koude so/the peples herte embrace
That ech hyr loueth/that loketh on hir face

Noght oonly of Saluces in the toun
Publiced was/the beautee of hir name
But eek bisyde/in many a regioun
If oon seyde wel/another seyde the same
So spradde of hir heighe bontee tho name
That men and wommen/as wel yonge as olde
Goon to Saluce/vpon hyr to biholde

Sic Walterus humili quidem set
insigni ac prospero matrimonio hones-
tatis omnia &c in pace &c

Thus Walter lowely/nay but roially
Wedded/with fortunat honestetee
In goddes pees/lyueth ful esily
At hoom/and outward/grace ynogh has he
And for he saugh/that vnder heigh degree
Was vtu hid/the peple hym heelde
A prudent man/and that is seyn ful seelde

Nedum exima virtute tanta sub in-
fima latitante tā prospicit deum
dissat vulgo prudentissimū habiat

Sexus dos solers sponsa muliebra-
tium ac domestica/sz vbi res posce-
ret publica eam subibat officia

Nat oonly this Grisildis thurgh hir wit
Koude al the feet of wyfly humblenesse
But eek whan that the cas requyred it
The commune profit koude she redresse
Ther nas discord/rancour/ne heuynesse
In al that land/that she ne koude apese
And wisely bryng hem alle in reste & ese

Viro absente lites pre nobilium
discordias diuinens atq conones
ta quibus responsis tanta in matu-
tate equidici estate vt omnes ad sa-
lute publica demissa celo feminā p-
dicarent

Though that hir housbonde absent were anon
If gentil men/or othere of hir contree
Were wrothe/she wolde bryngen hem aton
So wise/and rype wordes hadde she
And Iuggementz of so greet equitee
That she from heuene sent was as men wende
Peple to saue/and euery wrong tamende

Nat longe tyme after/that this Grisild
Was wedded/she a doghter hath ybore
Al had hir leuere/haue born a man child
Glad was this markys/and the folk therfore
For though a mayde child/coome al bifore
She may/vnto a man child atteyne
By liklihede/syn she nys nat bareyne

Explicit secunda pars

of Oxenford
Incipit tercia pars

Ther fil, as it bifalleth tymes mo
Whan þt this child had soukid but a throwe
This markys, in his herte longeth so
To tempte his wyf, hir sadnesse for to knowe
That he ne myghte out of his herte throwe
This merveillous desir his wyf tassaye
Nedelees god woot, he thoghte hir for taffraye

He hadde assayed hir ynogh bifore
And foond hir euer good, what neded it
Hir for to tempte, and alwey moore and moore
Though som men preise it for a subtil wit
But as for me, I seye that yuel it sit
To assaye a wyf, whan þt it is no nede
And putten hir in angwyssh and in drede

For which, this markys wroghte in this manere
He cam allone a nyght, ther as she lay
With sterne face, and with ful trouble cheere
And seyde thus, Grisilde quod he that day
That I yow took out of youre poure array
And putte yow in estaat of heigh noblesse
Ye haue nat that forgeten as I gesse

I seye Grisilde, this present dignitee
In which that I haue put yow, as I trowe
Maketh yow nat, forȝetful for to be
That I yow took, in poure estaat ful lowe
For any wele, ye moot youre seluen knowe
Taak heede of euery word, that y yow seye
Ther is no wight that hereth it but we tweye

Ye woot youre self wel, how þt ye cam heere
In to this hous, it is nat longe ago
And though to me, þt ye be lief and deere
Vn to my gentils ye be no thyng so
They seyn, to hem it is greet shame and wo
For to be subgetz, and to been in seruage
To thee, that born art of a smal village

And namely sith thy doghter was y bore
Thise wordes han they spoken doutelees
But I desire, as I haue doon bifore
To lyue my lyf with hem, in reste and pees
I may nat in this caas, be recchelees
I moot doon with thy doghter for the beste
Nat as I wolde, but as my peple leste

Clerk

And yet god woot/ this is ful sooth to me
But nathelees/ with oute youre wityng/
I wolnat doon/ but this wol I quod he
That ye to me assente/ as in this thyng/
Shewe now youre pacience/ in youre werkyng/
That ye me highte/ and swore in youre village
That day/ that maked was oure mariage

Prec'dd' nec cultu &c

When she had herd al this/ she noght ameued
Neither in word/ or chiere or contenance
ffor as it semed/ she was nat agreued
She seyde lord/ al lyth in youre plesance
My child and I/ with hertely obeisance
Been youres al/ and ye mowe saue & spille
Youre owene thyng/ werketh after youre wille

Ther may no thyng/ god so my soule saue
liken to yow/ that may displese me
Ne I ne desire/ no thyng for to haue
Ne drede for to leese/ saue oonly thee
This wyl is in myn herte/ and ay shal be
No lengthe of tyme/ or deeth may this deface
Ne chaunge my corage/ to another place

Glad was this markys/ of hir answeryng/
But yet he feyned/ as he were nat so
Al dreery was his cheere/ and his lokyng/
Whan þt he sholde out/ of the chambre go
Soone after this/ a furlong wey or two
He pryuely/ hath toold al his entente
Vn to a man/ and to his wyf hym sente

A maner sergeant/ was this priuee man
The which þt feithful ofte/ he founden hadde
In thynges grete/ and eek swich folk wel kan
Doon execucion on thynges badde
The lord knew wel/ that he hym loued & dradde
And whan this sgeant/ wiste the lordes wille
In to the chambre/ he stalked hym ful stille

Madame he seyde/ ye moote foryeue it me
Though I do thyng/ to which I am constreyned
Ye been so wyse/ that ful wel knowe ye
That lordes heestes/ mowe nat been yfeyned
They mowe wel been biwailled and compleyned
But men moote nede/ vn to hir lust obeye
And so wol I/ ther is namoore to seye

Oxenford

This child I am comanded for to take
And spak namoore, but out the child he hente
Despitously, and gan a cheere make
As though he wolde han slayn it er he wente
Grisildis moot al suffren and consente
And as a lamb she sitteth meke and stille
And leet this crueel sergeant doon his wille

Suspecious was the diffame of this man
Suspect his face, suspect his word also
Suspect the tyme, in which he this bigan
Allas hir doghter, that she loved so
She wende he wolde han slayen it right tho
But nathelees, she neither weep ne syked
Consentynge hir to that the markys lyked

But atte laste to speken she bigan
And mekely, she to the sergeant preyde
So as he was, a worthy gentil man
That she moste kisse hir child er þt it deyde
And in hir barm this litel child she leyde
With ful sad face, and gan the child to kisse
And lulled it and after gan it blisse

And thus she seyde in hir benigne voys
Fare weel my child, I shal thee nevere see
But sith I thee, have marked with the croys
Of thilke fader, blessed moote he be
That for us deyde, up on a croys of tree
Thy soule litel child, I hym bitake
For this nyght shaltow dyen for my sake

I trowe that to a norice in this cas
It had been hard, this rewthe for to se
Wel myghte a mooder, thanne han cryd allas
But nathelees, so sad and stidefast was she
That she endured al adversitee
And to the sergeant mekely she sayde
Have heer agayn, youre litel yonge mayde

Gooth now quod she, and dooth my lordes heeste
But o thyng, wold I prey yow of youre grace
That but my lord, forbad yow atte leeste
Burieth this litel body, in som place
That beestes ne no briddes, it to race
But he no word, wol to that purpos seye
But took the child, and wente upon his weye

Suspecta diffama
Suspecta facies
Suspecta hora
Suspecta quat cxo

Clerk

This sergeaunt cam vn to his lord ageyn
And of Grisildis wordes and hyr cheere
He tolde hym point for point in short and pleyn
And hym presenteth with his doghter deere
Somwhat this lord hath routhe in his manere
But natheles his purpos heeld he stille
As lordes doon whan they wol han hir wille

And bad his sergeaunt that he pryuely
Sholde this child softe wynde and wrappe
With alle circumstances tendrely
And carye it in a cofre or in a lappe
But vp on peyne his heed of for to swappe
That no man sholde knowe of his entente
Ne whenne ne whider that he wente

But at Boloigne to his suster deere
That thilke tyme of Panik was Countesse
He sholde it take and shewe hir this mateere
Bisekynge hyr to doon hys bisynesse
This child to fostre in alle gentillesse
And whos child that it was he bad hym hyde
From euery wight for oght þat may bityde

The sergeant gooth and hath fulfild this thyng
But to this markys now retourne we
For now gooth he ful faste ymaginyng
If by his wyues cheere he myghte se
Or by hir word aperceyue that she
Were chaunged but he nede hir koude fynde
But euere in oon ylike sad and kynde

Par alacritas atque equalitas p[er]
situ obs[er]u[at] & etiam nulla filie
mencio

As glad as humble as bisy in seruyse
And eek in loue as she was wont to be
Was she to hym in eny maner wyse
Ne of hir doghter noghter noghte a word spak she
Noon accident for noon aduersitee
Was seyn in hir ne neuer hir doghter name
Ne nempned she in ernest nor in game

Explicit tercia pars

Of Oxenford
Sequitur pars quarta

In this estaat they passed been foure yeer
Or she with childe was, but as god wolde
A man child she bar by this Walter
Ful gracious and fair for to biholde
And whan that folk it to his fader tolde
Nat oonly he, but al his contree merye
Was for this child, and god they thanke and herye

Whan it was two yeer old, and fro the brest
Departed of his norice, on a day
This Markys caughte yet another lest
To tempte his wyf, yet ofter if he may
O nedelees was she tempted in assay
But wedded men ne knowe no mesure
Whan pt they fynde a pacient creature

Wyf quod this Markys, ye han herd er this
My peple sikly berth oure mariage
And namely, sith my sone yborn is
Now is it worse, than evere in al oure age
The murmure sleeth myn herte and my corage
For to myne eres, comth the voys so smerte
That it wel ny destroyed hath myn herte

Now sey they thus, whan Walter is agon
Thanne shal the blood of Janicle succede
And been oure lord, for oother haue we noon
Swiche wordes, saith my peple out of drede
Wel oughte I, of which murmur taken heede
For certeinly, I drede swich sentence
Though they nat pleyn, speke in myn audience

I wolde lyue in pees, if that I myghte
Wherfore, I am disposed outrely
As I his suster, serued by nyghte
Right so thenke I, to serue hym pryuely
This warne I yow, pt ye nat sodeynly
Out of youre self for no wo sholde outreye
Beth pacient, and ther of I yow preye

I haue quod she seyd this, and eue shal
I wol no thyng ne nyl no thyng certayn
But as yow list, naught greueth me at al
Though pt my doughter, and my sone be slayn
At youre comaundement, this is to sayn
I haue noght had no part of children tweyne
But first siknesse, and after wo and peyne

Transtulerunt hoc in statu suo
iiijᵒʳ sm ecce grauida &c

Et olim audisti populum mur-
murare nostrum filii commissum &c
Et olim audisti populum
murmurare nostrum filium
commissum &c

Clerk

Ye been oure lord, dooth with youre owene thyng
Right as yow list, axeth no reed at me
For as I lefte at hoom al my clothyng
Whan I first cam to yow, right so quod she
Lefte I my wyl and al my libertee
And took youre clothyng, wherfore I yow preye
Dooth youre plesaunce, I wol youre lust obeye

And certes, if I hadde prescience
Youre wyl to knowe, er ye youre lust me tolde
I wolde it doon withouten necligence
But now I woot youre lust and what ye wolde
Al youre plesaunce ferme and stable I holde
For wiste I that my deeth wolde do yow ese
Right gladly wolde I dyen yow to plese

Mac sentenciam tibi placere quæ
valoriam volens morier

Deeth may nought make no comparisoun
Un to youre loue, and whan this markys say
The constance of his wyf, he caste adoun
Hise eyen two, and wondreth þt she may
In pacience suffre al this array
And forth he goth with drery contenaunce
But to his herte it was ful greet plesaunce

This ugly sergeaunt, in the same wyse
That he hir doghter caughte, right so he
Or worse, if men worse kan deuyse
Hath hent hir sone, þt ful was of beautee
And euere in oon, so pacient was she
That she no cheere maade of heuynesse
But kiste hir sone, and after gan it blesse

Saue this, she preyde hym, that if he myghte
Hir litel sone he wolde in erthe graue
His tendre lymes, delicaat to syghte
Fro foweles and fro beestes for to saue
But she noon answere of hym myghte haue
He wente his wey, as hym no thyng ne roghte
But to Boloigne he tendrely it broghte

This markys wondred euer lenger the moore
Vp on hir pacience, and if that he
Ne hadde soothly knowen ther bifore
That pfitly hir children loued she
He wolde haue wend þt of som subtiltee
And of malice, or for cruel corage
That she hadde suffred this wt sad visage

[Clerk] of Oxenford

But wel he knew that next hym self certayn
She loued hir children best in euery wyse
But now of women wolde I axen fayn
If thise assayes myghte nat suffise
What koude a sturdy housbonde moore deuyse
To preeue hir wyfhod or hir stedefastnesse
And he continuyng euere in sturdynesse

But they been folk of which condicion
That whan they haue a certein pupos take
They kan nat stynte of hir entencion
But right as they were bounden to that stake
They wol nat of that firste puppos slake
Right so this markys fulliche hath puposed
To tempte his wyf as he was first disposed

He waiteth if by word or contenance
That she to hym was chaunged of corage
But neuere koude he fynde variance
She was ay oon in herte and in visage
And ay the ferther that she was in age
The moore trewe if that it were possible
She was to hym in loue and moore penyble

For which it semed thus that of hem two
Ther was but o wyl for as Walter leste
The same lust was hys plesance also
And god be thanked al fil for the beste
She shewed wel for no worldly vnreste
A wyf as of hir self no thyng ne sholde
Wille in effect but as hir housbonde wolde

The sklaundre of Walter ofte and wyde spradde
That of a cruel herte he wikkedly
For he a poure woman wedded hadde
Hath mordred bothe his children pryuely
Which murmure was among hem comunly
No wonder is for to the peples ere
Ther cam no word but that they mordred were

For which wher as his peple ther bifore
Hadde loued hym wel the sklaundre of his diffame
Made hem that they hym hated therfore
To been a mordrere is an hateful name
But natheles for ernest ne for game
He of his cruel pupos nolde stente
To tempte his wyf was set al his entente

Incipit seustiu de Walteo
detolor sama celebestere

Clerk

Whan that his doghter xij. yeer was of age
He to the court of Rome in subtil wyse
Enformed of his wyl sente his message
Comaundynge hem whiche bulles to devyse
As to his cruel purpos may suffyse
How þt the pope, as for his peples reste
Bad hym to wedde another if hym leste

I seye he bad they sholde countrefete
The popes bulles makynge mencion
That he hath leue his firste wyf to lete
As by the popes dispensacion
To stynte rancour and dissencion
Bitwixe his peple and hym thus seyde the bulle
The which they han publiced atte fulle

The rude peple as it no wonder is
Wenden ful wel that it hadde be right so
But whan thise tydynges cam to Griseldis
I deeme that hir herte was ful wo
But she ylike sad for euere mo
Disposed was this humble creature
The adversitee of ffortune al tendure

Abidynge euere his lust and his plesance
To whom þt she was yeuen herte and al
As to hir verray worldly suffisance
But shortly if this storie I tellen shal
This markys writen hath in special
A lettre in which he sheweth his entente
And secretly he to Boloigne it sente

To the erl of Pavyk, which þt hadde tho
Wedded his suster, preyde he specially
To bryngen hoom agayn hise children two
In honurable estaat al openly
But o thyng he hym preyde outrely
That he to no wight thogh men wolde enquere
Sholde nat telle whos children þt they were

But seye the mayden sholde ywedded be
Vn to the markys of Saluce anon
And as this erl was preyd so dide he
ffor at day set he on his wey is goon
Toward Saluce and lordes many oon
In riche array this mayden for to gyde
Hir yonge brother rydynge hir bisyde

of Oxenford

Alwayes was toward hir mariage
This freisshe mayde, ful of gemmes clere
Hir brother, which þt vij. yeer was of age
Arayed eek, ful fressh in his manere
And thus in greet noblesse, and wt glad chere
Toward Saluces, shapynge hir iourney
Fro day to day, they ryden in hir wey

Explicit quarta pars

Sequitur pars quinta

Among al this, after his wikke vsage
This markys yet his wyf to tempte moore
To the outtreste preeue, of hir corage
Fully, to han experience and loore
If that she were, as stedefast as bifoore
He on a day, in open audience
Ful boistously hap seyd hir this sentence

Certes Grisilde, I hadde ynogh plesaunce
To han yow to my wyf for youre goodnesse
As for youre trouthe, and for youre obeisaunce
Noght for youre lynage, ne for youre richesse
But now knowe I in verray soothfastnesse
That in greet lordshipe, if I wel auyse
Ther is greet seruitute in sondry wyse

I may nat doon as euy ploweman may
My peple me constreyneth for to take
Another wyf, and cryen day by day
And eek the pope, rancour for to slake
Consenteth it that day I vndertake
And trewelicke, thus muche I wol yow seye
My newe wyf is comynge by the weye

Be strong of herte, and voyde anon hir place
And thilke dowere, that ye broghten me
Taak it agayn, I graunte it of my grace
Retourneth to youre fadres hous quod he
No man may alwey han prosperitee
With euene herte, I rede yow endure
This strook of fortune, or of auenture

Clerk

And she answerde agayn in pacience
My lord quod she, I woot and wiste alway
How þt bitwixen youre magnificence
And my pouerte, no wight kan ne may
Maken comparison, it is no nay
I ne heeld me neuere digne in no manere
To be youre wyf, no, ne youre Chaumbrere

And in this hous, ther ye me lady maade
The heighe god, take I for my witnesse
And also wysly, he my soule glaade
I neuere heeld me lady ne maistresse
But humble seruant, to youre worthynesse
And euere shal, whil þt my lyf may dure
Abouen euery worldly creature

That ye so longe, of youre benignitee
Han holden me, in honour and nobleye
Wher as I was, noght worthy bee
That thanke I god and yow, to whom I preye
Foryelde it yow, ther is namoore to seye
Vn to my fader, gladly wol I wende
And with hym dwelle, vn to my lyues ende

Ther I was fostred, of a child ful smal
Til I be deed, my lyf ther wol I lede
A wydwe clene, in body, herte and al
For sith I yaf to yow, my maydenhede
And am youre trewe wyf, it is no drede
God shilde, swich a lordes wyf to take
Another man, to housbonde, or to make

And of youre newe wyf, god of his grace
So graunte yow, wele and prosperitee
For I wol gladly, yelden hyr my place
In which that I was, blisful wont to bee
For sith it liketh yow, my lord quod shee
That whilom weren, al myn hertes reste
That I shal goon, I wol goon whan yow leste

But ther as ye me profre, swich dowaire
As I first broghte, it is wel in my mynde
It were my wrecches clothes, no thyng faire
The whiche to me were hard now for to fynde
O goode god, how gentil and how kynde
Ye semed, by youre speche and youre visage
The day that maked was oure mariage

¶ Of Grysylde ⸝vij

But sooth is seyd, algate I fynde it trewe
ffor in effect, it preued is on me
Loue is noght oold, as whan þt it is newe
But certes lord, for noon aduersite
To dyen in the cas, it shal nat bee
That euer in word or werk I shal repente
That I yow yaf myn herte in hool entente

My lord ye woot, that in my fadres place
ye dide me streepe, out of my poure weede
And richely me cladden of youre grace
To yow broghte I noght elles, out of drede
But feith and nakednesse, and maydenhede
And heere agayn my clothyng I restoore
And eek my weddyng ryng, for euermore

The remenant of youre Iueles redy be
In with youre chambre, dar I saufly sayn
Naked out of my fadres hous quod she
I cam, and naked moot I turne agayn
Al youre plesaunce, wol I folwen fayn
But yet I hope, it be nat youre entente
That I smoklees, out of youre palays wente

ye koude nat don, so dishoneste a thyng
That thilke wombe, in which youre children leye
Sholde biforn the peple, in my walkyng
Be seyn al bare, wherfore I yow preye
Lat me, nat lyk a worm, go by the weye
Remembre yow, myn owene lord so deere
I was youre wyf, though I vnworthy weere

Wherfore in gerdon of my maydenhede
Which þt I broghte, and noght agayn I bere
As voucheth sauf, to yeue me, to my meede
But swich a smok, as I was wont to were
That I ther with may wrye, the wombe of here
That was youre wyf, and heer take I my leeue
Of yow myn owene lord, lest I yow greue

¶ The smok quod he, that thou hast on thy bak
Lat it be stille, and bere it forth with thee
But wel vnnethes, thilke word he spak
But wente his wey, for routhe and for pitee
Biforn the folk, hir seluen strepeth she
And in hir smok, with heed, and foot al bare
Toward hir fader hous, geeth is she fare

Clerk

The folk hyr folke, kepynge in hir weye
And ffortune ay they cursen, as they goon
But she no wepyng kepte hyr eyen dreye
Ne in this tyme word ne spak she noon
Hir fader, that this tidynge herde anoon
Curseth the day, and tyme that nature
Shoop hym, to been a lyues creature

ffor out of doute this olde poure man
Was euere, in suspect of hys mariage
ffor euere he demed, sith that it bigan
That whan the lord fulfild hadde his corage
Hym wolde thynke, it were a disparage
To his estaat, so lowe for talighte
And voyden hyr, as soone as euere he myghte

Agayns his doghter, hastiliche goth he
ffor he by noyse of folk, knew hyr comynge
And with hyr olde cote, as it myghte be
He coueres hyr, ful sorwefully wepynge
But on hyr body myghte he it nat brynge
ffor rude was the clooth, and she moore of age
By dayes fele, than at hyr mariage

Thus with hyr fader, for a ceyteyn space
Welleth this flour, of wyfly pacience
That neither by hyr wordes, ne hyr face
Biforn the folk, ne eek in hys absence
Ne shewed she, that hyr was doon offence
Ne of hyr heighe estaat, no remembrance
Ne hadde she, as by hyr contenance

No wonder is, for in hyr grete estaat
Hyr goost was euere in pleyn humylitee
No tendre mouth, noon herte delicaat
No pompe, no semblant of roialtee
But ful of pacient benyngnytee
Discreet and prideles ay honurable
And to hyr housbonde, euere meek and stable

Men speke of Iob, and moost for his humblesse
As clerkes whan hem list konne wel endite
Namely, of men, but as in soothfastnesse
Though clerkes preyse wommen but a lite
They kan no man, in humblesse hym acquite
As woman kan, ne been half so trewe
As wommen been, but it be falle of newe

of Oxenford

This prologue is this Erl of Pavye come
Of which the fame vp sprang to moore and lesse
And in the peples eres, alle and some
Was kouth eek, that a newe markysesse
He with hym broghte, in swich pomp and richesse
That neuere was ther seyn, with mannes eye
So noble array, in al westlumbardye

The markys which that shoop and knew al this
Er that this Erl was come, sente his message
For thilke sely pouere Grisildis
And she with humble herte, and glad visage
Nat with no swollen thoght, in hyr corage
Cam at his heste, and on hyr knees hyr sette
And reuerently and wisely she hym grette

Grisilde quod he, my wyl is outrely
This mayden that shal wedded been to me
Receiued be to morwe as roially
As it possible is, in myn hous to be
And eek that euery wight in his degree
Haue his estaat, in sittyng and seruyse
And heigh plesaunce, as I kan best deuyse

I haue no wommen suffisaunt certayn
The chambres for tarraye in ordinance
After my lust, and therfore wolde I fayn
That thyn were, al swich manie gouernance
Thow knowest eek of old al my plesaunce
Thogh thyn array be badde and yuel biseye
Do thou thy deuoyr at the leeste weye

That coude I ledy that I am glad quod she
To doon youre lust, but I desire also
yow for to serue, and plese in my degree
With outen feyntyng, and shal euermo
Ne neuere, for no wele, ne no wo
Ne shal the goost, wt inne myn herte stente
To loue yow best wt al my trewe entente

And with that word, she gan the hous to dighte
And tables for to sette, and beddes make
And peyned hyr to doon al that she myghte
Preyynge the chaumbreres for goddes sake
To hasten hem, and faste swepe and shake
And she the mooste seruysable of alle
Hath euy chambre arayed, and his halle

Text

Withouten rudeen gan this Erl alighte
That at hym broghte thise noble children tweye
ffor which the peple ran to seen the sighte
Of hir array so richely biseye
And thanne at erst amonges hem they seye
That Walter was no fool thogh þt hym leste
To chaunge his wyf for it was for the beste

ffor she is fairer as they demen alle
Than is Grisilde and moore tendre of age
And fairer fruyt bitwene hem sholde falle
And moore plesant for hir heigh lynage
Hir brother eek so fair was of visage
That hem to seen the peple hath caught plesance
Commendynge now the Marquys governance

Auctor

O stormy peple vnsad and euere vntrewe
Ay vndiscreet and chaungynge as a vane
Delitynge euere in rumbul that is newe
ffor lyk the moone ay wexe ye and wane
Ay ful of clappyng deere ynogh a Iane
Youre doom is fals youre constance yuele preueth
A ful greet fool is he þt on yow leeueth

Thus seyden sadde folk in that citee
Whan that the peple gazed vp and doun
ffor they were glad right for the noueltee
To han a newe lady of hir toun
Namoore of this make I now mencioun
But to Grisilde agayn wol I me dresse
And telle hir constance and hir bisynesse

fful bisy was Grisilde in every thyng
That to the feeste was apertinent
Right noght was she abaysht of hir clothyng
Thogh it were rude and somdeel eek to-rent
But with glad cheere to the yate is she went
With oother folk to greete the Marchesse
And after that dooth forth hir bisynesse

With so glad chiere hise gestes she receyueth
And so konnyngly euerich in his degree
That no defaute no man apercyueth
But ay they wondren what she myghte bee
That in so pouere array was for to see
And koude of swich honour and reuerence
And worthily they preisen hir prudence

Of Oxenford

In al this meene while, she ne stente
This mayde, and eek hyr brother to commende
With al hyr herte, in ful benyngne entente
So wel, pt no man koude hyr prys amende
But atte laste, whan pt thise lordes wende
To sitten doun to mete, he gan to calle
Grisylde, as she was bisy in his halle

Grisylde quod he, as it were in his pley
How liketh thee my wyf, and hyr beautee
Right wel quod she my lord, for in good fey
A fairer saugh I neuere noon than she
I prey to god, yeue hyr prosperitee
And so hope I, that he wol to yow sende
Plesance ynogh, un to youre lyues ende

O thyng biseke I yow, and warne also
That ye ne prikke, with no tormentynge
This tendre mayden, as ye han doon mo
For she is fostred in hyr norisshynge
Moore tendrely, and to my supposynge
She koude nat, aduersitee endure
As koude, a poure fostred creature

Thus whan this walter, saugh hyr pacience
Hyr glad chiere and no malice at al
And he so ofte had doon to hyr
And she ay sad, and constaunt as a wal
Contynuynge euer hyr Innocence ouer al
This sturdy waltys, gan his herte dresse
To rewen, upon hyr wyfly stedfastnesse

This is ynogh Grisylde myn quod he
Be now namoore agast ne yuele apayed
I haue thy feyth, and thy benyngnytee
As wel, as euer womman was assayed
In greet estaat, and pouerliche arrayed
Now knowe I goode wyf, thy stedfastnesse
And hyr in armes took, and gan hyr kesse

And she for wonder, took of it no keep
She herde nat, what thyng he to hyr seyde
She ferde, as she had sterte out of a sleep
Til she, out of hyr mazednesse abreyde
Grisylde quod he, by god that for vs deyde
Thou art my wyf, noon oother I haue
Ne neuere hadde, as god my soule saue

Cum bona fide preces ac monedo
ne haue illis aculeis agites sed
alijam agitasti nauiq a minor et
delicatius inutrita est pati quantum
ego ut reor non valeret

Clerk

This is thy doghter, which thou hast supposed
To be my wyf; that oother feithfully
Shal be myn heir, as I have ay supposed
Thou bare hym in thy body trewely.
At Boloigne have I kept hem pryvely;
Tak hem agayn, for now maystow nat seye
That thou hast lorn noon of thy children tweye.

And folk that ootherweys han seyd of me,
I warne hem wel that I have doon this dede
For no malice, ne for no crueltee,
But for t'assaye in thee thy wommanhede,
And nat to sleen my children, god forbede,
But for to kepe hem pryvely and stille,
Til I thy purpos knewe and al thy wille.

Whan she this herde, aswowne doun she falleth
For pitous joye, and after hir swownynge
She bothe hir yonge children unto hir calleth,
And in hir armes, pitously wepynge,
Embraceth hem, and tendrely kissynge
Ful lyk a mooder, with hir salte teres
She bathed bothe hir visage and hir heeres.

O which a pitous thyng it was to se
Hir swownyng, and hir humble voys to heere!
Grauntmercy, lord, that thanke I yow, quod she,
That ye han saved me my children deere!
Now rekke I nevere to been deed right heere;
Sith I stonde in youre love and in youre grace,
No fors of deeth, ne whan my spryt pace.

O tendre, o deere, o yonge children myne,
Youre woful mooder wende stedfastly
That cruel houndes, or som foul vermyne
Hadde eten yow; but god of his mercy
And youre benyngne fader tendrely
Hath doon yow kept, and in that same stounde
Al sodeynly she swapte adoun to grounde.

And in hir swough so sadly holdeth she
Hir children two, whan she gan hem embrace,
That with greet sleighte and greet difficultee
The children from hir arm they gonne arace.
O many a teere on many a pitous face
Doun ran of hem that stooden hir bisyde;
Unnethe abouten hir myghte they abyde.

Of Oxenford

Walter hyr gladeth, and hyr sorwe slaketh;
She vseth vp abayses from hyr chaunce
And euery nyght, hyr ioye and feeste maketh
Til she hath caught agayn hyr contenaunce
Walter hyr doth so feithfully plesaunce
That it was deyntee for to seen the cheere
Bitwyxe hem two, now they been met yfeere

Thise ladyes, whan that they hyr tyme say
Han taken hyr, and in to chaumbre gon
And stryppen hyr, out of hyr rude array
And in a clooth of gold, þt bryghte shoon
With a coroune, of many a riche stoon
Vpon hyr heed, they in to halle hyr broghte
And they she was honured as hyr oghte

Thus hath this pitous day a blissful ende
For euery man and woman dooth his myght
This day in murthe and reuel to dispende
Til on the welkyn shoon the sterres lyght
ffor moore solempne in euery mannes syght
This feste was and gretter of costage
Than was the reuel of hyr mariage

fful many a yeer in heigh prosperitee
Lyuen thise two in concord and in reste
And richely his doghter maryed he
Vn to a lord, oon of the worthieste
Of al Itaille, and thanne in pees and reste
His wyues fader in his court he kepeth
Til that the soule, out of his body crepeth

His sone, succedeth in his heritage
In reste and pees, after his fader day
And fortunat was eek in mariage
Al putte he nat his wyf in greet assay
This world is nat so strong, it is no nay
As it hath been of olde tymes yoore
And herkneth, what this Auctour seith therfoore

This storie is seyd, nat for that wyues sholde
ffolwen Grisilde, as in humylitee
ffor it were inportable, though they wolde
But for that euery wight in his degree
Sholde be constant in aduersitee
As was Grisilde, therfore petrak writeth
This storie, which wt heigh stile he endyteth

Hanc historiam stilo nunc alio retexere
visum fuit no tm ideo vt matronas
nri tp̄ris immitanda huius vxoris
paciencia que in̄ immitabilis uide
tur vt legentes ad immitandā saltem
fēie costanciā excitarent vt qd hec tanta
viro p̄stitit hoc p̄stare deo nr̄o audeāt
quilzt vt Jacobus ait apl̄us, in
temptator oīs malozqz ipe nemi̅
temptat p̄bat tñ cp̄ nos multis
ac grauib; flagellis exerceri sinit no
vt animū nr̄m sciat quē antequā
creareī sciuit sed vt nr̄a
fragilitas cognoscereī &c

Clerk

for sith a womman was so pacient
vn to a mortal man / wel moore vs oghte
Receyuen al in gree / that god vs sent
ffor greet skile is / he preeue that he wroghte
But he ne tempteth no man that he boghte
As seith seint Iame / if ye his pistel rede
he preeueth folk al day / it is no drede

And suffreth vs / as for oure exercise
With sharpe scourges of aduersitee
fful ofte to be bete in sondry wise
Nat for to knowe oure wyl / for certes he
Er that we were born / knew oure freletee
And for oure beste / is al his gouernance
Lat vs thanne lyue / in vertuous suffrance

But o word lordynges / herkneth er I go
It were ful hard to fynde now a dayes
In al a town / Grisildis / thre or two
ffor if þt they were put to swiche assayes
The gold of hem / hath now so badde alayes
With bras / þt thogh the coyne be fair at eye
It wolde rather / breste atwo than plye

ffor which heere / for the wyues loue of Bathe
whos lyf and al hir secte god maynteene
In heigh maistrie / and elles were it scathe
I wol with lusty herte / fressh and grene
Seyn yow a song / to glade yow I wene
And lat vs stynte / of ernestful mateere
Herkneth my song / that seith in this manere

Lenuoy de Chaucer

Grisilde is deed / and eek hir pacience
And bothe atones / buryed in ytaille
ffor which I crie / in open audience
No wedded man / so hardy be tassaille
his wyues pacience / in hope to fynde
Grisildis / for in certein he shal faille

O noble wyues / ful of heigh prudence
lat noon humylitee / youre tonge naille
Ne lat no clerk / haue cause or diligence
To write of yow / a storie of swich meruaille
As of Grisildis / pacient and kynde
lest Chichinache / yow swelwe in his entraille

of Oxenford

ffolweth Ecco, that holdeth no silence
But evere answereth at the countretaille
Beth nat bidaffed for youre innocence
But sharply taak on yow the governaille
Emprenteth wel this lessoun in youre mynde
ffor commune profit, sith it may availle

ye archewyves, stondeth at defense
Syn ye be strong, as is a greet camaille
Ne suffreth nat, þt men yow doon offense
And sklendre wyves, fieble as in bataille
Beth egre, as is a tygre yond in ynde
Ay clappeth as a mille, I yow consaille

Ne dreed hem nat, doth hem no reverence
ffor though thyn housbonde armed be in maille
The arwes, of thy crabbed eloquence
Shal perce his brest, and eek his aventaille
In jalousie, I rede eek thou hym bynde
And thou shalt make hym couche as doth a quaille

If thou be fair, ther folk been in presence
Shewe thou thy visage, and thyn apparaille
If thou be foul, be fre of thy dispence
To gete thee freendes, ay do thy travaille
Be ay of chiere, as light as leef on lynde
And lat hym care & wepe and wrynge & waille

Bihoold the murye wordes of the hoost

The worthy clerk whan ended was his tale
Oure hoost seyde, and swoor by goddes bones
Me were levere than a barel ale
My wyf at hoom, had herd this legende ones
This is a gentil tale, for the nones
As to my purpos, wiste ye my wille
But thyng, þt wol nat be, lat it be stille

Heere endeth the tale of the clerk of Oxenford

Marchaunt

The prologe of the marchauntes tale

Wepyng and waylyng, care and other sorwe
I knowe ynogh, on even and amorwe,
Quod the marchaunt, and so doon othere mo
That wedded been, I trowe that it be so
For wel I woot, it fareth so with me
I haue a wyf, the werste that may be
For thogh the feend, to hyr ycoupled were
She wolde hym ouirmacche, I dar wel swere
That sholde I yow reherce in especial
Hyr hyhe malice, she is a shrewe at al
Ther is a long, and large difference
Bitwyx Grisildis grete pacience
And of my wyf, the passyng cruelte
Were I vnbounden, also moot I thee
I wolde neuere eft, comen in the snare
We wedded men, lyue in sorwe and care
Assaye who so wole, and he shal fynde
That I seye sooth, by Seint Thomas of Jnde
As for the moore part, I sey nat alle
God shilde, that it sholde so bifalle
A good sir hoost, I haue ywedded bee
Thise monthes two, and moore nat pdee
And yet I trowe, he that al his lyue
Wyflees hath been, thogh that men wolde hym ryue
Vnto the herte, ne koude in no manere
Tellen so muchel sorwe, as I now heere
Koude tellen, of my wyues cursednesse
Now quod oure hoost, marchaunt so god yow blesse
Syn ye so muchel knowen of that art
Ful hertely, I pray yow telle vs part
Gladly quod he, but of myn owene sore
For sory herte, I telle may namoore

Heere bigynneth the marchauntes tale

Whilom ther was dwellynge in lumbardye
A worthy knyght, þt born was of Pauye
In which he lyued, in greet prosperitee
And sixty yeer, a wyflees man was hee
And folwed ay, his bodily delyt
On wommen, ther as was his appetyt

Marchant

As doon thise fooles, that been seculeer
And whan that he was passed sixty yeer
Were it for hoolynesse or for dotage
I kan nat seye, but which a greet corage
Hadde this knyght to ben a wedded man
That day and nyght he dooth al that he kan
Tespien where he myghte wedded be
Preyinge oure lord, to graunten hym pt he
myghte ones knowe, of thilke blissful lyf
That is bitwixe an housbonde and his wyf
And for to lyue, vnder that hooly boond
With which pt first god, man and womman bond
Noon oother lyf seyde he, is worth a bene
For wedlok is so esy, and so clene
That in this world, it is a paradys
Thus seyde this olde knyght, pt was so wys

And certeinly as sooth, as god is kyng
To take a wyf, it is a glorious thyng
And namely whan a man is oold and hoor
Thanne is a wyf the fruyt of his tresor
Thanne sholde he take a yong wyf & a feir
On which he myghte engendren hym an heir
And lede his lyf in ioye and in solas
Wher as thise bachelers synge allas
Whan that they fynden any aduersitee
In loue which nys but childyssh vanytee
And trewely, it sit wel to be so
That bacheleris haue often peyne and wo
On brotel ground they buylde, and brotelnesse
They fynde, whan they wene sikernesse
They lyue but as a bryd, or as a beest
In libertee and vnder noon arreest
Ther as a wedded man in his estaat
Lyueth a lyf blissful and ordinaat
Vnder this yok of mariage ybounde
Wel may his herte in ioye and blisse habounde
For who kan be so buxom as a wyf
Who is so trewe, and eek so ententyf
To kepe hym syk and hool, as is his make
For wele or wo, she wole hym nat forsake
She nys nat wery hym to loue and serue
Thogh pt he lye bedrede til he sterue
And yet somme clerkes seyn it nys nat so
Of whiche he Theofraste is oon of tho
What force though Theofraste liste lye
Ne take no wyf quod he for housbondrye
As for to spare in houshold thy dispence
A trewe seruant dooth moore diligence

The Marchant

Thy good to kepe, than thyn owene wyf
ffor she wol clayme half part al hir lyf
And if thou be syk, so god me saue
Thy verray freendes, or a trewe knaue
Wol kepe thee bet, than she yt wayteth ay
After thy good, and hath doon many a day
And if thou take a wyf, vn to thyn hoold
fful lightly maystow been a cokewold
This sentence, and an hundred thynges worse
Writeth this man, ther god his bones corse
But take no kepe of al swich vanytee
Deffie Theofraste, and herke me

Vxor est diligenda ip'domi nei est / ihc filius Sirac dom'
e diuac sanc'n penabz nōo mino duc ixor bona vel prudens

    bona fortune

A wyf is goddes yifte verraily
Alle othere manere yiftes hardily
As londes, rentes, pasture, or comune
Or moebles, alle been yiftes of ffortune
That passen as a shadwe vpon a wal
But dredelees, if pleynly speke I shal
A wyf wol laste, and in thyn hous endure
Wel lenger than thee list, parauenture

Mariage is a ful greet sacrement
He which yt hath no wyf, I holde hym shent
He lyueth helplees, and al desolat
I speke of folk, in seculer estaat
And herke why, I sey nat this for noght
That woman is for mannes help ywroght
The hye god whan he hadde adam maked
And saugh hym al allone, bely naked

*Faciam' ei adiutoriū spīe
li t costa et corpore. de sc' Am
r spīt / Ppt hoc relinquet homo
pr'em c matre et p̄herebit ux
et erunt duo in carne vna*

God of his grete goodnesse seyde than
Lat vs now make an help vn to this man
lyk to hym self, and thanne he made hi'Eue
heer may ye se, and heer by may ye preue
That wyf is mannes help and his confort
His paradys terrestre, and his disport
So buxom, and so vertuous is she
They moste nedes lyue in vnitee
O flessh they been, and o flessh as I gesse
Hath but oon herte, in wele and in distresse

A wyf, a seinte marie benedicite
How myghte a man han any aduersitee
That hath a wyf, certes I kan nat seye
The blisse which yt is bitwixe hem tweye
Ther may no tonge telle, or herte thynke
If he be poure, she helpeth hym to swynke
She kepeth his good, and wasteth neuer a deel
Al that hyr housbonde lust hyr liketh weel
She seith nat ones nay whan he seith ye
Do this seith he, al redy sire seith she

Marchaunt

O blissful ordre of wedlok precious
Thou art so murye and eek so vertuous
And so commended and appreued eek
That euery man þt halt hym worth a leek
Vpon his bare knees oughte al his lif
Thanken his god þt hym hath sent a wyf
Or elles preye to god hym for to sende
A wyf to laste vn to his lyues ende
ffor thanne his lif is set in sikernesse
He may nat be deceyued as I gesse
So þt he werke after his wyues reed
Tho holde þt Iacob as thise clerkes rede
By good conseil of his moodor Rebekke
Boond the kydes skyn aboute his nekke
Thurgh which his fadres benyson he wan
No wirth as the storie eek telle kan
By wys conseil she goddes peple kepte
And slow hym Olofernus whil he slepte
To Abigayl by good conseil how she
Saued hir housbonde Nabal whan þt he
Sholde han be slayn and looke Ester also
By good conseil deliuered out of wo
The peple of god and made hym mardochee
Of Assuery enhaunced for to be
Ther nys no thyng in gree superlatif
As seith Senek aboue an humble wyf
Suffre thy wyues tonge as Caton bit
She shal commande and thou shalt suffren it
And yet she wole obeye of curteisye
A wyf is kepere of thyn housbondrye
Wel may the sike man biwaille & wepe
Ther as ther nys no wyf the hous to kepe
I warne thee if wisely thou wolt wyrche
Loue wel thy wyf as crist loueth his chirche
If thou louest thy self thou louest thy wyf
No man hateth his flessh but in his lif
He fostreth it and therfore bidde I thee
Cherisse thy wyf or thou shalt neuer thee
Housbonde and wyf what so men Iape or pleye
Of worldly folk holden the siker weye
They been so knyt ther may noon harm bityde
And namely vpon the wyues syde
ffor which this Ianuarie of whom I tolde
Considered hath in with hise dayes olde
The lusty lyf the vertuous quyete
That is in mariage hony swete
And for hise freendes on a day he sente
To tellen hem theffect of his entente

Iacob, p consilium mris sue Rebecce &c

Iudith, de manibus Olofernis &c

Abigayl, p suo bono consilium seipm suu cum Nabal ab ira dauid liberauit

Ester ac Iudeos p bonum consilium simul cu mardochee in regno Assueri

Seneca sicut nichil est benigna coniuge ita nichil crudelius est infesta muliere

Cato vxoris linguam si frugi est ferre memento

Bona mulier fidelis custos est & bona domus

Apls paulus ad Eph, diligite vxores vras sicut xpus dilexit ecclam &c

Apls Ita viri debent diligere vxores suas vt corpora sua qui sua vxorem diligit seipm diligit nemo vnqm carne sua odio huit set nutrit & fouet ea et postea viimsit siam vxorem sicut ipm diligit

The Marchant

With face sad his tale he hath hem toold
He seyde ffreendes I am hoor and oold
And almoost god woot on my pittes brynke
Upon the soule somwhat moste I thynke
I have my body folily despended
Blessed be god that it shal been amended
ffor I wol be certeyn a wedded man
And that anoon in al the haste I kan
Un to som mayde faire and tendre of age
I prey yow shapeth for my mariage
Al sodeynly for I wol nat abyde
And I wol fonde tespien on my syde
To whom I may be wedded hastily
But for as muche as ye been mo thanI
Ye shullen rather with a thyng espyen
Than I and wher me best were to allien

But o thyng warne I yow my ffreendes deere
I wol noon oold wyf han in no manere
She shal nat passe twenty yeer certayn
Oold ffyssh and yong flessh wolde I have fayn
Bet is quod he a pyk than a pykerel
And bet than olde boef is the tendre veel
I wol no womman thritty yeer of age
It is but benestrawe and greet forage
And eek thise olde wydwes god it woot
They konne so muchel craft on wades boot
So muchel broken harm whan yt hem leste
That with hem sholde I neue lyue in reste
ffor sondry scoles maken sotile clerkis
Womman of manye scoles half a clerk is
But certeynly a yong thyng may men gye
Right as men may warm wex with handes plye
Wherfore I sey yow pleynly in a clause
I wol noon oold wyf han for this cause
ffor if so were pt I hadde swich myschaunce
That I in hir ne koude han no plesaunce
Thanne sholde I lede my lyf in auoutrye
And streght unto the deuel whan I dye
Ne children sholde I none vpon hir geten
Yet were me leuer yt houndes had me eten
Than yt myn heritage sholde falle
In straunge hand and this I telle yow alle
I dote nat I woot the cause why
Men sholde wedde and forthermoore woot I
They speketh many a man of mariage
That woot namoore of it than woot my page
ffor whiche causes man sholde take a wyf
Siththe he may nat liuen chaast his lyf

Marchant

Take hym a wyf with greet deuocion
By cause of leueful procreacion
Of children, to thonour of god aboue
And nat oonly for paramour or loue
And for they sholde lecherye eschue
And yelde hir dettes whan þt they ben due
Or for that ech of hem sholde helpen oother
In meschief, as a suster shal the brother
And lyue in chastitee ful holily
But sires by youre leue, that am nat I
For god be thanked, I dar make auaunt
I feele my lymes, stark and suffisaunt
To do, al that a man bilongeth to
I woot my seluen best what I may do
Though I be hoor, I fare as dooth a tree
That blosmeth, er þt fruyt ysprongen bee
And blosmy tree, nys neither drye ne deed
I feele me nowheer hoor, but on myn heed
Myn herte, and alle my lymes been as grene
As laurer, thurgh the yeer, is for to sene
And syn þt ye han herd al myn entente
I prey yow, to my wyl, ye wole assente

Wise men, suieyntly hym tolde
Of mariage, in many ensamples olde
Some blamed it, some preysed it certeyn
But atte laste, shortly for to seyn
As al day, falleth altercacion
Bitwyxen freendes in disputisoun
Ther fil a stryf, bitwyxe hise bretheren two
Of whiche that oon was cleped Placebo
Iustinus soothly, called was that oother

Placebo

Placebo seyde, o Iauuarie brother
Ful litel nede, hadde ye my lord so deere
Conseil to axe, of any that is heere
But þt ye been, so ful of sapience
That yow ne liketh, for youre heighe prudence
To weyuen fro the word of Salomon
This word seyde he, vn to vs euychon
Wirk alle thyng, by conseil thus seyde he
And thanne, shaltow nat repente thee
But though þt Salomon, spak swich a word
Myn owene deere brother, and my lord
So wisly, god my soule brynge at reste
I holde, youre owene conseil is the beste
For brother myn, of me taak this motif
I haue now been, a court man al my lyf
And god it woot though I vnworthy be
I haue stonden, in ful greet degree

Marchant

Withouten lordes, of ful heigh estaat
yet haue I neuer, & noon of hem debaat
I neuere hem contraried trewely,
I woot wel that my lord kan moore than I
What that he seith, I holde it ferme and stable
I seye the same, or elles thyng semblable
A ful greet fool, is any conseillour
That serueth any lord, of heigh honour
That dar presume, or elles thenken it
That his conseil, sholde passe his lordes wit
Nay lordes been no fooles by my fay
ye han youre seluen, seyd heer to day
So heigh sentence, so holily and wel
That I consente, and conferme euerydeel
youre wordes alle, and youre opinioun
By god, ther nys no man, in al this toun
Nyn ytaille, that koude bet han sayd
Crist halt hym, of this conseil ful wel apayd
And trewely, it is an heigh corage
Of any man, that stapen is in age
To take a yong wyf by my fader kyn
youre herte hangeth, on a ioly pyn
Dooth now in this matiere, right as yow leste
ffor finally, I holde it for the beste

Iustinus

Iustinus, þt ay stille sat and herde
Right in this wise, he to Placebo answerde
Now brother myn, be pacient I preye
Syn ye han syd, and herkneth what I seye
Seneck amoung hise othere wordes wyse
Seith, yt a man oghte hym right wel auyse
To whom he yeueth his lond, or his catel
And syn I oghte, auyse me right wel
To whom I yeue my good, awey fro me
Wel muchel moore I oghte auysed be
To whom I yeue my body, for alwey
I warne yow wel, it is no childes pley
To take a wyf with outen auysement
Men moste enquere, this is myn assent
Wher she be wys, or sobre, or dronkelewe
Or proud, or elles ootherweys a shrewe
A chidestere, or wastour of thy good
Or riche, or poore, or elles mannysshe wood
Al be it so, that no man fynden shal
Noon in this world, that trotteth hool in al
Ne man ne beest, swich as men koude deuyse
But nathelees, it oghte ynough suffise
With any wyf, if so were that she hadde
Mo goode thewes, than hir vices badde

Marchant

And al this axeth leyser for tenquere
ffor god it woot / I haue wept many a tere
ful pryuely / syn I haue had a wyf
Preyse who so wole / a wedded mannes lyf
Certeyn I fynde in it / but cost and care
And obseruances / of alle blisses bare
And yet god woot / my neigheboves aboute
And nameliche / of wommen many a route
Seyn þt I haue / the moost stedefast wyf
And eek the mekeste oon / that bereth lyf
But I woot best / ther I wrynget me my sho
Ye mowe for me / right as yow liketh do
Auyseth yow / ye been a man of age
How that ye entren / in to mariage
And nameliche / with a yong wyf and a fair
By hym þt made water / erthe and air
The yongeste man / þt is in al this route
Is bisy ynogh / to bryngen it aboute
To han his wyf allone / trusteth me
Ye shul nat plesen hyr / fully yeres thre
This is to seyn / to doon hyr ful plesance
A wyf axeth / ful many an obseruance
I prey yow / þt ye be nat yuele apayd

Wel quod this Iannard / and hastow ysayd
Straw for thy Seneck / and for thy prouerbes
I counte nat / a panyer ful of herbes
Of scole termes / wyser men than thow
As thou hast seyd / assenteden right now
To my purpos / Placebo what sey ye

Sire it is a cursed man quod he
That letteth matrimoigne sikerly
And with that word / they rysen sodeynly
And been assented fully / þt he sholde
Be wedded whanne hym liste / and wher he wolde

H eigh fantasye / and curious bysynesse
ffro day to day / gan in the soule impresse
Of Iannarie / aboute his mariage
Many fair shap / and many a fair visage
Ther passeth thurgh his herte / nyght by nyght
As who so tooke a myrour polisshed bryght
And sette it / in a comune market place
Thanne sholde he se / ful many a figure pace
By his myrour / and in the same wyse
Gan Iannarie / inwith his thoght deuyse
Of maydens whiche þt dwellen hym bisyde
He wiste nat / wher þt he myghte abyde
ffor if þt oon / haue beaute in hyr face
Another stant so / in the peples grace

Marchant

ffor hys sadnesse and hys benyngnytee
That of the peple grettest voys hath sho
And oune eke yche and hasden lasse nature
But natheleesse but why quest and game
he atte laste apoynted hym on oon
And leet alle othere from his herte goon
And chees hyr of his owene auctoritee
ffor loue is blynd alday and may natt see
And whan that he was in his bed ybroght
he purtreyed in his herte and in his thoght
hyr fresshe beautee and hyr age tendre
hyr myddel smal hyr armes longe and sklendre
hyr wise gouuance hyr gentillesse
hyr womanly beryng and hyr sadnesse
And whan that he on hyr was condescended
hym thoughte his choys myghte nat ben amended
ffor whan pt he hym self concluded hadde
hym thoughte ech other mannes wit so badde
That impossible it were to repplye
Agayn his choys this was his fantasye
hise freendes sente he to at his instaunce
And preyed hem to doon hym that plesaunce
That hastily they wolden to hym come
he wolde abregge hyr labour alle and some
Nedeth namoore for hym to go ne ryde
he was apoynted they he wolde abyde
Placebo cam and eek hise freendes soone
And alderfirst he bad hem alle a boone
That noon of hem none arguments make
Agayn the purpos which pt he hath take
Which purpos was plesant to god seyde he
And verray ground of his prosperite
he seyde they was a mayden in the toun
Which pt of beautee hadde greet renoun
Al were it so she were of smal degree
Suffiseth hym hyr yowthe and hyr beautee
Which mayde he seyde he wolde han to his wyf
To lede in ese and hoolynesse his lyf
And thanked god pt he myghte han hyr al
That no wight his blisse parten shal
And preyde hem to labour in this nede
And shapen pt he faille nat to spede
ffor thanne he seyde his spirit was atese
Thanne is quod he no thyng may me displese
Saue o thyng prikketh in my conscience
The which I wol reherce in youre presence
I haue quod he herd seyd ful yoore ago
Ther may no man han parfite blisses two

Marchant

This is to seye, in erthe and eek in heuene
ffor though he kepe hym, fro the synnes seuene
And eek from euery branche of thilke tree
yet is ther so parfit felicitee
And so greet ese, and lust in mariage
That euere I am agast, now in myn age
That I shal lede now, so myrie & lyf
So delicat, with outen wo and stryf
That I shal haue, myn heuene in erthe heere
ffor sith þt verray heuene, is boght so deere
With tribulacion, and greet penance
How sholde I thanne, þt lyue in such plesaunce
As alle wedded men, doon with hys wyues
Come to the blisse, ther crist eterne on lyue ys
This is my drede, and ye my bretheren tweye
Assoilleth me, this question I preye

Iustinus

Iustinus which þt hated his folye
Answerde anon, right in his iaperye
And for he wolde, his longe tale abregge
He wolde, noon Auctoritee allegge
But seyde sire, so ther be noon obstacle
Oother than this, god of his hygh myracle
And of his hygh mercy, may so for yow wyrche
That er ye haue youre right, of hooly chirche
ye may repente, of wedded mannes lyf
In which ye seyn, ther is no wo ne stryf
And elles god forbede, but he sente
A wedded man, hym grace to repente
Wel ofte, rather than a sengle man
And therfore sire, the beste reed I kan
Dispeire yow noght, but haue in youre memorie
Paunter, she may be youre purgatorie
She may be goddes meene, and goddes whippe
Thanne shal youre soule, vp to heuene skippe
Swifter than dooth an arwe, out of the bowe
I hope to god, heer after shul ye knowe
That ther nys, no so greet felicitee
In mariage, ne neuere mo shal bee
That yow shal lette, of youre saluacion
So that ye vse, as skile is and reson
The lustes of youre wyf attemprely
And þt ye plese hyr nat to amorously
And þt ye kepe yow eek, from oother synne
My tale is doon, for my wit is thynne
Beth nat agast, herof my brother deere
But lat vs waden, out of this mateere
The wyf of bathe, if ye han vnderstonde
Of mariage, which ye haue on honde

Marchant

declared hath ful wel in litel space
ffareth now wel god haue yow in his grace
And with this word this Iustyn and his brother
Han take hyr leue and ech of hem of oother
ffor whan they sawgh that it moste be
They wroghten so by sly and wys trete
That she this mayden which yt Mayus highte
As hastily as euere that she myghte
Shal wedded be vn to this Ianuarie
I trowe it were to longe yow to tarie
If I yow tolde of euery scrit and bond
By which yt she was feffed in his lond
Or for to herknen of hir riche array
But finally ycomen is the day
That to the chirche bothe be they went
ffor to receyue the hooly sacrement
fforth cometh the preest wt stole aboute his nekke
And bad hyr be lyk to Sara and Rebekke
In wysdom and in trouthe of mariage
And seyde hir oryson as is vsage
And croucheth hem and bad god sholde hem blesse
And made al siker ynogh with hoolynesse
Thus been they wedded with solempnitee
And at the feeste sitteth he and she
With othere worthy folk vpon the deys
Al ful of ioye and blisse is the paleys
And ful of Instrumentz and of vitaille
The mooste deyntevous of al Italle
Biforn hem stooden Instrumentz of swich sown
That Orpheus ne of Thebes Amphion
Ne maden neuere with a melodye
At euery cours thanne cam loud mynstralcye
That neuere trompede Ioab for to heere
Nor he Theodomas yet half so cleere
At Thebes whan the Citee was in doute
Bacus the wyn hem shynketh al aboute
And Venus laugheth vpon euery wight
ffor Ianuarie was bicome hir knyght
And wolde bothe assayen his corage
In libertee and eek in mariage
And with hir firbrond in hyr hand aboute
Daunceth biforn the bryde and al the route
And certeinly I dar right wel seyn this
Imeneus that god of weddyng is
Saugh neuere his lyf so myrie a wedded man
Hoold thou thy pees thou poete marcian
That writest vs that ilke weddyng myrie
Of hyr philologie and hym mercurie

Marchant

Any of the songes, that the muses songe
To smal is bothe thy penne and eek thy tonge
ffor to discryuen of this mariage
Whan tendre youthe hath wedded stoupyng age
Ther is swich myrthe þt it may nat be writen
Assayeth it your self, thanne may ye witen
If that I lye or noon in this matiere
Mayus that sit so benyngne a chiere
Hir to biholde it semes fairye
Queene Ester looked neuer wt swich an eye
On Assuer so meke a look hath she
I may yow nat deuyse al hir beautee
But thus muche of hir beautee telle I may
That she was lyk the brighte morwe of may
ffulfild of alle beautee and plesaunce
This Januarie is rauysshed in a traunce
At euery tyme he looked on hir face
But in his herte he gan hir to manace
That he that nyght in armes wolde hir streyne
Harder than euere Parys dide Eleyne
But natheles yet hadde he greet pitee
That thilke nyght offenden hir moste he
And thoughte allas o tendre creature
Now wolde god ye myghte wel endure
Al my corage it is so sharp and keene
I am agast ye shul it nat susteene
But god forbede that I dide al my myght
Now wolde god þt it were woxen nyght
And that the nyght wolde lasten eueremo
I wolde that al this peple were ago
And finally he dooth al his labour
As he best myghte sauynge his honour
To haste hem fro the mete in subtil wyse
The tyme cam that resoun was to ryse
And after that men daunce and drynken faste
And spices al aboute the hous they caste
And ful of ioye and blisse is euery man
Al but a Squyer highte Damyan
Which carf biforn the knyght ful many a day
He was so rauysshed on his lady may
That for the verray peyne he was ny wood
Almoost he swelte and swowned ther he stood
So soore hath venus hurt hym wt hir brond
As þt she bar it daunsynge in hir hond
And to his bed he wente hym hastily
Namoore of hym at this tyme speke I
But ther I lete hym wepe ynogh and pleyne
Til fresshe may wol rewen on his peyne

Marchaunt

Auctor

Envyous ffo, that in the bestialte bredeth
Of famulier fo, that his seruyse bedeth
O seruant traytour, false hoomly heek
lyk to the nadre in bosom sly vntrewe
God shilde vs alle from youre aqueyntaunce
O Januarie, dronken in plesance
In mariage, se hou thy Damyan
Thyn owene Squier, and thy born man
Entendeth for to do thee vileynye
God graunte thee thyn hoomly fo to espye
ffor in this world, nys werse pestilence
Than hoomly fo, alday in thy presence

Parfourned hath the sonne, his ark diurne
No lenger, may the body of hym soiurne
On thorisonte, as in that latitude
Night wt his mantel pt is derk and rude
Gan ouerspred the hemysprie aboute
ffor which departed is this lusty route
ffro Januarie, with thank on euery syde
Hoom to hir hous, lustily they ryde
Wher as they doon hir thynges, as hem leste
And whan they sye hir tyme, goon to reste
Soone after that, this hastif Januarie
Wolde go to bedde, he wolde no lenger tarye
He drynketh ypocras, clarree and vernage
Of spices hoote tencreessen his corage
And many a letuarye hath he ful fyn
Swiche as the monk, daun Constantyn
Hath writen, in his book de coitu
To eten hem alle, he nas no thyng eschu
And to hise priuee freendes thus seyde he
ffor goddes loue, as soone as it may be
lat voyden al this hous, in curteys wyse
And they han doon, right as he wol deuyse
Men drynken, and the traueys drawe anon
The bryde, was broght abedde, as stille as stoon
And whan the bed, was with the preest yblessed
Out of the chambre, hath euery wight hym dressed
And Januarie, hath faste in armes take
His fresshe may, his paradys his make
He lulleth hir, he kisseth hir ful ofte
With thikke bristles, of his berd vnsofte
lyk to the skyn of houndfyssh, sharp as brere
ffor he was shaue al newe, in his manere
He rubbeth hir, aboute hir tendre face
And seyde thus, allas I moot trespace
To yow my spouse, and yow greetly offende
Er tyme come, pt I wil down descende

Marchaunt

But natheles, considereth this quod he
Ther nys no werkman, what so euer he be
That may bothe werke wel and hastily
This wol be doon at leyser parfitly
It is no fors, how longe þt we pleye
In trewe wedlok, tedes be we tweye
And blessed be the yok, þt we been inne
For in oure Actes, we mowe do no synne
A man, may do no synne wt his wyf
Ne hurte hym seluen wt his owene knyf
For we han leue, to pleye vs by the lawe
Thus labourith he, til þt the day gan dawe
And thanne he taketh a sop, in fyn clarree
And vpright in his bed, thanne sitteth he
And after that, he sang ful loude and clere
And kiste his wyf, and made wantowne chere
He was al coltissh, ful of ragerye
And ful of Jargon, as a flekked pye
The slakke skyn, aboute his nekke shaketh
Whil þt he sang, so chaunteth he and craketh
But god woot what þt May thoughte in hir herte
Whan she hym saugh, vp sittynge in his sherte
In his nyght cappe, and wt his nekke lene
She preyseth nat his pleyyng worth a bene
Thanne seide he thus, my reste wol I take
Now day is come, I may no lenger wake
And doun he leyde his heed, and slep til pryme
And after whan, þt he saugh his tyme
Vp ryseth Januarie, but fresshe May
Heeld hir chambre, on to the fourthe day
As vsage is, of wyues, for the beste
For euery labour, som tyme moot han reste
Or elles, longe may he nat endure
This is to seyn, no lyues creature
Be it of fyssh, or bryd, or beest, or man
Now wol I speke, of woful Damyan
That langwissheth for loue, as ye shul here
Therfore I speke to hym in this manere

Auctor

I seye, o sely Damyan allas
And swere to my demaunde, as in this cas
How shaltow, to thy lady fresshe May
Telle thy wo, she wold allwey seye nay
Eek if thou speke, she wol thy wo biwreye
God be thyn help, I kan no bettre seye
This sike Damyan, in venus fyr
So brenneth that he dyeth for desyr
For which he putte his lyf in auenture
No lenger myghte he in this wise endure

Chaucer

But pryuely a peyntier gan he borwe
And in a lettre wroot he al his wille
In manere of a compleynt or a lay
Vn to his faire fresshe lady may
And in a pyns of sylk heng on his sherte
he hath it put and leyde it at his herte

The moone that at noon was thilke day
That Januarie hath wedded fresshe may
In two of Tawr was in to Cancre glyden
So longe hath mayus in hir chambre byden
As custume is vn to thise nobles alle
A bryde shal nat eten in the halle
Til dayes foure or iij dayes atte leeste
ypassed been thanne lat hir go to feeste
The fourthe day compleet fro noon to noon
Whan yt the heighe masse was ydoon
In halle sit this Januarie and may
As fressh as is the brighte somers day
And so bifel how that this goode man
Remembred hym vpon this Damyan
And seyde seynte marie how may this be
That Damyan entendeth nat to me
Is he ay syk or how may this bityde
His squieres whiche that stooden ther bisyde
Excused hym by cause of his sikneesse
Which letted hym to doon his bisynesse
Noon oother cause myghte make hym tarye
That me forthynketh quod this Januarie
he is a gentil squier by my trouthe
If that he deyde it were harm and routhe
he is as wys discreet and as secree
As any man I woot of his degree
And ther to manly and eek seruysable
And for to been a thrifty man right able
But after mete as soone as euere I may
I wol my self visite hym and eek may
To doon hym al the confort that I kan
And for that word hym blessed euery man
That of his bountee and his gentillesse
he wolde so conforten in sikneesse
his squier for it was a gentil dede
Dame quod this Januarie taak good hede
At after noon ye yt youre wommen alle
Whan ye han been in chambre out of this halle
That alle ye go se this Damyan
Dooth hym disport he is a gentil man
And telleth hym that I wol hym visite
Haue I no thyng but rested me alite

Marchant

And grete yow faste, for I wole abyde
Til that ye slepe, faste by my syde
And at that word he gan to hym to calle
A Squyer, that was marchal of his halle
And tolde hym certeyn thynges, what he wolde
This fresshe may, hath streight hir wey yholde
With alle hir women, vn to damyan
Doun by his beddes syde, sit she than
Confortynge hym, as goodly as she may
This damyan, whan that his tyme he say
In secree wise, his purs and eek his bille
In which pt he, ywriten hadde his wille
Hath put in to hir hand, with outen moore
Saue pt he siketh wonder depe and soore
And softely to hir, right thus seyde he
mercy, and that ye nat discouere me
ffor I am deed, if that this thing be kyd
This purs hath she, iwith hir bosom hyd
And boute hir wey, ye gete namoore of me
But vn to Januarie, ycouren is she
That on his beddes syde, sit ful softe
And taketh hys, and kisseth hyr ful ofte
And leyde hym doun to slepe, and that anon
She feyned hir, as that she moste gon
Ther as ye woot, pt euery wight moot neede
And whan she of this bille, hath taken heede
She rente it, al to cloutes atte laste
And in the pryuee, softely it caste
Who studieth now but faire fresshe may
Doun by olde Januarie she lay
That slep, til pt the coughe hath hym awakes
Anon he preyde hir, strepen hir al nakes
He wolde of hir he seyde han som plesance
He seyde hir clothes, dide hym encombraunce
And she obeyeth, be hir lief or looth
But lest ye pitous folk, be with me wrooth
How that he wroghte, I say nat to yow telle
Or whether, pt hir thoughte it paradys or helle
But heere I lete hem, werken in hir wyse
til euensong, and pt they moste aryse
Were it by destinee, or by auenture
Were it by influence, or by nature
Or constellacion that in swich estaat
The heuene stood that tyme fortunaat
Was for to putte a bille of venus werkes
For alle thyng hath tyme, as seyn thise clerkes
To any woman for to gete hir loue
I kan nat seye, but grete god aboue

The Marchant

That knoweth, that noon Act is causelees
He deme of al, for I wole holde my pees
But sooth is this, how that this fresshe May
Hath take swich impression that day
For pitee of this sike Damyan
That from hir herte she ne dryve can
The remembrance, for to doon hym ese
Certeyn thoghte she, whom þt this thyng displese
I rekke noght, for heere I hym assure
To love hym best, of any creature
Though he namoore hadde than his sherte
Lo pitee renneth soone in gentil herte

Heere may ye se, how excellent franchise
In wommen is, whan they hem narwe avyse
Som tyrant is, as ther be many oon
That hath an herte, as hard as any stoon
Which wolde han lat hym sterven in the place
Wel rather, than han graunted hym hys grace
And hem rejoysen in hir cruel pryde
And rekke nat, to been an homycide

This gentil May fulfilled of pitee
Right of hys hand, a lettre made she
In which she graunteth hym hys vary grace
Ther lakketh noght, oonly but day and place
Wher þt she myghte vnto his lust suffise
For it shal be, right as he wole devyse
And whan she saugh hir tyme vpon a day
To visite this Damyan gooth May
And sotilly this lettre doun she threste
Under his pilwe, rede it if hym leste
She taketh hym by the hand and harde hym twiste
So secrely, that no wight of it wiste
And bad hym been al hool, and forth she wente
To Januarie, whan þt he for hym sente

Vp ryseth Damyan the nexte morwe
Al passed was his siknesse and his sorwe
He kembeth hym, he preyneth hym and pyketh
He dooth, al that his lady lust and lyketh
And eek to Januarie, he gooth as lowe
As evere dide a dogge for the bowe
He is so plesaunt, vn to every man
For craft is al, whoso þt do it kan
That every wight is fayn to speke hym good
And fully, in his lady grace he stood
Thus lete I Damyan, aboute his nede
And in my tale forth, I wol precede

Somme clerkes holden that felicitee
Stant in delit, and therfore certeyn he

¶ Marchant

This noble Januarie, with al his myght
In honeste wyse, as longeth to a knyght
Shoop hym to lyve, ful deliciously
His housynge, his aray, as honestly
To his degree, was maked as a kynges
Amonges othere, of hyse honeste thynges
He made a gardyn, walled al with stoon
So fair a gardyn, woot I nowher noon
ffor out of doute, I verraily suppose
That he, yt wroot the romaunce of the Rose
Ne koude of it, the beautee wel devyse
Ne Pryapus, ne myghte nat suffise
Though he be god of gardyns, for to telle
The beautee of the gardyn, and the welle
That stood vnder a laurer, alwey grene
ffull ofte tyme, he Pluto and his queene
Proserpina, and al hyr fayrye
Disporten hem, and maken melodye
Aboute that welle, and daunced as men tolde
¶ This noble knyght, this Januarie the olde
Swich deyntee hath, in it to walke and pleye
That he wol no wight suffren bere the keye
Save he hym self, for of the smale wyket
He baar alwey, of silver a Clyket
With which, whan yt hym liste he it vnshette
And whan he wolde, paye his wyf hir dette
In Somer seson, thider wolde he go
And May his wyf, and no wight but they two
And thynges, whiche yt were nat doon abedde
He in the gardyn, pfourned hem and spedde
And in this wyse, many a myrie day
lyved this Januarie, and fresshe May
But worldly Joye, may nat alwey dure
To Januarie, ne to no creature
¶ O sodeyn hap, o thou fortune unstable
lyk to the Scorpion, so deceyuable
That flaterest wt thyn heed, whan thou wolt stynge
Thy tayl is deeth, thurgh thyn envenymynge
O brotil Joye, o sweete venym queynte
O monstre, that so subtilly kanst peynte
Thy yiftes, vnder hewe of stidefastnesse
That thou deceyuest, bothe moore and lesse
Why hastow Januarie, this deceyued
That haddest hym, for thy ful freend receyued
And now thou hast, byraft hym bothe hise eyen
ffor sorwe of which, desireth he to dyen
¶ Allas, this noble Januarie free
Amydde his lust, and his prosperite

¶ Auctor

Marchant

Is wexen blynd, and that al sodeynly
He wepeth and he wayleth pitously
And ther with al the fyr of jalousie
Lest p{that} his wyf sholde falle in swich folye
Ofbrente his herte, that he wolde fayn
That som man dothe hym & hys hadde slayn
ffor neythey after his deeth, nor in his lyf
Ne wolde he p{that} she were love ne wyf
But evir lyue as wydewe in clothes blake
Soul as the turtle p{that} lost hath hys make
But atte laste, after a monthe or tweye
His sorwe gan aswage, sooth to seye
ffor whan he wiste, it may noon oother be
He paciently took his Aduersitee
Saue out of doute, he may nat forgoon
That he nas jalous euermoore in oon
Which jalousye, it was so outrageous
That neithey in halle, nyn noon oother hous
N{or}yn noon oother place neyther mo
He nolde suffre hyr, for to ryde or go
But if p{that} he had hond on hyr alway
ffor which ful ofte, wepeth flessche may
That loueth damyan, so benyngnely
That she moot, outhey dyen sodeynly
Or elles she moot han hym as hyr leste
She wayteth whan hyr herte walde breste

Vpon that oother syde damyan
Bycomen is the sorwefulleste man
That euer was for neithey nyght ne day
Ne myghte he speke a word to flessche may
As to his purpos of no swich matteere
But if that januarie moste it heere
That hadde an hand vpon hym euermo
But nathelees, by wrytyng to and fro
And pryue sygnes wiste he what she mente
And she knew eek the fyn of his entente

Auctor

O Januarie what myghte it thee auaille
Thogh thou myghtest se as fer as shypes saille
ffor as good is blynd deceyued be
As to be deceyued, whan a man may se
Lo Argus which p{that} hadde an houndred eyen
ffor al p{that} evir he koude poure or pryen
yet was he blent, and god woot so been mo
That wenen wisly, that it be nat so
Passe ouer is an ese I sey namoore

This flessche may p{that} I spak of so yoore
In warm wex hath enprynted the clyket
That januarie bar of the smale wyket

Marchaunt

By which in to his gardyn ofte he wente
And Damyan that knew al hys entente
The cliket countrefeted pryuely
They nys namoore to seye, but hastily
Som wonder by this cliket shal bityde
Which ye shul heeren, if ye wole abyde

O noble Ouyde, ful sooth seystou god woot
What sleighte is it, thogh it be long and hoot
That he nyl fynde it out, in som manere
By Pyramus and Tesbee may men leere
Thogh they were kept ful longe streite ouer al
They been accorded rownynge thurgh a wal
Ther no wight koude han founde out swich a sleighte

But now to purpos, er pt dayes eighte
Were passed, er the monthe of Juyl bifille
That Januarie hath caught so greet a wille
Thurgh eggyng of his wyf hym for to pleye
In his gardyn, and no wight but they tweye
That in a morwe vn to this may seith he
Rys vp my wyf my loue my lady free
The turtle voys is herd my dowue sweete
The wynter is goon with hise reynes weete
Com forth now with thyne eyen columbyn
How fairer been thy brestes, than is wyn
The gardyn is enclosed al aboute
Com forth my whyte spouse out of doute
Thou hast me wounded in myn herte o wyf
No spot of thee ne knew I al my lyf
Com forth and lat vs taken som disport
I chees thee for my wyf and my confort

Swiche olde lewed wordes vsed he
On Damyan a signe made she
That he sholde go biforn with his cliket
This Damyan thanne hath opened the wyket
And in he stirte, and that in swich manere
That no wight myghte it se, neither yheere
And stille he sit, vnder a bussh anon

This Januarie as blynd as is a stoon
With mayus in his hand, and no wight mo
In to his fresshe gardyn is ago
And clapte to the wyket sodeynly

Now wyf quod he heere nys but thou and I
That art the creature that I best loue
For by that lord, pt sit in heuene aboue
Leuer ich hadde to dyen on a knyf
Than thee offende trewe deere wyf
For goddes sake thenk how I thee chees
Noght for no couettise douteles

Questens

Marchant

But oonly, for the loue, I haue to thee
And though yt I be oold, and may nat see
Beth to me trewe, and I shal telle yow why
Thre thynges certes, shal ye wynne therby
ffyrst loue of Crist, and to yourself honour
And al myn heritage, toun and tour
I yeue it yow, maketh chartres as yow leste
This shal be doon tomorwe er sonne reste
So wisly god my soule brynge in blisse
I prey yow fyrst, in couenat ye me kisse
And though yt I be Ialous wyte me noght
ye been so depe enprinted in my thoght
That whan I considere yowre beautee
And therwith al the vnliklly elde of me
I may nat certes, though I sholde dye
fforbere to been out of yowre compaignye
ffor verray loue, this is with outen doute
Now kys me wyf and lat vs rome aboute

This fresshe may, whan she thise wordes herde
Benyngnely, to Januarie answerde
But fyrst and forward, she bigan to wepe
I haue quod she, a soule for to kepe
As wel as ye, and also myn honour
And of my wyfhod, thilke tendre flour
Which yt I haue assured in yowre hond
Whan yt the preest, to yow my body bond
Wherfore, I wole answere in this manere
By the leue of yow, my lord so deere
I prey to god, yt neuere dawe the day
That I ne sterue, as foule as woman may
If euere I do, on to my kyn that shame
Or elles, I enpeyre so my name
That I be fals, and if I do that lakke
Do stripe me, and put me in a sakke
And in the nexte ryuer, do me drenche
I am a gentil woman and no wenche
Why speke ye thus, but men been euer vntrewe
And women, haue repreue of yow ay newe
ye han noon oother contenaunce I leeue
But speke to vs, of ontrust, and repreeue

And with that word, she saugh wher Damyan
Satt in the busssh, and coughen she bigan
And with hir fynger, signes made she
That Damyan, sholde clymbe vpon a tree
That charged was wt fruyt, and vp he wente
ffor verraily, he knew al hir entente
And euery signe, yt she koude make
Wel bet than Januarie, hir owene make

Marchaunt

ffor in a lettre / she hadde toold hym al
Of this matere / how he werchen shal
And thus I lete hym sitte vp on the pyrie
And Ianuarie and May romynge vp pye

Bright was the day / and blew the firmament
Phebus hath of gold / hise stremes doun ysent
To gladen euery flour / with his warmnesse
He was that tyme in Geminis as I gesse
But litel / fro his declinacion
Of Cancer Iouis exaltacion
And so bifel that brighte morwetyde
That in that gardyn / in the ferther syde
Pluto that is kyng of ffairye
And many a lady / in his compaignye
ffolwynge his wyf the queene Proserpyne
Ech after oother / right as a lyne
Whil þt she gadered floures in the mede
In Claudyan / ye may the stories rede
And in his grisly carte he hir sette
This kyng of ffairye / thanne adoun hym sette
Vp on a bench of turues / fressh and grene
And right anon / thus seyde he to his queene

My wyf quod he / they may no wight seye nay
Thexperience / so preueth euery day
The tresons / whiche þt wommen doon to man
Ten hondred thousand / tellen I kan
Notable of youre vntrouthe and brotilnesse
O Salomon wys / and richest of richesse
ffulfild of sapience / and of worldly glorie
fful worthy been thy wordes to memorie
To euery wight / þt wit and reson kan
Thus preiseth he yet / the bontee of man

Amonges a thousand men / yet foond I oon
But of wommen alle / foond I noon

Thus seith the kyng / þt knoweth youre wikkednesse
And thus filius Syrak as I gesse
Ne speketh of yow / but seelde reuerence
A wylde fyr / and corrupt pestilence
So falle vp on youre bodyes yet to nyght
Ne se ye nat / this honurable knyght
By cause allas / that he is blynd and old
His owene man / shal make hym cokewold
Lo heere he sit / the lechour in the tree
Now wol I graunten / of my magestee
Vn to this olde blynde worthy knyght
That he shal haue ayeyn hise eyen syght
Whan þt his wyf wold doon hym vileynye
Thanne shal he knowen / al hir harlotrye

Marchaunt

Bothe in repreue of hys and othere mo
"Ye shal quod Proserpyne wol ye so
Now by my moodres syres soule I swere
That I shal yeuen hys suffisant answere
And alle wommen after for hir sake
That though they be in any gilt ytake
With face bold they shulle hem self excuse
And bere hem doun that wolden hem accuse
ffor lakke of answere noon of hem shal dyen
Al hadde man seyn a thyng wt bothe hise eyen
yit shulle wommen visage it hardily
And wepe and swere and visage it subtilly
So yt ye men shul ben as lewed as gees
What rekketh me of youre auctoritees

I woot wel that this Iew this Salamon
ffoond of vs wommen fooles many oon
But though yt he ne foond no good womman
yet hath they founde many another man
Wommen ful trewe ful good and vertuous
Witnesse on hem yt dwelle in cristes hous
With martyrdom they preued hys constance
The Romayn geestes eek maken remembrance
Of many a verray trewe wyf also
But sire ne be nat wrooth al be it so
Though yt he seyde he foond no good womman
I prey yow take the sentence of the man
He mente thus that in souereyn bontee
Nis noon but god yt sit in Trinitee

Ey for verray god that nys but oon
What make ye so muche of Salamon
What though he made a temple goddes hous
What though he were riche and glorious
So made he eek a temple of false goddis
How myghte he do a thyng yt moore forbode is
Pardee as faire as ye his name enplastre
He was a lecchour and an ydolastre
And in his elde he verray god forsook
And if god ne hadde as seith the book
yspared for his fadres sake he sholde
Haue lost his regne rather than he wolde
I sette right noght of al the vileynye
That ye of wommen write a boterflye
I am a womman nedes moot I speke
Or elles swelle til myn herte breke
ffor sithen he seyde that we ben Iangleresses
As euere hool I moote brouke my tresses
I shal nat spare for no curteisye
To speke hym harm yt wolde vs vileynye

Marchant

Dame quod this Pluto be no lenger wrooth
I yeue it up / but sith I swoor myn oth
That I wolde graunten hym his sighte ageyn
My word shal stonde I warne yow certeyn
I am a kyng / it sit me noght to lye

And I quod she / a queene of ffairye
Hir answere shal she haue I undertake
lat vs namoore wordes heerof make
ffor sothe I wol no lenger yow contrarie

Now lat vs turne agayn to Januarie
That in the gardyn / with his faire may
Syngeth ful murier than the Popejay
yow loue I best and shal and ootheȝ noon
So longe aboute the aleyes is he goon
Til he was come agayns thilke pyrie
Wher as this damyan sitteth ful myrie
An heigh among the fresshe leues grene

This fresshe may / that is so bright and sheene
Gan for to syke / and seyde allas my syde
Now sir quod she / for aught þt may bityde
I moste han / of the peres that I se
Or I moot dye / so soore longeth me
To eten of the smale peres grene
Help for hir loue / þt is of heuene queene
I telle yow wel / a woman in my plit /
May han to fruyt so greet an appetit
That she may dyen / but she of it haue

Allas quod he / þt I ne had heer a knaue
That koude clymbe / allas allas quod he
That I am blynd / ye sir no fors quod she
But wolde ye vouche sauf for goddes sake
The pyrie inwith youre armes for to take
ffor wel I woot that ye mystruste me
Thanne sholde I clymbe wel ynogh quod she
So I my foot myghte sette vpon youre bak

Certes quod he / ther on shal be no lak
Myghte I yow helpen / with myn herte blood
He stoupeth down / and on his bak she stood
And caughte hym by a twiste / and vp she gooth
ladyes I prey yow / þt ye be nat wrooth
I kan nat glose / I am a rude man
And sodeynly anon this damyan
Gan pullen vp the smok / and in he throng

And whan þt Pluto saugh this grete wrong
To Januarie he gaf agayn his sighte
And made hym se / as wel as euere he myghte
And whan þt he / hadde caught his sighte agayn
Ne was ther neuere man of thyng so fayn

Marchauntȝ

But on his wyf his thoght was euere
vp to the tree he caste hise eyen two
And saugh þt Damyan his wyf had dressed
In swich manere it may nat been expressed
But if I wolde speke vncurteisly
And vp he yaf a roryng and a cry
As dooth the moder whan the child shal dye
Out help allas harrow he gan to crye
O stronge lady stoore what dostow?
¶ And she answerde syr what eyleth yow
Haue pacience and reson in yowr mynde
I haue yow holpe on bothe youre eyen blynde
Vp pil of my soule I shal nat lyen
As me was taught to heele with youre eyen
Was no thyng bet to make yow to see
Than struggle wt a man vp on a tree
God woot I dide it in ful good entente
¶ Struggle quod he ye algate in it wente
God yeue yow bothe on shames deth to dyen
He swyued thee I saugh it with myne eyen
And elles be I hanged by the hals
¶ Thanne is quod she my medicyne fals
ffor certeinly if that ye myghte se
Ye wolde nat seyn thise wordes vn to me
Ye han som glymsyng and no parfit sighte
¶ I se quod he as wel as euer I myghte
Thonked be god wt bothe myne eyen two
And by my trouthe me thoughte he dide thee so
¶ Ye maze maze goode syre quod she
This thank haue I for I haue maad yow see
Allas quod she that euer I was so kynde
¶ Now dame quod he lat al passe out of mynde
Com doun my lief and if I haue myssayd
God help me so as I am yuele apayd
But by my fader soule I wende han seyn
How that this Damyan hadde by thee leyn
And þt thy smok hadde leyn vp on his brest
¶ Ye sire quod she ye may wene as yow lest
But sire a man þt waketh out of his sleep
He may nat sodeynly wel taken keep
Vp on a thyng ne seen it parfitly
Til þt he be adawed verraily
¶ Right so a man þt longe hath blynd ybe
Ne may nat sodeynly so wel yse
ffirst whan his sighte is newe come ageyn
As he þt hath a day or two yseyn
Til that youre sighte ysatled be a while
They may ful many a sighte yow bigile

Marchauntz

Beth way I prey yow for vij seuene thyng
fful many a man weneth to seen a thyng
And it is al another than it semeth
he þt mysconceyneth he mysdemeth
And with that word she leep doun fro the tree
This Januarie who is glad but he
he kysseth hyr and clyppeth hyr ful ofte
And on hyr wombe he stroketh hyr ful softe
And to his palays hoom he hath hyr lad
Now goode men I pray yow be glad
Thus endeth heere my tale of Januarie
God blesse and his mooder Seinte Marie

Heere is ended the Marchantes tale of Januarie

The prologe of the Squyeres tale

Ey goddes mercy seyde oure hoost tho
Now suche a wyf I pray god kepe me fro
Lo whiche sleightes and subtiltees
In wommen been for ay as bisy as bees
Been they vs sely men for to deceyue
And from a sooth euere wol they weyue
By this marchauntes tale it preueth weel
But douteles as trewe as any steel
I haue a wyf thogh þt she poure be
But of hyr tonge a labbyng shrewe is she
And yet she hath an heep of vices mo
Therof no fors lat alle swiche thynges go
But wyte ye what in conseil be it seyd
Me reweth soore I am vnto hyr teyd
ffor and I sholde rekenen euery vice
Which þt she hath ywis I were to nyce
And cause why it sholde reported be
And told to hyr of some of this meynee
Of whom it nedeth nat for to declare
Syn wommen konnen outen swich chaffare
And eek my wit suffiseth nat therto
To tellen al wherfore my tale is do
Squyer com neer if it youre wille be
And sey somwhat of loue for certes ye
Konnen theron as muche as any man
Nay sir quod he but I wol seye as I can
With hertly wyl for I wol nat rebelle
Again youre lust a tale wol I telle

Squier

Haue me excused, if I speke amys
My wyl is good, and lo my tale is this

¶ Heere bigynneth the Squyeres tale

At Sarray, in the land of Tartarye
Ther dwelte a kyng, that werreyed Russye
Thurgh which ther dyde many a doughty man
This noble kyng was cleped Cambyuskan
Which in his tyme, was of so greet renown
That ther was nowher in no Region
So excellent a lord in alle thyng
Hym lakked noght, that longeth to a kyng
And of the secte, of which pt he was born
He kepte his lay, to which pt he was sworn
And ther to, he was hardy, wys, and riche
And pitous, and Iust, alwey yliche
Sooth of his word, benigne and honrable
Of his corage, as any centre stable
Yong, fressh, strong, and in Armes desirous
As any Bacheler, of al his hous
A fair persone he was and fortunat
And kepte alwey, so wel royal estat
That ther was nowher swich another man
This noble kyng, this Tartre Cambyuskan
Hadde two sones, on Elpheta his wyf
Of whiche the eldeste highte Algarsyf
That oother sone, was cleped Cambalo
A doghter hadde this worthy kyng also
That yongest was, and highte Canacee
But for to telle yow al hir beautee
It lyth nat in my tonge, nyn my konnyng
I dar nat vndertake, so heigh a thyng
Myn englissh eek, is insufficient
It moste been, a Rethor excellent
That koude hise colours, longynge for that Art
If he sholde hir discryuen euery part
I am noon swich, I moot speke as I kan
And so bifel, that whan this Cambyuskan
Hath twenty wynter, born his diademe
As he was wont, fro yeer to yeer I deeme
He leet the feeste, of his natiuitee
Doon cryen, thurgh Sarray his cite
The laste Idus of March, after the yeer
Phebus the Sonne, ful Ioly was and cleer
For he was, neigh his exaltacioun
In Martes face, and in his mansion

Squier

In Apres the colerik hoote signe
ffull lusty was the weder and benigne
ffor which the fowkeles agayn the sonne sheene
What for the seson and the yonge greue
ffull loude songen hyr affecciouns
Hem semed han geten hem proteccions
Agayn the swerd of wyntir keene and cold
This Cambynskan of which I haue yow told
In roial vestiment sit on his deys
With diademe ful heyghe in his paleys
And halt his feeste solempne and so ryche
That in this world was ther noon it lyche
Of which if I shal tellen al tharray
Thanne wolde it occupie a somers day
And eek it nedeth nat for to deuyse
At euery cours the ordre of hys seruyse
I wol nat tellen of hir straunge sewes
Ne of hir swannes nor of hir heronsewes
Eek in that lond as tellen knyghtes olde
Ther is som mete þt is ful deynte holde
That in this lond men recche of it but smal
Ther nys no man that may reporten al
I wol nat tarien yow for it is pryme
And for it is no fruyt but los of tyme
Vn to my firste I wole haue my recours
And so bifel that after the thridde cours
Whil þt this kyng sit thus in his nobleye
Herknynge hise mynstralx hir thynges pleye
Biforn hym at the bord deliciously
In at the halle dore al sodeynly
Ther cam a knyght vpon a steede of bras
And in his hand a brood myrour of glas
Vpon his thoumbe he hadde of gold a ryng
And by his syde a naked swerd hangyng
And vp he rydeth to the heighe bord
In al the halle ne was ther spoken a word
ffor merueille of this knyght hym to biholde
ffull bisily they wayten yonge and olde
This straunge knyght that cam thus sodeynly
Al armed saue his heed ful richely
Saleweth kyng and queene and lordes alle
By ordre as they seten in the halle
With so heigh reuerence and obeisance
As wel in speche as in contenance
That Gawayn with his olde curteisye
Though he were comen ayein out of ffairye
Ne koude hym nat amende with a word
And after this biforn the heighe bord

Squier

He with a manly voys / seith his message
After the forme / vsed in his langage
With outen vice / of silable / or of lettre
And for his tale / sholde seme the bettre
Accordaunt to hise wordes / was his cheere
As techeth art of speche / hem þ{a}t it leere
Al be that / I kan nat sowne his stile
Ne kan nat clymben / ouer so heigh a style
Yet seye I this / as to commune entente
Thus muche amounteth / al þ{a}t euer he mente
If it so be / þ{a}t I haue it in mynde

He seyde / the kyng of Arabe and of Inde
My lige lord / on this solempne day
Saleweth yow / as he best kan and may
And sendeth yow / in honour of youre feeste

Of the vertu of the steede of bras

By me / that am al redy at youre heeste
This steede of bras / that esily and weel
Kan in the space / of o day natureel
This is to seyn / in foure and twenty houres
Wher so yow lyst / in droghte or elles shoures
Beren youre body / in to euery place
To which youre herte / wilneth for to pace
With outen wem of yow / thurgh foul or fair
Or if yow lyst / to fleen / as hye in the air
As dooth an Egle / whan þ{a}t hym list to soore
This same steede / shal bere yow euer moore
With outen harm / til ye be ther yow leste
Though that ye slepen / on his bak or reste
And turne ayeyn / with writhyng of a pyn
He þ{a}t it wroghte / koude ful many a gyn
He wayted / many a constellacion
Er he / had doon / this operacion
And knew ful many a seel / and many a bond

Of the vertu of the mirour

This mirour eek / þ{a}t I haue in myn honde
Hath swich a myght / þ{a}t men may in it see
Whan ther shal fallen / any aduersitee
Vn to youre regne / or to youre self also
And openly / who is youre freend or foo
And ouer al this / if any lady bright
Hath set hire herte / in any maner wight
If he be fals / she shal his tresoun see
His newe loue / and al his subtiltee
So openly / þ{a}t ther shal no thyng hyde
Wherfore / ageyn this lusty someres tyde
This mirour / and this ryng / þ{a}t ye may see
He hath sent / to my lady Canacee
Youre excellente doghter / that is heere

Of the vertu of the ryng

The vertu of the ryng / if ye wol heere

Squier

Is this, that if hym lust it for to bere
Upon hys thombe, or in his purs it bere
Ther is no fowel, þt fleeth under the heuene
That she ne shal wel vnderstonde his steuene
And knowe his menyng openly and pleyn
And answere hym in his langage ageyn
And euy gras, that groweth vpon roote
She shal eek knowe, and whom it wol do boote
Al be hise woundes, neuer so depe and wyde

This naked swerd, þt hangeth by my syde   ¶ Of the vertu of the swerd
Which vertu hath, þt what man so ye smyte
Thurgh out his armure it wole hym kerue and byte
Were it as thikke, as is a braunched ook
And what man that is wounded wt a strook
Shal neuer be hool, til þt yow list of grace
To stroke hym wt the plat, in that place
Ther he is hurt, this is as muche to seyn
Ye moote with the plat swerd agayn
Strike hym in the wounde, and it wol close
This is a veray sooth, withouten glose
It failleth nat whils it is in youre hoold

And whan this knyght hath thus his tale toold
He rydeth out of halle and doun he lighte
His steede which þt shoon, as sonne bright
Stant in the court stille as any stoon
This knyght is to his chambre lad anoon
And is vnarmed, and vn to mete yset

The presentes, been ful ryally yfet
This is to seyn, the swerd and the mynour
And born anon in to the heighe tour
With certeine officers, ordeyned therfore
And vn to Canacee, this ryng was bore
Solempnely they she sit at the table
But openly withouten any fable
The hors of bras, þt may nat be remewed
It stant, as it were, to the ground yglewed
Ther may no man out of the place it dryue
For noon engyn, of wyndas ne polyue
And cause why / for they kan nat the craft
And therfore in the place, they han it laft
Til þt the knyght hath taught hem the manere
To voyden hym, as ye shal after here

Greet was the prees, þt swarmeth to and fro
To gauren on this hors, that stondeth so
For it so heigh was, and so brood and long
So wel proporcioned for to been strong
Right as it were a steede of lumbardye
Ther with so horsly and so quyk of eye

Squier

As it a gentil Poilleys courser were
For ek so his tayl / on to his eye
Nature ne Art / ne koude hym nat amende
In no degree / as al tho peple wende
But euermoore / hir mooste wonder was
How pt it koude go / and was of bras
It was a ffairye / as al the peple semed
Diuse folk / diuersely they demed
As many hedes / as manye wittes they been
They murmureden / as dooth a swarm of been
And maden skiles / after hir fantasies
Rehersynge / of thise olde poetries
And seyde / that it was lyk the Pegase   equs pegaseus
The hors / pt hadde wynges for to flee
Or elles / it was the Grekes hors Synon
That broghte Troie to destruccion
As men in thise olde geestes rede
Myn herte quod oon / is euermoore in drede
I trowe / som men of armes been they inne
That shapen hem / this Citee for to wynne
It were right good / pt al swich thyng were knowe
Another rowned / to his felawe lowe
And seyde he sheith / it is rather lyk
An apparence / ymaad by som magyk
As Iogelours pleyen at thise feestes grete
Of sondry doutes / thus they Iangle & trete
As lewed peple / demeth comunly
Of thynges / pt been maad / moore subtilly
Than they kan / in hir lewdenesse comprehende
They demen gladly / to the badder ende
And somme of hem / wondred on the mirour
That born was vp / in to the hye tour
Hou men myghte in it / swiche thynges se
Another answerde / and seyde it myghte wel be
Naturelly / by composicions
Of angles / and of slye reflexions
And seyden / pt in Rome was swich oon
They speken / of Alocen and Vitulyon
And Aristotle / that writen in hir lyues
Of queynte mirours / and of prespectiues
As knowen they / that han hir bookes herd
And oother folk / han wondred on the swerd
That wolde percen thurgh out euery thyng
And fille in speche / of Thelaphus the kyng
And of Achilles / with his queynte spere
ffor he koude with it boithe heele and dere
Right in swich wise / as men may wt the swerd
Of which right now / ye han yours seluen herd

Squier

They speken of sondry hardyng of metal
And speke of medicynes ther-with al
And hou and whanne it sholde yhardes be
Which is vnknowe, algates vnto me
¶ Also speke they of Canacees ryng
And seyden alle, þt swich a wonder thyng
Of craft of rynges herde they neuer noon
Saue þt he moyses, and kyng Salomon
Hadde a name of konnyng in swich Art
Thus seyn the peple, and draken hem apart
¶ But nathelees, somme seiden þt it was
Wonder, to maken of fern Asshen glas
And yet nys glas nat lyk Asshen of fern
But for they han knowen it so fern
Therfore cesseth hir iangling & hir wonder
As sore wondren somme on cause of thonder
On ebbe, on flood, on gossour and on myst
And alle thyng til þt the cause is wyst
Thus iangle they, and demen and deuyse
Til þt the kyng gan fro the bord aryse
¶ Phebus hath laft the angle meridional
And yet ascendynge was the beest roial
The gentil leon, with his Aldnan
Whan þt this tartre kyng dambyuskan
Roos fro his bord, ther that he sat ful hye
Toforn hym gooth the loude mynstralcye
Til he cam to his chambre of parementz
Ther as they sownen dyuse Instrumentz
That it is lyk an heuene for to heere
Now dauncen, lusty venus children deere
ffor in the ffyssh, hir lady sat ful hye
And looketh on hem with a frendlych eye
¶ This noble kyng is set vp in his Trone
This straunge knyght is fet to hym ful soone
And on the daunce he gooth with Canacee
Heere is the Ioye, and the Iolitee
That is nat able, a dul man to deuyse
He moste han knowen loue and his seruyse
And been a feestlych man, as fressh as may
That sholde yow, deuysen swich aray
¶ Who koude telle yow the forme of daunces
So Vnkouthe, and so fresshe contenaunces
Swich subtil lookyng and dissymulynges
ffor drede of Ialouse mennes apceyuynges
No man but lancelot, and he is deed
Therfore I passe, of al this lustiheed
I sey namoore, but in this Iolynesse
I lete hem, til men to the soper dresse

aldiran

Squier

The styward bit spices for to hye
And eek the wyn in al this melodye
The vssheris and the squyeris been ygoon
The spices and the wyn is come anoon
They ete and drynke and whan this hadde an ende
Vn to the temple as reson was they wende
The seruice doon they soupen al by day
What nedeth yow rehercen hir array
Ech man woot wel þt a kynges feeste
Hath plentee to the mooste and to the leeste
And deyntees mo than been in my knowyng
At after soper gooth this noble kyng
To seen this hors of bras wt al the route
Of lordes and of ladyes hym aboute
Swich wondryng was ther on this hors of bras
That syn the grete sege of Troie was
Þere was ther swich a wondryng as was tho
They as men wondreden on an hors also
But fynally the kyng axeth this knyght
The vertu of this courser and the myght
And preyde hym to telle his gouernance
This hors anoon bigan to trippe and daunce
Whan that this knyght leyde hand vpon his reyne
And seyde sire ther is namoore to seyne
But whan yow list to ryden any wheye
Ye mooten trille a pyn stant in his ere
Which I shal yow telle bitwix vs two
Ye moote nempne hym to what place also
Or to what contree þt yow list to ryde
And whan ye come ther as yow list abyde
Bidde hym descende and trille another pyn
ffor ther lith theffect of al the gyn
And he wol doun descende and doon youre wille
And in that place he wol stonde stille
Though al the world the contrie hadde yswore
He shal nat thennes been ydrawe nor ybore
Or if yow list bidde hym thennes goon
Trille this pyn and he wol vanysshe anoon
Out of the sighte of euery maner wight
And come agayn be it day or nyght
Whan þt yow list to clepen hym ageyn
In swich a gyse as I shal to yow seyn
Bitwixe yow and me and that ful soone
Ride whan yow list ther is namoore to doone
Enformed whan the kyng was of that knyght
And hath conceyued in his wit aryght
The manere and the forme of al this thyng
Thus glad and blithe this noble kyng

Squier

Repeireth to his ioye as biforn
The bridel is vn to the tour yborn
And kept among hise iueles leeue & deere
The hors vanysshed I noot in what manere
Out of hir sighte ye gete namoore of me
But thus I lete in lust and Iolitee
This Cambyuskan hise lordes festeiynge
Til wel ny the day bigan to sprynge

Explicit prima pars

Sequit pars secunda

The norice of digestion the sleep
Gan on hem wynke and bad hem taken keep
That muchel drynke and labour wolde han reste
And with a galpyng mouth hem alle he keste
And seyde it was tyme to lye adoun
For blood was in his dominacion
Cherisseth blood natures freend quod he
They thanken hym galpynge by two by thre
And euiy wight gan drawe hym to his reste
As sleep hem bad they tooke it for the beste
Hir dremes shul nat been ytoold for me
Ful were hir heuedes of fumositee
That causeth dreem of which ther nys no charge
They slepen til that it was pryme large
The moosste part but it were Canacee
She was ful mesurable as wommen be
For of hir fader hadde she take leue
To goon to reste soone after it was eue
Hir liste nat appalled for to be
Ne on the morwe vnfestlich for to se
And slepte hir firste sleep and thanne awook
ffor swich a ioye she in hir herte took
Bothe of hir queynte ryng and hir myrour
That twenty tyme she changed hir colour
And in hir sleep right for impression
Of hir myrour she hadde Avision
Wherfore er yt the sonne gan vp glyde
She cleped on hir maistresse hir biside
And seyde that hir liste for to ryse
Thise olde wommen yt been gladly wyse
As hir maistresse answerde hir anon
And seyde madame whider wil ye goon
Thus erly for the folk been alle on reste
I wol quod she arise for me leste

Squier

No lenger for to slepe, and walke aboute
This maystresse slepeth commen a greet route
And vp they rysen, wel an ten or twelue
Vpryseth fressh Canacee hir selue
As rody and bright as dooth the yonge sonne
That in the Ram is foure degrees vp ronne
Noon hyer was he, whan she redy was
And forth she walketh esily a pas
Arayed, after the lusty seson soote
Lightly for to pleye, and walke on foote
Nat but wt fyue or sixe, of hir meynee
And in a trench forth in the park gooth she
The vapour, which þt fro the erthe glood
Made the sonne to seme rody and brood
But natheles it was so fair a sighte
That it made alle hir hertes for to lighte
What for the seson, and the morwenynges
And for the foweles, that she herde synge
For right anon, she wiste what they mente
Right by hir song, and knew al hir entente
The knotte why þt euy tale is toold
If it be taryed, til that lust be cool
Of hem þt han it after herkned yoore
The sauour passeth, ay lenger the moore
For fulsomnesse of his prolixitee
And by the same reson, thynketh me
I sholde, to the knotte condescende
And maken of hir walkyng sone an ende
Amydde a tree fordrye, as whit as chalk
As Canacee was pleyyng in hir walk
Ther sat a ffaucon, ou hir heed ful hye
That with a pitous voys so gan to crye
That al the wode resouned of hir cry
Ybeten hath she hir-self so pitously
With bothe hir wynges til the rede blood
Ran endelong the tree ther she stood
And euer in oon she cryde alwey and shrighte
And with hir beek hir seluen so she prighte
That they nys tygre ne noon so cruel beest
That dwelleth outher in wode or in fforest
That nolde han wept, if þt she wepe kouth
For sorwe of hir, she shrighte alwey so loude
For ther nas neu'e man yet on lyue
If þt I koude a ffaucon wel discryue
That herde of swich another of fairnesse
As wel of plumage as of gentillesse
Of shap and al that myghte yrekened be
A ffaucon peryyn thanne semed she

℣ Squier iiij

Of fremde land, and hidmore as she stood
She bloketh now and now, for lakke of blood
Til wel neigh, is she fallen fro the tree
This faire kynges doghter Canacee
That on hir fynger baar the queynte ryng
Thurgh which she understood wel euery thyng
That any fowel, may in his leden seyn
And koude answeren hym in his leden ageyn
Hath understonde what this ffaucon seyde
And wel neigh, for the routhe almoost she deyde
And to the tree, she gooth ful hastily
And on this ffaukon loketh pitously
And heeld hir lappe abrood, for wel she wiste
The ffaukon moste fallen fro the twiste
Whan þt it swowned next for lakke of blood
A longe while to wayten hir she stood
Til atte laste, she spak in this manere
Vn to the hauk, as ye shal after heere
What is the cause, if it be for to telle
That ye be in this furial pyne of helle
Quod Canacee vn to the hauk aboue
Is this for sorwe of deeth, or los of loue
For as I trowe, thise been causes two
That causeth moost, a gentil herte wo
Of oother harm, it nedeth nat to speke
For ye youre self, vpon your self yow wreke
Which proueth wel, that outher loue or drede
Moot been encheson, of your cruel dede
Syn þt I see, noon oother wight yow chace
For loue of god, as dooth your seluen grace
Or what may been youre help, for west nor est
Ne saugh I neuere er now, no bryd ne beest
That ferde with hym self, so pitously
Ye sle me with your sorwe verrayly
I haue of yow, so greet passion
For goddes loue, com fro the tree adown
And as I am, a kynges doghter trewe
If þt I verraily, the cause knewe
Of your disese, if it lay in my myght
I wolde amenden it, er þt it were nyght
As wisly helpe me, the grete god of kynde
And herbes, shal I right ynowe yfynde
To heele with your hurtes hastily
Tho shrighte this ffaucon, moore yet pitously
Than er she dide, and fil to grounde anon
And lith aswowne deed, and lyk a stoon
Til Canacee hath in hir lappe hir take
Vn to the tyme, she gan of swough awake

Squier

And after that she of hir swough gan breyde
Right in hir haukes ledene, thus she seyde
That pitee renneth soone in gentil herte
Ffeelynge his similitude in peynes smerte
Is preued alday, as men may see
As wel by werk, as by auctoritee
Ffor gentil herte kitheth gentillesse
I se wel, ye han of my distresse
Compassion, my faire Canacee
Of verray wommanly benignytee
That nature, in your pryncyples hath yset
But for noon hope, for to fare the bet
But for obeye vn to your herte free
And for to maken othere be war by me
As by the whelp, chastes is the leon
Right for that cause, and for that conclusion
Whil yt I haue, a leyser and a space
Myn harm, I wol confessen er I pace
And euer, whil yt oon hir sorwe tolde
That other weep, as she to water wolde
Til that the ffaucon bad hir to be stille
And with a syk, right thus she seyde hir wille
That I was bred, allas that harde day
And fostred in a Roche, of marbul gray
So tendrely, that no thyng eyled me
I nyste nat what was Aduersitee
Til I koude flee ful hye, vnder the sky
Tho dwelte a tercelet me faste by
That semed welle, of alle gentillesse
Al were he ful of tresoun, and falsnesse
It was so wrapped, vnder humble cheere
And vnder hewe of trouthe, in swich manere
Vnder plesaunce, and vnder bisy peyne
That no wight koude han wend he koude feyne
So depe in greyn, he dyed his coloure
Right as a serpent, hit hym vnder floures
Til he may seen, his tyme for to byte
Right so this god of loue, this ypocryte
Dooth so his cerymonyes and obeisaunces
And kepeth in semblant, alle hise obseruaunces
That sowneth in to gentillesse of loue
As in a toumbe, is al the faire aboue
And vnder is the corps, swich as ye woot
Swich was the ypocrite, bothe cold and hoot
And in this wise, he serued his entente
That saue the feend, noon wiste what he mente
Til he so longe, hadde wopen and compleyned
And many a yeer, his seruice to me feyned

Squier

In that myn herte to pitous and to nyce
Al innocent of his coroyned malice
for ferd of his deeth as thoughte me
Vpon hise othes and his seuretee
Graunted hym loue vpon this condicion
That euermoore myn honour and renoun
Were saued bothe pryuee and apert
This is to seyn that after his desert
I yaf hym al myn herte and my thoght
God woot and he, þt ootherwise noght
And took his herte in chaunge for myn for ay
But sooth is seyd goon sithen many a day
A trewe wight and a theef thenken nat oon
And whan he saugh the thyng so fer ygoon
That I hadde graunted hym fully my loue
In swich a gyse as I haue seyd aboue
And yeuen hym my trewe herte as free
As he swoor he yaf his herte to me
Anon this tigre ful of doublenesse
ffil on hise knees with so deuout humblesse
With so heigh reuerence and as by his cheere
So lyk a gentil lord of manere
So rauysshed as it semed for the ioye
That neuere Iacob, ne Parys of Troye
Iason certes ne noon oother man
Syn lameth was þt alderfirst bigan
To louen two as writen folk biforn
Ne neuere syn the firste man was born
Ne koude man by tkeentj thousand part
Countrefete the sophymes of his art
Ne were worthy vnbokelen his galoche
Ther doublenesse or feynyng sholde approche
Ne so koude thonke a wight as he dide me
His manere was an heuene for to se
Til any woman were she neuer so wys
So peynted he and kembde at point deuys
As wel his wordes as his contenance
And I loued hym for his obeisance
And for the trouthe I demed in his herte
That if so were that any thyng hym smerte
Al were it neuer so lite and I it wiste
Me thoughte I felte deeth myn herte twiste
And shortly so ferforth this thyng is went
That my wyl was his willes Instrument
This is to seyn my wyl obeyed his wyl
In alle thyng as fer as reson fil
Kepynge the boundes of my worship eue
Ne neuere hadde I thyng so lief ne leue

Squier

As hym goth good, no nede shal hym·
This lasteth lenger than a yeer or two
That I suppose of hym noght but good
But finally, thus atte laste it stood
That ffortune wolde þt he moste twynne
Out of that place which þt I was Inne
Ther me was wo, that is no question
I kan nat make of it discripsion
ffor o thyng say I tellen boldely
I knowe what is the peyne of deeth therby
Swich harm I felte for I ne myghte bileue
So on a day of me he took his leue
So sorwefully eek that I wende verraily
That he had felte as muche harm as I
Whan þt I herde hym speke & saugh his hewe
But nathelees I thoughte he was so trewe
And eek þt he repaire sholde ageyn
With Inne a litel while, sooth to seyn
And reson wolde eek that he moste go
ffor his honour as ofte it happeth so
That I made vtu of necessitee
And took it wel syn þt it moste be
As I best myghte I hidde fro hym my sorwe
And took hym by the hond, seint John to borwe
And seyde hym thus, lo I am youres al
Beth swich as I to yow haue been and shal
That he answerde, it nedeth noght reherce
Who kan sey bet than he, who kan do werse
Whan he hath al seyd thanne hath he doon
Therfore bihoueth hym a ful long spoon
That shal ete with a feend, thus herde I seye
So atte laste he moste forth his weye
And forth he fleeth til he cam ther hym leste
Whan it cam hym to purpos for to reste

I trowe he hadde thilke text in mynde
That alle thyng repeirynge to his kynde

Ex gra sua singula gaudent

Gladeth hym self, thus seyn men as I gesse
Men louen of propre kynde newefangelnesse
As briddes doon that men in cages fede
ffor though thou nyght & day take of hem hede
And strawe hir cage faire and softe as silk
And yeue hem sugre, hony, breed and mylk
Yet right anon, as that his dore is vppe
He with his feet wol spurne adoun his cuppe
And to the wode he wole and wormes ete
So newefangel been they of hir mete
And louen nouelrie of propre kynde
No gentillesse of blood may hem bynde

Squier

To seen this Tercelet allas the day
Though he were gentil born/fresshe and gay
And goodlich for to seen/humble and free
He saugh vp on a tyme a kyte flee
And sodenly/he loued this kyte so
That al his loue/is clene fro me ago
And hath his trouthe/falsed in this wyse
Thus hath the kyte/my loue in hyr servyse
And I am lorn/with outen remedie
And with that word/this ffaucon gan to crie
And swowned eft/in Canacees barm

Greet was the sorwe/for the haukes harm
That Canacee/and alle hyr women made
They nyste how they myghte the ffaucon glade
But Canacee/hom bereth hyr in hyr lappe
And softely/in plastres gan hyr wrappe
Ther as she/with hyr beek hadde hurt hyr selue
Now kan nat Canacee/but herbes delue
Out of the ground/and make salues newe
Of herbes pricouse/and fyne of hewe
To heelen with this/fro day to nyght
She doth hyr bisynesse/and hyr fulle myght
And by hyr beddes heed/she made a mewe
And couered it/with veluettes blewe
In signe of trouthe/that is in women sene
And al est oute the mewe/is peynted grene
In which they were ypeynted/alle this false fowles
As beth thise tidynes/tercelettes and owles
Right for despit/were peynted hem bisyde
And pyes on hem/for to crie and chyde

Thus lete I Canacee hir hauk kepyng
I wol namoore as now/speke of hyr ryng
Til it come eft to purpose for to seyn
How that this ffaucon/gat hys loue ageyn
Repentaunt/as the storie telleth vs
By mediacion of Cambalus
The kynges sone/of which I yow tolde
But hennes forth/I wol my processe holde
To speken of auentures and of batailles
That neue yet/was herd/so grete meruailles

Ffirst wol I telle yow/of Cambyuskan
That in his tyme/many a Citee wan
And after wol I speke of Algarsif
How that he wan Theodora to his wif
Ffor whom ful ofte/in greet pil he was
Ne hadde he be holpen/by the steede of bras
And after wol I speke of Cambalo
That faught in lystes/wt the brethren two

¶ Squier ·S7

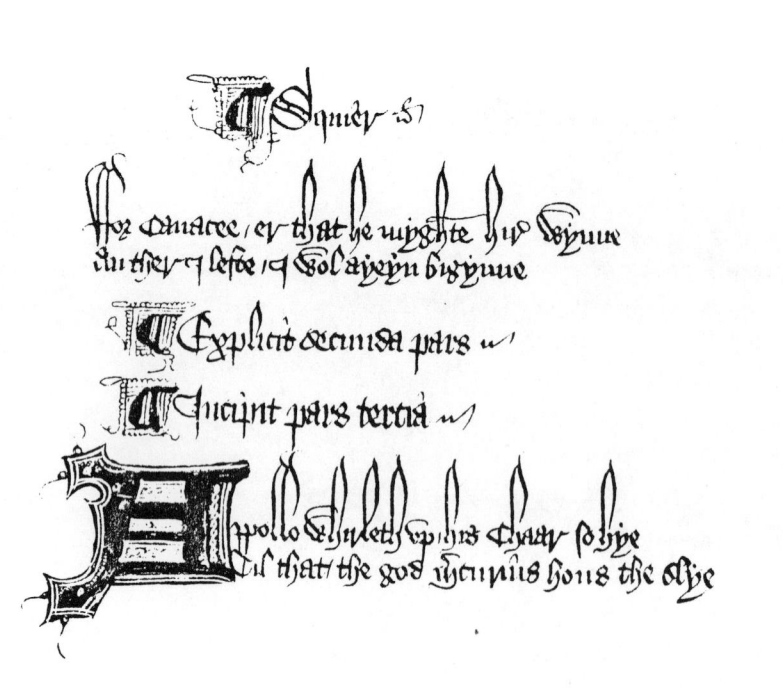

For whiche, er that he myghte his devyne
In they of lefte of Sol ayeyn bigynne

¶ Explicit secunda pars ··/

¶ Incipit pars tertia ··/

Appollo whirleth vp his Char so hye
til that the god mcurius hous the slye

Heere folwen the wordes of the ffrankeleyn to the Squier
and the wordes of the hoost to the ffrankeleyn

In feith Squier, thow hast thee wel yquit
And gentilly / I preise wel thy wit
Quod the ffrankeleyn / consideryinge thy yowthe
So feelyngly thou spekest sire I allowe the
As to my doom / ther is noon that is heere
Of eloquence that shal be thy peere
If that thou lyue / god yeue thee good chaunce
And in vertu / sende thee continuaunce
ffor of thy speche / I haue greet deyntee
I haue a sone / and by the Trinitee
I hadde leuere / than twenty pound worth lond
Though it right now / were fallen in myn hond
He were a man / of which discrecion
As that ye been / fy on possession
But if a man / be vertuous with al
I haue my sone snybbed / and yet shal
ffor he to vertu listneth nat entende
But for to pleye at dees / and to despende
And lese al that he hath / is his vsage
And he hath leuere / talken with a page
Than to comune / with any gentil wight
Where he myghte leyne gentillesse aright
Straw for yowre gentillesse / quod owre hoost
What ffrankeleyn / pdee oure wel thou woost
That ech of yow / moot tellen atte lefte
A tale or two / or breken his biheste
That knowe I wel sire / quod the ffrankeleyn
I prey yow / haueth me nat in despeyn
Though to this man / I speke or two
Telle on thy tale / with outen wordes mo
Gladly sire hoost / quod he / I wole obeye
Vn to yowre wyl / now herkneth what I seye
I wol yow nat contrarien in no wyse
As fer / as that my wittes wol suffyse
I prey to god / that it may plesen yow
Thanne woot I wel / that it is good ynow

Explicit

Frankeleyn

The Prologe of the Frankeleyns tale

These olde gentil Brytons in hir dayes   made
Of diuerse auentures, maden layes
Rymeyed, in hir firste Bryton tonge   made
Whiche layes, with hir Instrumentz they songe
Or elles redden hem, for hir plesance
And oon of hem, haue I in remembrance
Which I shal seyn, with good wyl as I kan
But sires, by cause I am a burel man
At my bigynnyng, first I yow biseke
Haue me excused, of my rude speche
I lerned neuere Rethorik certeyn
Thyng þt I speke, it moot be bare and pleyn
I sleep neuere on the mount of Pernaso
Ne lerned Marcus Tullius Scithero
Colours ne knowe I none, with outen drede
But swiche colours, as growen in the mede
Or elles swiche, as men dye or peynte
Colours of Rethoryk, been to me queynte
My spirit feeleth noght, of swich matere
But if yow list, my tale shul ye heere

Heere bigynneth the Frankeleyns tale

In Armorik, that called is Brytayne
Ther was a knyght, þt loued & dide his payne
To serue a lady, in his beste wise
And many a labour, many a greet emprise
He for his lady wroghte, er she were wonne
ffor she was oon the faireste vnder sonne
And eek ther to, comen of so heigh kynrede
That wel vnnethes, dorste this knyght for drede
Telle hir his wo, his peyne, and his distresse
But atte laste, she for his worthynesse
And namely, for his meke obeysaunce
Hath swich a pitee caught of his penance
That pryuely, she fil of his accord
To take hym for hir housbonde and hir lord
Of swich lordshipe, as men han ouer hir wyues
And for to lede, the moore in blisse hir lyues
Of his free wyl, he swoor hir as a knyght
That neuere in al his lyf he day ne nyght
Ne sholde vp on hym, take no maistrie
Agayn hir wyl, ne kithe hir Ialousie

¶ ffrankeleyn

But hir obeye / and folwe hir wyl in al
As any louere / to his lady shal
Save / that the name of souerayntee
That wolde he haue / for shame of his degree
She thanked hym / and with ful greet humblesse
She seyde / sire / sith of youre gentillesse
Ye profre me / to haue so large a reyne
Ne wolde neuer god / bitwixe vs tweyne
As in my gilt / were outher werre or stryf
Sir / I wol be youre humble trewe wyf
Haue heer my trouthe / til þt myn herte breste
Thus been they / bothe in quiete and in reste
¶ For o thyng sires / saufly dar I seye
That freendes / euych oother moot obeye
If they wol longe / holden compaignye
Loue / wol nat been constreyned by maistrye
Whan maistrye comth / the god of loue anon
Beteth hise wynges / and farwel he is gon
Loue is a thyng / as any spyrit free
Wommen of kynde / desiren libertee
And nat / to been constreyned as a thral
And so doon men / if I sooth seyen shal
Looke / who þt is moost pacient in loue
He is / at his auantage al aboue
Pacience / is an heigh vtu certeyn
For it venquysseth / as thise clerkes seyn
Thynges / þt rigour / sholde neuer atteyne
For euery word / men may nat chide or pleyne
Lerneth to suffre / or elles so moot I goon
Ye shul it lerne / wher so ye wole or noon
For in this world / certein they no wight is
That he ne dooth or seith / som tyme amys
Ire / siknesse / or constellacion
Wyn / wo / or chaungynge of complexion
Causeth ful ofte / to doon amys or speken
On euery wrong / a man may nat be wreken
After the tyme / moste be temperaunce
To euery wight / þt kan on gouernaunce
And therfore / hath this wise worthy knyght
To lyue in ese / suffrance hir bihight
And she to hym / ful wisly gan to swere
That neuere / sholde ther be defaute in here
¶ Heere may men seen / an humble wys acord
Thus hath she take / hir seruant and hir lord
Seruant in loue / and lord in mariage
Thanne was he / bothe in lordshipe and seruage
Seruage : nay / but in lordshipe aboue
Sith he hath / bothe his lady and his loue

Ffraunkeleyn

His lady certes / and his wyf also
The which / þt lawe of loue acordeth to
And than he was / in this prosp{er}itee
Hoom w{i}t{h} his wyf / he gooth to his contree
Nat fer fro Pedmark / ther his dwellyng was
Where as he lyueth / in blisse and in solas
  Who coude telle / but he hadde wedded be
The Ioye / the ese / and the p{ro}sp{er}itee
That is / bitwixe an housbonde / and his wyf
A yeer / and moore / lasted this blissful lyf
Til þt the knyght / of which I speke of thus
That of kayrrud / was cleped Arueragus
Shoop hy{m} to goon / and dwelle a yeer or tweyne
In Engelond / that cleped was eek Briteyne
To seke in Armes / worssip and honour
ffor al his lust / he sette in swich labour
And dwelled there two yeer / the book seith thus
  Now wol I stynten / of this Arueragus
And speken I wole / of Dorigene his wyf
That loueth hir housbonde / as hir hertes lyf
ffor his Absence / wepeth she and siketh
As doon thise noble wyues / whan hem liketh
She moo{r}neth / waketh / waylleth / fasteth / pleyneth
Desir of his p{re}sence hir so destreyneth
That al this wyde world / she sette at noght
Hir freendes / whiche þt knewe hir heuy thoght
Conforten hir / in al þt euer they may
They prechen hir / they telle hir nyght and day
That causelees / she sleeth hir self Allas
And euery confort / possible in this cas
They doon to hir / with al hir bisynesse
Al for to make hir / leue hir heuynesse
  By p{ro}ces / as ye knowen euerichoon
Men may so longe / grauen in a stoon
Til sum figure / ther inne emp{r}inted be
So longe han they conforted hir / til she
Receyued hath / by hope and by reson
The enp{r}intyng / of hir consolacion
Thurgh which / hir grete sorwe gan aswage
She may nat alwey / duren in swich rage
  And eek Arueragus / in al this care
Hath sent his lettres hoom / of his welfare
And þt he wol come hastily agayn
Or elles hadde this sorwe / hir herte slayn
  Hir freendes sawe / hir sorwe gan to slake
And preyde hir on knees / for goddes sake
To come / and romen hir in compaignye
Away to dryue / hir derke fantasye

¶ Frankeleyn

And finally she graunted that requeste
For wel she saugh that it was for the beste
Now stood hyr castel faste by the see
And often with hyr freendes walketh shee
Hyr to disporte vpon the bank anheigh
Where as she many a ship and barge seigh
Seillynge hyr cours, where as hem liste go
But thanne was that a prik of hyr wo
For to hyr self ful ofte allas seith she
Is they no ship of so manye as I see
Wol bryngen hom my lord, thanne were myn herte
Al warisshed of hyse bittre peynes smerte
Another tyme, they wolde she sitte and thynke
And caste hyr eyen downward fro the brynke
But when she saugh the grisly rokkes blake
For verray fere so wolde hyr herte quake
That on hyr feet she myghte hyr noght sustene
Thanne wolde she sitte adoun vpon the grene
And pitously in to the see biholde
And seyn right thus wt sorweful sikes colde
Eterne god that thurgh thy puruiaunce
Ledest the world by certein gouinaunce
In ydel as men seyn ye no thyng make
But lord this grisly feendly rokkes blake
That semen rather a foul confusion
Of werk than any fair creation
Of such a p̱fit wys god and a stable
Why han ye wroght this werk vnresonable
For by this werk, South, North, ne West ne Est
Ther nys yfostred man ne bryd ne beest
It doth no good to my wit, but anoyeth
Se ye nat lord, how mankynde it destroyeth
An hundred thousand bodyes of mankynde
Han rokkes slayn, al be they nat in mynde
Which mankynde is so fair part of thy werk
That thou it madest lyk to thyn owene merk
Thanne semed it ye hadde a greet cheertee
Toward mankynde, but how thanne may it bee
That ye swiche meenes make it to destroyen
Whiche meenes do no good but euer anoyen
I woot wel clerkes wol seyn as hem leste
By argumentz that al is for the beste
Though I kan the causes nat yknowe
But thilke god that made wynd to blowe
As kepe my lord, this my conclusion
To clerkes lete I, al this disputison
But wolde god, that alle thise rokkes blake
Were sonken in to helle for his sake

¶ Ffrankeleyn ⁊

Thise rokkes / sleen myn herte for the feere
Thus seyde she / w^t many a pitous teere
Hir freendes sawe / that it was no disport
To romen by the see / but discomfort
And shopen for to pleyen / somwhere elles
They leden hir / by ryueres and by welles
And eek / in othere places delitables
They daunceu / and they pleyen at ches and tables

So on a day / right in the morwe tyde
Vn to a gardyn / that was ther biside
In which that they hadde maad hir ordinance
Of vitaille / and of oother purueiance
They goon and pleye hem / al the longe day
And this was / in the sixte morwe of may
Which may / hadde peynted w^t his softe shoures
This gardyn ful of leues and of floures
And craft of mannes hand so curiously
Arayed hadde this gardyn trewely
That neuere was ther gardyn of swich prys
But if it were / the verray paradys
The odour of floures / and the fresshe sighte
Wolde han maked / any herte lighte
That euere was born / but if to greet siknesse
Or to greet sorwe / helde it in distresse
So ful it was / of beautee with plesance
At after dyner / gonne they to daunce
And synge also / saue dorigen allone
Which made alwey hir compleint & hir moone
Ffor she ne saugh hym / on the daunce go
That was hir housbonde / and hir loue also
But natheles / she moste a tyme abyde
And with good hope / lete hir sorwe slyde

Vp on this daunce / amonges othere men
Daunced a Squier / biforn dorigen
That fressher was / and Iolyer of array
As to my doom / than is the monthe of may
He syngeth daunceth / passynge any man
That is or was / sith p^t the world bigan
Ther w^t he was / if men sholde hym discryue
Oon of the beste farynge man on lyue
yong / strong / right vertuous and riche & wys
And wel biloued / and holden in greet prys
And shortly / if the sothe I tellen shal
Vnwityng of this dorigen at al
This lusty Squier / seruant to Venus
Which that ycleped was Aurelius
Hadde loued hir best of any creature
Two yeer and moore / as was his auenture

Ffrankeleyn

But neuere dorste he tellen hyr his greuance
With outen tonge, he drank al his penance
He was despeyred, no thyng dorste he seye
Saue in his songes, som what wolde he wreye
His wo, as in a general compleynyng
He seyde he luvede, and was biloued no thyng
Of swich matere, made he manye layes
Songes, compleintes, roundels, virelayes
How that he dorste nat his sorwe telle
But languyssheth, as a furye dooth in helle
And dye he moste, he seyde, as dide Ekko
Ffor Narcisus, that dorste nat telle hyr wo
In oother manere, than ye heere me seye
Ne dorste he nat, to hyr his wo biwreye
Saue that paraunter, som tyme at dauuces
Ther yong folk kepen hyr obseruaunces
It may wel be, he looked on hyr face
In swich a wise, as man pt asketh grace
But no thyng wiste she of his entente
Nathelees, it happed er they thennes wente
By cause that he was hyr neighebour
And was a man, of worship and honour
And hadde yknowen hym, of tyme yoore
They fille in speche, and forth moore and moore
Vn to this purpos drough, Aurelius
And whan he saugh his tyme, he seyde thus

Madame quod he, by god pt this world made
So that I wiste, it myghte youre herte glade
I wolde that day, that youre Arueragus
Wente on the see, that I Aurelius
Hadde went, they nelus I sholde haue come agayn
Ffor wel I woot, my seruyce is in vayn
My gerdon is, but brestyng of myn herte
Madame, reweth vpon my peynes smerte
Ffor with a word ye may me sleen or saue
Heere at youre feet, god wolde pt I were graue
I ne haue as now, no leyser moore to seye
Haue mercy swete, or ye wol do me deye

She gan to looke, vp on Aurelius
Is this youre wyl quod she and sey ye thus?
Neuere erst quod she, ne wiste I what ye mente
But now Aurelie, I knowe youre entente
By thilke god that yaf me soule and lyf
Ne shal I neuere been vntrewe wyf
In word ne werk, as fer as I haue wit
I wol been his to whom pt I am knyt
Taak this for fynal answere, as of me
But after that in pley thus seyde she

Metamorphosios

Ffrankeleyn

Aurelie quod she / by heighe god aboue
yet wolde I graunte yow / to been your loue
Syn I yow se / so pitously complayne
Looke what day / that endelong Brytayne
ye remoeue alle the rokkes / stoon by stoon
That they ne lette / ship ne boot to goon
I seye whan ye han maad / the coost so clene
Of rokkes / that they nys no stoon ysene
Thanne wol I loue yow best of any man
Haue heer my trouthe / in al þt euer I kan

Is ther noon oother grace / in yow quod he
No by that lord quod she / that maked me
ffor wel I woot / þt it shal neuer bityde
lat swiche folies / out of your herte slyde
What deyntee sholde a man / han in his lyf
ffor to go loue / another mannes wyf
That hath hir body / whan so þt hym liketh

Aurelius / ful ofte soore siketh
Wo was Aurelie / whan þt he this herde
And with a sorweful herte / he thus answerde

Madame quod he / this were an inpossible
Thanne moot I dye / of sodeyn deth horrible
And with that word / he turned hym anon
Tho coome / hir othere freendes many oon
And in the aleyes / romeden vp and doun
And no thyng wiste / of this conclusioun
But sodeynly / bigonne reuel newe
Til that / the brighte sonne loste his hewe
ffor thorisonte / hath reft the sonne his light
This is as muche to seye / as it was nyght
And hoom they goon / in ioye and in solas
Saue oonly / wrecche Aurelius allas
He to his hous is goon / with sorweful herte
He seeth / he may nat fro his deeth asterte
Hym semed / that he felte his herte colde
Vp to the heuene / hise handes he gan holde
And on hise knowes bare / he sette hym doun
And in his rauyng / seyde his orysoun
ffor verray wo / out of his wit he breyde
He nyste what he spak / but thus he seyde
With pitous herte / his pleynt hath he bigonne
Vn to the goddes / and first vn to the sonne

The compleint of Aurelius to the goddes and to the sonne

He seyde Appollo / god and gouernour
Of euery plaunte / herbe tree and flour
That yeuest / after thy declinacioun
To ech of hem / his tyme and his seson
As thyn herberwe / chaungeth lowe or heighe
lord Phebus / cast thy merciable eighe

Ffrankeleyn &

On wrecche Aurelie/ which am but lorn
To lord/ my lady hath my deeth ysworn
With oute gilt/ but thy benignytee
Vpon my dedly herte/ haue som pitee
ffor wel I woot/ lord phebus/ if yow lest
Ye may me helpen/ saue my lady best
Now voucheth sauf/ þt I may yow deuyse
How þt I may been holpen/ and in what wyse

Youre blissful suster/ Lucina the sheene
That of the see/ is chief goddesse and queene
Though Neptunus/ haue deitee in the see
Yet Emperesse/ abouen hym is she
Ye knowen wel lord/ that right as hir desir
Is to be quyked/ and lightned of youre fir
ffor which/ she folweth yow ful bisyly
Right so/ the see desireth naturelly
To folwen hir/ as she that is goddesse
Bothe in the see/ and Ryueres moore and lesse
Wherfore lord phebus/ this is my requeste
Do this miracle/ or do myn herte breste
That now next/ at this opposicioun
Which in the signe/ shal be of the leon
As preieth hir/ so greet a flood to brynge
That fyue fadme at the leeste it ouerspryngge
The hyeste rokke/ in Armorik Britayne
And lat this flood/ endure yeres tweyne
Thanne certes/ to my lady may I seye
Holdeth youre heste/ the rokkes been aweye

Lord phebus/ dooth this miracle for me
Preye hir/ she go no faster cours than ye
I seye/ preyeth youre suster/ that she go
No faster cours than ye thise yeres two
Thanne shal she been/ euene atte fulle alway
And spring flood/ laste bothe nyght and day
And but she vouche sauf/ in swich manere
To graunte me/ my souereyn lady dere
Prey hir/ to synken euery rok adoun
In to hir owene dirk regioun
Vnder the ground/ ther Pluto dwelleth Inne
Or neuere mo/ shal I my lady wynne
Thy temple in Delphos/ wol I barefoot seke
Lord phebus/ se the teeris on my cheke
And of my peyne/ haue som compassioun
And with that word/ in swowne he fil adoun
And longe tyme/ he lay forth in a traunce

His brother/ which þt knew of his penaunce
Vp caughte hym/ and to bedde he hath hym broght
Dispeyred/ in this torment/ and this thoght

ffraunkeleyn

Lete I, this woful creature lye
Chese he for me, wheither he wol lyue or dye
Arueragus, with heele and greet honour
As he yt was, of chiualrie the flour
Is comen hoom, and othere worthy men
O blisful, artow now, thou wryfen
That hast thy lusty housbonde in thyne armes
The fresshe knyght, the worthy man of armes
That loueth thee, as his owene hertes lyf
No thyng list hym, to been ymaginatyf
If any wight hadde spoke, whil he was oute
To hire of loue, he hadde of it no doute
He noght entendeth, to no swich matere
But daunceth, Iusteth, maketh hir good chere
And thus in Ioye and blisse, I lete hem dwelle
And of the sike Aurelius, I wol yow telle

In langour, and in torment furious
Two yeer and moore, lay wrecche Aurelius
Or any foot, he myghte on erthe gon
Ne confort in this tyme, hadde he noon
Saue of his brother, which yt was a clerk
He knew of al this wo, and al this werk
ffor to noon oother creature certeyn
Of this matere, he dorste no word seyn
Vnder his brest, he baar it moore secree
Than euere dide Pamphilus for Galathee
His brest was hool, withoute for to sene
But in his herte, ay was the arwe kene
As wel ye knowe, that of a surquenure
In surgerye, is perilous the cure
But men myghte touche the arwe, or come therby
His brother, weep and wayled pryuely
Til atte laste, hym fil in remembraunce
That whiles he was, at Orliens in ffraunce
As yonge clerkes, that been lykerous
To reden artz, that been curious
Seken in euery halke, and euery herne
Particuler sciences for to lerne
He hym remembred that, vpon a day
At Orliens in studie, a book he say
Of magyk naturel, which his felawe
That was that tyme a Bacheler of lawe
Al were he ther, to lerne another craft
Hadde priuely, vpon his desk y laft
Which book spak muchel of the operaciouns
Touchynge the eighte and twenty mansiouns
That longen to the moone, and swich folye
As in oure dayes, is nat worth a flye

*Pamphilus ad Galatheam vulnus
Clausum porto sub pectore testisco*

Frankeleyn

For hooly chirches feith, in oure bileue
Ne suffreth noon illusion vs to greue
And whan this book was in his remembraunce
Anon for ioye, his herte gan to daunce
And to hym self he seyde pryuely
My brother shal be warisshed hastily
For I am siker, that ther be sciences
By whiche, men make diuerse apparences
Swiche as thise subtile tregetours pleye
For ofte at feestes, haue I wel herd seye
That tregetours, with Inne an halle large
Haue maad come in, a water and a barge
And in the halle, rowen vp and doun
Somtyme hath semed come a grym leoun
And somtyme floures spryngen, as in a mede
Somtyme a vyne, and grapes white and rede
Somtyme a castel, al of lyme and stoon
And whan hym lyked, voyded it anon
Thus semed it, to euery mannes sighte

¶ Now thanne conclude I thus, that if I myghte
At Orliens, som old felawe yfynde
That hadde, this moones mansions in mynde
Or oother magyk natureel aboue
He sholde wel make, my brother han his loue
For with an apparence, a clerk may make
To mannes sighte, that alle the rokkes blake
Of Britaigne, weren yvoyded euerichon
And shippes by the brynke comen and gon
And in swich forme, enduyen a wowke or two
Thanne were my brother, warisshed of his wo
Thanne moste she nedes, holden hir biheste
Or elles, he shal shame hir atte leste

¶ What sholde I make, a lenger tale of this
Vn to his brotheres bed, he comen is
And swich confort, he yaf hym for to gon
To Orliens that he vp sterte anon
And on his wey, forthward thanne is he fare
In hope, for to been lissed of his care

¶ Whan they were come, almoost to that citee
But if it were, a two furlong or thre
A yong clerk romynge by hym self they mette
Which that in latyn, thriftily hem grette
And after that, he seyde a wonder thyng
I knowe quod he, the cause of youre comyng
And er they ferther, any foote wente
He tolde hem al that was in hys entente

¶ This Briton clerk, hym asked of felawes
The whiche that he had knowe in olde dawes

Frankeleyn

And he answerde hym, that they dede were
ffor which, he weep ful ofte many a teere
Doun of his hors, Aurelius lighte anon
And with this magicien, forth is he gon
hoom to his hous, and maden hem wel atese
hem lakked no vitaille, þt myghte hem plese
So wel arrayed hous, as they was oon
Aurelius in his lyf, saugh neuere noon

He shewed hym, er he wente to sopeer
fforestes, parkes, ful of wilde deer
Ther saugh he hertes, wt hir hornes hye
The gretteste, that euere were seyn wt eye
He saugh of hem, an hondred slayn with houndes
And somme with arwes blede, of bittre woundes

He saugh, whan voyded were thise wilde deer
Thise ffauconers, vpon a fair Ryuer
That wt hir haukes, han the heron slayn
Tho saugh he knyghtes, iustyng in a playn
And after this, he dide hym swich plesaunce
That he hym shewed, his lady on a daunce
On which hym self, he daunced, as hym thoughte
And whan this maister, þt this magyk wroughte
Saugh it was tyme, he clapte hise handes two
And farewel, al oure reuel was ago
And yet remoeued they neuere, out of the hous
Whil they saugh, al this sighte merueillous
but in his studie, ther as hise bokes be
They seten stille, and no wight but they thre

To hym this maister called his Squier
And seyde hym thus, is redy oure sopeer
Almoost, an houre it is I vndertake
Sith I yow bad, oure sopeer for to make
Whan that thise worthy men, wenten wt me
In to my studie, ther as my bookes be

Sire quod this Squier, whan it liketh yow
It is al redy, though ye wol right now
Go we thanne soupe quod he, as for the beste
This amorous folk, som tyme moote han hir reste

At after soper, fille they in tretee
What somme, sholde this maistres gerdon be
To remoeuen, alle the Rokkes of Britayne
And eek from Gerounde, to the mouth of Sayne
He made it straunge, and swoor so god hym saue
Lasse than a thousand pound, he wolde nat haue
Ne gladly, for that somme he wolde nat goon
Aurelius with blisful herte anoon
Answerde thus, fy on a thousand pound
This wyde world, which that men seye is round

¶ Frankeleyn

I wolde it yeue, if I were lord of it
This bargayn is ful dryue, for we been knyt
Ye shal be payed trewely by my trouthe
But looketh now, for no necligence or slouthe
Ye tarie us heere, no lenger than tomorwe

Nay quod this clerk, haue heer my feith to borwe
To bedde is goon Aurelius, whan hym leste
And wel ny al that nyght he hadde his reste
What for his labour, and his hope of blisse
His woful herte, of penaunce hadde a lisse

Vpon the morwe, whan yt it was day
To Orliaunce, tooke they the righte way
Aurelius, and this magicien bisyde
And been descended, ther they wolde abyde
And this was, as thise bookes me remembre
The colde frosty seson of Decembre

Phebus wax old, and hewed lyk laton
That in his hoote declynacion
Shoon as the burned gold, with stremes brighte
But now in Capricorn, adoun he lighte
Wher as he shoon ful pale, I dar wel seyn
The bittre frostes, with the sleet and reyn
Destroyed hath the grene, in euery yerd
Janus sit by the fyr, with double berd
And drynketh of his bugle horn the wyn
Biforn hym, staunt brawen of the tusked swyn
And nowel, crieth euery lusty man

Aurelius, in al that euere he kan
Doth to his maister, chiere and reuerence
And preyeth hym, to doon his diligente
To bryngen hym, out of his peynes smerte
Or with a swerd, yt he wolde slitte his herte

This subtil clerk, swich routhe had of this man
That nyght and day, he spedde hym yt he kan
To wayten a tyme, of his conclusion
This is to seye, to maken illusion
By swich a apparence of jogelrye
I ne kan no termes, of astrologye
That she and euery wight, sholde wene & seye
That of Britaigne, the rokkes were aweye
Or ellis they were sonken vnder grounde
So atte laste, he hath his tyme yfounde
To maken hise japes, and his wrecchednesse
Of swich, a supstitious cursednesse
Hise tables tolletanes, forth he brought
Ful wel corrected, ne ther lakked nought
Neither his collect, ne hise expans yeeris
Ne hise rootes, ne hise othere geeris

¶ Janus biceps

Ffrankeleyn

As been his centris / and his argumentz
And hise proporcioneles conuenientz
ffor hise equacions / in euy thyng
And by his .8. speere in his wyrkyng
He knew ful wel / how fer Alnath was shoue
ffro the heed of thilke fixe Aries aboue
That in the .9. speere considered is
fful subtilly / he hadde kalkuled al this

Aluath dicit prima mansio lune
In nona spera

Whan he hadde founde his firste mansion
He knew the remenaunt by proporcion
And knew the arysyng of his moone weel
And in whos face / and tme and euydeel
And knew ful weel / the moones mansion
Acordaunt to his operacion
And knew also hise othere obseruances
ffor swiche illusions / and swiche meschaunces
As hethen folk / vseden in thilke dayes
ffor which no lenger maked he delayes
But thurgh his magik / for a wyke or tweye
It semed / that alle the rokkes were aweye

Aurelius which yt yet despeired is
Wher he shal han his loue or fare amys
Awaiteth nyght and day / on this myracle
And whan he knew / yt ther was noon obstacle
That voyded were / thise rokkes euychon
Doun to hise maistres feet / he fil anon
And seyde / I woful wrecche Aurelius
Thanke yow lord / and lady myn Venus
That me han holpen / fro my cares colde
And to the temple / his wey forth hath he holde
Wher as he knew / he sholde his lady see
And whan he saugh his tyme / anon right hee
With dredful herte / and with ful humble cheere
Salewed hath / his souereyn lady deere

My righte lady / quod this woful man
Thou I moost drede and loue as I best kan
And lothest were / of al this world displese
Nere it pt I for yow haue swich disese
That I moste dyen heere / at youre foot anon
Noght wolde I telle / how me is wo bigon
But certes / outher moste I dye or pleyne
Ye sle me giltlees / for verray peyne
But of my deeth / thogh yt ye haue no routhe
Auyseth yow / er yt ye breke youre trouthe
Repenteth yow / for thilke god aboue
Er ye me sleen / by cause yt I yow loue
ffor madame wel ye woot / what ye han hight
Nat yt I chalange / any thyng of right

¶ Ffrankeleyn &c

Of yow my sodeyn lady / but youre grace
But in a gardyn yond / at which a place
Ye woot right wel / what ye bihighten me
And in myn hand / youre trouthe plighten ye
To loue me best / god woot ye seyde so
Al be þt I vnworthy am therto
Madame I speke it / for the honoº of yow
Moore than to saue / myn hertes lyf right now
I haue do so / as ye comaunded me
And if ye vouche sauf / ye may go see
Dooth as yow lyst / haue youre biheste in mynde
ffor quyk or deed / right ther ye shal me fynde
In yow lith al / to do me lyue or deye
But wel I woot / the rokkes been aweye
¶ He taketh his leue / and she astoned stood
In al hir face / nas a drope of blood
She wende neuere han come in swich a trappe
Allas quod she / þt euere this sholde happe
ffor wende I neuere / by possibilitee
That swich a monstre / or meruaille myghte bee
It is agayn the proces of nature
And hoom she goth / a sorweful creature
ffor verray feere / vnnethe may she go
She wepeth wailleth / al a day or two
And swowneth / that it routhe was to see
But why it was / to no wight tolde shee
ffor out of towne / was goon Arueragus
But to hir self / she spak / and seyde thus
With face pale / and wt ful sorweful cheere
In hir compleynt / as ye shal after heere
¶ Allas quod she / on thee ffortune I pleyne
That vnwar / wrapped hast me in thy cheyne
ffor which tescape / woot I no socour
Saue oonly / deeth or dishonour
Oon of thise two / bihoueth me to chese
But natheles / yet haue I leuere to lese
My lif / than of my body haue a shame
Or knowe my seluen fals / or lese my name
And with my deth / I may be quyt ywis
Hath ther nat / many a noble wyf er this
And many a mayde / yslayn hir self allas
Rather than wt hir body don trespas
¶ This is lo thise stories beren witnesse
Whan .xxx. tirauntz ful of cursednesse
Hadde slayn Phidon / in Atthenes at feste
They comaunded / his doghtres for tareste
And bryngen hem / biforn hem in despit
Al naked / to fulfille hir foul delit

¶ The compleint of dorigene
ageyns ffortune

Ffrankeleyn

And in hir fadres blood they made hem daunce
Vpon the pauement god yeue hem mysschaunce
Ffor which thise woful maydens ful of drede
Rather than they wolde lese hir maydenhede
They prively been stirt in to a welle
And dreynte hem seluen as the bookes telle

Item .l. virgines lacedomoniorum
quas messen violare temptasseuit

They of Mycene / leete emperesse and seke
Of lacedomye fifty maydens eke
On whiche they wolden doon hir lecherye
But was ther noon / of al that compaignye
That she nas slayn / and with a good entente
Chees rather for to dye than assente
To been oppressed / of hir maydenhede
Why sholde I thanne / to dye been in drede

Aristoclides oxomeni tiranni
adamauit virgine stymphalide
que arrepta deiso as templu diane recubuit

To eek the tyraunt Aristoclides
That loued a mayden heet Stymphalides
Whan that hir fader slayn was on a nyght
Vn to dianes temple / gooth she right
And hente the ymage / in hir handes two
Fro which ymage / wolde she neuere go
No wight ne myghte hir handes of it arace
Til she was slayn / right in the selue place

Now sith that maydens / hadden swich despit
To been defouled / with mannes foul delit
Wel oghte a wyf / rather hir seluen slee
Than be defouled / as it thynketh me

Iterum Hasdrubal vxor capta
incensa vrbe cu de electo a
Romanis capienda etc

What shal I seyn / of Hasdrubales wyf
That at cartage / birafte hir self hir lyf
Ffor whan she saugh that Romayns wan the toun
She took hir children alle / and skipte adoun
In to the fyr / and chees rather to dye
Than any Romayn / dide hir vileynye

Item ponam lucreciam que
violare pudicie nolens supini
rere maculu corpis timore delevit

Hath nat Lucresse / yslayn hir self allas
At Rome / whan she oppressed was
Of Tarquyn / for hir thoughte it was a shame
To lyuen / whan she hadde lost hir name

Item valet ordinis pretentu
vij mildesias virgines quo
gallorum

The seuene maydens / of melesie also
Han slayn hem self / for verray drede and wo
Rather than folk of Gawle hem sholde oppresse
Mo than a thousand stories / as I gesse
Koude I now telle / as touchynge this matere

Jtem apho in cui maioris orbiti
infantia eruisso habradate etc

Whan habradate was slayn / his wyf so deere
Hir seluen slow / and leet hir blood to glyde
In habradates woundes depe and wyde
And seyde my body / at the leeste way
Ther shal no wight / defoulen if I may

What sholde I mo ensamples heer of sayn
Sith that so manye / han hem seluen slayn

Frankeleyn

Wel rather, than they wolde defouled be
I wol conclude, that it is bet for me
To sleen my self, than been defouled thus
I wol be trewe, vn to Arueragus
Or rather sleen my self in som manere
As dide Demociones doghter deere
By cause, yt she wolde nat defouled be
Cedasus, it is ful greet pitee
To reden, how thy doghtren deyde allas
That slowe hem self, for which manere cas
As greet a pitee was it or wel moore
The Theban mayden, that for Nichanore
hir seluen slow, right for which manere wo
A nother Theban mayden, dide right so
ffor oon of macidonye hadde hir oppressed
She with hir deeth, hir maydenhede redressed
What shal I seye of Nicerates wyf
That for which cas, birafte hir self hir lyf
Or trewe eek was, to Alcebiades
His loue, rather for to dyen chees
Than for to suffre, his body vnburyed be
Lo which a wyf, was Alceste quod she
What seith Omer, of goode Penalopee
Al Grece, knoweth of hir chastitee
Aydee, of lacedonya, is writen thus
That whan at Troie, was slayn Protheselay
No lenger, wolde she lyue after his day
The same, of noble Porcia telle I may
With oute Brutus, koude she nat lyue
To whom she hadde, al hool hir herte yeue
The parfit wyfhod of Arthemesie
Honured is, thurgh al the Barbarie
Teuta queene, thy wyfly chastitee
To alle wyues, may a mirour bee
The same thyng, I seye of Bilyea
Of Rodogone, and eek Valena
Thus pleyne Dorigene, a day or tweye
Purposynge euere that she wolde deye
But nathelees, vpon the thridde nyght
Hoom cam Arueragus, this worthy knyght
And asked hir, why that she weep so soore
And she gan wepen, euer lenger the moore
Allas quod she, that euere I was born
Thus haue I seyd quod she, thus haue I sworn
And tool hym al, as ye han herd bifore
It nedeth nat, reherce it yow namoore
This housbonde, with glad chiere in freendly wyse
Answerde and seyde, as I shal yow deuyse

Democionis Apopagitari pna[n]s virgo filia &c

Ouno ore laudande sunt Cedasi filiae &c

Nichanor victis Thebis vnius captiue virginis amore sipat[ur]
Narrant scriptores grece alia Thebanam virginem &c

Quid loquar sterati coniuge pie spartes inq[ue] vir morte &c
Alcebiades ille doctis[simus] &c

Alcesten fabule ferunt p[ro] marito suo sancto sponde defunctu[m] et penelopes pudicitia diui carmi s[unt]

Macedonia quoque poetarum ore cantat occiso apud Troiam prothes[e]lao &c

Portia sine Bruto viuere non potuit

Arthemesia quoque rex mausoli insignis pudicitiae fuisse ph[er]etur &c

Teuta illiriorum regina &c

S[ed] y strato regulus
Sed[i]ci omnes gente Barbares ca[pitulo] xxviij[o] fuit
Item Cornelia &c
Quicu[n]q[ue] scire cupit Thecaiam[,] sc[ilicet] obiratam[,] Georgia[m] Symoida[m] Claudias atq[ue] Cornelias, in filia lib[ro] p[rimo]
Singulas has historias p[ur]sues[?] hanc materiam contine[n]tes legat beatus Jeronimus contra Jouinianu[m] in p[ri]mo suo libro ca[pitulo] 39[o]

The Frankeleyn

Is they oght elles Dorigen but this?
Nay nay quod she god help me so as wys
This is to muche and it were goddes wille
The wyf quod he lat slepen that is stille
It may be wel paraventure yet to day
Ye shul youre trouthe holden by my fay
For god so wisly haue mercy vpon me
I hadde wel leuere ystiked for to be
For veray loue which that I to yow haue
But if ye sholde youre trouthe kepe & saue
Trouthe is the hyeste thyng pt man may kepe
But wt that word he brast anon to wepe
And seyde I yow forbede vp peyne deeth
That neuer whil thee lasteth lyf ne breeth
To no wight telle thou of this auenture
As I may best I wol my wo endure
Ne make no contenance of heuynesse
That folk of yow may demen harm or gesse
And forth he clepeth a squier and a mayde
Goeth forth anon with Dorigen he sayde
And bryngeth hyr to swich a place anon
They take hyr leue and on hyr wey they gon
But they ne wiste why she thider wente
He nolde no wight tellen his entente
Paraventure an heep of yow ywis
Wol holden hym a lewed man in this
That he wol putte his wyf in iupartie
Herkneth the tale er ye vpon hyr crie
She may haue bettre fortune than yow semeth
And whan pt ye han herd the tale demeth
This squier which pt highte Aurelius
On Dorigen that was so amorus
Of auenture happed hyr to meete
Amydde the toun right in the quykkest strete
As she was bown to goon the wey forth right
Toward the gardyn ther as she had hight
And he was to the gardynward also
For wel he spyed whan she wolde go
Out of hir hous to any maner place
But thus they mette of auenture or grace
And he saleweth hyr with glad entente
And asked of hyr whiderward she wente
And she answerde half as she were mad
Vn to the gardyn as myn housbonde bad
My trouthe for to holde allas allas
Aurelius gan wondren on this cas
And in his herte hadde greet compassion
Of hyr and of hyr lamentacion

Frankeleyn

Arueragus the worthy knyght
That hap hir holden, al yt she hap hight
So looth hym was, his wyf sholde breke hir trouthe
And in his herte he caughte of this greet routhe
Consideryuge the beste on euy syde
That fro his lust, yet were hym leuer abyde
Than doon so heigh a cherlyssh wrecchednesse
Agayns franchise, and alle gentillesse
ffor which in fewe wordes seyde he thus

Madame / seyeth to youre lord Aruiragus
That sith I se his grete gentillesse
To yow, and eek I se wel youre distresse
That hi were leuer han shame, and yt were routhe
Than ye to me, sholde breke thus youre trouthe
I haue wel leuere, euere to suffre wo
Than I departe the loue bitwyx yow two
I yow relesse madame, in to youre hond
Quyt euy sermeut, and euery bond
That ye han maad to me, as heer biforn
Sith thilke tyme, which yt ye were born
My trouthe I plighte / I shal yow neuer repreue
Of no biheste, and heere I take my leue
As of the trewshte, and the beste wyf
That euere yet, I knew in al my lyf
But euy wyf be war of hire biheeste
On Dorigene, remembreth atte leeste
Thus kan a squyer doon a gentil dede
As wel as kan a knyght, with outen drede

She thonketh hym, vp on hir knees al bare
And hoom vn to hir housbonde is she fare
And tolde hym al, as ye han herd me sayd
And be ye siker, he was so weel apayd
That it were inpossible me to writte
What sholde I lenger, of this cas endyte

Aruiragus, and Dorigene his wyf
In souereyn blisse, leden forth hir lyf
Neuere eft ne was ther angre hem bitwene
He cherisseth hir, as though she were a queene
And she was to hym trewe for euermoore
Of thise folk / ye gete of me namoore

Aurelius that his cost, hath al forlorn
Curseth the tyme, yt euere he was born
Allas quod he, allas that I bihighte
Of pured gold, a thousand pound of wighte
Vnto this Philosophre, how shal I do
I se namoore, but that I am fordo
Myn heritage moot I nedes selle
And been a beggere, heere may I nat dwelle

Fraukeleyn

And haueth al my hymede in this place
But I of hym may gete bettre grace
But nathelees I wold of hym assaye
At certyn dayes yeer by yeer to paye
And thanke hym of his grete curteisye
My trouthe wol I kepe I wol nat lye

With herte soor he gooth vn to his cofre
And broghte gold vn to this philosophre
The value of fyue hundred pound I gesse
And hym biseecheth of his gentillesse
To graunte hym dayes of the remenaunt
And seyde maister I dar wel make auaunt
I failled neuer of my trouthe as yit
For sikerly my dette shal be quyt
Towardes yow how eure that I fare
To goon a begges in my kirtel bare
But wolde ye vouche sauf vp on seuretee
Two yeer or thre for to respiten me
Thanne were I wel for elles moot I selle
Myn heritage ther is namoore to telle

This philosophre sobrely answerde
And seyde thus whan he thise wordes herde
Haue I nat holden couenant vn to thee
Yes certes wel and trewely quod he
Hastow nat had thy lady as thee liketh
No no quod he and sorwefully he siketh
What was the cause tel me if thou kan
Aurelius his tale anon bigan
And tolde hym al as he han herd bifore
It nedeth nat to yow reherce it moore

He seide Arueragus of gentillesse
Hadde leuer dye in sorwe and in distresse
Than pt his wyf were of hir trouthe fals
The sorwe of dorigen he tolde hym als
How looth hyr was to been a wikked wyf
And pt she leuer had lost that day hir lyf
And pt hir trouthe she swoor thurgh innocence
She neue erst hadde herd speke of apparence
That made me han of hyre so greet pitee
And right as frely as he sente hyr me
As frely sente I hyr to hym ageyn
This al and som ther is namoore to seyn

This philosophre answerde leeue brother
Eueryich of yow dide gentilly til oother
Thou art a squier and he is a knyght
But god forbede for his blissful myght
But if a clerk koude doon a gentil dede
As wel as any of yow it is no drede

Frankeleyn

Sire I releesse thee thy thousand pound
As thou right now were cropen out of the ground
Ne nevere er now ne haddest knowen me
For sire I wol nat taken a peny of thee
For al my craft ne noght for my travaille
Thou hast ypayed wel for my vitaille
It is ynogh and farewel have good day
And took his hors and forth he goth his way
Lordynges this question thanne wolde I aske now
Which was the mooste fre as thynketh yow
Now telleth me er that ye ferther wende
I kan namoore my tale is at an ende

Heere is ended the Frankeleyns tale

Heere folweth the Phisiciens tale

Ther was as telleth Titus livius
A knyght that was called virginius
Fulfild of honour and of worthynesse
And strong of freendes and of greet richesse
This knyght a doghter hadde by his wyf
No children hadde he mo in al his lyf
Fair was this mayde in excellent beautee
Aboven every wight that man may see
For nature hath with sovereyn diligence
Yformed hir in so greet excellence
As though she wolde seyn lo I nature
Thus kan I forme and peynte a creature
Whan that me list who kan me countrefete
Pigmalion noght though he ay forge and bete
Or grave or peynte for I dar wel seyn
Apelles zanzis sholde werche in veyn
Outher to grave or peynte or forge or bete
If they presumed me to countrefete
For he that is the formere principal
Hath maked me his vicaire general
To forme and peynten erthely creatures
Right as me list and ech thyng in my cure is
Under the moone that may wane and waxe
And for my werk right no thyng wol I axe
My lord and I been ful of oon accord
I made hir to the worship of my lord
So do I alle myne othere creatures
What colour that they han or what figures

Heere in methamorphosios

Apelles fecit mirabile opus in tumulo dapsi sive in alexandrio 7° de anno in so Iuliy

Phisicien &c?

Thus thinketh me / that nature wolde seye
This mayde of age xii yeer was and tweye
In which þt nature hath swich delit
For right as she kan peynte a lilie whit
And reed a Rose / right wt swich peyntuye
She peynted hath this noble creatuye
Er she were born / vp on hir lymes fre
Where as by right / swiche colours sholde be
And Phebus dyed hath hir tresses grete
Lyk to the stremes of his burnes heete
And if þt excellent / was hir beautee
A thousand foold / moore vertuous was she
In hire ne lakked no condicioun
That is to preyse / as by discrecioun
As wel in goost as body / chast was she
For which she flouyed in virginitee
With alle humylitee and Abstinence
With alle attempaunce and patience
With mesure eek / of beryng and array
Discreet she was in answeryng alway
Though she were wise pallas dar q seyn
Hir facound eek / ful wommanly a pleyn
No countrefeted termes / hadde she
To seme wys but after hir degree
She spak / and alle hir wordes moore & lesse
Sownynge in vertu, and in gentillesse
Shamefast she was / maydens shamefastnesse
Constant in herte / and euere in bisynesse
To dryue hir out of ydel slogardye
Bacus hadde of hir mouth right no maistrie
For wyn and youthe / doth Venus encresse
As man in fyr / wol kasten oille or grecese
And of hir owene vtu / vnconstreyned
She hath ful ofte tyme syk hir feyned
For that she wolde fleen the compaignye
Where likly was / to treten of folye
As is at feestes / reuels and at daunces
That been / occasions of daliaunces
Swich thyng / maken children for to be
To soone rype and bold / as men may se
Which is ful pilous / and hath been yoore
For al to soone may they leyne loore
Of boldnesse / whan she woxen is a wyf
¶ And ye maistresses in youre olde lyf
That lordes doghtres han in gouynaunce
Ne taketh of my wordes no displesaunce
Thenketh that ye been set in gouynynges
Of lordes doghtres oonly for two thynges

Phisicien

Outher, for ye han kept youre honestee
Or elles, ye han falle in feblesse
And throwen wel ynough the olde daunce
And han forsaken fully, swich meschaunce
For endurus, therfore for Cristes sake
Do teche hem, þou loke þt yere slake

A theef of venyson, that hath forlaft
His likerousnesse and al his olde craft
Kan kepe a forest best of any man
Now kepeth wel, for if ye wole ye kan
Loke wel, þt ye, ȝit to no vice assente
Lest ye be dampned, for youre wikke entente
For who so dooth, a traitour is certeyn
And taketh kepe, of that þt I shal seyn

Of alle tresons, sovereyn pestilence
Is whan a wight, bitrayseth innocence

The fadres and ye moodres, eek also
Though ye han children, be it oon or two
Youre is the charge, of al hir surueiaunce
Whil þt they been vnder youre gouernaunce
Beth war, if by ensample, of youre lyuynge
Or by youre necligence in chastisynge
That they perisse, for I say wel here
If þt they doon, ye shul it deye abye
Vnder a shepherde, softe and necligent
The wolf hath many a sheep and lamb to rent

This mayde of which I wol this tale expresse
So kepte hir self, hir neded no maistresse
For in hir lyuyng, maydens myghten rede
As in a book, euery good or dede
That longeth to a mayden vertuous
She was so prudent, and so vertuous
For which the fame, out sprong on euery syde
Bothe of hir beautee and hir bountee wyde
That thurgh that land, they preysed hir echone
That loues vertu sauf enuye allone

Augustinus

That sory is of oother mennes wele
And glad is of his sorwe and his vnheele
The doctour maketh this descripcion
This mayde vp on a day, wente in the toun
Toward a temple, with hir moder deere
As is of yonge maydens the manere

Nowe was they thanne, a Justice in that toun
That gouernour was, of that regioun
And so bifel, this Juge hise eyen caste
Vp on this mayde, auysynge hym ful faste
As she cam forby, ther as this Juge stood
Anon his herte chaunged and his mood

Phisicien

So was he caught with beautee of this mayde
And to hym self ful pryuely he sayde
This mayde shal be myn, for any man
Anon the feend in to his herte ran
And taughte hym sodeynly þt he by slyghte
The mayden to his purpos wynne myghte
ffor certes by no force, ne by no meede
Hym thoughte, he was nat able for to speede
ffor she was strong of freendes, and eek she
Confermed was, in swich sourayn bontee
That welbe wiste, he myghte hir neue wynne
As for to maken hir with hir body synne
ffor which, by greet deliberacion
He sente after a cherl was in the toun
Which þt he knew, for subtil and for bold
This Juge, vn to this cherl his tale hath told
In secree wise, and made hym to ensure
He sholde telle it, to no creature
And if he dide, he sholde lese his heed
Whan þt assented was this cursed reed
Glad was this Juge & maked hi greet cheere
And yaf hym yiftes, precious and deere

Whan shapen was, al his conspiracie
ffro point to point, how þt his lecherie
Parfourned sholde been ful subtilly
As ye shul heere it after openly
Hoom gooth the cherl, þt highte Claudius
This false Juge, that highte Apius
So was his name, for this is no fable
But knowen for historial thyng notable
The sentence of it, sooth is out of doute
This false Juge, gooth now faste aboute
To hasten his delit, al that he may
And so bifel, soone after on a day
This false Juge, as telleth vs the storie
As he was wont, sat in his consistorie
And yaf his doomes, vp on sondry cas
This false cherl, cam forth a ful greet pas
And seyde lord, if þt it be youre wille
As dooth me right, vp on this pitous bille
In which I pleyne vp on Virginius
And if þt he wol seyn, it is nat thus
I wol it preeue, and fynde good witnesse
That sooth is, that my bille wol expresse

The Juge answerde, of this in his absence
I may nat yeue, diffynityue sentence audre
Lat do hym calle, and I wol gladly heere sic
Thou shalt haue al right, and no wrong heere

Phisicien

Virginius cam to telle the Juges tale
And right anoon was jad this cursed bille
The sentence of it was as ye shul heere

To yow my lord sire Apius so deere
Sheweth youre poure seruant Claudius
How that a knyght called virginius
Agayns the lawe agayn al equitee
Holdeth expres agayn the wyl of me
My seruant which pt is my thral by right
Which fro myn hous was stole vpon a nyght
Whil pt she was ful yong this wol I preeue
By witnesse lord so pt it nat yow greeue
She nys his doghter nat what so he seye
Wherfore to yow my lord the Juge I preye
yeld me my thral if pt it be youre wille
Lo this was al the sentence of his bille

Virginius gan vpon the cheyl biholde
But hastily er he his tale tolde
And wolde haue preeued it as sholde a knyght
And eek by witnessyng of many a wight
That it was fals that seyde his aduersarye
This cursed Juge wolde no thyng tarye
Ne heere a word moore of virginius
But yaf his Juggement and seyde thus

I deeme anon this cheyl his seruant haue
Thou shalt no lenger in thyn hous hir saue
Go bryng hir forth and put hyr in oure warde
The cheil shal haue his thral this I awarde

And whan this worthy knyght virginius
Thurgh sentence of this Justice Apius
Moste by force his deere doghter yeuen
Vn to the Juge in lecherye to lyuen
He gooth hym hoom and sette hit in his halle
And leet anon his deere doghter calle
And with a face ded as asshen colde
Vpon hir humble face he gan biholde
With fadres pitee stikynge thurgh his herte
Al wolde he from his purpos nat conuerte

Doghter quod he virginia by thy name
Ther been two weyes outher deeth or shame
That thou most suffre allas pt I was bore
ffor neuere thou deseruedest wherfore
To dyen with a swerd or with a knyf
O deere doghter endere of my lyf
Which I haue fostred vp with swich plesaunce
That thou were neuere out of my remembraunce
O doghter which pt art my laste wo
And in my lyf my laste Ioye also

Phisicien

Doghter quod he/o gemme of chastitee
Take thou thy deeth/for this is my sentence
For loue and nat for hate/thou most be deed
My pitous hand/moot smyten of thyn heed
Allas/that euere Apius the say
Thus hath he falsly Iugged the to day
And tolde hym al the cas/as ye biforn
Han herd/nat nedeth for to telle it moore

O mercy deere fader/quod this mayde
And with that word/she bothe hir Armes layde
Aboute his nekke/as she was wont to do
The teerys/brusto out of hir eyen two
And seyde/goode fader/schal I dye
Is ther no grace/is ther no remedye

No certes/deere doghter myn quod he

Thanne yif me leyser/fader myn quod she
My deeth for to compleyne/a litel space
For pdee/Iepte yaf his doghter grace
For to compleyne/er he hir slow allas
And god it woot no thyng was hir trespas
But for she ran/hir fader for to se
To welcome hym/with greet solempnitee
And with that word/she fil aswowe anon
And after/whan hir swowuyng/is agon
She riseth vp/and to hir fader sayde
Blissed be god/that I shal dye a mayde
Yif me my deeth/er that I haue a shame
Dooth with youre child/youre wyl a goddes name

And with that word/she preyed hym ful ofte
That with his swerd/he wolde smyte softe
And with that word/aswowe doun she fil
Hir fader/with ful sorweful herte and wil
Hir heed of smoot/and by the top it hente
And to the Iuge/he gan it to presente
As he sat yet/in doom in consistorie
And whan the Iuge it caught/as seith the storie
He bad to take hym/and anhange hym faste
But right anon/a thousand peple in thraste
To saue the knyght/for routhe and for pitee
For knowen was/the false iniquitee
The peple anon/hath suspect of this thyng
By manere/of the cherles chalengyng
That it was/by the assent of Apius
They wisten wel/that he was lecherus
For which vn to this Apius they gon
And caste hym in a prison right anon
Ther as he slow hym self/and Claudius
That seruant was/vn to this Apius

Phisicien

Doucarte Pibaker Podingwright
Hardnor pauliner

And demed, for to hange upon a tree
But that Virginius, of his pitee
So preyde for hym, that he was exiled
And elles certes, he had been bigyled
The remenaunt were anhanged moore & lesse
That were consentaunt of this cursednesse

Heere may men seen, how synne hath his mirie
Beeth war, for no man woot, whom god wol smyte
In no degree, ne in which maner wyse
The worm of conscience may agryse
Of sikkes lyf, though it so pryuee be
That no man woot ther of, but god and he
For be he lewed man, or ellis lered
He noot how soone, pt he shal been afered
Therfore I rede yow, this conseil take
Forsaketh synne, er synne yow forsake

Heere endeth the Phisiciens tale

The Wordes of the Hoost to the Phisicien and the Pardoner

Oure hoost gan to swere as he were wood
Harow quod he, by nayles and by blood
This was a fals cherl and a fals Iustise
As shameful deeth, as herte may deuyse
Come to thise false Iuges, and hyr Aduocatz
Algate this sely mayde, is slayn allas
Allas to deere boughte she beautee
Wherfore I seye, al day, as men may see
That yiftes of ffortune and of Nature
Been cause of deeth, to many a creature
Of bothe yiftes that I speke of now
Men han ful ofte, moore for harm than prow

But trewely, myn owene maister deere
This is a pitous tale for to heere
But natheles, passe ouer, is no fors
I pray to god, so saue thy gentil cors
And eek thyne vrynals, and thy Iurdones
Thyn ypocras, and eek thy Galiones
And euery boyste, ful of thy letuarie
God blesse hem, and oure lady seint marie
So moot I theen, thou art a pree man
And lyke a Prelat, by seint Ronyan
Seyde I nat wel, I kan nat speke in tune
But wel I woot, thou doost myn herte to erme

Pardoner

That I almoost haue caught a cardynacle
By corpus bones, but I haue triacle
Or elles a draughte of moyste and corny Ale
Or but I heere anon, a myrie tale
Myn herte is lost, for pitee of this mayde
Thou beel amy, thou Pardoner he sayde
Telle vs som myrthe, or Iapes right anon
It shal be doon quod he, by seint Ronyon
But first quod he, heere at this Ale stake
I wol bothe drynke, and eten of a cake
And right anon, the gentils gonne to crye
Nay, lat hym telle vs of no rybaudye
Telle vs som moral thyng, þt we may leere
Som wit, and thanne wol we gladly heere
I graunte ywis quod he, but I moot thynke
Vp on som honeste thyng, whil þt I drynke

Heere folweth the prologe of the Pardoners tale

Radix malorum est Cupiditas ad Thimotheum · 6º

Lordynges quod he, in chirches whan I preche
I peyne me, to han an hauteyn speche
And rynge it out, as round as gooth a belle
ffor I kan al by rote that I telle
My theme is alwey oon, and euere was
Radix malorum est Cupiditas
First I pronounce whennes þt I come
And thanne my bulles shewe I alle & some
Oure lige lordes seel on my patente
That shewe I first, my body to warente
That no man be so bold, no preest ne clerk
Me to destourbe, of Cristes hooly werk
And after that, thanne telle I forth my tales
Bulles of popes and of Cardynales
Of patriarkes and bisshopes I shewe
And in latyn I speke a wordes fewe
To saffron with my predicacion
And for to stire hem to deuocion
Thanne shewe I forth, my longe cristal stones
Ycrammed ful of cloutes and of bones
Relikes been they, as wenen they echoon
Thanne haue I in laton a sholder boon
Which that was of an hooly Iewes sheep
Goode men I seye, taak of my wordes keep

Money

If that this boon be wasshe in any welle
If cow, or calf, or sheep, or oxe swelle
That any worm hath ete, or worm ystonge
Taak water of that welle, and wassh his tonge
And it is hool anon, and forthermoor
Of pokkes, and of scabbe, and every soor
Shal every sheep be hool, þt of this welle
Drynketh a draughte, taak kepe eek what I telle

If that the goode man, that the beestes oweth
Wol every wyke, er that the cok hym croweth
Fastynge drynke, of this welle a draughte
As thilke hooly Jew, oure eldres taughte
Hise beestes and his stoor shal multiplie

And sire also, it heeleth jalousie
For though a man, be falle in jalous rage
Lat maken with this water his potage
And nevere shal he moore, his wyf mystriste
Though he the soothe, of hir defaute wiste
Al had she, taken preestes, two or thre

Heere is a myteyn eek, that ye may se
He þt his hand wol putte in this myteyn
He shal haue multipliyng of his grayn
Whan he hath sowen, be it whete or otes
So þt he offre, pens, or elles grotes

Goode men and wommen, o thyng warne I yow
If any wight, be in this chirche now
That hath doon synne horrible þt he
Day nat for shame, of it yshryuen be
Or any womman, be she yong or old
That hath ymaked, hir housbonde cokewold
Swich folk, shal haue no power ne no grace
To offren, to my relikes in this place
And who so fyndeth hym, out of swich blame
They wol come vp, and offre on goddes name
And I assoille hem, by the auttoritee
Which that by bulle, ygraunted was to me

By this gaude, haue I wonne yeer by yeer
An hundred mark, sith I was pardoner
I stonde lyk a clerk, in my pulpet
And whan the lewed peple, is doun yset
I preche so, as ye han herd bifore
And telle, an hundred false japes moore
Thanne peyne I me, to strecche forth the nekke
And Est & West, vp on the peple I bekke
As doth a dowue, sittynge on a berne
Myne handes and my tonge goon so yerne
That it is joye, to se my bisynesse
Of auarice, and of swich cursednesse

Moneye

Is al my prechyng for to make hem free
To yeuen hir pens, and nameliche to me
ffor myn entente is nat but for to wynne
And no thyng for correccioun of synne
I rekke neuere whan they been beryed
Though yt hir soules goon a blakeberyed
ffor certes many a predicacioun
Comth ofte tyme of yuel entencioun
Som for plesaunce of folk and flaterye
To been auaunced by ypocrisye
And som for veyne glorie and som for hate
ffor whan I dar noon oother weyes debate
Thanne wol I stynge hym with my tonge smerte
In prechyng so that he shal nat asterte
To been defamed falsly if that he
Hath trespased to my bretheren or to me
ffor though I telle noght his propre name
Men shal wel knowe that it is the same
By signes and by othere circumstances
Thus quyte I folk that doon vs displesances
Thus spitte I out my venym vnder hewe
Of hoolynesse to semen hooly and trewe

But shortly myn entente I wol deuyse
I preche of no thyng but for coueityse
Therfore my theme is yet and euere was
Radix malorum est Cupiditas
Thus kan I preche agayn that same vice
Which yt I vse and that is Auarice
But though my self be gilty in that synne
Yet kan I maken oother folk to twynne
From auarice and soore to repente
But that is nat my principal entente
I preche no thyng but for coueityse
Of this matere it oghte ynogh suffise

Thanne telle I hem ensamples many oon
Of olde stories longe tyme agoon
ffor lewed peple louen tales olde
Swiche thynges kan they wel reporte & holde
What trowe ye the whiles I may preche
And wynne gold and siluer for I teche
That I wol lyue in pouerte wilfully
Nay nay I thoghte it neuer trewely
ffor I wol preche and begge in sondry landes
I wol nat do no labour with myne handes
Ne make baskettes and lyue therby
By cause I wol nat beggen ydelly
I wol noon of the Apostles countrefete
I wol haue moneie wolle chese and whete

Pardoner

Were it yeven, of the pouerest page
Or of the pouereste wydwe in a village
Al sholde hir children sterue for famyne
Nay I wol drynke licour of the vyne
And haue a ioly wenche in euery toun
But herkneth lordynges in conclusioun
Youre likyng is that I shal telle a tale
Now haue I dronke a draughte of corny ale
By god I hope, I shal yow telle a thyng
That shal by reson been at youre likyng
ffor though my self be a ful vicious man
A moral tale, yet I yow telle kan
Which I am wont to preche, for to wynne
Now hoold youre pees, my tale I wol bigynne

Heere bigynneth the Pardoners tale

In fflaundres whilom was a compaignye
Of yonge folk that haunteden folye
As riot, hasard, styves, and tauernes
Where as with harpes, lutes and gyternes
They daunce and pleyen at dees, bothe day and nyght
And eten also, and drynken ouer hir myght
Thurgh which, they doon the deuel sacrifise
With Inne that deueles temple in cursed wise
By superfluytee abhomynable
Hir othes, been so grete and so dampnable
That it is grisly for to heere hem swere
Oure blissed lordes body, they to tere
Hem thoughte, þt Iewes rente hym noght ynough,
And ech of hem, at otheres synne lough,
And right anon, thanne comen Tombesteres
ffetys and smale, and yonge ffruytesteres
Syngeres wt harpes, baudes, wafereres
Whiche been, the verray deueles Officeres
To kyndle and blowe, the fyr of lecherye
That is annexed vn to Glotonye
The hooly writ, take I to my witnesse
That luxurie is in wyn and dronkenesse

Of Glotonye and of lecherye

Lo how þt dronken looth vnkyndely
Lay by hise doghtres two vnwityngly
So dronke he was, he nyste what he wroghte
Herodes, who so wel the stories soghte
Whan he of wyn, was repleet, at his feeste
Right at his owene table, he yaf his heeste
To sleen the Baptist Iohn ful giltelees
Seneca seith a good word douteles

nolite inebriari vino in quo est luxuria

¶ Joyner

¶ Seneca
He seith, he kan no difference fynd
Bitwix a man that is out of his mynde
And a man which that is dronkelewe
But that woodnesse, fallen in a shrewe
Persieth lenger, than dooth dronkenesse
O glotonye, ful of cursednesse
O cause first of oure confusion
O original, of oure dampnacion
Til crist hadde boght vs, with his blood agayn
Lo how deere, shortly for to sayn
Aboght was thilke cursed vileynye
Corrupt was al this world for glotonye

Adam oure fader, and his wyf also
Ffro paradys to labour, and to wo
Were dryuen for that vice it is no drede

¶ Ieronimus contra Iouinianum Quandiu ieunauit Adam in paradiso fuit comedit et eiectus est statim duxit vxorem
Ffor whil pt adam fasted, as I rede
He was in paradys, and whan pt he
Eet of the fruyt defended on the tree
Anon he was out cast, to wo and peyne
O glotonye, on thee wel oghte vs pleyne
O wiste a man, how manye maladyes
Ffolwen of excesse, and of glotonyes
He wolde been, the moore mesurable
Of his diete, sittynge at his table
Allas the shorte throte, the tendr mouth
Maketh pt Est & west, and North & South
In erthe, in Eir, in water, man to swynke
To gete a glotou, deyntee mete and drynke
Of this matiere, o Paul wel kanstow trete

¶ Esca ventri & venter escis deus aute<m> et hunc et illa<m> destruet
Mete vn to wombe, and wombe eek vn to mete
Shal god destroyen bothe, as Paulus seith
Allas, a foul thyng is it, by my feith
To seye this word, and fouler is the dede
Whan man so drynketh, of the white and rede
That of his throte, he maketh his pryuee
Thurgh thilke cursed superfluitee

¶ Ad philipenses ca<pitulo> 3°
The apostel wepyng, seith ful pitously
Ther walken manye, of whiche yow told haue I
I seye it now wepyng, with pitous voys
They been enemys of cristes croys
Of whiche the ende is deeth, wombe is hir god
O wombe, o bely, o stynkyng cod
Ffulfilled of donge, and of corrupcioun
At eyther ende of thee, foul is the soun
How greet labour, and cost is thee to fynde
Thise cookes, how they stampe, and streyne and grynde
And turnen substaunce in to accident
To fulfillen, al thy likerous talent

Dower

Out of the harde bones knokke they
The mary, for they caste noght awey
That may go thurgh the golet softe and soote
Of spicerie, of leef, and bark, and roote
Shal been his sauce ymaked by delit,
To make hym yet a newe appetit;
But certes, he that haunteth swiche delices
Is deed, whil pt he lyueth in tho vices

A lecherous thyng is wyn and dronkenesse
Is ful of stryuyng, and of wrecchednesse
O dronke man, disfigured is thy face,
Sour is thy breeth, foul artow to embrace,
And thurgh thy dronke nose semeth the soun
As though thou seydest ay Sampson Sampson
And yet god woot, Sampson drank neuer no wyn
Thou fallest as it were a styked swyn
Thy tonge is lost, and al thyn honeste cure
ffor dronkenesse is verray sepulture
Of mannes wit, and his discrecioun
In whom pt dryuke hath dominacion
He kan no consail kepe, it is no drede
Now kepe yow fro the white and fro the rede
And namely fro the white wyn of lepe
That is to selle in ffysshstrete, or in chepe
This wyn of spaigne, crepeth subtilly
In othere wynes, growyng faste by
Of which ther ryseth swich fumositee
That whan a man hath dronken draughtes thre
And weneth that he be at hoom in chepe
He is in spaigne, right at the Towne of lepe
Nat at the ffochele, ne at Burdeux toun
And thanne wol he seye Sampson Sampson
But herkneth lordes, o word I yow preye
That alle the souereyn Actes day I seye
Of victories, in the olde testament
Thurgh verray god, pt is omnipotent
Were doon in Abstinence, and in preyere
looketh the bible, and ther ye may it leere
looke Attilla the grete conquerour
Deyde in his sleep, wt shame and dishonour
Bledynge ay at his nose in dronkenesse
A capitayn sholde lyue in sobrenesse
And ouer al this, auyseth yow right wel
What was comaunded vn to Lamwel
Nat Samuel, but Lamwel seye I
Redeth the bible, and fynde it expresly
Of wyn yeuyng, to hem pt han Iustise
Namoore of this, for it may wel suffise

Qui aute in delicijs est viuens
mortuus est

Iniuriosa res vinu et contume
liosa ebrietas

Noli vinu dare

Moneye

Of hasardrye

And now I haue spoken of glotonye
Now wol I yow / deffenden hasardrye

Policie. i°. / ostendatur p̄m̄
nam mater est ala~

Hasard is verray moder of lesynges
And of deceite / and cursed forsweriges
Blasphemyng of Crist / manslaughtre & wast also
Of catel and of tyme / and forthermo
It is repreeue and contrarie of honour
For to ben holde / a comune hasardour
And euer the hyer / he is of estaat
The moore is he holden desolaat
If that a prynce vseth hasardrye
In alle gouernance and policye
He is as by comune opinion
Holde the lasse in reputacion

Stilbon that was a wys embassadour
Was sent to Corynthe / in ful greet honour
Fro Lacedomye / to maken hir alliance
And whan he cam / hym happed p̄chaunce
That alle the grettest that were of that lond
Pleyynge atte hasard / he hem fond
For which / as soone as it myghte be
He stal hym hoom agayn to his contree
And seyde / ther wol I nat lese my name
Ne I wol nat take on me so greet defame
Yow for to allie / vn to none hasardours
Sendeth othere wise embassadours
For by my trouthe / me were leuer dye
Than I yow sholde to hasardours allye
For ye that been / so glorious in honours
Shul nat allyen yow / with hasardours
As by my wyl / ne as by my tretee
This wise Philosophre thus seyde hee

Looke eek that the kyng Demetrius
The kyng of Parthes / as the book seith vs
Sente him a paire of dees of gold in scorn
For he hadde vsed hasardrye biforn
For which / he heeld his glorie or his renoun
At no value or reputacioun
Lordes may fynden oother maner pley
Honeste ynough / to dryue the day awey

Of sweryng & forsweryng

Now wol I speke of othes false and grete
A word or two / as olde bookes trete

Iroste omnino pugne~

Greet sweryng is a thyng abhominable
And fals sweryng is yet moore repreuable
The heighe god / forbad sweryng at al
Witnesse on Mathew / but in special

Ieremie. 20. / Iurabis in
ʋitate in iudicio & Iusticia

Of sweryng seith the hooly Ieremye
Thou shalt swere sooth thyne othes and nat lye

Dover

And swere in doom, in doom, and eek in rightwisnesse
But ydel swerying, is a cursednesse
Bihoold and se, that in the firste table
Of heighe goddes heestes honurable
Hou that the seconde heeste of hym is this
Take nat my name, in ydel or amys
Lo rather he forbedeth swich swerying
Than homycide, or any cursed thyng
I seye, that as by ordre, thus it stondeth
This knowen that his heestes understondeth
Hou þt the seconde heeste of god is that
And ferther ouer, I wol thee telle al plat
That vengeance, shal nat parten from his hous
That of his othes, is to outrageous
By goddes precious herte, and by his nayles
And by the blood of Crist, that is in hayles
Seuene is my chaunce, and thyn is cynk & treye
By goddes armes, if thou falsly pleye
This dagger, shal thurgh out thyn herte go
This fruyt cometh, of the bicched bones two
fforswerying, ire, falsnesse, homycide
Now for the loue of Crist, þt for us dyde
Lete youre othes, bothe grete and smale
But syres, now wol I telle forth my tale
Thise riotous thre of whiche I telle
Longe erst, er prime rong of any belle
Were set hem, in a tauerne to drynke
And as they sat, they herde a belle clynke
Biforn a cors, was caryed to his graue
That oon of hem, gan callen to his knaue
Go bet quod he, and axe redily
What cors is this, þt passeth heer forby
And looke, þt thou reporte his name weel
Sir quod this boy, it nedeth neuerdeel
It was me told, er ye cam heer two houres
He was parde, an old felawe of youres
And sodeynly, he was yslayn to nyght
fforþronke, as he sat on his bench vpright
Ther cam a priuee theef, men clepeth deeth
That in this contree, al the peple sleeth
And with his spere, he smoot his herte atwo
And went his wey, with outen wordes mo
He hath a thousand slayn, this pestilence
And maister, er ye come in his presence
Me thynketh, that it were necessarie
ffor to be war, of swich an aduersarie
Beth redy, for to meete hym euermore
Thus taughte me my dame, I sey namoore

Pdoner

By seinte marie, seyde this Tauner
The child seith sooth, for he hath slayn this yeer
Henne over a myle, with Inne a greet village
Bothe man and woman, child & hyne & page
I trowe, his habitacion be theyr
To been avysed, greet wysdom it weer
Er that, he dede a man, a dishonour

Ye goddes Armes, quod this Riotour
Is it swich pil, with hym for to meete?
I shal hym seke, by wey and eek by strete
I make avow, to goddes digne bones
Herkneth felawes, we thre been alones
lat ech of vs, holde vp his hand til oother
And ech of vs, bicomen otheres brother
And we wol sleen, this false trayto deeth
he shal be slayn, which yt so manye sleeth
By goddes dignitee, er it be nyght

Togidres han this thre, hir trouthes plight
To lyue and dyen, ech of hem for oother
As though, he were, his owen yborn brother
And vp they stirte, and dronken in this rage
And forth they goon, towardes that village
Of which the Tauner, hadde spoke biforn
And many a grisly ooth, thanne han they sworn
And Cristes blessed body, they torente
Deeth shal be deed, if that they may hym hente

Whan they han goon, nat fully half a myle
Right as they wolde, han troden ou a stile
An old man and a poure, wt hem mette
This olde man, ful mekely hem grette
And seyde thus, now lordes god yow see

The proudeste, of thise Riotoys three
Answerde agayn, What carl wt sory grе
Why artow, al forwrapped saue thy face?
Why lyuestow so longe, in so greet age?

This olde man, gan loke in his visage
And seyde thus, for I ne kan nat fynde
A man, though yt I walked in to ynde
Neither, in citee, nor in no village
That wolde chaunge, his youthe for myn Age
And therfore, moot I han myn Age stille
As longe tyme, as it is goddes wille

Ne deeth allas, ne wol nat han my lyf
Thus walke I, lyk a resteldes kaityf
And on the ground, which is my moodres gate
I knokke with my staf, bothe erly and late
And seye, leeue mooder, leet me in
Lo how I vanysshe, flessh, and blood and skyn

Boneye

Allas, whan shul my bones been at reste
Mooder, with yow wolde I chaunge my cheste
That in my chambre longe tyme hath be
Ye for an heyre clowt to wrappe me
But yet to me she wol nat do that grace
For which ful pale and welked is my face

But sires to yow it is no curteisye
To speken to an old man vileynye
But he trespasse in word or elles in dede
In hooly writ ye may your self wel rede
Agayns an old man hoor vpon his heed
Ye sholde arise wherfore I yeue yow reed
Ne dooth vn to an old man noon harm now
Namoore than þᵗ ye wolde men dide to yow
In age if that ye so longe abyde
And god be wt yow wher ye go or ryde
I moot go thider as I haue to go

Nay olde cheyl by god thou shalt nat so
Seyde this oother hasardour anon
Thou partest nat so lightly by seint John
Thou spak right now of thilke traytor deeth
That in this contree alle oure freendes sleeth
Haue heer my trouthe as thou art his espye
Telle wher he is or thou shalt it abye
By god and by the hooly sacrement
For soothly thou art oon of his assent
To sleen vs yonge folk thou false theef

Now sires quod he if þᵗ ye be so leef
To fynde deeth turne vp this croked wey
For in that groue I lafte hym by my fey
Vnder a tree and there he wole abyde
Noght for youre boost he wole hi no thyng hyde
Se ye that ook right ther ye shal hym fynde
God saue yow þᵗ boghte agayn mankynde
And yow amende thus seyde this olde man
And euerich of thise riotours ran
Til he cam to that tree and ther they founde
Of floryns fyne of gold ycoyned rounde
Wel ny an viij busshels as hem thoughte
No lenger thanne after deeth they soughte
But ech of hem so glad was of that sighte
For þᵗ the floryns been so faire and brighte
That doun they sette hem by this precious hoord
The worste of hem he spak the firste word

Bretheren quod he taak kepe what I seye
My wit is greet though þᵗ I bourde and pleye
This tresor hath fortune vn to vs yeuen
In myrthe and Iolitee oure lyf to lyuen

Foram cuncto capite consurge

Thomey

And lightly as it comith, so wol we spende
By goddes pcious dignitee, who wende
To day, that we sholde han so fayr a grace
But myghte this gold be caried fro this place
Hoom to myn hous, or elles vn to youres
ffor wel ye woot, pt al this gold is oures
Thanne were we, in heigh felicitee
But trewely, by daye it may nat bee
Men wolde seyn, pt were theves stronge
And for oure owene tresor doon vs honge
This tresor moste ycaried be by nyghte
As wisely, and as slyly, as it myghte
Wherfore I rede, pt cut among vs alle
Be drawe, and lat se wher the cut wol falle
And he pt hath the cut, with herte blithe
Shal renne to towne, and that ful swithe
And brynge vs breed and wyn ful prively
And two of vs, shul kepen subtilly
This tresor wel, and if he wol nat tarie
Whan it is nyght, we wol this tresor carie
By oon assent, wher as vs thynketh best
That oon of hem, the cut broghte in his fest
And bad hym drawe, and looke wher it wol falle
And it fil on the yongeste of hem alle
And forth toward the toun, he wente anon
And also soone, as that he was gon
That oon spak thus, vn to that oother
Thow knowest wel, thou art my sworn brother
Thy pfyt wol I telle thee anon
Thou woost wel, that oure felawe is agon
And heere is gold, and that ful greet plentee
That shal departed been among vs thre
But natheles, if I kan shape it so
That it departed were among vs two
Hadde I nat doon, a freendes torn to thee?
That oother answerde, I noot how that may be
He woot how that the gold is with vs tweye
Shal we doon, what shal we to hym seye?
Shal it be consail, seyde the fyrste shrewe?
And I shal tellen, in a wordes fewe
What we shal doon, and bryngen it wel aboute
Graunte quod that oother, out of doute
That by my trouthe, I shal thee nat biwreye
Now quod the fyrste, thou woost wel we be tweye
And two of vs, shul strenger be than oon
Looke whan pt he is set, that right anoon
Arys, as though thou woldest wt hym pleye
And I shal ryue hym, thurgh the sydes tweye

Pardoner

Whil that thou strogelest with hym, as in game
And with thy dagger, looke thou do the same
And thanne shal al this gold departed be
My dere freend, bitwixen me and thee
Thanne may we bothe oure lustes all fulfille
And pleye at dees right at oure owene wille
And thus acorded been thise shrewes tweye
To sleen the thridde, as ye han herd me seye

This yongeste, which that wente vn to the toun
Ful ofte in herte, he rolleth vp and doun
The beautee of thise florins newe and brighte
O lord quod he, if so were that I myghte
Haue al this tresor, to my self allone
Ther is no man, that lyueth vnder the trone
Of god, that sholde lyue so murye as I
And atte laste, the feend oure enemy
Putte in his thought, that he sholde poyson beye
With which, he myghte, sleen hyse felawes tweye
For why, the feend fond hym in swich lyuynge
That he hadde leue, hem to sorwe brynge
For this was outrely, his fulle entente
To sleen hem bothe, and neuer to repente
And forth he gooth, no lenger wolde he tarie
In to the toun, vn to apothecarie
And preyde hym, that he hym wolde selle
Som poyson, that he myghte hise rattes quelle
And eek ther was, a polcat in his hawe
That as he seyde, hise capons hadde yslawe
And fayn he wolde, wreke hym, if he myghte
On vermyn, that destroyed hym by nyghte

The pothecarie answerde, and thou shalt haue
A thyng, that also god my soule saue
In al this world, ther is no creature
That eten or dronken hath, of this confiture
Noght, but the montance of a corn of whete
That he ne shal, his lif anon forlete
Ye sterue he shal, and that in lasse while
Than thou wolt goon a paas, nat but a myle
The poyson is so strong and violent

This cursed man, hath in his hond yhent
This poyson in a box, and sith he ran
In to the nexte strete, vn to a man
And borwed hym, large botels thre
And in the two, his poyson poured he
The thridde he kepte clene, for his owene drynke
For al the nyght, he shoop hym for to swynke
In caryinge of the gold, out of that place
And whan this riotour with sory grace

Pardoner

hadde filled with wyn, hise grete botels thre
To hise felawes agayn repaireth he
¶ What nedeth it to sermone of it moore
For right so as they hadde cast his deeth bifore
Right so they han hym slayn, and that anon
And whan þt this was doon, thus spak that oon
Now lat us sitte and drynke and make us merie
And afterward we wol his body berie
And with that word, it happed hym per cas
To take the botel ther the poyson was
And drank, and yaf his felawe drynke also
For which anon, they storven bothe two
¶ But certes I suppose that Avycen
Wroot nevere in no canon ne in no fen
Mo wonder signes of empoisonyng
Than hadde thise wrecches two, er hir endyng
Thus ended been thise homycides two
And eek the false empoysoner also

Auctor

¶ O cursed synne, of alle cursednesse
O traytours homycide o wikkednesse
O glotonye luxurie and hasardrye
Thou blasphemour of Crist with vileynye
And othes grete, of vsage and of pryde
Allas mankynde, how may it bitide
That to thy creatour, which þt thee wroghte
And with his precious herte blood thee boghte
Thou art so fals, and so vnkynde allas
¶ Now goode men god foryeve yow your trespas
And ware yow fro the synne of Avarice
Myn hooly pardon, may yow alle warice
So þt ye offre, nobles or sterlynges
Or elles siluer brooches, spoones, rynges
Boweth your heed, vnder this hooly bulle
Com vp ye wyues, offreth of youre wolle
Youre names I entre heer in my rolle anon
In to the blisse of heuene, shul ye gon
I yow assoille, by myn heigh power
Yow þt wol offre, as clene and eek as cleer
As ye were born, and lo syres thus I preche
And Ihesu Crist, that is oure soules leche
So graunte yow his pardon to receyue
For that is best I wol yow nat deceyue
¶ But syres, o word forgat I in my tale
I haue relikes and pardon in my male
As faire as any man in Engelond
Whiche were me yeuen, by the popes hond
If any of yow wole of deuocion
Offren and han myn absolucion

Pardoner

Com forth anon, and kneleth heer adoun
And mekely receyueth my pardoun
Or elles taketh pardoun as ye wende
Al newe and fressh at euery myles ende
So þt ye offren alwey newe and newe
Nobles or pens, whiche þt be goode and trewe
It is an honour, to euerich that is heer
That ye mowe haue a suffisant pardoneer
Tassoille yow in contree as ye ryde
For auentures, whiche þt may bityde
Parauenture, ther may fallen oon or two
Doun of his hors, and breke his nekke atwo
Looke which a seuretee is it to yow alle
That I am in youre felaweshipp yfalle
That may assoille yow bothe moore and lasse
Whan þt the soule shal fro the body passe
I rede þt oure hoost heere shal bigynne
For he is moost envoluped in synne
Com forth oure hoost, and offre fyrst anon
And thou shalt kisse my Relikes euerychon
Ye for a grote vnbokele anon thy purs

Nay nay quod he, thanne haue I cristes curs
Lat be quod he, it shal nat be so theech
Thou woldest make me kisse thyn olde breech
And swere it were a relyk of a seint
Though it were wt thy fundement depeint
But by the croys, which þt seint Eleyne fond
I wolde I hadde thy coillons in myn hond
In stide of Relikes or of seintuarie
Lat kutte hem of, I wol wt thee hem carie
They shul be shryned in an hogges toord

This pardoner answerde nat a word
So wrooth he was, no word ne wolde he seye

Now quod oure hoost, I wol no lenger pleye
with thee, ne wt noon oother angry man
But right anon the worthy knyght bigan
Whan þt he saugh þt al the peple lough
Namoore of this, for it is right ynough
Sir pardoner be glad and myrie of cheere
And ye sir hoost, þt been to me so deere
I prey yow þt ye kisse the pardoner
And pardoner I prey thee, drawe thee neer
And as we diden, lat vs laughe and pleye
Anon they kiste, and ryden forth hir weye

Heere is ended the Pardoners tale

Shipman

Heere bigynneth the Shipmannes tale

A marchant whilom dwelled at Seint Denys
That riche was, for which men helde hym wys
A wyf he hadde of excellent beautee
And compaignable and reuelous was she
Which is a thyng, that causeth more dispence
Than worth is, al the chiere and reuerence
That men hem doon, at festes and at daunces
Swiche salutacions, and contenaunces
Passen, as dooth a shadwe vp on the wal
But wo is hym, that payen moot for al
The sely housbonde, algate he moste paye
He moot vs clothe, and he moot vs araye
Al for his owene worship richely
In which aray, we daunce iolily
And if p⁺ he noght may, p auenture
Or ellis, list no swich dispence endure
But thynketh, it is wasted and ylost
Thanne moot another, payen for oure cost
Or lene vs gold, and that is pilous
This noble marchant, heeld a worthy hous
ffor which, he hadde alday so greet repair
ffor his largesse, and for his wyf was fair
That wonder is, but herkneth to my tale
Amonges alle hise gestes, grete and smale
Ther was a monk, a fair man and a bold
I trowe of thritty wynter he was old
That euer in oon, was comynge to that place
This yonge monk, p⁺ was so fair of face
Aqueynted was so, with the goode man
Sith that, hir firste knowelich bigan
That in his hous, as famulier was he
As it is possible, any freend to be
And for as muchel, as this goode man
And eek this monk, of which p⁺ I bigan
Were bothe two, yborn in o village
The monk, hym claymeth, as for cosynage
And he agayn, he seith nat ones nay
But was as glad therof, as fowel of day
ffor to his herte, it was a greet plesaunce
Thus been they knyt, wt eterne alliaunce
And ech of hem, gan oother for tassure
Of bretherhede, whil p⁺ hir lyf may dure

Shipman

Ther was daun John / and namely of Displence
As in that hous / and ful of diligence
To doon plesance / and also greet costage
He noght forgat / to yeve the leeste page
In al the hous / but after hir degree
He yaf the lord / and sitthe al his meynee
Whan that he cam / som maneere honest thyng
ffor Which / they were as glad of his comyng
As fowel is fayn / Whan that the sonne vp ryseth
Namoore of this as now / for it suffiseth

But so bifel / this marchaunt on a day
Shoop hym / to make redy his array
Toward the toun of Brugges for to fare
To byen there / a porcion of Ware
ffor Which / he hath to Parys sent anon
A Messager / and preyed hath daun John
That he sholde come / to Seint Denys to pleye
With hym and with his wyf / a day or tweye
Er he to Brugges wente / in alle wise

This noble monk / of Which I yow deuyse
Hath of his Abbot / as hym list licence
By cause / he was a man / of heigh prudence
And eek an Officer / out for to ryde
To seen hir graunges / and hir bernes wyde
And vn to Seint Denys / he comth anon
Who was so welcome / as my lord daun John
Oure deere Cosyn / ful of curteisye
With hym broghte he / a Iubbe of Malvesye
And eek another / ful of fyn Vnage
And volatyl / as ay was his vsage
And thus / I lete hem dryuke and pleye
This marchaunt / and this monk a day or tweye

The thridde day / this marchaunt vp ryseth
And on hise nedes / sadly hym auyseth
And vp in to his Countour hous gooth he
To rekene with hym self / wel may be
Of thilke yeer / how pt it with hym stood
And how pt he despended hadde his good
And if pt he encressed were or noon
Hise bookes / and his bagges many oon
He leith biforn hym / on his countyng bord
ffull riche / was his tresor and his hord
ffor Which ful faste / his Countour dore he shette
And eek he wolde / pt no man sholde hym lette
Of hise acountes / for the meene tyme
And thus he sit / til it was passed pryme

Daun John was rysen / in the morwe also
And in the gardyn / walketh to and fro

Shipman

And hath hise thynges seyd ful curteisly
This goode wyf cam walkynge pryuely
In to the gardyn, ther he walketh softe
And hym salueth, as she hath doon ofte
A mayde child cam in hir compaignye
Which as hir list, she may gouerne and gye
For yet vnder the yerde was the mayde
O deere cosyn myn, daun Iohn she sayde
What eyleth yow, so rathe for to ryse
Nece quod he, it oghte ynough suffise
Fyue houres for to slepe, vp on a nyght
But it were for an old appalled wight
As been thise wedded men, pt lye and dare
As in a fourme, sit a wery hare
Were al forstraught, wt houndes grete & smale
But deere Nece, why be ye so pale
I trowe certes, that oure goode man
Hath yow laboured, sith the nyght bigan
That yow were nede to resten hastily
And wt that word, he lough ful murily
And of his owene thought, he wax al reed
This faire wyf gan for to shake hir heed
And seyde thus, ye god woot al quod she
Nay nay cosyn myn, it stant nat so wt me
For by that god, that yaf me soule and lyf
In al the reaume of ffraunce, is ther no wyf
That lasse lust hath, to that sory pley
For I may synge, allas and weylawey
That I was born, but to no wight quod she
Dar I nat telle, how that it stant wt me
Therfore I thynke, out of this land to wende
Or elles, of my self to make an ende
So ful am I, of drede and eek of care
This monk bigan vp on this wyf to stare
And seyde, allas my nece god forbede
That ye, for any sorwe, or any drede
Fordo your self, but telle me of your grief
Paraunture, I yow may in your meschief
Consulle or helpe, and therfore telleth me
Al your anoy, for it shal been secree
For on my porthors, I make an ooth
That neuere in my lyf, for lief ne looth
Ne shal I, of no consul yow biwreye
The same agayn, to yow quod she seye
By god, and by this porthors I yow sweye
Though men me wolde, al in to pieces teve
Ne shal I neuere, for to goon to helle
Biwreye a word, of thyng pt ye me telle

Shipman

Nat for no cosynage, ne alliance
But pleinly for loue and affiance
Thus been they sworn, and heer vpon they kiste
And ech of hem, tolde oothey what hem liste
Cosyn quod she, if pt I hadde a space
As I haue noon, and nameliche in this place
Thanne wolde I telle, a legende of my lyf
That I haue suffred, sith I was a wyf
With myn housbonde, al be he of youre kyn
Nay quod this monk, by god, and by seint martyn
He is namoore cosyn vn to me
Than is this leef pt hangeth on the tree
I clepe hym so, by seint denys of ffrance
To haue, the moore cause of aqueyntance
Of yow, which I haue loued specially
Abouen alle wommen sikerly
This swere I yow, on my professioun
Telleth youre grief, lest pt he come adoun
And hasteth yow, and gooth youre wey anon
My deere loue quod she, o my daun john
fful lief were me, this conseil for to hyde
But out it moot, I may namoore abyde
Myn housbonde is to me the worste man
That euere was, sith pt the world bigan
But sith I am a wyf, it sit nat me
To tellen no wight, of oure priuetee
Neither a bedde, ne in noon oother place
God shilde, I sholde it tellen for his grace
A wyf ne shal nat seyn of hir housbonde
But al honour, as I kan vnderstonde
Saue vn to yow, thus muche I tellen shal
As help me god, he is noght worth at al
In no degree, the value of a flye
But yet, me greueth moost, his nygardye
And wel ye woot, pt wommen naturelly
Desiren thynges sixe, as wel as I
They wolde, that hir housbondes sholde be
Hardy & wyse, and riche & ther to free
And buxom vn to his wyf, and fressh abedde
But by that ilke lord, that for vs bledde
ffor his honour, my self for to araye
A sonday next, I moste nedes paye
An hundred frankes, or ellis I am lorn
Yet were me leuere, that I were vnborn
Than me were doon, a sclaundre or vileynye
And if myn housbonde, eek it myghte espye
I nere but lost, and therfore I yow preye
Lene me this somme, or ellis moot I deye

Shipman

Daun John, I seye, lene me this hundred frankes
Pdee I wol nat faille yow my thankes
If that yow list to doon that I yow praye
ffor at a certeyn day, I wol yow paye
And doon to yow, what plesance and service
That I may doon, right as yow list devise
And but I do, god take on me vengeance
As foul, as and hadde Genylon of ffrance
This gentil monk, answerde in this manere
Now trewely, myn owene lady deere
I haue quod he, on yow so greet a routhe
That I yow swere, and plighte yow my trouthe
That whan youre housbonde, is to fflaundres fare
I wol delyuere yow, out of this care
ffor I wol brynge yow, an hundred frankes
And with that word, he caughte hir by the flankes
And hir embraceth harde, and kiste hir ofte
Gooth now youre wey quod he, al stille & softe
And lat vs dyne, as soone as þt ye may
ffor by my chilyndre, it is pryme of day
Gooth now, and beeth as trewe as I shal be
Now elles, god forbede, sire quod she
And forth she gooth, as Jolif as a pye
And bad the cookes, þt they sholde hem hye
So þt men myghte dyne, and that anon
Vp to hir housbonde, is this wyf ygoon
And knokketh at his countour boldely
Qui la? Who ther? quod he, peter it am I
Quod she, what syr, how longe wol ye faste?
How longe tyme, wol ye rekene and caste?
youre sommes, and youre bokes, and youre thynges
The devel haue part, on alle swiche rekenynges
ye haue ynough, pdee, of goddes sonde
Com doun to day, and lat youre bagges stonde
Ne be ye nat ashamed that daun John
Shal fastyng, al this day alenge goon
Lat vs heere a messe, and go we dyne
Wyf quod this man, litel kanstow devyne
The curious bisynesse, that we haue
ffor of vs chapmen, also god me saue
And by that lord, þt clepid is seint yve
Scarsly amonges xij. ten shul thryue
Continuelly, lastynge vn to oure age
We may wel, make chiere, and good visage
And dryue forth the world, as it may be
And kepen oure estaat, in pryuetee
Til we be deed, or elles that we pleye
A pilgrymage, or goon out of the weye

Shipman

And therfore have I greet necessitee
Vpon this queynte world tauyseme
For euermore, we moote stonde in drede
Of hap and fortune, in oure chapmanhede
¶ To fflaundres wol I go tomorwe at day
And come agayn, as soone as euer I may
For which my deere wyf I thee biseke
As be to euery wight buxom and meke
And for to kepe oure good, be curyous
And honestly, gouerne wel oure hous
Thou hast ynough, in euery maner wise
That to a thrifty houshold may suffise
Thee lakketh noon array, ne no vitaille
Of siluer in thy purs, shaltow nat faille
And with that word, his counter dore he shette
And doun he gooth, no lenger wolde he lette
But hastily, a messe was they seyd
And spedily, the tables were yleyd
And to the dyner, faste they hem spedde
And richely, this monk the chapman fedde
¶ At after dyner, daun John sobrely
This chapman took a part and pryuely
He seyde hym thus, cosyn it standeth so
That wel I se, to Brugges wol ye go
God and seint Austyn, spede yow and gyde
I prey yow cosyn, wisely that ye ryde
Gouerneth yow also, of youre diete
Atemprely, and namely in this hete
Bitwix vs two, nedeth no strange fare
Fare wel cosyn, god shilde yow fro care
And if yt any thyng, by day or nyght
If it lye in my power and my myght
That ye me wol comande in any wyse
It shal be doon, right as ye wol deuyse
¶ O thyng, er yt ye goon, if it may be
I wolde prey yow, for to lene me
An hundred frankes, for a wyke or tweye
For certein beestes, yt I moste beye
To stoore with a place yt is oures
God help me so, I wolde it were youres
I shal nat faille, surely at my day
Nat for a thousand frankes a myle way
But lat this thyng be secree, I yow preye
For yet to nyght, thise beestes moot I beye
And fare now wel, myn owene cosyn deere
Graunt mercy, of youre cost and of youre cheere
¶ This noble marchant gentilly anon
Answerde and seyde o cosyn myn daun John

Shipman

Now cosyn, this is a smal requeste
My gold is youres, whan þt it yow leste
And nat oonly my gold, but my chaffare
Take what yow list, god shilde þt ye spare
But o thing is, ye knowe it wel ynogh
Of chapmen, that hir moneie is hir plogh
We may creaunce, while we have a name
But goldlees for to be, it is no game
Paye it agayn, whan it lith in youre ese
After my myght, ful fayn wolde I yow plese

This hundred frankes, he sette hym forth anon
And prively, he took hem to daun John
No wight in al this world, wiste of this loone
Savynge this marchant, and daun John allone
They drynke and speke, and rome a while & pleye
Til þt daun John, rydeth to his Abbeye

The morwe cam, and forth this marchant rydeth
To Flaundres ward, his prentys wel hym gydeth
Til he cam, in to Brugges murily
Now gooth this marchant, faste and bisily
Aboute his nede, and byeth and creaunceth
He neither, pleyeth at dees ne daunceth
But as a marchant, shortly for to telle
He let his lyf, and there I lete hym dwelle

The sonday next, this marchant was agon
To seint denys, yconnen is daun John
With Crowne and beerd, al fressh, and newe yshave
In al the hous, ther nas so litel a knave
Ne no wight elles, þt he nas ful fayn
That my lord daun John, was come agayn
And shortly, right to the point for to gon
This faire wyf, acorded with daun John
That for thise hundred frankes, he sholde al nyght
Have hir in his armes, bolt upright
And this acord, parfourmed was in dede
In myrthe alnyght, a bisy lyf they lede
Til it was day, þt daun John wente his way
And bad the meynee, farewel have good day
For noon of hem, ne no wight in the toun
Hath of daun John, right no suspecioun
And forth he rydeth hoom to his Abbeye
Or where hym list, namoore of hym I seye

This marchant, whan þt ended was the faire
To seint denys, he gan for to repaire
And with his wyf he maketh feeste and cheere
And telleth hir, that chaffare is so deere
That nedes, moste he make a cheuyssance
For he was bounden, in a reconyssance

Shipman

To paye twenty thousand sheeld anon
ffor which this marchant is to parys gon
To borwe of certeyn freendes pt he hadde
A certeyn frankes and somme wt hi he ladde
And whan pt he was come in to the toun
ffor greet chiertee and greet affeccioun
Vn to daun John he gooth hym first to pleye
Nat for to axe or borwe of hym moneye
But for to wite and seen of his welfare
And for to tellen hym of his chaffare
As freendes doon whan they been met yfeere
Daun John hym maketh feeste and murye cheere
And he hym tolde agayn ful specially
How he hadde wel ybought and graciously
Thanked be god al hool his marchandise
Save pt he moste in alle maner wise
Maken a cheuyssaunce as for his beste
And thanne he sholde been in ioye and reste
Daun John answerde certes I am fayn
That ye in heele ar come hom agayn
And if pt I were riche as haue I blisse
Of twenty thousand sheeld sholde ye nat mysse
ffor ye so kyndely this oother day
lente me gold and as I kan and may
I thanke yow by god and by seint Iame
But nathelees I took vn to ouse dame
youre wyf at hom the same gold ageyn
vpon youre bench she woot it wel certeyn
By certeyn tokenes that I kan yow telle
Now by youre leue I may no lenger dwelle
Oure Abbot wole out of this toun anon
And in his compaignye moot I goon
Grete wel oure dame myn owene nece sweete
And fare wel deere cosyn til we meete

This marchant which pt was ful war & wys
Creaunced hath and payd eek in parys
To certeyn lumbardes redy in hir hond
The somme of gold and hadde of hem his bond
And hoom he gooth murye as a papeiay
ffor wel he knew he stood in swich array
That nedes moste he wynne in that viage
A thousand frankes abouen al his costage

His wyf ful redy mette hym atte gate
As she was wont of old vsage algate
And al that nyght in myrthe they bisette
ffor he was riche and clerly out of dette
Whan it was day this marchant gan embrace
His wyf al newe and kiste hir on hir face

Shipman

Vp he gooth / and maketh it ful tough
Namoore quod she / by god ye haue ynough
And wantownesly agayn / with hym she pleyde
Til atte laste / this marchant seyde
By god quod he / I am a litel wrooth
With yow my wyf / al though it be me looth
And woot ye why / by god as þt I gesse
That ye han maad a manere straungenesse
Bitwixen me / and my cosyn daun John
Ye sholde han warned me / er I hadde gon
That he yow hadde / an hundred frankes payed
By redy tokene / and heeld hym yuele apayed
ffor þt I to hym spak of cheuyssaunce
Me semed so / as by his contenaunce
But nathelees / by god oure heuene kyng
I thoughte nat / to axen hym no thyng
I prey thee wyf / as do namoore so
Telle me alwey / er that I fro thee go
If any dettour / hath in myn absence
Ypayed thee / lest thurgh thy necligence
I myghte hym axe / a thing that he hath payed
This wyf / was nat afered nor afrayed
But boldely she seyde / and that anon
Marie / I deffie the false monk / daun John
I kepe nat of hise tokenes neuer a deel
He took me certeyn gold / that woot I weel
What yuel thedam / on his monkes snowte
ffor god it woot / I wende withouten doute
That he hadde yeue it me / by cause of yow
To doon therwith / myn honour and my prow
ffor cosynage / and eek for beele cheere
That he hath had / ful ofte tymes heere
But sith I se / I stonde in this disjoynt
I wol answere yow / shortly to the poynt
Ye han mo slakker dettours than am I
ffor I wol paye yow / wel and redily
ffro day to day / and if so be I faille
I am youre wyf / score it vpon my taille
And I shal paye / as soone as euer I may
ffor by my trouthe / I haue on myn array
And nat on wast bistowed euery deel
And for I haue / bistowed it so weel
ffor youre honour / for goddes sake I seye
As be nat wrooth / but lat vs laughe and pleye
Ye shal my ioly body / haue to wedde
By god I wol nat paye yow but a bedde
fforgyue it me / myn owene spouse deere
Turne hiderward / and maketh bettre cheere

Shipman

This marchaunt caught, ther was no remedie
And for to chide it nere but greet folie
Sith that the thyng may nat amended be
Now wyf he seyde, and I foryeue it thee
But by thy lyf ne be namoore so large
Keep bet oure good, that yeue I thee in charge
Thus endeth my tale, and god vs sende
Taillynge ynough, vn to oure lyues ende Amen

Heere endeth the Shipmannes tale

Bihoold the murie wordes of the Hoost, to the Shipman and to the lady Prioresse

Wel seyd by corpus dominus quod oure hoost,
Now longe moote thou saille by the cost
Sir gentil maister, gentil marryneer
God yeue this monk a thousand last quade yeer
A ha felawes, beth ware of swich a iape
The monk putte in the mannes hood an ape
And in his wyues eek by seint Austyn
Draweth no monkes moore vn to youre In
But now passe ouer and lat vs seke aboute
Who shal now telle first of al this route
Another tale, and wt that word he seyde
As curteisly, as it had been a mayde
My lady Prioresse by youre leue
So that I wiste I sholde yow nat greue
I wolde demen, that ye tellen sholde
A tale next, if so were that ye wolde
Now wol ye vouche sauf my lady deere
Gladly quod she, and seyde as ye shal heere

Explicit

The prologe of the Prioresses tale

Domine dominus noster

O lord oure lord, thy name how merueillous
Is in this large world, y sayd quod she
For noght oonly, thy laude precious
Parfourned is, by men of dignitee
But by the mouth of children, thy bountee
Parfourned is, for on the brest soukynge
Somtyme shewen they thyn heriynge

Prioresse

Wherfore in laude, as I best can or may,
Of thee, and of the whyte flour
Which that the bar, and is a mayde alway,
To telle a storie, I wol do my laboury
Nat that I may, encreessen hir honour
ffor she hir self, is honour, and the roote
Of bountee next, hir sone, and soules boote

O mooder mayde, O mayde mooder free
O bussh vnbrent, brennynge in moyses sighte
That rauysedest doun, fro the deitee
Thurgh thyn humblesse, the goost, þt in thalighte
Of whos vertu, whan he thyn herte lighte
Conceyued was, the fadres sapience
Help me, to telle it in thy reuerence

Lady, thy bountee, thy magnificence
Thy vertu, and thy grete humylitee
Ther may no tonge expresse, in no science
ffor somtyme lady, er men praye to thee
Thou goost biforn, of thy benyngnytee
And getest vs, thurgh lyght of thy preyere
To gyden vs, vn to thy sone so deere

My konnyng is so wayk, o blisful queene
ffor to declare, thy grete worthynesse
That I ne may, the weighte nat susteene
But as a child, of twelf monthe old or lesse
That kan vnnethes, any word expresse
Right so fare I, and therfore I yow preye
Gydeth my song, þt I shal of yow seye

Explicit

Heere bigynneth the Prioresses tale

Ther was in Asye, in a greet Citee
Amonges cristene folk, a Jewerye
Sustened by a lord, of that contree
ffor foul vsure, and lucre of vileynye
Hateful, to crist and to his compaignye
And thurgh this strete, men myghte ride or wende
ffor it was free, and open at eyther ende

The Prioresses

A litel scole of cristen folk ther stood
Doun at the ferther ende, in which ther were
Children an heep, ycomen of cristen blood,
That lerned in that scole, yeer by yere,
Swich manere doctrine as men used there,
This is to seyn, to syngen and to rede,
As smale children doon in hire childhede.

Among thise children was a widwes sone,
A litel clergeon, seven yeer of age,
That day by day to scole was his wone,
And eek also, where as he saugh thymage
Of Cristes moder, he hadde in usage,
As hym was taught, to knele adoun and seye
His Ave Marie, as he goth by the weye.

Thus hath this widwe hir litel sone ytaught
Oure blisful lady, Cristes moder deere,
To worshipe ay, and he forgat it naught,
For sely child wol alday soone leere.
But ay, whan I remembre on this mateere,
Seint Nicholas stant evere in my presence,
For he so yong to Crist dide reverence.

This litel child, his litel book lernynge,
As he sat in the scole at his prymer,
He Alma redemptoris herde synge,
As children lerned hire antiphoner,
And as he dorste, he drough hym ner and ner,
And herkned ay the wordes and the noote,
Til he the firste vers koude al by rote.

Noght wiste he what this latyn was to seye,
For he so yong and tendre was of age,
But on a day his felawe gan he preye
Texpounden hym this song in his langage,
Or telle hym why this song was in usage,
This preyde he hym to construe and declare
Ful often tyme upon hise knowes bare.

His felawe, which that elder was than he,
Answerde hym thus: this song, I have herd seye,
Was maked of oure blisful lady free,
Hire to salue, and eek hire for to preye
To been oure help and socour whan we deye.
I kan namoore expounde in this mateere,
I lerne song, I kan but smal grammeere.

Prioress

This is this song/ makes in sentence
Of cristes moder/ seyde this Innocent
Now certes/ I wol do my diligence
To konne it al/ er Cristemasse is went
Though pt I for my prymer shal be shent
And shal be beten thries in an houre
I wol it konne/ oure lady for to honoure

His felawe/ taughte hym homward pryuely
Fro day to day til he koude it by rote
And thanne he song/ it wel and boldely
Fro word to word/ to word acordyng wt the note
Twies a day/ it passed thurgh his throte
To scolewar/ and homward whan he wente
On cristes moder/ set was his entente

As I haue seyd/ thurgh out the Iewerye
This litel child/ as he cam to and fro
Ful murily/ wolde he synge and crie
O Alma redemptoris/ eueremo
The swetnesse/ his herte perced so
Of cristes moder/ that to hyr to preye
he kan nat stynte/ of syngyng by the weye

Auctor

Oure firste foo/ the serpent Sathanas
That hath in Iues herte his waspes nest
Vp swal/ and seide/ O hebrayk peple allas
Is this to yow/ a thyng pt is honest
That swich a boy/ shal walken as hym lest
In youre despyt/ and synge of swich sentence
Which is/ agayn oure lawes reuerence

Fro thennes forth/ the Iues han conspired
This Innocent/ out of this world to chace
An homycide/ they to han hyred
That in an aleye/ hadde a priuee place
And as the child/ gan forby for to pace
This cursed Iew/ hym hente & heeld hym faste
And kitte his throte/ and in a pit hym caste

I seye/ that in a pit/ they hym threwe
Where as this Iewes/ purgen hyr entrailles
O cursed folk/ of herodes al newe
What may youre yuel entente yow auaille
Mordre wol out/ certeyn it wol nat faille
And namely ther/ thonour of god shal sprede
The blood out cryeth/ on youre cursed dede

Prioresse

O martir/souded to virginitee
Now maystow syngen/folkynge euer in oon
The white lamb celestial/quod she
Of which/the grete Euangelyst/seint John
In pathmos wroot/which seith/pt they pt goon
Biforn this lamb/and syngen a song al newe
That neuer flesshly/women they ne knewe

This poure wydwe/awaiteth al that nyght
After hir litel child/but he cam noght/
ffor which as soone/as it was dayes lyght/
With face pale of drede/and busy thoght/
She hath at scole/and elles where hym soght/
Til finally/she gan so fer espie
That he/last seyn was in the Iuerie

With moodres pitee/in hir brest enclosed
She gooth/as she were half out of hir mynde
To euery place/where she hath supposed
By liklihede/hir litel child to fynde
And euer/on Cristes mooder/meeke and kynde
She cryde/and atte laste/thus she wroghte
Among the cursed Iues/she hym soghte

She frayneth/and she preyeth pitously
To euery Iew/pt dwelte in thilke place
To telle hir/if hir child/wente oght forby
They seyde nay/but Ihu of his grace
yaf in hir thoght/inwith a litel space
That in that place/after hir sone she cryde
Where he was casten/in a pit bisyde

Auctor O grete god/that performest thy laude
By mouth of Innocentz/lo heer thy myght
This gemme of chastite/this Emeraude
And eek of martyrdom/tho Ruby bryght
Ther he with throte ykoruen lay vpryght/
He Alma redemptoris/gan to synge
So lowde/pt al the place gan to rynge

The cristene folk/that thurgh the strete wente
In comen for to wondre vp on this thyng/
And hastily/they for the prouost sente
He cam anon/with outen taryyng/
And heryeth crist/that is of heuene kyng
And eek his mooder/honour of mankynde
And after that/the Iewes leet he bynde

Prioresse

This child with pitous lamentacioun
vp taken was, syngynge his song alway,
And with honour of greet processioun
They carien hym vn to the nexte Abbay
his moder swownynge by his beere lay
vnnethe myghte the peple þt was theere
This newe rachel brynge fro his beere

With torments and wt shameful deeth echon
This prouost doth the Iewes for to sterue
That of this moryre wiste, and that anon
he nolde no with cursednesse obserue
yuele shal he haue, þt yuele wol deserue
Therfore with wilde hors he dide hem drawe
And after that he heng hem by the lawe

Vp on this beere ay lith this Innocent
Biforn the chief Auter whil the masse laste
And after that the Abbot with his Couent
han sped hem for to burien hym ful faste
And whan they hooly water on hym caste
yet spak this child whan spreynd was hooly water
And song O alma redemptoris mater

This Abbot which þt was an hooly man
As monkes been, or elles oghte be
This yonge child to coniure he bigan
And seyde o deere child I halsen thee
In vertu of the hooly Trinitee
Tel me what is thy cause for to synge
Sith þt thy throte is kut to my semynge

My throte is kut vn to my nekke boon
Seyde this child and as by wey of kynde
I sholde haue dyed, ye longe tyme agon
But Ihū crist as ye in bookes fynde
Wil þt his glorie laste and be in mynde
And for the worship of his moder deere
yet may I synge O alma loude and cleere

This welle of mercy cristes moder sweete
I loued alwey as after my konnynge
And whan þt my lyf sholde forlete
To me she cam and bad me for to synge
This Anthephen verraily in my deyynge
As ye han herd and whan þt I hadde songe
me thoughte she leyde a greyn vpon my tonge

Prioresse

Wherfore I synge, and synge I moot certeyn
In honour of that blissful mayden free
Til fro my tonge, of taken is the greyn
And after that, thus seyde she to me
My litel child now wol I fecche thee
Whan þt the greyn, is fro thy tonge ytake
Be nat agast, I wol thee nat forsake

This hooly monk, this abbot hym meene I
His tonge out caughte, and took awey the greyn
And he yaf up the goost, ful softely
And whan this abbot, hadde this wonder seyn
Hise salte teeris, trikled doun as reyn
And gruf he fil, al plat up on the grounde
And stille he lay, as he had leyn ybounde

The covent eek, lay on the pavement
Wepynge, and heryen cristes moody deere
And after that, they ryse and forth been went
And tooken awey, this martyr from his beere
And in a temple, of marbul stones cleere
Enclosen they, his litel body sweete
Ther he is now, god leue vs alle for to meete

O yonge hugh of lyncoln slayn also
With cursed Iewes, as it is notable
ffor it is, but a litel while ago
Preye eek for vs, we synful folk vnstable
That of his mercy god so merciable
On vs, his grete mercy multiplie
ffor reuerence of his moody marie Amen

Heere is ended, the Prioresses tale

Bihoold the muyre wordes of the hoost to Chaucer

When seyd was al this miracle, euery man
As sobre was, that wonder was to se
Til that oure hoost, Iapen to bigan
And thanne at erst, he looked vp on me
And seyde thus, what man artow quod he
Thou lookest, as thou woldest fynde an hare
ffor euer, vp on the grounde, I se thee stare

Chaucer

Approche neer; and looke vp murily
Now war yow sires; and lat this man haue place
he in the waast; is shape as wel as I ... Henry Bailly
This were a popet; in an arm tenbrace
ffor any womman smal and fair of face
he semeth elvyssh; by his contenance
ffor vn to no wight; doth he daliance

Sey now somwhat; syn oother folk han sayd
Telle vs a tale; of myrthe; and that anon
hoost quod I; ne beth nat yuele apayd
ffor oother tale; certes kan I noon
But of a rym; I lerned longe agoon
ye that is good quod he; now shul ye heere *hoost*
som deyntee thyng; me thynketh by his cheere

Explicit

Heere bigynneth Chaucers tale of Thopas

Listeth lordes in good entent,   Of myrthe and of solas,
And I wol telle verrayment
Al of a knyght, was fair and gent,   his name was sir Thopas
In bataille and in tourneyement,

Yborn he was, in fer contree   At poperyng in the place
In flaundres; al biyonde the see
his fader was, a man ful free   As it was goddes grace
And lord he was, of that contree

Sir Thopas, wax a doghty swayn   hise lippes rede as rose
whit was his face as payndemayn,
his rode is lyk scarlet in grayn   he hadde a semely nose
And I yow telle, in good certayn

his heer; his berd, was lyk saffroun hise shoos of cordewane
That to his girdel raughte adoun
Of Brugges were his hosen broun   That coste many a iane
his robe was of syklatoun

he koude hunte, at wilde deer   At grey goshauk on honde
And ride an haukyng; for riuer
Therto he was, a good Archeer   Ther any Ram shal stonde
Of wrastlyng; was ther noon his peer

ful many a mayde, bright in bour   whan hem were bet to slepe
They moorne for hym paramour
But he was chaast; and no lechour   That bereth the rede hepe
And sweete, as is the brembulflour

And so bifel vpon a day   Sir Thopas wolde out ride
ffor sothe as I yow telle may
he worth, vpon his steede gray   A long swerd, by his side
And in his hand a launcegay

Thopas

He priketh thurgh a fair forest / ye bothe bukke and hare
Ther ynne is many a wilde best /
And as he priketh north & est / stode a gret cape
I telle it yow him hadde almest /

Ther spryngen herbes grete & smale / And many a clowe gylofre
The lycorys and cetewale /
And notemuge to putte in ale / or for to leye in cofre
Whethir it be moyste or stale /

The briddes synge it is no nay / That ioye it was to heere
The sparhauk and the papeiay /
The thristelcok made eek his lay / She sang ful loude & cleere
The wodedowue vp on a spray /

Sire Thopas fil in loue longynge / and pryked as he were wood
Al whan he herde the thrustal synge /
His faire stede in his prikynge / His sydes were al blood
So swatte þt men myghte his wrynge /

Sire Thopas eek so wery was / So fiers was his corage
For prikyng on the softe gras /
That doun he leyde him in that plas / And yaf him good forage
To make his steede som solas /

O seinte marie benedicite / To byndemo to sore
What eyleth this loue at me /
Me dremed al this nyght ywis / And slepe vnder myn gore
An elf queene shal my lemman be /

An elf queene wol I loue ywis / Worthy to be my make in towne
For in this world no woman is / vij dale wek by downe
Alle othere women I forsake /
And to an elf queene I me take /

In to his sadel he clamb anon / An elf queene for teSpye so wilde
And priketh ouer stile and stoon /
Til he so longe hadde yden and goon / The contree of ffairye
That he foond in a pryue woon / neither wyf ne childe
For in that contree was ther noon :

Til pt ther cam a greet geauntt / A pilous man of dede with mace
His name was sir Olyfauntt /
He seyde child by termagauntt / Anon I sle thy steede
But if thou pryke out of myn haunt /

Heere is the queene of ffairye / dwellynge in this place
With harpe and pipe and Symphonye /

The child seyde Also moote I thee / Than I haue myn armour thy wombe
Tomorwe wol I meete wt thee /

And yet I hope pma fay / abyen it ful soore
That thou shalt wt this launcegay /
Thyn hauberk shal I peen if I may / for heere thow shalt be slawe
Er it be fully pryme of day /

Sire Thopas drow abak ful faste / Out of a fel staf slynge
This geaunt at him stones caste /
But faire escapeth sire Thopas / and thrugh his fair berynge
And al it was thurgh goddes gras

Chaucer

Net listeth, lordes to my tale   I wol yow telle
Myrier than the nightyngale
Hou sir Thopas with sydes smale   Is comen agayn to toune
Prikyng ouer hill and dale

His mynne men comaunded he   ffor nedes moste he fighte
To make hym bothe game and gle
With a geaunt with heuedes thre   Of oon that shoon ful brighte
ffor paramour and Iolitee

To come he seyde, my mynstrales   Anon in myn armynge
And gestours for to tellen tales
Of Romaunces that been roiales   And eek of loue likynge
Of popes and of Cardinales

They fette hym first swete wyn   And Roial spicerye
And mede eek in a mazelyn
And Gyngebreed yt was ful fyn   With sugre yt is so tyne
And lycorys and eek Comyn

He dide next his white leere   A breech and eek a sherte
Of clooth of lake fyn and cleere
And next his sherte an aketoun   ffor percynge of his herte
And ouer that an haubergeoun

And oer that a fyn hawberk   ful strong it was of plate
Was al ywroght of Iewes werk
And ouer that his cote armour   In which he wol debate
As whit as is a lilye flour

His sheeld was al of gold so reed   A chorbocle bisyde
And ther Inne was a bores heed
And there he swoor on ale and breed Bityde what bityde
How yt the geaunt shal be deed

His Iambeux were of quyrboilly   His helm of laton brighte
His swerdes shethe of yuory
His sadel was of rewel boon   Oras the moone lighte
His brydel as the sonne shoon

His spere it was of fyn cipres   The heed ful sharp ygrounde   an londe
That bodeth werre and no thyng pees
His steede was al dappull gray   ful softely and rounde
It gooth an Ambil in the way

Loo lordes myne heere is a fit   To telle it wol I founde
If ye wol any moore of it

Now holde youre mouth par charitee   And herkneth to my spelle
Bothe knyght and lady free
Of batailles and of chiualry   Anon I wol yow telle
And of ladyes loue dryuy

Men speken of Romaunces of prys   Of Beues and of Sir Gy
Of hornchild and of ypotys
Of sir lybeux and pleyn damour   Of Roial chiualry
But sir Thopas he bereth the flour

This goode steede al he bistrood   As sparcle out of the bronde
And forth vpon his wey he rood

Thopas

Up on his creest he bar a tour / and shulde his cors fro shonde
And ther Inne stiked a lilie flour /
And for he was a knyght auntrous / But liggen in his hoode
he nolde slepen in noon hous /
His bryghte helm was his wonger / Of herbes fyne and goode
And by hym bayteth his destrer /
Hym self dranck water of the well / so dorst vnder wede
As dide the knyght syr Percyuell /
Til on a day ~

Heere the hoost stynteth Chaucer of his tale of Thopas ~

Namoore of this for goddes dignitee
Quod oure hoost for thou makest me
So wery of thy verray lewednesse
That also wisly god my soule blesse
Myne eres aken of thy drasty speche
Now swich a Rym the deuel I biteche
This may wel be Rym dogerel quod he
Why so quod I why wiltow lette me
moore of my tale than another man
Syn that it is the beste tale I kan
By god quod he for pleynly at a word
Thy drasty rymyng is nat worth a toord
Thou doost noght elles but despendest tyme
Syr at o word thou shalt no lenger ryme
lat se wher thou kanst tellen aught in geeste
Or telle in prose somwhat at the leeste
In which ther be som murthe or som doctryne
Gladly quod I by goddes sweete pyne
I wol yow telle a litel thyng in prose
That oghte liken yow as I suppose
Or elles certes ye been to daungerous
It is a moral tale vertuous
Al be it told somtyme in sondry wyse
Of sondry folk as I shal yow deuyse
As thus ye woot þt euery Euangelist
That telleth vs the peyne of Ihu crist
Ne seith nat alle thyng as his felawe dooth
But nathelees hir sentence is al sooth
And alle acorden as in hir sentence
Al be ther in hir tellyng difference
ffor some of hem seyn moore and some seyn lesse
Whan they his pitous passion expresse
I meene of mark mathew luc and John
But douteless hir sentence is al oon

Chaucer

Therfore lordynges alle I yow biseche
If þt yow thynke I varie as in my speche
As thus, though that I telle som what moore
Of proverbes, than ye han herd bifoore
Comprehended in this litel tretys heere
To enforce with theffect of my mateere
And though I nat the same wordes seye
As ye han herd, yet to yow alle I preye
Blameth me nat, for as in my sentence
Shul ye nowher fynden difference
Fro the sentence of this tretys lyte
After the which this murye tale I write
And therfore herkneth what þt I shal seye
And lat me tellen al my tale I preye

Explicit

Heere bigynneth Chaucers tale of Melibee

A yong man called Melibeus myghty and riche, bigat upon his wyf that called was Prudence a doghter which that called was Sophie. Upon a day bifell þt he for his desport is went in to the feldes hym to pleye. His wyf and eek his doghter hath he left in with his hous of which the dores weren faste yshette. Thre of hise olde foes han it espyed and setten laddres to the walles of his hous, and by wyndowes been entred and betten his wyf, and wounded his doghter with fyue mortal woundes in fyue sondry places, this is to seyn in hir feet, in hir handes, in hir erys, in hir nose, and in hir mouth, and leften hyr for deed and wenten awey. Whan Melibeus retourned was in to his hous and saugh al this meschief, he lyk a mad man rentynge his clothes gan to wepe and crye. Prudence his wyf as ferforth as she dorste bisoghte hym of his wepyng for to stynte, but nat for thy he gan to crye and wepen evere lenger the moore. This noble wyf Prudence remembred hir vpon the sentence of Ouide in his book that cleped is the remedie of loue. Ther as he seith he is a fool that destourbeth the mooder to wepen in the deeth of hir child, til she haue wept hir fille as for a certein tyme. And thanne shal man doon his diligence with amyable wordes hir to reconforte, and preyen hir of hir wepyng for to stynte. For which resoun this noble wyf Prudence suffred hir housbonde for to wepe and crye as for a certein space. And whan she saugh hir tyme, she seyde hym in this wise. Allas my lord quod she why make ye youre self for to be lyk a fool. For soothly it aperteneth nat to a wys man to maken swich a sorwe

Ouidius de remedio amoris

Melibee

doghter with the grace of god shal vanysshe and escape. And al were it so that she right now were deed ye ne oughte nat as for hir deeth ȝoure self to destroye / Senek seith the wise man shal nat take to greet discomfort for the deeth of his children but certes he sholde suffren it in pacience as wel as he abideth the deeth of his owene propre persone / ¶ This Melibeus answerde anon and seyde what man quod he sholde of his wepyng stente that hath so greet a cause for to wepe / Ihū crist oure lord hym self wepte for the deeth of lazarus hys freend / ¶ Prudence answerde certes wel I woot attempree wepyng is no thyng deffended to hym yt sorweful is amonges folk in sorwe but it is rather graunted hym to wepe / ¶ The apostle paul vn to the Romayns writeth man shal reioyse with hem that maken ioye and wepen with which folk as wepen / ¶ But though attempree wepyng be ygraunted / outragious wepyng certes is deffended / mesure of wepyng sholde be considered after the lore yt techeth vs Senek / whan that thy frend is deed quod he lat nat thyne eyen to moyste been of teeris ne to muche drye / Al though the teeris come to thyne eyen lat hem nat falle / And whan thou hast forgoon thy freend do diligence to gete another freend and this is moore thy som than for to wepe for thy freend which that thou hast lorn for therynne is no boote / And therfore if ye gouerne yow by sapience put awey sorwe out of youre herte / ¶ Remembre yow yt Ihū syrak seith A man that is ioyous and glad in herte it hym conserueth florisshynge in his age But sothly sorweful herte maketh his bones drye / ¶ He seith eek thus that sorwe in herte sleeth ful many a man / ¶ Salomon seith That right as motthes in the shepes flees anoyeth to the clothes / & the smale wormes to the tree right so anoyeth sorwe to the herte Wherfore vs oghte as wel in the deeth of oure children as in the losse of oure goodes temporels haue pacience / ¶ Remembre yow vpon the pacient Iob whan he hadde lost his children and his temporeel substance and in his body endured and receyued ful many a grevous tribulacioun yet seyde he thus / oure lord hath draft it me right as oure lord hath wold right so it is doon blessed be the name of oure lord / ¶ To thise forseyde thynges answerde Melibeus vn to his wyf Prudence alle thy wordes quod he been sothe and they with profitable but trewely myn herte is troubled with this sorwe so grevously that I noot what to doone / ¶ Lat calle quod Prudence thy trewe freendes alle and thy lynage whiche that been wise telleth youre cas And herkneth what they seye in consaillyng and yow gouerne after hir sentence Salomon seith werk alle thy thynges by conseil and thou shalt neuer repente / ¶ Thanne by the conseil of his wyf Prudence this Melibeus leet callen a greet congregacion of folk as surgiens phisiciens olde folk and yonge and somme of hise olde enemys reconsiled as by hir semblaunt to his loue And in to his grace And ther with al they comen somme of hise neighebores that diden hym reuerence moore for drede than for loue as it happeth ofte Ther comen also ful many subtille flatereres and wise aduocattz lerned in the lawe And whan this folk togidre assembled weren this Melibeus in sorweful wise shewed hem his cas And by the manere of his

Chaucer

greþe it semeþ wel, þat in hȳte he baar a cruel ȝe redy to don vengeaunce vpon hise foes, and sodeynly desired þat þe werre sholde bigynne, but natheless, yet axed he hys counseil vpon this matiere. A Surgien by licence and assent, of whiche as weren wise, vp roos, and to Melibeus seyde as ye may heere. ¶Sire quod he, as to vs Surgiens aperteneth, þat we do to euery wight þe beste þat we kan, where as we been withholde, and to oure pacientz þat we do no damage, wherfore it happeth many tyme and ofte þat whan twey men han euerich wounded oother, oon same Surgien heleth hem bothe, wherfore vn to oure Art, it is nat pertinent to norice werre ne parties to supporte, but certes, as to the warisshynge of youre doghter, al be it so þat she pitously be wounded, we shullen do so ententif bisynesse fro day to nyght þat with þe grace of god, she shal be hool and sound, as soone as is possible. ¶Almoost right in þe same wise, þe Phisicens answerden, saue þat they seyden a fewe wordes moore, That right as maladies been cured by hir contraries, right so shul men warisshe werre by vengeaunce. ¶Hise neighebores ful of enuye, hise feyned freendes þat semeden reconsiled, and hise flatereres maden semblant of wepyng, and enpeireden and aggreggeden muchel of this matiere in preisynge greetly Melibee, of myght of power, of richesse, and of freendes despisynge þe power of hise Aduersaries, and seiden outrely þat he anon sholde wreken hym on hise foes and bigynne werre. ¶Vp roos thanne an Aduocat þat was wys, by leue and by counseil of othere þat were wise, and seyde. ¶Lordynges, the nede for which we been assembled in this place is a ful heuy thyng, and an heigh matiere, by cause of þe wrong, and of þe wikkednesse þat hath be doon, and eek by reson of þe grete damages þat in tyme comynge been possible to fallen for this same cause, and eek by reson of þe grete richesse and power of þe parties bothe, for þe whiche resons, it were a ful greet peril to erren in this matiere. ¶Wherfore, Melibeus this is oure sentence, we counsaille yow abouen alle thyng, þat right anon thou do thy diligence in kepynge of thy propre persone, in swich a wise þt thou wante noon espie ne wacche thy persone for to saue. ¶And after þat, we consaille þt in thyn hous thou sette suffisaunt garnisoun so þt they may, as wel thy body as thyn hous defende. ¶But certes, for to moeue werre, or sodeynly for to doon vengeaunce, we may nat demen in so litel tyme þat it were profitable. ¶Wherfore we axen leyser and espace to haue deliberacion in this cas to deme, for the comune prouerbe seith thus. ¶He þat soone deemeth soone shal repente. ¶And eek men seyn, þat thilke Juge is wys þat soone vnderstondeth a matiere and Juggeth by leyser. ¶For al be it so þat alle tariyng be anoyful, algates, it is nat to repreve in yeuynge of Juggement, ne in vengeance takyng, whan it is sufficient and resonable. ¶And þat shewed oure lord Jhu Crist by ensaumple, for whan þat the womman þat was taken in Auouterie was broght in his presence to knowen, what sholde be doon with hir persone, al be it so þat he wiste wel hym self what þat he wolde answere, yit wolde he nat answere sodeynly but he wolde haue deliberacion, and in the ground,

Pro de quibus & coram quibus

Melibee

be foot/these, and by thise causes we axen deliberacion, and we shal thanne by the grace of god, conseille thee thing that shal be profitable

Up stirten thanne the yonge folk attones, and the moofte partie of that compaignye scorned the olde wise men, and bigonnen to make noyse, and seyden that right so as whil that yren is hoot men sholden smyte, right so men sholde wreken hir wronges whil pt they been fresshe and newe. and with loud voys they criden were, were. Upprose tho oon of thise olde wise, and with his hand made contenaunce that men sholde holden hem stille and yeuen hym audience Lordynges quod he, ther is ful many a man that crieth were, were, that woot ful litel what were amounteth. Were at his bigynnyng, hath so greet an entryng and so large, that every wight may entre whan hym liketh and lightly fynde were, but certes what ende that shal ther of bifalle, it is nat light to knowe, ffor soothly whan pt were is ones bigonne, ther is ful many a child vnborn of his mooder, that shal sterue yong by cause of that ilke were, or elles lyue in sorwe, and dye in wrecchednesse. And therfore er pt any were bigynne, men moste haue greet conseil and greet deliberacion. And whan this olde man wende to enforcen his tale by resons, wel ny alle attones bigonne they to ryse for to breken his tale and beden hym ful ofte, his wordes for to abregge, for soothly he that precheth to hem that listen nat heeren his wordes, his sermon hem anoieth

Ihus Syrak
ffor Ihesus Syrak seith, that musyk in wepynge is anoyous thyng. this is to seyn, as muche auailleth to speken biforne folk to whiche his speche anoyeth as it is to synge biforn hym that wepeth. And this wise man, saugh that hym wanted audience, and al shamefast he sette hym doun agayn.

Salomon
ffor Salomon seith, ther as thou ne mayst haue noon audience, enforce thee nat to speke. I see wel quod this wise man, pt the comune prouerbe is sooth, that good conseil wanteth whan it is moost. Yet hadde this Melibeus in his conseil many folk that pryuely in his eere conseilled hym certeyn thyng, and conseilled hym the contrarie in general audience.

Melibeus
Whan Melibeus hadde herd that the grettefte partie of his conseil weren accorded pt he sholde maken were, anoon he consented to hir conseillyng, and fully affermed hir sentence.

Prudence
Thanne dame Prudence, whan pt she saugh how that hir housbonde shoop hym for to wreken hym on his foes, and to bigynne were, she in ful humble wise, whan she saugh hir tyme seide to hym thise wordes. My lord quod she, I yow biseche as hertely as I dar and kan, ne haste yow nat to faste, and for alle gerdons as yeueth me audience.

Petrus
ffor Piers Alfonce seith, who so that dooth to thee oother good or harm haste thee nat to quiten it, for in this wise thy freend wole abyde, and thyn enemy shal the lenger lyue in drede. The proude seith, he hasteth wel that wisely kan abyde, and in wikke haste is no profit

Melibee
This Melibee answerde vn to his wyf Prudence, I purpose nat quod he to werke by thy conseil, for many causes and resons, for certes, euery wight wol de holde me thanne a fool, This is to seyn if I for thy conseillyng wolde chaungen thynges that been ordeyned and affermed by so manye wise. Secoundely I seye, that alle wommen been wikke & noon good of hem alle, ffor of a thousand men seith Salomon I foond a good man

Prō[verbia]. Salomon[is]

Chaucer

but ertes of alle wommen good woman foond I neuere And also certes if I gouerned me by thy conseil it sholde seme that I hadde yeue to thee ouer me the maistrye and god forbede that it so were

Ihus syrak Salomon

For Ihus syrak seith that if the wyf haue maistrye she is contrarious to hir housbonde And Salomon seith yeue in thy lyf to thy wyf ne to thy child ne to thy freend no power ouer thy self For bettre it were that thy children aske of thy persone thynges that hem nedeth than thou se thy self in the handes of thy children And if I wolde werke by thy conseillyng certes my conseillyng moste som tyme be secree til it were tyme þt it moste be knowe and this ne may noght be

Prudence

Whanne dame Prudence ful debonairly and with greet pacience hadde herd al that hir housbonde liked for to seye thanne axed she of hym licence for to speke and seyde in this wise Thyn lord quod she as to youre firste reson certes it may lightly been answered For I seye that it is no folie to chaunge conseil whan the thyng is chaunged for elles whan the thyng semeth other weyes than it was biforn And moreouer I seye that though ye han sworn and bihight to perfourne youre emprise And natheles ye weyue to perfourne thilke same emprise by Iuste cause men sholde nat seyn therfore that ye were a lyere ne forsworn For the book seith þt the wise man maketh no lesyng whan he turneth his corage to the bettre And al be it so that youre emprise be establissed and ordeyned by greet multitude of folk yet thar ye nat accomplice thilke ordinance but yow like For the trouthe of thynges and the profit been rather founden in fewe folk that been wise and ful of reson than by greet multitude of folk ther euery man crieth and clatereth what that hym liketh Soothly swich multitude is nat honeste As to the seconde reson where as ye seyn þt alle wommen been wikke saue youre grace certes ye despisen alle wommen in this wyse

Honeste

Senec seith that who so wole haue sapience shal no man despise but he shal gladly techen the science that he kan with outen presumpcion or pride And swiche thynges as he noght ne kan he shal nat been ashamed to lerne hem and enquere of lasse folk than hym self And certes that ther hath been many a good woman may lightly be preued For certes syr oure lord Ihu crist wolde neuere haue descended to be born of a woman if alle wommen hadden ben wikke And after that for the grete bountee that is in wommen oure lord Ihu crist whan he was risen fro deeth to lyue appered rather to a woman than to his Apostles And though that Salomon seith that he ne foond neuere woman good it folweth nat therfore that alle wommen ben wikke For though that he ne foond no good woman certes ful many another man hath founden many a woman ful good and trewe Or elles per auenture the entente of Salomon was this that as in souereyn bountee he foond no woman this is to seyn that ther is no wight þt hath souereyn bountee saue god allone as he hym self recordeth in hys Euangelie For ther nys no creature so good that hym ne wanteth som what of the perfeccion of god that is his maker Youre

Melibee

thridde resou is this / ¶ Ye seyn / if ye gouerne you by my conseil / it sholde seme that ye hadde yeue me the maistrie and the lordshipe ouer youre psoue / But saue youre grace / it is nat so / ffor if it were so / that no man sholde be conseilled but oonly of hem that hadden lordshipe and maistrie of his psone / men wolden nat be conseilled so ofte / ffor soothly thilke man that asketh conseil of a purpos / yet hath he free choys / wheither he wole werke by that conseil or noon ¶ And as to youre fourthe resou / ther ye seyn þt the jangleresse of wommen hath hyd thynges that they wiste noght / as who seith / that a womman kan nat hyde that she woot / ¶ Sire thise wordes been vnderstonde of wo men þt been jangleresses and wikked / of whiche wommen men seyn that thre thynges dryuen a man out of his hous / That is to seyn smoke / droppyng of reyn / and wikked wyues / and of swiche wommen seith Salomon / þt it were bettre dwelle in desert than with a womman that is riotous / ¶ And sir by youre leue / that am nat I / for ye haue ful ofte assayed my grete silence / and my grete pacience / and eek how wel that I kan hyde and hele thynges that men oghte secreely to hyde ¶ And soothly as to youre fifthe reson / where as ye seyn that in wikked conseil wommen venquisshe men / god woot / thilke reson stant heere in no stede / ffor vnderstoond now / ye asken conseil to do wikkednesse / and if ye wole werken wikkednesse / and youre wif restreyneth thilke wikked pos / and ouercometh you by reson and by good conseil / ctes youre wyf oghte rather to be preised than yblamed / ¶ Thus sholde ye vnderstonde the philosophre / that seith / In wikked conseil wommen venquisshen hir housbondes / ¶ And ther as ye blamen alle wommen and hir resons / y shal shewe you by manye ensamples / that many a womman hath ben ful good / and yet been / and hir conseils ful hoolsome and pfitable / ¶ Eek som men han seyd that the conseillynge of wommen is outher to deere / or elles to litel of prys / ¶ But al be it so / þt ful many a womman is badde / and hir conseil vile and noght worth / yet han men founde ful many a good womman and ful discrete and wys in conseillynge ¶ Lo Jacob by good conseil of his mooder Rebekka wan the benyson of ysaak his fader / and the lordshipe ouer alle hise bretheren / ¶ Judith by hir good conseil deliuered the citee of Bethulie in which she dwelled / out of the han des of Olofern/ that hadde it biseged and wolde haue al destroyed it ¶ Abygail deliuered Nabal hir housbonde / to dauid the kyng / that wolde haue slayn hym / and apaysed the ire of the kyng by hir wit / and by hir good conseillyng / ¶ Hester enhaunced greetly by hir good conseil the peple of god in the regne of Assuerus the kyng ¶ And the same bountee in good conseillyng of many a good womman may men telle ¶ And moore ouer whan oure lord hadde creat Adam oure forme fader / he seyde in this wise / It is nat good to been a man alldoone / make we to hym an help semblable to hym self ¶ Heere may ye se / that if that wommen were nat goode and hir conseils goode & pfitable / oure lord god of heuene / nolde neuer han wroght hem ne called hem help of man but rather confusion of man ¶ And ther seyde oones a clerk in

¶ Of iij thynges þt dryuen a man out of his hous

¶ Salomon

¶ Ex° de Rebekka
¶ De Judith
¶ De Abygail
¶ De Hester

Chaucer

Also sey, what is bettre than gold? Iaspre. What is bettre than Iaspre? Wisdoom. And what is bettre than Wisdoom? Womman. And what is bettre than a good Womman? no thyng. And sir, by manye of othere resouns may ye seen that manye wommen been goode, and hir conseils goode and profitable. And therfore sir, if ye wol triste to my conseil, I shal restoore yow, youre doghter hool and sound. And eek I wol do to yow so muche, that ye shul have honour in this cause.

Melibee
Solomon

Whan Melibee hadde herd the wordes of his wyf Prudence, he seyde thus: I se wel that the word of Salomon is sooth. He seith that wordes that been spoken discreetly by ordinaunce, been honycombes, for they yeven swetnesse to the soule and hoolsomnesse to the body. And wyf, by cause of thy sweete wordes, and eek for I have assayed and preved thy grete sapience, and thy grete trouthe, I wol governe me by thy conseil in alle thyng. Now sire, quod

Prudence

dame Prudence, and syn ye vouche sauf to been governed by my conseil, I wol enforme yow, how ye shul governe youre self, in chesynge of youre conseillours. Ye shul first in alle youre werkes mekely biseken to the heighe god, that he wol be youre conseillour, and shapeth yow to swich entente, that he yeve yow conseil and confort,

Tobias

as taughte Thobie his sone, that alle tymes thou shalt blesse god and praye hym to dresse thy weyes, and looke that alle thy conseils

Iustus Iacobus

been in hym for euermoore. Seint Iame eek seith, If any of yow have nede of sapience, axe it of god. And afterward thanne shul ye taken conseil of youre self, and examyne wel youre thoghtes, of swich thyng as yow thynketh that is best for youre profit. And thanne shul ye dryue fro youre herte thre thynges that been contrarious to good conseil,

Of .iij. thynges that been contrarious to good conseil

that is to seyn, Ire, coueitise, and hastifnesse. First he that axeth conseil of hym self, certes he moste been withouten Ire, for manye causes. The firste is this. He that hath greet Ire and wratthe in hym self, he weneth alwey that he may do thyng, that he may nat do. And secoundely, he that is irous and wrooth, he ne may nat wel deme, and he that may nat wel deme, may nat wel conseille. The thridde is this, that he that is Irous and wrooth as seith Senek, ne may nat speke but he blame

Seneca

thynges, and with hise viciouse wordes, he styreth oother folk to angre and to Ire. And eek sir, ye moste dryue coueitise out of youre herte. ffor the Apostle seith, That coueitise is roote of alle harmes. And trust

Paulus

wel, that a coueitous man ne kan noght deme ne thynke, but oonly to fulfille the ende of his coueitise. And certes, that ne may neuere been accomplissed, for euere the moore habundaunce that he hath of richesse, the moore he desireth. And sir, ye moste also dryue out of youre herte hastifnesse, for certes, ye may nat deeme for the beste by a sodeyn thought that falleth in youre herte, but ye moste auyse yow on it ful ofte. ffor as ye herde biforn, the commune prouerbe is this, that he that soone deemeth, soone repenteth. Sir, ye ne be nat alwey in lyke disposicion, for certes, som thyng that somtyme semeth to yow that it is good for to do, Another tyme it semeth to yow the contrarie. Whan ye han taken conseil of youre self, and han deemed by good deliberacion swich thyng as yow list best. Thanne rede I yow that ye kepe it

Thelike

...ience / biwrey nat youre conseil to no persone / but if so be that ye wenen sikerly / that thurgh youre biwreyyng youre condicion shal be to yow the moore profitable / After this shalt seeth / neither to thy foo ne to thy freend discouere nat thy seerce ne thy folie / for they wol yeue yow audience and lookynge / to supportacion in thy presence and scorne thee in thyn absence / Another clerk seith / that scarsly shaltou fynden any persone that may kepe conseil sikerly / The book seith / whil þt thou kepest thy conseil in thyn herte / thou kepest it in thy prison / And whan thou biwreyest thy conseil to any wight / he holdeth thee in his snare / And therfore yow is bettre to hyde youre conseil in youre herte / than praye hem to whom ye han biwreyed youre conseil / that he wole kepen it cloos & stille / For Seneca seith / If so be / þt thou ne mayst nat thyn owne ne conseil hyde / how darstou prayen any oother wight / thy conseil kepely to kepe / But natheles / if thou wene sikerly / þt the biwreying of thy conseil to a persone / wol make thy condicion to stonden in the bettre part / thanne shaltou tellen hym thy conseil in this wise / First / thou shalt make no semblant / wheither thee were leuere pees or werre / or this or that / ne shewe hym nat thy wille and thyn entente / For trust wel / þt comunli thise conseillours been flatereres / namely the conseilles of grete lordes / for they enforcen hem alwey / rather to speken plesante wordes / enclynynge to the lordes lust / than wordes þt been trewe or profitable / And therfore men seyn / þt the riche man hath selde good conseil / but if he haue it of hym self / And after that / thou shalt considere thy freendes and thyne enemys / And as touchynge thy freendes / thou shalt considere wiche of hem / þt been moost feithful and moost wise / and eldest / and moost approued in conseillyng / And of hem shalt thou aske thy conseil / as the caas requireth / I seye / þt first / ye shul clepe to youre conseil youre freendes that been trewe / For Salomon seith / That right as the herte of a man deliteth in sauour / þt is soote / right so / the conseil of trewe freendes / yeueth swetnesse to the soule / He seith also / they may no thyng be likned to the trewe freend / for certes gold ne siluer / beth nat so muche worth / as the goode wyl of a trewe freend / And eek he seith / that a trewe freend is a strong defense / who so þt hym fyndeth / certes he fyndeth a greet tresour / Thanne shul ye eek considere if that youre trewe freendes been discrete and wise / For the book seith / Axe alwey thy conseil of hem þt been wise / And by this same reson shul ye clepen to youre conseil of youre freendes that been of age / wiche as han seyn and been expert / in manye thynges / And been approued in conseillynges / For the book seith / that in the olde men is the sapience / and in longe tyme the prudence / And Tullius seith / that grete thynges / ne been nat ay accomplice by strengthe / ne by delyuernesse of body / but by good conseil / by auctoritee of persones and by science / tho whiche tho thynges / ne been nat feble by age / but ees they enforcen and encreesen day by day / And thanne shul ye kepe this / for a general reule / First shul ye clepen to youre conseil a fewe of youre freendes that been especial / for Salomon seith / Manye freendes haue thou / but among a thousand chese thee oon / to be thy counseillour / For al be it so / that thou first ne

Thus Isaak

Seneca

How a man shal tellen his conseil

Salomon

Prov. iiii Salomonis

Chaucer

telle thy conseil but to a fewe / thou mayst afterward telle it to mo folk /
if it be nede / But looke alwey that thy conseillours haue thilke thre condi-
cions that I haue seyd before / that is to seyn / that they be trewe / wys &
of oold experience / And werke nat alwey in euery nede by oon conseillour
allone / for somtyme bihoueth it to been conseilled by manye / for
Salomon seith / Saluacion of thynges is ther as they been manye
conseillours / Now sith I haue toold yow of which folk ye shole been
conseilled / now wol I teche yow / which conseil ye oghte to eschewe /
First ye shal eschue the conseillyng of fooles / for Salomon seith / taak
no conseil of a fool / for he ne kan noght conseille but after his owene
lust / and his affeccion / The book seith / that the propretee of a fool is
this / he troweth lightly harm of euery wight / and lightly troweth alle
bontee in hym self / Thou shalt eek eschue the conseillyng of flate-
reres / whiche as enforcen hem / rather to preise youre persone by flaterye
than for to telle yow the soothfastnesse of thynges / Wherfore Tullius
seith / Amonges alle the pestilences that been in freendshipe / the grettest
is flatrie / and therfore is it moore nede yt thou eschue and drede flatere-
res than any oother peple / The book seith / thou shalt rather drede
and flee fro the sweete wordes of flateryinge preiseres / than fro
the egre wordes of thy freend / that seith thee thy sothes / Salomon
seith / that the wordes of a flaterer is a snare to cacche with in-
nocentz / He seith also / that he yt speketh to his freend wordes of
swetnesse and of plesaunce / setteth a net biforn his feet to cacche
hym / And therfore seith Tullius / Enclyne nat thyne eres to flate-
reres / ne taketh no conseil of the wordes of flaterye / And Ca-
ton seith / Auyse thee wel and eschue the wordes of swetnesse
and of plesaunce / And eek thou shalt eschue the conseillyng
of thyne olde enemys that been reconsiled / The book seith / that
no wight retourneth sauffly in to the grace of his olde enemy /
And Isope seith / ne trust nat to hem to whiche thou hast had som
tyme werre or enemytee / ne telle hem nat thy conseil / And Se-
neca telleth the cause why / It may nat be seith he / that Wher
greet fyr hath longe tyme endured / that ther ne dwelleth som
vapour of warmnesse / And therfore seith Salomon / In thyn ol-
de foo trust neuere / for sikerly though thyn enemy be reconsiled /
and maketh thee chiere of humylitee / and loweth to thee with his
heed / ne trust hym neuere / for certes he maketh thilke feyned humi-
litee moore for his profit than for any loue of thy persone / by cause
that he deemeth to haue victorie ouer thy persone / by Which feyned
contenaunce / the which victorie he myghte nat wynne by strif or
werre / And Peter Alfonce seith / make no felaweshipe with thyne
olde enemys / for if thou do hem bontee / they wol peruerten it into wik-
kednesse / And eek thou most eschue the conseillyng of hem that
been thy seruantz and beren thee greet reuerence / for par auenture they
seyn it moore for drede than for loue / And therfore seith a phi-
losophre in this wise / Ther is no wight parfitly trewe to hym yt he
to sore dredeth / And Tullius seith / Ther nys no myght so greet
of any Emperour that longe may endure but if he haue moore lo-

Marginalia
Salomon
Salomon / Of conseillors yt a man oghte to eschue
Tullius
Cato
Seneca
Salomon
Petrus Alfonce
Isopus
Tullius

Chaucer

ne of the peple than for drede. ¶ Thou shalt also eschue the conseilyng of folk that been dronkelewe, for they kan no conseil hyde. For Salomon seith, ther is no privetee ther as regneth dronkenesse. ¶ Ye shul also han in suspect the conseillyng of swich folk as conseille yow a thyng prively, and conseille yow the contrarie openly. For Cassiodore seith, that it is a manere sleighte to hyndre, whan he sheweth to doon a thyng openly, and werketh prively the contrarie. ¶ Thou shalt also haue in suspect the conseillyng of wikked folk. For the book seith, the conseillyng of wikked folk is alwey ful of fraude. And Dauid seith, blisful is that man þt hath nat folwed the conseillyng of shrewes. ¶ Thou shalt also eschue the conseillyng of yong folk, for hir conseil is nat rype. ¶ Now sire, sith I haue shewed yow of which folk ye shul take youre conseil, and of which folk ye shul folwe the conseil, now wol I teche yow how ye shul examyne youre conseil after the doctrine of Tullius. ¶ In the examynynge thanne of youre conseillour, ye shul considere manye thynges. ¶ Alderfirst thou shalt considere þt in thilke thyng that thou purposest, and upon what thyng thou wolt haue conseil, þt verray trouthe be seyd and conserued, this is to seyn, telle trewely thy tale. ¶ For he that seith fals may nat wel be conseilled in that cas of which he lieth. ¶ And after this thou shalt considere the thynges þt acorden to that thou purposest for to do by thy conseillours, if resoun acorde therto. And eek, if thy myght may atteine therto. And if the moore part and the bettre part of thy conseillours acorde therto, or noon. ¶ Thanne shaltou considere what thyng shal folwe after hir conseillyng, as hate, pees, werre, grace, profit or damage, and manye othere thynges. ¶ Thanne of alle thise thynges thou shalt chese the beste and weyue alle othere thynges. ¶ Thanne shaltow considere of what roote is engendred the matere of thy conseil, and what fruyt it may conceyue & engendre. ¶ Thou shalt eek considere alle thise causes fro whennes they been sprongen. ¶ And whan ye han examyned youre conseil, as I haue seyd, and which partie is the bettre and moore profitable, and hast approued it by manye wise folk and olde, thanne shaltou considere it thou mayst parfourne it and maken of it a good ende. For certes resoun wol nat that any man sholde bigynne a thyng, but if he myghte parfourne it as hym oghte. ¶ Ne no wight sholde take vp on hym so heuy a charge, that he myghte nat bere it. ¶ For the prouerbe seith, he that to muche enbraceth distreyneth litel. ¶ And Caton seith, assay to do swich thyng, as thou hast power to doon, lest that tho charge oppresse thee so soore, that thee bihoueth to weyue thyng that thou hast bigonne. And if so be, þt thou be in doute whether thou mayst parfourne a thing or noon, chese rather to suffre than bigynne. ¶ And Piers Alfonce seith, If thou hast myght to doon a thyng, of which thou most repente thee, it is bettre nay, than ye. ¶ This is to seyn, that thee is bettre holde thy tonge stille, than for to speke. ¶ Thanne may ye vndestonde by stronger resons that if thou hast po

Side notes:
- Salomon
- Cassiodore
- Dauid
- How a man shal examyne his conseillor after the doctrine of Tullij
- Prouerbe
- Cato
- Petrus Alfonce

Chaucer

...er to perfourne a thyng of which thou shalt repente / Thanne is it bettre that thou suffre than bigynne ¶ Wel seyn they yt defenden euery wight to assaye any thyng of which he is in doute / whether he may perfourne it or nat / And after / whan ye han examyned youre conseil as I haue seyd biforn / & knowen wel that ye may perfourne youre emprise / confermeth it thanne sadly til it be at an ende ¶ Now is it resoun and tyme yt I shewe yow whan ne and wherfore that ye may chaunge youre conseillours withouten youre repreue ¶ Soothly a man may chaungen his purpos and his conseil if the cause cesseth / or whan a newe cas bitydeth / For the lawe seith that vpon thynges yt newely bityden bihoueth newe conseil ¶ And Seneca seith / If thy conseil is comen to the eeris of thyn enemy chaun ge thy conseil ¶ Thou mayst also chaunge thy conseil If so be that thou mayst fynde that by enuy or by oother cause harm or damage may bityde ¶ Also if thy conseil be dishonest / or ellis cometh of disho nest cause chaunge thy conseil / For the lawes seyn / That alle bihestes that been dishoneste been of no valewe ¶ And eek / If so be yt it be in possible or may nat goodly be perfourned or kept ¶ And take this for a general reule that euery conseil yt is affermed so strongly that it may nat be chaunged for no condicion that may bityde ¶ I sey yt thilke conseil is wikked ¶

Thus a man may chaungen his conseillours withouten repreue

Senecca

This Melibeus whanne he hadde herd the doctrine of his wyf Dame Prudence answerde in this wyse ¶ Dame quod he as yet in to this tyme ye han wel and conuenably taught me as in general how I shal gouerne me in the chesynge and in the withholdynge of my conseillours / But now wolde I fayn that ye wolde condescende in especial and telle me how liketh yow or what semeth yow by oure conseillours that we han chosen in oure present nede ¶ My lord quod she I biseke yow in al humblesse that ye wol nat wilfully replie agayn my resons ne distempre youre herte thogh I speke thyng that yow displese / For god woot that as in myn enten te / I speke it for youre beste / for youre honour / and for youre profite eek And soothly I hope that youre benyngnytee wol taken it in pacience ¶ Trusteth me wel quod she that youre conseil as in this cas ne sholde nat / as to speke proprely be called a consaillyng / but a mocion or a moeuyng of folye / in which conseil ye han erred in many a sondry wise ¶ First and for oon ye han erred in thassemblynge of youre conseillours / For ye sholde first haue cleped a fewe folk to youre conseil / and after ye myghte han shewed it to mo folk if it hadde been nede ¶ But certes ye han sodeynly cleped to youre conseil a greet multitude of peple ful chargeaunt and ful anoyous for to heere ¶ Also ye han erred / for there as ye sholden oonly haue cleped to youre conseil youre trewe frendes olde and wise / ye han yclepyd straunge folk and yonge folk / false flate reres and enemys reconsiled / and folk yt doon yow reuerence with outen loue ¶ And eek also ye haue erred / for ye han broght wt yow to youre conseil Ire / coueitise and hastifnesse / the which thre thinges been contrarious to euery conseil honeste and profitable / the whiche thre ye han nat anientissed or destroyed hem / neither in youre self / ne in youre conseillours as yow oghte ¶ Ye han erred also / for ye han shewed

Melibeus

Prudence

Melibee

to youre conseillours, youre talent, and youre affection to make werre anon, and for to do vengeaunce, they han espied by youre wordes to what thyng ye been enclyned. And therfore han they rather consulled yow to youre talent than to youre profit. ¶ Ye han eyed also, for it semeth þt it suffiseth to han been conseilled by thise conseillours oonly, and with litel avys, wher as in so greet and so heigh a nede it hadde been necessarie mo conseillours and moore deliberacioun to perfourme youre emprise. ¶ Ye han eyed also, for ye ne han nat examyned youre conseil in the forseid manere ne in due manere as the caas requireth. ¶ Ye han eyed also, for ye han nat maked no divisioun bitwixe youre conseillours. This is to seyn bitwixen youre trewe freendes and youre feyned conseillours, ne ye han nat knowe the wil of youre trewe freendes olde and wise, but ye han cast alle hir wordes in an hochepot, and enclyned youre herte to the moore partie, and to the gretter nombre, and they been yo condescended. ¶ And sith ye woot wel þt men shal alwey fynde a gretter nombre of fooles than of wise men, and therfore the coseils that been at congregations and multitudes of folk, ther as men take moore regard to the nombre than to the sapience of persones, ye se wel that in swiche conseillynges fooles han the maystrie. ¶ Melibeus

Melibeus

answerde agayn, and seide, I graunte wel that I haue eyed, but ther ye as thou hast toold me heer-biforn, þt he nys nat to blame þt chaungeth his conseillours in certein caas, and for certeine juste causes, I am al redy to chaunge my conseillours right as thow wolt devyse ¶ The prouerbe seith, that for to do synne is mannyssh, but certes for to perseuere longe in synne is werk of the deuel. ¶ To this sentence ansewereth anon dame Prudence and seide ¶ Examineth quod she youre conseil, and lat vs see, the whiche of hem han spoken most resnablely, and taught yow best conseil, and for as muche as þt the examynacioun is necessarie, lat vs bigynne at the surgiens and at the phisiciens, that first speeken in this matiere ¶ I sey yow, that the surgiens and phisiciens han seyd yow in youre conseil discreetly, as hem oughte. ¶ And in hir speche seyde ful wisely, that to the office of hem aperteneth to doon to euery wight hono and profit, and no wight for to anoye, and in hir craft to doon greet diligence vn to the cure of hem, whiche þt they han in hir gouernaunce. ¶ And sir, right as they han answered wisely and discreetly, right so rede I that they been heighly and souereynly gerdoned for hir noble speche, and eek for they sholde do the moore ententif bisynesse in the curacioun of youre doghter deere ¶ For al be it so þt they been youre freendes, therfore shal ye nat suffren that they serue yow for noght, but ye oghte the rather gerdone hem and shewe hem youre largesse. ¶ And as touchynge the proposicioun which that the phisiciens enteresteden in this caas, this is to seyn that in maladies that oon contrarie is warisshed by another contrarie, I wolde fayn knowe hou ye vnderstonde this text, and what is youre sentence ¶ Certes quod Melibeus, I vn-derstonde it in this wise ¶ That right as they han doon me a contrarie, right so sholde I doon hem another ¶ For right as they han

Chaucer

vengeth hem on me, and doon me wrong. Right so shal I venge me up on hem, and doon hem wrong. And thanne have I cured oon contrarie by another.

Prudence — lo, quod dame Prudence, how lightly is every man enclined to his owene desir, and to his owene plesance. Certes, quod she, the wordes of the phisiciens ne sholde nat han been understonden in this wise. For certes, wikkednesse is nat contrarie to wikkednesse, ne vengeance to vengeance, ne wrong to wrong, but they been semblable. And therfore, o vengeance is nat cured by another vengeance, ne o wrong by another wrong, but everich of hem encreeseth and agreggeth other. But certes, the wordes of the phisiciens sholde been understonden in this wise. For good and wikkednesse been two contraries, and pees and werre, vengeance and suffrance, discord and accord, and manye othere thynges. But certes, wikkednesse shal be cured by goodnesse, discord by accord, werre by pees, and so forth of othere thynges. And heer to accordeth seint Paul the Apostle.

Paulus apostolus — He seith: ne yeldeth nat harm for harm, ne wikked speche for wikked speche, but do wel to hym that doth thee harm, and blesse hym that seith to thee harm. And in manye othere places he amonesteth pees and accord. But now wol I speke to yow of the conseil, which that was yeven to yow by the men of lawe, and the wise folk that seiden alle by oon accord, as ye han seyd bifore, that over alle thynges, ye sholde doon youre diligence to kepen youre persone, and to warnestoore youre hous. And seiden also that in this cas, yow oghten for to werken ful avysely, and with greet deliberacion. And sire, as to the firste point, that toucheth to the kepyng of youre persone, ye shul understonde, that he that hath werre shal everemoore mekely and devoutly preyen biforn alle thynges, that Jhesu Crist of his grete mercy wol han hym in his proteccion, and been his sovereyn helpyng at his nede. For certes, in this world ther is no wight that may be conseilled ne kept sufficeantly withouten the kepyng of oure lord Jhesu Crist. To this sentence accordeth the prophete David that seith:

David propheta — If god ne kepe the citee, in ydel waketh he that it kepeth. Now sire, thanne shul ye committe the kepyng of youre persone to youre trewe freendes, that been aproved and knowe, and of hem shul ye axen help, youre persone for to kepe. For Caton seith:

Cato — If thou haft nede of help, axe it of thy freendes, for ther nys noon so good a phisicien, as thy trewe freend. And after this, thanne shul ye kepe yow fro alle straunge folk, and fro lyeres, and have alwey in suspect hir compaignye. For Piers Alfonce seith:

Petrus Alfonce — Ne taak no compaignye by the weye of straunge men, but if so be that thou have knowe hym of a lenger tyme. And if so be that he be falle in to thy compaignye paraventure withouten thyn assent, enquere thanne, as subtilly as thou mayst, of his conversacion, and of his lyf bifore, and feyne thy wey, seye that thou goost thider as thou wolt nat go, and if he bereth a spere, hoold thee on the right syde, and if he bere a swerd, hoold thee on his lift syde. And after this, thanne shul ye kepe yow wisely from all swich manere peple as I have seyd bifore, and hem and hir conseil eschewe. And after this, thanne shul ye kepe yow in swich manere that for any presumpcion of youre strengthe, that ye ne dispise nat ne acounte

Melibee

nat the myght of youre adusarie so litel that ye lete the kepyng
of youre persone for youre presumption, for euery wys man dredeth his
enemy. ¶ And Salomon seith, Weleful is he that of alle hath dre-
de, for certes, so that thurgh the hardynesse of his herte and thurgh
the hardynesse of hym self hath to greet presumption hym shal y-
uel bityde. ¶ Thanne shul ye eueremoore countrewayte embusshe-
mentz and alle espiailles. ¶ For Senec seith, That the wise man that
dredeth harmes, he se ne falleth in to pils, that pils eschueth. And
al be it so þt it seme that thou art in siker place, yet shaltow
alwey do thy diligence in kepynge of thy persone. This is to seyn
ne be nat necligent, to kepe thy persone, nat oonly for thy grettest
enemys, but for thy leeste enemy. ¶ Ouyde seith, that the litel
wesels wol slee the grete bole, and the wilde hert. And the book
seith, a litel thorn may prikke a greet kyng ful soore, and an
hound wol holde the wilde boor. ¶ But natheles I sey nat thou
shalt be so coward, that thou doute ther wher as is no drede. The
book seith, that some folk han greet lust to deceyne, but yet they
dreden hem to be deceyued. ¶ Yet shaltow drede, to been enpoisoned
and kepe yow from the compaignye of scorneres. ¶ For the book seith
With scorneres make no compaignye, but flee hys wordes as ve-
nym. ¶ Now as to the secounde point, Where as youre wise
conseillours conseilled yow to warnestoore youre hous with greet
diligence. ¶ I wolde fayn knowe, how that ye vnderstonde thil-
ke wordes, and what is youre sentence. Melibeus answerde
and seyde, Certes I vnderstande it in this wise, That I shal
warnestoore my hous with toures, swiche as han castelles
and other maneres edifices, and armure, and artelries, by whi-
che thynges I may my persone and myn hous so kepen & defenden
that myn enemys, shul been in drede, myn hous for to approche.
To this sentence answerde anon Prudence, Warnestooryng,
quod she, of heighe toures and of grete edifices, with grete costages
and with greet trauaille, whan that they been accomplised, yet
be they nat worth a stree, but if they be defended by trewe freendes
that been olde and wise. ¶ And vnderstoond wel, that the grettest
and the strongeste garnyson, that a riche man may haue, as wel to ke-
pen his persone as hise goodes, is that he be biloued amonges hys
subgetz, and with hise neigheboures. ¶ For thus seith Tullius, that
ther is a manere garnyson that no man may venquysse ne discon-
fite, and that is a lord to be biloued of hise citezeins and of his pe-
ple. ¶ Now sire, as to the thridde point, Where as youre olde and
wise conseillours seyden, That yow ne oghte nat sodeynly ne hasti-
ly procede in this nede, but that yow oghte puruyen and apparaillen
yow in this caas with greet diligence and greet deliberation. ¶ Tre-
wely I trowe that they seyden right wisely and right sooth. ¶ For
Tullius seith, In euery nede, er thou biginne it, apparaille thee wt
greet diligence. ¶ Thanne seye I, that in vengeance takyng, in wer-
re, in bataille, and in warnestooryng, er thow biginne, I rede þt
thou apparaille thee ther to, and do it with greet deliberation.

Salomon
Senec
Ouidius
Melibeus
Prudence
*Of the strongeste garnysou
that may be*
Tullius
Tullius

Chaucer

Tullius
Cassiodorus

For Tullius seith / the longe apparaillyng / toforn the bataille / maketh short victorie / And Cassiodorus seith / the garnyson is strenger / than it is longe tyme avysed / But now lat vs speken of the conseil that was accepted by youre neighebores / whiche as doon yow reuerence withouten loue / youre olde enemys reconsiled / youre flatereres / that conseilled yow certeyne thynges pryuely / and openly conseileden yow the contrarie / the yonge folk also / that conseileden yow to venge yow / and make werre anon / And certes / as I haue seyd biforn / ye han gretly erred / to han clepid with many folk / to youre conseil / whiche conseillours been ynogh repreued by the resouns aforeseyd / but nathelees, lat vs now descende to the special / Ye shuln first procede after the doctrine of Tullius / Certes the trouthe of this matiere / or of this conseil / nedeth nat diligently enquere / for it is wel wist / whiche they been that han doon to yow this trespas and vileynye / and how many trespassours / and in what manere they han to yow doon al this wrong / and al this vileynye / And after this / thanne shul ye examyne the seconde condicion / which that the same Tullius addeth in this matiere / For Tullius put a thyng / which that he clepeth consentynge / this is to seyn / who been they / and how manye / that consenten to thy conseil / in thy wilfulnesse / to doon hastif vengeance / And lat vs considere also who been they / and how manye been they / and whiche been they / that consenteden to youre aduersaries / And certes / as to the firste poynt / it is wel knowen / whiche folk been they / that consenteden to youre hastif wilfulnesse / for trewely / alle tho that conseileden yow to maken sodeyn werre / ne been nat youre freendes / Lat vs now considere / whiche been they / that ye holde so gretly youre freendes / as to youre persone / For al be it so / that ye be myghty and riche / certes / ye ne been nat but allone / for certes / ye ne han no child but a doghter / ne ye ne han bretheren ne cosyns germayns / ne noon oother neigh kynrede / wherfore that youre enemys for drede sholde stynte to plede with yow / or destroye youre persone / Ye knowen also that youre richesses mooten been dispended in diuerse parties / and whan that euery wight hath his part / they ne wollen taken but litel reward / to venge thy deeth / But thyne enemys been thre / and they han many children / bretheren / cosyns / and oother ny kynrede / and though so were that thou haddest slayn of hem ij or iij / yet dwellen they ynowe to wreken hir deeth / and to sle thy persone / And though so be that / youre kynrede be moore siker and stedefast / than the kyn of youre aduersarie / yit nathelees youre kynrede nys but a fer kynrede / they been but litel syb to yow / and the kyn of youre enemys been ny syb to hem / and certes / as in that / hir condicion is bet than youres / Thanne lat vs considere also / if the conseillyng of hem that conseileden yow to taken sodeyn vengeance / wheither it accorde to resoun / And certes / ye knowe wel nay / for as by right and resoun / ther may no man taken vengeance on no wight / but the Iuge that hath the Iurisdiccioun of it / whan it is graunted hym / to take thilke vengeance hastily or attemprely / as the lawe requireth / And yet moore ouer of thilke word that Tullius clepeth consentynge / thou shalt considere / if thy myght and

Melibee

thy power may consenten and suffise to thy wilfulnesse, and to thy conseillos. And tes thou mayst wel seyn, that alssoffre oreith, as for to speke pr[est] we may do no thyng. But couth which thyng, as we may doon rightfully and tes rightfully us mosse ye take no vengeance, as of youre pr[o]-auctoritee. Thanne mosse ye seen that youre power ne consenteth nat, ne accordeth nat with youre wilfulnesse. Lat vs now examyne the thirdde point, that Tullius clepeth consequent. Thou shalt vndestonde that the vengeance that thou purposest for to take, is the consequent; and theroof folweth another vengeance, peril and werre, and othere damages withouten noumbre, of whiche we be nat war as at this tyme. And as touchynge the fourthe point, that Tullius clepeth engendrynge, thou shalt considere that this wrong which that is doon to thee is engendred of the hate of thyne enemys, and of the vengeance takynge vp-on that wolde engendre another vengeance, and muchel sorwe and wastynge of richesses, as I seyde. Now sire, as to the point that Tullius clepeth causes, which that is the laste point, thou shalt vndestonde yt the wrong that thou hast receyued hath certeine causes, whiche yt clerkes clepen Oriens and Efficiens, and Causa longinqua and causa pr[o]pinqua, this is to seyn the fer cause and the ny cause. The fer cause is almyghty god, that is cause of alle thynges. The neer cause is thy thre enemys. The cause accidental was hate. The cause material been the fyue woundes of thy doghter. The cause formal is the manere of hir werkynge that broghten laddres and clomben in at thy wyndowes. The cause final was for to sle thy doghter. It lettyd nat in as muche as in hem was. But for to speken of the fer cause, as to what ende they shul come, or what shal finally bityde of hem in this caas, ne kan I nat deeme but by conjettynge and by supposynge. For we shul supose that they shul come to a wikked ende, by cause that the book of decrees seith, j seelden, or with greet peyne been causes ybroght to good ende whanne they been baddely bigonne. Now sire, if men wolde axe me, why that god suffred men to do yow this vileynye: certes, j kan nat wel answere, as for no soothfastnesse. For thapostle seith, that the sciences and the juggementz of oure lord god almyghty been ful depe, they may no man comprehende ne cerchen hem sufficiantly. Nathelees, by certeyne presumptions and conjettynges, j holde and bileeue that god, which that is ful of justice and of rightwisnesse hath suffred this bityde by juste cause resonable. Thy name is Meli-bee, this is to seyn a man that drynketh hony. Thou hast ydronke so muchel hony of sweete temporeel richesses, and delices and honors of this world, that thou art dronken, and hast forgeten jhesu crist thy creatour; thou ne hast nat doon to hym swich honour and reuerence as thee oughte, ne thou ne hast nat wel ytaken kepe to the wordes of Ouide. That seith, vnder the hony of the goodes of the body, is hid the venym that sleeth the soule. And Salo-mon seith. If thou hast founden hony ete of it that suffiseth, for if thou ete of it out of mesure, thou shalt spewe and be needy and poure. And paraventure, crist hath thee in despit, and hath turned awey fro thee his face and hys eres of misericorde. And also he hath

In libro decretal[i]

Paulus

Ouidius

Salomon

Chaucer

suffred, that thou hast been punysshed in the man ye that thou hast ytrespassed ☙ Thou hast doon synne agayn our lord crist, for certes the iij enemys of mankynde, that is to seyn, the flessh, the feend and the world, thou hast suffred hem entre in to thyn herte wilfully by the wyndowes of thy body, and hast nat defended thy self suffi sauntly agayns hire assautes, and hire temptacions, so that they han wounded thy soule in v. places, this is to seyn, the deedly synnes that been entred in to thyn herte, by thy v. wittes ¶ And in the same manere, our lord crist hath wold and suffred that thy iij enemys been entred in to thyn hous by the wyndowes, and han ywounded thy doghter in the forseyd manere ¶ Certes quod melibee I se wel

Melibee

that ye enforce you muchel by wordes, to ouercome me in swich man[er] that I shal nat venge me of myne enemys, shewynge me the pris and the yueles, that myghten falle of this vengeance, But who so wol de considere in alle vengeances the pris and yueles that myghte sewe of vengeance takynge, A man wolde neuere take vengeance, and that were harm, for by the vengeance takynge, been the wikked men disseuered fro the goode men ¶ And they that han wyl to do wik kednesse, restreyne hir wikked purpos, whan they seen the punysshynge and chastisynge of the trespassours ¶ And yet seye I moore, that right as a singuler persone synneth in takynge vengeance of a nother man, right so synneth the Iuge, if he do no vengeance of hem that it han disserued, for Senec seith thus ¶ That maister

Seneca
Cassiodore

he seith is good, that proueth shrewes ¶ And as Cassidore seith ¶ A man dredeth to do outrages, whan he woot and knoweth that it displeseth to the Iuges, and souereyns ¶ Another seith ¶ The Iuge p[ar]

Paulus apostolus ad romanos

sedeth to do right, maketh men shrewes ¶ And seint paule tho apostle, seith in his epistle, whan he writeth vn to the Romayns That the Iuges beren nat the spere, with outen cause, but they bere it to punysshe the shrewes and mysdoers, and to defende the goode men ¶ If ye wol thanne take vengeance of youre enemys, ye shul retourne or haue youre recours to the Iuge that hath the Iurisdiccio on vp on hem, and he shal punysshe hem, as the lawe axeth and requireth ¶ A quod melibee, this vengeance liketh me no thyng

Melibee

I bithenke me now, and take heede, how ffortune hath norissed me fro my childhede, and hath holpen me to passe many a strong paas ¶ Now wol I assayen hir, trowynge with goddes help, that she shal helpe me my shame for to venge ¶ Certes

Prudence

quod Prudence ¶ If ye wol werke by my conseil, ye shul nat assaye ffortune by no wey, ne ye shul nat lene or bowe vn to hir, after the word of Senec ¶ ffor thynges that been folily doon, and that been in hope of ffortune, shullen neuere come to good

Seneca

ende ¶ And as tho same Senec seith ¶ The moore cleer, and tho mo re shynyng that ffortune is, the moore brotil and tho sonner bro ken she is, ¶ trusteth nat in hir, for she nys nat stedefast, ne stable for whan thou trowest to be moost seur, and siker of hir help, she wol faille thee, and deceyue thee ¶ And where as ye seyn that ffortune hath norissed yow fro youre childhede, I seye that

Melibee

in so muchel, shul ye the lasse truste in hire and in hir. ffor Senek
seith, that man that is norissed by ffortune, she makeþ hym a greet
fool. ¶ Now thanne, syn ye desire and aye vengeance, and the vengean-
ce that is doon after the lawe and bifore the Iuge ne liketh yow nat,
and the vengeance that is doon in hope of ffortune is p[er]ilous and vncerteyn,
thanne haue ye noon oother remedie, but for to haue youre recours vn-
to the souereyn Iuge that vengeth alle vileynyes and wronges, and he
shal venge yow after that hym self witnesseth, there as he seith, le-
ueth the vengeance to me, and I shal do it. ¶ Melibee answerde, If
I ne venge me nat of the vileynye that men han doon to me, I
somne or warne hem, that han doon to me that vileynye & alle
othere, to do me another vileynye. ffor it is writen, if thou take
no vengeance of an oold vileynye, thou somnest thyne aduersari-
es to do thee a newe vileynye. And also for my suffrance, men wol-
den do to me so muchel vileynye, that I myghte neither bere it ne
susteene, and so sholde I been put and holden ouer lowe. ffor men
seyn, In muchel suffrynge, shul manye thynges falle vn to thee,
whiche, thou shalt nat mowe suffre. ¶ Certes quod prudence, I
graunte yow that ou[er] muchel suffrance nys nat good, but yet ne
folweth it nat ther of, that euery p[er]sone to whom men doon vileynye
take of it vengeance, for that ap[er]teneth and longeth al oonly, to the
Iuges, for they shul venge the vileynyes and Iniuries, and ther-
fore, tho two auctoritees that ye han seyd aboue, been oonly vnder-
stonden in the Iuges, for whan they suffren ou[er] muchel the wronges
and the vileynyes to be doon with outen punysshynge, they somne
nat a man al oonly for to do newe wronges, but they comanden it.
¶ Also a wys man seith, that the Iuge that correcteth nat the synn[er]
comandeth and biddeth hym do synne. ¶ And the Iuges and souereyns
myghten in hir land so muchel suffre of the shrewes and mysdo-
eres, that they sholden by which suffrance, by p[ro]ces of tyme, wexen
of which p[o]wer and myght, that they sholden putte out the Iuges
and the souereyns, from hir places, and atte laste maken hem lo-
sen hir lordshipes. ¶ But lat vs now putte that ye haue leue
to avenge yow, I seye, ye been nat of myght and power as now
to venge yow, for if ye wold maken comp[ar]ison vn to the myght
of youre aduersaries, ye shul fynde in manye thynges that I ha-
ue shewed yow er this, that hir condicion is bettre than youres.
¶ And therfore seye I that it is good as now that ye suffre and be
pacient. ¶ fforthermoore, ye knowen wel, that after the co-
mune sawe, it is a wodnesse, a man to stryue with a strenger, or a
moore myghty man than he is hym self. And for to stryue
with a man of euene strengthe, that is to seyn with as strong
a man as he, it is p[er]il. And for to stryue with a weyker man
it is folie. ¶ And therfore, sholde a man flee stryuynge as muchel
as he myghte. ¶ ffor Salomon seith, It is a greet worship to a
man, to kepen hym fro noyse and stryf. And if it so bifalle
or happe, that a man of gretter myght and strengthe than thou
art, do thee greuaunce, studie, and bisye thee rather to stille, tho

Chaucer

Seneca

same grevaunce / than for to venge thee / ffor Seneca seith / that he put-
teth hym in greet pil / that stryueth with a gretter man than he is
hym self / And Caton seith / If a man of hyer estaat / or degree / or moo

Cato

is myghty than thou so thee anoy or grevaunce / suffre hym / for he that
oones hath greved thee / another tyme may releve thee and helpe
Eke seith / I caas / ye haue bothe myght and licence / for to venge yow / I
seye that ther be ful manye thynges / that shul restreyne yow / of
vengeaunce takynge / and make yow / for to enclyne to suffre / and for
to han pacience in the thynges / that han been doon to yow ¶ffyrst
and forewarn / if ye wole considere the defautes / that been in youre
owene persone / for which defautes god hath suffred yow haue this
tribulacion / as I haue seyd yow heer biforn ¶For the poete seith

Poeta

that we oghte paciently taken the tribulacions that comen to vs
whan we thynken and consideren that we han disserued to haue

Gregorius

hem / And seint Gregorie seith / that whan a man considereth
wel the nombre of hise defautes / and of his synnes / the peynes
and the tribulacions that he suffreth semen the lesse vn to hym
and in as muche / as hym thynketh / hise synnes moore heuy and
grevous / in so muche / semeth his peyne the lighter / vn the esi-
er vn to hym ¶Also / ye owen for to enclyne and bowe youre
herte / to take the pacience of oure lord Ihu crist / as seith seint

Petrus in epistola

Peter in his epistles ¶Ihu crist so seith / hath suffred for vs &
yeuen ensaumple to euery man / to folwe and sewe hym / for he dide
neuer synne / ne neuer cam ther a vileynous word out of his mouth /
whan men cursed hym / he cursed hem noght / And whan men betten
hym / he manaced hem noght ¶Also / the grete pacience which the
seintes that been in paradys han had in tribulacions that they
han ysuffred withouten hir desert or gilt / oghte muchel stiren
yow to pacience ¶Ffortheremore / ye sholde enforce yow / to haue
pacience / consideryinge / that the tribulacions of this world / but
litel while endure / and soone passed been and goone ¶And the ioye
that a man seketh to haue by pacience in tribulacions is per-
durable / after that the apostle seith in his epistle ¶The ioye of god

Aplus tepistola

he seith is perdurable / that is to seyn euerlastynge ¶Also troweth
and bilueth stedefastly / that he nys nat wel ynorissed ne wel y-
taught / that kan nat haue pacience / or wol nat receyue pacience ¶
For Salomon seith ¶That the doctrine and the wit of a man is kno-

Salomon

wen by pacience ¶And in another place he seith ¶That he that is pa-
cient / gouerneth hym by greet prudence ¶And the same Salomon seith
The angry and wrathful man / maketh noyses / and the patient man
atempreth hem and stilleth ¶He seith also / It is moore worth to be
pacient / than for to be right strong / And he that may haue the lord-
ship of his owene herte / is moore to preyse / than he that by his for-
ce or strengthe taketh grete citees ¶And therfore seith seint Iame

Iacob in episto-

in his epistle ¶That pacience is a greet vertu of perfeccion ¶Certes

la Melibee

quod Melibee / I graunte yow dame prudence / that pacience is a
greet vertu of perfeccion / but euery man may nat haue the perfeccion þt
ye seken / ne I am nat of the nombre of right perfite men / for myn

Melibee

hertis which have been in pees on to the tyme it be venged, and al be it so
that it was greet peril to injure enemyes, to do moe a vilenye in takynge ven-
geance upon moe, yet taken they noon heede of the peril, but fulfillen hir
talkes by cause hir corage. And therfore me thynketh men oghten nat re-
preue me, though I putte me in a litel peril for to venge me, and though I
do a greet excesse, that is to seyn, that I venge oon outrage by another.

Aquod Dame Prudence, ye seyn youre wyl, and as yow liketh, but **[Prudence]**
in no caas of the world a man sholde nat doon outrage ne excesse for to
vengen hym. For Cassiodore seith that as yvele dooth he that vengeth **[Cassiodorus]**
hym by outrage as he that dooth the outrage, and therfore ye shul venge
yow after the ordre of right, that is to seyn by the lawe, and noght by
excesse ne by outrage. And also, if ye wol venge yow of the outrage of
youre adversarie in oother manere than right commaundeth, ye synnen,
and therfore Senek seith, that a man shal neuere vengen shrewednesse
by shrewednesse. And if ye seye that right axeth a man to defenden
violence by violence, and fightyng by fightyng, certes, ye seye sooth
whan the defense is doon anon withouten intervalle, or withouten
taryinge or delay, for to deffenden hym and nat for to vengen hym.
And it bihoueth that a man putte swich attemprance in his deffens,
that men haue no cause ne matiere to repreuen hym that deffendeth
hym of excesse and outrage, for elles were it agayn reson. Now, ye
knowen wel, that ye maken no deffense as now, for to deffende yow
but for to venge yow, and so sheweth it that ye han no wyl to do youre
dede attemprely, and therfore me thynketh that pacience is good. For
Salomon seith, that he that is nat pacient shal haue greet harm. **[Salomon]**
Certes quod Melibee, I graunte yow that whan a man is inpacient **[Melibee]**
and wrooth, of that that toucheth hym noght, and that aperteneth
nat on to hym, though it harme hym, it is no wonder, for the lawe
seith, that he is coupable that entremetteth or medleth with swich
thyng as aperteneth nat on to hym. And Salomon seith, that he **[Salomon]**
that entremetteth hym of the noyse or strif of another man, is lyk
to hym that taketh an hound by the eris, for right as he that taketh
a straunge hound by the eris, is outherwhile biten with the hound,
right in the same wise is it reson that he haue harm, that by his in-
pacience medleth hym of the noyse of another man, where as it ap-
teneth nat on to hym. But ye knowen wel, that this dede that
is to seyn, my grief and my disese toucheth me right ny, and ther-
fore, though I be wrooth and inpacient, it is no merueille, and sa-
uynge youre grace, I kan nat seen, that it myghte greetly harme
me, though I tooke vengeance, for I am richer, and moore myghty
than myne enemys been, and wel knowen ye, that by moneye and
by hauynge grete possessions, been alle the thynges of this world go-
uerned. And Salomon seith, that alle thynges obeyen to moneye. **[Salomon]**
Whan Prudence hadde herd hir housbonde auanten hym of his **[Prudence]**
richesse and of his moneye, dispreisynge the power of his aduersaries,
she spak and seyde in this wise. Certes, dere sire, I graunte yow
that ye been riche and myghty, and that the richesses been goode to
hem that han hem wel ygeten hem, and wel konne vsen hem. For

Chaucer

right as the body of a man may nat lyuen with oute the soule / nammore may it lyue with outen temporeel goodes / And for richesses may a man gete hym grete freendes / And therfore seith Pam-
Pamphilles philles / If a netherdes doghter seith he be riche / she may chesen of a thousand men / for of a thousand men / oon wol nat forsaken hir ne refusen hir / And this Pamphilles seith also / If thow be right happy, that is to seyn, if thou be right riche, thou shalt fyn- de a greet nombre of felawes and freendes / And if thy fortune chan- ge that thou wexe poure, farewel freendshipe and felaweshipe / for thou shalt be al allone without any compaignye / but if it be the compaignye of poure folk. / And yet seith this Pamphilles more ouer / That they that been thralle and bonde of lynage shullen been maad worthy and noble by the richesses / And right so as by riches- ses they comen manye goodes, right so by pouerte comen they manye harmes and yueles / for greet pouerte constreyneth a man to do many yueles / And therfore clepeth Cassidore, pouerte, the mooder of
Cassiodorus ruyne / that is to seyn, the mooder of outhstokynge or fallynges doun / And therfore seith Piers Alfonce / oon of the grettest aduersi-
Petrus Alfonce tees of this world is / whan a free man by kynde or by buyrthe is co- streyned by pouerte to eten the almesse of his enemy. / And the same seith Innocent / in oon of hise bookes. / he seith, that sorweful and
Innocencius myshappy is the condicion of a poure beggere / for if he axe nat his mete, he dyeth for hunger. / And if he axe, he dyeth for shame / and algates necessitee constreyneth hym to axe / And therfore seith
Salomon Salomon / that bet it is to dye, than for to haue swich pouerte / And as the same Salomon seith / Bettre it is to dye of bitter deeth than for to lyuen in swich wise / By thise resons that I haue sed vn to yow / and by manye othere resons that I koude seye / I graunte yow, that richesses been goode to hem that geten hem wel / and to hem that wel vsen tho richesses / And therfore wol I shewe yow, how ye shul haue yow, and how ye shul bere yow in gaderynge of ri- chesses, and in what manere, ye shul vsen hem / ffirst ye shul geten hem with outen greet desir / by good leyser / sokyngly, and nat ouer hastily / ffor a man that is to desirynge to gete richesses / abaun- doneth hym in first to thefte and to alle othere yueles / And therfore
Salomon seith Salomon / he that hasteth hym to bisily to wexe riche shal be noon Innocent / he seith also / that the richesse that hastily cometh to a man / soone and lightly gooth and passeth fro a man / But that richesse that cometh litel and litel wexeth alwey and multiplieth / And sire, ye shul geten richesses by youre wit / and by youre trauaille vn to youre profit. / And that with outen wrong, or harm doynge to any oother persone / ffor the lawe seith, that ther maketh no man hym seluen riche, if he do harm to another wight / This is to seyn, that nature defendeth and forbedeth by right, that no man make hym- self riche vn to the harm of another persone / And Tullius seith, þt
Tullius no wo, ne no drede of deeth / ne no thyng that may falle vn to a man is so muchel agayns nature / as a man to encressen his owene profit to the harm of another man / And though the grete men

Melibee

and the myghty men geten richesses moore lightly than thou. yet
shaltou nat been ydel ne slow to do thy profit. for thou shalt in alle
wise flee ydelnesse. for Salomon seith, that ydelnesse techeth a   *Salomon*
man to do manye yueles. And the same Salomon seith, that he
that trauailleth and bisieth hym to tilien his lond, shal eten breed.
but he that is ydel and casteth hym to no bisynesse no occupacion
shal falle in to pouerte, and dye for hunger. And he that is ydel &
slow. kan neuer fynde couenable tyme for to doon his profit. for ther
is a versifiour. seith that the ydel man excuseth hym in wynter by cau   *Iuuxe versificator*
se of the grete coold. and in somer by encheson of the heete. for thise
causes, Caton seyth. waketh and enclyneth nat yow ouer muchel for to sle   *Cato*
pe. for ouer muchel reste norisseth and causeth manye vices. And ther   *Iohns jeronim*
fore, seith seint Ieronym. dooth some goodes. that the deuel which is
oure enemy ne fynde yow nat vnoccupied. for the deuel ne taketh
nat lightly vn to his werkynge swiche as he fyndeth occupied in goo
de werkes. Thanne thus. in getynge richesses ye moten flee ydel
nesse. And afterward ye shul vse the richesses whiche ye haue geten
by youre wit and by youre trauaille. in swich a manere that men
holde yow nat to scars ne to sparynge ne to fool large. that is to
seyn. ouer large a spendere. for right as men blamen an auaricious
man by cause of his scarsetee and chyncherie. In the same wi
se is he to blame that spendeth ouer largely. and therfore seith   *Cato*
Caton. vse he seith, thy richesses that thou hast geten in swich
a manere. that men haue no matiere ne cause to calle thee neyther
wrecche ne chynche. for it is a greet shame to a man to haue a poure
herte and a riche purs. He seith also, the goodes that thou hast yge
ten vse hem by mesure. that is to seyn. spende hem mesurably. for
they that folily. wasten and despenden the goodes that they han.
whan they han namoore propre of hir owene. they shapen hem to
take the goodes of another man. I seye thanne that ye shul
fleen Auarice. vsynge youre richesses. in swich manere. that men
seye nat yt youre richesses been yburyed. but yt ye haue hem in
youre myght and in youre weeldynge. for a wys man reprueth   *Iuuxe versificator*
the auaricious man. And seith thus in two vers. wher to & why
buryeth a man his goodes by his grete auarice. and knoweth wel
that nedes moste he dye. for deeth is the ende of euery man. as in this
present lif. And for what cause or encheson ioyneth he hym. or
knytteth he hym. so faste vn to hise goodes that alle hise
wittes mowen nat disseueren hym or departen hym fram hi
se goodes. and knoweth wel. or oghte knowe. that whan he is
deed he shal no thyng bere with hym out of this world. And   *Augustin*
therfore seith seint Augustyn. that the Auaricious man is lik
ned vn to helle. that the moore it swelketh. the moore desir
it hath to swelwe and deuoure. And as wel as ye wolde eschu
we. to be called an auaricious man or chynche. as wel sholde
ye kepe yow and gouerne yow. in swich a wise. that men calle   *Tullius*
yow nat fool large. Therfore seith Tullius. the goodes he
seith of thyn hous. ne sholde nat been hyd. ne kept so cloos

¶ Chaucer

but that they myght to been opened by pitee and debonairetee ¶ That is to seyn / to yeuen part to hem that han greet nede / ne thy goodes shullen nat been so opene / to been euery mannes goodes ¶ Afterward / in getynge of youre richesses / and in vsynge hem / ye shul alwey haue thre thynges in youre herte / that is to seyn / oure lord god / Conscience / and good name ¶ ffirst / ye shul haue god in youre herte / and for no richesse / ye shullen do no thyng / which may in any manere displese god that is youre creatour / and maker ¶ ffor after

¶ Salomon — the word of Salomon ¶ It is bettre to haue a litel good with the loue of god / than to haue muchel good and tresour / and lese the loue of his lord god ¶ And the prophete seith / That bettre it is / to been a good man

¶ Prophet — and haue litel good and tresour / than to been holden a shrewe / and haue grete richesses ¶ And yet seye I ferthermore / that ye sholde alwey doon youre bisynesse to gete you richesses / so that ye gete hem with good

¶ Apostlus — conscience ¶ And thapostle seith / that ther nys thing in this world / of which we sholden haue so greet ioye / as whan oure conscience bereth

¶ Sapiens — vs good witnesse ¶ And the wise man seith / The substance of a man is ful good / whan synne is nat in mannes conscience ¶ Afterward in getynge of youre richesses / and in vsynge of hem / yow moste haue greet bisynesse and greet diligence / that youre goode name be alwey kept / and conserued ¶ ffor Salomon seith / that bettre it is / and moore it

¶ Salomon — auailleth a man to haue a good name / than for to haue grete richesses ¶ and therfore / he seith in another place / Do greet diligence seith Salomon / in kepyng of thy freend / and of thy goode name / for it shal lenger abide with thee / than any tresour / be it neuer so precious ¶ And certes he sholde nat be called a gentilman / that after god and good conscience alle thynges left / ne dooth his diligence and bisynesse to kepen his

¶ Cassidorus — good name ¶ And Cassidore seith ¶ That it is signe of gentil herte whan a man loueth and desireth to han a good name ¶ And therfore

¶ Augustini — seith seint Augustin ¶ That ther been two thynges / that arn necessarie and nedefulle / and that is good conscience and good loos / that is to seyn / good conscience to thyn owene persone inward / and good loos for thy neighebore outward / And he that trusteth hym so muchel in his goode conscience / that he displeseth / and setteth at noght his goode name or loos / and rekketh noght / though he kepe nat his goode name / nys but a cruel cherl ¶ Sire now haue I shewed yow how ye shul do in getynge richesses / and how ye shullen vsen hem / and I se wel that for the trust / that ye han in youre richesses / ye wole moeue werre and bataille ¶ I conseille yow that ye bigynne no werre in trust of youre richesses / for they ne suffisen noght ¶ werres

¶ Phous — to mayntene ¶ And therfore seith a philosophre ¶ That man that desireth / and wole algates han werre / shal neuer haue suffisance for the richer that he is / the gretter despenses moste he make / if he wole

¶ Salomon — haue worship and victorie ¶ And Salomon seith / that the gretter richesses that a man hath / the mo despendours he hath ¶ And deere sire al be it so / that for youre richesses / ye mowe haue muchel folk / yet bihoueth it nat / ne it is nat good to bigynne werre / there as ye mowe in oother manere haue pees vn to youre worship and

Melibee

pfit / ffor the victories of batailles that been in this world / lyen nat
in greet nombre or multitude of the peple / ne in the vertu of man / but
it lith in the will and in the hand of oure lord god almyghty / And
therfore Judas Machabeus / which was goddes knyght / whan he
sholde fighte agayn his adversarie / that hadde a greet nombre / and
a gretter multitude of folk than was this peple of
Machabee / yet he reconforted his litel compaignye / and seyde right
in this wise / als lightly quod he / may oure lord god almyghty ye-
ve victorie to a fewe folk / as to many folk / for the victorie of a batai-
lle cometh nat / by the grete nombre of peple / but it cometh from oure
lord god of hevene / And deere sire / for as muchel as ther is no man
certein if he be worthy that god yeve hym victorie or naught / After
that Salomon seith / therfore / every man sholde greetly drede wer- **Salomon**
res to bigynne / And by cause that in batailles fallen manye pe-
rils / and happeth outher while / that as soone is the grete man slayn
as the litel man / And as it is writen in the seconde book of kynges / **li. ij. li. regū**
The dedes of batailles been aventurouse / and no thyng certeyne / for
as lightly is oon hurt with a spere as another / and for ther is greet
peril in werre / therfore / sholde a man flee and eschue werre / in as mu-
chel as a man may goodly / ffor Salomon seith / he that loueth pe- **Salomon**
ril shal falle in peril / After that dame Prudence hadde spoken in
this manere / Melibee answerde and seyde / I see wel dame Prudence **Melibee**
that by youre faire wordes / and by youre resons that ye han she-
wed me / that the werre liketh yow no thyng / but I haue nat yet
herd youre conseil / how I shal do in this nede / Certes quod she /   **Prudence**
I counseille yow that ye accorde with youre adversaries / and that ye
haue pees with hem / ffor seint Jame seith in his epistles / that   **Sanctus Jacobus in epist.**
by concord and pees / the smale richesses wexen grete / and by debaat
and discord / the grete richesses fallen doun / And ye knowen wel
that oon of the gretteste and moost souereyn thynges that is in this
world / is vnytee and pees / And therfore seyde oure lord ihū crīst   **dns Aplis suis**
to hise apostles in this wise / wel happy and blessed been they that
louen and purchacen pees / for they been called children of god /
quod Melibee / now se I wel / that ye louen nat myn honour ne my **Melibee**
worship / ye knowen wel that myne adversaries han bigonnen
this debaat and bryge by hir outrage / and ye se wel that they ne
requeren ne preyen me nat of pees / ne they asken nat to be recon-
siled / wol ye thanne / that I go and meke me / and obeye me to
hem / and crie hem mercy / ffor sothe that were nat my worship /
ffor right as men seyn / that ouer greet hoomlynesse engendreth dis-
preisynge / so fareth it / by to greet humylitee or mekenesse / Than
ne bigan dame Prudence to maken semblaunt of wratthe / and
seyde / Certes sire / sauf youre grace / I loue youre honour and   **Prudence**
youre profit / as I do myn owen / and euere haue doon / ne ye ne noon
oother / shen neuer the contrarie / And yit / if I hadde seyd that ye
sholde han purchaced the pees / and the reconsiliation / I ne hadde
nat muchel mystaken me / ne seyd amys / ffor the wise man seith
The dissension bigynneth by another man / and the reconsilyng by   **Sapiens**

Melibee

Iapha — synneth by thy self. And the prophete seith: flee shrewednesse and do goodnesse, seke pees and folwe it as muchel as in thee is. Yet seye I nat that ye shul rather pursue to youre adversaries for pees than they shuln to yow, for I knowe wel that ye been so hard herted that ye wol do no thyng for me.

Salomon — He that hath so hard an herte, atte laste, he shal myshappe and myscheue.

Melibee — Whanne Melibee hadde herd Dame Prudence maken semblaunt of wratthe, he seyde in this wise: Dame, I prey yow that ye be nat displesed of thynges that I seye, for ye knowe wel that I am angry and wrooth, and that is no wonder; and they that been wrothe witen nat wel what they don ne what they seyn. Therfore the prophete seith: that troubled eyen han no cleer sighte. But seyeth and conseileth me as yow liketh, for I am redy to do right as ye wol desire, and if ye repreue me of my folye, I am the moore holden to loue yow and preyse yow.

Salomon — For Salomon seith: that he that repreueth hym that dooth folye, he shal fynde gretter grace than he that deceyueth hym by sweete wordes.

Salomon — Thanne seyde Dame Prudence: I make no semblaunt of wratthe ne angre, but for youre grete profit. For Salomon seith: He is moore worth that repreueth or chideth a fool for his folye shewynge hym semblaunt of wratthe, than he that supporteth hym and preyseth hym in his mysdoynge and laugheth at his folye. And this same Salomon seith afterward: That by the sorweful visage of a man, that is to seyn, by the sory and heuy contenaunce of a man, the fool correcteth and amendeth hym self.

Melibee — Thanne seyde Melibee: I shal nat konne answere to so manye faire resons as ye putten to me and shewen; seyeth shortly youre wyl and youre conseil, and I am al redy to fulfille and performe it.

Prudence — Thanne Dame Prudence discouered al hir wyl to hym and seyde: I consaille yow quod she abouen alle thynges, that ye make pees bitwene god and yow, and beth reconsiled on to hym and to his grace. For as I haue seyd yow heer biforn, god hath suffred yow to haue this tribulacion and disese for youre synnes; and if ye do as I sey yow, god wol sende youre aduersaries vn to yow and maken hem fallen at youre feet, redy to do youre wyl and youre commandementz.

Salomon — For Salomon seith: Whan the condition of man is plesaunt and likynge to god, he chaungeth the hertes of the mannes aduersaries and constreyneth hem to biseken hym, of pees and of grace. And I prey yow, lat me speke with youre aduersaries in priuee place, for they shul nat knowe that it be of youre wyl or of youre assent. And thanne whan I knowe hir wil and hir entente, I may consaille yow the moore seurely.

Melibee — Dame quod Melibee, dooth youre wil and youre likynge, for I putte me hoolly in youre disposicion and ordinance.

Prudence — Thanne Dame Prudence, whan she saugh the goode wyl of hir housbonde, delibered and took auys in hir self, thinkinge how she myghte brynge this nede vn to a good conclusion and to a good ende; and whan she saugh hir tyme, she sente for thise aduersaries to come in to hir in to a pryuee place, and shewed wisely vn to hem, the grete goodes that comen of pees, and the grete har-

Jelibee

mes and pues, that been in pese, and seyde to hem in a goodly ma
nere, how that hem oughten haue greet repentaunce of the Iniurie &
wrong, that they hadden doon to Melibee hir lord, and to hym, and to
his doghter. ¶ And whan they herden the goodliche wordes of dame
Prudence, they weren so supprysed and rauysshed, and hadden so
greet Ioye of hym, that wonder was to telle. ¶ A lady, quod they, ye
han shewed vn to vs, the blessynge of swetnesse, after the sawe of
Dauid the prophete, for the reconsilynge, which we been nat worthy
to haue in no manere, but we oghte requeren it with greet contri-
cion and humylitee, ye of youre grete goodnesse haue presented vn
to vs. ¶ Now se we wel, that the science and the konnynge of Sal
mon is ful trewe. ¶ For he seith, that swete wordes multiplien
and encresen freendes, and maken shrewes, to be debonaire and
meeke. ¶ Certes quod they, we putten oure dede and al oure matere
and cause, al hoolly, in youre goode wyl, and been redy to obeye to
the speche and comandement, of my lord Melibee. ¶ And therfore
deere and benigne lady, we preien yow and biseke yow as mekely
as we konne and mowen, that it lyke vn to youre grete good
nesse to fulfillen in dede, youre goodliche wordes. for we considre
ren and knowelichen that we han offended and greued my lord
Melibee out of mesure. so ferforth, that we be nat of power to
maken hise amendes, and therfore, we oblige and bynden vs
and oure freendes, to doon al his wyl and his comaundementz.
¶ But p auenture, he hath swich heuynesse and swich wratthe
to vs ward, by cause of oure offense, that he wole enioyne vs
swich a peyne as we mowe nat bere ne susteene, and ther
fore noble lady, we biseke, to youre womanly pitee to taken
swich auysement, in this nede, that we ne oure freendes, be
nat desherited ne destroyed thurgh oure folye. ¶ Certes quod
Prudence, it is an hard thyng, and right pitous, that a man ¶ Prudence
putte hym al outrely, in the arbitracion and iuggement, and
in the myght and power of hise enemys. ¶ For Salomon seith ¶ Salomon
leeueth me, and yeueth credence, to that I shal sayn. ¶ Seye I he
¶ Ye peple, folk and gouernours of hooly chirche, to thy sone, to thy
wyf, to thy freend, ne to thy brother, ne yeue thow neuere
myght ne maistrie of thy body, whil thow lyuest. ¶ Now or
then he deffendeth, that man shal nat yeuen to his brother
ne to his freend, the myght of his body. by strenger resoun he
deffendeth, and forbedeth a man, to yeuen hym self to his ene
my. ¶ And natheles I conseille yow, that ye mystruste nat
my lord, for I woot wel, and knowe trewly, that he is debo
naire and meeke, large, curteys, and no thyng, desirous ne
coueitous of good ne richesse. ¶ For ther nys no thyng in this
world, that he desireth, saue oonly worship and honoure. ¶ For
ther more, I knowe wel, and am right certeyn, that he shal no
thyng, doon in this nede withouten my conseil. And I shal
so werken in this cause, that by grace of oure lord god, ye
shul been reconsiled vn to vs. ¶ Thanne seyden they with o

Chaucer

wys worshipful lady, we putten us and oure goodes al fully in youre wil and disposicion and been redy to comen what day pt it like unto youre noblesse to lymyte us or assigne us for to maken oure obligacion and boond as stroong as it liketh unto youre goodnesse/ that we mowe fulfille the wille of yow/ and of my lord melibee ¶ Whan dame Prudence hadde herd the answeres of thise men/ she bad hem goon agayn prively/ and she retourned to hir lord melibee/ and tolde hym how she foond hise adversaries ful repentant knowelechynge ful lowely hir synnes and trespas/ and how they were redy to suffren all peyne requyrynge & preiynge hym of mercy and pitee

Melibee
Seneca

¶ Thanne seyde melibee/ he is wel worthy to haue pardon and foryifnesse of his synne pt excuseth nat his synne but knowelecheth it & repenteth hym axynge Indulgence/ ffor seneca seith/ ther is the remissioun and foryifnesse where as confession is/ ffor confession is neighebore to Innocence/ and therfore I assente and conforme me to haue pees/ but it is good pt we do it nat withouten the assent & wyl of oure freendes ¶ Thanne

Prudence

was prudence right glad and Ioyeful/ and seyde ¶ Certes sire quod she ye han wel & goodly answered for right as by the conseil assent and help of youre freendes, ye han been stired to wenge yow & maken werre/ right so withouten hir conseil shul ye nat accorden yow/ ne haue pees with youre adversaries/ ffor the lawe seith/ ther nys no thyng so good by wey of kynde/ as a thyng to been unbounde by hym pt it was ybounde ¶ And thanne dame prudence withouten delay or taryinge sente anon hir messages for hir kyn & for hir olde freendes/ whiche pt were trewe and wyse/ and tolde hem by ordre in the presence of melibee al this matere as it is abouen expressed & declared/ and preyden pt they wolde yeuen hir avys & conseil what best were to doon in this nede ¶ And whan aylibees freendes hadde taken hir avys & deliberacion of the forseide matere & hadden examyned it by greet bisynesse & greet diligence, they yaue ful conseil for to haue pees and reste/ and pt melibee sholde receyue with good herte hise adversaries to foryifnesse and mercy ¶ And whan dame prudence hadde herd the assent of hir lord melibee/ and the conseil of hise freendes accorde with hir wille and hir entencion/ she was wondersly glad in hir herte/ and seyde ¶ Ther is an old prouerbe quod she seith/ that the goodnesse pt thou mayst do this day, do it/ and abide nat ne delaye it nat til tomorwe ¶ And therfore I conseille pt ye sende youre messages whiche as been discrete and wise unto youre adversaries/ tellynge hem on youre bihalue, pt if they wole trete of pees & of accord/ that they shape hem withouten delay or taryinge to comen un to us Which thyng parfourned was in dede ¶ And whanne thise trespassours and repentynge folk of hir folies, that is to seyn the adversaries of melibee/ hadden herd/ what thise messagers seyden un to hem they weren right glad & Ioyeful and answereden ful mekely & benignely yeldynge graces & thankynges to hir lord melibee & to al his compaignye/ & shopen hem withouten delay, to go with the messagers & obeye to the comandementz of hir lord melibee ¶ And right anon they tooken hir wey to the court of melibee/ and tooken with hem some of hir trewe freendes, to maken feith for hem & for to been hir borwes/ and whan they were co-

Prudence

men to the presence of Melibee, he seyde hem thus wordes. "It standeth thus"
quod Melibee "and sooth it is, that ye causelees and withouten cause & reson
han doon grete Iniuries & wronges to me and to my wyf Prudence
and to my doghter also, for ye han entred in to myn hous by violence
and haue doon swich outrage, that alle men knowen wel pt ye haue
disserued the deeth, and therfore wol I knowe and wite of you, whe-
ther ye wol putte tho punysshement & the chastisynge & the venge-
aunce of this outrage in the wyl of me and of my wyf Prudence, or
ye wol nat." Thanne the wiseste of hem thre answerde for hem alle
and seyde, "Sire" quod he, "we knowen wel, pt we been vnworthy, to
comen vn to the Court of so greet a lord, and so worthy as ye been,
ffor we han so greetly mystaken vs, and han offended and agilt in
swich a wise agayn youre heigh lordshipe, that trewely, we han dis-
serued the deeth, but yet for the grete goodnesse and debonairetee yt al
the world witnesseth in youre persone, we submitten vs to the excel-
lence & benignitee of youre gracious lordshipe, and been redy to obeie
to alle youre comandementz, bisekynge you, that of youre mirable
pitee, ye wol considere oure grete repentaunce & lough submyssion &
graunten vs foryeuenesse of oure outrageous trespas & offense, for wel
we knowe pt youre libral grace & mercy, strecchen hem ferther in to goodnesse
than doon oure outrageous giltes and trespas in to wikkednesse, al
be it, pt cursedly & dampnablely, we han agilt agayn youre heigh
lordshipe." Thanne Melibee took hem vp fro the grounde ful benig-
nely, & receyued hys obligacions & hir boondes by hys othes vp on
hys plegges & borwes, and assigned hem a certeyn day to retourne
vn to his Court, for to accepte & receyue the sentence & Iuggement,
pt Melibee wolde comande to be doon on hem by the causes afore-
seyd. whiche thynges ordeyned, euy man retornes to his hous, and
whan pt dame Prudence saugh hir tyme, she freyned & axed hir
lord Melibee, what vengeaunce he thoughte to taken of hise aduersaries
To which Melibee answerde & seyde "Certes" quod he, "I thynke &
purpose me fully to desherite hem of al pt euer they han, and for
to putte hem in exyl for euer" "Certes" quod dame Prudence "this were
a cruel sentence and muchel agayn reson, for ye been riche ynough
and han no nede of oother mennes good, and ye mighte lightly in
this wise gete yow a couetous name, which is a vicious thyng, &
oghte been eschiued of euery good man. ffor after the word of tho-
word of the Apostle, couetise is roote of alle harmes, and therfore
it were bettre for yow, to lese so muchel good of youre owene, than
for to taken of hir good in this manere, for bettre it is to lesen with
worshipe than it is to wynne with vileinye & shame. and euery man
oghte to doon his diligence & his bisynesse, to geten hym a good na-
me, and yet shal he nat oonly bisie hym in kepynge of his good na-
me, but he shal also enforcen hym alwey to do som thyng by which he
may renouelle his good name, for it is writen, pt the olde good loos &
good name of a man is soone goon and passed, whan it is nat ne-
wed ne renouelled. And as touchynge pt ye seyn, ye wolde exyle
youre aduersaries, that thynketh me muchel agayn reson and out of

Melibee

mesure considered the power that they han yeve or upon hem self. And it is writen that he is worthy to lesen his privilege that mysuseth the myght & the power that is yeven hym. And I sette cas ye myghte enioyne hem the peyne by right & by lawe, which I trowe ye mowe nat do. I seye ye myght to nat putten it to execucion paraventure, and thanne were it likly to retourne to the werre as it was biforn. And therfore, if ye wold that men do yow obeisance, ye moste deemen moore curteisly; this is to seyn ye moste yeven moore esy sentences & iuggementz. For it is writen, that he that moost curteisly comandeth, to hym men moost obeyen. And therfore I prey yow that in this necessitee & in this nede, ye caste yow to outcome youre herte. For Senec seith, that he that outdoweth his herte outcome twies. And Tullius seith, ther is no thyng so comendable in a greet lord, as whan he is debonayre & meeke, and apeseth lightly. And I prey yow that ye wold forbere now to do vengeance in swich a wise, that youre goode name may be kept & conserved, and that men mowe haue cause and matere to preyse yow of pitee & of mercy, and that ye haue no cause to repente yow of thyng that ye don. For Senec seith, he over- cometh in an yvel manere that repenteth hym of his victorie. Wherfore I pray yow lat mercy been in youre mynde & in youre herte, to theffect & entente, that god almyghty haue mercy on yow in his laste iuggement. For seint Iame seith in his Epistle, Iuggement wt outen mercy shal be doon to hym that hath no mercy of another wight. ¶ Whanne Melibee hadde herd the grete skiles and resons of Dame Prudence and hir wise informacions & techynges, his herte gan enclyne to the wil of his wif consideryinge hir trewe entente, and conformed hym anon and assented fully to werken after hir conseil, and thanked god of whom procedeth al vertu and alle goodnesse, that hym sente a wif of so greet discrecion. And whan the day cam that hise aduersaries sholde appieren in his presence, he spak vn to hem ful goodly and seyde in this wyse. ¶ Al be it so, that of youre pryde and presumpcion & folie, and of youre necligence & vnkonnynge, ye haue mysborn yow and trespassed vn to me, yet for as muche as I see and biholde youre grete humylitee, and that ye been sory and repentaunt of youre giltes, it constreyneth me to don yow grace and mercy. Therfore I receyue yow to my grace and for- yeue yow outrely alle the offenses, iniuries and excesses that ye haue doon agayn me and myne, to this effect and to this ende, that god of his endelees mercy wole at the tyme of oure diynge foryeuen us oure giltes that we han trespassed to hym in this wrecched world. For doutelees, if we be sory and repentant of the synnes and giltes whiche we han trespassed in the sighte of oure lord god, he is so free and so merciable, that he wole foryeuen vs oure giltes and bryngen vs to his blisse, that nevere hath ende. Amen.

¶ Here is ended Chauceres tale of Melibee and of Dame Prudence.

Monk

The murye wordes of the heost to the Monk

When ended was my tale of Melibee
And of prudence and hir benignytee
Oure hooste seyde as I am feithful man
And by that precious corpus madrian
I hadde leuere than a barel ale
That goode lief my wyf hadde herd this tale
She nys no thyng of swich pacience
As was this Melibeus wyf prudence
By goddes bones whan I bete my knaues
She bryngeth me forth the grete clobbed staues
And crieth slee the dogges euerychoon
And brek hem bothe bak and euery boon
And if that any neighebore of myne
Wol nat in chirche to my wyf enclyne
Or be so hardy to hir to trespace
Whan she comth hoom she rampeth in my face
And crieth false coward wrek thy wyf
By corpus bones I wol haue thy knyf
And thou shalt haue my distaf and go spynne
Fro day to nyght right thus she wol bigynne
Allas she seith that euere þt I was shape
To wedden a milksop or a coward ape
That wol been ouerlad with euery wight
Thou darst nat stonden by thy wyues right
This is my lif but if that I wol fighte
And out at dore anon I moot me dighte
Or elles I am but lost but if that I
Be lik a wilde leon fool hardy
I woot wel she wol do me slee som day
Som neighebore and thanne go my way
For I am perilous with knyf in honde
Al be it that I dar hir nat withstonde
For she is byg in armes by my feith
That shal he fynde þt hir mysdooth or seith
But lat vs passe awey fro this matere
My lord the monk quod he be myrie of cheere
For ye shul telle a tale trewely
Lo Rouchestre stant heer faste by
Ryde forth myn owene lord brek nat oure game
But by my trouthe I knowe nat youre name
Wher shal I calle yow my lord daun Iohn
Or daun Thomas or elles daun Albon
Of what hous be ye by youre fader kyn
I vowe to god thou hast a ful fair skyn

Chaucer

It is a gentil pasture / ther thow goost
Thou art nat lyk a penaunt / or a goost
Vpon my feith / thou art som officer
Som worthy sexteyn / or som celerer
ffor by my fader soule / as to my wone
Thou art a maister / whan thou art at hoom
No povre cloystrer / ne no novys
But a gouernour / wily and wys
And ther wt al / of brawnes and of bones
A wel faryynge persone / for the nones
I pray to god / yeue hym confusion
That first thee broghte / vn to religion
Thou woldest han been / a tredefowel aright
Haddestow / as greet a leeue / as thou hast myght
To perfourne al thy lust / in engendryng
Thou haddest bigeten / ful many a creature
Allas / why werestow / so wyd a cope
God yeue me sorwe / but and I were a pope
Nat oonly thou / but euery myghty man
Though he were shorn ful hye vpon his pan
Sholde haue a wyf / for al the world is lorn
Religioun / hath take vp al the corn
Of tredyng / and we borel men been shrympes
Of fieble trees / ther comen wrecched ympes
This maketh / that our heyres wole assaye
Religious folk / for ye mowe better paye
Of venus paiementz / than mowe we
God woot / no lussheburgh payen ye
But be nat wrooth / my lord for that I pleye
ffful ofte in game / a sooth I haue seyd seye
This worthy monk / took al in pacience
And seyde / I wol doon al my diligence
As fer as sowneth / in to honestee
To telle yow a tale / or two / or thre
And if yow list / to herkne hyderward
I wol seyn the lyf of seint Edward
Or ellis first tragedies wol I telle
Of whiche I haue an hundred in my celle
Tragedie is to seyn a certeyn storie
As olde bookes / maken vs memorie
Of hym that stood / in greet prosperitee
And is y fallen / out of heygh degree
In to myseye / and endeth wrecchedly
And they been versified communely
Of vj feet / which men clepen Exametroun
In prose eek / been endited many oon
And eek in meetre / in many a sondry wyse
Lo this declaryng / oghte ynogh suffise

[Thopas]

Now herkneth, if yow liketh for to heere
But first I yow biseeke in this mateere
Though I by ordre telle nat thise thynges
Be it of popes, Emperours, or kynges
After hir ages, as men writen fynde
But tellem hem som bifore & som bihynde
As it now comth vn to my remembrance
Haue me excused of myn ignorance

Explicit

Heere bigynneth the Monkes tale de Casibus virorum Illustrium

I wol biwaille, in manere of Tragedie
The harm of hem that stoode in heigh degree
And fillen so that ther was no remedie
To brynge hem out of hir aduersitee
ffor certein whan pt ffortune list to flee
Ther may no man the cours of hire withholde
Lat no man truste on blynd prosperitee
Be war by thise ensamples trewe and olde

At Lucifer though he an Angel were
And nat a man, at hym wol I bigynne
ffor though ffortune may noon Angel dere
ffrom heigh degree, yet fell he for his synne
Doun in to helle, where he yet is Inne
O Lucifer brightest of Angels alle
Now artow Sathanas pt mayst nat twynne
Out of miserye in which pt thou art falle

Lucifer

Lo Adam in the feeld of Damyssene
With goddes owene fynger wroght was he
And nat bigeten of mannes sperm vnclene
And welte al paradys sauynge o tree
Hadde neuere worldly man so heigh degree
As Adam til he for mysgouernance
Was dryuen out of hys hye prosperitee
To labour and to helle and to meschance

Adam

Lo Sampson which that was annunciat
By Angel longe er his natiuitee
And was to god almighty consecrat
And stood in noblesse whil he myghte see
Was neuere with another as was hee
To speke of strengthe and they & hardynesse
But to hise wyues toolde he his secree
Thurgh which he slow hym self for wrecchednesse

Sampson

Thout

Sampson, this noble almyghty Champion
Withouten cheyne / oue hise handes tweyne
He sloow and al torente the leon
Toward his weddyng walkynge by the weye
His false wyf koude hym so plese and preye
Til she his conseil knew / and she vntrewe
Vn to hise foos / his conseil gan bewreye
And hym forsook / and took another newe

Thre hundred foxes / took Sampson for Ire
And alle hir tayles / he togydre bond
And sette the foxes tayles alle on fire
ffor he / on euery tayl / had knyt a brond
And they brende / alle the cornes in that lond
And alle hir olyueres and vynes eke
A thousand men / he sloow eek wt his hond
And hadde no wepene / but an asses cheke

Whan they were slayn / so thursted hym that he
Was wel nygh lorn / for which he gan to preye
That god wolde / on his peyne han som pitee
And sende hym drynke / or elles moste he deye
And of this asses cheke / that was drye
Out of a Fangtooth / sprang anon a welle
Of which he drank anon / shortly to seye
Thus heelp hym god / as iudicium can telle

By verray force / at Gazan on a nyght
Maugree Philistiens of that Citee
The gates of the toun he hath vp plyght
And on his bak / ycaryed hem hath hee
Hye on an hill / yt men myghte hem see
O noble almyghty Sampson / lief and deere
Had thou nat told / to wommen thy secree
In al this world / ne hadde been thy peere

This Sampson / neuere Cisey drank ne wyn
Ne on his heed / cam rasour noon ne sheere
By precept of the messager diuyn
ffor alle hise strengthes / in hise heeres weere
And fully twenty wynter yeer by yeere
He hadde of Israel the gouernaunce
But soone / shal he wepe many a teere
ffor wommen / shal hym bryngen to meschaunce

Vn to his lemman Dalida he tolde
That in hise heeris / al his strengthe lay
And falsly to hise foomen / she hym solde

Monk

And sleepynge in hir barm, vpon a day,
She made to clippe, or sheere his heres away
And made his fo‑men, al this craft espyen
And whan þt they, hym foond in this array
They bounde hym faste, and putten out hise eyen

But er his heer, were clipped or yshave
Ther was no boond, wt which men myghte hym bynde
But now is he, in prison in a cave
Where as they made hym at the queerne grynde
O noble Sampson, strongest of mankynde
O whilom Iuge, in glorie and in richesse
Now maystow wepen, wt thyne eyen blynde
Sith thou fro wele, art falle in wrecchednesse

The ende of this caytyf, was as I shal seye
His fo‑men, made a feeste vpon a day
And made hym as a fool, biforn hem pleye
And this was in a temple of greet array
But atte laste, he made a foul affray
For he the pileers shook, and made hem falle
And doun fil temple, and al, and ther it lay
And slow hym self, and eek hise fo‑men alle

This is to seyn, the Prynces euerichoon
And eek thre thousand bodyes, were ther slayn
With fallynge, of the grete temple of stoon
Of Sampson, now wol I na‑moore sayn
Beth war by this ensample, ooold and playn
That no men, telle hir conseil til hir wyues
Of swich thyng, as they, wolde han secree fayn
If þt it touche, hir lymes or hir lyues

Hercules

Off Hercules the souereyn conquerour
Syngen his werkes, laude and heigh renoun
For in his tyme, of strengthe he was the flour
He slow, and rafte the skyn of the leoun
He of Centauros, leyde the boost adoun
He Arpies slow, the cruel bryddes felle
He golden Apples, rafte of the Dragoun
He drow out Cerberus the hound of helle

He slow the cruel tyrant Busirus
And made his hors, to frete hym flessh and boon
He slow the firy serpent venymus
Of Acheloys hornes two, he brak oon
And he slow Cacus in a caue of stoon
He slow the geaunt Antheus the stronge

Envoy

He drof the gyaunt .... n
and bar the heuene .... ge

Was neuer wight, sith the world bigan
That slow so manye monstres, as dide he
Thurgh out this wyde world his name ran
What for his strengthe, and for his heigh bountee
And euery Reawme wente he for to see
He was so strong, that no man myghte hym lette
At bothe the worldes endes, seith Trophee
In stide of boundes he a piler sette

Hic vates Chaldeor Tropheus

A lemman hadde, this noble Champioun
That highte Dianira, fressh as May
And as thise clerkes, maken mencioun
She hath hym sent, a sherte fressh and gay
Allas this sherte, allas and weylaway
Envenymed was so subtilly with alle
That er that he, had wered it half a day
It made his flessh, al from hise bones falle

But natheles, somme clerkes hym excusen
By oon that highte Nessus that it makede
Be as be may, I wol hym noght accusen
But on his bak, this sherte he wered al naked
Til that his flessh, was for the venym blaked
And whan he saugh, noon oother remedye
In hoote coles, he hath hym seluen raked
For with no venym deigned hym to dye

Thus starf this worthy, myghty Hercules
Lo who may truste, on fortune any throwe
For hym that folweth, al this world of prees
Er he be war, is ofte yleyd ful lowe
Ful wys is he that kan hym seluen knowe
Beth war for whan that fortune list to glose
Thanne wayteth she, hir man to ouerthrowe
By swich a wey, as he wolde leest suppose

Nabugodonosor

The myghty trone, the precious tresor
The glorious ceptre, and roial magestee
That hadde the kyng, Nabugodonosor
With tonge, vnnethe may, discryued bee
He twyes wan Ierusalem the Citee
The vessel of the temple, he with hym ladde
At Babiloigne, was his souereyn see
In which his glorie, and his delit he hadde

Nabugodonosor

The faireste children of the blood roial
Of Israel he leet do gelde anoon
And maked ech of hem to been his thral
Amonges othere Daniel was oon
That was the wiseste child of euerychon
For he the dremes of the kyng expowned
Wheras in Chaldeye clerk ne was they noon
That wiste to what fyn hise dremes sowned

This proude kyng leet maken a statue of gold
Sixty cubites long and seuene in brede
To which ymage bothe yonge and old
Comanded he to loute and haue in drede
Or in a fourneys ful of flaumbes rede
He shal be brent that wolde noght obeye
But neuere wolde assente to that dede
Daniel ne hise yonge felawes tweye

This kyng of kynges proud was and elaat
He wende þt god that sit in magestee
Ne myghte hym nat bireue of his estaat
And sodeynly he loste his dignytee
And lyk a beest hym semed for to be
And eet hey as an oxe and lay theroute
In reyn with wilde beestes walked hee
Til certein tyme was ycome aboute

And lik an egles fetheres wax his heres
Hise nayles lyk a briddes clawes weere
Til god relessed hym a certeyn yeres
And yaf hym wit and thanne with many a teere
He thanked god and euere his lyf in feere
Was he to doon amys or moore trespace
And til that tyme he leyd was on his beere
He knew that god was ful of myght & grace

Balthasar

His sone which that highte Balthasar
That heeld the regne after his fader day
He by his fader koude noght be war
For proud he was of herte and of array
And eek an ydolastre he was ay
His hye estaat assured hym in pryde
But Fortune caste hym doun and ther he lay
And sodeynly his regne gan diuide

A feeste he made vnto hise lordes alle
Vpon a tyme and bad hem blithe bee
And thanne hise officers gan he calle

[Monk]

Gooth bryngeth forth / the vessels quod he
Whiche that my fader / in his prosperitee
Out of the temple / of Jerusalem byrafte
And to oure hye goddes / thanke we
Of honour / that oure elders with us lafte

His wyf his lordes / and his concubynes
Ay dronken / whil hyr appetites laste
Out of thise noble vessels / sondry wynes
And on a wal / this kyng his eyen caste
And saugh an hand armlees / that wroot ful faste
For feere of which / he quook and siked sore
This hand / that Balthasar so sore agaste
Wroot / Mane techel phares and namoore

In al that land / magicien was noon
That koude expounde / what this lettre mente
But Daniel / expowned it anoon
And seyde kyng / god to thy fader sente
Glorie and honour / regne tresour rente
And he was proud / and no thyng god ne dradde
And therfore / god greet wreche upon hym sente
And hym biraft / the regne that he hadde

He was out cast / of mannes compaignye
With asses / was his habitacioun
And eet hey as a beest in weet and drye
Til that he knew / by grace and by resoun
That god of hevene / hath dominacioun
Over every regne / and every creature
And thanne hadde god / of hym compassioun
And hym restored / his regne and his figure

Eek thou that art / his sone art proud also
And knowest / alle thise thynges verraily
And art rebel to god / and art his foo
Thou drank eek / of hise vessels boldely
Thy wyf eek / and thy wenches synfully
Dronke of the same vessels / sondry wynes
And heryest / false goddes cursedly
Therfore to thee / yshapen ful greet pyne is

This hand was sent / from god that on the wal
Wroot / Mane techel phares truste me
Thy regne is doon / thou weyest noght at al
Dyvyded is thy regne / and it shal be
To medes and to perses quod he
And thilke same nyght / this kyng was slawe

Monk

And Janus occupieth his degree
Thogh he ther-to hadde neither right ne lawe

Lordynges, ensample heer-by may ye take
How that in lordshipe is no sikernesse
For whan Fortune wol a man forsake
She bereth awey his regne and his richesse
And eek hise freendes bothe moore and lesse
For what man pt hath freendes thurgh Fortune
Mishap wol maken hem enemys as I gesse
This proverbe is ful sooth and ful commune

Zenobia

Cenobia, of Palymerie Queene
As writen Persiens of hir noblesse
So worthy was in armes and so keene
That no wight passed hire in hardynesse
Ne in lynage, nor in oother gentillesse
Of kynges blood of Perce is she descended
I seye nat that she hadde moost fairnesse
But of hir shap she myghte nat been amended

From hir childhede I fynde that she fledde
Office of wommen, and to wode she wente
And many a wilde hertes blood she shedde
With arwes brode that she to hem sente
She was so swift pt she anon hem hente
And whan pt she was elder she wolde kille
Leons, leopardes, and beres al to-rente
And in hir armes welde hem at hir wille

She dorste wilde beestes dennes seke
And rennen in the montaignes al the nyght
And slepen under the bussh, and she koude eke
Wrastlen by verray force and verray myght
With any yong man, were he never so wight
Ther myghte no thyng in hir armes stonde
She kepte hir maydenhod from every wight
To no man deigned hire for to be bonde

But atte laste hir freendes han hir maried
To Onedake a prynce of that contree
Al were it so that she hem longe taried
And ye shul understonde how that he
Hadde swiche fantasies as hadde she
But natheles whan they were knyt in-feere *finnit*
They lyued in Ioye and in felicitee
For ech of hem hadde oother lief and deere

Chaucer

Save o thyng, that she wolde neuere assente
By no wey, that he sholde by hyr lye
But ones, for it was hyr pleyn entente
To haue a child, the world to multiplye
And also soone, as þt she myghte espye
That she was nat with childe at that dede
Thanne wolde she suffre hym, doon his fantasye
Eft soone, and nat but ones out of drede

And if she weys with childe, at thilke cast,
Namoore, sholde he pleyen thilke game
Til fully, fourty dayes, weyen past,
Thanne wolde she ones, suffre hym do the same
Al weys this Quedake, wilde or tame
He gat namoore of hyr, for thus she seyde
It was to wyues, lecherie and shame
In oother cas, if þt men wt hem pleyde

Two sones, by Quedake hadde she
The whiche she kepte, in vertu and lettrys
But now, vn to oure tale, tyme ys
I seye, so worshipful a creature
And wys, thys they wyth, and large wtinesure
So peuple in the weye, and curteis eke
Namoore labour, myghte in wone endure
Was noon, though al this world men wolde seke

Hyr pryce away, ne myghte nat be told
As wel in vessel, as in hyr clothyng
She was al clad, in perre and in gold
And eek, she lafte noght, for noon huntyng
To haue of sondry tonges, ful knowyng
Whan þt she leyser hadde, and for to entende
To lerne bookes, was al hyr likyng
How she in vertu, myghte hyr lyf dispende

And shortly, of this proces for to trete
So doghty was hyr houshold and eek she
That they conqueyed, manye regnes grete
In the orient, with many a fayr Citee
Apertenaunt, vn to the mageste
Of Rome, & wt strong hond held hem ful faste
Ne neuere myghte, hyr foo men doon hem flee
Ay whil that Quedakes dayes laste

Hyr batailles, who so list hem for to rede
Agayn Sapor the kyng, and othere mo
And how al this pres fil in dede

Monk

Why she conquered, and what title she had therto
And after of hir meschief and hir wo
How that she was biseged and ytake
Lat hym vn to my maister Petrak go
That writ ynough of this I vndertake

Whan Odenake was deed, she myghtyly
The regnes heeld, and with hir propre hond
Agayn hir foes, she faught so cruelly
That ther nas kyng ne prynce in al that lond
That he was glad, if he that grace fond
That she ne wolde vpon his lond werreye
With hir they made alliance by bond
To been in pees, and lete hir ryde & pleye

The Emperour of Rome Claudius
Ne hym bifore the Romayn Galien
Ne dorste neuer been so corageus
Ne noon Ermyn, ne noon Egyptien
Ne Surrien, ne noon Arabyen
With jnne the feeldes, that dorste with hir fighte
Lest that she wolde hem with hir handes slen
Or with hir meignee putten hem to flighte

In kynges habit wente hir sones two
As heyres of hir fadres regnes alle
And Hermanno, and Thymalao
Hir names were, as Persens hem calle
But ay ffortune hath in hir hony galle
This myghty queene, may no whyle endure
ffortune out of hir regne made hir falle
To wrecchednesse, and to mysauenture

Aurelian, whan that the gouernaunce
Of Rome, cam in to hise handes tweye
He shoop vpon this queene to doon vengeaunce
And with hise legions, he took his weye
Toward Cenobie, and shortly for to seye
He made hir flee, and atte laste hir hente
And fettred hir, and eek hir children tweye
And wan the land, and hoom to Rome he wente

Amonges othere thynges, that he wan
Hir chaar, that was with gold wroght and perree
This grete Romayn this Aurelian
Hath with hym lad, for that men sholde it see
Biforn his triumphe, walketh shee
With gilte cheynes on hir nekke hangynge

Cenobie

Coroned was she, after hir degree
And ful of pence, chaunged hir clothynge

Allas ffortune, she that whilom was
Dredeful to kynges and to Emperoures
Now gaueth al the peple on hir Allas
And she, that helmed was in starke stoures
And wan by force, townes stronge & toures
Shal on hir heed, now were a vitremyte
And she that bar the septre ful of flourres
Shal bere a distaf, hir costes for to quyte

Nero

Although that Nero were vicius
As any feend, that sith in helle adoun
Yet he, as telleth vs Swetonius
This wyde world, hadde in subiectioun
Bothe Est & West, North, and Septemtrioun
Of Rubies, saphires, and of peerles white
Were alle hise clothes, browded vp and doun
For he in gemmes, greetly gan delite

Moore delicaat, moore pompous of array
Moore proud, was neuer Emperour than he
That ilke clooth, pt he hadde wered o day
After that tyme, he nolde it neure see
Nettes of gold threed, hadde he greet plentee
To fisshe in Tybre, whan hym liste pleye
Hise lustes were al lawe, in his decree
For fortune, as his freend hym wolde obeye

He Rome brende, for his delicasie
The Senatours, he slow vp on a day
To heere how men wolde were and crye
And slow his brother, and by his suster lay
His mooder made he, in pitous array
For he hir wombe slitte, to biholde
Where he conceyued was so weilaway
That he so litel, of his mooder tolde

No teere out of hise eyen, for that sighte
Ne cam, but seyde, a fair womman was she
Greet wonder is, how pt he koude, or myghte
Be domesman, of hir dede beautee
The wyn to bryngen hym comaunded he
And drank anon, noon oother wo he made
Whan myght is ioyned vn to cruweltee
Allas to depe, wol the venym wade

Monk

In youthe, a maister hadde this Emperour
To techie hym lettrure, and curteisye
ffor of moralitee, he was the flour
As in his tyme, but if bokes lye
And whil this maister hadde of hym maistrye
he made hym so konnyng and so souple
That longe tyme it was, er tirannye
Or any vice, dorste on hym vncouple

This Seneca, of which that I deuyse
By cause Nero, hadde of hym swich drede
ffor he fro vices wolde hym chastise
Discreetly, as by word, and nat by dede
Sire wolde he seyn, an Emperour moot nede
Be vertuous, and hate tirannye
ffor which, lo in a bath made hym to blede
On bothe his armes til he moste dye

This Nero, hadde eek of acustumaunce
In youthe, agayns his maister for to ryse
Which afterward, hym thoughte greet greuaunce
Therfore he made hym dyen in this wise
But natheles this Seneca the wise
Chees in a bath to dye in this manere
Rather than han any oother tormentise
And thus hath Nero, slayn his maister deere

Now fil it so, that ffortune liste no lenger
The hye pryde of Nero to cherice
ffor though pt he was strong, yet was she strenger
She thoughte thus, by god I am to nyce
To sette a man that is fulfild of vice
In heigh degree, and Emperour hym calle
By god, out of his sete, I wol hym trice
Whan he leest weneth, soonnest shal he falle

The peple roos vp on hym on a nyght
ffor his defaute, and whan he it espied
Out of hise dores, anon he hath hym dight
Allone, and ther he wende han been allied
he knokked faste, and ay the moore he cried
The faster shette they, the dores alle
ffor drede of this, hym thoughte pt he dyed
And wente his wey, no lenger dorste he calle

The peple cryde, and rombled vp and doun
That with hise erys herde he how they seyde
Where is this false tiraunt, this Neroun

Holofernes

For fere almoost out of his wit he breyde
And to hys goddes pitously he preyde
For socour, but it myghte nat bityde
For drede of this, hym thoughte þt he deyde
And ran in to a gardyn hym to hyde

And in this gardyn foond he cheyles tweye
That seten by a fyr, greet and reed
And to thise cheyles two, he gan to preye
To sleen hym, and to gyrden of his heed
That to his body whan þt he were deed
Were no despit ydoon for his defame
Hym self he slow, he koude no bettre reed
Of which ffortune lough, and made a game

De Olofernio

Was nevere Capitayn vnder a kyng
That regnes mo putte in subieccion
Ne strenger was in feeld, of alle thyng
As in his tyme, ne gretter of renoun
Ne moore pompous, in heigh presumpcion
Than Olofernie, which ffortune ay kiste
So likerously, and ladde hym vp and doun
Til þt his heed was of, er þt he wiste

Nat oonly that this world hadde hym in awe
For lesynge of richesse or libertee
But made euery man, reneyen his lawe
Nabugodonosor was god seyde hee
Noon oother god, sholde adoured bee
Agayns his heeste, no wight dorste trespace
Saue in Bethulia, a strong citee
Were Eliachim, a preest was of that place

Ut requirunt filij Israel eum qui constituerat eis sacerdotem Eliachim

But taak keep of the deeth of Olofernie
Amydde his hoost, he dronke lay a nyght
With inne his tente, large as is a berne
And yet for al his pomp, and al his myght
Iudith a womman, as he lay vpright
Slepynge his heed of smoot, and from his tente
Ful pryuely, she stal from euy wight
And with his heed, vn to hy toun she wente

De Rege Anthiocho illustri

What nedeth it, of kyng Anthiochus
To telle, his hye roial magestee
His hye pride, his werkes venymus
For swich another, was ther noon as he
Rede which þt he was in Machabee
And rede, the proude wordes that he seyde

Monk

And whil he fil fro heigh prosperite
And in an hill hors wrecchedly he dyde

Fortune hym hadde enhaunced so in pryde
That vrayly he wende he myghte attayne
Vn to the sterres vpon euery syde
And in balance weyen ech mountayne
And alle the floodes of the see restrayne
And goddes peple hadde he moost in hate
Hem wolde he sleen in torment and in payne
Wenynge þt god ne myghte his pride abate

And for that Nichanore and Thymothee
Of Iewes weren venquysshed myghtily
Vn to the Iewes which an hate hadde he
That he bad greithen his chaar ful hastily
And swoor and seyde ful despitously
Vn to Ierusalem he wolde eftsoone
To wreken his ire on it ful cruelly
But of his purpos he was let ful soone

God for his manace hym soore smoot
With invisible wounde ay incurable
That in hise guttes carf it so and boot
That hise peynes weren importable
And certainly the wreche was resonable
For many a mannes guttes dide he peyne
But from his purpos cursed and dampnable
For al his smert he wolde hym nat restreyne

But bad anon apparaillen his hoost
And sodeynly er he was of it war
God daunted al his pryde and al his boost
For he so soore fil out of his char
That it hise lymes and his skyn totar
So that he neyther myghte go ne ryde
But in a chayer men aboute hym bar
Al forbrused bothe bak and syde

The wreche of god hym smoot so cruelly
That thurgh his body wikked wormes crepte
And ther with al he stank so horribly
That noon of al his meynee þt hym kepte
Wheither so he wook or ellis slepte
Ne myghte noght for stynk of hym endure
In this meschief he wayled and eek wepte
And knew god lord of euery creature

Monk

To al his hoost, and to hym eek also
Ful that sou was the styng of his cheyne
No man ne myghte hym kepe ne flo
And in this stynk, and this horrible peyne
He stey ful wrecchedly, in a monteyne
Thus hath this robbour, and this homycide
That many a man, made to wepe and pleyne
Swich gerdon, as bilongeth un to pryde

De Alexandro

The storie of Alisaundre, is so commune
That every wight, that hath discrecion
Hath herd somwhat, or al of his fortune
This wyde world, as in conclusion
He wan by strengthe, or for his hye renoun
They weren glad, for pees un to hym sende
The pryde, of man and beest, he leyde adoun
Wher so he cam, un to the worldes ende

Comparison myghte nevere yet ben maked
Bitwixen hym, and another conquerour
For al this world, for drede of hym hath quaked
He was of knyghthod, and of fredom flour
Fortune hym made, the heir of hire honour
Save wyn and wommen, no man myghte asswage
His hye entente, in armes and labour
So was he ful, of leonyn corage

What pris were it to hym, though I yow tolde
Of Darius, and an hundred thousand mo
Of kynges, princes, erles, dukes bolde
Whiche he conquered, and broghte hem in to wo
I seye, as fer as man may ryde or go
The world was his, what sholde I moore devyse
For though I write, or tolde yow everemo
Of his knyghthode, it myghte nat suffise

Twelf yeer he regned, as seith Machabee
Philippes sone of Macidoyne he was
That first was kyng in Grece the contree
O worthy gentil Alisaundre allas
That evere sholde fallen swich a cas
Empoysoned, of thyn owene folk thou weere
Thy sys fortune, hath turned into aas
And for thee, ne weep she nevere a teere

Who shal me yeven teeris to compleyne
The deeth of gentillesse, and of ffraunchise
That al the world, weelded in his demeyne

Monk

And yet hym thoughte / it myghte nat suffise
So sikir was his corage / of heigh empryse
Allas / who shal me helpe to endite
ffalse fortune / and poison to despise
The whiche two / of al this wo I wyte

By wisdom / manhede and by labour
ffrom humble bed / to roial magestee
Up roos he Iulius the Conquerour
That wan al thoccident / by land and see
By strengthe of hand / or elles by tretee
And vn to Rome / made hem tributarie
And sitthe of Rome / the Emperour was he
Til that ffortune / weex his aduersarie

De Iulio Cesare

O myghty Cesar / that in Thessalie
Agayn Pompeus fadir thyn in lawe
That of tho Orient / hadde al the chiualrie
As fer as y^t the day bigynneth dawe
Thou thurgh thy knyghthod / hast hem take and slawe
Saue fewe folk / that with Pompeus fledde
Thurgh which thou puttest al thorient in awe
Thanke ffortune / that so wel thee spedde

But now a litel while / wol bewaille
This Pompeus / this noble gouernour
Of Rome / which that fleigh at this bataille
I seye / oon of hise men / a fals traitour
His heed of smoot / to wynnen hym fauour
Of Iulius / and hym the heed he broghte
Allas Pompeye / of thorient conquerour
That ffortune / vn to swich a fyn thee broghte

De rō de Pompejo

To Rome agayn / repaireth Iulius
With his triumphe / lauriat ful hye
But on a tyme / Brutus Cassius
That euere hadde / of his hye estaat enuye
fful pryuely / hath maad conspiracie
Agayns this Iulius / in subtil wise
And kaste the place / in which he sholde dye
With boydekyns / as I shal yow deuyse

This Iulius / to the Capitolie wente
Vpon a day / as he was wont to goon
And in the Capitolie / anon hym hente
This false Brutus / and hise othere foon
And stiked hym / with boydekyns anoon
With many a wounde / and thus they lete hym lye

Thou[ght]

But nevere grante he, at no strook, but oon
Or elles at two, but if his storie lye

So manly was this Iulius of herte
And so wel lovede estatly honestee
That though his dedly woundes sore smerte
His mantel over his hypes caste he
For no man sholde seen his privetee
And as he lay of diyng in a traunce
And wiste verraily that deed was hee
Of honestee yet hadde he remembraunce

Lucan to thee this storie I recomende
And to Sweton and to Valerius also
That of this storie writen word and ende
How that to thise grete conquerours two
Fortune was first freend and sitthe foo
No man ne truste upon hyr favour longe
But haue hyr in awayt for euere moo
Witnesse on alle thise conqueroures stronge

Cresus

This riche Cresus, whilom kyng of Lyde
Of which Cresus, Cirus sore hym dradde
Yet was he caught amyddes al his pryde
And to be brent men to the fyr hym ladde
But swich a reyn doun fro the welkne shadde
That slow the fyr and made hym to escape
But to be war no grace yet he hadde
Til Fortune on the galwes made hy[m] gape

Whanne he escaped was, he kan nat stente
For to bigynne a newe werre agayn
He wende wel for that Fortune hym sente
Swich hap, that he escaped thurgh the rayn
That of hise foos he myghte nat be slayn
And eek a sweuene, upon a nyght he mette
Of which he was so proud and eek so fayn
That in vengeaunce he al his herte sette

Upon a tree he was, as that hym thoughte
Ther Iuppiter hym wessh bothe bak and syde
And Phebus eek a fair towaille hym broughte
To dryen hym with, and therfore wax his pryde
And to his doghter, that stood hym bisyde
Which that he knew, in heigh science habounde
He bad hyr telle hym, what it signyfyde
And she his dreem bigan right thus expounde

Thout

The tree, quod she, the galwes is to meene
And Jupiter bitokneth snow and reyn
And Phebus, wt his toWaille so cleene
Tho been, the dyvyne sawes for to seyn
Thou shalt anhanged be fader certeyn
Reyn shal thee Wasshe, and sonne shal thee drye
Thus Warned hym ful plat, and ful pleyn
His doghter, Which that called Was Phanye

Anhanged Was Cresus, the proude kyng
His roial trone, myghte hym nat availle
Tragedies, noon oother maner thyng
Ne kan in syngyng, crye ne biwaille
But that fortune alWey Wole assaille
Wt unWar strook, the regnes yt been proude
For Whan men trusteth hir, thanne Wol she faille
And couere hir brighte face, With a clowde

De Petro Rege Ispanie

O noble, o Worthy Petro, glorie of Spayne
Whom fortune heeld, so hye in magestee
Wel oghten men, thy pitous deeth complayne
Out of thy land, thy brother made thee flee
And after at a seege by subtiltee
Thou Were bitraysed, and lad un to his tente
Where as he With his oWene hand slow thee
Succedynge in thy regne and in thy rente

The feeld of snow With theegle of blak therinne
Caught With the lymerood, coloured as the gleede
He breW this cursednesse, and al this synne
The Wikked nest, Was Werker of this nede
Noght Charles Oliver, that took ay heede
Of trouthe and honour, but of Armorike
Genylon Oliver, corrupt for meede
Broghte this Worthy kyng, in swich a brike

De Petro Rege de Cypr

O Worthy Petro, kyng of Cipre also
That Alisandre Wan by heigh maistrie
Ful many an hethen, Wroghtestow ful Wo
Of Which thyne oWene liges hadde envie
And for no thyng, but for thy chivalrie
They in thy bed, han slayn thee by the morWe
Thus kan fortune hir Wheel gouerne and gye
And out of ioye, brynge men to sorWe

De Barnabo de Lumbardia

Off Melan, grete Barnabo Viscounte
God of delit, and scourge of Lumbardye
Why sholde I nat, thyn infortune acounte

Monk

Sith in estaat, thow trouble were so hye
Thy brother one, that was thy double allye
For he thy nevew was, and sone in lawe
Sith into his prison made thee to dye
But why ne hold noot I that thou were slawe

De Hugelino Comite de Pyze

Off the Erl Hugelyn of Pyze, the langour
Ther may no tonge telle for pitee
But litel out of Pyze stant a tour
In which tour in prison put was he
And with hym been hise litel children thre
The eldeste scarsly fyf yeer was of age
Allas fortune, it was greet crueltee
Swiche briddes for to putte in swich a cage

Dampned was he, to dyen in that prison
For Roger, which that Bisshop was of Pyze
Hadde on hym maad, a fals suggestion
Thrugh which the peple gan vpon hym rise
And putten hym to prison in which wise
As ye han herd, and mete, and drynke he hadde
So smal, that vnnethe it may suffise
And ther with al, it was ful poure and badde

And on a day, bifil that in that houre
Whan that his mete, wont was to be broght
The Gayler shette the dores of the tour
He herde it wel, but he spak right noght
And in his herte, anon they fil a thoght
That they for hunger wolde doon hym dyen
Allas quod he, allas that I was wroght
Ther with the teerys fillen from hise eyen

His yonge sone, that thre yeer was of age
Vn to hym seyde fader, fader why do ye wepe
Whanne wol the Gayler bryngen ows potage
Is ther no morsel breed, that ye do kepe
I am so hungry, that I may nat slepe
Now wolde god that I myghte slepen euere
Thanne sholde nat hunger in my wombe crepe
Ther is no thyng but breed, that me were leuere

Thus day by day, this child bigan to crye
Til in his fadres barm adoun it lay
And seyde, fare wel fader, I moot dye
And kiste his fader, and dyde the same day
And whan the woful fader, deed it say
For wo his armes two, he gan to byte

Ugolin

And seyde, allas fortune and weylaway
Thy false wheel my wo al may I wyte

His children wende that it for hunger was
That he his armes gnowh and nat for wo
And seyde fader do nat so allas
But rather ete the flessh upon us two
Oure flessh thou yaf, take oure flessh us fro
And ete ynogh right thus they to hym seyde
And after that with Inne a day or two
They leyde hem in his lappe adoun and deyde

Hym self despeyred eek for hunger starf
Thus ended is this myghty Erl of Pyse
From heigh estaat ffortune awey hym carf
Of this tragedie it oghte ynough suffise
Who so wol here it in a lenger wise
Redeth the grete poete of ytaille
That highte Dant, for he kan al devyse
ffro point to point nat o word wol he faille

Explicit tragedie

Heere stynteth the knyght the monk of his tale

The prologe of the Nonnes preestes tale

Hoo quod the knyght good sire namoore this
That ye han seyd is right ynough ywis
And muchel moore, for litel heuynesse
Is right ynough to muche folk I gesse
I seye for me it is a greet disese
Where as men han been in greet welthe and ese
To heeren of hir sodeyn fal allas
And the contrarie is Ioye and greet solas
As whan a man hath been in poure estaat
And clymbeth up and wexeth fortunaat
And there abideth in prosperitee
Swich thyng is gladsom as it thynketh me
And of swich thyng were goodly for to telle
Ye quod oure hoost, by seint Poules belle
Ye seye right sooth, this monk so clappeth lowde
He spak how fortune couered with a clowde

Nonnes preest

I noot neuer what, and also of a tragedie
right now ye herde, and pardee no remedie
It is, for to biwaille ne compleyne
That is doon, and als it is a peyne
As ye han seyd, to heere of heuynesse
Sire monk namoore of this, so god yow blesse
youre tale, anoyeth al this compaignye
Swich talkyng, is nat worth a botel flye
ffor ther ynne, is ther no desport ne game
Therfore sire monk, daun Piers by youre name
I pray yow hertely, telle vs somwhat elles
for sikerly, nere chynkyng of youre belles
That on youre bridel hange, on euery syde
By heuene kyng, that for vs alle dyde
I sholde er this, han fallen doun for sleep
Al thogh the slough, had neuer been so deep
Thanne hadde youre tale, al be told in veyn
ffor certeinly, as that thise clerkes seyn
Where as a man, may haue noon audience
Noght helpeth it, to tellen his sentence
And wel I woot, the substance is in me
If any thyng, shal wel reported be
Sir, sey somwhat of huntyng I yow preye
Nay quod this monk, I haue no lust to pleye
Now lat another telle, as I haue told
Thanne spak oure hoost, with rude speche & bold
and seyde, vn to the Nonnes preest anon
Com neer thou preest, com hyder thou sir John
Telle vs swich thyng, as may oure hertes glade
Be blithe, though thou ryde vp on a Iade
What thogh, thyn hors, be bothe foul and lene
If he wol serue thee, rekke nat a bene
loke, that thyn herte, be murye euermo
Yis sir quod he, yis hoost, so moot I go
But I be myrie, ywis I wol be blamed
And right anon, his tale he hath attamed
And thus he seyde, vn to vs euerichon
This sweete preest, this goodly man sir John

Explicit

Heere bigynneth the Nonnes Preestes tale of the Cok and
hen Chauntecleer and Pertelote

A poure wydwe, somdeel stape in age
Was whilom dwellyng in a narwe cotage
Biside a greue, stondynge in a dale
This wydwe, of which I telle yow my tale
Syn thilke day, that she was last a wyf
In pacience, ladde a ful symple lyf
For litel was hir catel and hir rente
By housbondrie of swich as god hir sente
She foond hir self and eek hir doghter also
Thre large sowes hadde she and namo
Thre keen, and eek a sheep þat highte malle
Ful sooty was hir bour, and eek hir halle
In which she eet ful many a sclendre meel
Of poynaunt sauce hir nedes neuer a deel
No deyntee morsel passed thurgh hir throte
Hir diete was accordant to hir cote
Repleccion ne made hir neuere sik
Attempree diete was al hir phisik
And exercise, and hertes suffisaunce
The goute, lette hir no thyng for to daunce
N'apoplexie, shente nat hir heed
No wyn ne drank she, neither whit ne reed
Hir bord was serued moost wt whit and blak
Milk and broun breed in which she foond no lak
Seynd bacon, and somtyme an ey or tweye
For she was as it were a maner deye
A yeerd she hadde, enclosed al aboute
With stikkes, and a drye dych wt oute
In which she hadde a cok heet Chauntecleer
In al the land of crowyng was his peer
His voys was murier, than the murie orgon
On messedayes, that in the chirche gon
Wel sikerer was his crowyng in his logge
Than is a clokke, or an abbey orlogge
By nature he knew ech ascencion
Of the equynoxial in thilke toun
For whan degrees fiftene weren ascended
Thanne crew he, that it myghte nat been amended
His coomb was redder than the fyn coral
And batailled, as it were a castel wal
His byle was blak, and as the Ieet it shoon
Lyk asure were his legges, and his toon
Hise nayles, whitter than the lylye flour
And lyk the burned gold, was his colour

Robt Nytnpold

Nonnes

This gentil cok hadde in his gouernaunce
Seuene hennes, for to doon al his plesaunce
Whiche were hise sustres and his paramours
And wonder lyk to hym, as of colours
Of whiche the faireste hewed on hir throte
Was cleped faire damoysele Pertelote
Curteys she was, discreet and debonaire
And compaignable, and bar hir self so faire
Syn thilke day, that she was seuen nyght oold
That trewely, she hath the herte in hoold
Of Chauntecleer loken in euery lith
he loued hir so, that wel was hym ther with
And such a ioye was it to here hem synge
Whan that the brighte sonne bigan to sprynge
In sweete accord, my lief is faren in londe
ffor thilke tyme, as I haue vnderstonde
Beestes and briddes koude speke and synge
And so bifel, that in the dawenynge
As Chauntecleer, among hise wyues alle
Sat on his perche, that was in the halle
And next hym, sat this faire pertelote
This Chauntecleer, gan gronen in his throte
As man þt in his dreem is drecched soore
And whan that pertelote thus herde hym roore
She was agast, and seyde o herte deere
What eyleth yow, to grone in this manere
ye ben a verray slepere, fy for shame
And he answerde, and seyde thus madame
I pray yow, that ye take it nat agrief
By god me thoughte I was in swich meschief
Right now, þt yet myn herte is soore afright
now god quod he, my sweuene rechhe aright
And kepe my body, out of foul prisoun
me mette, how that I romed vp and doun
Withinne oure yeerd, wheer as I saugh a beest
Was lyk an hound, and wolde han maad areest
Vpon my body, and han had me deed
his colour was bitwixe yelow and reed
And tipped was his tayl, and bothe hise eeris
With blak, vnlyk the remenant of hise heeris
his snowte smal, with glowynge eyen tweye
yet of his look, for feere almoost I deye
This caused me, my gronyng douteles
Auoy quod she, fy on yow herteles
Allas quod she, for by that god aboue
now han ye lost, myn herte and al my loue
I kan nat loue a cowarde, by my feith
ffor certes, what so any womman seith

Preest

Ye alle desiren, if it myghte bee
To han housbondes, hardy, wise and free
And secree, and no nygard, ne no fool
Ne hym, þt is agast of every tool
Ne noon auauntour, by that god aboue
How dorste ye seyn for shame, vn to youre loue
That any thyng myghte make yow aferd
Haue ye no mannes herte, and han a berd
Allas, and konne ye been agast of sweuenys
No thyng god woot, but vanitee in sweuene is
Sweuenes engendren of replectiouns
and ofte of fume, and of complecciouns
Whan humours been to habundaunt in a wight
Certes this dreem, which ye han met to nyght
Cometh, of greet superfluytee
Of youre rede colera parde
Which causeth folk to dreden in hir dremes
Of arwes, and of fyr with rede lemes
Of grete beestes, that they wol hem byte
Of contek and of whelpes grete and lyte
Right as the humour of malencolie
Causeth ful many a man in sleep to crie
ffor feere of blake beres, or boles blake
Or elles blake deueles wolde hem take
Of othere humours koude I telle also
That werken many a man in sleep ful wo
But I wol passe as lightly as I kan
Lo caton which þt was so wys a man
Seyde he nat thus, ne do no fors of dremes
Now syre quod she, whan ye flee fro the bemes
ffor goddes loue, as taak, som laxatyf
Vp pil of my soule, and of my lyf
I conseille yow the beste, I wol nat lye
That bothe of colere, and of malencolye
ye purge yow and for ye shal nat tarie
Though in this toun, is noon Apothecarie
I shal my self, to herbes techen yow
That shul been, for youre heele, & for youre prow
And in oure yeerd, tho herbes shal I fynde
The whiche han of hir propretee by kynde
To purge yow, bynethe and eek aboue
fforyet nat this, for goddes owene loue
ye been ful colerik of compleccioun
Ware the sonne in his ascencioun
Ne fynde yow nat replect of humours hoote
And if it do, I dar wel leye a grote
That ye shul haue, a feuere tertiane
Or an Agu, that may be youre bane

Nonnes

A day or two, ye shul have digestyves
Of wormes, er ye take youre laxatyves
Of lawriol, centaure, and fumetere
Or elles of ellebor, that groweth there
Of catapuce, or of gaitrys beryis
Of herbe yve growyng in oure yeerd, ther mery is
Pekke hem up right, as they growe and ete hem yn
Be myrie housbonde, for youre fader kyn
Dredeth no dreem, I kan sey yow namoore

Madame quod he, grauntmercy of youre loore
But natheless, as touchyng daun Catoun
That hath of wysdom, swich a greet renoun
Though that he bad, no dremes for to drede
By god, men may in olde bookes rede
Of many a man, moore of auctorite
Than evere Caton was, so moot I thee
That al the reverse seyn, of this sentence
That han wel founden by experience
That dremes, been significacions
As wel of joye, as of tribulacions
That folk enduren, in this lif present
Ther nedeth, make of this noon argument
The very preeve, sheweth it in dede

Vnū de contrariis

Oon, of the gretteste auctour, that men rede
Seith thus, that whilom two felawes wente
On pilgrimage, in a ful good entente
And happed so, they coomen in a town
Wher as they was, swich congregacioun
Of peple, and eek so streit of herbergage
That they ne founde, as muche as o cotage
In which they bothe, myghte logged bee
Wherfore, they mosten of necessitee
As for that nyght, departen compaignye
And ech of hem, gooth to his hostelrye
And took his loggyng, as it wolde falle
That oon of hem, was logged in a stalle
Fer in a yeerd, with oxen of the plough
That oother man, was logged wel ynough
As was his aventure, or his fortune
That us governeth alle, as in commune

And so bifel, that longe er it were day
This man mette in his bed, ther as he lay
How that his felawe, gan up on hym calle
And seyde allas, for in an oxes stalle
This nyght I shal be mordred, ther I lye
Now help me deere brother, or I dye
In alle haste, com to me he sayde
This man out of his sleep, for feere abrayde

Forrest~

But whan that he was wakened of his sleep
He turned hym, and took of it no keep
Hym thoughte his dreem nas but a vanitee
Thus twies in his slepyng dremed hee
And atte thridde tyme, yet his felawe
Cam as hym thoughte, and seyde I am now slawe
Bihoold my bloody woundes depe and wyde
Arys vp erly in the morwe tyde
And at the west gate of the toun quod he
A carte ful of donge ther shaltow se
In which my body is hid ful pryuely
Do thilke carte, aresten boldely
My gold caused my morder, sooth to sayn
And tolde hym euery point, how he was slayn
With a ful pitous face, pale of hewe
And truste wel, his dreem he foond ful trewe
ffor on the morwe, as soone as it was day,
To his felawes In he took the way
And whan pt he cam to this oxes stalle
After his felawe he bigan to calle

The hostiler, answerde hym anon
And seyde sire, your felawe is agon
As soone as day, he went out of the toun

This man, gan fallen in suspecioun
Remembrynge, on hise dremes pt he mette
And forth he gooth, no lenger wolde he lette
Vnto the west gate of the toun, and foond
A donge carte, as it wente to donge lond
That was arrayed in that same wise
As ye haue herd, the dede man deuyse
And with an hardy herte he gan to crye
Vengeance and Iustice of this felonye
My felawe, mordred is this same nyght
And in this carte, heere he lith gapyng vp right
I crye out, on the ministres quod he
That sholden kepe, and reulen this Citee
Harrow allas, heere lith my felawe slayn
What sholde I moore, vn to this tale sayn
The peple out sterte, & caste the cart to grounde
And in the myddel of the donge they founde
The dede man, that mordred was al newe

Auctor~

O blisful god, that art so Iust and trewe
Lo, how pt thou biwreyest, morder alway
Morder wol out, that se we day by day
Morder is so wlatsom, and abhomynable
To god, that is so Iust and resonable
That he, wol nat suffre it heled be
Though it abyde, a yeer, or two, or thre

Troilus

Therde vol out this my conclusion
And right anon mynystres of that toun
Han hent the cartere, and so sore hym pyned
And eek the hostiler so sore engyned
That they biknewe hir wikkednesse anon
And were an hanged by the nekke bon

Heere may men seen, þt dremes been to drede
And ek in the same book I rede
Right in the nexte Chapitle after this
I gabbe nat, so haue I ioye or blis

Somnio de compnio

Two men that wolde han passed ouer see
For certeyn cause in to a fer contree
If that the wynd ne hadde been contrarie
That made hem in a citee for to tarie
That stood ful myrye vpon an hauen syde
But on a day agayn the euen tyde
The wynd gan chaunge and blew right as hem leste
Iolyf and glad they wente vn to hir reste
And casten hem ful erly for to saille

But herkneth to that o man fil a greet meruaille
That oon of hem in slepyng as he lay
Hym mette a wonder dreem agayn the day
Hym thoughte a man stood by his beddes syde
And hym comaunded þt he sholde abyde
And seyde hym thus if thou tomorwe wende
Thow shalt be dreynt my tale is at an ende

He wook and tolde his felawe what he mette
And preyde hym his viage to lette
As for that day he preyde hym to byde

His felawe that lay by his beddes syde
Gan for to laughe and scorned hym ful faste
No dreem quod he may so myn herte agaste
That I wol lette for to do my thynges
I sette nat a straw by thy dremynges
For sweuenes been but vanytees and Iapes
Men dreme al day of owles or of Apes
And of many a maze therwith al
Men dreme of thyng þt neuer was ne shal
But sith I see that thou wolt heere abyde
And thus forslewthen wilfully thy tyde
God woot it reweth me and haue good day
And thus he took his leue and wente his way

But er þt he hadde half his cours ysayled
Noot I nat why ne what myschaunce it eyled
But casuelly the shippes botme rente
And ship and man vnder the water wente
In sighte of othere shippes it bisyde
That with hem seyled at the same tyde

Chaucer

And therfore, faire Pertelote so deere,
By swiche ensamples olde, yet maistow leere,
That no man sholde been to recchelees
Of dremes, for I seye thee doutelees
That many a dreem ful soore is for to drede.

Lo in the lyf of Seint Kenelm I rede
That was Kenulphus sone, the noble kyng
Of Mercenrike, how Kenelm mette a thyng.
A lite er he was mordred on a day,
His morder in his avysion he say.
His norice hym expowned every deel
His sweuene, and bad hym for to kepe hym weel
For traisoun, but he nas but vij. yeer oold,
And therfore, litel tale hath he toold
Of any dreem, so hooly is his herte.
By god, I hadde leuer than my sherte
That ye hadde rad his legende, as haue I.

Dame Pertelote I sey yow trewely,
Macrobeus that writ the visioun
In Affrike of the worthy Cipioun
Affermeth dremes, and seith þt they been
Warnynge of thynges, þt men after seen.
And forthermoore I pray yow looketh wel
In the olde testament, of Daniel
If he heeld dremes any vanitee.

Rede eek of Ioseph, and ther shul ye see
Wher dremes be somtyme I sey nat alle
Warnynge of thynges, þt shul after falle
Looke of Egypte the kyng daun Pharao
His bakere, and his Butiller also
Wher they ne felte noon effett, in dremes.
Who so wol seken actes, of sondry remes
May rede of dremes, many a wonder thyng.

Lo Cresus, which þt was of Lyde kyng,
Mette he nat that he satt vp on a tree
Which signified he sholde anhanged bee.

Lo heere Adromacha, Ettores wyf
That day, that Ettor sholde lese his lyf
She dremed, on the same nyght biforn
How þt the lyf of Ettor sholde be lorn
If thilke day he wente in to bataille
She warned hym, but it myghte nat auaille
He wente, for to fighte nathelees
But he was slayn anon of Achilles
But thilke is al to longe for to telle
And eek it is ny day, I may nat dwelle
Shortly I seye, as for conclusioun
That I shal han of this avisioun

De sompnio sti kenelini

Aliud de sompniis

Nonnes

Iustice, and I seye forther moor
That I ne telle of laxatyues no stoor
For they been venymes, I woot it weel
I hem diffye, I loue hem neuer a deel

Now lat vs speke of myrthe, and stynte al this
Madame Pertelote, so haue I blis
Of o thyng god hath sent me large grace
For whan I se the beautee of youre face
Ye been so scarlet reed aboute youre eyen
It maketh al my drede for to dyen
For also siker as In principio
Mulier est hominis confusio

Madame, the sentence of this latyn is
Womman is mannes ioye and al his blis
For whan I feele a nyght your softe syde
Al be it that I may nat on yow ryde
For þat oure perche is maad so narwe allas
I am so ful of ioye and of solas
That I diffye bothe sweuene and dreem
And with that word he fly doun fro the beem
For it was day, and eek hise hennes alle
And with a chuk he gan hem for to calle
For he hadde founde a corn lay in the yerd
Real he was, he was namoore afeerd
And fethered Pertelote twenty tyme
And trad as ofte er it was pryme
He looketh as it were a grym leoun
And on hise toos he rometh vp and doun
Hym deigned nat to sette his foot to grounde
He chukketh, whan he hath a corn yfounde
And to hym rennen thanne hise wyues alle
Thus roial, as a prince is in au halle
Leue I this Chauntecleer in his pasture
And after wol I telle his auenture

Whan þt the monthe in which the world bigan
That highte march, whan god first maked man
Was compleet, and passed were also
Syn march bigan thritty dayes and two
Bifel that Chauntecleer in al his pryde
Hise seuene wyues walkynge by his syde
Caste vp hise eyen to the brighte sonne
That in the signe of taurus hadde yronne
Twenty degrees and oon, and som what moore
And knew by kynde, and by noon oother lore
That it was pryme, and crew wt blisful steuene
The sonne he seyde is clomben vpon heuene
Fourty degrees and oon, and moore ywis
Madame Pertelote my worldes blis

Preest

Herkneth thise blissful briddes how they synge
And se the fresshe floures how they sprynge
Ful is myn herte of revel and solas
But sodeynly hym fil a sorweful cas
For evere the latter ende of joye is wo
God woot þat worldly joye is soone ago
And if a rethor koude faire endite
He in a cronycle saufly myghte it write
As for a sovereyn notabilitee
Now every wys man lat hym herkne me
This storie is also trewe I undertake
As is the book of Launcelot de Lake
That wommen holde in ful greet reverence
Now wol I come agayn to my sentence

A colfox ful of sly iniquitee
That in the grove hadde woned yeres thre
By heigh ymaginacioun forn cast
The same nyght thurgh out the hegges brast
In to the yerd ther Chauntecleer the faire
Was wont and eek hise wyves to repaire
And in a bed of wortes stille he lay
Til it was passed undren of the day
Waitynge his tyme on Chauntecleer to falle
As gladly doon thise homycides alle
That in await liggen to mordre men
O false mordrour lurkynge in thy den
O newe Scariot newe Genyloun
False dissymulour o Greek Synoun
That broghtest Troye al outrely to sorwe
O Chauntecleer acursed be that morwe
That thou in to that yerd flaugh fro the bemes
Thou were ful wel ywarned by thy dremes
That thilke day was perilous to thee
But what þat god forwoot moot nedes be
After the opinioun of certein clerkis
Witnesse on hym that any parfit clerk is
That in scole is greet altercacion
In this mateere and greet disputison
And hath been of an hundred thousand men
But I ne kan nat bulte it to the bren
As kan the hooly doctour Augustyn
Or Boece or the Bisshop Bradwardyn
Wheither that goddes worthy forwityng
Streyneth me nedefully to doon a thyng
Nedely clepe I symple necessitee
Or elles if free choys be graunted me
To do that same thyng or do it noght
Though god forwoot it er þat it was wroght

Or if his writyng, seyneth not a deel
But by necessitee condicioneel
I wol nat han to do of swich mateere
My tale is of a cok, as ye may heere
That took his counsail of his wif with sorwe
To walken in the yerd, upon that morwe
That he hadde met that dreem, þt I of tolde
Wommenes counsels been ful ofte colde
Wommannes counsel broghte us first to wo
And made Adam out of Paradys to go
Ther as he was ful myrie, and wel at ese
But for I noot, to whom it myght displese
If I counsel of wommen wolde blame
Passe over, for I seye it in my game
Rede auctours, wher they trete of swich mateere
And what they seyn of wommen ye may heere
Thise been the cokkes wordes and nat myne
I kan noon harm of no womman divyne

Faire in the sond, to bathe hyr myrily
Lith Pertelote, and alle hir sustres by
Agayn the sonne, and Chauntecleer so free
Soong murier than the mermayde in the see
For Physiologus seith sikerly
How þt they syngen wel and myrily

And so bifel that as he caste his eye
Among the wortes, on a boterflye
He was war of this fox, þt lay ful lowe
No thyng ne liste hym thanne for to crowe
But cride anon cok cok, and up he sterte
As man that was affrayed in his herte
For natureelly a beest desireth flee
Fro his contrarie, if he may it see
Though he never erst, hadde seyn it with his eye

This Chauntecleer, whan he gan hym spye
He wolde han fled, but that the fox anon
Seyde gentil sire, allas wher wol ye gon
Be ye affrayed of me, that am youre freend
Now certes, I were worse than a feend
If I to yow wolde harm or vileynye
I am nat come, youre counsel for to espye
But trewely the cause of my comynge
Was oonly for to herkne how that ye synge
For trewely ye have as myrie a stevene
As any aungel that is in hevene
Ther with ye han in musyk moore feelynge
Than hadde Boece, or any þt kan synge
My lord youre fader, god his soule blesse
And eek youre mooder, of hir gentillesse

Preestis

Han in myn hous ybeen, to my greet ese
And etes oke ful myn holde, yow plese
But for men speke of syngyng, I wol yow seye
So moote I brouke wel, myne eyen tweye
So moot I brouke wel myne eyen tweye
Save yow, I herde man yet synge
As dide youre fader, in the mornynge
Certes, it was of herte, al that he song
And for to make his voys, the moore strong
He wolde so peyne hym, that wt bothe hise eyen
He moste wynke, so loude he wolde cryen
And stonden on his tiptoon, ther wth al
And strecche forth his nekke, long and smal
And eek he was, of which discrecion
That ther nas, no man in no region
That hym, in song or wisedom myghte passe
I have wel rad, in daun Burnel the Asse
Among hise vers, how that ther was a cok
ffor that a preestes sone, yaf hym a knok
Upon his leg, whil he was yong and nyce
He made hym, for to lese his benefice
But certeyn, ther nys no comparyson
Bitwyxe, the wisedom and discrecion
Of youre fader, and of his subtiltee
Now syngeth syr, for seinte charitee
Lat se, konne ye youre fader countrefete
This chaunteclere, hise wynges gan to bete
As man yt koude, his traysoun nat espie
So was he ravysshed wth his flaterye
Allas ye lordes, many a fals flatour
Is in youre cotes, and many a losengeour
That plesen yow, wel moore by my feyth
Than he that soothfastnesse, vn to yow seith
Redeth Ecclesiaste, of flaterye
Beth war ye lordes, of hir trecherye
This chauntecleer, stood hye vpon his toos
Strecchynge his nekke, and heeld hise eyen cloos
And gan to crowe, loude for the nones
And daun Russell the fox, stirte vp atones
And by the gargat, hente chauntecleer
And on his bak, toward the wode hym beer
ffor yet ne was ther, no man yt hym sewed
O destinee, that mayst nat been eschewed
Allas, yt chauntecleer, fleigh fro the beues
Allas, his wyf ne roghte nat of dremes
And on a friday, fil al this meschaunce
O venus, that art goddesse of plesaunce

Nonnes

Syn that thy servaunt was this Chauntecleer
And in thy service dide al his poweer
Moore for delit than world to multiplye
Thy foldestow suffre hym on thy day to dye

O Gaufred, deere maister souerayn
That whan thy worthy kyng Richard was slayn
With shot, compleynedest his deeth so soore
Why ne hadde I now thy sentence and thy loore
The fryday for to chide, as diden ye
Ffor on a fryday, soothly slayn was he
Thanne wolde I shewe yow how that I koude pleyne
For Chauntecleres drede, and for his peyne

Certes, swich cry ne lamentacion
Was neuere of ladyes maad whan ylion
Was wonne, and Pyrrus wt his streite swerd
Whan he hadde hent kyng Priam by the berd
And slayn hym, as seith vs Eneydos
As maden alle the hennes in the clos
Whan they had seyn of Chauntecleer the sighte
But souereynly dame Pertelote shrighte
Ffull lowde, than dide Hasdrubales wyf
Whan yt hir housbond hadde lost his lyf
And yt the Romayns hadde brend Cartage
She was so ful of torment and of rage
That wilfully, in to the fyr she sterte
And brende hir seluen, with a stedefast herte

O woful hennes, right so cryden ye
As whan that Nero, brende the citee
Of Rome, cryden senattours wyues
Ffor yt hir housbondes, losten alle hir lyues
With outen gilt, this Nero hath hem slayn
Now turne I wole, to my tale agayn

This sely wydwe, and eek hir doghtres two
Herden thise hennes crye, and maken wo
And out at dores stirten they anon
And seyn the fox, toward the groue gon
And bar vpon his bak, the cok away
And cryden out, Harow and weylaway
Ha, ha, the fox, and after hym they ran
And eek wth staues, many another man
Ran Colle oure dogge, and Talbot and Gerlond
And malkyn, wth a dystaf in hir hand
Ran Cow and Calf, and eek the verray hogges
So fered for berkyng of the dogges
And showtyng of the men and wommen eek
Pe ronne so hem thoughte hir herte breek
They yelleden, as feendes doon in helle
The dokes cryden, as men wolde hem quelle

Preest

The gees for feere flowen ou the trees
Out of the hyve, cam the swarm of bees
So hydous was the noyse, a benedicitee
Certes he Jakke Straw, and his weynee
Ne made neuere showtes half so shille
Whan þt they wolden, any flemyng kille
As thilke day, was maad vp on the fox
Of bras, they bloghten bones, and of box
Of horn, of boon, in whiche they blewe and powpeden
And ther with al, they shriked, and they howpeden
It semed, as that heuene sholde falle
Now goode men I pray, you herkneth alle

Lo how ffortune, turneth sodeynly
The hope and pryde, of hir enemy
This cok, that lay vp on the foxes bak
In al his drede, vn to the fox he spak
And seyde sire, if that I were as ye
Yet wolde I seyn, as wys god helpe me
Turneth agayn, ye proude cherles alle
A very pestilence, vp on yow falle
Now I am come, vn to the wodes syde
Maugree youre heed, the cok shal heere abyde
I wol hym ete in feith, and that anon

The fox answerde, in feith it shal be don
And as he spak that word, al sodeynly
This cok, brak from his mouth deliuerly
And heigh vp on a tree he fleigh anon
And whan the fox saught þt he was gon

Allas quod he, o chauntecleer, allas
I haue to yow quod he, ydoon trespas
In as muche, as I maked yow aferd
Whan I yow hente, and broghte in to this yerd
But sire, I dide it, of no wikke entente
Com doun, and I shal telle yow what I mente
I shal seye sooth to yow, god helpe me so

Nay thanne quod he, I shrewe vs bothe two
And first I shrewe my self, bothe blood & bones
If thou bigyle me, any ofter than ones
Thou shalt namoore, thurgh thy flaterye
Do me to synge, and wynke with myn eye
ffor he that wynketh, whan he sholde see
Al wilfully, god lat hym neuer thee

Nay quod the fox, but god yeue hym meschaunce
That is so, vndiscreet of gouernaunce
That Jangleth, whan he sholde holde his pees
Lo swich it is, for to be rekkelees
And necligent, and truste on flaterye
But ye that holden, this tale a folye

Secounde

As of a fox, or of a cok and hen
Taketh the moralite, goode men
For seint Paul seith, þat al that writen is
To oure doctrine, it is ywrite ywis
Taketh the fruyt, and lat the chaf be stille
Now goode god, if that it be thy wille
As seith my lord, so make us alle goode men ― Dns Archiepus Cantuariens
And brynge us to his heighe blisse Amen

¶ Heere is ended the Nonnes preestes tale

¶ The prologe of the Secounde Nonnes tale

The mynystre and the Norice un to vices
Which that men clepe in Englissh ydelnesse
That porter of the gate is, of delices
To eschue, and by hir contrarie, hir oppresse
That is to seyn, by leueful bisynesse
Wel oghten we, to doon al oure entente
Lest that the feend thurgh ydelnesse us Hente

For he, that with hise thousand cordes slye
Continuelly, us waiteth to biclappe
Whan he may man, in ydelnesse espye
He kan so lightly, cacche hym in his trappe
Til þat a man, be Hent right by the lappe
He nys nat war, the feend hath hym in honde
Wel oghte us werche, and ydelnesse withstonde

And though men dradden, neue for to dye
Yet seen men wel, by reson douteles
That ydelnesse, is roten slogardye
Of which they neue wirth, no good encrees
And seen þat sloutthe, it holdeth in a lees
Oonly to slepe, and for to ete and drynke
And to deuouren, al that othere swynke

And for to putte us, fro swich ydelnesse
That cause is, of so greet confusion
I haue heer doon, my feithful bisynesse
After the legende, in translation
Right of thy glorious lif and passion
Thou wt thy gerland wroght wt rose & lilie
Thee meene I, mayde and moder Cecilie

Proime

Invocacio ad Mariam

Thow that flour of virgines art alle
Of whom that Bernard list so wel to write
To thee at my bigynnyng first I calle
Thou confort of us wrecches, do me endite
Thy maydens deeth, that wan thurgh hir merite
The eterneel lyf, and of the feend victorie
As man may after reden in hys storie

Thow mayde and mooder, doghter of thy sone
Thow welle of mercy, synful soules cure
In whom that god for bountee chees to wone
Thow humble and heigh oer every creature
Thow nobledest, so ferforth, oure nature
That no desdeyn, the makere hadde of kynde
His sone in blood and flessh, to clothe and wynde

Withinne the cloistre blisful of thy sydis
Took mannes shap, the eterneel love and pees
That of the tryne compas, lord and gyde is
Whom erthe and see, and hevene out of relees
Ay heryen, and thou virgine wemmeles
Baar of thy body, and dweltest mayden pure
The creatour of every creature

Assembled is in thee magnificence
With mercy, goodnesse, and with pitee
That thou that art the sonne of excellence
Nat oonly helpest hem that preyen thee
But often tyme, of thy benignytee
Ful frely, er that men thyn help biseche
Thou goost biforn, and art hir lyues leche

Now help thow meeke and blisful fayre mayde
Me flemed wrecche, in this desert of galle
Thynk on the womman cananee that sayde
That whelpes eten, somme of the crommes alle
That from hir lordes table, been yfalle
And though that I unworthy, sone of Eue
Be synful, yet accepte my bileue

And for that feith is deed withouten werkis
So for to werken, yif me wit and space
That I be quit, fro thennes, þt moost dirk is
O thou, that art so fair and ful of grace
Be myn advocat in that heighe place
Ther as withouten ende is songe Osanne
Thow Cristes mooder, doghter deyr of Anne

Secunde ~

And of thy light my soule in prison lighte
That troubled is by the contagioun
Of my body and also by the wighte
Of erthely lust and fals affeccioun
O haven of refut, o salvacioun
Of hem þt been in care & in distresse
Now help, for to my werk I wol me dresse

Yet preye I yow, þt reden that I write
fforyeve me, that I do no diligence
This ilke storie, subtilly to endite
ffor bothe have I the wordes and sentence
Of hym, that at the seintes reverence
The storie wroot, and folwen hyr legende
I pray yow, that ye wole my werk amende

Interpretacio nois cecilie quam ponit ffrat Iacob Ianuen' in legendis

First wolde I the name of seinte Cecile
Expoune, as men may in hyr storie see
It is to seye in english, hevenes lilie
ffor pure chastnesse of virginitee
Or for she whitnesse hadde of honestee
And grene of conscience, and of good fame
The soote savour, lilie, was hyr name

Or Cecile is to seye, the wey to blynde
ffor she ensample was, by good techynge
Or elles Cecile, as I writen fynde
Is ioyned, by a maner conioynynge
Of hevene and lia, and heere in figurynge
The hevene is set for thoght of hoolynesse
And lia for hyr lastynge bisynesse

Cecile may eek be seyd, in this manere
Wantynge of blyndnesse for hyr grete light
Of sapience and for hyr thewes cleere
Or elles loo, this maydens name bright
Of hevene and leos cometh, for which by right
Men myghte hyr wel, the hevene of peple calle
Ensample of goode and wise werkes alle

ffor leos, peple in english is to seye
And right as men may, in the hevenes see
The sonne and moone, and sterres every weye
Right so men goostly, in this mayden free
Syen of feith, the magnanymytee
And eek the cleernesse hool of sapience
And sondry werkes, brighte of excellence

Nonne

This nyght as thise philosophres write
That hevene is swift and round and eek brennynge
Right so was fayre Cecile the white
fful swift and bisy and in good werkynge
And round and hool in good perseverynge
And brennynge euer in charite ful brighte
Now haue y yow declared what she highte

Explicit

Heere bigynneth the Seconde Nonnes tale of the lyf
of Seinte Cecile

This mayden bright Cecilie as hir lif seith
Was comen of romayns and of noble kynde
And from hir cradel vp fostred in the feith
Of crist and bar his gospel in hir mynde
She neuere cessed as I writen fynde
Of hir preyere and god to loue and drede
Bisekynge hym to kepe hir maydenhede

And whan this mayden sholde vnto a man
Ywedded be that was ful yong of age
Which that ycleped was Valerian
And day was comen of hir mariage
She ful devout and humble in hir corage
Vnder hir robe of gold that sat ful fayre
Hadde next hir flessh yclad hir in an hayre

And whil the organes maden melodie
To god allone in herte thus sang she
O lord my soule and eek my body gye
Vnwemmed lest that it confounded be
And for his loue that dyde vpon a tree
Euery seconde and thridde day she faste
Ay biddynge in hir orisons ful faste

The nyght cam and to bedde moste she gon
With hir housbonde as ofte is the manere
And pryuely to hym she seyde anon
O sweete and wel biloued spouse deere
Ther is a counseil and ye wolde it heere
Which that right fayn I wolde vnto yow seye
So that ye swere ye shul me nat biwreye

Secunda

Valerian gan faste un to hym seye
That for no cas ne thyng that myghte be
He sholde nevere mo biwreyen here
And thanne at erst to hym thus seyde she
I haue an Aungel, which that loueth me
That with greet loue, whey so I wake or sleye
Is redy ay, my body for to kepe

And if he may feelen out of drede
That ye me touche, or loue in vileynye
He right anon, wol sle yow with the dede
And in youre youthe thus ye sholden dye
And if that ye in clene loue me gye
He wol yow louen as me, for youre clennesse
And shewen yow his ioye and his brightnesse

Valerian corrected, as god wolde
Answerde agayn, if I shal trusten thee
Lat me that Aungel se, and hym biholde
And if that it a verray Angel be
Thanne wol I doon, as thou haft prayed me
And if thou loue another man for sothe
Right with this swerd, thanne wol I sle yow bothe

Cecile answerde anon right in this wise
That if yow list, the Angel shul ye se
So pt ye trowe in Crist, and yow baptize
Gooth forth to Via Apia, quod shee
That fro this toun ne ftant but myles thre
And to the poure folkes, pt they dwelle
Sey hem right thus, as that I shal yow telle

Telle hem, that I Cecile yow to hem sente
To shewen yow the goode vrban the olde
ffor secree thynges, and for good entente
And whan that ye, Seint vrban han biholde
Telle hym the wordes, whiche pt I to yow tolde
And whan pt he hath purged yow fro synne
Thanne shul ye se, that Angel er ye twynne

Valerian, is to the place ygon
And right as hym was taught by his lernynge
He foond this hooly olde vrban anon
Among the Seintes buryeles lotynge
And he anon, withouten taryinge
Dide his message, and whan pt he it tolde
Urban for ioye, hise handes gan vp holde

Ronne

The teerys from hise eyen / leet he falle
Almyghty lord / o Ihu Crist quod she
Sower of chaast conseil / hierde of vs alle
The fruyt of thilke seed of chastitee
That thow hast sowe in Cecile / taak to thee
Lo lyk a bisy bee / with outen gile
Thee serueth ay / thyn owene thral Cecile

For thilke spouse / that she took but now
Ful lyk a fiers leoun / she sendeth heere
As meke / as euere was any lomb to yow
And with that word / anon they gan appeere
An old man / clad in white clothes cleere
That hadde a book / wt lettre of gold in honde
And gan biforn Valerian to stonde

Valerian as deed / fil doun for drede
Whan he hym saugh / and he vp hente hym tho
And on his book / right thus he gan to rede
O lord / o feith · o god with outen mo
O cristendom / and fader of alle also
Abouen alle / ouer all / euery where
Thise wordes / al wt gold y writen were

Whan this was rad / thanne seyde this olde man
Leeuestow this thyng or no / sey ye or nay
I leeue al this thyng / quod Valerian
For oother thyng than this / I dar wel say
Vnder the heuene / no wight thynke may
Tho vanysshed this olde man / he nyste where
And pope Vrban / hym cristned right there

Valerian gooth hoom / and fynt Cecilie
With Inne his chambre / with an Angel stonde
This Angel hadde / of Roses and of lilie
Corones two / the whiche he bar in honde
And first to Cecile / as I vnderstonde
He yaf that oon / and after gan he take
That oother / to Valerian hir make

With body clene / and with vnwemmed thoght
Kepeth ay wel / thise corones three
Fro paradys to yow / haue I hem broght
Ne neuere mo / ne shal they roten bee
Ne lese hir soote sauour / trusteth me
Ne neuere wight / shal seen hem wt his eye
But he be chaast / and hate vileynye

Seconde

And thow Valerian / for thow so soone
Assentedest to good conseil also
Sey what thee list / and thou shalt han thy boone
I haue a brother / quod Valerian tho
That in this world / I loue no man so
I pray yow / that my brother may han grace
To knowe the trouthe / as I do in this place

The angel seyde / god liketh thy requeste
And bothe / with the palm of martyrdom
Ye shullen come / vn to his blisful feste
And with that word / Tiburce his brother coom
And whan that he / the sauour vndernoom
Which that tho roses / and the lilies caste
With Inne his herte / he gan to wondre faste

And seyde / I wondre this tyme of the yeer
Whennes that soote sauour cometh so
Of rose and lilies / that I smelle heer
For though I hadde hem / in myne handes two
The sauour myghte in me no depper go
The swete smel / that in myn herte I fynde
Hath chaunged me / al in another kynde

Valerian seyde / two crownes han we
Snow white and rose reed / that shynen clere
Whiche that thyne eyen / han no myght to se
And as thou smellest hem / thurgh my preyere
So shaltow seen hem / leue brother deere
If it so be / thou wolt with outen slouthe
Bileue aright / and knowen verray trouthe

Tiburce answerde / seistow this to me
In soothnesse / or in dreem I herkne this
In dremes quod Valerian / han we be
Vn to this tyme / brother myn Iwis
And now at erst / in trouthe oure dwellyng is
How woostow this quod Tiburce / and in what wyse
Quod Valerian / that shal I thee deuyse

The angel of god / hath me trouthe ytaught
Which thou shalt seen / if that thou wolt reneye
The ydoles / and be clene / and elles naught
And of the myracle / of thise crownes tweye
Seint Ambrose / in his preface list to seye
Solempnely / this noble doctour deere
Commendeth it / and seith in this manere

Coroune

The palm of martyrdom / for to receyue
Seinte Cecile / fulfild of goddes yifte
The world / and eek hir chambre / gan she weyue
Witnesse Tyburces / and Cecilies shrifte
To which / god of his bountee wolde shifte
Corones two / of floures wel smellynge
And made his Angel / hem the corones brynge

The mayde hath broght men / to blisse aboue
The world hath wist / what it is worth ceryn
Deuocion of chastitee to loue
Sho shewed hym Cecile Al open and pleyn
That alle ydoles / nys but a thyng / in veyn
ffor they been doumbe / and they to they been deue
And charged hym / hise ydoles for to leue

Who so that troweth nat this, a beest he is
Quod tho Tiburce / if I shal nat lye
And she gan kisse his brest / that herde this
And was ful glad / he koude trouthe espye
This day I take thee / for myn allye
Seyde this blisful faire mayde dere
And after that / she seyde as ye may heere

Lo right so / as the loue of Crist quod she
Made me thy brotheres wyf / right in that wise
Anon for myn Allye / heer take I thee
Syn that thou wolt thyne ydoles despise
Go with thy brother now / and thee baptise
And make thee clene / so that thou mowe biholde
The Angeles face / of which thy brother tolde

Tiburce answerde, and seyde brother dere
ffirst tel me whider I shal / and to what man?
To whom quod he / com forth wt right good cheere
I wol thee lede / vn to the pope Vrban
Til Vrban brother myn Valerian
Quod tho Tiburce / woltow me thider lede
Me thynketh / that it were a wonder dede

Ne menestow nat Vrban, quod he tho
That is so ofte / dampned to be deed
And woneth in halkes / alwey to and fro
And dar nat ones / putte forth his heed
Men sholde hym brennen in a fyr so reed
If he were founde, or that men myghte hym spye
And we also / to bere hym compaignye

Seconde

And whi we dreden thilke dignitee
That is now in hevene by juwes
Algate, shewe in this world shul be
To whom Cecile answerde boldely
Men myghten dreden wel and skilfully
This lyf to lese, myn owene deere brother
If this were thynge oonly and noon oother

But ther is bettre lyf in oother place
That nevere shal be lost, ne drede thee noght
Which goddes sone us tolde thurgh his grace
That fadres sone hath alle thyng ywroght
And al that wroght is, with a skilful thoght
The goost, that fro the fader gan procede
Hath sowled hem, with outen any drede

By word and by myracle goddes sone
Whan he was in this world declared heere
That ther was oother lyf they men may wone
To whom answerde Tiburce, o suster deere
Ne seydestow right now in this manere
Ther nys but o god, lord in soothfastnesse
And now of thre, how may stow bere witnesse

That shal I telle quod she, er I go
Right as a man hath sapiences thre
Memorie, engyn, and intellett also
In beynge of dignitee
Thre persones may ther right wel bee
Tho gan she hym ful bisily to preche
Of Cristes come and of hise peynes teche

And many pointes of his passion
How goddes sone in this world was withholde
To doon mankynde pleyn remission
That was ybounde in synne and cares colde
Al this thyng, she un to Tiburce tolde
And after this Tiburce in good entente
With Valerian to Pope Urban he wente

qui. S. Cibianus
That thankes god and with glad herte and light
He cristned hym and made hym in that place
Parfit in his lernynge goddes knyght
And after this Tiburce gat swich grace
That every day, he saugh in tyme and space
The aungel of god, and every maner boone
That he god axed, it was sped ful soone

Rome

It were ful hard by ordre for to seyn
How manye wondres Ihū for hem wroghte
But atte laste, to tellen short and pleyn
The officers of the toun of Rome hem soghte
And hem biforn Almache the prefect broghte
Which hem opposed, and knew al hir entente
And to the ymage of Juppiter hem sente

And seyde, who so wol nat sacrifise
Swap of his heed, this my sentence heer
Anon this martirs yt I yow devyse
Oon Maximus that was an Officer
Of the prefectes, and his corniculer
Hem hente, and whan he forth the seintes ladde
Hym self he weep, for pitee that he hadde

Whan maximus had herd the seintes loore
He gat hym of the tormentours leue
And ladde hem to his hous withoute moore
And with hir prechyng, er that it were eue
They gonnen fro the tormentours to reue
And fro maxime, and fro his folk echone
The false feith, to trowe in god allone

Cecile cam whan it was woxen nyght
With preestes, that hem cristned alle yfeere
And afterward, whan day was woxen light
Cecile hem seyde with a ful stedefast cheere
Now Cristes owene knyghtes leeue and deere
Cast alle awey, the werkes of derknesse
And armeth yow, in armure of brightnesse

Ye han for sothe, ydoon a greet bataille
Youre cours is doon, youre feith han ye conserued
Gooth to the coroune of lif that may nat faille
The rightful Iuge, which yt ye han serued
Shal yeue it yow, as ye han it deserued
And whan this thyng was seyd, as I devyse
Men ladde hem forth, to doon the sacrifise

But whan they weren to the place broght
To tellen shortly the conclusioun
They nolde encense, ne sacrifise right noght
But on hir knees, they setten hem adoun
With humble herte, and sad deuocioun
And losten bothe hir heuedes in the place
Hir soules wenten, to the kyng of grace

Seconde

This Maximus, that saugh this thyng bitydë,
With pitous teeris, tolde it anon right,
That he hir soules saugh to hevene glyde
With Aungels, ful of cleernesse and of light,
And with this word, converted many a wight,
For which Almachius, dide hym so bete
With whippe of leed, til he the lif gan lete.

Cecile hym took, and buryed hym anon
By Tiburce and Valerian softely
With Inne hir buryyng place, under the stoon
And after this, Almachius hastily
Bad his ministres, fecchen openly
Cecile, so that she myghte in his presence
Doon sacrifice, and Jupiter encense.

But they converted, at hir wise lore,
Wepten ful soore, and yaven ful credence
Un to hir word, and cryden moore and moore
Crist goddes sone, with outen difference
Is vray god, this is oure sentence
That hath so good a servaunt, hym to serve
This with o voys, we trowen, thogh we sterve.

Almachius, that herde of this doynge
Bad fecchen Cecile, that he myghte hir see
And alderfirst, lo this was his axynge
What maner womman, artow quod he?
I am a gentil womman born quod she
I axe thee quod he, though it thee greve
Of thy religioun, and of thy bileve.

Ye han bigonne, youre questioun folily
Quod she, that wolden two answeres conclude
In o demande, ye axed lewedly
Almache answerde, un to that similitude
Of whennes comth, thyn answeryng so rude?
Of whennes quod she, whan pt she was freyned
Of conscience, and of good feith unfeyned.

Almachius seyde, ne takestow noon heede
Of my power, and she answerde hym
Youre myght quod she, ful litel is to drede
For every mortal, mannes power nys
But lyk a bladdre, ful of wynd ywys
For with a nedles poynt, whan it is blowe
May al the boost of it, be leyd ful lowe.

Bonne

Ful wrongfully bigonne thow, quod she,
And yet in wrong is thy perseueraunce
Wostow nat how oure mighty princes free
Han thus comanded, and maad ordinaunce
That euery cristen wight shal han penance
But if that he his cristendom withseye
And goon al quit if he wole it reneye

Thre princes euen, as youre nobleye dooth
Quod tho Cecile, and with a wood sentence
ye make vs gilty, and is nat sooth
For ye that knowen wel oure innocence
For as muche as we doon a reuerence
To crist, and for we bere a cristen name
ye putte on vs a cryme, and eek a blame

But we that knowen thilke name so
For vtuous, we may it nat withseye
Almache answerde, chees oon of thyse two
Do sacrifice, or cristendom reneye
That thou mowe now escapen by that weye
At which the hooly blisful fayr mayde
Gan for to laughe, and to the Iuge sayde

O Iuge, confus in thy nycetee
Woltow that I reneye innocence
To make me a wikked wight, quod she
Lo, he dissimuleth heere in audience
He stareth, and he woodeth in his aduertence
To thow Almachius, vnsely wreche
Ne wostow nat how fer my might may streche

Han noght oure mighty princes to me yeuen
ye bothe power, and auctoritee
To maken folk, to dyen or to lyuen
Thy ovekestow so proudly thanne to me
I oweke noght, but stedfastly quod she
That proudly, for I speke as for my syde
We haten deedly, thilke vice of pryde

And if thou drede nat a sooth to heere
Thanne wol I shewe al openly by right
That thou hast maad a ful greet lesying heere
Thou seyst, thy princes han thee yeuen might
Bothe for to sleen, and for to quyken a wight
Thou that ne mayst, but oonly lyf bireue
Thou hast noon oother power ne no leue

Secounde

But thou mayst seyn/ thy princes han thee maked
Mynystre of deeth/ for if thou speke of mo
Thou lyest/ for thy power is ful naked
Do wey thy boold nesse/ seyde Almachius tho
And sacrifie to oure goddes er thou go
I recche nat/ what wrong þt thou me proffre
For I kan suffre it/ as a Philosophre

But thilke wronges/ may I nat endure
That thou spekest of oure goddes heere quod she
Reule and seyde/ o nyce creature
Thou seydest no word/ syn thou spak to me
That I ne knew therwith thy nycetee
And that thou were/ in euery maner wise
A lewed officer/ and a veyn Iustise

                                          exterioribus oculis
Ther lakketh no thyng/ to thyne outter eyen
That thou nart blynd/ for thyng þt we seen alle
That it is stoon/ þt men may wel espyen
That ilke stoon/ a god thow wolt it calle
I rede thee/ lat thyn hand vpon it falle
And taste it wel/ and stoon thou shalt it fynde
Syn that thou seest/ nat/ with thyne eyen blynde

It is a shame/ that the peple shal
So scorne thee/ and laughe at thy folie
For comunly/ men woot it wel ouer al
That myghty god/ is in hise heuenes hye
And thise ymages/ wel thou mayst espye
To thee/ ne to hem self ne mowen noght profite
For in effect/ they been nat worth a myte

Thise wordes/ and swiche othere seyde she
And he weex wrooth/ and bad men sholde hir lede
Hoom til hir hous/ and in hir hous quod he
Brenne hir/ right in a bath of flambes rede
And as he bad/ right so was doon in dede
For in a bath/ they gonne hir faste shetten
And nyght and day/ greet fyr they vnder betten

The longe nyght/ and eek a day also
For al the fyr/ and eek the bathes heete
She sat al coold/ and feeled no wo
It made hir/ nat a drope for to sweete
But in that bath/ hir lyf she moste lete
For he Almachius/ wt a ful wikke entente
To sleen hir in the bath/ his sonde sente

Nonne

Thre strokes in the nekke he smoot hir tho
The tormentour, but for no maney thanne
He myghte noght smyte, al hir nekke atwo
And for ther was that tyme an ordinaunce
That no man sholde doon men swich penaunce
The ferthe strook to smyten softe or soore
This tormentour ne dorste do namoore

But half deed, with hir nekke ycorven there
He lefte hir lye, and on his wey he went
The cristen folk, which that aboute hir were
With shetes han the blood ful faire yhent
Thre dayes lyved she in this torment
And neuere cessed hem the feith to teche
That she hadde fostred, hem she gan to preche

And hem she yaf hir moebles and hir thyng
And to the pope Vrban bitook hem tho
And seyde, I axed this at heuene kyng
To han respit thre dayes and namo
To recomende to yow er that I go
Thise soules lo, and pt I myghte do werche
Heere of myn hous perpetuelly a cherche

Seint Vrban with hise dekenes pryuely
This body fette, and buryed it by nyghte
Among hise othere seintes honestly
Hir hous, the chirche of seinte Cecilie highte
Seint Vrban halwed it, as he wel myghte
In which in to this day in noble wyse
Men doon to Crist, and to his seinte seruyse

Heere is ended the Secounde Nonnes tale

The prologe of the Chanons yemannes tale

When toold was al the lyf of seinte Cecile
Er we hadde riden fully fyue mile
At Boghton vnder Blee, vs gan atake
A man that clothed was in clothes blake
And vnderneth he hadde a surplys
His hakeney, which pt was al pomely grys
So swatte, that it wonder was to see
It semed, as he had pryked myles three
The hakeney eek pt his yeman rood vpon
So swatte, that vnnethe myghte it gon

Chanons ʒ

A male tweyfoold vpon his croper lay
It semed that he caried lite array
Al light for somer rood this worthy man
And in myn herte to wondren I bigan
What þt he was til that I vnderstood
How that his cloke was sewed to his hood
For which whan I hadde longe avysed me
I demed hym som Chanon for to be
His hat heeng at his bak doun by a laas
For he hadde riden moore than trot or paas
He hadde ay priked lik as he were wood
A clote leef he hadde vnder his hood
For swoot and for to kepe his heed from heete
But it was Ioye for to seen hym sweete
His forheed dropped as a stillatorie
Were ful of Plantayne and of paritorie
And whan that he was come he gan to crye
God saue quod he this Ioly compaignye
Faste haue I priked quod he for youre sake
By cause that I wolde yow atake
To riden in som myrye compaignye
His yeman eek was ful of curteisye
And seyde syres now in the morwe tyde
Out of youre hostelrie I saugh yow ryde
And warned heer my lord and my souerayn
Which to ryden with yow is ful fayn
For his desport he loueth daliaunce

Freend for thy warnyng god yeue thee chaunce
Thanne seyde oure hooste for certein it wolde seme
Thy lord were wys and so I may wel deeme
He is ful Iocunde also dar I leye
Can he oght telle a myrie tale or tweye
With which he glade may this compaignye

Who sire my lord ye ye withouten lye
He kan of murthe and eek of Iolitee
Nat but ynough also sir trusteth me
And ye hym knewe as wel as do I
Ye wolde wondre how wel and craftily
He koude werke and that in sondry wise
He hath take on hym many a greet emprise
Which were ful hard for any that is heere
To bryngen aboute but they of hym it leere
As hoomly as he rit amonges yow
If ye hym knewe it wolde be for youre prow
Ye wolde nat forgoon his aqueyntaunce
For muchel good I dar leye in balaunce
Al that I haue in my possessioun
He is a man of heigh discrecioun

¶Yeman·

¶Frende yow wel he is a passyng man
Wel quod oure hooste I pray thee tel me than
Is he a clerk or noon? telle what he is
Nay he is gretter than a clerk ywis
Seyde this yeman and in wordes feewe
Hooste of his craft sum what I wol yow shewe
I seye my lord kan swich subtilitee
But al his craft ye may nat wite for me
And sumwhat helpe I yet to his wirkyng
That al this ground on which we been rydyng
Til that we come to Caunterbury town
He koude al clene turne it up so down
And pave it al of silver and of gold

¶And whan this yeman hadde this tale ytold
Unto oure hoost he seyde benedicitee
This thyng is wonder merveillous to me
Syn that thy lord is of so heigh prudence
By cause of which men sholde hym reverence
That of his worship rekketh he so lite
His overslop nys nat worth a myte
As in effect to hym so moot I go
It is al baudy and totore also
Why is thy lord so sluttissh I the preye
And is of power bettre clooth to beye
If that his dede accorde with thy speche
Telle me that and that I thee biseche

¶Why quod this yeman wher to axe ye me?
God help me so for he that nedeth thee
But I wol nat avowe that I seye
And therfore keep it secree I yow preye
He is to wys in feith as I bileeve
That pt is overdoon it wol nat preeve
Aright as clerkes seyn it is a vice
Wherfore in that I holde hym lewed a nyce
For whan a man hath over greet a wit
Ful ofte hym happeth to mysusen it
So dooth my lord and that me greueth soore
God it amende I kan sey yow namoore

¶Ther of no fors good yeman quod oure hoost
Syn of the konnyng of thy lord thou woost
Telle how he dooth I pray thee hertely
Syn that he is so crafty and so sly
Where dwelle ye if it to telle be

¶In the subarbes of a toun quod he
Lurkynge in hernes and in lanes blynde
Where as thise robbours and thise theves by kynde
Holden hir privee fereful residence
As they that dar nat shewen hir presence

¶Omne quod est nimium &c

Chanons

"So ferforth, if I shal seye the sothe
Petres, quod oure Hoost, lat me telle to the
Thy arrayk, so discoloured of thy face."
"Peter, quod he, god yeue it harde grace
I am so vsed in the fyr to blowe
That it hath chaunged my coloure I trowe
I am nat wont in no myrour to prie
But swynke soore, and lerne multiplie
We blondren euer, and pouren in the fyr
And for al that, we faille of oure desir
ffor euere we lakke, of oure conclusion
To muchel folk, we doon illusion
And borwe gold, be it a pound or two
Or ten, or twelue, or manye soumes mo
And make hem, wenen at the leeste weye
That of a pound, we koude make tweye
Yet is it fals, but ay we han good hope
It for to doon, and after it we grope
But that science, is so fer vs biforn
We mowen nat, al though we hadden sworn
It ouertake, it slit awey so faste
It wole, vs maken beggers atte laste"

Whil this yeman, was thus in his talkyng
This Chanon drough hym neer & herde al thyng
Which this yeman spak, for suspecion

Cato

Of mennes speche, euere hadde this Chanon
ffor Caton seith, that he that gilty is
Demeth alle thyng, be spoke of hym ywis
That was the cause, he gan so ny hym drawe
To his yeman, to herknen al his sawe
And thus he seyde, vn to his yeman tho
Hoold thou thy pees, and spek no wordes mo
ffor if thou do, thou shalt it deere abye
Thou sclaundrest me, heere in this compaignye
And eek discouerest, that thou sholdest hyde
"Ye quod oure Hoost, telle on what so bityde
Of al his thretyng, rekke nat a myte"
"In feith quod he, namoore I do but lyte"
And whan this Chanon, saugh it wolde nat bee
But his yeman, wolde telle his pryuetee
He fledde awey, for verray sorwe and shame
"A quod the yeman, heere shal arise game
Al that I kan, anon now wol I telle
Syn he is goon, the foule feend hym quelle
ffor neuere heer after, wol I with hym meete
ffor peny ne for pound, I yow biseete
He that me broghte, first vn to that game
Er that he dye, sorwe haue he and shame

Yeman

For it is ernest to me by my feith
That feele I weel what that any man seith
And yet for al my smert and al my grief
For al my sorwe labour and meschief
I koude nevere leve it in no wise
Now koude god my wit myghte suffise
To tellen al that longeth to that art
And nathelees yow wol I tellen part
Syn that my lord is goon I wol nat spare
Swich thyng as that I knowe I wol declare

Heere endeth þe prologe of the Chanouns yemannes tale

Heere bigynneth the Chanouns yeman his tale

With this Chanon I dwelt have seven yeer
And of his science am I neuer the neer
Al that I hadde I have lost therby
And god woot so hath many mo than I
Ther I was wont to be right fressh and gay
Of clothyng and of oother good array
Now may I were an hose vpon myn heed
And wher my colour was bothe fressh and reed
Now is it wan and of leden hewe
Who so it vseth soore shal he rewe
And of my swynk yet bleared is myn eye
Lo which avantage is to multiplie
That slidynge science hath me maad so bare
That I have no good wher þt euer I fare
And yet I am endetted so therby
Of gold that I have borwed trewely
That whil I lyue I shal it quite neuere
Lat euery man be war by me for euere
What maner man that casteth hym therto
If he continue I holde his thrift y do
For so help me god therby shal he nat wynne
But empte his purs and make his wittes thynne
And whan he thurgh his madnesse and folye
Hath lost his owene good thurgh iupertye
Thanne he exciteth oother folk therto
To lesen hir good as he hym self hath do
For vnto shrewes ioye it is and ese
To haue hir felawes in peyne and disese
Thus was I ones lerned of a clerk
Of that no charge I wol speke of oure werk
Whan we been there as we shul exercise
Oure elvysshe craft we semen wonder wise

Chanons

Oure termes been so clergial and so queynte
I blowe the fir til that myn herte feynte
What sholde I tellen ech proporcion
Of thynges whiche þt we werche vpon
As on fyue or sixe ounces may wel be
Of siluer or som oother quantitee
And bisye me to telle yow the names
Of orpyment brent bones yren squames
That in to poudre grounden been ful smal
And in an erthen pot put is al
And salt yput in and also papeer
Biforn thise poudres that I speke of heer
And wel ycouered with a lampe of glas
And muchel oother thyng which þt they has
And of the pot and glasses enlutyng
That of the eyr myghte passe out no thyng
And of the esy fir and smart also
Which that was maad and of the care and wo
That we hadden in oure matires sublymyng
And in Amalgamyng and calcenyng
Of quyk siluer yclept Mercurie crude
For alle oure sleightes we kan nat conclude
Oure orpyment and sublymed Mercurie
Oure grounden litarge eek in the porfurie
And ech of thise of ounces a certeyn
Noght helpeth vs oure labour is in veyn
Ne eek oure spirites ascencioun
Ne oure matires þt lyen al fix adoun
Mowe in oure werkyng no thyng vs auaille
For lost is al oure labour and trauaille
And al the cost a twenty deuel way
Is lost also which we vp on it lay

¶ Ther is also ful many another thyng
That is vn to oure craft apertenyng
Though I by ordre hem nat reherce kan
By cause that I am a lewed man
yet wol I telle hem as they come to mynde
Thogh I ne kan nat sette hem in hir kynde
As bole Armonyak vertgrees borax
And sondry vessels maad of erthe and glas
Oure Vrynals and oure descensories
Violes croslets and sublymatories
Cucurbites and Alambikes eek
And othere swiche deere ynough a leek
Nat nedeth it for to reherce hem alle
Watres rubifiyng and boles galle
Arsenyk sal Armonyak and Brymstoon
And herbes koude I telle eek many oon

Yemañ

As Ermoyne, valerian, and lunarie
And othere swiche, if that me liste tarie
Oure laumpes brennyng bothe nyght and day
To brynge aboute oure purpos, if we may
Oure fourneys eek of calcinacion
And of watres albificacion
Unslekked lym, chalk, and gleyre of an ey
Poudres diuse, asshes, donge, pisse, and cley
Cered pottes, sal peter, vitriole
And diuse fires maad of wode and cole
Sal tartre, alkaly, and sal preparat
And combust matires and coagulat
Cley maad w[i]t[h] hors and manes heer and oille
Of tartre, alum glas, berme, wort, and argoille
Resalgar, and oure matires enbibyng
And eek of oure matires encorporyng
And of oure siluer citrinacion
And of oure cementyng and fermentacion
Oure yngottes, testes, and many mo

I wol yow telle, as was me taught also
The foure spirites, and the bodies seuene
By ordre, as ofte I herde my lord hem neuene
The firste spirit quyksiluer called is
The seconde orpyment, the thridde ywis
Sal armoniak, and the ferthe brymstoon
The bodies seuene eek lo hem heere anoon
Sol gold is, and luna siluer we threpe
Mars iren, mercurie quyksiluer we clepe
Saturnus leed, and Iuppiter is tyn
And Venus coper, by my fader kyn

This cursed craft who so wole exercise
He shal no good han p[at] hym may suffise
For al the good he spendeth ther aboute
He lese shal therof haue I no doute
Who that listeth outen his folie
lat hym come forth and lerne multiplie
And euery man that ought hath in his cofre
lat hym appiere and wexe a philosophre
Ascaunce, that craft is so light to leere
Nay, nay god woot al be he monk or frere
Preest or chanoun, or any oother wight
Though he sitte at his book bothe day & nyght
In lernyng of this eluysshe nyce loore
Al is in veyn, and pardee muchel moore
To lerne a lewed man this subtiltee
Fy speke nat ther of, for it wol nat bee
And konne he letture, or konne he noon
As in effect, he shal fynde it al oon

Chanons

For bothe two, by my saluacion
Concluden in multiplicacion
ylike wel, whan they han al ydo
This is to seyn, they faillen bothe two

Yet forgat I to maken rehersaille
Of watres corosif, and of lymaille
And of bodies mollificacion
And also, of hir induracion
Oilles, ablucions, and metal fusible
To tellen al, wolde passen any bible
That owher is, wherfore as for the beste
Of alle thise names, now wol I me reste
For as I trowe, I haue yow told ynowe
To reyse a feend, al looke he neuer so rowe

A nay lat be, the philosophres stoon
Elixer clept, we sechen faste echoon
For hadde we hym, thanne were it siker ynow
But vnto god of heuene, I make avow
For al oure craft, whan we han al ydo
With al oure sleighte, he wol nat come vs to
He hath maad vs spenden muchel good
For sorwe of which, almoost we wexen wood
But that good hope, crepeth in oure herte
Supposynge though we sore smerte
To be releeued by hym afterward
With supposynge and hope is sharp & hard
I warne yow wel, it is to seken euer
That futur temps, hath maad men disseuere
In trust ther of, from al þᵗ euer they hadde
Yet of that art, they kan nat wexen sadde
For vn to hem, it is a bitter swete
So semeth it, for nadde they but a sheete
Which þᵗ they myghte wrappe hem inne at nyght
And a brat to walken inne by day lyght
They wolde hem selle, and spenden on the craft
They kan nat stynte, til no thyng be laft
And euermore, where þᵗ euer they goon
Men may hem knowe, by smel of brymstoon
For al the world, they stynken as a goot
Hir sauour is so rammyssh, and so hoot
That, though a man, a myle from hem be
The sauour wole infecte hym truste me
And thus by smel and threedbare aray
If þᵗ men liste, this folk they knowe may
And if a man wolde asken hem pryuely
Why they been clothed, so vnthriftily
They right anon wol rownen in his ere
And seyn, þᵗ if þᵗ they espued were

Yeman

Hem wolde hem slee by cause of my science
And thus this folk bitrayen innocence
Passe ouer this I go my tale vn to
Er þt the pot be on the fyr ydo
Of metals with a certeyn quantitee
My lord hem tempreth and no man but he
Now he is goon I say deyn boldely
ffor as men seyn he kan doon craftily
Algate I woot wel he hath swich a name
And yet ful ofte he renneth in a blame
And wite ye how ful ofte it happeth so
The pot tobreketh and farewel al is go
This metals been of so greet violence
Oure walles mowe nat make hem resistence
But if they weren wroght of lym and stoon
They pren so and thurgh the wal they goon
And some of hem synke in to the grounde
Thus han we lost by tymes many a pounde
And some are scatered al the floor aboute
Some lepte in to the roof with outen doute
Though þt the feend noght in oure sighte hym shewe
I trowe he with vs be that ilke shrewe
In helle were þt he lord is and sye
Nis they moore wo ne moore rancor ne Ire
Whan that oure pot is broke as I haue sayd
Euery man chit and halt hym yuele apayd
Some seyde it was along on the fyr makyng
Some seyde nay it was on the blowyng
Thanne was I fered for that was myn office
Straw quod the thridde ye been lewed and nyce
It was nat tempred as it oghte be
Nay quod the fourthe styntt and herkne me
By cause oure fyr ne was nat maad of beech
That is the cause and oother noon so theech
I kan nat telle wher on it was along
But wel I woot greet strif is among
What quod my lord ther is nammoore to doone
Of thise perils I wol be war eftsoone
I am right siker that the pot was crased
Be as be may be ye no thyng amased
As vsage is lat swepe the floor as swithe
Plukke vp youre hertes and beeth glad and blithe
The mullok on an heep yswepeth was
And on the floor ycast a canevas
And al this mullok in a syue ythrowe
And sifted and ypiked many a throwe
Pardee quod oon som what of oure metal
Yet is ther heere though þt we han nat al

Chanouns

Al though this thyng myshapped haue as now
Another tyme it may be wel ynow
Vs moste putte ouys good in auenture
A marchaunt pdee may nat ay endure
Trusteth me wel in his prosperitee
Somtyme his good is drenched in the see
And somtyme comth it saaf vn to the londe
Pees quod my lord the nexte tyme I shal fonde
To bryngen ouys craft al in another plite
And but I do lat me han tho wite
Ther was defaulte in som what wel I woot
Another seyde the fir was ouer-hoot
And be it hoot or cold I dar seye this
That we concluden euermoore amys
We faille of that which pt we wolden haue
And in oure madnesse euermoore we raue
And whan we been togiders euerichoon
Euery man semeth a Salomon
But euy thyng which pt semeth as the gold
Nis nat gold as pt I haue heyrd told
Ne euery appul that is fair to eye
Nis nat good what so men clappe or crye
Right so fareth it amonges vs
He pt semeth the wiseste by Ihus
Is moost fool whan it comth to the preef
And he pt semeth trewest is a theef
That shul ye knowe er pt I fro yow wende
By that I of my tale haue maad an ende

Explicit prima pars / Et sequit pars secunda

Ther was a Chanon of religioun
Amonges vs wolde infecte al a toun
Thogh it as greet were as was Nynyuee
Rome Alisaundre Troye and othere three
His sleighte and his infinit falsnesse
Ther konde no man writen as I gesse
Though pt he lyue myghte a thousand yeer
In al this world of falshede nas his peer
ffor in hise tres so he wolde hym wynde
And speke hise wordes in so sly a kynde
Whanne he comune shal with any wight
That he wol make hym doten anon right
But it a feend be as hym selueñ is
fful many a man hath he bigiled er this
And wole if that he lyue may a while
And yet men ride and goon ful many a mile

Non teneas auri &c
Nec pulcru pomū &c

Yeman

Hym for to seke and haue his aqueyntaunce
Noght knowynge of his false gouernaunce
And if yow list to yeue me audience
I wol it telle heere in yowre presence

But worshipful chanons religious
Ne demeth nat that I sclaundre yowre hous
Although that my tale of a chanoun bee
Of euery ordre som shrewe is pardee
And god forbede that al a compaignye
Sholde rewe o singuleer mannes folye
To sclaundre yow is no thyng myn entente
But to correcten that is mys I meente
This tale was nat oonly toold for yow
But eek for othere mo ye woot wel how
That amonges cristes apostles twelue
Ther nas no traytour but iudas hym selue
Thanne why sholde the remenaunt haue a blame
That giltlees weye by yow I seye the same
Saue oonly this if ye wol herkne me
If any iudas in yowre Couent be
Remoueth hym bitymes I yow rede
If shame or los may causen any drede
And beeth no thyng displesed I yow preye
But in this cas herkneth what I shal seye

In london was a preest Anniueleer
That ther Inne had dwelled many a yeer
Which was so plesaunt and so seruysable
Vn to the wif wher as he was at table
That she wolde suffre hym no thyng for to paye
For bord ne clothyng wente he neuere so gaye
And spendyng siluer hadde he right inow
Ther of no fors I wol precede as now
And telle forth my tale of the Chanon
That broghte this preest to confusion

This false Chanon cam vpon a day
Vn to this preestes chaumbre wher he lay
Bisechynge hym to lene hym a certeyn
Of gold and he wolde quite it hym ageyn
Leene me a mare quod he but dayes three
And at my day I wol it quiten thee
And if so be that thow me fynde fals
Another day do hange me by the hals

This preest hym took a mare and that as swithe
And this Chanon hym thankes ofte sithe
And took his leue and wente forth his weye
And at the thridde day broghte his moneye
And to the preest he took his gold agayn
Wher of this preest was wonder glad and fayn

The Chanons

"Certes," quod he, "no thyng anoyeth me
To lene a man a noble, or two, or thre,
Or what thyng were in my possession,
Whan he is of swich condicion
That in no wise he breke wole his day;
To swich a man I kan nevere seye nay."

"What," quod this Chanon, "sholde I be untrewe?
Nay, that were a thyng yfallen al of newe.
Trouthe is a thyng that I wol evere kepe
Un to that day in which that I shal crepe
In to my grave, or ellis God forbede;
Bileveth this as siker as the Crede.
God thanke I, and in good tyme be it sayd,
That ther was nevere man yet yvele apayd
For gold ne silver that he to me lente,
Ne nevere falshede in myn herte I mente.
And sire," quod he, "now of my pryvetee,
Syn ye so goodlich han been un to me,
And kithed to me so greet gentilesse,
Somwhat to quyte with youre kyndenesse
I wol yow shewe, if that yow list to leere,
I wol yow teche pleynly the manere
How I kan werken in philosophie.
Taketh good heede, ye shul wel seen at eye
That I wol doon a maistrie er I go."

"Ye," quod the preest, "ye sire? and wol ye so?
Marye, ther of I pray yow hertely."
"At youre comandement, sir, trewely,"
Quod the Chanon, "and ellis God forbede."

Loo how this theef koude his servyce beede;
Ful sooth it is, that which ysyngen gynne,
Stynketh, as witnessen thise olde wyse,
And that ful soone I wol it verifie
In this Chanon, roote of alle trecherie
That evere moore delit hath and gladnesse
Swiche feendly thoghtes in his herte inpresse
How Cristes peple he may to meschief brynge.
God kepe us from his false dissymulynge.

Noght wiste this preest with whom that he delte
Ne of his harm comynge he no thyng felte.
O sely preest, o sely innocent,
With coveitise anon thou shalt be blent,
O graceles, ful blynd is thy conceite,
No thyng ne artow war of the deceite
Which that this fox yshapen hath for thee,
Hise wily wrenches thou ne mayst nat flee.
Ther fore to go to the conclusion
That referreth to thy confusion

Yeman

Vnhappy man / anon I wol me hye
To tellen hym, his wit / and his folye
And eek the falsnesse, of that oother wretche
As ferforth, as my konnyng, may strecche
This Chanoun was my lord / ye wolden weene
Sire hooost, in feith, and by the heuenes queene
It was another Chanon, and nat hee
That kan an hundred foold moore subtiltee
He hath bitrayed folkes many tyme
Of his falshede, it dulleth me to ryme
Euere whan pᵗ I speke, of his falshede
ffor shame of hym, my chekes wexen rede
Algates, they bigynnen for to glowe
ffor reednesse haue I noon, right wel I knowe
In my visage, for fumes diuerse
Of metals, whiche ye han herd me reherce
Consumed, and wasted han my reednesse
Now taak heede, of this Chanouns cursednesse
Sire quod he, to the preest lat youre man gon
ffor quyk siluer / that we hadde it anon
And lat hym bryngen Ounces two or thre
And whan he comth, as faste shal ye see
A wonder thyng / which ye saugh neue er this
Sire quod the preest, it shal be doon ywis
He bad his seruant, fecchen hym this thyng
And he al redy, was at his biddyng
And wente hym forth, and cam anon agayn
With this quyk siluer, soothly for to sayn
And took thise Ounces thre, to the Chanoun
And he hem leyde, faire and wel adoun
And bad the seruant /, coles for to brynge
That he anon, myghte go to his werkynge
The coles, right anon weren yfet
And this Chanon, took out a Crosselet
Of his bosom, and shewed it to the preest
This Instrument quod he, which pᵗ thou seest
Taak in thyn hand, and put thy self ther Inne
Of this quyk siluer, an Ounce, and heer bigynne
In name of Crist, to wexe a philosofre
They been ful fewe, to whiche I wolde profre
To shewen hem, thus muche of my science
ffor ye shul seen heer, by experience
That this quyk siluer, wol I mortifye
Right in youre sighte anon, I wol nat lye
And make as good siluer, and as fyn
As ther is any, in youre purs or myn
Or elles wheere, and make it malliable
And elles, holdeth me, fals and vnable

Chanons

Amonges folk, for euere to appeere
I haue a poudre heer, þt coste me deere
Shal make al good, for it is cause of al
My konnyng, which þt I to yow shewen shal
Voyde youre man, and lat hym be ther oute
And shette the dore, whils we been aboute
Oure pryuetee, that no man vs espie
Whils that we werke in this philosophie

Al as he bad, fulfilled was in dede
This ilke seruant right out yede
And his maister, shette the dore anon
And to hir labour, spedily they gon

This preest, at this cursed Chanons biddyng
Vp on the fir, anon sette this thyng
And blew the fir, and bisyed hym ful faste
And this Chanon in to the Crosselet caste
A poudre noot I wher of, that it was
ymaad, outher of chalk, or of glas
Or som what elles, was nat worth a flye
To blynde with the preest, and bad hym hye
The coles, for to couchen al aboue
The Crosselet, for in tokenyng I thee loue
Quod this Chanon, thyne owene handes also
Shul werche al thyng, which shal heer be do

Grauntmercy quod the preest, and was ful glad
And couched coles, as that Chanon bad
And whil he bisy was, this feendly wrecche
This false Chanon, the foule feend hym fecche
Out of his bosom, he took a bechen cole
In which ful subtilly, was maad an hole
And ther Inne, put was of siluer lemaille
An ounce, and stopped was withouten faille
This hole with wex, to kepe the lemaille In
And vnderstondeth, that this false gyn
Was nat maad ther, but it was maad bifore
And othere thynges, I shal tellen moore
Heer afterward, which þt he with hym broghte
Er he cam there, hym to bigile he thoghte
And so he dide, er þt they wente atwynne
Til he had terned hym, he konde nat blynne
It dulleth me, whan that I of hym speke
On his falshede, fayn wolde I me wreke
If I wiste how, but he is heere and there
He is so variaunt, þt he abit no where

But taketh heede, now syres for goddes loue
He took this cole, of which I spak aboue
And in his hand, he baar it pryuely
And whils the preest, couched bisily

Theman

The coles, as I tolde yow er this
This Chanon seyde, freend ye doon amys
This is nat couched, as it oghte be
But soone I shal amenden it quod he
Now lat me medle ther with, but a while
ffor of yow haue I pitee by seint Gile
ye been right hoot, I see wel how ye swete
Haue heere a clooth, and wipe awey the wete
And whils pt the preest wiped his face
This Chanon took his cole wt harde grace
And leyde it aboue vpon the myddewarde
Of the Crosselet, and blew wel afterwarde
Til that the coles gonne faste brenne
Now yeue vs drynke quod the Chanon thenne
As swithe al shal be wel I vndertake
Sitte we doun, and lat vs myrie make
And whan pt this Chanons Bethen cole
Was brent, al the lemaille out of the hole
In to the Crosselet, fil anon adown
And so it moste nedes by resoun
Syn it so euene, abouen it couched was
But ther of wiste the preest no thyng allas
He demed alle the coles yliche good
ffor of that sleighte, he no thyng vnderstood
And whan this alkamystre saugh his tyme
Ris vp quod he sir preest, and sit by me
And for I woot wel Ingot haue I noon
Gooth walketh forth and bryng vs a chalk stoon
ffor I wol make oon, of the same shap
That is an Ingot, if I may han hap
And bryngeth eek wt yow a bolle or a panne
fful of water, and ye shul se wel thanne
How pt oure bisynesse shal thryue & preue
And yet for ye shul han no mysbileeue
Ne wrong conceite of me in youre absence
I ne wol nat been out of youre presence
But go with yow, and come wt yow ageyn
The chambre dore, shortly for to seyn
They opened and shette and wente hir weye
And forth with hem they carieden the keye
And come agayn wt outen any delay
What sholde I tarien al the longe day
He took the chalk, and shoop it in the wise
Of an Ingot, as I shal yow deuyse

A seye he took out of his owene sleeue
A teyne of siluer yuele moot he cheeue
Which pt was nat, but an ounce of weighte
And taak heede now of his cursed sleighte

Chanouns

The coop his ingot in lengthe and eek in breede
Of this teyne withouten any drede
So slyly, that the preest it nat espide
And in his sleue agayn he gan it hide
And fro the fir he took vp his mateere
And in thyngot putte it wt inne cheere
And in the water vessel he it caste
Whan yt hym liste and bad the preest as faste
What yt heer is put in thyn hand and grope
Thow fynde shalt they siluer as I hope
He putte his hand in and took vp a teyne
Of siluer fyn and glad in euery veyne
Was this preest whan he saugh it was so
Goddes blessyng and his moodyes also
And alle halwes haue ye sir Chanon
Seyde this preest and I hir malison
But and ye vouche sauf to techen me
This noble craft and this subtiltee
I wol be youre in al that euer I may

Quod the preest yet wol I make assay
The seconde tyme yt ye may taken heede
And been expert of this and in youre neede
Another day assaye in myn absence
This disciplyne and this crafty science
Lat take another ounce quod he tho
Of quyk siluer withouten wordes mo
And do therwith as ye han doon er this
With that oother which yt now siluer is

This preest hym bisieth in al yt he kan
To doon as this Chanon this cursed man
Comanded hym and faste he blew the fir
ffor to come to th'effect of his desir
And this Chanon right in the meene while
Al redy was the preest eft to bigile
And for a contenaunce in his hand he bar
An holwe stikke taak kepe and be war
In the ende of which an ounce and namoore
Of siluer lemaille put was as bifore
In his hole and stopped wt wex weel
ffor to kepe in his lemaill euery deel
And whil this preest was in his bisynesse
This Chanon with his stikke gan hym dresse
To hym anon and his poudre caste in
As he dide er the deuel out of his skyn
hym terue I pray to god for his falshede
ffor he was euer fals in thoght & dede
And with this stikke aboue the croslet
That was ordeyned with that false jet

Yeman

He styred the coles, til relente gan
The wex agayn the fir as euy man
But it a fool be, woot wel it moot nede
And al that in the styffe was out yede
And in the Crosselet, hastily it fel
Now good syres, what wol ye bet than wel
Whan þt this preest, thus was bigiled ageyn
Supposynge noght, but treuthe soothe to seyn
He was so glad, that I ne kan nat expresse
In no maneye, his myrthe and his gladnesse
And to the Chanon, he pfred eftsoone
Body and good, ye quod the Chanon soone
Though poure I be, crafty thou shalt me fynde
I warne thee, yet is ther moore bihynde
Is ther any coper herynne seyde he
Ye quod the preest syr I trowe wel ther be
Ellis go bye vs som, and that as swithe
Now good syr, go forth thy wey and hythe
The wente his wey, and with the coper cam
And this Chanon it in hise handes nam
And of that coper weyed out, but an ounce
Al to symple, is my tonge to pronounce
As ministre of my wit, the doublenesse
Of this Chanon, roote of alle cursednesse
He semed freendly, to hem þt knewe hym noght
But he was feendly, bothe in herte and thoght
It weryeth me, to telle of his falsnesse
But nathelees, yet wol I it expresse
To thentente, that men may be war therby
And for noon oother cause trewly
He putte the ounce of coper in the Crosselet
And on the fir as swithe he hath it set
And caste in pouder, and made the preest to blowe
And in his werkyng, for to stoupe lowe
As he dide er, and al nas but a Iape
Right as hym liste, the preest he made his ape
And after wardys, in the Ingot he it caste
And in the paune, putte it at the laste
Of the water, in he putte his owene hand
And in his sleue, as ye biforn hand
Herde me telle, hadde a siluer teyne
He slyly took it out, this cursed heyne
Vnwitynge this preest, of his false craft
And in the paunes botme, he hath it laft
And in the water, romblede to and fro
And wonder pryuely, took vp also
The coper teyne noght knowynge this preest
And hidde it and hym hente by the breest

Chanons

Thus to hym spak and thus seyde in his game
Stoupeth adown, by god ye be to blame
Helpeth me now, as I dide yow whileer
Putte in youre hand, and loketh what is theer

This preest took vp this siluer teyne anon
And thanne seyde the Chanon, lat vs gon
With thise thre teynes, whiche pt we han wroght
To som Goldsmyth, and wite if they been oght
For by my feith, I nolde for myn hood
But if that they were siluer fyn and good
And that as swithe preeued it shal bee

Vnto the Goldsmyth, with thise teynes thre
They wente, and putte thise teynes in Assay
To fir and hamer, wrighte no man seye nay
But pt they weren, as hem oghte be

This sotted preest, who was gladder than he
Was neuere bird gladder agayn the day
Ne nyghtyngale, in the seson of may
Was neuere man, that luste bet to synge
Ne lady, lustier in carolynge
Or for to speke of loue and wommanhede
Ne knyght in Armes, to doon an happy dede
To stonden in grace, of his lady deere
Than hadde this preest this sory craft to lere
And to the Chanon thus he spak and seyde
For loue of god, that for vs alle deyde
And as I may, deserue it vn to yow
What shal this receite coste, telleth now

By oure lady quod this Chanon, it is deere
I warne yow wel, for saue I and A frere
In Engelond, they kan no man it make

No fors quod he, now sye for goddes sake
What shal I paye, telleth me I preye

This is quod he, it is ful deere I seye
Syre at o word, if that thee list it haue
Ye shul paye fourty pound, so god me saue
And nere the freendshipe, pt ye dide er this
To me, ye sholde paye moore ywis

This preest, the som of fourty pound anon
Of nobles fette, and took hem eueruchon
To this Chanon for this ilke receit
Al his werkyng, was but fraude and deceit

Sir preest he seyde, I kepe han no loos
Of my craft, for I wolde it kept were cloos
And as ye loue me, kepeth it secree
For and men knewen, al my soutiltee
By god, they wolden han so greet enuye
To me, by cause of my Philosophye

Yeman

Sholde be seed / they were noon oother weye
God it forbeede / quod the preest / that sey ye
Yet haue I seide / spenden al the good
Which pt I haue / or elles were I wood
Than that ye sholden falle in swich mescheef
For youre good wyl / we haue ye right good preef
Quod the Chanon / and fareweel grantmercy
He wente his wey / and neuer the preest hym sy
After that day / and whan pt this preest sholde
Maken assay / at swich tyme as he wolde
Of this receit / farwel it wolde nat be
Lo thus bygyled / and bigiled was he
Thus maketh he his introduction
To brynge folk to destruction

Considereth syres / how pt in ech estaat
Bitwixe men and gold / ther is debaat
So ferforth / that vnnethe is ther noon
This multiplyyng / blent so many oon
That in good feith / I trowe pt it bee
The cause greetest / of swich scarsetee
Philosophres / speken so mystily
In this craft / pt men kan nat come therby
For any wit / pt men han now a dayes
They mowe wel chitren / as pt doon Iayes
And in hir termes / sette hir lust and peyne
But to hir purpos / shul they neuer atteyne
A man may lightly lerne / if he haue aught
To multiplie / and brynge his good to naught

He swich a lucre is in this lusty game
A mannes myrthe / it wol turne vn to grame
And empten also / grete and heuye purses
And maken folk / for to purchacen curses
Of hem pt han hir good / ther to ylent
Fy for shame / they pt han been brent
Allas / kan they nat flee / the fyres heete
Ye that it vse / I rede ye it leete
Lest ye lese al / for bet than neuer is late
Neuere to thryue / were to long a date
Though ye prolle ay / ye shul it neuer fynde
Ye been as boold / as is Bayard the blynde
That blundreth forth / and peril casteth noon
He is as boold / to renne agayn a stoon
As for to goon / bisides in the weye
So faren ye / that multiplie I seye
If pt youre eyen / kan nat seen aright
Looke pt youre mynde / lakke noght his sight
For though ye looken neuer so brode and stare
Ye shul no thyng wynne on that chaffare

Chanouns

But wasten al that ye may rape and renne
Withdraketh the fir lest it to faste brenne
Medleth namoore with that art I mene
ffor if ye doon youre thrift is goon ful clene
And right as wethe I wol yow tellen heere
What yt the Philosophres seyn in this matere

Lo thus seith Arnold of the newe toun
As his Rosarie maketh mencioun
He seith right thus withouten any lye
They may no man Mercurie mortifie
But it be with his brother knowlechyng
How yt he which yt first seyde this thyng
Of Philosophres fader was hermes
He seith how yt the dragon douteles
Ne dyeth nat but if that he be slayn
With his brother and that is for to sayn
By the dragon Mercurie and noon oother
He understood and Brymstoon by his brother
That out of Sol and luna were ydrawe
And therfore seyde he taak heede to my sawe
Lat no man bisye hym this art for to seche
But if yt he thentencioun and speche
Of Philosophres vnderstonde kan
And if he do he is a lewed man
ffor this science and this konnyng quod he
Is of the secree of the secretes pdee

Also ther was a disciple of Plato
That on a tyme seyde his maister to
As his book Senior wol bere witnesse
And this was his demande in soothfastnesse
Telle me the name of the priuee stoon

And Plato answerde vn to hym anoon
Take the stoon that Titanos men name

Which is that quod he? magnasia is the same
Seyde Plato ye sire and is it thus?
This is ignotum p ignotius

What is magnasia good sire I yow preye?

It is a water that is maad I seye
Of elementes foure quod Plato

Telle me the roote good sire quod he tho
Of that water if it be youre wille

Nay nay quod Plato certein that I nylle
The Philosophres sworn were euerychoon
That they sholde discouere it vn to noon
Ne in no book it write in no manere
ffor vn to crist it is so lief and deere
That he wol nat that it discoured bee
But where it liketh to his deitee

Yeman

men for tendrise, and eek for to defende
Whom þt hym liketh, lo this is the ende
Thanne conclude I thus, sith þt god of heuene
Ne wil nat that the philosophres neuene
how þt a man shal come vn to this stoon
I rede as for the beste, lete it goon
ffor who so maketh god his adusarie
As for to werken any thyng in contrie
Of his wil, certes neuer shal he thryue
Thogh that he multiplie terme of lyue
And there a poynt, for ended is my tale
God sende euery trewe man boote of his bale Amen

Heere is ended the Chanons yemannes tale

Heere folweth the prologe of the manciples tale

Woot ye nat where ther stant a litel toun
Which þt ycleped is Bobbeup and doun
Vnder the blee, in Caunterbury weye
Ther gan oure hoost for to Iape and pleye
And seyde sires, what dun is in the myre
Is ther no man for preyere ne for hyre
That wole awake oure felawe al bihynde
A theef myghte hym ful lightly robbe and bynde
See how he napeth, see how for cokkes bones
That he wol falle, fro his hors atones
Is that a Cook of london with meschaunce
Do hym come forth, he knoweth his penaunce
ffor he shal telle a tale, by my fey
Al though, it be nat worth a botel hey
Awake thou Cook quod he god yeue thee sorwe
What eyleth thee, to slepe by the morwe
Hastow had fleen al nyght, or artow dronke
Or hastow with som quene al nyght yswonke
So that thow mayst nat holden vp thyn heed
This Cook þt was ful pale and no thyng reed
Seyde to oure hoost, so god my soule blesse
As ther is falle on me, swich heuynesse
Noot I nat why, þt me were leuer slepe
Than the beste galon wyn in Chepe
Wel quod the manciple, if it may doon ese
To thee sire Cook, and to no wight displese
Which þt heere rideth in this compaignye
And that oure hoost wole of his curteisye
I wol now excuse thee of thy tale
ffor in good feith, thy visage is ful pale

Manciple

Thyne eyen daswen eek / as that me thynketh
And wel I woot / thy breeth / ful soure stynketh
That sheweth wel / thou art nat wel disposed
Of me certeyn / thou shalt nat been yglosed
See how he ganeth / lo this dronken wight
As though he wolde / swolwe vs anon right
Hoold close thy mouth man / by thy fader kyn
The deuel of helle / sette his foot ther In
Thy cursed breeth / infecte wole vs alle
Fy stynkyng swyn / fy foule moote thee falle
A taketh heede syres / of this lusty man
Now sweete syre / wol ye Iusten atte fan
They to me thynketh / ye been wel yshape
I trowe / that ye dronken han wyn ape
And that is / whan men pleyen with a straw
And with this speche the Cook wax wrooth & wraw
And on the Manciple he gan nodde faste
ffor lakke of speche / and doun the hors hym caste
Where as he lay / til þt men vp hym took
This was a fair chyuachee / of a Cook
Allas he nadde holde hym by his ladel
And er þt he / agayn were In his sadel
Ther was greet showuyng / bothe to and fro
To liften hym vp / and muchel care and wo
So vnweeldy was this sory palled goost
And to the Manciple / thanne spak oure hoost

By cause / drynke / hath dominacion
Vpon this man / by my sauacion
I trowe / sekirly / he wolde telle his tale
ffor were it wyn / or oold / or moysty Ale
That he hath dronke / he speketh in his nose
And fneseth faste / and eek he hath the pose

He hath also / to do moore than ynough
To kepen hym and his capul out of slough
And if he falle / from his capul eftsoone
Thanne shal we alle haue ynogh to doone
In liftyng vp / his heuy dronken cors
Telle on thy tale / of hym make I no fors

But yet Manciple / in feith thou art to nyce
Thus openly / repreue hym of his vice
Another day / he wole paraventure
Reclayme thee / and brynge thee to lure
I meene / he speke wole / of smale thynges
As for to pynchen at thy rekenynges
That were nat honeste / if it cam to preef

No quod the Manciple / that were a greet mescheef
So myghte he lightly / brynge me in the snare
Yet hadde I leuere / payen for the mare

Which that he nyt on / than he sholde with me myne
I wol nat maken hym / also moot I thryue
That that I spoke / I seyde it in my bounte
And wite ye what / I haue heer in a gourde
A draghte of wyn / ye of a rype grape
And right anon / ye shul seen a good Jape
This Cook shal drynke ther of / if þt I may
Vp peyne of deeth / he wol nat seye me nay
And certeynly / to tellen as it was
Of this vessel / the Cook drank faste allas
What neded hym / he drank ynough biforn
And whan he hadde / pouped in this horn
To the manciple / he took the gourde agayn
And of that drynke / the Cook was wonder fayn
And thanked hym / in swich wise as he koude
Thanne gan oure hooste / to laughen wonder loude
And seyde / I se wel / it is necessarie
Wher þt we goon / þt drynke we ofte vs carie
ffor that wol turne / rancour and disese
Tacord and loue / and many a wrong apese
O Bacus / yblessed be thy name
That so kanst turnen / ernest in to game
Worshipe and thank / be to thy deitee
Of that matere / ye gete namoore of me
Telle on thy tale / manciple I thee preye
Wel syre quod he / now herkneth what I seye

Heere bigynneth the manciples tale of the Crowe

When phebus / dwelled heere in this Erthe adoun
As olde bookes / maken mencioun
He was / the mooste lusty bachiler
In al this world / and eek the beste Archer
He slow phiton / the serpent / as he lay
Slepynge agayn the Sonne / vpon a day
And many anothey / noble worthy dede
He with his bowe wroghte / as men may rede
Pleyen he koude / on euery mynstralcie
And syngen / that it was a melodie
To heeren / of his clere voys the soun
Certes / the kyng of Thebes Amphioun
That with his syngyng / walled that Citee
Koude neuer syngen / half so wel as hee
Ther to he was / the semelieste man
That is or was / sith þt the world bigan
What nedeth it / hise fetures to discryue
ffor in this world / was noon so fair on lyue

Manciple

He was they with fulfild of gentillesse
Of honour, and of parfit worthynesse
This Phebus that was flour of bachilrie
As wel in fredom, as in chiualrie
ffor his desport, in signe eek of victorie
Of phiton, so as telleth vs the storie
Was wont to beren in his hand a bowe
Now hadde this Phebus in his hous a crowe
Which in a cage, he fostred many a day
And taughte it speke, as men teche a Iay
Whit was this crowe, as is a snow whit swan
And countrefete the speche of euery man
He coude, whan he sholde telle a tale
Ther with in al this world, no nyghtyngale
Ne koude, by an hondred thousand deel
Syngen, so wonder wysly and weel
Now hadde this Phebus in his hous a wyf
Which that he louede, moore than his lyf
And nyght and day, dide euere his diligence
Hir to plese, and doon hir reuerence
Saue oonly, the sothe that I shal sayn
Ialous he was, and wolde haue kept hir fayn
For hym were looth, by iaped for to be
And so is euery wight, in swich degree
But al in ydel, for it auailleth noght
A good wyf, that is clene, of werk & thoght
Sholde nat been kept, in noon awayt certayn
And trewely, the labour is in vayn
To kepe a shrewe, for it wol nat bee
This holde I, for a verray nycetee
To spille labour, for to kepe wyues
Thus writen olde clerkes in hir lyues

But now to purpos, as I first bigan
This worthy Phebus, dooth al that he kan
To plesen hir, wenynge that swich plesaunce
And for his manhede, and his gouernance
That no man sholde han put hym from hir grace
But god it woot, ther may no man embrace
As to destreyne a thyng, which þat nature
Hath natureelly, set in a creature

Exemplum de volucre Taak any byrd, and put it in a cage
And do al thyn entente, and thy corage
To fostre it tendrely, with mete and drynke
Of alle deyntees, þat thou kanst bithynke
And keep it also clenly, as thou may
Al though his cage, of gold be neuer so gay
Yet hath this byrd, by twenty thousand foold
Leuere in a fforest that is rude and coold

Thaunciple

Goon ete wormes and wich wicckednesse
ffor eue this brid wol doon his bissynesse
To escape out of his cage if he may
his libytee this brid desieth ay

That take a cat and fostre hym wel w mylk
And tendre flessh and make his couche of silk
and lat hym seen a mous go by the wal
anon he weyueth mylk and flessh and al
and euery deyntee that is in that hous
Which appetit he hath to ete a mous
Lo heere hath lust his dominacion
And appetit fleemeth discrecion

A she wolf hath also a vileyns kynde
The lewedeste wolf yt she may fynde
Or leest of reputacion that wol she take
In tyme whan hir list to han a make

Alle thise ensamples speke I by thise men
That been vntrewe and no thyng by wymen
ffor men han eue a likerous appetit
On lower thyng to performe hys delit
Than on hys wyues be they neuer so faire
Ne neuer so trewe ne so debonaire
fflessh is so newefangel with meschaunce
That we ne konne in no thyng han plesaunce
That sowneth in to vertu any while

This phebus which pt thoghte vpon no gile
deceyued was for al his jolitee
ffor vnder hym another hadde shee
A man of litel reputacion
nat worth to phebus in comparison
The moore harm is it happeth ofte so
Of which ther cometh muchel harm & wo

And so bifel whan phebus was absent
His wyf anon hath for hir lemman sent
hir lemman Certes this is a knauysshe speche
fforyeueth it me and that I yow biseche

The wise Plato seith as ye may rede
The word moot nede accorde with the dede
If men shal telle propreli a thyng
The word moot cosyn be to the werkyng
I am a boystous man right thus seye I
Ther nys no difference trewely
Bitwix a wyf pt is of heigh degree
If of hir body dishoneste she bee
And a poure wenche oother than this
If it so be they werke bothe amys
But pt the gentile in hir estaat aboue
She shal be clepid his lady as in loue

Exemplum de ancelego

Exemplum de lupo

Chanucple

And for that oother is a povre womman
She shal be cleped his wenche or his lemman
And god it woot myn owene deere brother
Men leyn þt oon as lowe as lith þt oother
Right so bitwyxe a titlelees tyraunt
And an outlawe or a theef erraunt
The same I seye ther is no difference
To Alisaundre was toold this sentence
That for the tyraunt is of gretter myght
By force of meynee for to sleen doun right
And brennen hous & hoom & make al playn
Lo therfore is he cleped a Capitayn
And for the outlawe hath but smal meynee
And may nat doon so greet an harm as he
Ne brynge a contree to so greet meschief
Men clepen hym an Outlawe or a theef
But for I am a man noght textueel
I wol noght telle of textes neuer a deel
I wol go to my tale as I bigan
Whan Phebus wyf had sent for hir lemman
Anon they wroghten al hir lust volage
The white crowe that heeng ay in the Cage
Biheeld hir werk and seyde neuer a word
And whan þt hoom was come Phebus the lord
This crowe sang Cokkow Cokkow Cokkow
What byrd quod Phebus what song syngestow?
Ne were thow wont so myrily to synge
That to myn herte it was a reioysynge
To heere thy voys allas what song is this?
By god quod he I synge nat amys
Phebus quod he for al thy worthynesse
For al thy beautee and thy gentilesse
For al thy song and thy mynstralcye
For al thy waityng bleered is thyn eye
With oon of litel reputacion
Noght worth to thee in comparison
The montance of a gnat so moote I thryue
Irō malorum quid— For on thy bed thy wyf I saugh hym swyue
What wol ye moore the crowe anon hym tolde
By sadde tokenes and by wordes bolde
How þt his wyf had doon hir lecherye
Hym to greet shame and to greet vileynye
And tolde hym ofte he saugh it wt hise eyen
This Phebus gan aweyward for to wryen
And thoughte his sorweful herte brast atwo
His bowe he bente and sette therInne a flo
And in his Ire his wyf thanne hath he slayn
This is theffect ther is namoore to sayn

Chauncyer

For sorwe of which he brak his mynstralcie
Bothe harpe and lute and Gyterne and sautrie
And eek he brak hise arwes and his bowe
And after that thus spak he to the crowe
Traitour quod he with tonge of scorpion
Thou hast me broght to my confusion
Allas that I was wroght why nere I deed
O deere wyf o gemme of lustiheed
That were to me so sad and eek so trewe
Now listow deed with face pale of hewe
Ful giltlees that dorste I swere ywys
O rakel hand to doon so foule amys
O trouble wit o ire recchelees
That vnauysed smyteth giltlees
O wantrust ful of fals suspecion
Where was thy wit and thy discrecion
O euery man be war of rakelnesse
Ne troweth no thyng withouten strong witnesse
Smyt nat to soone er þt ye witen why
And beeth auysed wel and sobrely
Er ye doon any execucion
Vpon youre ire for suspecion
Allas a thousand folk hath rakel ire
Fully fordoon and broght hem in the myre
Allas for sorwe I wol my seluen slee
And to the crowe o false theef seyde he
I wol thee quite anon thy false tale
Thou songe whilom lyk a nyghtyngale
Now shaltow false theef thy song forgon
And eek thy white fetheres euerichon
Ne neuere in al thy lif ne shaltou speke
Thus shal men on a traytour been awreke
Thou and thyn ofspryng euere shul be blake
Ne neuere sweete noys shul ye make
But euere crye agayn tempest and rayn
In tokenynge þt thurgh thee my wyf is slayn
And to the crowe he styte and that anon
And pulled hise white fetheres euerichon
And made hym blak and refte hym al his song
And eek his speche and out at dore hym slong
Vnto the deuel which I hym bitake
And for this caas been alle crowes blake
Lordynges by this ensample I yow preye
Beth war and taketh kepe what that I seye
Ne telleth neuere no man in youre lif
How þt another man hath dight his wyf
He wol yow haten mortally certeyn
Daun Salomon as wise clerkes seyn

Manciple

Techeth a man/ to kepen his tonge weel
But as I seyde/ I am noght textueel
But nathelees/ thus taughte me my dame
My sone/ thenk on the crowe on goddes name
My sone/ keep wel thy tonge/ & keep thy freend
A wikked tonge/ is worse than a feend
My sone/ from a feend/ men may hem blesse
My sone/ god of his endelees goodnesse
Walled a tonge/ wt teeth & lippes eke
ffor man sholde hym auyse/ what he speke
My sone/ ful ofte/ for to muche speche
Hath many a man been spilt/ as clerkes teche
But for litel speche auysely
Is no man shent/ to speke generally
My sone/ thy tonge sholdestow restreyne
At alle tymes/ but whan thou doost thy peyne
To speke of god/ in honour and preyere
The firste vertu sone/ if thou wolt leere
Is to restreyne/ and kepe wel thy tonge
Thus lerne children/ whan yt they been yonge
My sone/ of muchel spekyng/ yuele auysed
Ther lasse spekyng/ hadde ynough suffised
Cometh muchel harm/ thus was me told & taught
In muchel speche/ synne wanteth naught
Wostow/ wherof a rakel tonge serueth
Right as a swerd/ forkutteth and forkerueth
An arm atwo/ my dere sone right so
A tonge/ kutteth freendshipe al atwo
A Jangler/ is to god abhomynable
Reed Salomon/ so wys and honurable
Reed Dauid in hise psalmes/ reed Senekke
My sone spek nat/ but wt thyn heed thou bekke
Dissimule as thou were deef/ if that thou heere
A Jangler/ speke of perilous mateere
The flemyng seith/ and lerne it if thee leste
That litel Janglyng/ causeth muchel reste
My sone/ if thou no wikked word hast seyd/
Thee thar nat drede/ for to be biwreyd/
But he yt hath mysseyd/ I dar wel sayn
He may by no wey/ clepe his word agayn
Thyng that is seyd/ is seyd/ and forth it gooth
Thought hym repente/ or be hym leef or looth
He is his thral/ to whom yt he hath sayd/
A tale/ of which he is now yuele apayd/
My sone be war/ and be noon Auctour newe
Of tydynges/ wheither they been false or trewe
Wher so thou come/ amonges hye or lowe
Kepe wel thy tonge/ and thenk vpon the crowe

Heere is ended/ the manciples tale of the Crowe

❡ Heere folkketh the prologe of the Persons tale

By that the Maniciple hadde his tale al ended
The sonne fro the South lyne was descended
So lowe, that he nas nat to my sighte
Degrees nyne and twenty, as in highte
Ten of the clokke, it was tho, as I gesse
ffor elleuene foot, or litel moore, or lesse
My shadwe was, at thilke tyme, as there
Of swiche feet, as my lengthe parted were
In syxe feet equal, of proporcion
They with the moones exaltacion
I meene libra, alwey gan ascende
As we were entryng, at a thropes ende
ffor which oure hooste, as he was wont to gye
As in this caas, oure ioly compaignye
Seyde in this wise, lordynges euerychoon
Now lakketh vs no tales mo than oon
ffulfilled is my sentence, and my decree
I trowe, that we han herd of ech degree
Almoost fulfild is al myn ordinaunce
I pray to god, so yeue hym right good chaunce
That telleth this tale, to vs lustily
❡ Sir preest quod he, artow a vicary
Or art a person, sey sooth by thy fey
Be what thou be, ne breke thou nat oure pley
ffor euery man saue thou, hath toold his tale
Vnbokele, and shewe vs what is in thy male
ffor trewely, me thynketh by thy cheere
Thou sholdest knytte vp wel a greet matere
Telle vs a fable anon, for cokkes bones
This Person answerde, al atones
Thou getest fable noon, ytoold for me
ffor Paul, that writeth vn to Thymothee
Repreueth hem, that weyueth soothfastnesse
And tellen fables, and swich wrecchednesse
Why sholde I sowen draf out of my fest
Whan I may sowen whete, if pt me lest
ffor which I seye, if that yow list to heere
Moralitee, and vertuous matere
And thanne, pt ye wol yeue me audience
I wol fayn, at cristes reuerence
Do yow plesaunce leefful as I kan.
But trusteth wel I am a southren man
I kan nat geeste, rum, ram, ruf, by lettre
Ne god woot, rym holde I but litel bettre
And therfore, if yow list, I wol nat glose
I wol yow telle, a myrie tale in prose
To knytte vp al this feeste, and make an ende
And Ihu for his grace, wit me sende

¶ Paulus ad Thimotheu

Person

To shewe yow the wey, in this viage
Of thilke parfit, glorious pilgrymage
That highte Jerusalem celestial
And if ye vouche sauf, anon I shal
Bigynne upon my tale, for which I preye
Telle youre avys, I kan no bettre seye

But nathelees, this meditacioun
I putte it ay, under correccioun
Of clerkes, for I am nat textueel
I take but sentence, trusteth weel
Therfore I make a protestacioun
That I wol stonde to correccioun

Upon this word, we han assented soone
Ffor as us semed, it was for to doone
To enden in som vertuous sentence
And for to yeue hym space and audience
And bade oure hoost, he sholde to hym seye
That alle we, to telle his tale hym preye
Oure hoost hadde the wordes for us alle
Sire preest quod he, now faire yow bifalle
Sey what yow list and we wol gladly heere
And with that word he seyde in this manere
Telleth quod he yowre meditacioun
But hasteth yow, the sonne wole adoun
Beth fructuous, and that in litel space
And to do wel, god sende yow his grace

Explicit prohemium

Here bigynneth the Persones tale

Jer. 6º. State super vias & videte & interrogate de viis anti
quis que sit via bona & ambulate in ea & invenietis re
frigerium animabus vestris &c

Oure sweete lord god of heuene that no man wole
perisshe but wole that we comen alle to the knoweleche
of hym, and the blissful lif that is perdurable, amonesteth
us by the prophete Jeremie, and seith in thys wyse
Stondeth upon the weyes, and seeth and axeth
of olde pathes that is to seyn, of olde sentences which is the go-
de wey, and walketh in that wey, and ye shal fynde refresshynge
for yowre soules &c. Manye been the weyes espiritueels that le
den folk, to oure lord Jhu Crist, and to the regne of glorie, Of whiche
weyes, ther is a ful noble wey, and a couenable which may nat fayle

to no man ne to womman that thurgh synne hath mysdoon / to the righte wey of Jerusalem celestial / and this wey is cleped penitence / of which man sholde gladly herknen and enqueren with al his herte / to witen what is penitence / and whennes it is cleped penitence / and in how manye maneres been the acciouns or werkynges of penitence / and how manye speces ther been of penitence / and whiche thynges apperteenen and bihouen to penitence / and whiche thynges destourben penitence ¶ Seint Ambrose seith / that penitence is the pleynynge of man for the gilt þt he hath doon / and namoore to do any thyng / for which hym oghte to pleyne ¶ And som doctour seith / penitence is the waymentynge of man that sorweth for his synne / and pyneth hym self for he hath mysdoon ¶ Penitence with certeyne circumstances / is verray repentance of a man that halt hym self in sorwe and oother peyne for his giltes / and for he shal be verray penitent / he shal first biwaylen the synnes that he hath doon / and stidefastly purposen in his herte to haue shrift of mouthe / and to doon satisfaccioun / and neuere to doon thyng / for which hym oghte moore biwayle or to compleyne / and continue in goode werkes / or elles his repentance may nat auaille / for as seith seint Ysidre / he is a Iaper and a gabbere / and no verray repentaunt / that eftsoone dooth thyng / for which hym oghte repente ¶ Wepynge and nat for to stynte to synne / may nat auaille ¶ But nathelees men shal hope / that euery tyme þt man falleth be it neuer so ofte / þt he may arise thurgh penitence if he haue grace / but certeinly it is greet doute / for as seith seint Gregorie / vnnethe aryseth he out of synne / that is charged with the charge of yuel vsage / and therfore repentaunt folk / þt stynte for to synne / and forlete synne / er þt synne forlete hem / hooly chirche holdeth hem siker of hir sauacioun / and he that synneth and verraily repenteth hym in his laste / hooly chirche yet hopeth his sauacioun / by the grete mercy of oure lord Jhū Crist for his repentance but taak the siker wey ¶ And now sith I haue declared yow what thyng is penitence / now shul ye vnderstonde that ther been iij acciouns of penitence ¶ The firste accioun of penitence is that a man be baptized after that he hath synned / Seint Augustin seith / but he be penitent for his olde synful lyf / he may nat bigynne the newe clene lyf / for certes if he be baptized with outen penitence of his olde gilt he receyueth the mark of baptesme / but nat the grace ne the remissioun of his synnes til he haue repentance verray ¶ Another defaute is this that men doon deedly synne after þt they han receyued baptesme ¶ The thridde defaute is / that men fallen in venial synnes after hir baptesme / fro day to day ¶ Ther of seith seint Augustyn / that penitence of goode and humble folk is the penitence of euery day ¶ The speces of penitence been iij ¶ That oon of hem is solempne ¶ Another is commune ¶ And the thridde is pryuee ¶ Thilke penance that is solempne is in two maneres / as to be put out of hooly chirche in lente for slaughtre of children and swich maney thyng ¶ Another thyng is / than a man hath synned openly / of which synne the fame is openly spoken in the contree / and thanne hooly chirche by juggement destreyneth hym for to do open penaunce ¶ Commune penitence is that preestes enioynen men in certeyn caas / as for to goon parauen

Prima pars

¶ Of prive penaunce

¶ What is bihouely to prfit penitence

¶ Iohes Crisostom

¶ Of iij thynges in whiche Crist oure lord ihu bt

¶ How penaunce may be likened to a tree

¶ Ihus in euangelio

¶ Of a seed spryngep of contricion

¶ Salomon

¶ Of the heete of this seed

¶ Vn exemplum

¶ Dauid pheta

¶ Of iij thynges consyngynge to contricion

¶ What contricion is

¶ Cruseseruardus

tree naked in pilgrimages or bare foot ¶ Pryue penaunce is thilke that men doon alday for priue synnes, of whiche they shryue hem priuely and receyue priue penaunce ¶ Now shaltow vnderstande what is bihouely and necessarie to verray prfit penitence. and this stant on iij thynges. contricion of herte, confession of mouth, ¶ and satisfaccion. for whiche seith seint Iohn Crisostom ¶ Penitence destreyneth a man to accepte benignely euery peyne that hym is enioyned. with contricion of herte and shrift of mouth, with satisfaccion, and in werkynge of alle manere humylitee. and this is fruytful penitence agayn iij thynges in whiche we wrathe oure lord ihu Crist. This is to seyn, by delit in thynkynge, by rechelessnesse in spekynge, and by wikked synful werkynge. and agayns thise wikked giltes is penitence that may be likned vnto a tree. ¶ The roote of this tree is contricion that hideth hym in the herte of hym pt is verray repentaunt, right as the roote of a tree hideth hym in the erthe ¶ Of the roote of contricion spryngeth a stalke that bereth braunches and leues of confession. and fruyt of satisfaccion ¶ For which Crist seith in his gospel, dooth digne fruyt of penitence. for by this fruyt may men knowe this tree, and nat by the roote that is hyd in the herte of man, ne by the braunches, ne by the leues of confession. and therfore oure lord ihu Crist seith thus, by the fruyt of hem ye shul knowe hem. ¶ Of this roote eek spryngeth a seed a grace, the whiche seed is moder of sikernesse. and this seed is egre and hoot. the grace of this seed spryngeth of god thurgh remembraunce of the day of doome, and on the peynes of helle ¶ Of this matere seith Salomon that, in the drede of god, man forleteth his synne ¶ The heete of this seed is the loue of god, and the desiryng of the ioye pdurable. This heete draweth the herte of a man to god, and dooth hym haten his synne. for soothly, ther is no thyng that sauoureth so wel to a child, as the mylk of his norice, ne no thyng moore abhomynable than thilke mylk, whan it is medled with oother mete ¶ Right so the synful man that loueth his synne, hym semeth that it is to hiwost sweete of any thyng. but fro that tyme that he loueth sadly oure lord ihu Crist, and desireth the lyf pdurable, ther nys to hym no thyng moore abhomynable. for soothly, the lawe of god is the loue of god, for which dauid the prophete seith ¶ I haue loued thy lawe & hated wikkednesse and hate. he that loueth god kepeth his lawe and his word ¶ This tree saugh the prophete daniel, in the vysion of the kyng Nabugodonosor whan he conseiled hym to do penitence ¶ Penaunce is the tree of lyf to hem that it receyuen. and he pt holdeth hym in verray penitence is blessed, after the sentence of Salomon ¶ In this penitence or contricion man shal vnderstonde iiij thynges, that is to seyn, what is contricion. and whiche been the causes pt moeuen a man to contricion. and how he sholde be contrit. & what contricion auailleth to the soule ¶ Thanne is it thus, pt contricion is the verray sorwe that a man receyueth in his herte for his synnes, with sad purpos to shryue hym, and to do penaunce and neuermoore to do synne. and this sorwe shal been in this manere, as seith seint Bernard ¶ It shal been heuy and greuous and

Penitencie

ful sharp and poynaunt in herte ⁋First for man hath agilt his lord / &
his creatour / and moore sharp and poynant / for he hath agilt hys
fader celestial / and yet moore sharp and poynaunt / for he hath wra-
thed and agilt hym that boghte hym / which with his precious blood hath
delyuered vs / fro the bondes of synne / and fro the crueltee of the deuel
and fro the peynes of helle ⁋The causes that oghte moeue a man to
contricion been vj ⁋First a man shal remembre hym of hyse sy̅n-
nes / but looke he that thilke remembraunce ne be to hym no delit / by
no wey / but greet shame and sorwe for his gilt ⁋For Iob seith / syn-
ful men doon werkes / worthy of confession ⁋And therfore seith Eze-
chie / I wol remembre me / alle the yeres of my lyf in bitternesse of
myn herte ⁋And god seith in the Apocalips / ⁋Remembreth yow fro whe-
nes þt ye been falle / for biforn that tyme þt ye synned / ye were the
children of god / and lymes of the regne of god / but for youre synne ye
been woxen thral and foul / and membres of the feend / hate of Aungels /
sclaundre of hooly chirche / and foode of the false serpent / perpetuel ma-
tere of the fyr of helle / And yet moore foul and abhomynable / for ye
trespassen so ofte tyme / as dooth the hound / þt retournneth to eten his ve-
mytyng / and yet be ye fouler / for youre longe continuyng in synne &
youre synful vsage / for which / ye be roten in youre synne / as a beest in
his dong / ⁋Swiche manere of thoghtes / maken a man to haue shame
of his synne / and no delit / as god seith by the prophete Ezechiel / ȝe shal
remembre yow of youre weyes / and they shulu displese yow / soothly
synnes been the weyes / that leden folk to helle ⁋The seconde cause
that oghte make a man / to haue desdeyn of synne is this / That as
seith Seint Peter / who so that dooth synne is thral of synne / and
synne put a man in greet thraldom / And therfore seith the prophete /
Ezechiel / I wente sorweful in desdayn of my self / And wel w-
oghte a man / haue desdayn of synne / and withdrawe hym from
that thraldom and vileynye / And lo what seith Seneca in this mate
re / he seith thus / though I wiste that god neither god ne man ne shol-
de neuere knowe it / yet wolde I haue desdayn for to do synne ⁋And
the same Seneca also seith / I am born to gretter thynges / than to be
thral to my body / or than for to maken of my body a thral / ne a fouler
thral / may no man ne womman maken of his body / than for to yeuen
his body to synne / Al were it the fouleste cheyl / or the fouleste wom-
man that lyueth / and leest of value / yet is he thanne moore foul / &
moore in seruitute / euer fro the hyer degree that man falleth / the
moore is he thral / and moore to god and to the world abhomynable /
⁋O goode god / wel oghte man haue desdayn of synne / sith that thurgh
synne ther he was free / now is he maked bonde ⁋And therfore seith
Seint Augustyn / If thou hast desdayn of thy seruaunt / if he agilte or
synne / haue thou thanne desdayn / that thou thy self / sholdest do syn-
ne / take reward of thy value / that thou ne be to foul to thy self ⁋Allas
wel oghten they thanne haue desdayn to been seruauntz & thralles
to synne / and soore been ashamed of hem self / that god / of his en-
delees goodnesse / hath set hem in heigh estaat / or yeuen hem wit /
strengthe of body / heele / beautee / prosperitee / and boghte hem fro.

⁋Of vj causes þt oghten
moeue a man to contricion

⁋The firste cause of contricion

⁋Iob

⁋Ezechias

⁋Ions in apocalipse

⁋Sue̅ p̅ Ezechiele p̅pha̅m

⁋The ij cause of contricion

⁋Sn̅s petrus

⁋Ezechiel p̅pha̅

⁋Seneca

⁋Idem seneca

⁋Sn̅s Augustinus

Tercia pars

Proverbia mulieres etc.
Salomon

The iij. cause of contricion
Ieronimus

Paulus

Bernardus

Salomon

Augustinus

Ieronimus

Iob ad deū

the deeth with his herte blood, that they so unkyndely agayns his gentilesse quiten hym so vileynsly to slaughtre of hir owene soules. O goode god, ye wommen that been of so greet beautee, remembreth yow of the proverbe of Salomon. He seith, likneth a fair womman that is a fool of hir body, lyk to a ryng of gold that were in the groyn of a soughe. For right as a sough wroteth in everych ordure, so wroteth she hir beautee in the stynkynge ordure of synne. The thridde cause that oghte moeve a man to contricion is drede of the day of doom, and of the horrible peynes of helle. For as seint Ierome seith, at every tyme that me remembreth of the day of doom, I quake. For whan I ete or drynke or what so that I do, evere semeth me that the trompe sowneth in myn ere. Riseth up, ye that been dede, and cometh to the juggement. O goode god, muchel oghte a man to drede swich a juggement, ther as we shullen been alle, as seint Poul seith, biforn the seete of oure lord Ihesu Crist. Where as he shal make a general congregacion, where as no man may been absent, for certes there availleth noon essoyne ne excusacion. And nat oonly that oure defautes shullen be jugged, but eek that alle oure werkes shullen openly be knowe. And as seith seint Bernard, ther ne shal no pledynge availle, ne sleighte. We shullen yeven rekenynge of everich ydel word. Ther shul we han a juge that may nat been deceyved ne corrupt. And why? For certes alle oure thoghtes been discovered as to hym, ne for preyere ne for meede he shal nat been corrupt. And therfore seith Salomon, the wratthe of god ne wol nat spare no wight, for preyere ne for yifte. And therfore at the day of doom ther nys noon hope to escape. Therfore as seith seint Anselm, ful greet angwyssh shul the synful folk have at that tyme. Ther shal the sterne and wrothe juge sitte above, and under hym the horrible put of helle open to destroyen hym that moot biknowen hise synnes, whiche synnes openly been shewed biforn god and biforn every creature. And in the left syde, mo develes than herte may bithynke, for to harye and drawe the synful soules to the peyne of helle. And with-inne the hertes of folk shal be the bitynge conscience, and with-oute forth shal be the world al brennynge. Whider shal thanne the wrecched synful man flee to hyden hym? Certes he may nat hyden hym, he moste come forth and shewen hym. For certes, as seith seint Ierome, the erthe shal casten hym out of hym, and the see also, and the eyr also, that shal be ful of thonder clappes and lightnynges. Now soothly, who so wel remembreth hym of thise thynges, I gesse that his synne shal nat turne hym in delit, but to greet sorwe, for drede of the peyne of helle. And therfore seith Iob to god, suffre lord that I may a while biwaille and wepe, er I go with-oute retournyng, to the derke lond, covered with the derknesse of deeth, to the lond of mysese and of derknesse. Where as is the shadwe of deeth, where as ther is noon ordre or ordinaunce, but grisly drede that evere shal laste. Loo, heere may ye seen, that Iob preyde respit, a while, to biwepe and waille his trespas, for soothly, a day of respit is bettre than al the tresor of the world. And for as muche as a man may acquiten hym self, biforn god by penitence in

Penitencie

this world / and nat by tresor / therfore sholde he preye to god / to yeue hym respit / a while / to biwepe and biwaillen his trespas / for certes, al the wo / that a man myghte make fro the bigynnyng of the world / nys but a litel thyng / at regard / of the wo of helle / ¶ The cause / why that Iob clepeth helle / the lond of derknesse / vnderstondeth / that he clepeth it lond of derke, for it is stable, and neuere shal faille ought / for he that is in helle, hath defaute of light material / for certes, the derke light / that shal come out of the fyr / that euere shal brenne / shal turne hym al to peyne / þt is in helle / for it sheweth hym to the horrible deueles / that hym tormenten / coupled with the derknesse of deeth / that is to seyn / that he þt is in helle / shal haue defaute of the sighte of god / for certes / the sighte of god / is the lyf pardurable ¶ The derknesse of deeth / been the synnes / that the wrecched man hath doon / whiche that destourben hym to see the face of god / right as doth a derk clowde / bitwixe vs and the sonne ¶ Lond of misese / bycause that they been. iij. maner of defautes / agayn. iij. thynges that folk of this world / han in this present lyft / that is to seyn honours, delices / and richesses ¶ Agayns honour / haue they in helle / shame & confusion / ffor wel ye woot / that men clepen honour / the reuerence that man doth to man / but in helle / is noon honour ne reuerence / for certes / namoore reuerence shal be doon there to a king / than to a knaue ¶ For which god seyth by the prophete Ieremye / whilke folk þt me despisen / shul been in despit ¶ Honour / is eek cleped greet lordshipe / and heighnesse / but in helle / shul they been al fortroden of deueles / and god seyth / the horrible deueles shulle goon and comen / vpon the heuedes of the dampned folk / and this is for as muche as the hyer that they were in this present lyf / the moore shulle they been abated and defouled in helle ¶ Agayns the richesses of this world / shul they han myseise of pouerte / and this pouerte shal been in foure thynges / In defaute of tresor / of which that dauid seyth / ¶ the riche folk that embraceden and oneden al hir herte to tresor of this world / shul slepe in the slepynge of deeth / and no thyng / ne shal they fynden in hir handes / of al hir tresor ¶ And moore ouer / the myseyse of helle / shal been in defaute of mete and drynke / for god seyth thus by moyses / they shul been wasted with hunger / and the briddes of helle / shul deuouren hem with the bitter deeth / and the galle of the dragon / shal been hir drynke / and the venym of the dragon / hir morsels ¶ And ferther ouer / hir myseyse shal been in defaute of clothyng / for they shulle be naked in body, as of clothyng / saue the fyr / in which they brenne / and othere filthes / & naked shul they been of soule, as of alle manere vertues / which þt is the clothyng of the soule / where been thanne the gaye robes / and the smale shetes / and the softe sheytes also / that seyth god of hem / by the prophete ysaye / That vnder hem / shul been strawed mothes / and hir couertures / shulle been of wormes of helle ¶ And ferther ouer / hir myseyse shal been, in defaute of freendes / for he nys nat poure that hath goode freendes / but there is no frend / for neither god ne no creature / shal been freend to hem / and eu- rich of hem / shal haten oother / with deedly hate / The sones and

¶ Why Iob clepeth helle the lond of derknesse

¶ Of the derknesse of deeth
¶ Of the lond of misese

¶ Of honour, delices & richesses

¶ Ius p Ieremia prham

¶ Ius sirit

¶ Agayns the richesses of this world
¶ Of defaute of tresor vndr

¶ Of defaute of mete & drynke

¶ Ius p moysi

¶ Of defaute of clothyng

¶ Ius p ysaiam prham
¶ Of defaute of freendes

Prima pars

Thus prophetia Michias

David propheta: Qui diligit iniquitatem odit animam suam

Thus the dampned shul haue defaute of alle maner delices

Ysayas propheta

Idus propheta Ysayam

Job

Exemplum

Thus Gregorius

Thus Johannes Euangelista

Job

David propheta

Thus Basilius

Thus Job

Thus the dampned han ben al hir hope for vij causes

the doghtren shullen rebellen agayns fader and mooder, and kynrede agayns kynrede, and chiden and despisen, euerich of hem oother, bothe day and nyght, as god seith by the prophete Michias. And the louynge children that whilom loueden so flesshly euerich oother wolden euerich of hem eten oother if they myghte, for how sholden they loue togidre in the peyne of helle, whan they hateden ech of hem oother in the prosperitee of this lyf. After trust wel, sich flesshly loue was deedly hate, as seith the prophete David. Also so that loueth wikkednesse, he hateth his soule, and also so hateth his owene soule, he may loue noon oother wight in no manere. And therfore is no solas, ne no frenshippe, but euere the moore flesshly kynredes that been in helle, the moore cursynges, the moore chidynges, and the moore deedly hate ther is among hem. And forther ouer they shul haue defaute of alle maner delices, for delices been after the appetites of the v wittes, as sighte, heerynge, smellynge, sauorynge, and touchynge. But in helle hir sighte shal be ful of derknesse and of smoke, and therfore ful of teeres, and hir heerynge ful of waymentynge and of gryntynge of teeth, as seith Ihu crist. Hir nose thirles shullen be ful of stynkynge stynk. And as seith Ysaye the prophete, hir sauorynge shal be ful of bitter galle. And touchynge of al hir body ycouered with fyr that neuere shal queuche, and with wormes that neuere shul dyen, as god seith by the mouth of Ysaye. And for as muche as they shul nat wene that they may dyen for peyne, and by hir deeth flee fro peyne, that may they vnderstonden by the word of Job, that seith, ther as is the shadwe of deeth. Certes a shadwe hath the liknesse of the thyng of which it is shadwe, but shadwe is nat the same thyng of which it is shadwe. Right so fareth the peyne of helle, it is lyk deeth for the horrible anguyssh, and why, for it peyneth hem euere, as though they sholde dye anon, but certes they shal nat dye. For as seith seint Gregorie, to wrecche caytyues shal be deeth withoute deeth, and ende with outen ende, and defaute with oute faillynge, for hir deeth shal alwey lyuen, and hir ende shal euermo bigynne, and hir defaute shal nat faille. And therfore seith seint John the Euangelist, they shullen folwe deeth, and they shul nat fynde hym, and they shul desiren to dye, and deeth shal flee fro hem. And eek Iob seith, that in helle is noon ordre of rule, and al be it so that god hath creat alle thynges in right ordre, and no thyng withouten ordre, but alle thynges been ordeyned and noumbred, yit nathelees they that been dampned been no thyng in the ordre, ne holden noon ordre, for the erthe ne shal bere hem no fruyt. For as the prophete Dauid seith, god shal destroie the fruyt of the erthe, as fro hem, ne water ne shal yeue hem no moisture, ne the eyr no refresshyng, ne fyr no light. For as seith seint Basilie, the brennynge of the fyr of this world shal god yeuen in helle to hem that been dampned, but the light and the cleernesse shal be yeuen in heuene to hise children, right as the goode man yeueth flessh to his children and bones to his houndes. And for they shulden haue noon hope to escape, seith seint Job atte laste, that ther shal horrour and grisly drede dwellen withouten ende. Horrour is alwey drede of harm that is to come, and this drede shal euere dwelle in the hertes of hem that been dampned. And therfore han they lorn al hir hope, for vij causes. First, for god

Penitencie

that is hir Iuge shal be withouten mercy to hem, and they may nat plese hym, ne noon of hise saintes, ne they, ne may yeue no thyng for hir raunson, ne they haue no voys to speke to hym, ne they may nat fle fro peyne, ne they haue no goodnesse in hem, that they moste shewe to delyuere hem fro peyne. And therfore seith Salomon: The wikked man dyeth, and whan he is deed, he shal haue noon hope to escape fro peyne.   *Salomon*

Who so thanne wolde wel vnderstande the peynes, and bithynke hym wel that he hath deserued thilke peynes for his synnes, certes he sholde haue moore talent to siken and to wepe, than for to syngen and to pleye, ffor as that seith Salomon: Who so that hadde the science to knowe the peynes that been establissed and ordeyned for synne, he wolde make sorwe.   *Idem Salomon*

Thilke science, as seith seint Augustin, maketh man to sayn mercy in his herte.   *Sanctus Augustinus*

The fourthe point that oghte maken a man to haue contricioun is the sorweful remembrance of the good that he hath left to doon heere in erthe, and eek the good that he hath lorn. Soothly the goode werkes þt he hath left, outher they been the goode werkes that he hath wroght, er he fel in to deedly synne, or elles the goode werkes that he wroghte while he lay in synne. Soothly the goode werkes that he dide biforn that he fel in synne been al mortefied and astoned and dulled by the ofte synnyng. The othere goode werkes that he wroghte whil he lay in deedly synne per been outrely dede, as to the lyf perdurable in heuene. Thanne thilke goode werkes that been mortefied by ofte synnyng, whiche goode werkes he dide whil he was in charitee, ne mowe neuere quyken agayn withouten verray penitence, and ther of seith god by the mouth of Ezechiel: That if the rightful man retourne agayn from his rightwisnesse and werke wikkednesse, shal he lyue? Nay, for alle the goode werkes that he hath wroght ne shul neuere been in remembrance, for he shal dyen in his synne. And vp on thilke chapitre, seith seint Gregorie thus: That we shulle vnderstonde this in especially, that whan we doon deedly synne, it is for noght than ne to reherce, or drawen in to memorie the goode werkes that we han wroght biforn. ffor certes, in the werkynge of the deedly synne, ther is no trust to no good werk that we han doon biforn, that is for to seyn, as for to haue therby the lyf perdurable in heuene. But natheles the goode werkes quyken agayn, and comen agayn, and helpen and auaillen to haue the lyf perdurable in heuene, whan we han contricioun. But soothly the goode werkes that men doon whil they been in deedly synne, for as muche as they were doon in deedly synne, they may neuere quyke agayn, ffor certes thyng pᵗ neuere hadde lyf, may neuere quykene, and natheles, al be it that they no a uaille noght to han the lyf perdurable, yet auaillen they to abregge of the peyne of helle, or elles to geten temporal richesse, or elles that god wole the rather enlumyne and lightne the herte of the synful man to haue repentaunce, and eek they auaillen for to vsen a man to doon goode werkes, that the feend haue the lasse power of his soule. And thus the curteis lord Ihu crist wolde that no good werk be lost, for in somwhat it shal auaille. But for as muche as the goode werkes that men doon whil they been in good lyf, been al mortefied by synne folwynge, and eek sith that alle the goode werkes that men doon whil they been in deedly synne, been outrely dede, for to haue the lyf perdurable. wel

Ezechiel

Gregorius

Prima pars

may that man that no good werk ne doth/ synge thilke newe frensshe song/ Iay tout perdu mon temps & mon labour/ For certes/ synne bynemeth a man/ bothe goodnesse of nature/ and eek the goodnesse of grace/ For soothly/ the grace of the hooly goost fareth lyk fyr/ that may nat been ydel/ for fyr fayleth anoon as it forleteth his wirkynge/ and right so grace fayleth anoon as it forleteth his werkynge/ Thanne leseth the synful man the goodnesse of glorie/ that oonly is bihight to goode men that labouren and werken/ Wel may he be sory thanne/ that oweth al his lif to god/ as longe as he hath lyued/ and eek as longe as he shal lyue/ that no goodnesse ne hath/ to paye with his dette to god/ to whom he oweth al his lyf/ For trust wel/ he shal yeuen acountes/ as seith seint bernard/ of alle the goodes/ that han be yeuen hym in this present lyf/ And how he hath hem despendes/ ought so muche/ that ther shal nat perisse an heer of his heed/ ne a moment of an houre ne shal nat passe of his tyme/ that he ne shal yeue of it a rekenynge/ ¶ The fifthe thyng/ that oghte moeue a man to contricion/ is remembraunce of the passion/ that oure lord ihū crist suffred for oure synnes/ for as seith seint bernard/ whil that I lyue/ I shal haue remembraunce of the trauailles/ that oure lord crist suffred in prechyng/ His werynesse in trauaillyng/ hise temptacions whan he fasted/ hise longe wakynges whan he preyde/ hise teeres whan that he weep/ for pitee of good peple/ the wo/ and the shame/ and the filthe/ that men seyden to hym/ of the foule spittyng/ that men spitte in his face/ of the buffettes that men yauen hym/ of the foule mowes/ and of the repreues/ that men to hym seyden/ of the nayles/ with whiche he was nayled to the croys/ and of al the remenant of his passion/ that he suffred for my synnes/ and no thyng/ for his gilt/ ¶ And ye shul vnderstonde/ that in mannes synne is euery manere of ordre or ordinance turned vp so doun/ For it is sooth/ that god and reson & sensualitee/ and the body of man/ been ordeyned/ that eueruch of thise foure thynges/ sholde haue lordshipe on that oother/ as thus/ god shol-de haue lordshipe on reson/ and reson on sensualitee/ and sensualitee ouer the body of man/ but soothly whan man synneth/ al this ordre or ordinaunce is turned vp so doun/ ¶ And therfore thanne/ for as muche as the reson of man/ ne wol nat be subget/ ne obeisaunt to god/ that is his lord by right/ therfore leseth it the lordshipe that it sholde haue/ ouer sensualitee/ and eek ou the body of man/ and why/ for sensualitee rebelleth thanne agayns reson/ and by that wey leseth reson the lordshipe ouer sensualitee/ and ouer the body/ for right as reson is rebel to god/ right so is bothe sensualitee rebel to reson/ and the body also/ ¶ And ees this disordinance and this rebellion/ oure lord ihū crist aboghte vp on his precious body ful deere/ and herknep in which wise/ ¶ For as muche thanne as reson is rebel to god: therfore is man worthy to haue sorwe/ and to be deed/ this suffred oure lord ihū crist for man/ after that he hadde be bitrayed of his disciple/ and distreyned and bounde/ so that his blood brast out at euery nayl of hise handes/ as seith seint Augustyn/ ¶ And ferther ouer/ for as muchel as reson of man/ ne wol nat daunte

Notus bernardus

Of the v. thyng þ oghte moeue a man to contricion

Notus bernardus

How in mannes synne is euery manere of ordre or ordinaunce turned vp so doun

Notus Augustinus

Penitencie

sensualitee. Whan it may, therfore is man worthy to haue shame. and this suffred oure lord Ihū crist for man whan they spetten in his visage. ¶ And forther ouer, for as muchel thanne as the caytif body of man is rebel bothe to resõn and to sensualitee, therfore is it worthy the deeth. ¶ And this suffred oure lord Ihū crist for man vp on the croys, there as ther was no part of his body free withouten greet peyne and bitter passion. ¶ And al this suffred Ihū crist, ÿ neuer forfeted. to muchel am I peyned for the thynges that I neuer deserued and to muche defouled for shrewedshipe that man is worthy to haue. And therfore may the synful man wel seye, as seith seint Bernard, ¶ Sn̅s Bernardus Acursed be the bitternesse of my synne, for which they moste be crucified so muchel bitternesse. ¶ For certes, after the diuse discordaunces of oure wikkednesses was the passion of Ihū crist ordeyned in diuse thynges, as thus. ¶ Certes synful mannes soule is bitrayed of the deuel by coueitise of temporeel prosperitee, and scorned by deceite whan he cheseth flesshly delites, and yet is it tormented by Inpacience of aduersitee and despeir by synage and subiection of synne, ¶ atte laste, it is slayn fynally. ¶ For this disordinaunce of synful man was Ihū crist bitrayed, and after that was he bounde that cam for to vnbynden vs of synne and peyne. thanne was he byscorned that oonly sholde han been honoured in alle thynges and of alle thynges. ¶ Thanne was his visage, that oghte be desired to be seyn of al man kynde, in which visage Aungels desiren to looke. vileynsly bispet. thanne was he scourged, that no thyng hadde agilt. and finally thanne was he crucified and slayn. ¶ Thanne was acom- plised the word of ysaye, that seith, that he was wounded for oure ¶ Ysayas mysdedes, and defouled for oure felonies. ¶ Now sith that Ihū crist took vp on hym self the peyne of alle oure wikkednesses, muchel oghte synful man wepen and biwayle that for hise synnes goddes one of heuene sholde al this peyne endure. ¶ The sixte thyng ÿ ¶ Of the vj. thyng that oghte moeue a man to contricion, is the hope of iij. thynges. that is oghte moeue a man to con- to seyn, foryifnesse of synne, and the yifte of grace wel for to do. tricion thurgh hope of iij and the glorie of heuene, with which god shal gerdone a man for hise thynges goode dedes. ¶ And for as muche as Ihū crist yeueth vs thise yiftes of his largesse and of his souereyn bontee. therfore is he cleped. Ihūs Nazarenus rex Iudeor. ¶ Ihūs is to seyn saueour, or saluacion on whom men shul hope to haue foryifnesse of synnes which that ¶ Of the Aungel spak. proprely saluacion of synnes. and therfore seyde the Aungel to Ioseph to ioseph thou shalt clepen his name Ihūs, that shal sauen his peple of hir ¶ Sn̅s petrus synnes. and heer of seith seint peter. ther is noon oother na- me vnder heuene, that is yeue to any man by which a man may be saued but oonly Ihūs. Nazarenus, is as muche to seye as florisshynge. in which a man shal hope, that he ÿ yeueth hym remis- sion of synnes, shal yeue hym eek grace wel for to do. for in the flour is hope of fruyt, in tyme comynge. and in foryifnesse of synnes, hope of grace wel for to do. ¶ I was atte dore of thyn herte seith Ihūs and clepes for to entre. he that openeth to me, shal haue foryifnesse of synne, I wol entre in to hym by my grace, and soupe with hym

Prima pars

by the goode werkes that he shal doon. Whiche werkes been the foode of god / and he shal soupe with me by the grete ioye that I shal yeuen hym / Thus shal man hope, for hise werkes of penaunce, that god shal yeuen hym his regne, as he bihooteth hym in the gospel.

How a man shal be contrit ¶ Now shal a man vnderstonde in which manere shal been his contricion, I seye that it shal been vniusal and total, this is to seyn, a man shal be verray repentaunt for alle hise synnes that he hath doon in delit of his thoght, for delit is ful perilous. ffor they been two maneres

Of two maneres of consentynges of consentynges, that oon of hem is clepes consentynge of affeccion. Whan a man is moeued to do synne, and delitoth hym longe for to thynke on that synne, and his reson apceyueth wel that it is synne, agayns the lawe of god, and yet his reson refreyneth nat his foul delit or talent, though he see wel aptly that it is agayns the reuerence of god, al though his reson ne consente noght to doon that synne in dede, yet seyn somme doctours that swich delit that dwelleth longe, it is ful perilous, al be it neuer so lite. ¶ And also a man sholde sorwe namely, for al that euere he hath desired agayn the lawe of god with perfit consentynge of his reson, for therof is no doute, that it is deedly synne in consentynge. ffor certes, ther is no deedly synne that it nas first in mannes thought, and after that in his delit, and so forth in to consentynge and in to dede. Wherfore I seye that many men ne repenten hem neuere of swiche thoghtes and delites, ne neuere shryuen hem of it / but oonly of the dede of grete synnes outward. Wher

How a man oghte to repenten hym for hise wikkede wordes as wel as for hise wikkede dedes fore I seye that swiche wikked delites, and wikked thoghtes, been subtile bigileres of hem that shullen be dampned. ¶ Moore ouer man oghte to sorwe for hise wikkede wordes, as wel as for hise wikkede dedes, for certes, the repentaunce of a synguler synne and nat repente of alle hise othere synnes, or elles repenten hym of alle hise othere synnes, and nat of a synguler synne may nat auaille, for certes, god almyghty is al good, and therfore he foryeueth al / or elles right noght, and heer of seith seint

Seint Augustinus Augustyn / that god is enemy to euerych synnere, and how than ne he that obserueth o synne / shal he haue foryiuenesse of the remenaunt of hise othere synnes, nay. ¶ And forther ouer, con-

How contricion sholde be wonder sorwful tricion sholde be wonder sorwful and angwissous, and therfore yeueth hym god pleynly his mercy, and therfore whan my soule was angwissous with inne me, I hadde remembraunce of god that my preyere myghte come to hym. ¶ Forther ouer, contricion

How contricion moste be continueel moste be continueel, and that man haue stedefast purpos to shryuen hym, and for to amenden hym of his lyf, ffor soothly whil contricion lasteth, man may euere haue hope of foryiuenesse, and of this comth hate of synne that destroyeth synne, bothe in hym selfe, and eek in oother folk, at his power. ffor which seith Dauid

Dauid ye that louen god hateth wikkednesse, for trusteth wel to loue god is for to loue that he loueth and hate that he hateth. ¶ The laste

The fruyt of contricion auailleth thyng that man shal vnderstonde in contricion is this, Wherof a vailleth contricion, I seye that somtyme contricion deliuereth a

Dauid man fro synne, of which that Dauid seith, I seye quod Dauid /

Penitence

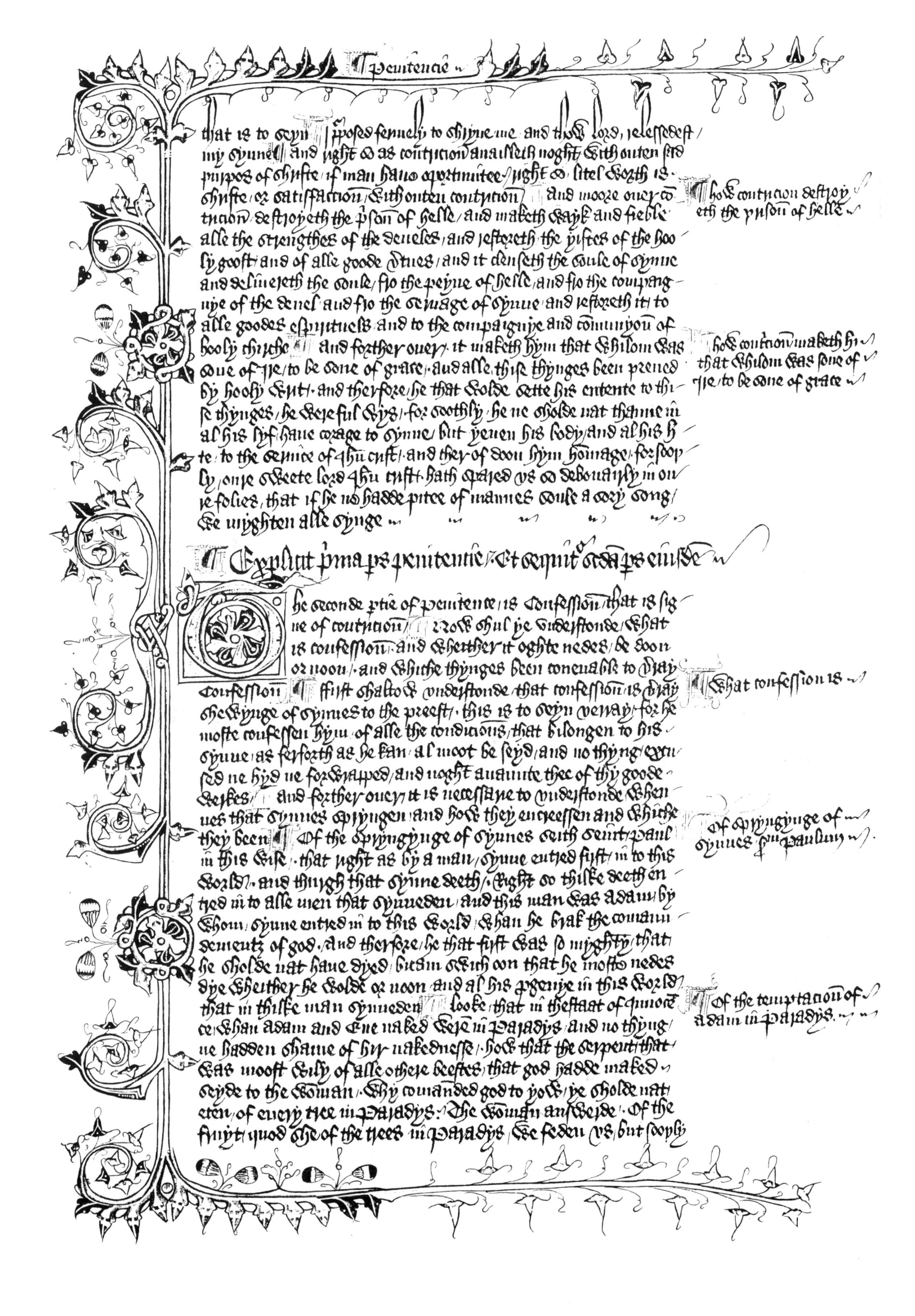

that is to seyn, Moyses sennely to shryue me. and thow lord, relessedest my synne. And right so as contricion auaylleth noght withouten sad purpos of shrifte, if man haue oportunitee, right so litel worth is shrifte or satisfaction withouten contricion. And moore ouer contricion destroyeth the prison of helle, and maketh wayk and fieble alle the strengthes of the deueles, and restoreth the yiftes of the hooly goost. and of alle goode vertues, and it clenseth the soule of synne and delyuereth the soule fro the peyne of helle, and fro the compaignye of the deuel. and fro the seruage of synne. and restoreth it to alle goodes espirituels. and to the compaignye and communyon of hooly chirche. And forther ouer, it maketh hym that whilom was sone of ire, to be sone of grace. and alle thise thynges been preued by hooly writ. and therfore, he that wolde sette his entente to thise thynges, he were ful wys. for soothly, he ne sholde nat thanne in al his lyf haue corage to synne, but yeuen his body, and al his herte to the seruice of Ihu crist. and ther of doon hym homage. for soothly, oure sweete lord Ihu crist hath spared vs so debonayrly in oure folies, that if he ne hadde pitee of mannes soule a sory song we myghten alle synge ~

¶ How contricion destroyeth the prison of helle ~

¶ How contricion maketh hi that whilom was sone of ire, to be sone of grace ~

¶ Explicit prima pars penitentie. Et incipit secunda pars eiusdem ~

The seconde partie of penitence is confession. that is signe of contricion. Now shul ye vnderstonde, what is confession. and whether it oghte nedes be doon or noon. and whiche thynges been couenable to verray confession. ¶ First shaltow vnderstonde that confession is verray shewynge of synnes to the preest. this is to seyn veray. for he moste confessen hym of alle the condicions that bilongen to his synne, as ferforth as he kan. al moot be seyd, and no thyng excused ne hyd ne forwrapped, and noght auaunte thee of thy goode werkes. And forther ouer it is necessarie to vnderstonde whennes that synnes spryngen. and how they encreessen and whiche they been. ¶ Of the spryngynge of synnes seith seint paul in this wise. that right as by a man, synne entred first in to this world. and thurgh that synne deeth. Right so thilke deeth entred in to alle men that synneden. and this man was adam. by whom synne entred in to this world. whan he brak the comaundementz of god. And therfore. he that first was so myghty that he sholde nat haue dyed, bicam swich oon that he moste nedes dye whether he wolde or noon. and al his progenye in this world. that in thilke man synneden ¶ looke that in the staat of innocence whan adam and Eue naked were in paradys. and no thyng ne hadden shame of hir nakednesse. how that the serpent that was moost wily of alle othere beestes that god hadde maked seyde to the woman. Why comanded god to yow, ye sholde nat eten of euery tree in paradys. The woman answerde. Of the fruyt quod she of the trees in paradys we feden vs but soothly

¶ Of spryngynge of synnes secundum paulum ~

¶ Of the temptacion of adam in paradys ~

Secunda pars

of the fruyt of the tree/ that is in the myddel of paradys/ god bad vs for to ete/ and nat touchen it/ lest parauenture we sholde dyen/ The serpent seyde to the womman/ nay nay/ ye shul nat dyen of swich for sothe god woot/ that what day/ that ye eten ther of/ youre eyen shul opene/ and shul been as goddes/ knowynge good and harm/ The womman thanne saugh/ that the tree was good to feedyng/ & fair to the eyen/ and delitable to the sighte/ she took of the fruyt of the tree/ and eet it/ and yaf to hir housbonde/ and he eet/ and anoon the eyen of hem bothe openeden/ and whan that they knewe that they were naked/ they sowed of fige leues a manyer of brecches to hi den hir membres/ There may ye seen/ that deedly synne/ hath first suggestion of the feend/ as sheweth heere by the nadre/ and afterward the delit of the flessh/ as sheweth heere by Eue/ and after that the consentinge of reson/ as sheweth heere by Adam/ For trust wel though so were/ that the feend tempted Eue/ that is to seyn the flessh/ and the flessh hadde delit in the beautee of the fruyt defended/ yet certes til that reson/ that is to seyn Adam/ consen tes to the etynge of the fruyt/ yet stood he in the staat of innocence

Of thilke Adam tooke we thilke synne original/ for of hym flessh ly/ descended be we alle/ and engendred of vile and corrupt ma teere/ and whan the soule/ is put in oure body/ right anoon is contract/ original synne/ and that þt was erst/ but oonly pey ne of concupiscence/ is afterward bothe peyne and synne/ and therfore/ be we alle born sones of wrathe and of dampnacion perdurable/ if it nere baptesme that we receyuen/ which bynym meth vs the culpe/ but for sothe/ the peyne dwelleth with vs as to temptacion/ which peyne highte concupiscence/ whan it is wrongfully disposed/ or ordeyned in man/ it maketh hym coueite by couetise of flessh/ flesshly synne/ by sighte of his eyen as to erthely thynges/ and couetise of hynesse/ by pride of herte

Of couetise of con cupiscence

Now as for to speken of the firste couetise/ that is concupiscence after the lawe of oure membres/ that weren la wefulliche ymaked/ and by rightful Iuggement/ of god I seye for as muche/ as man is nat obeisaunt to god/ that is his lord therfore is the flessh to hym disobeisaunt/ thurgh concupiscece which yet is cleped norissynge of synne/ and occasion of syn ne/ therfore al the while that a man hath in hym/ the peyne of concupiscence/ it is impossible/ but he be tempted somtime and moeued in his flessh to synne/ and this thyng may nat faille as longe as he lyueth/ it may wel were fieble and faille by vertu of baptesme/ and by the grace of god/ thurgh peni tence/ but fully ne shal it neuer quenche/ that he ne shal som tyme/ be moeued in hym self/ but if he were al refreyded by siknesse/ or by malefice of sorcerye/ or colde drynkes/ For lo

Sanctus paulus

what seith seint paul/ The flessh coueiteth agayn the spi rit/ and the spirit agayn the flessh/ they been so contrarie & so stryuen/ that a man may nat alwey don as he wolde

The same seint paul after his grete penance/ in water

Penitence

and in londy, in watey by nyght, and by day in greet pyl /
in greet peyne / In sorw, in famyne, in thurst, in cold and clothlees
and ones stones almoost to the deeth, yet seyde he, allas I caytyf
man / Who schal delyuere me fro the prysoun of my caytyf body / And
seint Jerome, whan he longe tyme hadde woned in deseit, where
as he hadde no compaignye but of wilde bestes, where as he ne
hadde no mete but herbes and watey to his drynke, ne no bed but
the naked erthe, for which his flessh was blak as an Ethiopeen
for heete, and ny destroyed for coold, yet seyde he that the bren
nynge of lecherie boyled in al his body, Wherfore, I woot wel oper
tevnly / that they been deceyued, that seyn that they ne be nat temp
ted in hir body / witnesse on seint Iame the Apostel, that seith, that
euery wight is tempted in his owene concupiscence, that is to seyn
that euerich of us hath matere and occasion to be tempted of the no
risshynge of synne that is in his body / and therfore seith seint
Iohn the Euangelist / If that we seyn that we beth with oute syn
ne / we deceyue ous selue / and trouthe is nat in us / Now shal
ye vnderstonde / in what mane, that synne wexeth or encreesseth.
in man / The fifte thyng / is thilke norisshynge of synne of which
I spak bifoyn / thilke flesshly concupiscence / and after that comth.
the subiection of the deuel / this is to seyn / the bueles bely with
which he bloweth in man the fir of flesshly concupiscence / and after
that, a man bithynketh hym / whether he wol doon or no thilke thing
to which he is tempted / And thanne / if that a man withstonde and
Weyue the firste entisynge of his flessh / and of the feend, thanne is it
no synne / And if it so be, that he do nat so / thanne feeleth he anoon, a
flaube of delit / And thanne is it good to be way and kepen hym wel
or elles, he wol falle anoon in to consentynge of synne / and thanne wol
he do it / if he may haue tyme and place / And of this matere seith mo
yses by the deuel in this manere / The feend seith / I wole chace and
pursue the man by wikked suggestion / and I wole hente hym by mo
uynge or styryng of synne / I wole departe my pryse or my praye by
deliberation / And my lust shal been acomplices in delit / I wol drawe
my swerd in consentynge / ffor certes, right as a swerd departeth a
thyng, in two peces / right so consentynge, departeth god fro man / and
thanne wol I sleen hym, with myn hand in dede of synne / thus seith
the feend / for certes, thanne is a man al deed in soule / And thus is
synne acomplices by temptation / by delit / and by consentynge / And
thanne is the synne cleped Actueel / For sothe / synne is in two
maneres / outher it is venial or deedly synne / Soothly, whan
man loueth any creature moore than Ihu crist oure creatour, thanne
is it deedly synne / And venial synne is it, if man loue Ihu crist
lasse than hym / ffor sothe, the dede of this venial synne is ful pylous
for it amenuseth the loue that men sholde han to god moore and moore
and therfore, if a man charge hym self with manye of swiche venial
synnes / certes, but if so be that he som tyme descharge hym of hem.
by shrifte, they mowe ful lightly amenuse in hym al the loue that he
hath to Ihu crist / and in this wise / skippeth venial in to deedly synne

Secunda pars

For certes the moore that a man chargeth his soule with venial synne, the moore is he enclyned to fallen in to deedly synne. And therfore lat us nat be necligent to deschargen us of venial synnes. For the proverbe seith that manye smale maken a greet. ¶ And herkne this ensample. A greet wawe of the see comth somtyme with so greet a violence that it drencheth the ship. And the same harm dooth somtyme the smale dropes of water, that entren thurgh a litel crevace in to the thurrok, and in the botme of the ship, if men be so necligent that they ne descharge hem nat by tyme. And therfore, although ther be a difference bitwixe thise two causes of drenchynge, algates the ship is dreynt. ¶ Right so fareth it somtyme of deedly synne, and of anoyouse venial synnes, whan they multiplie in a man so greetly that thilke worldly thynges that he loveth, thurgh which he synneth venyally, is as greet in his herte as the love of god, or moore. And therfore the love of every thyng that is nat biset in god, ne doon principally for goddes sake, although that a man love it lasse than god, yet is it venial synne; and deedly synne whan the love of any thyng weyeth in the herte of man as muchel as the love of god, or moore.

Sais augustinus

¶ Deedly synne, as seith seint Augustyn, is, whan a man turneth his herte fro god, which that is verray sovereyn bontee, that may nat chaunge, and yeveth his herte to thyng that may chaunge and flitte; and certes, that is every thyng save god of hevene. For sooth is, that if a man yeve his love, the which þt he oweth al to god with al his herte, un to a creature, certes, as muche as he yeveth of his love to thilke creature, so muche he bynymeth fro god; and ther fore dooth he synne. For he that is dettour to god, ne yeldeth nat to god al his dette, that is to seyn, al the love of his herte. ¶ Now sith man understondeth generally which is venial synne, thanne is it covenable to tellen specially of synnes, whiche that many a man paraventure ne demeth hem nat synnes, and ne shryveth hem nat of the same thynges, and yet natheles they been synnes.

Of manye smale synnes

¶ Soothly, as thise clerkes writen, this is to seyn, that at every tyme that a man eteth or drynketh moore than suffiseth to the sustenance of his body, in certein he dooth synne. ¶ And eek whan he speketh moore than nedeth, it is synne. ¶ Eke whan he herkneth nat benignely the compleint of the povre. ¶ Eke whan he is in heele of body, and wol nat faste, whan hym oghte faste, with outen cause resonable. ¶ Eke whan he slepeth moore than nedeth, or whan he comth by thilke encheson to late to chirche, or to othere werkes of charite. ¶ Eke, whan he useth his wyf, with outen sovereyn desir of engendrure to the honour of god, or for the entente to yelde to his wyf the dette of his body. ¶ Eke, whan he wol nat visite the sike and the prisoner, if he may. ¶ Eke, if he love wyf or child, or oother worldly thyng, moore than reson requireth. ¶ Eke, if he flatere or blandise moore than hym oghte, for any necessitee. ¶ Eke, if he amenuse or withdrawe the almesse of the povre. ¶ Eke, if he apparailleth his mete moore deliciously than nede is, or ete to hastily by likerousnesse. ¶ Eke, if he tale vanytees at chirche, or at goddes servyce, or that he be a talker of ydel wordes, of folie, or of vileynye, for he shal yelde

❡ Penitentie

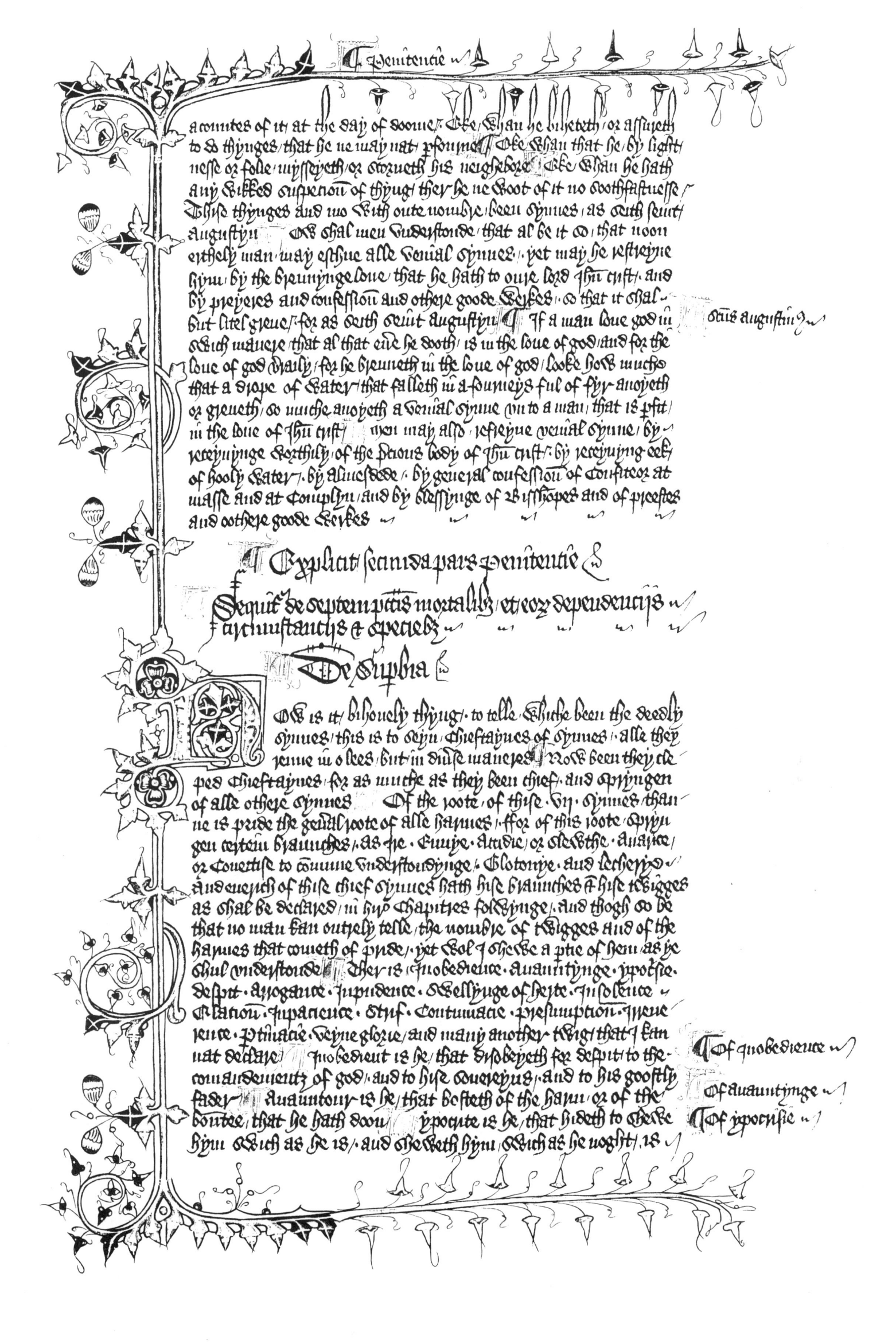

acountes of it at the day of doome / Eke whan he biheteth / or assenteth to do thynges / that he ne may nat perfourne / Eke whan that he by lightnesse or folie mysseyeth / or corueth his neigheboor / Eke whan he hath any wikked suspecion of thyng / ther he ne woot of it no soothfastnesse / Thise thynges and mo with oute nombre been synnes / as seith seint Augustyn / Os shal men vnderstonde that al be it so / that noon erthely man may eschue alle venial synnes / yet may he refreyne hym by the brennynge loue that he hath to oure lord Ihū crist / and by preyeres and confession and othere goode werkes / so that it shal but litel greue / for as seith seint Augustyn / If a man loue god in swich manere / that al that euere he dooth / is in the loue of god / and for the loue of god verraily / for he brenneth in the loue of god / looke how muche that a drope of water that falleth in a fourneys ful of fyr / anoyeth or greueth / so muche anoyeth a venial synne vnto a man / that is parfit in the loue of Ihū crist / Men may also refreyne venial synne by receyuynge worthily of the preious body of Ihū crist / by receyuing eek of hooly water / by almesdede / by general confession of confiteor at masse and at complyn / and by blessynge of Bisshopes and of preestes and othere goode werkes

scīs Augustinꝰ

❡ Explicit secunda pars penitentie ☙

Sequit̄ de septem p̄ctis mortalibꝫ et eor̄ dependencijs

Astantibꝫ et speciebꝫ

De Superbia

Now is it bihouely thyng / to telle whiche been the deedly synnes / this is to seyn Chieftaynes of synnes / alle they renne in o lees / but in diuerse maneres / Now been they cleped Chieftaynes / for as muche as they been chief / and spryngen of alle othere synnes / Of the roote of thise vij synnes thanne is pride the general roote of alle harmes / For of this roote spryngen certein braunches / as is Ire / Enuye / Accidie or Slewthe / Auarice / or Couetise to commune vnderstondynge / Glotonye and lecherye / And euerich of thise chief synnes hath hise braunches and hise twigges as shal be declared / in hise chapitres folwynge / And thogh so be that no man kan outrely telle the nombre of twigges and of the harmes that cometh of pride / yet wol I shewe a partie of hem as ye shul vnderstonde / Ther is Inobedience / Auauntynge / ypocrisie / Despit / Arrogance / Inpudence / Swellynge of herte / Insolence / Elacion / Inpacience / Strif / Contumacie / presumption / Irreuerence / Pertinacie / veyne glorie / and many another twig / that I kan nat declare / Inobedient is he / that disobeyeth for despit to the commandementz of god / and to hise souereyns / and to his goostly fader / Auauntour is he / that bosteth of the harm or of the bountee / that he hath doon / ypocrite is he / that hideth to shewe hym swich as he is / and sheweth hym swich as he noght is

❡ Of Inobedience

❡ Of Auauntynge

❡ Of ypocrisie

Superbia

¶ Of despit
Despitous is he that hath desdeyn of his neigheboro, that is to seyn, of euene estene, or hath despit to doon that hym oghte to do.

¶ Of arogance
Arogant is he that thynketh þt he hath thilke bountees in hym that he hath noght, or weneth that he sholde haue hem by hise desertes, or elles he demeth that he be that he nys nat.

¶ Of inpudence
Inpudent is he, that for his pride, hath no shame of hise synnes.

¶ Of swellynge of herte
Swellynge of herte is, whan a man reioyseth hym, of harm that he hath doon.

¶ Of insolence
Insolent is he, that despiseth in his iuggement, alle othere folk, as to regard of his value, and of his konnyng, and of his spekyng, and of his beryng.

¶ Of elacion
Elacion is whan he ne may neyther suffre to haue maister ne felawe.

¶ Of inpacience
Inpacient is he that wol nat been ytaught ne vndernome of his vice, and by strif werieth trouthe wityngly, and deffendeth his folye.

¶ Of contumacie
Contumax is he that thurgh his indignacioun is agayns euerich auctoritee or power of hem that been hise souereyns.

¶ Of presumpcion
Presumpcion is whan a man vndertaketh an emprise that hym oghte nat do, or elles that he may nat do, and this is called surquidrie.

¶ Of Irreuerence
Irreuerence is whan men do nat honour there as hem oghte to doon, and waiten to be reuerenced.

¶ Of pertinacie
Pertinacie is whan man deffendeth hise folies, and trusteth to muchel in his owene wit.

¶ Of veyne glorie
Veyne glorie, is for to haue pompe and delit in his temporeel hynesse, and glorifie hym in this worldly estaat.

¶ Of Iangelynge
Iangelynge is whan men speken to muche biforn folk, and clappen as a mille, and taken no kepe what they seye.

¶ Of othere priuee speces of pride
And yet is ther a priuee spece of pride, that waiteth first, for to be salewed er he wole salewe, al be he lasse worth than that oother is parauntre, and eek he waiteth or desireth to sitte, or elles to goon aboue hym in the wey, or kisse pax, or been encensed, or goon to offryng biforn his neigheboro, and swiche semblable thynges agayns his duetee parauntre but that he hath his herte and his entente in swich a proud desir to be magnified and honoured biforn the peple.

¶ Of two manes of pride
Ther been ther two manes of pride, that oon of hem is with Inne the herte of man, and that oother is with oute, of whiche soothly thise forseide thynges, and mo than I haue seyd, aperteneth to pride that is in the herte of man, and that othere speces of pride been with oute, but natheles that oon of thise speces of pride is signe of that oother, right as the gaye leef sel atte tauerne is signe of the wyn that is in the celer, and this is in manye thynges, as in speche and contenaunce, and in outrageous aray of clothyng, for certes if ther ne hadde be no synne in clothyng, Crist wolde nat haue noted and spoken of the clothyng of thilke riche man in the gospel.

¶ Saint Gregorius
And as seith seint Gregorie, that pareus clothyng is colpable for the derthe of it, and for his costnesse, and for his chaungeuesse and degisynesse, and for the superfluitee, and for the Inordinat scantnesse of it. Allas, may men nat seen as in oure dayes, the synful costlewe aray of clothynge, and namely in to muche superfluite, or elles in to desordinat scantnesse.

¶ Of superfluitee outrageous aray of clothinge
As to the firste synne in superfluitee of clothynge, which that maketh it so deere to harm of the peple, nat oonly the cost of embroydynge, the degise endentynge, barryng, oundyng, palyng, wyndynge, or bendynge, and semblable wast of clooth in vanitee, but ther is

Superbia

also costuous the furrynge in hir gounes / so muche pounsonynge of chisel to maken holes / so muche daggynge of sheres / forth with the superfluitee in lengthe of the forseide gounes / traillynge in the donge / and in the myre on horse and eek on foote as wel of men as of wommen / that al thilke traillyng is verraily as in effect wasted consumed thredbare & roten with donge / rather than it is yeuen to the poure / to greet damage of the forseyde poure folk / and that in sondry wise / this is to seyn that the moore that clooth is wasted / the moore it costeth to the peple for the scantnesse // And forther oueer / if so be that they wolde yeuen swich pounsoned and dagged clothyng to the poure folk / it is nat conuenient / to were for hyr estaat / ne suffisaunt / to beete hyr necessitee / to kepe hem fro the distemperance of the fyrmament // Upon pat oother side / to speken of the horrible disordinat scantnesse of clothyng / as been thise kutted sloppes / or haynselyns that thurgh hyr shortnesse / ne couere nat / the shameful membres of man to wikked entente // Allas / some of hem shewen the bose of hyr shap and the horrible swollen membres that semeth / lik the maladie of hirnia in the wrappynge of hyr hoses / and eek the buttokes of hem faren / as it were the hyndre part of a she ape in the fulle of the moone // And moore oueer / the wrecched swollen membres that they shewe / thurgh the degisynge in departynge of hyr hoses in whit and reed / semeth that half hyr shameful priuee membres were flayne // And if so be that they depten hyre hoses in othere coloues / as is whit and blak / or whit and blew / or blak and reed and so forth / thanne semeth it / as by variaunce of coloure that half the partie of hyr priuee membres were corrupt by the fyr of seint Antony / or by cancre or by oother swich meschaunce // Of the hyndre part of hyr buttokes it is ful horrible for to see / For certes / in that partie of hyr body / ther as they purgen hyr stynkynge ordure / that foule partie shewe they to the peple proudly in despit of honestitee / the whiche honestitee that ihu crist and hise freendes obseruede to shewen in hyr lyues // Now of the outrageous array of wommen / god woot / that though the visages of some of hem seme ful chaast and debonaire / yet notifie they in hyr array of atyr likerousnesse and pride // I sey nat / that honestitee in clothynge of man or woman is vnconuenable / but certes the superfluitee / or disordinat scantitee of clothynge is repreuable // Also the synne of aornement / or of apparaille / is in thynges that apperteneen to ridynge / As in to manye delicat horses that been hooldon for delit / that been so faire fatte and costlewe / And also to many a vicious knaue / that is susteyned by cause of hem / in to curious harneys / as in sadeles / in crouperes / peytrels and bridles couered with precious clothyng / and riche barres and plates of gold and of siluer / For which god seith by zakarie the prophete / I wol confounde the rideres of swiche horses // This folk taken litel reward of the rydynge of goddes sone of heuene / and of his harneys whan he rood vp on the Asse / and ne hadde noon oother harneys / but the poure clothes of hise disciples / ne we

Of disordinat scantnesse of clothynge

Of outrageous array of wommen

Of outrageous apparaille of thynges that apperteneen to rydynge

Dis propheta zakaria

Supplia

ne rede nat, that euere be good or oother beest. I speke this for the synne of superfluitee, and nat for resonable honestitee whan reson it requireth. And forther, certes pride is greetly notefied in holdynge of greet meynee, whan they be of litel profit or of right no profit. And namely whan that meynee is felonous and damageous to the peple by hardynesse of heigh lordshipe or by wey of offices. For certes swiche lordes sellen thanne hir lordshipe to the devel of helle, whanne they sustenen the wikkednesse of hir meynee. Or elles, whan this folk of lowe degree, as thilke that holden hostelries, sustenynge the thefte of hire hostilers, and that is in many manere of deceites. Thilke manere of folk been the flyes that folwen the hony, or elles the houndes that folwen the careyne. Swich forseyde folk strangulen spiritually hir lordshipes; for which, thus seith David the prophete,

Samaritha
Wikkes deeth moote come vp thilke lordshipes, and god yeue that they moote descenden in to helle al doun, al doun, for in hir houses been iniquitees and wikkednesses, and nat god of heuene. And certes, but if they doon amendement, right as god yaf his benyson to Laban by the seruice of Jacob, and to Faraon by the seruice of Joseph, right so god wol yeue his malison to swiche lordshipes as sustenen the wikkednesse of hir seruantz, but if they come to amendement. Pride of the table appeereth eek ful ofte; for certes riche men been cleped to festes, and poure folk been put awey and rebuked. Also in excesse of diuerse metes and drynkes, and namely swich manere bake metes & dissh metes brennynge of wilde fyr, and peynted and castelled with papir, and semblable wast, so that it is abusion for to thynke. And eek in to greet preciousnesse of vessel, and curiositee of mynstralcye, by which a man is stired the moore to delices of luxurie, if so be that he sette his herte the lasse vpon oure lord Ihu crist, certeyn it is a synne, & certeinly the delices myghte been so grete in this caas, that man myghte lightly falle by hem in to deedly synne. The especes that souden of pride, soothly whan they souden of malice ymagined, auised and forncast, or elles of vsage, been deedly synnes, it is no doute. And whan they souden by freletee vnauysed, and sodeynly withdrawen ayeyn, al been they greuouse synnes, I gesse that they ne been nat deedly.

Of pride souneth and spryngeth
Now mighte men axe, wherof that pride souneth and spryngeth, and I seye, somtyme it spryngeth of the goodes of nature, and somtyme of the goodes of fortune, and somtyme of the goodes of grace.

Of goodes of nature
Certes the goodes of nature stonden, outher in goodes of body, or in goodes of soule. Certes goodes of body been hele of body, as strengthe, deliuernesse, beautee, gentrye, franchise. Goodes of nature of the soule been good wit, sharp vnderstondynge, subtil engyn, vertu naturel, good memorie. Goodes of fortune been richesse, highe degrees of lordshipes, preisynges of the peple. Goodes of grace been science, power to suffre spiritueel trauaille, benignitee, vertuous contemplation, withstondynge of temptation and semblable thynges. Of whiche forseyde goodes, certes it is a ful greet folye, a man to priden hym in any of hem alle. Now as for to speken of goodes of nature, god woot, that somtyme we han hem in nature as muche to oure

(Marginal headings, left column:)
- Of pride in holdynge of greet meynee
- Samaritha
- Of pride of the table
- Of excesse of diuerse metes and drynkes
- Of to greet preciousnesse of vessel, and curiositee of mynstralcye
- Of the especes that sounden of pride
- Wherof pride souneth and spryngeth
- Of goodes of nature
- Of goodes of body
- Of goodes of nature of the soule
- Of goodes of fortune
- Of goodes of grace

Superbia

damage, as to oure p͡fit. As for to speken of heele of body, certes it passeth
ful lightly, and eek it is ful ofte encheson of the siknesse of oure soule, for
god woot, the flessh is a ful greet enemy to the soule, and therfore, the
moore that the body is hool, the moore be we in p͡il to falle. Eek for to
pride hym in his strengthe of body, it is an heigh folie. ffor certes, the *Of p͡de of strengthe of body*
flessh coueiteth agayn the spirit, and ay the moore strong that the flessh
is, the sorier may the soule be. And ouer al this, strengthe of body and
worldly hardynesse, causeth ful ofte many a man to p͡il and meschaunce.
Eek for to pride hym of his gentrie is ful greet folie, for ofte tyme the *Of p͡de of gentrye*
gentrie of the body binymeth the gentrie of the soule, and eek we ben
alle of o fader, and of o mooder, and alle we been of o nature, roten
and corrupt, bothe riche and poure. ffor oothe, o manere gentrie is for to
preise, that apparailleth mannes corage with vertues and moralitees, and
maketh hym cristes child, for truste wel, that ouer what man pt synne *Of general signes of gentillesse*
hath maistrie, he is a verray cherl to synne. Eek been ther generale
signes of gentillesse, as eschewynge of vice and ribaudye, and suage
of synne, in word, in werk, and contenance, and vsynge vertu, curteisie,
and clennesse, and to be liberal, that is to seyn, large by mesure, for thil-
ke that passeth mesure is folie and synne. Another is to remembre
hym of bountee, that he of oother folk hath receyued. Another is to be
benigne to hise goode subgetis, therfore seith Senek, ther is no thyng *Senek*
moore couenable to a man of heigh estaat, than debonairetee and pitee. *Caton*
And therfore thise flyes that men clepeth bees, whan they maken hir
kyng, they chesen oon that hath no prikke wherwith he may stynge.
Another is, a man to haue a noble herte, and a diligent to attayne *Of p͡de in the yiftes of g͞ce*
to heighe vertuouse thynges. Eek certes, a man to pride hym in the goo-
des of grace is eek an outrageous folie, for thilke yifte of gr̄ce that shol-
de haue turned hym to goodnesse and to medicine, turneth hym to ve-
nym and to confusion as seith seint Gregorie. Certes also, who co- *Of p͡de in the goodes of fortune*
mpseth hym in the goodes of ffortune, he is a ful greet fool, for som ty-
me is a man a greet lord by the morwe, that is a caytif, and a wrecche
er it be nyght. And som tyme the richesse of a man is cause of his dep̄,
som tyme the delices of a man is cause of the grieuous maladye thurgh
which he dyeth. Certes the comendacion of the peple is som tyme ful *Of comendacion of the peple*
fals and ful brotel for to triste. This day they preyse, to morwe they blame.
god woot desir to haue comendacion eek of the peple, hath caused deeth
to many a bisy man. Now sith that so is that ye han vnderstonde
what is pride, and whiche been the speces of it, and whennes pride
comyth and spryngeth.

Remediu͡ cont͡ p͡cm͡ Superbie

Now shul ye vnderstonde which is the remedie agayns the syn-
ne of pride, and that is humylitee, or mekenesse, that is a *Of humilitee or mekenesse*
vertu thurgh which a man hath verray knowleche of hym self,
and holdeth of hym self no pris ne deyntee, as in regard of hise de-
sertes, consideryinge euere his freletee. Eek been ther iij manees *Of iij manees of humilitee*
of humylitee, as humylitee in herte, and another humylitee in his

Remedium contra Superbiam

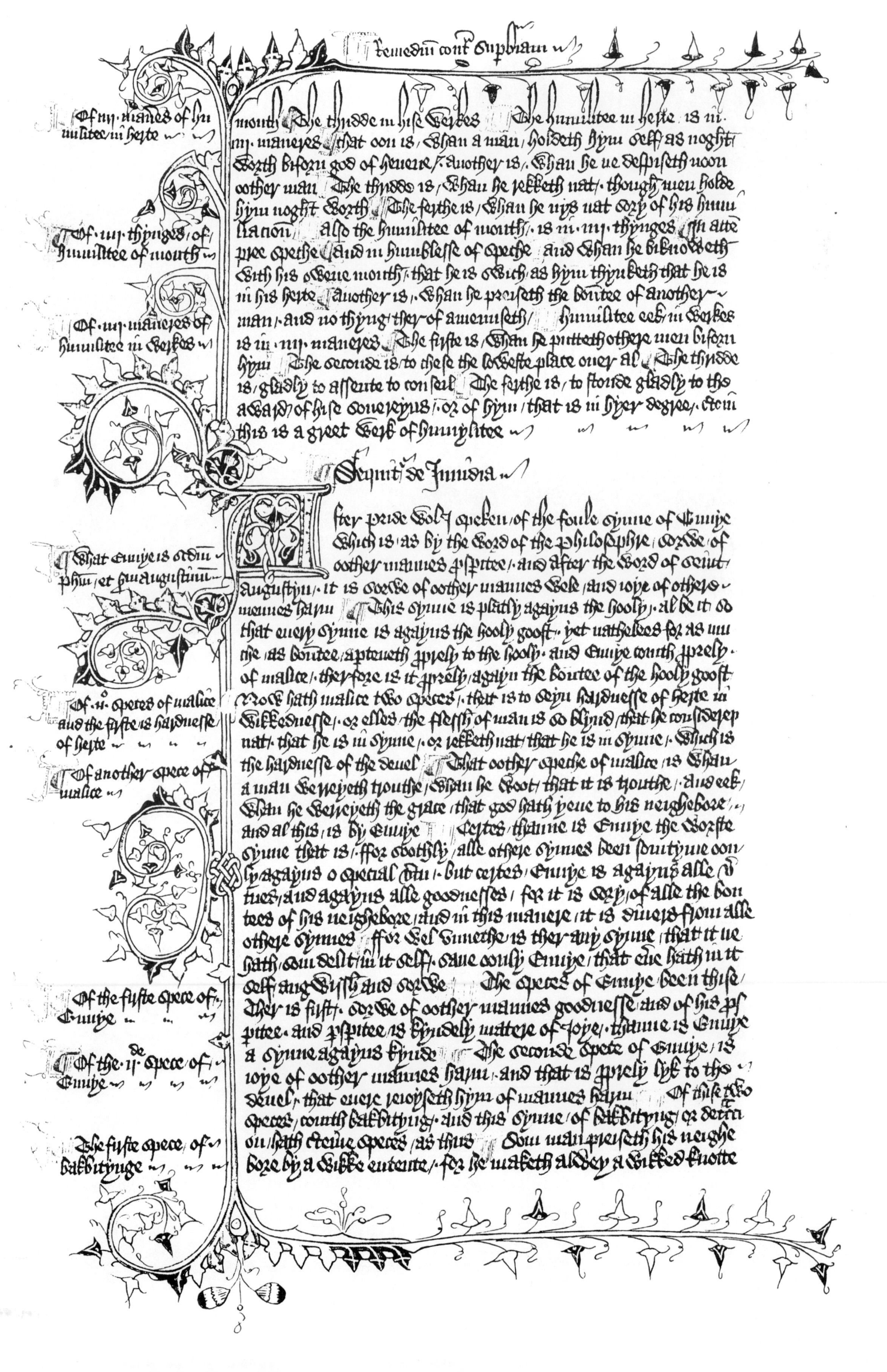

Of iij. manees of humilitee in herte

Of iiij. thynges of humilitee of mouth

Of iiij. maneres of humilitee in werkes

mouth. The thridde in his werkes. The humilitee in herte is in many maneres. That oon is, whan a man holdeth hym self as noght worth biforn god of heuene. Another is, whan he ne despiseth noon oother man. The thridde is, thas he rekketh nat, though men holde hym noght worth. The ferthe is, whan he nys nat sory of his humiliacioun. Also the humilitee of mouth is in iiij. thynges, In attempree speche, And in humblesse of speche, And whan he biknoweth with his owene mouth that he is swich as hym thynketh that he is in his herte. Another is, whan he preiseth the bountee of another man, and no thyng therof amenuseth. Humilitee eek in werkes is in iiij. maneres. The firste is, whan he putteth othere men biforn hym. The seconde is, to chese the loweste place ouer al. The thridde is, gladly to assente to conseil. The ferthe is, to stonde gladly to the award of hise souereyns, or of hym that is in hyer degree. Certes this is a greet werk of humylitee.

Sequitur de Inuidia

That enuye is ordin philm et Sm Augustinm

Of ij. speces of malice and the firste is hardnesse of herte

Of another spece of malice

Of the firste spece of Enuye

Of the ij. spece of Enuye

The firste spece of bakbitynge

After pride wol I speken of the foule synne of Enuye, Which is, as by the word of the philosophre, sorwe of oother mannes prospritee. And after the word of seint Augustyn, it is sorwe of oother mannes wele, and ioye of oothere mannes harm. This synne is platly agayns the hooly goost. Al be it so that euery synne is agayns the hooly goost, yet natheles for as muche as bountee aperteneth proprely to the hooly, and Enuye comth proprely of malice, therfore is it proprely agayn the bountee of the hooly goost. Now hath malice two speces, that is to seyn hardnesse of herte in wikkednesse, or elles the flessh of man is so blynd that he considereth nat, that he is in synne, or rekketh nat that he is in synne, Which is the hardnesse of the deuel. That oother spece of malice is Whan a man werreyeth trouthe, whan he woot that it is trouthe. And eek whan he werreyeth the grace that god hath yeue to his neighebore, and al this is by Enuye. Certes thanne is Enuye the worste synne that is. For sothly, alle othere synnes been somtyme con ly agayns o special vertu. But certes Enuye is agayns alle vertues, and agayns alle goodnesses, for it is sory of alle the bountees of his neighebore, and in this manere it is diuers from alle othere synnes. For wel vnnethe is ther any synne that it ne hath som delit in it self, saue oonly Enuye, that euere hath in it self angwissh and sorwe. The speces of Enuye been thise. Ther is first, sorwe of oother mannes goodnesse and of his prospritee. And prospritee is kyndely matere of ioye, thanne is Enuye a synne agayns kynde. The seconde spece of Enuye is ioye of oother mannes harm. And that is proprely lyk to the deuel, that euere reioyseth hym of mannes harm. Of thise two speces comth bakbitynge, and this synne of bakbityng or detraccioun hath certeine speces, as thus. Som man preiseth his neighebore by a wikke entente, for he maketh alwey a wikked knotte

atte laste ende / alwey he maketh a but atte laste ende that is /   The ij^e spece of bak-
signe of moore blame than worth is al the preisynge / ¶ The   bitynge
seconde spece is that if a man be good and dooth or saith a thing
to good entente / the bakbiter wol turne al thilke goodnesse vp so   ¶ The iij^e spece
doun to his shrewed entente / ¶ The thridde is to amenuse   ¶ The iiij^e spece
the bountee of his neighebore / ¶ The fourthe spece of bakbityng is
this that if men speke goodnesse of a man / thanne wol the bak-
biter seyn / pdee / swich a man is yet bet than he in dispreisyn-
ge of hym that men preise / ¶ The fifte spece is this for to con-   ¶ The v^e spece
sente gladly and herkne gladly to the harm that men speke of
oother folk / this synne is ful greet and ay encreesseth after the
wikked entente of the bakbiter / ¶ After bakbityng cometh gruch-   ¶ Of gruchyng / or
chyng or murmuracioun / and som tyme it spryngeth of inpacience   murmuracioun
agayns god / and som tyme agayns man / Agayns god it is when
a man gruccheth agayn the peynes of helle / or agayns pouerte / or los of
catel / agayn reyn or tempest / or elles gruccheth that shrewes han
prspitee / or elles for that goode men han aduersitee / and alle thise
thynges sholde men suffre paciently / for they comen by the right-
ful juggement and ordinance of god / ¶ Som tyme cometh gruchyng   ¶ Of gruchyng þ^t cometh
of auarice / as Judas grucched agayns the magdaleyne / whan she en-   of auarice
oynte the heued of oure lord Jhu crist / with hir precious oynement /
¶ This manere murmure is swich / as whan man gruccheth of goodnesse þ^t   ¶ Of murmure þ^t cometh
hym self dooth / or that oother folk doon of hir owene catel / ¶ Som   of pride
tyme cometh murmure of pride / as whan Simon the pharisee gruch-
ched agayn the magdaleyne / whan she approched to Jhu crist / and   ¶ Of murmure þ^t sourdeth
wepe at his feet for hir synnes / ¶ And som tyme gruchyng sour-   of Enuye
deth of Enuye / whan men discouereth a mannes harm that was
pryuee / or bereth hym on hond thyng that is fals / ¶ Murmure   ¶ Of murmure amonges
eek is ofte amonges seruauntz / that gruchen whan hir souereyns   seruauntz
bidden hem doon leueful thynges / and for as muche as they dar
nat openly withseye the comaundementz of hir souereyns / yet wol
they seyn harm and gruche and murmure pryuely for verray despit /
whiche wordes men clepen the deueles pater noster / though so be
that the deuel ne hadde neuere pater noster / but that lewed folk
yeuen it swich a name / ¶ Som tyme gruchyng cometh of Ire or pryue   ¶ Of gruchyng that
hate that norisseth rancour in herte / as afterward I shal declare /   cometh of Ire
¶ Thanne cometh eek bitternesse of herte thurgh which bitternesse   ¶ Of bitternesse of herte
euery good dede of his neighebor semeth to hym bitter and vnsa-
uory / ¶ Thanne cometh discord that vnbyndeth alle manere of   ¶ Of discord
freendshipe / ¶ Thanne cometh scornynge of his neighebor al so   ¶ Of scornyng
he neuer so weel / ¶ Thanne cometh Accusynge / as whan man   ¶ Of Accusyng
seketh occasion to anoyen his neighebor / which that is lyk to the
craft of the deuel that waiteth bothe nyght and day to accu-
sen vs alle / ¶ Thanne cometh malignitee thurgh which a man   ¶ Of malignitee
anoyeth his neighebor pryuely if he may / and if he noght may / al-
gate his wikked wil ne shal nat wante / as for to brennen his
hous pryuely / or empoysone / or sleen hise beestes / and sem-
blable thynges

Remedium contra peccatum Invidie

Now so I speken of the remedie agayns the foule synne of Envye, ffyrst is the lovynge of god principal, and lovyng of his neighebor as hym self, for sothly, that oon ne may nat been with oute that oother, and truste wel, that in the name of thy neigheboré, thou shalt understonde the name of thy brother, ffor certes, alle we haue o fader flesshly, and o mooder, that is to seyn Adam and Eue, and eek o fader espiritueel, and that is god of heuene. Thy neighebore, artow holden for to loue and wilne hym alle goodnesse, and therfore seith god, loue thy neighebore as thy selue, that is to seyn to saluation, of lyf and of soule. And moore ouer, thou shalt loue hym in word, and in benigne amonestynge, and chastisynge, and conforten hym in hise anoyes, and preye for hym with al thyn herte. And in dede, thou shalt loue hym in swich wise, that thou shalt doon to hym in charitee, as thou woldest that it were doon to thyn owene persone. And therfore, thou ne shalt doon hym no damage in wikked word, ne harm in his body, ne in his catel, ne in his soule, by entissyng of wikked ensample. Thou shalt nat desiren his wyf, ne none of hise thynges. Understood eek, that in the name of neighebor, is comprehended his enemy. Thes man shal louen his enemy, by the comandement of god, and sothly thy freend, shaltow loue in god, I seye, thyn enemy, shaltow loue for goddes sake, by his comandement, ffor if it were reson that a man sholde haten his enemy, for sothe god nolde nat receyuen vs to his loue, that been hise enemys. Agayns .iij. maneres of thynges that his enemy dooth to hym, he shal doon .iij. thynges as thus. Agayns hate and rancour of herte, he shal loue hym in herte. Agayns chidyng, and wikkede wordes, he shal preye for his enemy. And agayn wikked dede of his enemy, he shal doon hym bountee, ffor crist seith, loueth youre enemys, and preyeth for hem that speke yow harm, and eek for hem that yow chacen and pursewen, and dooth bountee to hem that yow haten. Loo thus comaundeth vs oure lord ihu crist, to do to oure enemys, ffor sothly, nature dryueth vs to louen oure freendes, and pfey, oure enemys, han moore nede to loue than oure freendes, and they, that moore nede haue, certes, to hem shal men doon goodnesse, and certes in thilke dede, haue we remembrance of the loue of ihu crist that deyde for hise enemys, and in as muche as thilke loue, is the moore grevous to perfourne, in so muche, is the moore gretter the merite, and therfore, the louynge of oure enemy, hath confounded the venym of the deuel, for right, as the deuel, is discomfited by humylitee, right so, is he wounded to the deeth, by loue of oure enemy. Certes thanne is loue the medicine, that casteth out the venym of Envye fro mannes herte. The speces of this pars, shullen be moore largely in chapitres folwynge declared.

Sequitur de Ira

After Envye, wol I discryuen the synne of Ire, ffor sothly, who so hath enuye vpon his neighebor, anon he wole comunly fynde hym a matere of wratthe, in word or

Ira

in dede / agayns hym to whom he hath envye / And as wel conith/
he of pride as of envye / for sothly / he that is proud or envyous / ne
lightly trooth. ¶ This synne of Ire after the distynyng of seint/
Augustyn is wikked wil to been avenged by word or by dede / he
after the philosophre is the fervent blood of man yqvyked in his
herte thurgh which he wole harm to hym that he hateth / for certes the
herte of man by enchaufynge and moeuynge of his blood wexeth so
troubled / that he is out of alle Juggement of resoun ¶ But ye shal vn
derstonde that Ire is in two maneres / that oon of hem is good / &
that oother is wikked ¶ The goode Ire is by Ialousie of goodnes
se / thurgh which a man is wrooth with wikkednesse and agayns
wikkednesse / and therfore seith wys man / that Ire is bet than pley /
This Ire is with debonayrtee / and it is wrooth with outen bitter
nesse / nat wrooth agayns the man but wrooth with the mysdede of
the man / as seith the prophete david. Irascimini & nolite peccar ¶
Now understondeth that wikked Ire is in two manyes / that is to
seyn / oo seyn Ire or hastif Ire with outen auisement and consentynge
of reson / the menyng and the sens of this is that the reson of man
ne consente nat to thilke sodeyn Ire / and thanne it is venial ¶ And
thother Ire is ful wikked that comth of felonie of herte avised and cast bi
forn with wikked wil to do vengeance / and therto his reson consenteth
and sothly this is deedly synne ¶ This Ire is so displesant to god
that it troubleth his hous / and chaceth the holy goost out of mannes sou
le / and wasteth and destroyeth the liknesse of god that is to seyn the
vtu that is in mannes soule / and put in hym the liknesse of the devel
and bynymeth the man fro god that is his rightful lord / this Ire is a
ful greet plesance to the devel / for it is the develes fourneys / that is
enchaufed with the fyr of helle / for certes right so as fyr is moore migh
ty to destroyen erthely thynges / than any oother element / right so Ire
is mighty to destroyen alle spirituel thynges ¶ Looke how that fyr of
smale gleedes that been almost dede under asshen wolen quike agayn
whan they been touched with brymstoon / right so Ire wol euere quyken
agayn / whan it is touched by the pride that is couered in mannes herte /
for certes fyr ne may nat comen out of no thyng / but if it were first / in
the same thyng / naturelly / as fyr is drawen out of flyntes with steel.
And right so as pride is ofte tyme matere of Ire / right so is rancour no
rice and kepere of Ire. ¶ Ther is a maner tree / as seith seint ysidre / that
whan men maken fyr of thilke tree / and couere the coles of it with asshen
sothly the fyr of it wol lasten al a yeer or moore / and right so fareth
it of rancour / whan it is ones concessued in the hertes of som men /
certein it wol lasten paraventure from oon estre day vn to anothre estre
day / and moore / but certes thilke man is ful fer fro the mercy of god in
thilke while ¶ In this forseyde develes fourneys ther forgen iij other
shrewes / pride that ay bloweth and encreesseth the fyr by chidynge & wikked
wordes ¶ Thanne stant envye / and holdeth the hoote Iren vpon the herte
of man with a peyre of longe toonges of long rancour ¶ And thanne
stant the synne of contumelie or strif and cheeste and batereth and
forgeth by vilayns reprevynges ¶ Certes this cursed synne anoyeth

Ira

bothe to the man hym self / and eek to his neighebore / For soothly almoost al the harm that any man dooth to his neighebore / cometh of wratthe / for certes outrageous wratthe dooth al that euel the deuel hym comaundeth / for he ne spareth neyther crist ne his sweete mooder / And in his outrageous anger & Ire / allas / allas / ful many oon at that tyme / feleth in his herte ful wikkedly / bothe of crist / and of alle hise halwes / Is nat this a cursed vice / yis certes / Allas / it bynymeth from man his wit / and his reson / and al his debonayre lif espiritueel / that sholde kepen his soule / Certes / it bynymeth eek goddes due lordshipe / and that is mannes soule / and the loue of hise neigheboures / It stryueth eek alday agayn trouthe / It reueth hym the quiete of his herte / and subuerteth his soule / Of this comen thise stynkynge engendrures / First hate / that is oold wratthe · Discord thurgh which a man forsaketh his olde freend ful longe / Thanne cometh werre / and euery maner of wrong / that man dooth to his neighebore / in body or in catel

Of this cursed synne of Ire / cometh eek manslaughtre / And vnderstonde wel that homycide that is manslaughtre / is in diuerse wise / Oon maner of homycide is spiritueel / and oon is bodily / Spiritueel manslaughtre is in vj thynges / First by hate / as seint John seith / he that hateth his brother / is homycide / Homycide is eek by bakbytynge / of whiche bakbiteres seith Salomon / that they han two swerdes with whiche the sleen hir neighebores / ffor soothly as wikke is / to bynyme his good name / as his lyf / Homycide is eek / in yeuynge of wikkes conseil by fraude / as for to yeuen conseil to areysen wrongful custumes and taillages / of whiche seith Salomon / Leon rorynge and bere hongry / been like to the cruel lordshipes / in with holdynge / or abreggynge / of the shepe / or the hyre / or of the wages of seruauntz / or elles in vsure / or in with drawynge of the almesse of poure folk / ffor which the wise man seith / fedeth hym that almoost dyeth for honger / for soothly / but if thow fede hym / thou sleest hym / and alle thise been deedly synnes / Bodily manslaughtre is / whan thow sleest him with thy tonge / in oother manere / as whan thou comandest to sleen a man / or elles / yeuest hym conseil to sleen a man / Manslaughtre in dede is in · iiij · maneres / That oon is by lawe / right as a Iustice dampneth hym that is coupable to the deeth / but lat the Iustice be war / that he do it rightfully / and that he do it nat / for delit / to spille blood / but for kepynge of rightwisnesse / Another homycide is that is doon for necessitee / as whan o man sleeth another in his defendaunt / and þt he ne may noon oother wise escape from his owene deeth / but certeinly if he may escape with outen manslaughtre of his aduersarie and sleeth hym / he dooth synne / and he shal bere penance as for deedly synne Eek / if a man / by caas or auenture / shete an arwe or caste a stoon / with which he sleeth a man / he is homycide / Eek / if a woman by necligence / ouerlyeth hir child in hir slepyng / it is homycide and deedly synne / Eek / whan man destourbeth conception of a child / and maketh a womman outher bareyne by drynkynge venymouse herbes thurgh which she may nat conceyue / or sleeth a child by drynkes wilfully / or elles / putteth certeine material thynges in hire secree places / to slee the child / or elles / dooth vnkyndely synne / by which man or womman shedeth hir nature / in manere or in place / ther as a child may nat be concei

Of the engendrures that comen of pride

Of manslaughtre in diuerse maneres

Of vj thynges þt been in spiritueel manslaughtre

Salomon

Of homycide in yeuynge of wikked conseil

Salomon

Sapiens

Of bodily manslaughtre

Of manslaughtre in dede in · iiij · maneres

Of manslaughtre by lawe

Of homycide doon for necessitee

Of homycide by caas or auenture

Of homycide whan a womman oneyleth hir child

Of homycide in destourbyng of the conception of a child

Ira

nos, or elles, if a womman haue conceyued and hurt hir child, and sleeth the child, yet it is homycide. What seye we eek of wommen that mordren hir children for drede of worldly shame. Certes an horrible homycide. Homycide is eek, if a man approcheth to a womman by desyr of lecherye thurgh which the child is perissed, or elles smyteth a womman wityngly, thurgh which she leseth hir child. Alle thise been homycides, and horrible dedly synnes. Yet comen ther of þe manye mo synnes, as wel in word, as in thoght, and in dede, as he that arretteth vp on god, or blameth god of thyng, of which he is hym self gilty, or despiseth god and alle his halwes, as doon thise cursede hasardours in diuse contrees. Thise cursede synne doon they, whan they feelen in hir hertes ful wikkedly of god and of hise halwes. Also whan they treten vnreuerently the sacrement of the Auter, thilke synne is so greet, that vnnethe may it been relessed but that the mercy of god passeth alle hise werkes, it is so greet, and so benigne. Thanne cometh of þe attry Angre, whan a man is sharply amonested in his shrifte to forleten his synne, thanne wole he be angry, and answere hokerly and angrily, and deffenden or excusen his synne by vnstedefastnesse of his flessh, or elles he dide it, for to holde compaignye with hise felawes, or elles he seith the feend entyced hym, or elles he dide it for his youthe, or elles his complexion is so corageous, that he may nat forbere, or elles it is his destinee, as he seith vnto a certein age, or elles he seith it cometh hym of gentillesse of hise Auncestres and semblable thynges. Alle this manere of folk so wrappen hem in hir synnes, that they ne wol nat delyuere hem self. For soothly, no wight that excuseth hym wilfully of his synne, may nat been delyuered of his synne, til that he mekely biknoweth his synne.

After this, thanne cometh Swerying, that is expres agayn the comandement of god, and this bifalleth ofte of angre and of Ire. God seith thou shalt nat take the name of thy lord god in veyn or in ydel. Also oure lord Ihu crist, seith by the word of seint Mathew, ne wol ye nat swere in alle manere, neither by heuene, for it is goddes trone, ne by erthe, for it is the benche of hise feet, ne by Ierusalem, for it is the Citee of a greet kyng, ne by thyn heed, for thou mayst nat make an heer white ne blak, but seyeth by youre word, ye, ye. And nay, nay. And what that is moore, it is of yuel, seith crist. For cristes sake ne swereth nat so synfully, in dismembrynge of crist, by soule, herte, bones, and body. For certes it semeth that ye thynke that the cursede Iewes ne dismembred nat ynough the precious persone of crist, but ye dismembre hym moore. And if so be, that the lawe compelle yow to swere, thanne rule yow after the lawe of god in youre sweryng, as seith Ieremye. cº. co. Thou shalt kepe iij. condicions. Thou shalt swere in trouthe, in doom, and in rightwisnesse. This is to seyn, thou shalt swere sooth, for euery lesynge is agayn crist. For crist is verray trouthe. And thynk wel this, that euery greet swerere nat compelled lawefully to swere, the wounde shal nat departe from his hous, whil he vseth with vndue Ire sweryng. Thou shalt sweren eek in doom whan thou art constreyned by thy domesman to witnessen the trouthe.

Of wommen þt morþre hir children for worldly shame.

Of homycide thurgh approchynge of man to womman by desyr of lecherye, or elles thurgh smytynge of a womman with childe.

Of many mo synnes that comen of Ire.

Of hse þt vnreuerently treten the sacrement of the Auter.

Of attry Angre.

Of sweryng.

Iurath. &c. nolite iurare omnino.

Iurabis in veritate in iudicio & in iusticia.

Ira

How a man shal nat swere for envye ne for favour ne for meede, but for right-wisnesse &c.

Thow shalt nat swere for envye, ne for favour, ne for meede, but for right-wisnesse, and for declaracion of it, to the worship of god, and helpyng of thyne evene cristene. And therfore, every man that taketh goddes name in ydel, or falsly sweyeth with his mouth, or elles taketh on hym the name of crist, to be called a cristene man, and lyveth agayns cristes lyvynge and his techynge, alle they taken goddes name in ydel.

Loris Petri Act. 4º

Looke eek what seint Peter seith Act. 4º. Non est aliud nomen sub celo &c. Ther nys noon oother name, seith seint Peter, under hevene yeven to men, in which they mowe be saved, that is to seyn, but the name of Jhū crist.

Paulus ad Philipens. 2º

Take kepe eek how that the precious name of crist, as seith seint Paul, ad philipenses. 2º. In nōīe Jhū &c. That in the name of Jhū crist every knee of hevenely creatures, or erthely, or of helle sholden bowe, for it is so heigh and so worshipful, that the cursede feend in helle sholde tremblen to heeren it ynempned.

Thanne semeth it, that men þt sweren so horribley by his blessed name, that they despise hym moore booldely than dide the cursede Jewes, or elles the devel, that trembleth whan he heereth his name.

Now certes, sith that sweryng, but if it be lawefully doon, is so highly deffended, muche worse is forsweryng falsly, and yet nedelees.

Of hem þt deliten hem in sweryng, for gentrie and of usage.

What seye we eek of hem, that deliten hem in sweryng, and holden it a gentrie, or a manly dede to swere grete othes? And what of hem, that of verray usage ne cesse nat to swere grete othes, al be the cause nat worth a strawe, certes it is horrible synne.

Sweryng sodeynly withoute avysement, is eek a synne.

Of the sweryng of Adiuracion & coniuracion.

But lat us go now to thilke horrible swerynge of adiuracion and coniuracion, as doon thise false enchauntours or nigromauncers, in bacyns ful of water, or in a bright sweyd, in a cercle or in a fyr, or in a shulder-boon of a sheep. I kan nat seye but that they doon cursedly and dampnablely agayns crist, and al the feith of hooly chirche.

Of hem þt bileeven in divynayles.

What seye we of hem that bileeven in divynayles, as by flight or by noyse of bryddes, or of beestes, or by sort, by geomancie, by dremes, by chirkynge of dores, or crakkynge of houses, by gnawynge of rattes. And swich manere wrecchednesse, certes al this thyng is deffended by god and by al hooly chirche, for which they been acursed, til they come to amendement, that on swich filthe setten hyr bileeve.

Of charmes for woundes or maladie.

Charmes for woundes or maladie of men, or of beestes, if they taken any effect, it be paraventure that god suffreth it, for folk sholden yeve the moore feith and reverence to his name.

Of lesynges.

Now wol I speken of lesynges, which generally is fals signyficacion of word, in entente to deceyven his evene cristene. Som lesynge is, of which they cowth noon avantage to no wight, and som lesynge turneth to the ese and profit of o man, and to disese and damage of another man. Another lesynge for to sustenen his lyf or his catel, cowth of delit, for to lye, in which delit they wol forge a long tale, and peynten it with alle circumstaunces, where al the ground of the tale is fals. Som lesynge

conne / for he wole sustene his word / And eek lesynge / couth of — *Of flaterynge*
rechelesnesse / with outen auisement / and semblable thynges / Lat
vs now touche / the vice of flaterynge / which no wyth nat gladly
but for drede / or for coueitise / Flaterye is generally wrongful
preisynge / Flaterers been the deueles noryces / that norissen his — *Thise flaterers been the deueles noryces*
children with mylk of losengerye / ffor sothe Salomon seith / that — *Salomon*
flaterye is wors than detraction / for som tyme / detraction ma
keth an hautein man / be the moore humble / for he dredeth detracti
on / but certes flaterye / that maketh a man to enhauncen his herte
and his contenaunce / Flaterers been the deueles enchauntours / — *Thise flaterers been the deueles enchauntours*
for they make a man to weene of hym self / be swich / that he nys nat
swich / they been lyk to Iudas / that bitraysed a man to sellen hym
to his enemy / that is to the deuel / Flaterers been the deueles — *Thise flaterers been the deueles chapelleyns*
chapelleyns / that syngen euere placebo / I rekene flaterye in the vi
ces of Ire / for ofte tyme / if o man be wrooth with another / thanne
wole he flaterye som wight / to sustene hym in his quarele / Spe   — *Of cursynge / which comth of irous herte*
ke we now of swich cursynge / as comth of irous herte / Malison
generally may be seyd euery maner power or harm / which cur
synge bireueth man fro the regne of god / as seith seint Paul / And — *Seint paulus*
ofte tyme / swich cursynge wrongfully retorneth agayn to hym yt
curseth / as a byrd that retorneth agayn to his owene nest / And o
uer alle thyng / men oghten eschewe to cursen hise children And ye
uen to the deuel hise engendrure / as ferforth / as in hem is / Certes it
is greet peril and greet synne / Lat vs thanne speken of chidynge — *Of chidynge & repreue*
and repreue / whiche been ful grete woundes in mannes herte / for they
vnsowen the sowes of freendshipe in mannes herte / For certes / vnne
thes may a man / pleynly been accorded with hym / that hath hym
openly reuyled and repreued in disclaundre / This is a ful grisli
synne / as crist seith in the gospel / and taak keep now / that he yt
repreueth his neighebor / outther he repreueth hym by som harm of
peyne / that he hath on his body / as meseel / crokes harlot / or by som
synne that he dooth / Now if he repreue hym by harm of peyne /
thanne turneth the repreue to Jhū crist / for peyne is sent / by the
rightwys doom of god / and by his suffrance / be it meselrie or maheym
or maladie / And if he repreue hym vncharitably of synne / as thou
holkedrye harlot / and so forth / thanne aperteneth that / to the reioysynge
of the deuel / that euere hath ioye / that men doon synne / And certes chidyn
ge may nat come / but out of a vileyns herte / ffor after the habundan
ce of the herte / speketh the mouth ful ofte / And ye shul vndestonde
that looke by any wey / whan any man shal chastise another / that he
be war fro chidynge and reprevynge / ffor trewely but he be war
he may ful lightly quyken the fir of angre and of wrathe / which yt
he sholde quenche / and parauenture sleeth hym / which that he myghte
chastise with benyguitee / ffor as seith Salomon / The amyable tonge — *Salomon*
is the tree of lyf / that is to seyn / of lyf espiritueel / and soothly / a
deslauee tonge / sleeth the spyrites of hym that repreueth and eek
of hym that is repreued / Lo / what seith seint Augustyn / ther is — *Seintus Augustinus*
no thyng so lyk the deueles child / as he that ofte chideth / Seint

Ira

Sanctus paulus — Paul seith eek / I seruaunt of god bihoueth nat to chide. And how þt chidynge be a vileyns thyng bitwyxe alle manere folk / yet is it certes / moost vncouenable / bitwyxe a man and his wyf / for there is neuere reste / and therfore seith Salomon / An hous that is vncouered

Salomon — and droppynge / and a chidynge wyf been lyke. A man that is in a droppynge hous in manye places / though he eschewe the droppynge

Exemplum — in o place / it droppeth on hym in another place. So fareth it by a chi-dynge wyf / but she chide hym in o place / she wol chide hym in anoþ.

Salomon — And therfore / bettre is a morsel of breed with ioye / than an hous ful of delices with chidynge seith Salomon. Seint Paul seith. O ye

Paulus ad colossenses 3° — wymmen / be ye subgetes to youre housbondes / and ye men loueth yo-ure wyues. as colocensis 3°. Afterward / speke we of scornynge.

Of scornynge — which is a wikked synne / and namely whan he scorneth a man for hys goode werkes / ffor certes swiche scorneres / faren lyk the foule tode / that may nat endure to smelle the soote sauory of the vyne. Whanne it florissheth. Thise scorneres / been pertyng felawes with the deuel / for they han ioye whan the deuel wynneth / and sorwe whan he leseth. they been aduersaries of Ihu crist / for they haten that he loueth / that is to seyn / saluacion of soules.

Of yeuyng of wikked conseil — Speke we now of wikked conseil / for he þt wikked conseil yeueth / is a traytour / he deceyueth hym þt trusteth in hym vt achitofel ad absolonem / But natheles / yet is his wikked conseil first agayn hym self / ffor as seith the wyse man / euery fals lyuynge hath his propretee in hym self / that he þt wole anoye another man / he anoyeth first hym self.

Of that folk þt a man shal eschuen to taken his conseil — And men shul vnderstonde / that man shal nat taken his conseil of fals folk / nor of angry folk / or grevous folk / that louen specially / to muchel hir owene profit / ne to muche werdly folk / namely in conseilynge of soules.

Of hem that sowen and maken discord — Now comth the synne of hem that sowen and maken discord amonges folk. Which is a synne that crist hateth outrely / and no wonder is / ffor he deyde for to make con-cord. And moore shame thenne do they to crist / than dide they that hym cruci-fiede / for god loueth bettre / that freendsshipe be amonges folk / than he dide his owene body / the which that he yaf for vnitee. Therfore been they likned to the deuel / that euere been aboute to maken discord.

Of the synne of double tonge — Now comth the synne of double tonge / swiche as speken faire by-forn folk / and wikkedly bihynde / or elles they maken semblant / as though they speke of good entencion / or elles in game and pley / and yet they speke of wikked entente.

Of bywreying of conseil — Now comth bywreying of conseil / thurgh which a man is defamed / certes / vnnethe may he restoore the damage.

Of manace — Now comth manace / that is an open folye / for he that ofte manaceth / he thretteth moore than he may parfourne ful ofte tyme.

Of ydel wordes — Now comth ydel wordes / that is withouten profit of hym that speketh the wordes / and eek of hym that herkneth tho wordes / or elles ydel wordes / been tho that been nedeles / or withouten enten-te of natureel profit / and al be it that ydel wordes been som tyme venial synne / yet sholde men douten hem / for we shul yeue rek-nynge of hem bifore god.

Of iangelynge — Now comth iangelynge / that may nat been withoute synne. And as seith Salomon / it is a synne of apert

Salomon
Philosophus — folye / and therfore / a philosophre seyde / whan men axed hym how

Ira

that men sholde plese the peple and he austeyde so manye goode dey-
kes, and ofte seye iangles. ¶ Ffor this, cometh the synne of Iapeyes,
that been the deueles apes, for they maken folk to laughe at hys Ia-
perye, as folk doon at the gaudes of an ape. Whiche Iaperyes defen-
deth seint Paul. Looke how that vertuous wordes and hooly con-
forten hem that trauaillen in the seruice of Crist, right so con-
forten the vileyns wordes and knakkes of Iaperes hem that tra-
uaillen in the seruice of the deuel. Thise been the synnes that
comen of the tonge, that comen of Ire, and of othere synnes mo.

Sequitur remedium contra peccatum Ire.

The remedie agayns Ire is a vertu, that men clepen mansue-
tude, that is debonairetee, and eek another vertu, þt men
callen pacience or suffrance. ¶ Debonairetee withdraweth and
resteyneth the styrynges and the moeuynges of mannes corage in
his herte, in swich manere, that they ne skippe nat out by angre
ne by Ire. ¶ Suffrance suffreth swetely alle the anoyaunces & þe
wronges, that men doon to man outward. ¶ Seint Ierome seith
thus of debonairetee, that it dooth noon harm to no wight, ne seith,
ne for noon harm that men doon or seyn, he ne enchawfeth nat agayns
his resoun. This vertu somtyme comth of nature, for as seith the
philosophre. A man is a quyk thyng by nature, debonaire and tre-
table to goodnesse. But whan debonairetee is enformed of grace, than
ne is it the moore worth. ¶ Pacience that is another remedie. a-
gayns Ire, it is a vertu that suffreth swetely euery mannes goodnesse,
and is nat wrooth for noon harm, that is doon to hym. The phi-
losophre seith, that pacience is thilke vertu, that suffreth debonaire-
ly alle the outrages of aduersitee, and euery wikked word. This
vertu maketh a man lyk to god, and maketh hym goddes owene
deere child, as seith Crist. This vertu disconfiteth thyn enemy. And
therfore seith the wise man. If thow wolt venquysse thyn enemy,
lerne to suffre. ¶ And thou shalt vnderstonde that man suffreth
iiij. manere of greuances in outward thynges, agayns the whiche
iiij. he moot haue iiij. manere of paciences. ¶ The firste greuance is of
wikkede wordes, thilke suffrede Ihu Crist withouten gruchchyng, ful
pacientlich, whan the Iewes despised and repreued hym ful ofte. Suf-
fre thou therfore pacientlich, for the wise man seith, if thou stryue with
a fool, though the fool be wrooth, or though he laughe, algate thou shalt
haue no reste. ¶ That oother greuance outward, is to haue dama-
ge of thy catel. Ther agayns suffred Crist ful pacientlich, whan
he was despoyled of al that he hadde in this lyf, and that was but
hise clothes. ¶ The thridde greuance is a man to haue harm in his
body. That suffred Crist ful pacientlich in al his passion. ¶ The
fourthe greuance is in outrageous labour in werkes. Wherfore I seye,
that folk that maken hir seruantz to trauaillen to greuously or out
of tyme, as on haly dayes, soothly they do greet synne. ¶ Heer agayns
suffred Crist ful pacientlich, and taughte vs pacience. whan he bar-

Of the synne of Iaperes

Of debonairetee
Of suffrance
Jeronimus

Philosophus

Of pacience

Philosophus

Vincit sapientem

Of iiij. manere of greuan-
ces, that man suffreth in
outward thynges.
The firste greuance

Remedium
Dicit sapiens

The ij. greuance

Remedium

The iij. greuance
Remedium
The iiij. greuance

Remedium

Remedium contra Iram

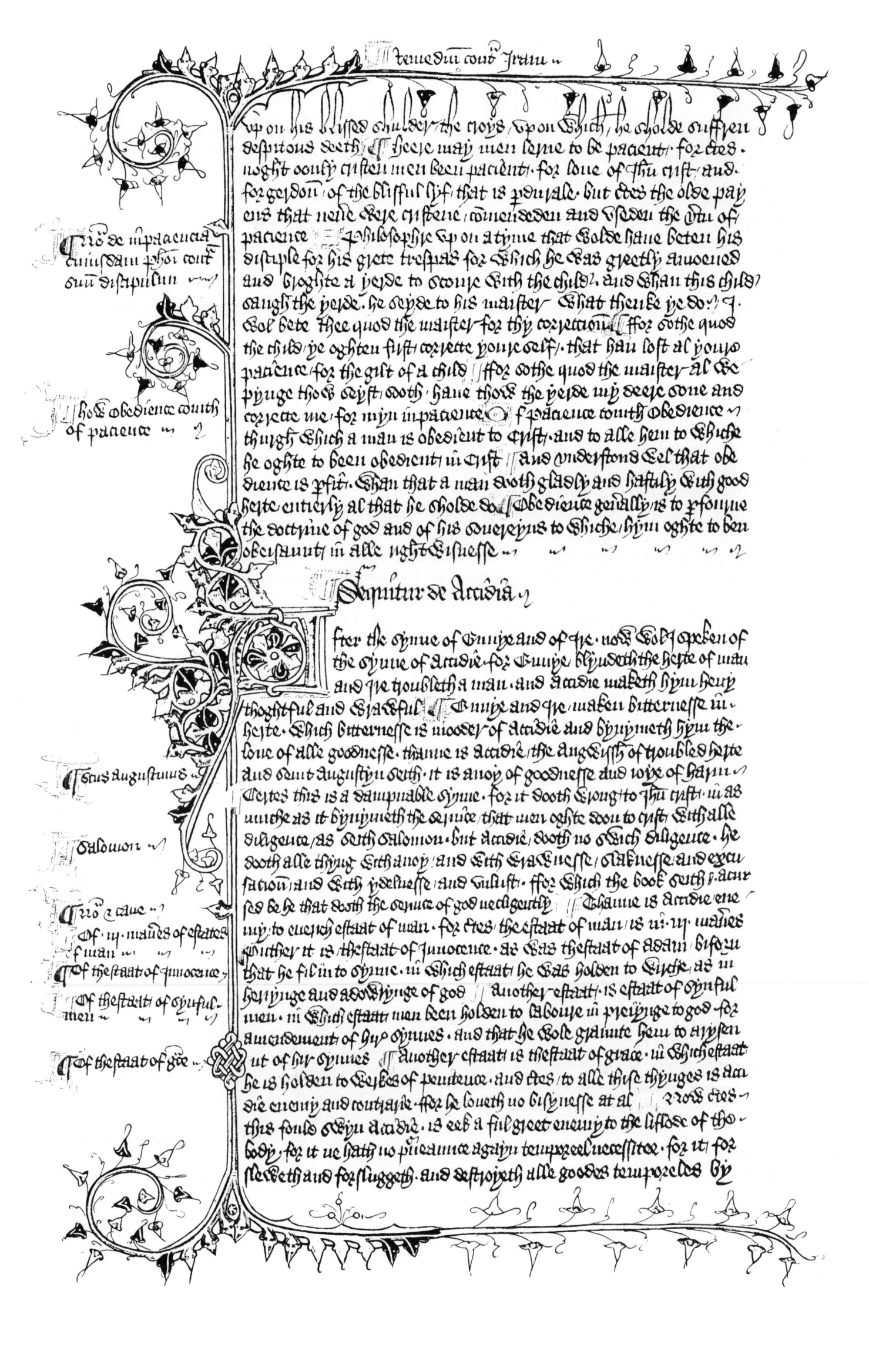

vpon his blessed shulder the croys vpon which he sholde suffren despitous deeth ¶ Heere may men lerne to be pacient for certes nought oonly cristen men been pacient for loue of Ihu crist and for gerdon of the blissful lyf that is perpetuel but certes the olde payens that neuere were cristene comenden and vseden the vertu of pacience ¶ A philosophre vpon a tyme that wolde haue beten his disciple for his grete trespas for which he was greetly amoeued and broghte a yerde to scourge with the child and whan this child saugh the yerde he seyde to his maister what thenke ye do ¶ I wol bete thee quod the maister for thy correccioun ¶ For sothe quod the child ye oghten first correcte youre self that han lost al youre pacience for the gilt of a child ¶ For sothe quod the maister al wepynge thow seyst sooth haue thow the yerde my deere sone and correcte me for myn inpacience ¶ Of pacience cometh obedience thurgh which a man is obedient to crist and to alle hem to whiche he oghte to been obedient in crist ¶ And vnderstond wel that obedience is perfit whan that a man dooth gladly and hastily with good herte entierly al that he sholde do ¶ Obedience generally is to perfourne the doctrine of god and of his souereyns to whiche hym oghte to ben obeisaunt in alle rightwisnesse

Ira de inpacientia cuiusdam philosophi cum suo discipulo

Of obedience which is of pacience

Sequitur de Accidia

After the synne of Enuye and of Ire now wol I speken of the synne of Accidie for Enuye blyndeth the herte of man and Ire troubleth a man and Accidie maketh hym heuy thoghtful and wraful ¶ Enuye and Ire maken bitternesse in herte which bitternesse is mooder of Accidie and bynymeth hym the loue of alle goodnesse Thanne is Accidie the anguyssh of troubled herte and seint Augustyn seith it is anoy of goodnesse and Ioye of harm ¶ Certes this is a dampnable synne for it dooth wrong to Ihu crist in as muche as it bynymeth the seruyce that men oghte doon to crist with alle diligence as seith Salomon but Accidie dooth no swich diligence he dooth alle thyng with anoy and with wraknesse slaknesse and excusacion and with ydelnesse and vnlust ffor which the book seith Acursed be he that dooth the seruyce of god necgligently ¶ Thanne is Accidie enemy to euerich estaat of man for certes the estaat of man is in iij manere outher it is thestaat of Innocence as was thestaat of Adam biforn that he fil in to synne in which estaat he was holden to wirche as in heriynge and adowrynge of god ¶ Another estaat is estaat of synful men in which estaat man been holden to laboure in preiynge to god for amendement of hys synnes and that he wole graunte hem to arysen out of hir synnes ¶ Another estaat is thestaat of grace in which estaat he is holden to werkes of penitence and certes to alle thise thynges is Accidie enemy and contrarie for he loueth no bisynesse at al ¶ Now certes this foule synne Accidie is eek a ful greet enemy to the liflode of the body for it ne hath no purueance agayn temporeel necessitee for it forslewtheth and forsluggeth and destroyeth alle goodes temporeles by

Seint Augustinus

Salomon

Ira a Caue

Of iij maneres of estates of man

Of thestaat of Innocence

Of thestaat of synful men

Of thestaat of grace

retchelesnesse. The fourthe thyng is, that Accidie is lyk to hem that / been in the peyne of helle, by cause of hir slouthe and of hir hevynesse / for they that been dampned, been so bounde, that they ne may neither wel / do ne wel thynke. Of Accidie comth first, that a man is anoyed and en- / combred for to doon any goodnesse, and maketh, that god hath abhomyna- / cion of swich Accidie. Ec comth slouthe, that wol nat suffre noon / hardnesse ne no penaunce. For soothly, slouthe is so tendre and so deli- / cat, as seith Salomon, that he wol nat suffre noon hardnesse ne pe- / naunce. And therfore, he shendeth al that he doth. Agayns this ro- / ten hertes synne of Accidie and slouthe, sholde men exercise hem self / to doon goode werkes. And manly and vertuously cacchen corage wel to / doon. thynkynge that oure lord Jhu crist, quiteth every good dede, be it / never so lite. Costage of labour is a greet thyng. For it maketh as / seith seint Bernard the laborer to have stronge armes, and harde / synwes. and slouthe maketh hem feble and tendre. Thanne comth / drede to bigynne to werke any goode werkes. For certes he that is / enclyned to synne, hym thynketh it is so greet an emprise for to / undertake to doon werkes of goodnesse. And casteth in his herte, that the / circumstances of goodnesse been so grevouse and so chargeaunt for to suf- / fre that he dar nat undertake to do werkes of goodnesse, as seith seint / Gregorie. Ec comth wanhope, that is despeir of the mercy of god. ȝt / comth outtyme, of to muche outrageous werke. and outtyme, of to / muche drede. ymaginynge that he hath doon so muche synne, that it / wol nat availlen hym. though he wolde repenten hym and forsake / synne. thurgh which despeir or drede, he abaundoneth al his herte / to every maner synne, as seith seint Augustin. Which dampnable / synne, if that it contynue un to his ende, it is cleped synnyng in the / hooly goost. This horrible synne is so perilous, that he þt is despeired / ther nys no felonye, ne no synne that he douteth for to do. as sheweth / wel by Judas. Certes aboven alle synnes, thanne is this synne / moost displesaunt to crist, and moost adversarie. Soothly, he that de- / speireth hym is lyk the coward champion recreaunt and nedeles despei- / reth. Certes the mercy of god is evere redy to every penitent. And is a- / boven alle hise werkes. Allas, kan a man nat bithynke hym on the / gospel of seint luc. 15. There as crist seith, that as wel shal ther / be joye in hevene upon a synful man that dooth penitence, than up on / 99. and. 19. rightful men, that neden no penitence. Looke forther in / the same gospel, the joye and the feste of the goode man that hadde / lost his sone. whan his sone with repentance was retourned to / his fader. Kan they nat remembren hem eek, that as seith seint / luc. 23. how that the theef that was hanged bisyde Jhu crist, seyde / lord remembre of me, whan thou comest in to thy regne. For soothly / crist, y seye to thee, to day shaltow been with me in paradys. Certes / ther is noon so horrible synne of man, that it ne may in his lyf be / destroyed by penitence. thurgh vtu of the passion and of the deeth / of crist. Allas, what nedeth man thanne to been despeired. Sith þt / his mercy so redy is and large. Axe and have. Thanne comth / Somnolence, that is sloggy slombrynge, which maketh a man be

---

Thus Accidie is lyk to hem / that been in the peyne of helle

Of the synne of slouthe

Salomon

Remedie agayn slouthe

Rio frm bernardum

Of drede to bigynne / any goode werkes

Gregorius

Of the synne of wanhope

Sctus augustinus

Luc in evangelio / 15 in evang

In eodem evangelio

Rio frm luc de latrone / crucifix cum xpo / 23

Rio

Of Somnolence / 23

heuy and dul in body and in soule. And this synne cometh of slouthe
and slepe, the tyme that by wey of reson men sholde nat slepe, that is
by but if ther were cause resonable. For sothly, the morwe tyde is moost
couenable a man to seye hise preyeres, and for to thynken on god, and
for to honoure god, and to yeuen almesse to the poure that first co-
meth in the name of Crist. Lo what seith Salomon. Who so wolde
by the morwe awaken and seke me, he shal fynde. Thanne cometh
necligence, or rechelesnesse, that rekketh of no thyng. And how that
Ignoraunce be mooder of alle harm, certes necligence is the norice.
Necligence ne dooth no fors, whan he shal don a thyng, wheither he
do it weel or baddely. Of the remedie of thise two synnes, as seith
the wise man, that he that dredeth god, he spareth nat to doon that
oghte doon. And he that loueth god, he wol doon diligence to plese god
by hise werkes, and abaundone hym self with al his myght wel
for to doon. Thanne cometh ydelnesse, that is the yate of alle harmes.
An ydel man is lyk to a place that hath no walles, the deueles may
entre on euery syde and sheten at hym at discouert by temptacion
on euery syde. This ydelnesse is the thurrok of alle wikked and vi-
leyns thoghtes, and of alle jangles, trufles, and of alle ordure. Cer-
tes, the heuene is yeuen to hem that wol labouren and nat to ydel folk.
Eek dauid seith, that they ne been nat in the labour of men ne they
shul nat been whipped with men, that is to seyn in purgatorie. Cer-
tes thanne semeth it, they shul be tormented with the deuel in helle,
but if they doon penitence. Thanne cometh the synne that men clepe
Tarditas, as whan a man is to latered or tariynge er he wole
turne to god. And certes that is a greet folie. He is lyk to hym that
falleth in the dych, and wol nat aryse. And this vice cometh of a fals
hope, that he thynketh, that he shal lyue longe. But that hope faileth
ful ofte. Thanne cometh lachesse, that is he that whan he bigyn-
neth any good werk, anon he shal forleten it and stynten, as doon
they that han any wight to gouerne and ne taken of hym namoore
kepe anon as they fynden any contrarie or any anoy. Thise been the
newe sheepherdes, that leten hir sheep witynly go renne to the
wolf that is in the breres, or do no fors of hir owene gouernance
of this comth pouerte and destruccion, bothe of spiritueel and
temporeel thynges. Thanne cometh a maner coldnesse, that
fresseth al the herte of a man. Thanne cometh vndeuocion
thurgh which a man is blent, as seith seint Bernard. And
hath swich langour in soule, that he may neither rede ne syn-
ge in hooly chirche, ne heere, ne thynke of no deuocion, ne tra-
uaille with hise handes in no good werk, that it nys hym vn-
sauory and al apalled. Thanne wexeth he slough and slombry
and soone wol be wrooth, and soone is enclyned to hate and to
enuye. Thanne cometh the synne of worldly sorwe, swich as
is cleped tristicia, that sleeth man, as seint paul seith, for certes
swich sorwe werketh to the deeth of the soule & of the body also, for ther
of cometh þt a man is anoyed of his owene lif. Wherfore swich sorwe
shorteth ful ofte the lif of man, er þt his tyme be come by wey of kynde

Remedium contra peccatum Accidie

Agayns this horrible synne of Accidie, and the braunches of
the same, they is a vertu that is called fortitudo, or strengthe,
that is an affection thrugh which a man despiseth anoyouse thinges.
This vertu is so mighty and so vigerous, that it day withstonde mightily
and wisely keep hym self fro periles that been wikked, and wrastle a-
gayn the assautes of the devel. For it enhaunceth and enforceth the soule
right as Accidie abateth it, and maketh it feble. For this fortitudo
may endure by long suffraunce the travailles that been convenable.
This vertu hath manye speces, and the firste is cleped magnificence, ┆ *Of magnanimitee*
that is to seyn greet corage. For nedes they bihoveth greet corage agayns
Accidie, lest that it ne swolwe the soule by the synne of sorwe, or
destroye it by wanhope. This vertu maketh folk to undertake harde
thynges and grevouse thynges by hir owene wil weseley and resona-
bly. And for as muchel as the devel fighteth agayns a man moore
by queyntise and by sleighte than by strengthe, therfore men shal
withstonden hym by wit and by reson and by discrecioun. Thanne ┆ *Of the vtues of feith*
arn they the vtues of feith and hope in god and in hise seyntes to a- ┆ *and hope*
cheve and acomplise the goode werkes in the whiche he proposeth ferme-
ly to continue. Thanne comth seurtee or sikernesse, and that is
whan a man ne douteth no travaille in tyme comynge of the goode
werkes that a man hath bigonne. Thanne comth magnificence, that ┆ *Of magnificence*
is to seyn, whan a man dooth and parfourneth grete werkes of goodnesse
and that is the ende why that men sholde do goode werkes, for in the
acomplissynge of grete goode werkes lith the grete guerdon. Thanne ┆ *Of Constance*
is they constance, that is stablenesse of corage, and this sholde
been in herte by stedefast feith, and in mouth, and in beryinge, and
in chiere and in dede. Ek ther been two speciale remedies agayns ┆ *Of two speciale reme-*
Accidie in diverse werkes, and in consideracion of the peynes of helle ┆ *dies agayns Accidie*
and of the ioyes of hevene, and in trust of the grace of the holy goost
that wole yeve hym might to parfourme his goode entente.

Sequitur de Auaritia

After Accidie wol I speke of Auarice and of Couetise, ┆ *Sanctus Paulus*
of which synne seith seint Paul, that the roote of alle
harmes is Couetise, ad Thimotheum 6º. For sothly,
whan the herte of a man is confounded in it self and troubled,
and that the soule hath lost the confort of god, thanne seketh he
an ydel solas of worldly thynges. Auarice after the descrip- ┆ *That Auarice is* ...
cion of seint Augustyn, is likerousnesse in herte to have erthely ┆ *Augustini*
thynges. Som oother folk seyn that Auarice is for to purchacen
manye erthely thynges, and no thyng yeve to hem that han nede.
And understond that Auarice ne stant nat oonly in lond ne catel,
but somtyme in science and in glorie, and in every manere of outra-
geous thynges is Auarice and Couetise. And the difference bitwixe ┆ *Of the difference bitwixe*
Auarice and Couetise is this. Couetise is for to coveite swiche ┆ *Auarice and Couetise*
thynges as thou hast nat, and Auarice is for to withholde and
kepe swiche thynges as thou hast withoute rightful nede. Sothly

Auaricia

This Auarice is a synne þat is ful dampnable · for al holy writ cursith it and spekith agayns that vice · for it doth wrong to Ihū crist · for it bireueth hym the loue that men to hym owen and turneth it bakward agayns alle resou̅ · and maketh that the auaricious man hath moore hope in his catel than in Ihū crist · and doth moore obseruance in kepynge of his tresor than he doth to seruice of Ihū crist · And therfore seith seint paul ad Ephesios 5º · that an auaricious man is the thraldom of ydolatrie ¶ What difference is bitwyse an ydolastre and an auaricious man · But that an ydolastre parauenture ne hath but o mawmet or two and the auaricious man hath manye · ffor certes euery floryn in his cofre is his mawmet · And certes the synne of mawmetrie is the firste thyng that god deffended in the ten comau̅dementz as berith witnesse in Exodi c̊ · 20 · ¶ Thou shalt haue no false goddes bifore me · ne thou shalt make to thee no graue thyng · thus is an auaricious man that loueth his tresor biforn god an ydolastre thurgh this cursed synne of Auarice ¶ Of couetise come͛ thise harde lordshipes thurgh whiche men been distreyned by ta̅ lages custumes and cariages moore than hir duetee or resou̅ is · and eek they taken of hir bonde men amerciamentz · whiche myghte moore resonably ben cleped extorcions than amerciamentz ¶ Of whi che amerciamentz and rau̅sonynge of bonde men som̅e lordes stiwardes seyn that it is rightful · for as muche as a cherl hath no temporeel thyng that it ne is his lordes as they seyn · but certes thise lordshipes doon wrong that bireuen hir bonde folk thynges that they neuere yaue hem · Augustinus de ci. li. 9º ¶ Sooth is þt the condition of thraldom and the firste cause of thraldom is for synne genes · 9º ¶ Thus may ye seen that the gilt disserueth thraldom but nat nature · wherfore thise lordes ne sholde nat muche glorifien hem in hir lordshipes sith that by natureel condi cion they been nat lordes of thralles · but that thraldom comith first by the desert of synne ¶ And forther ouer they as the la we seith that temporeel goodes of bonde folk · been the goodes of hir lordshipes · ye that is for to vnderstonde the goodes of the Emperour to deffenden hem in hir right · but nat for to robben he ne reuen hem ¶ And therfore seith Seneca ¶ Thy prudence sholde lyue benignely wt thy thralles · thilke þt thou clepest thy thral les been goddes peple · for humble folk been cristes freendes they been contubernyal wt the lord ¶ Thynk eek that of swich seed as cherles spryngeth · of swich seed spryngen lordes · as wel may the cherl be saued as the lord · the same deth þt taketh the cherl swich deth taketh the lord ·wherfore I rede do right so with thy cherl as thou woldest that thy lord dide with the if thou were in his plit · euery synful man is a cherl to synne I rede thee certes that thou lord werke in swich wise with thy cher les · that they rather loue thee than drede · I woot wel ther is degree aboue degree · as reson is and skile it is that men do hir deuoir ther as it is due · but certes extorcions and

Auaricia

despit of youre vndertynges is dampnable. And forther ouer vnder-
stoond wel, that thise conqueroures or tyrauntz maken ful ofte thral-
les of hem that been born of as roial blood as been they that hem con-
queren. This name of thraldom was neuere erst kowth, til that
Noe seyde, that his sone Canaan sholde be thral to hise bretheren for
his synne. What seye we thanne of hem that pilen and doon extor-
cions in hooly chirche? Certes, the swerd that men yeuen first to a
knyght, whan he is newe dubbed, signifieth, that he sholde deffenden
hooly chirche, and nat robben it ne pilen it; and who so dooth is tray-
tour to Crist. And as seith seint Augustyn, they been the deueles
wolues that stranglen the sheep of Ihu Crist, and doon worse than
wolues. For soothly, whan the wolf hath ful his wombe, he stynteth
to strangle sheep. But soothly, the pilours and destroyours of goodes
hooly chirche, ne do nat so, for they ne stynte neuere to pile. Now as I
haue seyd, sith so is, that synne was first cause of thraldom. than-
ne is it thus, that thilke tyme that al this world was in synne, thanne
was al this world in thraldom and subiectioun. But certes, sith the tyme
of grace cam, god ordeyned that som folk sholde be moore heigh in estaat
and in degree, and som folk moore lough, and that euerych sholde be
serued in his estaat. and therfore, in somme contrees they they byen thral-
les, whan they han turned hem to the feith, they maken hir thralles free
out of thraldom. And therfore certes, the lord oweth to his man, that the
man oweth to his lord. The pope calleth hym self seruant of the ser-
uantz of god. But for as muche as the estaat of hooly chirche ne myghte
nat han be, ne the commune profit mighte nat han be kept, ne pees and
reste in erthe, but if god hadde ordeyned that som men hadde hyer degree
and som men lower. therfore, was souereyntee ordeyned to kepe and
mayntene and deffenden hire vnderlynges or hire sugetz in resoun, as
ferforth as it lith in hire power; and nat to destroyen hem ne confoun-
den. Therfore I seye, that thilke lordes that been lyk wolues, that de-
uouren the possessiouns or the catel of poure folk wrongfully with outen
mercy or mesure, they shul receyuen by the same mesure that they han
mesured to poure folk, the mercy of Ihu Crist, but if it be amended. Now
comth deceite bitwixe marchant and marchant. And thow shalt
vnderstonde that marchandise is in manye maneres, that oon is bo-
dily, and that oother is goostly, that oon is honeste and leueful, and
that oother is deshoneste and vnleueful. Of thilke bodily marchandise
that is leueful and honeste, is this, that there as god hath ordeyned that
a regne or a contree is suffisaunt to hym self, thanne is it honeste and
leueful, that of habundaunce of this contree, that men helpe another
contree that is moore nedy. And therfore, they moote been marchauntz
to bryngen fro that o contree to that oother hire marchandises. That
oother marchandise that men haunten with fraude and trecherie and
deceite, with lesynges and false othes, is cursed and dampnable. Es-
pirituel marchandise is proprely symonye, that is entent desir to
byen thyng espirituel, that is, thyng that aperteneth to the seintua-
rie of god and to cure of the soule. This desir if so be that a man
do his diligence to parfournen it, al be it that his desir take noon

Genesis / maledictus
Canaan seruus seruorum erit fratribus suis
Of hem pt pilen & doon extorcions in hooly chirche

Sanctus Augustinus

Eadem mensura &c.
Of deceite bitwyxe marchaunt and marchaunt

Of bodily marchandise that is leueful & honeste

Of espirituel marchan-dise that is symonye

Sequitur

¶ Of whom Symonye bereth his name

¶ Of diuerse maneres of Symonye

¶ Of another manere of Symonye

¶ Sequitur

¶ Of hasardrye & hise apurtenaunces

¶ Of of auarice. conuen- lesynges. fals witnesse and false othes

¶ Of fals witnesse

¶ Of the synne of thefte

¶ Of thefte corporeel

effect · yet is it to hym a deedly synne · and if he be ordred · he is irregu- leer ¶ Certes Symonye is cleped of Symon magus · that wolde han boght for temporeel catel · the yifte that god hadde yeuen by the hooly goost · to seint Peter and to the Apostles · And therfore vndirstoond · that bothe he that selleth and he that beyeth thynges espiritueels · been cleped Symonyals · be it by catel · be it by pocurynge · or by flesshly preyere of hise freendes · flesshly freendes · or espiritueel freendes ¶ Flesshly in two maneres · As by kynrede · or othere freendes · Soothly if they praye for hym that is nat worthy and able · it is Symonye · if he ta- ke the benefice · and if he be worthy and able · ther nys noon ¶ That other manere is · whan a man or womman preyen for folk to auauncen hem oonly · for wikked flesshly affeccion · that they han vn to the persone · and that is foul Symonye ¶ But certes in seruice · for which men yeuen thynges espiritueels vn to hir seruantz · it moot been vndirstonde · þt the seruice moot been honeste · and elles nat · And eek that it be with outen bargaynynge · And that the persone be able · for as seith Seint Damasie · Alle the synnes of the world at regard of this synne · arn as thyng of noght · for it is the gretteste synne that may be · after the synne of lucifer · and Antecrist · for by this synne · god forseeth tho chirche · and the soule that he boghte with his precious blood · by hem þt yeuen chirches to hem that been nat digne · for they putten in theues that stelen the soules of Ihesu crist · and destroyen his patrimoyne · by swiche vndigne preestes · and curates · han lewed men the lasse reuerence of the sacrement of hooly chirche · And swiche yeueres of chirches put- ten out the children of crist · and putten in to the chirche the deuekes owene sone · they sellen the soules that lambes sholde keepen to the wolf that strangleth hem · And therfore · shul they neuere han part of the pasture of lambes · that is the blisse of heuene ¶ Now cometh ha- sardrye with hise apurtenaunces · as tables and rafles · of which comth deceite · false othes · chidynges · and alle raynes · blaspheminge and reneiynge of god · and hate of hise neigheboris · west of goodes · mys- spendynge of tyme · and somtyme manslaughtre · certes · hasardours ne mowe nat been withouten greet synne ¶ Of Auarice · comen eek lesynges · thefte · fals witnesse · and false othes · And ye shul vnder- stonde that thise been grete synnes · and expres agayn the comaunde- mentz of god · as I haue seyd ¶ Fals witnesse · is in word and eek in dede ¶ In word · as for to bireue thy neigheboris goode name by thy fals witnessyng · or bireuen hym his catel or his heritage by thy fals witnessyng · whan thou for yre · or for meede · or for enuye · be- rest fals witnesse · or accusest hym or excusest hym by thy fals wit- nesse · or elles excusest thy self falsly · ware yow questemongers and notaries ¶ Certes for fals witnessyng was Susanna in ful gret sorwe and peyne · and many another mo ¶ The synne of thefte is eek expres agayns goddes heeste · And in two maneres · corporeel · or espiritueel · as for to take thy neigheboris catel agayn his wyl · be it by force or by sleighte · be it by met · or by mesure · by ste- lyng eek of false enditementz vpon hym · And in borwynge of thy neigheboris catel · in entente neuere to payen it agayn

Auarina

and semblable thynges / Spirituel thefte is sacrilege / that
is to seyn, hurtynge of hooly thynges, or of thynges sacred to crist
in two maneres / by reson of the hooly place, as chirches or chirche
hawes / for which every vileyns synne that men doon in swiche
places, may be cleped sacrilege / or every violence in the semblable places / Also they that withdrawen falsly, the rightes that
longen to hooly chirche / And pleynly and generally / sacrilege
is to reuen hooly thyng, fro hooly place / or vnhooly thyng, out
of hooly place / or hooly thyng, out of vnhooly place /

Of thefte spirituel

Releuacio contra peccatum Auaritie

Now shul ye vnderstonde, that the releeuynge of Auarice
is misericorde and pitee largely taken / And men myghten
axe, why that misericorde and pitee is releeuynge of Auarice /
Certes, the Auaricious man sheweth no pitee ne misericorde to the ne-
deful man / for he deliteth hym in the kepynge of his tresor, and nat
in the rescowynge ne releeuynge of his euene cristene / and therfore
speke I first of misericorde / Thanne is misericorde, as seith the
Philosophre, a vertu, by which the corage of a man is stired by the
mysese of hym that is mysesed / vp on which misericorde folweth pitee in performynge of charitable werkes of misericorde / and cer-
tes, thise thynges moeuen a man to misericorde of crist / that he
yaf hym self for oure gilt, and suffred deeth for misericorde, and
forgaf vs oure originale synnes, and ther by releessed vs fro the peynes of helle, and amenused the peynes of purgatorie by penitence
and yeueth grace wel to do, and atte laste the blisse of heuene / The
speces of misericorde been, as for to lene and for to yeue / and to forye-
uen and relesse / and for to han pitee in herte and compassion of the
meschief of his euene cristene / And eek to chastise there as nede is /
Another manere of remedie agayns Auarice is resonable largesse /
but soothly heere bihoueth the consideracion of the grace of Ihu crist
and of hise temporeel goodes / and eek of the goodes perdurables that
crist yaf to vs / and to han remembrance of the deeth that he shal receyue. he noot whanne / where / ne how / and eek that he shal forgon
al that he hath / saue oonly that he hath despended in goode werkes /
But for as muche as som folk been vnmesurable / men oghten eschiue
fool largesse that men clepen wast / Certes he that is fool large /
ne yeueth nat his catel / but he leseth his catel / Soothly, what thyng
that he yeueth for veyne glorie / as to mynstrals and to folk / for to
beren his renoun in the world, he hath synne ther of and noon Almesse / Certes he leseth foule his good / that ne seketh with the yifte
of his good, no thyng but synne / He is lyk to an hors that seketh
rather to drynken drouy or trouble water, than for to drynken water of the clere welle / And for as muchel as they yeuen, ther as
they sholde nat yeuen, to hem aperteneth thilke malison that crist
shal yeuen at the day of doome, to hem that shullen been
dampned /

Of misericorde & pitee

What misericorde is &c

Of thynges that sholde moeue a man to misericorde

Of the speces of misericorde

Of another remedie agayn Auarice

Of fool largesse

Sequitur de Gula

What Glotonye is

After Avarice cometh Glotonye, which is expres eek agayn the comandement of god. Glotonye is unmesurable appetit to ete or to drynke, or elles to doon ynogh to the unmesurable appetit and desordeynee coveitise to eten or to drynke. This synne corrumped al this world, as is wel shewed in the synne of Adam and of Eve. looke eek what seith seint Paul of Glotonye. Manye, seith seint Paul, goon of whiche I haue ofte seyd to yow, and now I seye it wepynge, that been the enemys of the croys of Crist, of whiche the ende is deeth, and of whiche hir god is hir wombe and hir glorie in confusion of hem that so devouren erthely thynges. He that is usaunt to this synne of Glotonye, he ne may no synne withstonde. He moot been in servage of alle vices, for it is the develes hoord, ther he hideth hym and resteth. This synne hath manye speces.

Sanctus Paulus

Of the speces of Glotonye

The firste spece of Glotonye

The firste is dronkenesse, that is the horrible sepulture of mannes resoun; and therfore, whan a man is dronken, he hath lost his resoun; and this is deedly synne. But soothly, whan that a man is nat wont to strong drynke, and paraventure ne knoweth nat the strengthe of the drynke, or hath feblesse in his heed, or hath travailed, thurgh which he drynketh the moore, al be he sodeynly caught with drynke, it is no deedly synne, but venyal.

The ij. spece of Glotonye

The seconde spece of Glotonye is that the spirit of a man wexeth al trouble, for dronkenesse bireveth hym the discrecion of his wit.

The iij. spece of Glotonye

The thridde spece of Glotonye is whan a man devoureth his mete, and hath no rightful manere of etynge.

The iiij. spece of Glotonye

The fourthe is whan thurgh the grete habundance of his mete the humours in his body been distempred.

The v. spece of Glotonye

The fifthe is foryetelnesse by to muchel drynkynge, for which sum tyme a man foryeteth er the morwe what he dide at even, or on tho nyght biforn.

Of othere maner speces of Glotonye whiche been likned to the v. fyngres of the develes hand, per sanctum Gregorium

In oother manere been distinct the speces of Glotonye after seint Gregorie. The firste is for to ete biforn tyme to ete. The seconde is whan a man get hym to delicaat mete or drynke. The thridde is whan men taken to muche over mesure. The fourthe is curiositee with greet entente to maken and apparaillen his mete. The fifthe is for to eten to gredily. Thise been the fyve fyngres of the develes hand, by whiche he draweth folk to synne.

Remedium contra peccatum Gule

Agayns Glotonye is the remedie abstinence, as seith Galien; but that holde I nat meritorie, if he do it oonly for the heele of his body. Seint Augustyn wole that abstinence be doon for vertu and with pacience. Abstinence, he seith, is litel worth, but if a man haue good wil therto, and but it be enforced by pacience and by charitee, and that men doon it for godes sake, and in hope to haue the blisse of hevene.

Augustinus

Of the felawes of Abst'
Attemperance
Shame
Suffisance

The felawes of Abstinence been Attemperance, that holdeth the mene in alle thynges; eek Shame, that eschueth alle deshonestee; Suffisance, that seketh no riche metes ne drynkes, ne dooth no fors of to outrageous apparai-

lynge of mete. Thesyne also, that restreyneth by reson the delaunce
apetit of etynge. Sobrenesse also, that restreyneth the outrage
of drynke. Sparynge also, that restreyneth the delicaat ese to sitte
longe at his mete and costely. Therfore som folk stonden of hir
owene wyl to eten at the lasse leyser.

    Thesyne
    Sobrenesse
    Sparynge

Sequit' de luxuria

After Glotonye thanne cometh lecherie, for thyse two synnes
been so ny cosyns, that ofte tyme they wol nat
separte. God woot this synne is ful displesaunt thyng
to god, ffor he seyde hym self so. No lecherie. And therfore, he putte
grete peynes agayns this synne in the olde lawe. If a woman
thral were taken in this synne, she sholde be beten with staues
to the deeth. And if she were a gentil woman, she sholde be slayn
with stones. And if she were a bisshopes doghter, she sholde been
brent by goddes commaundement. fforther ouer, by the synne of
lecherie, god dreynte al the world at the diluge. And after that he
brente v. citees with thonder leyt, and sank hem in to helle.
Lat vs speke thanne of thilke stynkynge synne of lecherie that
men clepe Auowtrie of wedded folk, that is to seyn: if that oon
of hem be wedded, or elles bothe. Seint Iohn seith that Auowtreys
shullen been in helle, in a stank brennynge of fyr and of brymston,
for the stynk of hir ordure. Certes the brekynge of this sacrement
is an horrible thyng. It was maked of god hym self in paradys
And confermed by Ihū crist as witnesseth seint Mathew in the
gospel. A man shal lete fader and mooder, and taken hym to his wyf,
and they shullen be two in o flessh. This sacrement bitokneth the
knyttynge togydre of Crist and of holy chirche. And nat oonly that
god forbad Auowtrie in dede, but eek he comanded that thou shol
dest nat coueite thy neighebores wyf. In this heeste seith seint
Augustyn. is forboden alle manere coueitise to doon lecherie. Lo
what seith seint Mathew in the gospel, that Who so seeth a wo
man to coueitise of his lust, he hath doon lecherie with hir in his
herte. Here may ye seen, that nat oonly the dede of this syn
ne is forboden, but eek the desir to doon that synne. This
cursed synne anoyeth greuousliche hem that it haunten. And
first to hir soule, for he obligeth it to synne, and to peyne of
deeth that is perdurable, vn to the body, anoyeth it greuously also,
for it dreyeth hym. and wasteth. and shent hym. and of his blood
he maketh sacrifice to the feend of helle. It wasteth his catel and
his substance. And certes if it be a foul thyng a man to waste
his catel on women, yet is it a fouler thyng. Whan that for
swich ordure women dispenden vpon men hir catel and sub
stance. This synne as seith the prophete bereueth man and
woman hir goode fame. and al hir honour. and it is ful ple
sant to the deuel. for therby wynneth he. the mooste partie of
this world. And right as a marchant deliteth hym moost in

    Of swiche gyses to swiche
    women of estaat for the syn
    ne of lecherye.

    how for the synne of lecherie
    al the world was dreynt
    and v. citees brent & sonken

    Of the synne of Auowtrie

    nō ortūm Iohem

    math. 19.

    otus Augustin'

    Mathei. 5.

    nō

    ꝓpħa

Luxuria

Of v. fyngres of the deueles hand

The fifte fynger

The ij.e fynger

Salomon

The iij. fynger

The iiij. fynger

How thise olde lecchours been likned to houndes

Etc

How a man sholde louen his wyf

The v.e fynger of the deueles hand

Of diuse speces of lecherie

Of the synne to bireue a mayden of hir maydenhede

chaffare, that he hath moost auauntage of, right so delyteth the feend in this ordure. this is that oother hand of the deuel, with v. fyngres to cacche the peple to his vileynye. The firste fynger is the fool lookynge of the fool woman and of the fool man. that sleeth right as the basilicok sleeth folk by the venym of his sighte. for the coueitise of eyen, folweth the coueitise of the herte. The seconde fynger is the vileyns touchynge in wikkede manere. and therfore seith Salomon. that who so toucheth and handeleth a womman, he fareth lyk hym that handeleth the scorpion þt styngeth and sodeynly sleeth thurgh his enuenymynge. as who so toucheth warm pych, it shent hise fyngres. The thridde is foule wordes. that fareth lyk fyr. that right anon brenneth the herte. The fourthe fynger is the kissynge. and trewely he were a greet fool that wolde kisse the mouth of a brennynge ouene or of a fourneys. And moore fooles been they that kissen in vileynye. for that mouth is the mouth of helle. and namely thise olde dotardes holours. yet wol they kisse. though they may nat do. and smatre hem. Certes they been lyk to houndes. for an hound, whan he comth by the roser or by othere beautees, though he may nat pisse. yet wole he heue vp his leg & make a countenaunce to pisse. And for that many man weneth. that he may nat synne. for no likerousnesse that he dooth with his wyf, certes. that opinion is fals, god woot. a man may sleen hym self with his owene knyf, and make hym dronken of his owene tonne. Certes be it wyf. be it child. or any worldly thyng. that he loueth biforn god. it is his mawmet. and he is an ydolastre. Man sholde louen hys wyf by discrecion paciently and attemprely. and thanne is she. as though it were his suster. The fifthe fynger of the deueles hand is the stynkynge dede of lecherye. Certes the v. fyngres of glotonie the feend put in the wombe of a man. And with hise v. fyngres of lecherie he grypeth hym by the reynes. for to throwen hym in to the fourneys of helle. ther as they shul han the fyr. and the wormes that eule shul lasten. and wepynge and wailynge. sharp hunger & thurst. grymnesse of deueles. that shullen al to trede hem with outen respit and with outen ende. Of lecherie. as I seyde. sourden diuerse speces. As ffornicacion. that is bitwyxe man and womman. that been nat wedded. And this is deedly synne and agayns nature. Al that is enemy and destruction to nature. is agayns nature. And fay. the resoun of a man. telleth eek hym wel. that it is deedly synne. for as muche. as god forbad lecherye. And seint Paul yeueth hem the regne that nys dewe to no wight. but to hem that doon deedly synne. Another synne of lecherie. is to bireue a mayden of hir maydenhede. for he that so dooth. certes. he casteth a mayden out of the hyeste degree that is in this present lyf. and bireueth hir thilke precious fruyt. that the book clepeth the hundred fruyt. I ne kan seye it noon ootherweyes in englyssh. but in latyn it highte centesimus fructus. Certes. he that so dooth. is cause of manye damages and vileynyes. mo than any man kan rekene. right as he outryne. is cause of alle damages that beestes don in the feeld. that brekth the hegge or the closure. thurgh which þe

Luxuria

destroyeth, that may nat been restoored. Wher as nomoore may wan-
deshede be restoored, than an arm that is smyten fro the body may re-
tourne agayn to werke. She may have mercy this woot I wel, if she
do penitence. But nevere shal it be, that she was corrupt. And al be
it so that I have spoken somwhat of Avowtrie, it is good to shewen
mo perils that longen to Avowtrie, for to eschue that foule synne. ¶
Avowtrie in latyn is for to seyn, Apprchynge of oother mannes bed,
thurgh which tho that whilom weren o flessh, abandone hir bod-
yes to othere persones. ¶ Of this synne, as seith the wise man folwen
manye harmes. ¶ First brekynge of feith, and certes in feith is the
keye of Cristendom. and whan that feith is broken and lorn, soth-
ly Cristendom stant veyn and withouten fruyt. ¶ This synne is
eek a thefte, for thefte generally is for to reve a wight his thyng agayns
his wille. ¶ Certes this is the fouleste thefte that may be. whan a
Womman stelth hir body fro hir housbonde and yeveth it to hire
holour to defoulen hir, and stelth hir soule fro Crist, and yeveth it
to the devel. this is a fouler thefte, than for to breke a chirche and stele
the chalice. ¶ For thise avowtiers breken the temple of god spiritually
and stelen the vessel of grace, that is the body and the soule for which
Crist shal destroyen hem, as seith seint Paul. ¶ Soothly of this thef-
te doutede gretly Joseph. whan that his lordes wyf preyed hym of vi-
leynye. whan he seyde, lo my lady, how my lord hath take to me und-
er my warde al that he hath in this world, ne no thyng of hise thynges
is out of my power, but oonly ye that been his wyf. and how sholde
I thanne do this wikkednesse, and synne so horrible agayns god, and a-
gayns my lord? god it forbeede. Allas al to litel is swich trouthe now
yfounde. ¶ The thridde harm is the filthe thurgh which they breken
the comaundement of god. and defoulen the Actour of matrimoyne þt
is Crist. For certes in so muche as the sacrement of mariage is so
noble and so digne. so muche is it gretter synne for to breken it. for god
made mariage in Paradys in the estaat of innocence to multiplye
mankynde to the servise of god. and therfore is the brekynge moore
grevous. of which brekynge comen false heires ofte tyme that wrong-
fully ocupien folkes heritages. and therfore wol Crist putte hem out
of the regne of hevene that is heritage to goode folk. ¶ Of this brekyn-
ge cometh eek ofte tyme, that folk unwar wedden or synnen with hir
owene kynrede. and namely, thilke harlotes that haunten bordels of
thise fool wommen, that mowe be likned to a commune gonge where as
men purgen hir ordure. ¶ What seye we eek of portours þt lyven
by the horrible synne of putrie. and constreyne wommen to yelden to
hem a certeyn rente of hir bodily putrie. ye somtyme of his owene
wyf or his child, as doon this bawdes. certes thise been cursede synnes.
¶ Understoond eek that Avowtrie is set gladly in the ten comaundementz
bitwixe thefte and manslaughtre, for it is the gretteste thefte that may
be. for it is thefte of body and of soule. and it is lyk to homycide. for it
kerveth atwo and breketh atwo hem that first were maked of flessh. and
therfore by the olde lawe of god they sholde be slayn. but nathelees
by the lawe of Jhu Crist that is lawe of pitee. whan he seyde to the

¶ What Avowtrie is, and of
diverse perils þt longen to Avowtrie

¶ How Avowtrie is comprehended
thefte

¶ Sanctus Paulus
¶ Exemplum de Joseph

¶ Of putours that lyven by
the putrye of wommen

Luxuria

womman that was founden in avoutrie. and sholde han been slayn with stones. after the wyl of the Jewes as was hir lawe. Go quod Ihesu crist. and haue namoore wyl to synne. or wille namoore to do synne Soothly the vengeance of avoutrie is assigned to the peynes of helle but if so be that it be destourbed by penitence. Yet been ther mo speces of this cursed synne. as whan that oon of hem is religious. or elles bothe. or of folk that been entred in to ordre. as subdekne or preest or hospitaliers. and euere the hyer that he is in ordre. the gretter is the synne

Of religious and ordred folk that vsen lecherye

The thynges that gretly aggreggen hys synne. is the brekynge of his auow of chastitee. whan they receyued the ordre. and further ouer sooth is that hooly ordre is chief of al the tresorie of god. and his especial signe and mark of chastitee. to shewe that they been ioyned to chastitee which that is moost precious lyf that is. And thise ordred folk been specially titled to god. and of the special meignee of god. for which whan they doon deedly synne. they been the special traytours of god and of his peple. for they lyuen of the peples. preestes been aungeles. as by the dignitee of hir mysterye. but for sothe

Sanctus paulus

seint Paul seith. that Sathanas transformeth hym in an aungel of light. Soothly the preest that haunteth deedly synne. he may be likned to the aungel of derknesse transformed in the aungel of light. he semeth aungel of light. but for sothe he is aungel of derknesse. Swiche preestes been the sones of Helie. as

In Libro Regum

sheweth in the book of kynges. that they weren the sones of Belial. that is the deuel. Belial is to seyn withouten Iuge. and so faren they. hem thinketh they been free and han no Iuge. namoore than hath a free bole that taketh which cow that hym liketh in the town. so faren they by wommen. ffor right as a free bole is ynough for al a town. right so is a wikked preest corrupcion ynough for al a parisshe. or for al a contree. Thise preestes as seith the book. ne konne nat the mysterye of preesthode to the peple. ne god ne knowe they nat. they ne holde hem nat apayd as seith the book of soden flessh that was to hem offred. but they tooke by force, the flessh that is raw.

Caste caueto

Certes so thise shrewes. ne holden hem nat apayed of roosted flessh and sode flessh. with which the peple fedden hem in greet reuerence. but they wole haue raw flessh of folkes wyues and hir doghtres. And thise wommen that consenten to hir harlotrye doon greet wrong to crist. and to hooly chirche. and alle halwes. and to alle soules. for they bireuen alle thise. hym that sholde worshipe crist and hooly chirche. and preye for cristene soules. And therfore han Swiche preestes and hir lemmanes eek that consenten to hir lecherye. the malison of al the court cristiene. til they come to amendement. The thridde spece of A-

Of auoutrie bitwixe a man and his wyf

uoutrie. is som tyme bitwixe a man and his wyf. and that is whan they take no reward in hir assemblynge. but oonly to hir fleshly delit. as seith seint Ierome. and ne rekken of no thyng

Ieronimus

but that they been assembled. by cause that they been maryed. al is good ynough as thynketh to hem. but in swich folk hath the deuel power. as seyde the Aungel Raphael to Thobie. for in hir as-

Angelus Raphael ad Thobiam
Of the assemblee of hem that been of o lynage

semblynge they putten ihesu crist out of hir herte and yeuen hem self to alle ordure. The fourthe spece is the assemblee of hem that been

Luxuria

of his kynrede · or of hem that been of oon affynytee · or elles with hem with whiche hys fadres or hys kynrede han deled in the synne of lecherye · this synne maketh hem lyk to houndes that taken no kepe to kynrede · And eek partened is in two maneres · outher goostly or flesshly · goostly · as for to deelen with hise godsibbes · for right as he that engendreth a child is his flesshly fader · right so is his goostly fader · his fader espirituel · for which a woman may in no lasse synne assemblen with hyr godsib · than with hyr owene flesshly brother ·
The fifte spece is thilke abhomynable synne · of which that no man unnethe oghte speke ne write · natheles · it is openly rehersed in holy writ · This cursednesse doon men and women in diuerse entente and in diuerse maneere · but though that hooly writ speke of horrible synne · certes hooly writ may nat been defouled · nammoore than the sonne that shyneth on the mixne · Another synne apperteneth to lecherye that comth in slepynge · and this synne cometh ofte to hem that been maydenes · and eek to hem that been corrupt · And this synne men clepen pollucion that comth in iiij maneres · Somtyme of langwissynge of body · for the humurs been to ranke · and habundaunt in the body of man · Somtyme of infirmytee · for the feblesse of the vertu retentyf · as phisik maketh mencion · Somtyme for surfeet of mete and drynke · And somtyme of vileyns thoghtes · that been enclosed in mannes mynde whan he gooth to slepe · which may nat been withoute synne · for which men moste kepen hem wisely · or elles may men synnen ful grevously ·

Remedium contra peccatum luxurie

Now comth the remedie agayns lecherye · and that is generally chastitee & continence · that restreyneth alle the desordeynee moevynges that comen of flesshly talentes · And euer the gretter merite shal he han · that moost restreyneth the wikkede eschawfynges of the ordure of this synne · And this is in two maneres · that is to seyn chastitee in mariage · and chastitee of widwehode · Now shaltow vnderstonde that matrimoyne is leefful assemblynge of man and of woman that receyuen by vertu of the sacrement the boond · thurgh which they may nat be departed in al hir lyf · that is to seyn · whil that they lyuen bothe · This as seith the book is a ful greet sacrement · god maked it · as I haue seyd in paradys · and wolde hym self · be born in mariage · And for to halwen mariage · he was at a weddynge · where as he turned water in to wyn · which was the firste miracle that he wroghte in erthe bifore his disciples · Trewe effect of mariage clenseth fornicacion and repleneissheth hooly chirche of good lynage · for that is the ende of mariage · & it chaungeth deedly synne in to venial synne bitwixe hem that been ywedded · and maketh the hertes al oon · of hem that been ywedded as wel as the bodies · Verray mariage that was establissed by god · er that synne bigan · whan natureel lawe was in his right poynt in paradys · and it was ordeyned · that o man sholde haue but o woman · and o woman but o man · as seith seint Augustyn by manye resons ·

Of kynrede in two maneres outher goostly or flesshly

The v spece of lecherye

Of the synne of pollucion

Of chastitee in two maneres
That matrymoyne is

Of the effect of mariage

That o man sholde haue but o woman · and o woman but o man in mariage sm̄ Augustinum

Fyrst · for mariage is figured bitwixe crist and hooly chirche · and that oother is

Remedium

for a man is heued of a womman / algate by ordinaunce it sholde be so / ffor if a womman hadde mo men than oon / thanne sholde she haue mo heuedes than oon / and that were an horrible thyng bifore god / and eek a womman ne myghte nat plese to many folk at ones / And also ther ne sholde neuere be pees ne reste amonges hem / for euerich wolde axen his owene thyng / And forther ouer / no man ne sholde knowe his owene engendrure / ne who sholde haue his heritage / and the womman sholde been the lasse biloued / fro the tyme that she were conioynt to many men /

How a man sholde bere hym with his wyf

Nus kouth holt that a man sholde bere hym with his wif and nameliche in two thynges / that is to seyn / in suffraunce and reuerence as shewed Crist / whan he made first womman / ffor he ne made hir nat of the heued of adam / for she sholde nat clayme to greet lordshipe / for ther as the womman hath the maistrie / she maketh to muche desray / ther neden none ensamples of this / the experience of day by day oghte suffise /

Also certes / god ne made nat womman of the foot of adam / for she ne sholde nat been holden to lowe / for she kan nat paciently suffre / but god made womman of the ryb of adam / for womman sholde be felawe vnto man / A man sholde bere hym to his wyf In feith / in trouthe / and in loue / as seith seint paul / that a man sholde louen his wyf as Crist loued hooly chirche / that loued it so wel / that he deyde for it / So sholde a man for his wyf if it were nede /

Totus paulus

How a womman sholde be subget to hir housbonde
seint petrus seyeth

Now hou that a womman sholde be subget to hir housbonde that telleth seint Peter / first in obedience / And eek as seith the decree / A womman that is wyf / as longe as she is a wyf / she hath noon auctoritee to swere ne bere witnesse with oute leue of hir housbonde that is hir lord / algate he sholde be so by reson / She sholde eek seruen hym in alle honestee / and been attempree of hir aray / I woot wel that they sholde setten hir entente to plesen hir housbondes but nat by hir queyntise of aray /

seint Jeronimus

Seint Jerome seith that wyues that been apparailled in silk and in precious purpre ne mowe nat clothen hem in Ihu Crist / What seith seint John eek in thys matere /

seint Gregorius

Seint Gregorie eek seith / that no wight seketh precious array but oonly for veyne glorie / to been honoured the moore biforn the peple / It is a greet folye / a womman to haue a fair array out warde / and in hir self foul inward /

How a wyf sholde be mesurable in lookynge & berynge etc

A wyf sholde eek be mesurable in lookynge and in berynge and in lawghynge / and discreet in alle hir wordes and hir dedes / and abouen alle worldly thyng / she sholde louen hir housbonde with al hir herte / and to hym be trewe of hir body / So sholde an housbonde eek be to his wyf / ffor sith that al the body is the housbondes / so sholde hir herte been / or elles ther is bitwyx hem two / as in that / no parfit mariage /

How a man & his wyf mowen assemblen flesshly for iij thynges

Thanne shal men vnderstonde / that for thre thynges / a man and his wyf flesshly mowen assemblen / The firste is in entente of engendrure of children / to the seruice of god / ffor certes / that is the cause final of matrimoyne / Another cause is / to yelden euerich of hem to oother / the dette of hir bodies / ffor neither of hem hath power ouer his owene body / The thridde is / for to eschewe lecherye and vileynye / The ferthe is for sothe deedly synne / As to the

Contra luxuriam

firste it is historie. the seconde also for as seith the decree. that she hath þt yeldeth to hir housbonde the dette of hir body. ye though it be agayn hir likynge & the lust of hir herte. The thridde manere is venyal synne. and trewely scarsly may they any this be withoute venyal syn ne. for the corruption & for the delit. The fourthe manere is for to vn derstonde. if they assemble oonly for amerous loue & for noon of the for seyde causes. but for to accomplice thilke brennynge delit. they rekke neuere how ofte. Soothly it is deedly synne. and yet with sorwe somme folk wol peynen hem moore to doon. than to hir appetit suffiseth.

Of chastitee in wydewehede

The seconde ma nere of chastitee is for to been a clene wydewe & eschue the embracynges of man & desiren the embracynge of Ihū crist. thise been tho þt han been wyues & han forgoon hir housbondes. and eek wommen þt han doon lecche rie & been releeued by penitence. And certes. if þt a wyf koude kepen hir al chaast. by licence of hir housbonde so þt she yeue neuere noon occasion þt he agilte. it were to hir a greet merite. Thise wommen þt obser uen chastitee in clothynge & in contenaunce & been abstinent in etynge & drynkynge. in spekynge & in dede. they been the vessel or the boyste of the blissed magdaleyne. þt fulfilleth hooly chirche of good odour.

Of chastitee in virginitee

The thridde manere of chastitee is virginitee. & it bihoueth þt she be hooly in herte & cle ne of body. thanne is she spouse to Ihū crist. & she is the lyf of angeles. she is the preisynge of this world. & she is as thise martirs in egalitee. she hath in hir. that tonge may nat telle ne herte thynke. Virginitee baar oure lord Ihū crist. & virgine was him selue.

Of another remedie agayns lecche rie

Another remedie agayns lecche rie. is specially to withdrawen swiche thynges as yeue occasion to thilke vileynye. as ese. etynge & drynkynge. for certes. whan the pot boyleth strongly. the beste remedie is to withdrawe the fyr. Slepynge longe in greet quiete. is eek a greet norice to lecche rie.

Another remedie agayns lecche rie

Another remedie agayns lecche rie. is þt a man or a womman eschue the compaignye of hem by whiche he douteth to be tempted. for al be it so þt the dede is withston den. yet is ther greet temptacioun. Soothly a whit wal. al though it ne brenne noght fully by stikynge of a candele. yet is the wal blak of the leyt.

ffful ofte tyme I rede. þt no man truste in his owene perfeccion but he be stronger than Sampson. & hoolier than Daniel. & wiser than Salomon. Now after þt I haue declared yow as I kan the seuene deedly synnes & somme of hir braunches & hir remedies. Soothly if I koude I wolde telle yow the ten comandementz. but so heigh a doctrine I lete to diuines. nathelees I hope to god. they been touched in this tre tise euerich of hem alle.

Explicit secunda pars penitentie.

Now for as muche as the seconde partie of penitence. stant in confession of mouth. as I bigan in the firste chapitre. I seye saint Augustyn seith

That synne is secundum Augustinum

synne is euery word and euery dede. & al þt men coueiten agayn the lawe of Ihū crist. & this is for to synne. in herte. in mouth. and in dede. by thy fyue wittes. that been sighte. herynge. smellynge. tastynge. or sauourynge. &

v. mors intrat per fenestras

feelynge. Now is it good to vnderstonde that. þt agreggeth muchel

Secunda pars

Of thynges yt aggeggeth synne. And the firste is this.

Thou shalt considere what thou art yt doost the synne. Whether thou be male or female, yong or oold, gentil or thral, free or servaunt, hool or syk, wedded or sengle, ordred or unordred, wys or fool, clerk or seculer. If she be of thy kynrede, bodily or goostly, or noon. If any of thy kynrede have synned with hir or noon. And manye mo thynges.

The ij. circumstance.

Another circumstance is this. Whether it be doon in fornicacioun or in avowtrie or noon. Incest or noon. Mayden or noon. In manere of homicide or noon. Horrible grete synnes or smale. And how longe thou hast continued in synne.

The iij. circumstance.

The thridde circumstance is the place ther thou hast do synne. Whether in oother mennes hous or in thyn owene. In feeld or in chirche or in chircheyarde. In chirche dedicaat or noon. For if the chirche be halwed, & man or woman spille his kynde in with that place by wey of synne or by wikked temptacioun, the chirche is entredited. & the preest yt dide swich a vileynye, to terme of al his lif he sholde namoore synge masse. & if he dide, he sholde soon deedly synne, at every tyme yt he so songe masse.

The iiij. circumstance.

The fourthe circumstance is by whiche mediatours or by whiche messageys, as for entycement, or for consentement to bere compaignye & felaweshipe. For many a wrecche for to bere compaignye shal go to the devel of helle. Therfore they yt eggen or consenten to the synne been parteners of the synne & of the temptacioun of the synner.

The fifthe circumstance.

The fifthe circumstance is how many tymes yt he hath synned, if it be in his mynde, & how ofte yt he hath falle. For he yt ofte falleth in synne, he despiseth the mercy of god, & encreesseth hys synne & is unkynde to crist. & he wexeth the moore fieble to withstonde synne & synneth the moore lightly, & the latter ariseth, & is the moore escheu for to shryven hym, namely, to hym yt is his confessour. For which that folk, whan they falle agayn in hir olde folies, outher they forleten hir olde confessours al outrely, or elles they departen hir shrift in diverse places. But soothly, swich departed shrift deserveth no mercy of god of hyse synnes.

The vj. circumstance.

The sixte circumstance is why yt a man synneth, as by temptacioun & if hym self pure thilke temptacioun, or by the excitynge of oother folk. Or if he synne with a woman by force or by hir owene assent. Or if the woman maugree hir hed hath been afforced or noon, this shal she telle. For coveitise or for poverte. & if it was hir procurynge or noon, and which mane haneys.

The vij. circumstance.

The seventhe circumstance is in what manere he hath doon his synne or how yt she hath suffred yt folk han doon to hir. And the same shal the man telle pleynly with alle circumstances. And whether he hath synned with comune bordel wommen or noon, or doon his synne in hooly tymes or noon, in fastyng tymes or noon, or biforn his shrifte, or after his latter shrifte, and hath peraventure broken therfore his penaunce enioyned, by whos help & whos conseil, by sorcerye or craft. Almost be toold alle thise thynges, after yt they been grete or smale enggreggen the conscience of man. And eek the preest yt is thy iuge may the bettre been avysed of his iuggement in yevynge of thy penaunce and that is after thy contricioun. For understoond wel yt after tyme yt a man hath defouled his baptesme by synne, if he wole come to

¶ Penitencie

saluacioun. ther is noon oother wey but by penitence & cryste & satis-
faccioun & namely by the two if ther be a confessour to which he may shewen
hym & the thridde if he haue lyf to perfourme it. ¶ Thanne shal man
looke and considere þt if he wolde maken a trewe & a profitable confession ther
moste be .iij. condiciouns ¶ First it moot been in sorweful bitternesse
of herte. as seyde the kyng Ezechiel to god, I wol remembre me alle the yer-
es of my lyf in bitternesse of myn herte. this condicion of bitternesse
hath fyue signes ¶ The firste is þt confession moste be shamefast. nat
for to couere ne hyden his synne, for he hath agilt his god & defouled his
soule. And therof seith seint Augustyn, the herte trauailleth for shame
of his synne. and for he hath greet shamefastnesse, he is signe to haue
greet mercy of god. ¶ Such was the confession of the puplican þt wolde nat
heuen vp hise eyen to heuene, for he hadde offended god of heuene. for
which shamefastnesse he hadde anon the mercy of god. ¶ And therof seith
seint Augustyn. that such shamefast folk been next forgeuenesse
& remission. ¶ Another signe is humylitee in confession. of which seith
seint Peter, humbleth yow vnder the myght of god. the hond of god is
myghty in confession. for therby god forgeueth thee thy synnes. for he
allone hath the power. ¶ And this humylitee shal been in herte & in signe
outward. for right as he hath humylitee to god in his herte, right so shol-
de he humble his body outward to the preest, þt sit in goddes place. ffor
which in no manere outh þt is to seyn & the preest weene & mediatour
bitwyxe crist & the synnere. & the synnere is the laste. by wey of reson thanne
sholde nat the synnere sitte as heighe as his confessour, but knele biforn
hym or at his feet, but if malad.... destourbe it. ffor he shal nat taken
kepe. who sit there, but in whos place þt he sitteth. A man þt hath
trespased to a lord & cometh for to axe mercy & maken his acord. & set hym
doun anon by the lord, men wolde holden hym outrageous & nat worthy
so soone for to haue remission ne mercy. ¶ The thridde signe is. hou þt
thy shrift sholde be ful of teeres if man may, and if man may nat we-
pe with hise bodily eyen, lat hym wepe in herte. which was the con-
fession of seint Peter. for after þt he hadde forsake Ihū crist. he wen-
te out & weep ful bitterly. ¶ The fourthe signe is, þt he ne lette nat
for shame to shewen his confession. ¶ Such was the confession of the
Maudeleyne þt ne spared for no shame of hem þt weren atte feeste
for to go to oure lord Ihū crist. & biknowe to hym hise synnes ¶ The
fifthe signe is that a man or a woman be obeisant to receiuen
the penance þt hym is enioyned for hise synnes. for certes Ihū crist
for the giltes of a man was obedient to the deeth ¶ The seconde
condicion of verray confession is þt it be hastily doon. for certes, if a man
hadde a deedly wounde, euere the lenger þt he taryed to warisshe
hym self, the moore wolde it corrupte and haste hym to his deeth.
and eek the wounde wolde be the wors for to heele ¶ And right
so fareth synne, þt longe tyme is in a man vnsshewed ¶ Certes. a
man oghte hastily shewen hise synnes for manye causes. as for
drede of deeth þt cometh ofte sodeynly. & no certeyn what tyme it
shal be ne in what place. & eek the drecchynge of o synne drawey
yn another. & eek the lenger þt he taryeth, the ferther he is fro ....

Marginalia
- ¶ How crist moot been sorweful
- ¶ vᵒ de confessione regis Ezechiel
- ¶ How confession moste be shamefast
- ¶ Seint Augustin
- ¶ vᵒ de confessione publicani
- ¶ Of humylitee in confession
- ¶ vᵒ de seint petrus
- ¶ How a mānes shrift sholde be ful of teers
- ¶ vᵒ de confessione sancti petri
- ¶ How a man sholde nat lette for shame to shewen his confession
- ¶ vᵒ de confessione marie magdal.
- ¶ How a man sholde been obeisaunt to receyue penance for hise synnes
- ¶ How confession sholde been hastily doon for diuerse causes

Secunda pars

And if he abide to his laste day, scarsly may he shryuen hym, or remembre hym of hise synnes, or repenten hym, for the greuous maladie of his deeth. And for as muche as he ne hath nat in his lyf herkned Ihu crist whanne he hath spoken, he shal crie to Ihu crist at his laste day, & scarsly wol he herkne hym. And vnderstond, pt this condicion moste han foure thynges.

Thow a mannes shrift moste be purueyed & auysed biforn. ❡ First shrift moste be purueyed & auysed, for wikked haste dooth no profit. And pt a man konne shryue hym of hise synnes, be it of pride or of enuie, and so forth of the speces & circumstances. & pt he haue comprehended in hys mynde the nombre & the greetnesse of hise synnes. And eek how longe pt he hath leyn in synne. & eek pt he be cotrit of hise synnes. & in stidefast pos by the gce of god neuere eft to falle in synne. And eek pt he drede & countrewaite hym self, pt he fle the occasions of synne to whiche he is enclyned.

Thow a man shal shryue hym of alle hise synnes to o man. ❡ Also thou shalt shryue thee of alle thy synnes to o man, and nat a parcel to o man & a parcel to another, pt is to vnderstonde in entente to departe thy confession as for shame or drede, for it nys but strangulynge of thy soule. For certes Ihu crist is entierly al good, in hym nys noon inpfection. And therfore outher he foryeueth al pfitly, or neuer a deel. I seye nat pt if thow be assigned to the Penitauncer for certein synne, pt thow art bounde to shewen hym al the remenant of thy synnes, of whiche thow hast be shryuen to thy curaat. But if it like to thee of thyn humylitee, this is no departynge of Chiste. ne I seye nat ther as I speke of diuision of confession, pt if thou haue licence for to shryue thee to a discreet & an honeste preest where thee liketh & by licence of thy curaat, pt thou ne mayst wel shryue thee to hi of alle thy synnes. But lat no blotte be bihynde, lat no synne been vntold, as fer as thow hast remembrance. And whan thou shalt be shryuen to thy curaat, telle hym eek alle the synnes pt thow hast doon, syn thou were last yshryuen, this is no wikked entente of diuision of shrifte.

❡ Also the verray shrifte axeth certeine condicions.

Thow a man sholde shryue hym by his free wyl vnconstreyned. ❡ First, pt thow shryue thee by thy free wil, noght costreyned, ne for shame of folk, ne for maladie, ne swiche thynges. For it is reson pt he pt trespasseth by his free wyl, pt by his free wyl he confesse his trespas. And pt noon oother man telle his synne but he hym self. ne he shal nat nay te, ne denye his synne, ne wratthe hym agayn the preest for his amonestynge to leue synne.

Thow a mannes shrift shal be laweful. ❡ The seconde condicion is pt thy shrift be laweful, pt is to seyn that thow pt shryuest thee, and eek the preest pt hereth thy confession been verraily in the feith of holy chirche. And pt a man ne be nat despeyred of the mercy of Ihu crist as Cayn or Judas.

Thow a man moot accusen hi self & noon oother of his owene trespas. ❡ And eek a man moot accusen hym self of his owene trespas and nat another, but he shal blame & wyten hym self & his owene malice of his synne & noon oother. But nathelees if that another man be occasion or enticer of his synne, or the estaat of a psone be swich thurgh which his synne is agreggid, or elles pt he may nat pleynly shryuen hym but he telle the psone wt which he hath synned, thanne may he tel le. so pt his entente ne be nat to bakbite the psone, but oonly to declaren his confession.

Thow a man shal make no lesynge in his confession. ❡ Thou ne shalt nat eek make no lesynges in thy confession, for humylitee paruentyre, to seyn pt thou hast doon synnes of whiche that thow were neuere gilty.

Pro hm Augustinu. For seint Augustyn seith, If thou

Penitence

by cause of thyn humylitee, makest lesynges on thy self, though thou ne were nat in synne biforn, yet artow thanne in synne thurgh thy lesynges. Thou most eek shewe thy synne by thyn owene propre mouth, but thou be wexe dowmb, and nat by no lettre; for thou that hast doon the synne thou shalt have the shame therfore. ¶ Thou shalt nat eek peynte thy confessioun by faire subtile wordes to voide the moore thy synne, for thanne bigilestow thy self, and nat the preest; thou most tellen it pleynly, be it neuere so foul ne so horrible. ¶ Thou shalt eek shryue thee to a preest þt is discreet to counseille; and eek thou shalt nat shryue thee for veyne glorie, ne for ypocrisye, ne for no cause but oonly for the doute of ihū crist, & the heele of thy soule. ¶ Thou shalt nat eek renne to the preest sodeynly to tellen hym lightly thy synne, as who so telleth a iape or a tale, but auysely and with greet deuocioun; and genally shryue thee ofte. If thou ofte falle, ofte thou arise by confessioun. And though thou shryue thee ofter than ones of synne of which thou hast be shryuen, it is the moore merite. And as seith seint augustyn, thow shalt haue the moore lightly relessyng, and grē of god, bothe of synne and of peyne. And certes oones a yeere atte leeste wey, it is lawful for to been housled; for certes oones a yeere alle thynges renouellen. ¶ Now haue I toold yow of verray confessioun, that is the seconde ptie of penitence.

Explicit scda ps penitencie: Et sequit tcia ps eiusdem

The thridde ptie of penitence is satisfaccion. And that stant moost genally in almesse, and in bodily peyne. Now been ther thre manere of Almesses. Contricioun of herte, where a man offreth hym self to god. Another is to han pitee of defaute of hise neighebores. And the thridde is in yeuynge of good counsul goostly and bodily, where men han nede, and namely in sustenaunce of mannes foode. And tak kep þt a man hath nede of thise thynges genally. He hath nede of foode. He hath nede of clothyng and herberwe. He hath nede of charitable counseil and visityng in prisoun and in maladie, and sepulture of his dede body. And if thou mayst nat visite the nedeful with thy psone, visite hym by thy message and thy message and by thy yiftes. Thise been genally almesses or werkes of charitee of hem that han temporeel richesses or discrecioun in conseilynge. ¶ Of thise werkes shaltow heren at the day of doome. Thise Almesses shaltow doon of thyne owene propre thynges and hastily and pryuely if thou mayst. But nathelees, if thou mayst nat doon it pryuely, thou shalt nat forbere to doon almesse though men seen it, so that it be nat doon for thank of the world, but oonly for thank of ihū crist. For as witnesseth seint matheu ca⁰. 5⁰. A Citee may nat been hyd, that is set on a mountayne, ne men lighte nat a lanterne and put it vnder a busshel, but men sette it on a candelstikke to yeue light to the men in the hous. Right so shal youre light lighten bifore men, that they may seen youre goode werkes and glorifie youre fader that is in heuen. Now as to speken of bodily peyne, it stant in preyeres, in

Marginalia
- How a man moost shewe his synne by his owene propre mouth
- How a man shal nat peynten his confessioun
- How a man shal shryuen hym to a discreet preest
- How a man shal nat renne so deynly to shriste
- Nota
- ouis augustin'
- Of iij. manere of Almesses
- Of the werkes of charitee
- math. 4⁰.
- Of bodily penaunce

Tercia pars

wakynges, in fastynges, in vertuous techynges of orisons. And ye shul vnderstonde that orisons or preyeres is for to seyn a pitous wyl of herte that redresseth it in god and expresseth it by word outward to remoeuen harmes and to han thynges espiritueel and durable, and som tyme temporele thynges. Of whiche orisons certes in the orison of the Pater noster hath Ihesu crist enclosed moost thynges. Certes it is pryuyleged of thre thynges in his dignytee, for which it is moore digne than any oother preyere. For that Ihesu crist hym self made it, and it is short, for it sholde be koud the moore lightly, and for to with-holden it the moore esily in herte, and helpen hym self the ofter with the orison. And for a man sholde be the lasse wery to seyn it, and for a man may nat excusen hym to lerne it, it is so short and so esy. And for it comprehendeth in it self alle goode preyeres, the exposicion of this hooly preyere that is so excellent and digne I bitake to thise maistres of theologie, saue thus muchel wol I seyn, that whan thow prayest that god sholde foryeue thee thy giltes as thow foryeuest hem that agilten to thee, be ful wel war that thow ne be nat out of charitee.

Of the orison of the pater noster

This hooly orison amenuseth eek venyal synne, and therfore it aperteneth specially to penitence. This preyere moste be trewely seyd and in veray feith, and that men preye to god ordinatly and discreetly and deuoutly, and alwey a man shal putten his wyl to be subget to the wille of god. This orison moste eek been seyd with greet humblesse and ful pure honestly, and nat to the anoyaunce of any man or womman. It moste eek been continued with the werkes of charitee. It auayleth eek agayn the vices of the soule, for as seith seint Ierome, by

Ex sermone Ieronimi

fastynge been saued the vices of the flessh, and by preyere the vices of the soule. After this thou shalt vnderstonde that bodily peyne stant in wakynge, for Ihesu crist seith, waketh and preyeth that ye ne entre in wikkede temptacioun. Ye shul vnderstanden also that fastynge stant in thre thynges, in forberynge of bodily

That fastynge stant in thre thynges

mete and drynke, and in forberynge of worldly Iolitee, and in forberynge of deedly synne, this is to seyn, that a man shal kepen hym fro deedly synne with al his myght. And thou shalt vnderstanden eek that god ordeyned fastynge, and to fastynge aperteneu iij thynges,

Of iij thynges that aperteneu to fastynge

largenesse to poure folk, gladnesse of herte espiritueel, nat to been angry ne anoyed ne gructhe for he fasteth, and also resonable houre for to ete by mesure, that is for to seyn, a man shal nat ete in vntyme, ne sitte the lenger at his table to ete for he fasteth. Thanne shaltow vnderstonde that bodily peyne stant in disciplyne or techynge, by

That bodily peyne stant in disciplyne or techynge

word and by wrytyng, or in ensaumple. Also in werynge of heyres or of stamyn, or of haubergeons on hir naked flessh for cristes sake and swiche maniere penaunces, but war thee wel that swiche maniere penaunces on thy flessh ne make thee nat or angry or anoyed of thy self, for bette is to caste awey thyn heyre than for to caste awey the swetenesse of Ihesu crist. And therfore seith seint Paul, clothe yow

Totus paulus

as they that been chosen of god in herte, of misericorde, debonairetee, suffraunce, and swich maniere of clothynge, of which Ihesu crist is moore apayed than of heyres or haubergeons or haubekes.

Penitencie

Shame is disciplina eek in knokkynge of thy brest, in scourgynge with yerdes, in knelynges, in tribulacions, in suffrynge pacyently wronges that been doon to thee. And eek in pacient suffrance of maladies or lesynge of worldly catel, or of wyf, or of child, or othere freendes. ¶ Thanne shaltow understonde whiche thynges destourben penitence. And this is in iiij. maneres; that is drede, shame, hope, and wanhope, that is desparacion. ¶ And for to speke first of drede, for which he demeth that he may suffre no penitence; ther agayns is remedie for to thynke that bodily penaunce is but short and litel at regard of the peynes of helle, that is so cruel and so long, that it lasteth withouten ende. ¶ Now agayn the shame that a man hath to shryven hym, and namely thise ypocrites that wolden been holden so parfite that they han no nede to shryven hem. ¶ Agayns that shame sholde a man thynke that by wey of reson, that he that hath nat been shamed to doon foule thinges, certes hym oghte nat been ashamed to do faire thynges and that is confession. ¶ A man sholde eek thynke that god seeth and wooot alle hise thoghtes and alle hise werkes to hym may no thyng been hyd ne couered. ¶ Men sholden eek remembren hem of the shame that is to come at the day of doome to hem that been nat penitent And shryven in this present lyf. ffor alle the creatures in erthe and in helle shullen seen apertly al that they hyden in this world. ¶ Now for to speken of hope, of hem that been necligent and slowe to shryuen hem, that stant in two maneres: that oon is that he hopeth for to lyue longe and for to purchacen muche richesse for his delit; and thanne he wol shryuen hym. And as he seith hym semeth thanne tymely ynough to come to shrifte; Another is surquidrie that he hath in cristes mercy. ¶ Agayns the firste vice, he shal thynke that oure lif is in no sikernesse. And eek that alle the richesses in this world ben in auenture & passen as a shadwe on the wal. And as seith seint Gregorie, that it apperteneth to the grete rightwisnesse of god, that neuer shal the peyne stynte, of hem that neuer wolde withdrawen hem fro synne hir thankes; but ay continue in synne. ffor thilke perpetuel wil to do synne shul they han perpetuel peyne. ¶ wanhope is in two maneres. The firste wanhope is in the mercy of crist; that oother is that they thinken that they ne myghte nat longe persevere in goodnesse. ¶ The firste wanhope cometh, of that he demeth that he hath synned so greetly and so ofte, and so longe leyn in synne, that he shal nat be saued. ¶ Certes agayns that cursed wanhope sholde he thynke that the passion of Jhesu crist is more strong for to vnbynde than synne is strong, for to bynde. ¶ Agayns the seconde wanhope, he shal thynke, that as ofte as he falleth, he may arise agayn by penitence. And though he neuer so longe haue leyn in synne, the mercy of crist is alwey redy to receyue hym to mercy. ¶ Agayns the wanhope, that he demeth that he sholde nat longe persevere in goodnesse, he shal thynke, that the feblesse of the deuel may no thyng doon, but if men wol suffren hym. And eek he shal han strengthe of the help of god, and of al holy chirche. & of the proteccion of aungels, if hym list. ¶ Thanne shal men vnder-

Sidenotes:
¶ Of othere sundri maners of disciplinne

¶ Of the thynges that destourben penitaunce

¶ ffirst of drede and of the remedie ther of

¶ Of shame and of the remedie ther of

¶ Of hope & of surquidrie

¶ Remedie agayn necligent hope

¶ Prius Gregorius

¶ Of wanhope in two maners

¶ Of the firste wanhope

¶ Remedium

¶ Remedie agayn the ij.de wanhope

¶ Remedie agayn the thridde wanhope

What the fruyt of penaunce is

Stonde what is the fruyt of penaunce. And after the word of Jhu crist
it is the endelees blisse of hevene. ther Ioye hath no contrarioustee
of wo ne grevaunce. ther alle harmes been passed of this present lyf.
ther as is the sikernesse fro the peyne of helle. ther as is the blisful
compaignye that reioysen hem euermo euerich of otheres ioye. ther
as the body of man, that whilom was foul & derk, is moore cleer
than the sonne. ther as the body that whilom was syk, freele, &
fieble, & mortal, is inmortal & so strong & so hool, that ther may
no thyng apeyren it. ther as ne is neither hunger, thurst ne cold.
but euery soule replenyssed with the sighte of the parfit knowynge
of god. This blisful regne may men purchace by pouerte espirituel.
and the glorie by lowenesse. the plentee of Ioye by hunger and thurst
and the reste by travaille. and the lyf by mortificacioun of synne

Heere taketh the makere of this book his leue

Now preye I to hem alle that herkne this litel tretys or rede
that if ther be any thyng in it that liketh hem that therof
they thanken oure lord Jhu crist. of whom procedeth al
wit and al goodnesse. And if ther be any thyng that displese hem. I
preye hem also that they arette it to the defaute of myn vnkonnynge
and nat to my wyl. that wolde ful fayn haue seyd bettre. if I hadde
had konnynge. ffor oure book seith. Al that is wryten is wryten for
oure doctryne. and that is myn entente. Wherfore I biseke yow
mekely for the mercy of god that ye preye for me that crist haue mercy
on me and foryeue me my giltes. and namely of my translacions
and endytynges of worldly vanitees the whiche I reuoke in my re-
tracciouns. as is the book of Troilus. The book also of ffame. The
book of the xxv ladies. The book of the Duchesse. The book of
seint Valentynes day of the parlement of bryddes. The tales of
Caunterbury thilke that sownen in to synne. The book of the leon
and many another book. if they were in my remembraunce. and
many a song and many a lecherous lay. that crist for his gre-
te mercy foryeue me the synne. But of the translacion of Boece
de consolacion. and othere bookes of legendes of seintes. and
Omelies. and moralitee. and deuocion. that thanke I oure
lord Jhu crist. and his blisful mooder. and alle the seintes of he-
uene. bisekynge hem þt they from hennes forth un to my lyues
ende sende me grace to biwayle my giltes. and to studie to the
saluacion of my soule. and graunte me grace of verray penitē-
ce confessioun and satisfaccioun to doon in this present lyf. thurgh
the benigne grace of hym þt is kyng of kynges. and preest
ouer alle preestes. that boghte vs with the precious blood of his her-
te. So þt I may been oon of hem at the day of doome that shulle
be saued. Qui cum patre &c

Heere is ended the book of the tales of Caunterbury
compiled by Geffrey Chaucer of whos soule Jhu crist
haue mercy Amen

Thes worldly ioies, that faier in sight apeares
arr lying baits, whereto oure mindes we cast
Thrise blessed they that have repenting yeares
To hate theyr sinns, and lothe their follies past
My inward mane, to hevenly things wold trade me
But aye this flesh, doth still and still dispwade me

Si sapiens fore me sex serva ique
tibi minim

....

In triflieng tales, by poets told
who spends their time, and beats their braine
and loves goodbookes, of vertews hold
doth spare the shawe, and spoile the graine
Sutch folke build vpp, their hovses in the sand
and loves godds trewth, by which we ought to stand
RN

Quisq...

Quisquis amas mundum

Quisquis amas mundum tibi prospice quo sit eundum
Hec est via qua vadis via pessima plenaque dampnis

Quisquis amas mundum tibi prospice quo sit eundum
Hec via qua vadis via pessima plenaque dampnis

Quisquis amas mundum tibi p...

Per me Johannem Bergomam

To the right worshipfull and my singler good m[aste]r
Edmond Bedingfelde esquier geve this w[i]th sped
at wighton hastley hast

dum sumus in mundo vivamus cor[...]

ꝑ: willm̄ [...]

ERR RRI RRE RRE RI [...]

dum sumus In mundo vivamus corde Iocundo

Let us make mery while we be here
ffor in hell is very merthe there [...]

[...] beware [...] [...]
[...] [...] shall ye [...] [...] [...]

Si dies noctam eternam ingredi
firmato mandata domini
Let us make merie while [...]

he that in yowthe ne
pastime

[...] honor

[...]

[...] [...] in presence [...]
[...] god report in absence
and manners in felawshippe
althowth great frendeshippe
what so euer the aylis
behaue the well alway
for whan lordship faylis
goodfeloship remyth alway

honyabull

The knyght	Of Arcytt and Palamon
The Myller	Of Alison & Absolon & heude Nicholas
The Reue	Of the myller of Trumpyngton
The Cook	Of the p'ntys of London
The man of lawe	Of dame Custance
The wyf of Bathe	Of what thyng y⁺ women louen best
The ffrere	Of the Somonō & ye deuell his sworn broȝ'r
The Somonō	hough a fart was depted in xij among xij freres
The Clerk of Oxenford	Of Grisilde
The Marchant	Of Januarie and May
The Squyer	Of dame Canacee
The ffraunkeleyn	Of Aruejagus and Dorigene
The Phisicien	Of the knyght Virginius & his doughter
The Pardyner	hough iij ryotōs founden deth
The Shipman	Of the Monk & ye marchants wyf
The Prioresse	Of yonge hugh of Lyncoln
Chaucy	of Thopas
Melibee and prudence	
The Monke	Of Tragedis of ffortune & shewde p'sentee
The Nonne preest	of Chauntecler and Pertelote
The seconde Nonne	Of the lif of Seynte Cecile
The Chanons yeman	of Multiplicacōn
The Manciple of the Cooke	
The p'sson	of the vij p'tyes of penitence &c

fle fro the prees and dwelle with sothfastnesse
Suffice vn to thi good though it be smal
ffor hord hath hate and clymbyng tikelnesse
prees hath envye and wele blyndeth ouer al
Savo[ur] no more than the bihoue shal
Werke wel thi selfe that other folke canst rede
And trouthe shal deliuere it is no drede

Tempest the noght al croked to redresse
In trust of hir that turneth as a bal
For gret reste stant in litel bisynesse
And ek be war to sporne a yein an al
Stryue noght as doth the crokke with the wal
Daunt thi self that dauntest otheres dede
And trouthe shal delyuere it is no drede

That the is sent receyue in buxomnesse
The wrastlyng for this world axeth a fal
Her nys non hom her nys but wildernesse
fforth pilgrym forth forth beste out of thi stal
Knowe thi contree lok vp thank god of al
Hold the hye wey and lat thi gost the lede
And trouthe shal delyuere it is no drede
Man beware and wel avysyd Sey noo thyng but reson and skyl
To speke of thyngs that ben dyspysyd I holde yt foly euyr styl
They was a noyne that men wel knew

Lane Quid sis quid fuis quid eris semper memor eris

Man be ware the way that thou sholdes [illegible]

Quisquis amas mundum tibi prospice quo sit eundum
hec via qua vadis via pessima plena que cladis

[illegible]

[illegible] hath hate and clymbyng tikelnesse
presse hath envie and [illegible] ouer all

THE LIBRARY
ST. MARY'S COLLEGE OF MARYLAND
ST. MARY'S CITY, MARYLAND - 20686

Date Due